La Sociedad de la pluma y la rosa

Zahara C. Ordóñez

La Sociedad de la pluma y la rosa

SUMA de letras

Papel certificado por el Forest Stewardship Council®

MIXTO
Papel | Apoyando la silvicultura responsable
FSC® C117695

Penguin Random House Grupo Editorial

Primera edición: marzo de 2025

Printed in Spain – Impreso en España

ISBN: 978-84-9129-987-5
Depósito legal: B-664-2025

Compuesto en Mirakel Studio, S. L. U.

Impreso en Rotoprint by Domingo, S. L.
Castellar del Vallès (Barcelona)

SL99875

A la niña que soñaba con contar historias.
Y a la mujer que creyó en ese sueño

1

Febrero de 1917, Madrid

Si Pola Martínez dijera que un libro había cambiado su vida, nadie se sorprendería. Quien la conocía tenía el recuerdo de verla siempre con uno en las manos, y no sería la primera vez que tal conjunto de papel y palabras, creadas y unidas con esmero, torcía o enderezaba un destino. Pola leía como respiraba, con vital necesidad, y en la mañana más fría de aquel mes de febrero, frente al café y las ensaimadas, decidió hablarle a su padre de un sueño que rumiaba desde hacía tiempo.

—Quiero la herencia que me dejó madre para abrir una librería.

—¿Una librería? —Beltrán no retiró la vista del *ABC*, a cuya lectura se entregaba religiosamente—. Iniciar un negocio, en los tiempos que corren, es cosa delicada. Aunque solo por curiosidad, ¿qué libros quieres vender?

—Para disgusto de usted, no de medicina. Novelas, mayormente. Y no tendrá que preocuparse de nada.

—«Tú» y «no tener que preocuparme» no son cosas que puedan ir separadas en mi cabeza.

Ella resopló.

—No sabía que tuviera un caballo en vez de una hija —dijo mirándola. Era muy parecida a su abuela: alta, de mejillas llenas, ojos negros y el cabello del fulgor de la fragua de Hefestos.

—Padre, ¿no era también el sueño de madre tener una librería?

—Lo era. Hay muchas cosas de ella que ya empiezo a olvidar, por lo traicionero de la memoria que guarda cosas que nos hieren y borra las buenas, pero jamás olvidaré cómo amaba los libros. Aunque, ¿sabes lo que decía de los sueños? Que no se cuentan en ayunas, porque si no, no se cumplen. Cómete una ensaimada, que han costado un ojo de la cara. Con el pretexto de la guerra, unos se engordan el bolsillo y el resto padece. Lo de siempre.

Pola miró el *ABC.* Allí estaba «lo de siempre». Las guerras, las huelgas y otras desdichas. Y, en medio de todas ellas, leyó el titular: «Ataque a la costa inglesa. *Destroyers* alemanes en el canal».

—Han bombardeado las playas a las que fuimos con Agatha y Violet hace unos veranos —dijo casi enmudeciendo—. Aunque la tía dirá que esos *destroyers* no pueden remontar el Támesis.

—Puede decir misa. Ha habido ataques aéreos en Londres.

—Padre, confíe, nada les sucederá. Y, antes de que nos demos cuenta, la guerra habrá acabado.

Él negó con la cabeza.

—La guerra está muy lejos de acabar, Pola.

—Lo sé, solo pretendía ser optimista, que falta nos hace. Aunque a veces me ronde la idea de que nos veamos afectados por ella, aun siendo neutrales.

—La neutralidad es un arma de doble filo, y uno no puede tenerla de pensamiento, por más que quiera. En España ya tenemos bastante con lo de África, con la sombra de otra huelga y las Cortes como están. Pero seamos optimistas, como tú dices, ¿eh? No dejes que me pierda en las divagaciones propias de un viejo que ha visto demasiado, y sabe de lo que el ser humano es capaz.

Pola observó a su padre. Si tuviera que describirlo, lo haría igual que Galdós a Teodoro en *Marianela*. Salvando el asunto de la edad, era, como él: recio, resuelto de ademanes, de mirar vivo y excelente persona.

—No diga eso, padre, solo es un poco mayor —le dijo con cariño—. Aunque debería abrir mi librería, porque faltará pronto, y no podré depender de usted para siempre.

—Gracias por considerar cercana la fecha de mi muerte. —Levantó una ceja, sacudiendo la cabeza—. Pero para entonces ya tendrás marido.

—Prefiero una librería.

—Amapola... —protestó—, ¿estás segura? Después de lo que pasó... Y ¿qué sentido tiene que lleves un negocio? Trabajan las mujeres que no tienen más remedio. La gente se preguntará si no estamos arruinados.

—Nosotras también tenemos derecho a ganarnos nuestro sustento. La prima Violet lo dice.

—Es inglesa. Allí nos llevan adelanto en todas esas cosas del feminismo.

—No lo diga así, que parecen asuntos baladís y usted sabe que no lo son.

Beltrán le pidió disculpas y miró la taza de café. A aquellas alturas debía ser glaciar siberiano.

—¿Y si hacemos un trato? —dijo Pola—. Me ayudará con la librería y yo me comprometeré.

—Ya podrías estar comprometida, te he presentado a pretendientes dignos y los has rechazado.

—Yo no llamaría así a esa panda de insulsos. Ninguno conocía a Baudelaire.

—Baudelaire vivió una vida de excesos, me alegro de que no tengan tales referencias.

Pola se cruzó de brazos, callándose un resoplido.

—Padre, hay algo peor que quedarse soltera: casarse con un papanatas. Y todos esos lo eran.

—Está bien —rezongó—. ¿Y si te digo de citarte con el hijo de mi amigo Guzmán?

—Debe estar de broma. Es lo más parecido que tengo a un hermano.

—Y parecido a ti en espíritu. Y un arquitecto brillante. Hasta va a abrir su propio despacho.

—Es muy joven para casarse. Y usted siempre dice que los varones han de adquirir experiencia antes del matrimonio, aunque a las mujeres nos casen bien pronto. Supongo que de lo contrario estaríamos lejos de la inocencia y la candidez que se espera de nosotras, y no nos llevarían al altar ni tirando con dos bueyes. Y, definitivamente, no me pienso casar con Iván.

Su padre rio por lo bajo, y ella comprendió que estaba tomándole el pelo.

—Usted no hablaba de ese hijo, sino de Héctor. —Al ver que asentía, dejó caer la frente en la mesa—. ¿Pero qué le he hecho yo para que quiera casarme con él?

—Eres más dramática que los folletines que lees.

—Es que Héctor es... —apretó los labios, irguiéndose— médico.

—Soy cirujano, por si se te ha olvidado, la medicina ha pagado tu sustento toda la vida. Y él va a ser una eminencia en enfermedades pulmonares.

—Sí, pero es de esos hombres que solo expresan sus pasiones hablando de política, toros o de esa cosa tan de moda ahora, el *Foot-ball*. Apenas tiene buena conversación cuando no se trata de eso.

—Quizá es que nunca le has hablado de asuntos que le interesen, como los vehículos de motor. Nada le gusta más, aunque su padre se queja a menudo de que se excede con la velocidad.

—Me diría que no es asunto de mujeres, que ya lo conozco. Si le ha dicho de comprometernos, retráctese, por favor.

—Él no sabe nada, solo lo hablamos su padre y yo el otro día.

—¿Y no se le ocurrió que yo tendría algo que decir?

—Querida mía, es mi deber procurar que te cases con un buen partido. Y él lo es. Y seguro que no contradice a su padre, como tú. Cuando lo prometió con Beatriz, aceptó sin rechistar.

—Pobre muchacha, hace tan poco de su muerte...

—Fue terrible, sí, pero un nuevo compromiso quizá lo aleje de pensamientos nostálgicos.

—Lo dudo. Y menos si es conmigo.

Su padre la miró tan serio que ella se envaró como si llevase un tablón a la espalda.

—Has resuelto enemistarte con él sin profundizar en conocerlo, por lo visto.

—Y usted ha resuelto que me case con él sin profundizar en a santo de qué viene tanto empeño.

—Pues no sé por qué, si tú misma lo has dicho antes: «Algún día faltará, padre». Y por más que uno quiera pensarse inmortal, razón no te falta. En lo que va de año, y acaba de empezar, se han ido ya tres viejos amigos míos, y todos han dejado a sus hijas casadas, salvo uno. En su lecho de muerte, le dijo a su querida esposa que solo lamentaba no haber visto casada a su niña. Y yo..., yo pienso que me pasaría igual, que diría eso mismo con mi último aliento. Además, Héctor es hijo de mi gran amigo, y no imagino mejor arreglo que unirnos a su familia.

El largo suspiro que soltó después Beltrán hizo a su hija suspirar también, mirándolo comprensiva. Aunque a veces lo hiciera rabiar, cosas de la edad y de su carácter, ella sentía un profundo afecto por él y una honda preocupación por su felicidad.

—Está bien, padre. Me comprometeré con Héctor.

A él el semblante le cambió como si hubiera visto un milagro.

—¿De verdad? Un compromiso en firme, ¿eh?, nada de buscarme las vueltas, que nos conocemos, señorita. —Levantó el dedo índice, mirándola con una advertencia.

—De verdad —dijo riendo.

—Pues trato hecho. Aunque tendré que asegurarme de que es una inversión viable. Puede que lleves la librería, pero el nombre que aparecerá en los papeles será el mío.

—Ya he estado investigando, padre, le traeré los documentos. También he visto el local perfecto. En Carretas, al lado de donde Iván tendrá su despacho. De hecho, es del mismo dueño.

—Así que en este mismo barrio. —Torció el gesto—. No sé cómo se tomarán los vecinos que una señorita como tú ande jugando a ser librera. Y a ver cómo van las cosas con la guerra, ¿eh? Entre sus muchos crímenes está el de trastocar todos los planes.

2

Febrero de 1917, Vitoria

Lorea observaba de reojo un agujero en sus medias, cosa que detestaba, mientras un editor de renombre, entrado en años y en canas, pasaba las páginas de su manuscrito como quien avienta moscas, al otro lado del escritorio que ambos ocupaban.

—Su novela es interesante, señorita Garmendia, pero poco realista. La naturaleza de los personajes no es creíble. Verá, la protagonista, Leonora, tiene un espíritu racional, pero sucumbe a sus pasiones. Aun saltándose toda norma social, obtiene una recompensa. Su final ha de ser trágico, aleccionador.

Ella levantó la vista a la par que las cejas.

—Hasta el ser más racional puede caer en pasiones inadecuadas.

—Aunque estuviera de acuerdo, que no es el caso, ¿qué mensaje transmitiríamos a nuestras lectoras? Que aunque sean enamoradizas y libertinas, ¿tendrán final feliz? Leonora debería morir sola y enferma de sífilis, como muestra del destino que aguarda a las mujeres indecentes.

Los esfuerzos de Lorea por contenerse se evaporaron como agua sobre tierra caliente.

—Leonora no es indecente. Es una mujer libre y con opiniones propias.

—¿No se da cuenta de que eso de tener opiniones propias, siendo una mujer, es inadmisible? Y, como si fuera poco, es estudiante de Medicina. —Pareció que más que estudiar tan noble ciencia, se estuviera invocando al diablo.

—¿Tampoco le parece bien que las mujeres vayan a la facultad?

—Si las universidades se empiezan a llenar de mujeres, ¿quién va a criar a nuestros hijos?

—Quizá los padres podrían colaborar en tal empeño.

—¡Por el amor de Dios! —Soltó una carcajada que le sacudió todo el cuerpo—. Los hijos son cosa de las madres. No diga boberías.

—Soy estudiante de Medicina —reveló tras callarse un suspiro hastiado.

—¿De Medicina de verdad?

Lorea no supo qué contestar, pero halló la manera de ser educada. La otra opción era darle un mamporro y ella no era dada a la violencia ni a los actos irracionales, por más que, no hacía mucho, hubiera sido absurdamente irracional en el amor.

—Sí, señor.

—A mí se me dan muy bien las cosas de medicina. Hago vendajes con muy buena maña. ¿Usted sabe hacer vendajes?, puedo darle unos consejos.

Ella pestañeó despacio; él no le dio tiempo a contestar.

—Y siendo una mujer de ciencia, ¿cómo se le ocurre meter esa cosa… —agitó el dedo en círculos y miró al techo, buscando la palabra—, cómo se llaman…

—Vampiros —apuntó ella.

—Eso. —Chasqueó los dedos una vez a la par que volvía a mirarla.

—Es una crítica a los matrimonios de conveniencia encarnada en una figura terrorífica. Esperaba que se hubiera dado cuenta.

—Sí, por supuesto. —Carraspeó—. No tengo nada en contra de lo gótico o del terror, pero esas historias oscuras ya pasaron de moda.

—No estoy de acuerdo. Doña Emilia Pardo Bazán escribió...

—Sí, pero usted no es la condesa de Pardo Bazán, ¿estamos? —interrumpió—, y si no lo es, escriba cosas más normales. En este país gustan los asuntos más... cotidianos. Además, le falta mucho de lo que se exige en el ámbito del terror. Nada que pudiera escribir una mujer, desde luego.

Lorea se removió incómoda en el asiento.

—¿Qué es lo que considera usted que no podría escribir una mujer?

—Lo lujurioso, el frenesí, lo grotesco. Todo lo horroroso que vive en los más bajos instintos del ser humano. La represión social, el misterio, el pecado. ¿Ha leído usted a don Antonio de Hoyos? *El oscuro dominio*, cómpreselo, está a una peseta en todas las librerías. Entenderá que una mujer no podría jamás alcanzar tal grado de acercamiento a la naturaleza humana.

Ella se rascó bajo la oreja, porque era eso o soltarle un exabrupto a ese hombre arrogante.

—Diría que las mujeres podemos escribir cualquier cosa.

El editor se hizo el distraído mientras miraba unos papeles.

—Si quiere que publique su historia, tendrá que cambiar ese final. Algo dramático, ejemplarizante. Y, por supuesto, quitar ese asunto de los chupasangres. Esperaré los cambios. —Deslizó el manuscrito hacia ella.

Lorea se sintió como si le disparasen al pecho. Herida y ofendida. La protagonista de su historia tenía mucho de sí misma, y él había considerado que debía morir sola y con sífilis. Si no fuese educada, le diría un par de cosas, más aún tras haberse prometido que ningún otro hombre volvería a pisotearla. Amaba su historia, tal y como era, y podría haber aceptado otras sugerencias, pero no esas. Leonora merecía su final feliz.

—Con todos mis respetos, no haré nada parecido —declaró.

—Entonces me temo que no tenemos espacio para su novela.

—Ni yo interés ya en publicarla aquí —dijo, y salió de allí con determinación.

Ya en la calle, resopló largamente. Habría caminado sin rumbo mascando su desolación, pero su tren hacia Madrid salía en una hora, y no quería llegar tarde. A pesar de que allí la esperaban un puñado de malos recuerdos.

3

Febrero de 1917, Londres

El aliento de la guerra se respiraba en el aire de Londres; serpenteaba por los adoquines, reptaba por los ladrillos y se enroscaba en las chimeneas. A Violet Darcy le parecía que en el humo se dibujaban los rostros de los soldados que jamás regresarían a donde fueron felices. O al menos más de lo que podrían serlo en las tortuosas trincheras. La guerra, como el hachazo que corta en dos un tronco, seguía cercenando ilusiones, callando otras luchas con la muerte. Por otra parte, y por fortuna, había dado espacio a otras cosas. Y Violet se permitía sonreír al ver a los grupos de mujeres de las fábricas, con sus pañuelos en el cabello y sus cómodos pantalones.

—¿Qué crees que pasará con ellas cuando la guerra termine? —le preguntó su inseparable amiga Ivy, agarrada de su brazo—. ¿Volverán a sus casas cuando los hombres reclamen los puestos? ¿Cuando las fábricas de armamento reduzcan su producción?

Violet sospechaba que serían apartadas de sus trabajos y devueltas al hogar, de donde muchos creían que no deberían haber salido. Sin embargo, no quería amargarla con malos pensamientos.

—Seguro que su esfuerzo habrá servido para algo, Ivy, las cosas no serán como antes.

—No sé cómo puedes ser tan optimista.

—Querida amiga —clavó la mirada en sus amables ojos castaños—, en la situación que vivimos, no tener una pizca de esperanza es como no tener una pizca de leche que echarle al té.

—Es posible... —le dijo con amarga sonrisa—, pero me siento triste por ellas, porque de la falta de libertad sabemos tú y yo mucho, ¿no es así?

Violet asintió. Había vivido atrapada en una cárcel de miedo, violencia y reproches.

—Pero, a pesar de todo, nunca nos hemos rendido —le dijo.

—Nunca. Sobre todo tú. Pero no hablemos más de cosas tristes.

En la realidad que vivían, pretender alejar las penurias de la conversación era como querer tapar el sol con un dedo; no obstante, merecía la pena intentarlo.

—¿Sabes dónde podríamos ir? —repuso Ivy—. A Hatchards, a comprarte uno de esos aburridos libros que lees.

—Tu lectura principal son sermones, así que comprendo que los encuentres aburridos.

—¡Violet! —Ivy rio. Sus rizos rubios se movieron bajo su sombrero rojo—. Espero que nunca escribas nada parecido en tus artículos.

—Da igual lo que escriba, nunca serán publicados. Puede que mi madre me deje defender ciertas luchas, pero ver el nombre de su hija en un periódico la llevaría a Highgate, en un ataúd.

—Oh, por Dios, ¡no digas eso! Algún día, el mundo entero los leerá. Y tu madre también. Aunque tal vez yo no lo haga, porque detesto leer.

Violet le sacó la lengua, un gesto que sus madres desaprobarían, pero que las hizo reír.

Alcanzaron las bulliciosas vías cercanas a Picadilly. Se amontonaban en las fachadas los carteles sobre el racionamiento, las arengas, los avisos de bombardeos con dirigibles. Algunos amarilleaban por el paso de los meses, y los de alistamiento voluntario estaban cubiertos parcialmente con los de reclutamiento.

—Siempre que veo esos carteles me acuerdo de mi hermano —musitó Ivy—. Pensé que era estúpido por jugarse la vida sin que nadie le obligase a ello. No sabes lo mal que me siento.

—Ivy... Todos tenemos pensamientos oscuros y egoístas alguna vez.

—¿Y si muere? A veces pienso que todos los jóvenes están muertos. Que ese chico con el que bailé en mi presentación es ahora un cadáver en algún lodazal de Francia. Y temo que Conrad sea, en la memoria de alguien, ese chico con el que bailó y que ahora está muerto.

A Violet se le cayó el alma a los pies.

—A Conrad no le va a pasar nada, Ivy. Y aunque pensases eso al principio de esta tragedia, sé de sobra que te sientes orgullosa de él. Al igual que yo.

—Sería terrible que no te sintieras orgullosa del que va a ser tu futuro esposo —le dijo con cariño—. De hecho, estarías luchando a su lado si no fueras una mujer.

—Desde luego que sí. Y el uniforme me sentaría incluso mejor que a él.

Su amiga rio, y al poco se cruzaron con uno de los altares en recuerdo a los fallecidos, con velas, coronas de laureles, flores, esquelas y notas de cariño. Una madre, con un chiquillo envuelto en una manta, dejaba margaritas en él. Violet y Ivy se detuvieron, y rezaron en silencio junto a ella. La mujer se fue, y al poco siguieron también su camino. Al entrar en Hatchards, el mundo fuera de allí se hizo tan pequeño, tan mudo para Violet, que dejó de importar. Ahora eran solo ella y los libros, ella y su refugio. Se lanzó a buscar uno que suscitase su interés, mientras Ivy paseaba pendiente de la decoración o de la vestimenta de alguna clienta. Cuando se aburrió, regresó junto a su amiga, que hojeaba un ejemplar.

—¿Byron? —Asomó la cabeza por encima del hombro de Violet—. Si mal no recuerdo, tienes una opinión bastante dura sobre los hombres como él, ¿leerás su obra?

—Es para mi prima Pola. Le envié *Frankenstein*, hablándole de cómo nació, y tiene interés en leer más sobre los autores de Villa Diodati.

—Ah, ¿sabes qué deberías leer? Una novela de amor. Como *Romeo y Julieta*. A Conrad le gusta.

—Para empezar, no es una novela, y más que amor diría que esos estaban en pleno delirio juvenil. Además, a tu hermano le gusta la mermelada de ruibarbo, lo que me impide considerar relevantes sus gustos.

—Violet... —Ivy se rio—. Es una mermelada excelente. Y no ha de faltar en vuestro hogar de casados.

Su amiga cerró el libro soltando un suspiro más angustiado de lo que pretendía.

—¿Tanto te disgusta la idea? —En el brillo de la mirada de Ivy se mezcló, de un modo peculiar, una emotiva felicidad y una honda tristeza—. Las dos con grandes bodas, viviendo en bonitas casas con jardines colindantes. Criando juntas a nuestros hijos.

Durante los años de amistad que las unían, Violet habría podido romperle el corazón de mil maneras, queriendo o sin querer, para recomponérselo con un perdón o una tarde de té, pero jamás se atrevería a destruir sus sueños, contándole la verdad de su corazón. Prefería saborear lo amargo que hacérselo saborear a su amiga, así que se forzó en contentarla.

—Nada deseo más. Seremos familia, como siempre hemos planeado, y seremos felices.

Ivy la abrazó.

—¿Tomamos un té? —le preguntó después—. Podríamos ir a esa casa irlandesa de Covent Garden donde sirven esos estupendos *scones.*

A su amiga se le hizo la boca agua y no pudo negarse. Pagó el libro y regresaron al bullicio de las calles londinenses. Cerca de su destino, tras más de media milla de paso tranquilo y confidencias, se cruzaron con cinco enfermeras del hospital militar de la calle Endell. Violet había seguido los esfuerzos de las doctoras que lo impulsaron, sufragistas también, y participado en la recaudación de fondos para el centro. Sentía respeto por quienes daban su vida por los soldados heridos.

—Ojalá nos hubieran dejado ser como ellas, Ivy. O como las enfermeras del Queen Alexandra's.

—No sabemos siquiera poner una venda.

—Habríamos aprendido, como ellas.

—En los hospitales se ven casos terribles, Violet, además, nosotras hacemos otras cosas que también son valiosas.

—No creo que las galas benéficas en Grosvenor sean comparables a salvar vidas.

—Pero sí lo que podemos hacer dentro de nuestras circunstancias.

—¿Desde cuándo llamamos «circunstancias» a nuestros padres?

Una ambulancia pasó a toda prisa junto a ellas, obligándolas a pegarse contra la pared del vetusto edificio de ladrillo. A las puertas del hospital, dos enfermeras bajaron una camilla con un muchacho tan joven y parecido a Conrad, que Ivy y Violet se asustaron. Y aunque se dieron cuenta de que no era él, su disgusto no fue menor.

—Vámonos, Violet —Ivy tiró de ella—, no me siento bien.

Su amiga iba a seguirla cuando escuchó los insultos de un hombre, que llegaban desde una calleja perpendicular a la principal.

—¡Te dije que no quería que hicieras esto! ¡Y me has mentido!

Le respondió una temblorosa voz femenina y, aunque Violet no supo qué le dijo, escuchar el miedo que emanaba de ella fue más que suficiente como para ir. Ivy la siguió, desconcertada, y al llegar se encontraron con que aquel hombre tenía a una enfermera jovencita contra la pared. Giró la cabeza y Violet pudo ver en sus ojos un miedo en el que se reconoció. Aquello la paralizó.

—¡Eres mi esposa! —escupió él—. ¡No puedes hacer nada sin mi consentimiento! ¿Lo entiendes?

Otros londinenses se aglutinaron en la entrada, mas nadie dijo nada. Ni siquiera cuando él descargó sobre ella una bofetada. La enfermera contrajo el rostro; ahogaron los demás una exhalación de asombro. Ivy se llevó la mano a la boca. Violet le puso contra el pecho a Ivy el libro y fue hacia aquel hombre cuando él alzaba la mano para golpearla de nuevo. A tiempo de evitarlo, le aferró con la muñeca. La pulcritud de sus guantes contrastó con el negro de la chaqueta masculina.

Él la miró entre sorprendido e indignado.

—¿Qué haces?

Trató de zafarse, pero el agarre de Violet era muy fuerte.

—Violet, déjalo —dijo Ivy, a unos pasos, rezando para que aquello no terminase con su amiga en comisaría, con él en el hospital o con una desafortunada combinación de ambas, como otras veces.

—No. Pida perdón a su esposa —exigió Violet—. Y prometa que no volverá a hacerlo.

—Señorita, por favor, váyase —musitó la enfermera, temblorosa.

Violet se fijó mejor en ella. El exceso de polvos delataba que aquel no era el primer golpe. Quizá había contado que se había caído; que un soldado fuera de su juicio, con la mente nublada por los horrores de la guerra, había reaccionado violentamente. Ella había escuchado esas historias y casi siempre ocultaban el fuego infernal de un hogar lleno de abusos.

—¡Váyase de aquí! ¡O le daré también lo suyo! —Le puso un dedo de la mano libre delante de la cara—. Ella es mi esposa, y una mentirosa, y la trataré como me plazca.

Violet detestaba ese gesto. Lo odiaba desde que tenía uso de razón cuando lo usaban para amenazarla. «Compórtate como una señorita o te daré unos azotes». «Te encerraré en tu habitación si sigues leyendo estas cosas». Casi escuchaba esa voz, en vez de la de aquel hombre. Las ganas de retorcerle el dedo la consumieron, y él soltó un alarido acompañado de un sinfín de insultos que evocaron aún más las sombras de su pasado. El tipo terminó en el suelo, acogotado. Algunos aplausos se mezclaron con los gritos de la mujer.

—¿Qué ha hecho? —dijo arrodillándose junto a él, quebrada en llanto—. Solo me regaña porque no hago las cosas bien... Tenía que haber dejado el hospital cuando nos casamos, pero no fui capaz de abandonar a esos pobres soldados a su suerte. He mentido a todo el mundo. La culpa es mía.

—Eso no es verdad —dijo Violet, que sintió escalofríos al oírla, aunque no fuera la primera ni la última—. No siga excusándolo. Tiene que dejarlo o acabará con usted.

—No lo entiende. —La miró desesperada—. Seré la vergüenza de mi familia. Me repudiarán y no tendré a quién acudir.

—Usted mira a la muerte a los ojos cada día. ¿Cree que merece la pena vivir esta vida, tan corta y efímera, con miedo?

La chica negó con la cabeza.

—No...

El susurro de la enfermera se mezcló con el sonido de los silbatos de la policía.

—Por favor, piense en sí misma —le dijo Violet.

Tiró del brazo de Ivy y corrió con ella entre la muchedumbre. Algunos la animaron a correr más; otros trataron de retenerla, pero logró dejarlos atrás. Tras despistarlos a la altura de Drury Lane, se detuvieron a recuperar el aliento.

—Violet, no puedes hacer esto —regañó Ivy, la voz entrecortada—. Te meterás en un lío del que ni tu madre podrá sacarte. Esa enfermera no dará ningún paso, por mil motivos que cree relevantes, y lo que has hecho enfurecerá más a su marido. Ella pagará las consecuencias. No es la primera vez.

—Creo que esta será distinta, Ivy. Había en sus ojos algo...

—Solo había miedo —cortó seria—. Como en los de todas. Ten, tu libro. Y vámonos, por favor.

Violet cogió el ejemplar y chasqueó la lengua, triste por disgustarla.

—¿Estás enfadada conmigo?

Ivy negó con la cabeza, y le apretó el hombro.

—Jamás podría enfadarme contigo. Es solo que quiero que estés bien.

—Estoy bien, Ivy. Estaré bien siempre que estemos juntas.

Su amiga sonrió cálidamente, y pudieron hacer el camino de vuelta a casa más tranquilas. Grosvenor Square no estaba precisamente cerca. Habría sido incómodo recorrer aquella distancia estando disgustadas, sin mediar palabra ni gesto amable alguno.

Tras despedirse de ella, con la promesa de tomar el té juntas al día siguiente, Violet entró en su casa. La residencia de los Darcy era la digna morada de una familia de la alta sociedad londinense. Aunque le había costado muchos años poder llamarla hogar. Porque, para ella, un hogar era mucho más que cuatro paredes, por más bonitas que fuesen.

Dejó el sombrero y los guantes en manos de la doncella, y pasó al salón tarareando una canción alegre. Quería escribirle una carta a su prima, enviarle el libro cuanto antes. Sin embargo, aquella idea y aquella canción se le cortaron de golpe al ver la expresión de enfado con que la recibió su madre. Agatha, mujer de viva mirada y elegante finura, estaba de pie junto a la chimenea y el fulgor de las llamas le daba a su rostro un aspecto terriblemente airado.

—En cuestión de una hora he recibido unas insidiosas visitas, Violet. —La miró severa—. Dos agentes y esa vecina a la que todo lo malo que nos ocurra la alegra. ¿No te cansas de comprometer la reputación de esta familia?

—No sé qué le han dicho, madre. —De pie frente a ella, apretó las manos contra el regazo y tomó aire—. Pero yo...

—¿No lo sabes? —Agatha se pasó la mano por el estudiado moño, que recogía elegantemente su largo cabello negro. A Violet le era fácil saber qué aspecto tendría a su edad, pues eran muy parecidas—. Te lo diré: has agredido a un hombre. Y no te han detenido porque los he convencido de que era imposible que fueses tú, pero no siempre podré convencerlos. ¿Acaso quieres que te vea en presidio, revuelta entre mugre y delincuentes?

—No. En absoluto. —Dio un paso hacia ella; su madre dio uno atrás, y Violet agachó la mirada—. Pero hay cosas que no puedo tolerar.

—Te diré lo que yo puedo tolerar y lo que no —respondió en tanto que su hija volvía a mirarla—. Puedo tolerar que acudas a mítines, que leas esos panfletos, que tengas ideas propias y asistas a las charlas de las sufragistas, pero no que pierdas los modales. Estoy cansada de sacarte de los embrollos en los que te metes por tus pasiones y tu mala cabeza, Violet.

—Solo quiero ayudar a las personas que lo necesitan. Cambiar el mundo.

—Pues esta no es la manera. No lo es, y lo sabes. ¿No has pensado en lo que otro escándalo supondría para esta familia? ¿O para la de tu prometido? ¿Qué pensaría Conrad de lo que has hecho? Puede que en su juventud tuviera un espíritu tan inflamado como el tuyo, pero no después de lo que estará padeciendo. Ivy estaba contigo, ¡por el amor de Dios! Podría afectarle, o que sus padres la obligaran a romper vuestra amistad. —Los nervios vibraron en su voz—. Te sacaré de Londres para que reflexiones y pongas distancia con este lugar.

—Usted dijo que jamás abandonaría Londres mientras durase la guerra.

—Que Dios me perdone por abandonar este lugar que tanto amo en medio de su sufrimiento, pero necesito sacarte de aquí. O voy a perder a mi hija y no será porque vengan los enemigos de esta nación y la maten. Nos vamos a Madrid.

—¿A Madrid? —Violet pestañeó con rapidez. Su mundo se tambaleó.

—Beltrán ha enviado un telegrama, por nosotras y por la situación en Londres. Quiere que vayamos. Y la compañía de tu prima te hará bien. Es más juiciosa que tú. A su lado sentarás la cabeza.

4

Febrero de 1917, Sevilla

Todos conocían a la Bella Azucena, famosa cupletista y actriz de zarzuela, hermosa como una sultana, con ojos de obsidiana y pelo de azabache. Pero pocos a María Gómez. Sus sueños más allá de los escenarios. Sus inquietudes. Sus fantasmas. Aquello que últimamente se le había agarrado a las meninges con dedos de hierro y no la dejaba dormir. Cruzó su camerino de punta a punta, bajo la atenta mirada de Alfredo Alcor, su amigo y representante, mientras rumiaba la manera de comunicarle la decisión que había tomado.

—Me arde un fuego en las sentrañas que no puedo apagar con na, Alfredo. —Brazos en jarra, mantón de Manila sobre ellos, mirada valiente, y en la voz la fuerza de un juramento que será cumplido, agregó—: Voy a dejar los escenarios un tiempo.

—¿Cómo? —La ceja de Alfredo se alzó hasta casi tocar el nacimiento de su espeso cabello tostado y brillante—. ¿Tú estás bien? Actúas en Méjico el mes que viene.

—Lo anulas. —Se sentó en el tocador, con un movimiento enérgico, y empezó a quitarse las peinetas. La cabeza le dolía con tanta tirantez.

—Azucena, por favor. Anoche bebimos más manzanilla de la cuenta. ¿No será que estás cansá?

—Pues no te voy a engañar. Un poco sí, de todo esto.

Los ramos de flores, los mantones, los adornos, las batas de seda..., de haber tenido ojos, la habrían mirado ofendidos. Los de María se clavaron en los de Alfredo. Le parecía guapísimo, o igual era el cariño que le tenía, que le quitaba los defectos. Era un hombre de hombros anchos, cintura estrecha y piernas interminables. Con bigote fino y cara de niño travieso.

—Mira. —Aquella forma de empezar puso al hombre en preaviso. Cuando anteponía el «mira» a sus palabras, algo diría que no admitía discusión—. Ya te puedes poner en cruz, que no voy.

—Azucena... —salió su nombre como un suspiro—, lo de este avenate, ¿a qué viene?

—Voy a escribir una obra de teatro.

—No digas tonterías. —Alfredo sacó del bolsillo de su elegante chaqueta una pitillera.

—No son tonterías —añadió resuelta, quitándose la última peineta. El cabello se le derramó con espléndidas ondas sobre la seda del mantón.

—Codearte con dramaturgos le viene bien a tu carrera, pero hacer lo que ellos... Eso es harina de otro costal.

—Quiero hacerlo. Algún día estaremos muertos, contándole a san Pedro lo que siempre quisimos hacer y no hicimos.

—Chiquilla, deja a san Pedro tranquilito, que queda largo que lo veamos. —Alfredo prendió el cigarro y soltó el humo como si pudiera soltar sus inquietudes—. Aunque igual me voy antes, de tantos disgustos como me das. ¿A qué viene esto ahora?

La cupletista miró a su amigo en el reflejo del espejo.

—Tú ya sabes a qué. No hace falta que te lo diga.

Alfredo soltó el humo, encogiéndose de hombros. Con los ojos de la memoria echó la vista atrás en las muchas conversaciones trascendentales que habían tenido, hasta hallar un motivo de peso para su decisión. Cuando lo hizo, apretó los párpados. Era algo tan importante que contra eso... nada podía hacer. Sabía lo quc significaba para ella.

—Muy bien, Azucena, pero, cúchame una cosa, ¿no podría ser más adelante? Tras la gira.

Ella caminó hacia él, agitándose los flecos del mantón a cada paso, y puso las manos en sus hombros.

—Tiene que ser ahora —dijo mirándolo con franqueza.

—Por favor... —Alfredo juntó las palmas en actitud orante. El humo dibujó una cortina entre los dos. A María le recordó a cuando actuó en Londres, y sonrió. La ciudad del Támesis le había gustado, aunque su comida fuera malísima—. El público y la prensa harán preguntas. Y ya sabes cómo son. Hoy te adoran y mañana te desdeñan. Hay que estar en la palestra para que no se olviden de uno. Cancelar la gira despertaría rumores sobre que has enfermado, o algo peor.

—¿Qué hay peor que estar enferma?

—Un preñao sin estar casada, como es tu caso. La gente no perdona esas cosas.

—Por santa Justa, qué caterva de obtusos. Pues capeas el temporal, lo desmientes todo y santas pascuas. Solo será hasta septiembre. Para el cumpleaños de mi Carmela.

—Estamos en febrero —se quejó él—. Es mucho.

—Imagíname como Perséfone. Salgo a la superficie con la primavera, mientras tú esperas la llegada del otoño y mi regreso.

Él alzó de nuevo una ceja mientras daba una calada.

—¿Eso me convierte en Hades? —Soltó el humo por una esquina de la boca.

—No me digas que no te gusta. Tiene un toque sensual.

—¿He de recordarte que secuestró a Perséfone?

—A lo mejor es que ella se dejó. —Le guiñó un ojo y besó su mejilla—. Y espero que entiendas que me marche de Sevilla. Aquí no me dejaréis tranquila, y necesito concentrarme para escribir mi obrilla. Me cambiaré el peinado y la ropa. Y hasta el nombre.

—Tú has perdido el oremus, alma mía. —Alfredo resopló y apagó el cigarrillo en uno de los jarrones; el chasquido de la ceniza se mezcló con sus palabras—. ¿Y qué nombre te pondrás?

María miró en derredor; sus ojos toparon con el más bello de los ramos que había en su camerino. Uno de iris, de parte de su padrino Antonio Pertierra, acaudalado bodeguero de Sanlúcar, aventurero, periodista y dramaturgo en sus ratos libres. Siempre estaba pendiente de que nada le faltase. Y pensó, que si se ponía aquel nombre, sería una anécdota divertida que contarle.

—Iris Pertierra.

—Bueno, tiene su aquel. A Antonio le hará gracia. A todo esto, telefonéalo, anda buscándote.

—¡Una señal del cielo! —Se llevó las manos al pecho—. Él escribe buenas obras de teatro, podrá aconsejarme. ¿Sabes qué quería?

—Ya hablas con él, que llevo prisa. Por si no lo sabes, a mi artista más famosa le ha dado el avenate de complicarme la vida. —Alfredo fue hacia el perchero para coger su sombrero—. Hasta septiembre, ¿estamos? Y me llamas todas las semanas, sin faltar, como a misa. Y nada de cortarte el pelo, que te he leído los pensamientos.

—Ni mijita. —Iris cruzó los dedos a escondidas.

Cuando se quedó sola, telefoneó a su padrino.

—María, ¿cómo estás, hija? —Su profunda voz le llenó los oídos. Podía imaginárselo sentado, el brazo apoyado en la silla, su cabello cano bien peinado y un puro entre los dedos—. Ya tengo lista la casa de Madrid, para que la veas antes de que la alquile. Ya que la conseguí a tan buen precio gracias a tu amistad con ese banquero… Tu amistad o lo que sea, que nos conocemos.

Ella rio por lo bajo mientras jugueteaba con el cable telefónico entre los dedos.

—¿Y por qué no te la quedas para cuando estés allí? Es muy céntrica.

—Ya tengo otra, además viajo mucho y sería desperdiciar un piso tan bonito. Vente a Madrid, anda. Me voy en tres días a París, por asuntos periodísticos, y quiero verte antes.

Madrid, ni más ni menos. Podría haber pasado más desapercibida desnuda a caballo por la calle Sierpes que en Madrid siendo quien era. Pero los labios se le movieron solos para responder:

—Pues sí que voy. E igual me quedo una temporada.

—¿No te ibas de gira?

—Esto es más importante, Antonio. Es... A ver cómo te digo esto —soltó con apuro—, no sé cómo decirle a un dramaturgo como tú que quiero hacer algo remotamente parecido a lo que tú haces.

—Ah, esa obra de teatro que hace tiempo quieres escribir. —La sonrisa se le notó en la voz—. Malas no son mis obras, pero tú tienes talento.

—Y ganas.

—Pues en el mundo hay a veces más ganas que talento.

—Eso es verdad. ¿Y por dónde empiezo, Antonio? Cuando me pongo delante del papel, se me va la inspiración.

—Pues mu fácil —dijo él, como si nada—. Sal y observa lo que veas. Bueno o malo. No queremos mirar lo malo porque nos estruja la conciencia, pero hay que mirarlo de cerca. Tienes que ahondar y arañar en las cuestiones de la vida, aunque lo que encuentres te haga replantearte tu existencia. Y de lo que no veas escribe también, que para eso está el inventar. Pero de la política no, eso te quita años de juventud, y sobre cornamentas, cuidado también que son cosa controvertida. Igual que los gerundios. Escatima en eso, que lo afean todo.

—¿En cornamentas?

—En gerundios, mujer. Aunque de cuernos va el mundo sobrado también.

—Qué cosas tienes, padrino. ¿Algo más? Lo he anotado todo mentalmente.

—Sí, lo más importante: encuéntrate a ti misma, o por lo menos búscate. Para escribir una buena obra, uno debe buscarse en ella. Y encontrarse. Porque lo que uno escribe tiene que llevar su esencia. Y tú andas perdida entre tanta farándula y tanto adulador.

—No sé qué decir, pero sueles tener más razón que un santo, así que le daré una vueltecita. Por cierto, voy a emprender mi aventura de incógnito, y... me he puesto tu apellido.

—Yo siempre te he tenido por una hija, te lo dejo gustoso.

—Gracias, lucero, nos encontramos en Madrid mañana mismo, ¿te parece?

Él asintió conforme. Iris le mandó un beso, y colgó con la sensación de que la había arrollado un coche de caballos. Ahora no solo tenía que escribir una obra de teatro, también encontrarse a sí misma, sea lo que sea que eso significase. ¿Cómo se puede buscar algo que una siente que no ha perdido? ¿Y si se había perdido y no se había dado cuenta?

Decidida a emprender su aventura, fue a cortarse el pelo a su peluquero de confianza. A él y a Iris casi se les va la vida cuando lo hizo, pero el corte le favorecía, y les gustó. Luego compró un atuendo sencillo en una *boutique*, y se paseó por las calles más concurridas a ver si la reconocían, cosa que no se dio. Tampoco cuando estuvo en la estación, comprando los billetes para Madrid. Aún quedaban dos horas para que saliese el tren, así que fue al parque de María Luisa. No podía irse de Sevilla sin hablarle a Bécquer de su nueva aventura. Había admirado su monumento tantas veces que se sabía de memoria hasta los defectos de la piedra. El busto de Bécquer sobre el fuste, la glorieta que abrazaba el tronco del cedro, las cinco esculturas. Eros herido y yacente, y Cupido de pie, ambas de bronce. Y las tres damas de mármol, los estados del amor. Iris le tenía cariño a la del ilusionado, a ratos le parecía que fuera a ruborizarse.

Lo suyo con el poeta no era flor de un día. Lo admiraba desde que tenía uso de razón. Era un amigo en sus soledades, ánimo en sus días grises. Formaba parte de todos sus bellos recuerdos. Los que atesoraba con cariño de su hermana, Carmelita; los que tenía con su padre; los que conservaba de su madre. Cada vez que veían una golondrina, ella le decía: «Como yo te he querido, desengáñate, nadie te querrá». Y qué verdad. Nadie la había querido ni la querría con el amor incondicional que dan las madres que son buenas. Ninguno de los hombres de su vida la había amado de verdad.

—Gustavo, alma mía, ¿crees que si busco el amor me encontraré de paso? —El lugar estaba tan extrañamente solitario que se le antojó que Bécquer quisiese que estuvieran a solas—. ¿Y si me mandas un amor de los buenos?

«El amor es un misterio, María», le pareció que decía.

—«Todo en él son fenómenos a cada cual más inexplicable» —dijo ella tras un suspiro.

—«Todo en él es ilógico. Todo en él es vaguedad y absurdo».

Esa voz, ni había sido la suya ni la de Bécquer, así que viró la mirada y se topó con un hombre, parado junto a ella. Sus ojos, expresivos, entre el verde y el marrón, la miraban curiosos. No fue capaz de decirle nada, solo de mirarlos. Él rio sacándola de su ensimismamiento.

—Si sé que me va a mirar con tanta devoción, me habría puesto un traje de gala.

—Discúlpeme.

—No se disculpe —se quitó el sombrero en un gesto cortés—, pero si vuelve a hacerlo, voy a tener que llevarla a cenar por las molestias.

—¿Las molestias? —Iris rio. Disimuladamente, se fijó en su cabello negro y su elegante atuendo. Cuartos, a juzgar por la vestimenta, tenía a rebosar—. Bien sabe que no es molestia, con tan buena planta como se gasta. Si quiere llevarme a cenar no invente excusas.

—Me gusta su sinceridad. ¿Adónde querría ir entonces?

—¿Así de directo? Ni el nombre nos hemos dado.

—Eso tiene fácil solución. Me llamo Adrián Belmonte.

—Belmonte, como el torero. No serán primos.

—En absoluto, no ando versado en toros.

—Una cosa son los toros y otra los toreros. A mí me hacen ojillos los trajes de luces.

Él rio con ganas.

—¿Debería de haber traído uno?

—Mal no le quedaría, pero al caso: me llamo... Iris Pertierra.

Adrián tomó la mano de ella y posó los labios sobre sus guantes, mirándola a los ojos. A ella se le pusieron unas cosquillas en el vientre que casi tocaban la pandereta.

—Encantado de conocerla. Su apellido me es familiar —dijo él separándose.

—Es común por aquí —soltó ella a toda prisa—. Antes ha recitado a Bécquer, ¿es admirador suyo?

—Lo soy, y nunca había tenido oportunidad de visitar esta escultura.

—Es mi lugar favorito de este parque.

—Me habían dicho que era hermosa, aunque no imaginaba que tanto.

—Es hermosísima, sí.

Iris dejó de mirar a Bécquer, y se encontró que Adrián la miraba al decir:

—Lo es.

A ella se le pusieron las mejillas del color de la manzana del cuento.

—Siempre me ha recordado a la Rima X —dijo Iris—. ¿La conoce?

—«Los invisibles átomos del aire en derredor palpitan y se inflaman, el cielo se deshace en rayos de oro, la tierra se estremece alborozada. Oigo, flotando en olas de armonías, rumor de besos y batir de alas; mis párpados se cierran... ¿Qué sucede? Dime».

Sus cuerpos, por inercia, se acercaron.

—«¡Silencio! ¡Es el amor que pasa!».

Él sonrió. Y esa sonrisa zalamera casi la mata en el acto.

Sopló una brisa, y un mechón de ella se posó sobre su mejilla. Adrián lo colocó en su sitio, en un gesto demasiado cercano para quienes acaban de conocerse.

—Hablando de poesía, tocándole el cabello, y apenas nos conocemos —dijo él.

—E invitándome a cenar, no se olvide.

Adrián fue a decir algo; sin embargo, una figura irrumpió de entre los árboles, sacándolos de la conversación. Iris miró hacia allí, casi disgustada, y vio a un muchacho rubio y apuesto, bien vestido, bajito y ancho de hechuras.

—Por fin te encuentro. Vamos a llegar tarde, y... —Calló al tiempo en que miraba a Iris—: Discúlpeme, señorita, pensé que mi primo estaría solo.

—No se preocupe —dijo ella con amabilidad, a pesar de todo.

—Señorita Iris Pertierra, Carles Bosch —introdujo Adrián.

Se saludaron gustosamente, y Carles los miró con una sonrisa la mar de misteriosa.

—Deja que me despida de mi nueva amiga, y ahora estoy contigo —le dijo su primo.

El muchacho asintió y se alejó para darles intimidad, entreteniéndose en fumar un cigarro.

—¿Puedo llevarla a cenar entonces? —preguntó Adrián a Iris—. Estaré unos días en Sevilla.

—Me iría con usted aunque fuera a comerme un bocadillo a la vera del Guadalquivir, pero me marcho esta tarde a Madrid.

—Madrid. —Adrián sonrió.

—No sonría así, que no es para tanto por más que digan los madrileños que es la mejor ciudad de España.

Tras una leve risa, él dijo:

—He sonreído porque soy de Madrid y si usted va allí podré verla. Tenga. —Sacó una tarjeta, que le tendió—. Llámeme. Podríamos seguir hablando de Bécquer. Y cenar, si quiere.

—Sí. Me gustaría —dijo con una sonrisa.

Volvió a besar su mano y, tras una bella mirada, se marchó junto al otro, que le dijo adiós a Iris con un gesto. Ella, tras perderlos de vista, estudió la tarjeta. Bajo un escudo de armas, rezaba: «Adrián Manuel de Belmonte Teruel Gerén y Ojeda. Marqués de Robles».

—¡Que es marqués el polluelo! —Levantó la mirada hacia Bécquer—. Gustavo, te has esmerao en buscarme buen partido. De esta te levanto otro monumento, de oro y diamantes.

Estaba acostumbrada a tratar con hombres de su posición, pero ese era más guapo que ninguno. Leyó su dirección y su extensión y guardó la tarjeta en el bolso, con la duda de si llamarlo, por más que le hubiera dicho que sí. Las relaciones ocupaban mucho tiempo y ella tenía un propósito que requeriría de toda su energía. Soltó un suspiro que se mezcló con una ráfaga de aire. El cielo se nublaba, el tren salía pronto, no podía demorarse. Dejó un beso en el mármol, le dirigió una última y cariñosa mirada a Bécquer, y echó a andar. Ahora que el momento de emprender el viaje estaba cerca, tenía la misma sensación que cuando subió por primera vez al escenario. Más miedo que si hubiera visto un ánima, pero más ganas de hacerlo que si hubiera nacido para ello.

5

En un tren hacia Madrid

Los viajes son el nido donde moran muchos recuerdos. Felices reencuentros, compañeros inesperados; pero también amargas despedidas. Y aunque Lorea amaba viajar, el nido de su memoria tenía más de lo segundo que de lo primero. De aquel instante en el que nada más apearse de ese mismo tren, dio de bruces con la realidad. Trataba de darle un sentido a lo que pasó, más allá de la maraña de los sentimientos, de lo irracional; pero no lo encontraba. Y ese viaje le revolvía los malos recuerdos.

Con el fin de estirar las piernas y despejar la mente, abandonó el solitario compartimento. Tras dar un paseo, fue al vagón-restaurante. Grupos y parejas ocupaban las mesas en los costados del concurrido lugar. Cortinas broncíneas de flores, recogidas con alzapaños, revestían las ventanas, y tulipas de lirios dotaban al espacio de una luz que animaba la del día. Entre las mesas de blancos manteles quedaba un pasillito por el que discurrían los camareros pugnando por no derramar nada con el trajín del tren, que era, según en qué tramo, notable.

Tomó asiento en una de las mesas. A sus oídos llegaron palabras dispersas. Casi todos hablaban de esta o de aquella guerra; de lo caro que estaba todo; de los barcos hundidos y los submarinos alemanes. Aquel murmullo le gustaba, y siempre se colaba algún dato del que sacar partido en sus novelas. Pidió un café solo y un trozo de bizcocho que le costó una pequeña fortuna. Servidos ambos, y casi por inercia, sacó su libreta y tomó la pluma. Aprovechaba cualquier instante para anotar ideas, pero las palabras del editor la asaltaron y volvieron a estrujar su confianza. ¿Acaso no verían todos sus escritos tan poco interesantes como él? Llorar no era propio de ella, pero fue tan dolorosa la sensación de que escribiendo no iba a ninguna parte que los ojos se le humedecieron. Abrumada, soltó la pluma con desdén y golpeó la taza sin querer. Fue rápida como para salvar sus útiles, pero el líquido impregnó la mesa y goteó sobre su falda.

—Vaya… —refunfuñó, buscando con la mirada una servilleta con la que limpiarse.

—¿Se encuentra bien, señorita?

Alzó la vista y halló a un joven que le tendía una. Una amable sonrisa curvaba sus labios.

—Gracias —dijo cogiéndola.

—No hay de qué. Le traeré un poco de agua.

Antes de que ella pudiera decir nada, se había marchado. Guardó sus útiles en el bolso y se limpió la falda aprisa. Por suerte, el café no estaba caliente. Un camarero limpió el resto del desastre, y el chico regresó pronto.

—¿Quiere bicarbonato para la mancha?

—No será necesario, ya ha salido.

Él dejó el vaso de agua sobre la mesa. Lorea, a causa de su angustia, pensó que era un mar embravecido en el que corría el riesgo de ahogarse. Dio un trago mirando en derredor, temiendo estar dando un espectáculo. Sin embargo, la gente estaba a lo suyo. Apenas lo dejó en la mesa, viró la mirada hacia el desconocido.

—¿Se encuentra usted mejor? —le dijo él, de pie junto a la mesa—. Mi madre siempre decía que beber agua es infalible para alejar las preocupaciones. Como si se quedasen todas en el vaso.

Lorea lo miró: el agua se había amansado. Cuando volvió la vista al joven, se fijó mejor en él. Fortachón, vestía traje azul oscuro, elegante pero apropiado para un viaje. Le gustaron las pequeñas arrugas que asomaban a ambos lados de sus ojos, señal de que sonreía a menudo. Su azul era el del manto de *Proserpina* de Rossetti, y su cabello, tan rubio como las puntas de las espigas olvidadas en *Las Segadoras* de Millet. Eran los cuadros favoritos de su padre, y al mirarlos sintió la misma familiaridad.

—Solo ha sido un momento de malestar. No se preocupe. ¿Quiere sentarse? —No comprendió qué la había impulsado a ofrecer asiento a un desconocido, pero se sintió cómoda al hacerlo—. Terminará por granjearse la enemistad del camarero si sigue ahí. Y nadie quiere llevarse mal con quien le sirve el café.

—Sí, tomaré asiento, gracias. —Lo ocupó frente a ella—. Corro riesgo de romperme la crisma.

Ella asintió. De eso sabía un tanto. En las prácticas atendían roturas, algunas por pérdida del equilibrio en un transporte. De las pocas cosas que le dejaban hacer en la facultad en lo práctico siendo una mujer. Nada de cuerpos desnudos ni tocar lugares indecentes. Como si en eso de aprender a salvar vidas pudieran hacerse distinciones sobre lo decente y lo que no.

El tren aminoró la marcha y entró en un túnel. La luz artificial venció a la oscuridad que pretendía hacerse con el vagón. Él inclinó el cuerpo un poco hacia ella, como si quisiera recortar la distancia que imponía la mesa, y extendió la mano:

—Me llamo Iván Palacios.

Palacios... Oír ese apellido era recibir una estocada en el vientre. Se preguntó si solo era una casualidad, y de serlo le pareció una de muy mal gusto. Ese nombre representaba el doloroso recuerdo de un pasado reciente que pretendía olvidar.

—Lorea Garmendia.

Se apretaron la mano con firmeza. A ella le costó soltarlo, gustosamente anclada al tacto suave de sus dedos, pero dejó que imperase el decoro. Aunque no fue capaz de callar la propuesta que salió con ganas de sus labios.

—Le invitaré a un café. En agradecimiento. Lo sirven exquisito, más aún si se toma sin azúcar. He tomado ya uno, o al menos la parte que no se han bebido la falda y la mesa —dijo con media risa, haciéndolo reír también—, pero pediré otro para acompañarlo.

Iván asintió y, con un gesto educado, pidió las bebidas al camarero.

—¿Le gusta la amargura del café, señorita?

—Creo que es de las pocas que pueden soportarse y agradecerse.

—He tenido que aprender a tomarlos así. La vida y el café. Me diagnosticaron diabetes sacarina hace unos meses.

—Es una enfermedad complicada, aunque hay tratamientos que ayudan a sobrellevarla.

—¿Está familiarizada con ella?

—Mi madre la padece desde hace diez años.

—Entonces la conoce bien. He probado todos los remedios. Bálsamo del Perú; baños de agua salada, friegas de eucalipto y romero… y unas cuantas cosas más por prescripción. Quizá tenga usted alguno que recomendarme.

—Tal vez el tratamiento con opioides. Se están haciendo avances con él.

—Recientemente me lo prescribió el médico.

—Entonces espero que sea efectivo en usted.

—Y yo también —suspiró.

Las tazas de humeante café tintinearon anunciando la llegada del camarero. Las posó sobre la mesa, en sus platillos. Y de algún lugar llegó el ruido de una desmedida risa. Lorea casi había olvidado que estaban rodeados de gente.

—Pero no quiero aburrirla con mis padecimientos. —Iván cogió su taza y aspiró el aroma con gesto placentero—. Hablemos de cosas amables.

—No me aburre, créame. ¿Qué dieta le han puesto?

Dieron un trago a los cafés, y él le contó las restricciones alimentarias que tanto lo torturaban.

—Soy un comilón, qué le vamos a hacer. Y estas gentes del norte comen como si el mundo fuera a acabarse. Cinco días en Vitoria y mire mis botones —se señaló la zona del vientre, donde la chaqueta se estiraba un poco—, van a acabar en el ojo de alguien.

Rieron, bebieron otro tanto, y él hizo una observación sobre el paisaje.

—¿A usted le gusta viajar? —le preguntó después.

—Mucho, encuentro fascinante el ferrocarril. Creo que es un gran adelanto.

—Sí, pero también ha sido pernicioso en muchas cosas.

—Es uno de los inconvenientes del progreso.

—¿Y cree que, como dicen algunos, todo vale en nombre del progreso? —indagó con tono amable.

—No, todo no. Si embargo, pienso que en esa clase de pensamiento egoísta, el mundo siempre será el mundo.

Hablaron sobre aquello durante un rato, cómodos, y cuando se hizo un silencio breve, él le dirigió una mirada curiosa.

—Tengo la impresión de que quiere decirme algo que está callando —dijo Lorea.

—Sí, perdón... No quiero pecar de atrevido, pero sigo preguntándome qué fue lo que humedeció antes su mirada.

Ella bebió un poco más de café, para tomarse tiempo en pensar cómo decirlo.

—Hay algo que creí que hacía bien y ahora me parece que no. —Dejó despacio la taza—. Siento que debería rendirme.

—¿Rendirse? No creo que usted sea de las que se rinden. Parece alguien con determinación.

—¿Y eso cómo lo sabe? —Lorea lo miró con sorpresa.

—Por su cabello. Lleva un corte muy moderno.

—Es que apenas tengo tiempo y no puedo perderlo en farragosos peinados. Aunque ahora tengo una duda, ¿es usted peluquero de señoras?

—No. —Rio, pasando los dedos por los relieves de la porcelana—. Quizá peluquero de edificios. Soy arquitecto.

—Una profesión interesante. ¿Y qué tipo de edificios diseña?

—De momento los que me mandan. He trabajado a las órdenes de otro arquitecto, en el teatro Odeón, pero algún día diseñaré un edificio altísimo, como el Flatiron Building de Nueva York.

—¿Ese que parece una plancha de hierro?

—¿Lo conoce? —preguntó entusiasmado.

—Lo he visto en una revista. Ha de ser emocionante estar en un lugar tan alto. Sería como admirar el mundo desde las cumbres del Gorbea, pero sentado cómodamente en tu sillón.

Durante kilómetros, en tanto que el tren dejaba atrás un paisaje tras otro, conversaron sobre logros arquitectónicos. Pidieron algo más de beber y de comer. Y de aquella conversación pasaron a hablar de pintura, coincidiendo gratamente en buena parte de sus gustos. Para cuando quisieron darse cuenta, el tren ya casi estaba en Madrid.

—Es la primera vez que este viaje se me hace tan corto —dijo él.

—¿Va mucho a Vitoria?

—Sí, aunque ya no iré tanto —dijo alicaído—. Visitaba a mi tía, y falleció recientemente. He ido a gestionar los asuntos de la herencia.

—Lo siento. —Le dedicó un gesto de cariño que él recibió con una sonrisa.

—Gracias, la quería mucho, era la única familia que me quedaba por parte de madre. Y me entristece pensar que no estarán aquí para ver algo que les prometí que verían.

—¿Puedo preguntarle qué es?

—Voy a abrir mi despacho de arquitectura.

—Pero eso es asombroso, enhorabuena, y… —aunque ella no creyese en esas cosas, dijo—: tal vez lo vean, dicen que nos observan desde el cielo.

La sonrisa de él valió un mundo.

—Y usted ¿va a Madrid de visita familiar?

—Voy por… —chasqueó la lengua—, verá, la gente no suele tomarse a bien lo que hago.

—¿Se dedica a la política?

Lorea rio.

—No… —dudó, pero la mirada de él era tan auténtica, que lo dijo—: Estudio Medicina.

—Aunque comprendo su recelo a decírmelo, por los prejuicios, la admiro por lo que hace.

Lorea solo había escuchado a tres hombres decir aquello: a su padre, sin cuyo consentimiento sus ambiciones no habrían podido tener espacio; a su más querido profesor, que la alentaba a superarse y que a la postre era el padre del hombre que le había roto el corazón, y a un muchacho muy simpático con el que coincidía en la biblioteca, y que estudiaba leyes.

—¿He dicho algo que la incomode? —preguntó Iván, preocupado al verla atónita.

—No… —Se rascó el cuello—. No estoy acostumbrada a esa reacción. La gente no entiende qué hace una señorita en asuntos que consideran de hombres.

—Igual el fallo está en dividir las cosas como asuntos propios de un sexo.

No pudo más que asentir, asombrada por su naturalidad.

—¿Usted expresa esas cosas en público habitualmente?

—Yo siempre digo lo que pienso —respondió animado—. Mi amiga Pola dice que si un día me callo me saldrá una úlcera. Pero uno no puede callar, aunque hablar le cueste un disgusto. Y me gusta ver las cosas progresar. Ya sean los pensamientos, los edificios, las cuestiones más relevantes o las más nimias. ¿Qué la llevó a estudiar Medicina? Todos los médicos que conozco tienen alguna historia sobre qué los impulsó a andar entre huesos rotos, enfermedades incurables y gente padeciendo.

—Bueno —dijo entre risas—, también hay otras cosas. No todas son tan terribles.

—Supongo que sí. Yo encuentro fascinantes los rayos X. ¿Cómo puede algo atravesar la carne para crear una imagen? ¡Si hasta los hay portátiles! Y los llevan por los campos de batalla como quien lleva una maletita.

—Son un poco más aparatosos de llevar, pero le entiendo. ¿Sabe que son un invento español?

—No —abrió mucho los ojos—, y me asombra pensar lo mucho que avanzan las cosas. No hay día en que no escuche decir a mi padre que hasta hace nada íbamos en burro. Ahora que lo pienso, quizá lo conozca de la facultad, se llama Guzmán Palacios. Es catedrático.

Lorea palideció de tal manera, que nadie habría advertido la diferencia entre su piel y los hilos de una sábana blanca recién lavada. Sus neuronas corrían de aquí para allá, uniendo la madeja de sus atropellados pensamientos. Ser hijo de Palacios lo convertía en hermano de Héctor. Ella sabía que tenía uno, pero Héctor nunca hablaba de él, y ahora... Estaba delante del hermano de aquel que había destrozado su corazón. De aquel que, de no vibrar en ella una fuerza indómita, habría aplastado también su vida con aquel destrozo. Con la angustia apretándole hasta las arterias, se preguntó si el otro no estaría en el tren, y tembló sacudida por sus peores recuerdos. No soportaría verlo. No sería capaz de mirarlo a la cara más que para decirle que era un sinvergüenza. Y aquello no podía hacerlo en un tren lleno de gente, menos aún delante de un muchacho tan educado como Iván.

Abrumada, sintió la urgencia de marcharse, y buscar consuelo en la soledad.

—No me encuentro bien, ruego me disculpe —dijo poniéndose en pie.

—Puede verla mi hermano. —Él también lo hizo—. Es médico.

Estaba allí. Héctor estaba allí.

—No se moleste, por favor.

Él la miró confuso, pero ella sacudió la cabeza, dejó unas monedas en la mesa y salió de allí aprisa. De camino al compartimento, temió cruzarse con Héctor. Intentó calmarse, cosa difícil teniendo en cuenta que, para ella, él era el peor de todos los hombres de la tierra. Y se sintió avergonzada por haber dejado a Iván de tal manera.

6

La Estación del Norte rebosaba de viajeros e ilusiones. De vidas que se cruzaban para no entrelazarse y de otras que encontraban en aquel lugar, que era de todos y de nadie, un camino en común. A Pola siempre le habían gustado las estaciones. Deambular por sus zaguanes, admirar los uniformes de los empleados, curiosear a los viajeros, preguntándose cuáles eran sus historias. Había ido a recibir a Iván, incapaz de esperar para hablarle de su trato con Beltrán, de la parte feliz… y de la amarga. Lo que no se había parado a pensar era que Héctor estaría con él, y caer en eso la hizo detenerse, sin percatarse del estorbo que suponía en aquel trajín. Un hombre la increpó y ella se movió a un lado de forma automática. Chocó abruptamente, y de frente, con alguien. Mantuvo el equilibrio, y no le dolió tanto el golpe como el orgullo, cuando lo oyó decir:

—¡¿Está usted tonta?! ¡Mire por dónde va!

Pola pestañeó y enfocó la vista. Tenía delante a un hombre joven, bien vestido, de pelo castaño y ensortijado, y unos ojos marrones que, de no mirarla con disgusto, podrían haberle resultado bonitos.

—¿Tonta yo? Tonto usted, que tampoco miraba por dónde iba.

Una de las cejas del caballero se levantó como si quisiera llegar al acristalado techo.

—Yo iba mirando al frente —indicó con dos dedos su dirección—, es usted la que se me ha aparecido como si quisiera asaltarme.

—¿Asaltarlo yo? —Se señaló, casi pegando la barbilla al pecho—. Asaltan los bandidos, señor, y no es que tenga usted nada por lo que merezca la pena asaltarlo.

—Los bandidos... —Chasqueó la lengua y luego miró al suelo—. Haga el favor de moverse, está pisando mi sombrero. ¡Se me ha caído con el golpetazo!

Pola miró a sus pies.

Allí, bajo uno de sus zapatos negros, a la última moda, había un sombrero, aplastadito. Le recordó tanto a algo, que, de despistada, hasta lo dijo en voz alta.

—Si parece una ensaimada de la Mallorquina.

—Encima con guasa. —Se agachó y agarró el tobillo de Pola, para moverle el pie.

—¡Oiga! ¿Quién le ha dado permiso para tocarme? —Tuvo que apoyarse en la espalda de él para no caerse.

—Si le parece espero a que su excelencia decida moverlo. Y ¡quíteme la mano de encima!

—Se la quito, sí, y me la lavo con jabón. Tremendo maleducado.

Él se incorporó de golpe, igual que su ceja; ella levantó la suya también.

—¿Maleducado yo? Maleducada usted.

—Ha empezado usted llamándome tonta.

—Igual es que lo es. —Farfulló algo, y clavó la mirada en el sombrero—. Le tenía cariño.

—Pues se compra otro.

Llevó los ojos de nuevo hacia ella, con el mayor disgusto que Pola había visto en los de nadie.

—Fue un regalo de mi hermano.

Eso a Pola no le suponía diferencia, porque ni lo conocía a él ni a su hermano, así que se encogió de hombros.

—No será el primero ni el último al que se le estropee un sombrero.

—Igual es que acostumbra a destruir los sombreros de los demás.

—Pues no, aunque a usted le fastidiaría otro, de lo mal que me ha caído.

Él fue a decir algo, pero apretó los labios y sacudió el sombrero con brío.

—Será bueno limpiando alfombras —le dijo ella—, menuda tunda le está dando.

El hombre se lo caló, medio recompuesto, entrecerrando los ojos.

—¿No tiene usted nada más que hacer que quedarse ahí de pie mirándome?

—Lo mismo le digo. —Pola se cruzó de brazos.

—Estoy esperando a mi madre.

—De la cual me compadezco. Tener un hijo como usted ha de ser como tener un burro en casa.

—Burro yo. —Soltó una risa incrédula—. Usted no sabe nada de mí.

—Cosa de la que me alegro. No querría saber nada de usted ni aunque fuera la última persona del mundo.

—Ni yo de usted, doña vinagre. Ni siquiera se ha disculpado.

—Oiga, yo no soy doña vinagre —refunfuñó muy ofendida—, y no voy a disculparme hasta que no lo haga usted, aunque ¿sabe qué le digo, don simpático?

—Ardo en deseos de escucharla hablar de nuevo. —Si ese sarcasmo hubiera sido una de las columnas de la estación, habría sido más grande que ninguna—. Aguardo con fervorosa impaciencia.

—¡Que se vaya a...!

Pola no terminó la frase, porque una voz se coló entre ambos.

—Qué sorpresa encontraros juntos. No sabía que os conocíais.

Iván estaba a su lado, mirándolos con una sonrisa. Pola boqueó, sin saber qué decir, y pegó los labios cuando el otro se le adelantó.

—Ah, Iván. —Carraspeó, y extendió la mano hacia él—. Qué alegría verlo de nuevo. ¿Sale de viaje?

—No, acabo de llegar. De Vitoria. —Iván estrechó su mano y miró a Pola con gesto curioso—. ¿Te ha comido la lengua el gato?

—No, es que me ha dado tanta alegría verte que me he quedado sin palabras.

Iván la abrazó, como de costumbre; con independencia de quien mirase.

—Tienes las mejillas heladas. —Le palmeó una con cariño—. ¿Conoces entonces a Diego?

Sus ojos volvieron a encontrarse, con igual resquemor, y negaron ambos con la cabeza.

—Brevemente —dijo él.

—Y desafortunadamente —anotó ella por lo bajo.

El arquitecto frunció el ceño, y atendiendo a las normas de la buena sociedad, los presentó.

—Ella es Pola Martínez, mi mejor amiga y futura dueña de una librería.

A Pola, oírlo llamarla así, aunque aún no supiera de las nuevas, hizo que le brillaran los ojos.

—Y él, Diego de Ariza, el dueño del local de mi despacho y de tu librería, si todo sale bien.

Pola pestañeó tanto que pensó que se le caerían uno a uno los pelitos del borde de los párpados. Su asombro se hizo mayor cuando él extendió la mano hacia ella, con el propósito de tomarla, como si no se hubieran bufado cuales gatos. Pero como decía su padre, lo cortés no quitaba lo valiente, así que le dio un leve apretón, aunque luego se restregó la mano en el abrigo. Cosa que le dibujó al otro un mohín contrariado.

—Ya está aquí el tren de mi madre —dijo de golpe—. Les dejo, que tengan buena tarde.

Echó a andar con paso presuroso, mientras Pola e Iván lo observaban. Era tan alto que su cabeza tardó en perderse en la multitud, y ese sombrero medio espachurrado lo delataba.

—¿Qué le has hecho al pobre hombre para que huya de esa manera?

—Pues nada, que es un insufrible y un maleducado.

—¿Diego? Pero si es encantador, mujer. Lo habrás pillado a contrapié, su madre anda con problemas de salud. Ha ido a ver a un médico al norte, por lo que sé, igual por eso ha venido a buscarla.

—Pues si ha ido a ver a un médico, no sé por qué no la ha acompañado, como es de ley.

—Porque es un hombre muy ocupado. Anda, no estés mohína con él, que va a ser tu casero.

—Igual me busco otro local, con tal de no verle más la cara.

Iván rio.

—No digas tonterías, que es muy buen sitio. ¿Quieres que nos tomemos un chocolatito?

—Pues sí, tengo cosas que contarte. —El entusiasmo con lo que lo dijo se le borró al ver que Héctor se aproximaba. Se le quitaron las ganas de chocolate y hasta de vivir.

Al verlos juntos, Pola se preguntó una vez más cómo podían existir hermanos tan dispares. Decían en el barrio que Héctor, con su pelo y sus ojos negros, era más apuesto que Iván. A ella nunca se lo había parecido.

—Héctor, ¿qué tal el viaje? —preguntó por mera educación.

—Incómodo, como todos los dichosos viajes. ¿Nos vamos, Iván? El coche estará esperando.

Sin esperar, se fue. Su hermano lo siguió, pero Pola se quedó clavada, con el pensamiento de su compromiso incrustado en la frente. Tenía la impresión de que, si tiraba de él, se desangraría y si, por lo contrario, lo dejaba en su sitio, le haría el cerebro puré. Sea como fuere, era horrible. Y encima tenía que decírselo a su amigo.

—¿No vienes, Pola? —preguntó él, deteniéndose a unos pasos.

—Voy a casarme con tu hermano.

Al otro se le abrieron tanto los ojos que podrían haber pasado por túneles y meterse en ellos un ferrocarril por confusión.

—¿Es una broma? —Iván se frotó el cogote.

—No, no lo es.

—Pues no entiendo nada. —Fue hacia ella y, a su lado, le echó el brazo por los hombros, para luego besarla en la sien—. Pero me lo cuentas de camino.

—Héctor aún no lo sabe, así que vamos a ir muy despacito al coche.

—Como si fuéramos dos caracolitos por un lechuga.

Ella sonrió un poco, y él la apretó contra sí. Avanzaron entre la gente, tan lentamente como él había prometido, mientras ella lo ponía al corriente. Iván lo encontró una idea descabellada. Ni siquiera podía decirse que el carácter de Pola y Héctor fueran como la noche y el día, porque al menos el sol y la luna se encuentran en algún punto.

—Pola, se me ocurre... Ya que te tienes que casar para tener tu librería, ¿por qué no conmigo? No me importaría hacer eso por ti. Aunque hiciéramos vidas separadas, ya me entiendes.

—No, no, no —dijo ella a toda prisa—. No voy a sacrificar tu felicidad también, olvídalo. Tienes que conocer a alguien que te quiera como se quiere a un amor, no como se quiere a un amigo. Pero gracias. Eres un tesorito.

Iván sonrió, y se le ocurrió hablarle de la chica del tren, de lo simpática que era y de la pena y la preocupación que había sentido cuando se había marchado de repente.

—Tal vez no vuelva a verla nunca —dijo oteando entre la multitud, por si estaba allí.

—No estés triste, Iván, que Madrid, cuando quiere, es un pañuelo.

7

—¿Cómo que ratas? —Lorea sostenía entre las manos su mordisqueado libro de Anatomía.

—Grandes como melones. Lo menos cien —le dijo su casera; anciana y muy sufridora, aún de luto por su difunto esposo, muerto en la Septembrina—. Una plaga horrorosa. Por todo el edificio.

—¿Y de dónde han salido? —preguntó consternada.

—Pues de una obra de por aquí cerca, pensamos, han removido tierra y estaban todas ahí metidas. Pero el edificio me lo van a cerrar, hija, y no puedo seguir alojándoos aquí. Ya le he dicho a los demás que se vayan, pero estabas de viaje y... —Sacudió la cabeza y se echó a llorar—. ¡Esto es un descalabro!

A Lorea el cansancio le agujereaba las piernas, y tenía una sensación molestísima en el vientre. Aun así, encontró fuerzas para consolarla.

—No se preocupe, buscaré donde alojarme.

—Una muchacha sola... —Se persignó, sorbiéndose las lágrimas—. No puedes ir a cualquier pensión, o pensarán..., ya me entiendes. Mi hermana trabaja en el Inglés, telefonearé a ver si hay habitaciones. Recoge tus cosas, te espero abajo.

Lorea, a solas, contempló el desastre, y todo le dio vueltas. Sudaba, pero estaba helada, y pensó que estaba cayendo enferma. Aunque como siempre que la vida se le torcía, ignoró a la debilidad. Aprisa, recogió las pocas pertenencias servibles y su máquina de escribir. Por suerte sus manuscritos estaban en una carpeta que se había mantenido a salvo.

—En el Inglés tienen una habitación libre —le dijo la casera cuando llegó abajo—. He pedido que te manden un automóvil; con tanto bulto se te caen los brazos antes de llegar a coger un tranvía. Aunque no hay muchos autotaxis y no son cosa barata, menos aún desde que Madrid se ha llenado de extranjeros con posibles huyendo de los rigores de la guerra.

Afortunadamente no tardó en llegar un landaulet aparente y limpio que inició la marcha tras un frenazo por culpa de un carro tirado por mulas que se les cruzó. El chófer gruñó, y aunque conducía bien, se quejó de Madrid y del tráfico todo el trayecto. Lorea solo asentía, tratando de no pensar en la que tenía encima.

La recepción del Inglés era amplia, con techos altos y grandes lámparas. Había un cartel que decía: «Hablamos todos los idiomas», jarrones con flores frescas y una limpieza impecable. Aunque a Iris, lo que más le gustaba del hotel, eran sus confortables camas, su servicio de cenas y las tertulias literarias que se daban en él. El conserje la miró de tal manera, que temió que la hubiera reconocido, pero luego tomó sus datos como si nada. Iris le pidió usar el teléfono, porque si no avisaba a Alfredo de que estaba en su nuevo destino, mandaría a la Guardia Civil a buscarla.

Le indicó dónde estaba, a un lado del mostrador, y ella se acercó en tanto que otra chica llegaba a recepción. Un cliente, reclamando algo a toda prisa, se coló, y la muchacha se hizo a un lado. Iris, mientras esperaba contactar con Alfredo, la observó. Ver que llevaba un corte de pelo similar la hizo sonreír.

Un cálido saludo de Alfredo llegó a sus oídos, y también un regaño.

—¿No querías pasar desapercibida? Madrid, para la gente como tú, es un pueblo.

—Ha sido cosa de Antonio. Me ha invitado a ver su nuevo piso, y ya de paso, me quedo.

—¿En su piso?

Esa posibilidad no se le había ocurrido, pero era tan buena que le iluminó la mirada. Antonio se lo alquilaría, si es que no quería alojarla de balde, aunque ella se negaría a eso.

—No, me voy a quedar en el Inglés, pero ahora que lo dices...

—La madre que te parió, ¿en el Inglés? ¡ahí te conoce todo el mundo!

—Me he cortado el pelo. Y llevo ropa diferente.

Se hizo tal silencio que si no era porque a Alfredo le había dado un infarto, poco faltaba.

—¿Alfredo?

—Ese ya está muerto, manda flores. Y un buen jerez, de paso. Que me lo beba de golpe.

—No seas teatrero, que no es el fin del mundo —dijo entre risas—. Y nadie me ha reconocido de momento, ni siquiera el marquesito que he conocido en el parque de María Luisa, y tenía pinta de ser de esos que van mucho a la zarzuela a pavonearse con sus buenos trajes.

—Te salen los marqueses como champiñones. ¿De cuál de tu colección se trata esta vez?

—El de Robles, ¿te suena?

—Claro que me suena, como que se va a casar con una ricachona emparentada con los Alba.

Un gesto de contrariedad se dibujó en el rostro de Iris, y se esfumó tan pronto como llegó. No podía sorprenderse de que un hombre así tuviera compromiso. Era apuesto, amable y tenía un marquesado. Ya solo por lo del marquesado, se lo rifarían.

—¿Y eso cómo lo sabes?

—Me he enterao merendando en el Inglaterra. Ha entrado él con un primo suyo, la muchacha y los padres, y la gente, que es mu chismosa, me ha puesto al corriente. «Otro aristócrata casándose con una niña pudiente», les he dicho, y me han comentado que por eso no es, que no le faltan los cuartos. Tiene propiedades por toda España, y hasta textiles en Barcelona.

—Qué afortunadas algunas, que además de guapo a rabiar, es rico también.

—Mejor ni te acerques a él, ¿eh?, que los hombres con título te gustan más que un buen mantón.

Iris iba a contestarle cuando escuchó a la chica de pelo corto departir apurada con el conserje, así que le pidió a su amigo que esperase.

—Lo lamento, señorita, estamos completos —le decía él.

—Pero si han llamado antes y les quedaba una habitación. —Temblaba, blanca como la cera—. La hermana de una mujer que trabaja aquí.

—Sí, me lo ha dicho antes de irse, pero no ha reservado. Solo me ha preguntado si quedaban habitaciones y luego ha pedido un chófer para una dirección.

La sevillana tuvo la impresión de que a ella se le había caído encima el mundo con todos sus países, sus montañas y sus fosas abisales.

—Lo siento de verdad —dijo el conserje—. Puedo llamar a otro hotel, por si tienen habitaciones libres, aunque hoy ha habido corrida de toros y dan espectáculo en los tablaos de por aquí, pero lo intentaré. Y si no, buscaremos una solución, pero ninguno de nuestros clientes se queda sin hospedaje.

La vio asentir, resoplando, para después farfullar.

—Malditas ratas, las voy a diseccionar entreteniéndome mucho en horadarles las entrañas.

Iris hasta rio por lo bajo, pero se tragó la risa de golpe cuando la vio llevarse la mano a la frente y mirar alrededor, desconcertada. Al segundo, cayó al suelo, cuan larga era.

—¡Virgen de la Macarena! —exclamó Iris—. Alfredo, te tengo que dejar que se ha desmayado una chiquilla aquí delante.

Colgó antes de que a Alfredo le diera tiempo a despedirse y corrió a asistirla.

8

Lorea volvió al mundo, tendida en una cama, vestida y con los zapatos puestos. Su primera reacción fue levantarse, pero el vértigo que antes la había tumbado volvió, aquella vez, acompañado de ganas de vomitar. Respiró, pasado el mareo, y se sentó al filo del lecho. Miró la habitación, coquetamente decorada. En una esquina descubrió colocado su equipaje, lo que la alivió. Sopesó que tal vez un viajero se había marchado de improviso, en medio de su desmayo, y habían podido alojarla. Superando el miedo a otro percance, que achacaba a su agotamiento, se dispuso a bajar a recepción para disculparse. Casi en la puerta descubrió otra, entreabierta. Le llegó una voz femenina muy hermosa que cantaba una copla subida de tono.

—Qué será, señor mío, que entre brío y desenfreno, dejo a sus pies mi decoro, pues tiene algo de oro que obnubila mis sentíos. Y no es su pico, mi señor, afilado y dulce, es su buen bastón.

Lorea casi se ruborizó, asomándose despacio. Descubrió un cuarto de aseos, con todas sus piezas. Olía a jabón de azahar y la estancia se hallaba caldeada. En la bañera, la misma mujer que estaba en la recepción se enjabonaba metida en el agua mientras cantaba animada.

—Que será, qué será, lo que voy a merendar. Dulce y fino, placer mío, que me tiene enamorá.

—¿Hola?

—¡Por la Virgen de los Remedios! —Del sobresalto, la esponja voló hasta acabar en la otra punta del baño, y ella se llevó la mano al pecho—. Creí que venías a asesinarme. Ya me imaginaba como una de esas desafortunadas de la calle Morgue, con Dupin tomando notas sobre mi cadáver.

—Esto no es París.

—Licencia narrativa. —Se encogió de hombros—. ¿Estás mejor?

—¿Quién es usted? ¿Y qué hago aquí? Aunque… mejor se lo pregunto cuando salga.

—Ah, no tengo nada que no hayas visto ya. ¿Me acercas la esponja, por favor?

Al ir a recogerla, Lorea volvió a sentirse mareada.

—Será una indigestión —murmuró, tendiéndole la esponja.

—Sí. —La mujer, tras sumergirla, la frotó con jabón y siguió aseándose—. De nueve meses. Le darás a tu marido una alegría, o un dolor. Hay hombres que no soportan la paternidad.

Lorea la miró contrariada, pero en su cerebro se manifestó de golpe su último encuentro íntimo con Héctor: hacía poco más de un mes. No obstante, la menstruación le había venido, y era la primera vez que tenía esos mareos. Aquello debía de ser por la impresión de saber a Héctor cerca. Se hallaba casi convencida cuando la voz de su abuela resonó en su memoria: «Yo no me percataba de los embarazos hasta tarde, echaba poca barriga y ni desarreglos tenía. Con tu padre, no supe que estaba encinta hasta que me puse de parto en el teatro, viendo una comedia, de tanto reír».

Lorea se sentó de golpe en la taza del inodoro.

¿Y si había heredado también esos asuntos de su abuela? ¿Y si iba a salirle un chiquillo de dentro en aquel mismo aseo?

¿Cómo afrontaría aquello en su situación? Incapaz de permanecer serena, como otras veces, rompió a llorar.

La desconocida salió de la bañera aprisa. Se envolvió en una toalla y se acuclilló a su lado.

—No llores, lo de que tu marido no estará contento lo he dicho en broma, seguro que se alegra.

—No estoy casada. —Salió aquello de los labios de Lorea como un lamento fúnebre.

—Entiendo... Pero ¿sabes quién es el padre?

—¡Pues claro que lo sé!

—Bueno, no te pongas así, prenda. Lo hablas con él y asunto arreglao. —Le palmeó la pierna y le tendió una toalla pequeña—. Ten, sécate esa carita de azucena, que no es el fin del mundo.

—No puedo hablar con él. —Lorea se secó la cara, tragándose el llanto.

—No me vayas a decir que está muerto, porque ni en la ópera se gastan tanto drama.

—Ojalá ni hubiera nacido... —Estrujó con inquina la toalla entre las manos—. Lo siento, estaré abrumándola con mis desgracias.

—Anda, vamos a la habitación, y hablamos allí —dijo ella—. Tienen buena calefacción, pero me estoy quedando arrecía.

Lorea asintió, más serena, y dejaron el baño.

—Me llamo Iris, por cierto. —Le tendió la mano—. Y tutéame, por favor.

—Lorea Garmendia.

Tras un firme apretón, ella se sentó al filo de la cama, con la mirada perdida en las manos, suspirando a cada tanto. Cuando Iris se puso el camisón, se sentó a su lado.

—Tendremos que dormir en la misma cama, espero que no te importe, pero no iba a dejarte desamparada como estabas, y al conserje le ha parecido bien —le dijo.

—Gracias por interceder por mí.

—De nada, bonita. No eres de aquí, ¿no? Te noto acento del norte.

—Soy de Vitoria.

—Yo conozco a una cupletista de Bilbao, la Goya. «Ven y ven, vente, chiquillo, conmigo» —cantó—. Igual la conoces.

—No soy de cuplés, ni de música en general, pero... tú cantas muy bien.

—Vivir sin música es cosa mala, pienso yo, pero gracias por la parte que me toca.

—De nada, y... ¿estás segura de que estoy embarazada?

—Mi madre tenía un don para estas cosas y lo he heredado. Habrás tenido alguna falta, ¿no?

Negó con la cabeza, y le contó lo de su abuela.

—Dicen que heredamos los asuntos femeninos de las abuelas, para bien o para mal. La mía ni sintió la menopausia y rezo para que cuando llegue me pase igual. Eso de los sofocos y de los sangrados que van a su antojo me da una angustia terrible.

—Clorhidrato de adrenalina —dijo Lorea.

—¿Eso qué bicho es?

—Una solución que se emplea en las metrorragias.

—Ya me lo recordarás en unos años, porque no esperes que me acuerde de esa palabreja. —Rio—. Yo tampoco soy de Madrid, soy sevillana. He venido a escribir una obra de teatro. A ver si lo consigo, que no he escrito más que un par de coplillas en un papel, y tengo muchas dudas. ¿Por qué pones esa cara?

Lorea sacudió la cabeza.

—¿Qué cara?

—Como de susto.

—Es que me gusta escribir también, y ando en medio de una crisis. Y ya no sé ni qué significa ser escritor. ¿Hay que escribir mucho? ¿O basta con tener la cabeza llena de historias y la intención de ponerlas en el papel? O haberlas puesto, aunque solo sean dos párrafos. ¿Puedo llamarme escritora si aún nada me han publicado? Ay, perdóname, no digo más que tonterías. —Se dejó caer en el lecho, con mucha afectación.

—No, no. —Iris se tendió a su lado, y se miraron las dos—. Te comprendo. Y no son naderías.

—¿Y qué piensas?

—No soy una experta, pero pienso que si te gusta escribir, con eso basta.

A Lorea le pareció que cuando Iris sonreía, la estancia se llenaba de color.

—Me alegro de que quieras escribir una obra de teatro, ha de ser algo bonito.

—Gracias... Lo hago por una cosa que llevo muy adentro, ¿sabes? —Iris suspiró—. Una promesa que hice hace tiempo.

Lorea la miró con curiosidad, esperando que le contase más. Sin embargo, Iris sacudió la cabeza con brío, y terció el asunto:

—¿Y tú qué escribes?

—Novelas.

La sevillana celebró aquello, y Lorea se sintió tan contenta que quiso enseñarle la máquina de escribir.

—¡Válgame el cielo! —dijo Iris al verla— Normal que el mozo resollase para subir el maletín más que la borriquita de la leche cuando lleva muchas cuestas. He visto alguna, pero nunca la he usado. —Hundió un par de teclas—. ¡Qué ruido! ¿Puedes pensar a la vez que esto suena?

—Me encanta el sonido que hace. Es como la música de la historia que estoy escribiendo. Y me la regaló mi padre, así que le tengo mucho cariño.

—¿También estás aquí de retiro para escribir?

—No, yo... —Cerró el maletín, cogiendo aire.

—Chiquilla, qué misterio te das.

—Estoy estudiando Medicina. En mi tercer año, aunque... tendré que dejarlo. —Se miró la barriga con el morro torcido—. Y mis padres me desheredarán. Son muy estrictos con estos asuntos.

—Entonces no se lo digas. Si heredas lo de tu abuela igual te da tiempo a poner en vereda tu vida. Además, que estás de buen ver, como yo, si engordas un poquito en las primeras semanas ni cuenta se va a dar nadie.

—Eso es verdad —dijo sintiendo cierto consuelo.

—Pues ya está. No merece la pena reconcomerse por cosas que no podemos cambiar. Te quedas en Madrid hasta que tengas a tu hijo y después lo dejas en la inclusa.

—¿En la inclusa? No. —La miró horrorizada, la mano en el vientre.

—No me mires con esa cara revenía. No serías la primera ni la última. En cualquier caso, ¿quieres saber qué haría yo? Buscaría al padre, y si se niega a responsabilizarse, lo ahogaría en la Cibeles.

—Soy tan tonta que ni una desgracia quiero para él.

Iris le palmeó el hombro para reconfortarla.

—¿Tiene parné el pajarraco?

—Sí...

—Pues que suelte la guita. Y como me da en la nariz que antes te metes tú en la Cibeles que hablar con él, me ofrezco a hacerlo.

—¿Tú? —Frunció el ceño—. Si nos acabamos de conocer.

—Vamos a dormir juntas, ¿no? De ahí a plantarle cara al que te ha hecho eso, hay poco o nada.

A Lorea le pareció que era de sobra capaz de algo así.

—¿Tú tienes hijos, Iris?

—No. Y lo que voy a decir igual te enfurruña, pero no soy de callar lo que pienso, así que ahí va, como el caballo de copas: no sé si quiero tenerlos. Y, por más que se diga que es cosa natural de las mujeres, pienso que también es natural hacer de vientre, pero a veces no hay manera de que salga.

—Vaya comparación. —Soltó una carcajada—. No es lo mismo.

—¿Por qué? ¿Solo porque soy mujer ya debo ser madre?

Lorea hinchó los mofletes y soltó el aire mientras pensaba qué decir. No era un asunto baladí. Podría derivar en un debate ardoroso, en una enemistad irrevocable o en una charla bien avenida.

—Mucho resoplas tú —le dijo Iris brazos en jarra.

—No, perdona —rio amable—, pensaba qué decir. Es verdad que nuestro cuerpo generalmente posee los mecanismos para la maternidad, y es verdad que a las mujeres solo se nos presume que seamos madres, pero siempre he querido serlo, y no me pesa la idea.

—Entonces me alegro por ti. —Iris sonrió sincera—. Te van a venir bien tantas ganas para llevar esto adelante. Pero ahora no le des más vueltas, date un baño. Tengo una crema buenísima que te va a quitar esa cara de acelga en un santiamén. Y luego bajamos a cenar, que aún estamos a tiempo.

La manera en la que Iris la miró, le hizo ver que no admitía discusiones. Fueron al baño, para que le prestase la crema. Mientras rebuscaba en su maletincito de aseo, le preguntó:

—¿No tienes residencia habitual aquí?

—Sí, pero ha habido una plaga de ratas en la casa donde me alojaba.

—Qué faena, aunque ahora entiendo por qué has dicho lo de diseccionarlas en el mostrador —dijo callando una risa—. Tendrás que buscarte una nueva habitación, ¿no?

—Mañana mismo.

—Mira, Loreíta, ¿puedo llamarte así? Me gusta cómo suena.

—Así me llamaba mi abuela —le contó, con una sonrisa.

—Entonces así te llamaré, como si fuéramos viejas amigas. El destino nos ha juntado en tan peculiares circunstancias. ¿Para qué vamos a andar solas si podemos ayudarnos? Tengo un amigo que alquila su pisito, en la calle de Atocha, y estoy pensando en irme allí. ¿Te quieres venir?

Había hablado Iris del destino, y aunque ella dudaba de que existieran fuerzas mágicas, sí creía en que, cuando las circunstancias se sumaban, había que hacer caso a los resultados.

—¿Seguro que no te importa?

Los ojos de Iris tuvieron el brillo de dos luceros.

—No es solo que no me importe, sino que se me antoja que es lo mejor que nos va a pasar en mucho tiempo. No sé, tengo ese pálpito.

9

Pola maldecía para sus adentros a Héctor, mientras paseaban por El Retiro. Igual pasear era un verbo demasiado amable para lo que hacían, porque ella iba dando grandes pasos, como si quisiera comerse el suelo con los pies, mientras él trataba de ponerse a su altura.

—¿Por qué vas tan rápido? —le preguntó él, resoplando.

—Porque tengo la obligación de andar contigo, pero no se ha especificado cómo. Y menos después de que hayas dicho que don Edgardo Poe no era más que patético borracho con la mente llena de pájaros.

—He dicho de cuervos.

Ella resopló.

Habría querido quedarse en casa con su prima, poniéndose al día, consolándola por los padecimientos de Londres, pero debía cumplir con su parte del trato y andar con Héctor, por cuarta vez esa semana.

—Es de mala educación llevar a nadie como si fuera al trote —se quejó él—, me van a confundir con un coche de caballos y a pedirme que los lleve.

—Habértelo pensado mejor antes de decirle a mi padre que sí, que te casabas conmigo.

—Sabes que tengo unas obligaciones con el mío. —Héctor la retuvo tomándola del brazo.

Ella miró la mano de él, y le pareció que estuviera hecha de fuego, de tanto como le molestaba.

—No finjas que no te ha venido bien. Esto te abrirá muchas puertas.

—Como que a ti no te beneficia. —Chasqueó la lengua—. Caminemos como personas civilizadas, por favor, y conversemos. Pero no de libros, me aburre soberanamente.

Pola cogió aire, y paciencia de paso.

—Está bien. —Retomó el paso, despacio, con él a su lado—. Hablemos de tu trabajo. ¿Cómo te va?

—No creo que vayas a entender una palabra de lo que te diga, son cuestiones médicas.

—Así no hay manera, Héctor.

—No, no la hay. —Se rascó el cuello—. Ya nos vemos otro día.

Sin decir más, se caló el sombrero y se alejó con las manos metidas en los bolsillos. Pola suspiró desde lo más hondo, mirando al cielo. Hacía un sol espléndido, pero le habría gustado que empezase a llover, aunque fueran ranas. Habría sido gracioso ver al Palacios con un puñado de batracios en el sombrero, dejándoselo como una ensaimada, igual que al de la estación. Al pensar en el tal Diego, le vino ardor por la garganta. No se le olvidaba el encontronazo. Por suerte, no había tenido que verlo, porque la firma de los papeles del local la había hecho su padre.

Mientras intentaba calmarse, y olvidarlos a los dos, fue a la librería. Aún le costaba creer que su sueño tomase forma, cuando hacía nada era solo un pensamiento. Y qué bonito era eso de ver nacer a los sueños. El proyecto avanzaba con brío, gracias a Iván, que había hecho buenos planos y tratado con estupendos y rápidos albañiles. Coqueto y dividido en dos espacios, el local formaba una L. La parte más alargada hacia el fondo, la más corta en la fachada. Al frente y a la izquierda, las estanterías. El mostrador, a la derecha, y en la parte frente a él, un rincón con unas butacas y una mesa baja. Aunque era todavía un pequeño desastre, con pintura aquí y allá, y los muebles cubiertos con sábanas, cobraba forma. Pola se moría de ganas de ver llenas de libros las estanterías que le había comprado a un librero que cerraba por jubilación.

Aprovechando el descanso de los trabajadores, se puso a limpiar el cuartillo del fondo, que quedaba junto al aseo. Iba a acondicionarlo como cocinilla para calentar agua o café. Había arrumbadas en él unas cajas que le hicieron fruncir el ceño, porque no las recordaba. Abrió una a ver qué tenían, y descubrió un montón de libros. Sin embargo, los pedidos no llegarían hasta más adelante, así que arrugó la nariz, más aún al ver que eran compendios médicos.

—Igual se han confundido al entregarlos —pensó en voz alta.

Iba a guardarlos, y a comprobar más tarde el error, cuando dieron sus dedos con uno que le llamó la atención, por distinto. Encuadernado en azul, no llevaba nombre en sus tapas. Al abrirlo, le pareció un diario, y se le pusieron los ojos como rosetones de catedral. Lo metió en la caja, de golpe, como si su padre, en esas veces en las que la curiosidad la poseía, la regañase. Eso de leer un diario de otro era pecado capital. Y no quería el juicio de Dios ni el de Beltrán Martínez, así que cerró la caja y siguió limpiando. Sin embargo, cada vez oía menos el regaño de su padre, y más otra voz, como la del cuervo de Poe, solo que en vez de «Nunca más» le decía «Léelo».

Sin más remedio, abrió la caja y luego el diario, por la primera página. Tenía la rugosidad del polvo de la tierra, como si se hubiera embarrado y limpiado después. Parte del barro había difuminado la tinta, y solo pudo ver una fecha: «1914». Sus ojos recorrieron ávidos el resto, hasta encontrar fragmentos legibles. En voz alta, leyó el primero de ellos:

—«Querida Isabel, expresas en tu carta una angustia que me remueve las entrañas. Me siento impotente al estar tan lejos y no poder consolarte. Ojalá arrancarte el miedo con mis besos; ojalá abrazarte hasta que olvides lo demás. Sí, tienes razón, el amor y el odio libran feroz batalla. Tan cruenta y terrible como la guerra que asola esta inhóspita tierra, tan lejos de mi hogar y de ti. Pero cuando el odio y el amor se enfrentan, siempre vence el amor».

¿Quién era esa Isabel?, se preguntó. ¿Y por qué hablaba de amor y odio? Y de una guerra. Con el pulso acelerado, leyó el siguiente fragmento:

—«Me preguntaste si a alguien le había vuelto a picar un alacrán. Que sientas curiosidad por esas cosas me hace reír, y quererte más. Sí, he curado de nuevo una picadura. Se le puso el pie del color de tu vestido favorito, por lo que me encontré pensando en ti, pero ¿cuándo no lo hago?».

Pola sonrió enternecida, y quiso leer más; sin embargo, un saludo lejano se coló en la estancia. Alguien había entrado a la librería, y guardó el diario mientras chasqueaba la lengua.

—¿Hay alguien? Tengo prisa, por favor.

—¡Sí, ya voy! —Rezongando, salió de la cocinilla. Cuando vio quién esperaba fuera, tuvo ganas de volver a ella y cerrar con llave—. Vaya por Dios, si es usted, don simpático.

Diego estaba allí, con un traje gris bien lustroso, un sombrero negro y un maletín de cuero en la mano derecha. Y si Pola lo miró con disgusto, él no se quedó corto.

—Igual esperaba al rey.

—Pues no esperaba a nadie, si le digo la verdad. Y menos a usted, que me amarga el café.

Él soltó un gruñido, estiró la mano hacia el mostrador y señaló un papel sobre este.

—Le han dejado una nota diciéndole que vendría a esta hora. ¿Lo ve?

Pola se acercó, y la leyó. Era la letra de Iván.

—Ni cuenta me he dado.

—Pues debería de estar más pendiente de lo que sucede en su negocio.

—¿Tiene usted un negocio para decirme cómo debo llevar este?

Diego pareció querer contestar, pero solo sacudió la cabeza. Con un movimiento enérgico, puso el maletín sobre el mostrador.

—He venido a traerle unos papeles que quedaron por firmar, para su padre. —Sacó una decena de cuartillas, y se las tendió—. Espero que no sea despistada y se los dé. Son documentos importantes, de la aseguradora.

—Despistada... — Tiró de ellas—. Bueno, por lo menos no me ha llamado tonta.

—No me recuerde lo de la estación, por su bien. —Soltó un resoplido.

—Para resoplar como los toros se va usted a la plaza.

—Lo que me voy es de aquí, doña vinagre, que no se puede intercambiar palabra con usted sin que a uno se le ponga mala la sangre.

—Creo que sabe dónde está la salida. —Dejó los papeles en el mostrador, fingiendo que los ojeaba, para no prestarle mayor atención—. Y la próxima vez, mejor vaya a mi casa y dele los papeles a mi padre, que así no sufre por verme.

Él, sin más, se marchó. Pola metió los papeles bajo el mostrador. Escuchó la puerta de nuevo, y sintió ardor de estómago al pensar que él habría regresado, pero se encontró con Concha, una tendera y vecina que, como muchas otras, pasaba a curiosear. Delgada cual lápiz, llevaba sus cincuenta años de vida en aquel barrio, y la mitad al frente de una perfumería en la misma calle. Pola había comprado allí su agua de colonia cuando niña, de la mano de su madre, y su primer perfume cuando fue más mayor.

—Qué bonito te está quedando esto. —Sus ojos azules miraron curiosos alrededor—. ¿Traerás libros extranjeros? Ya sabes que soy asidua a los folletines franceses.

—Los traeré, pero igual tardo un poco. Mientras, puedes leer algo español.

—Es que lo francés siempre tiene más tragedia.

Pola podría haber tenido un debate con ella sobre eso, pero al fijarse en el reloj de cadena que colgaba del cuello de la perfumera, se dio cuenta de que era la hora de comer.

—Lo compré en Toledo, en Navidades —le dijo Concha—. Si te gusta, te encargo uno.

—No hace falta, solo miraba la hora. Voy a casa, ¿caminamos y me cuentas cómo va todo?

Concha echó un último vistazo a la tienda y asintió.

Andaban ya cerca de la casa de Pola, cuando la perfumera le dijo:

—He visto salir al dueño del local. Hay que ver qué buen mozo se ha hecho. Lo recuerdo de pequeño sentadito al lado del escaparate, recogiéndole los hilos a su tía.

Al pensarlo así, de niño, enredando entre hilos, Pola olvidó por unos segundos que la había llamado tonta.

—¿Te acuerdas de la tienda de hilos? —agregó Concha.

—Vagamente, no soy muy de coser.

—Pues él anduvo con ella en el local, era bien curioso y le gustaba tratar con la gente.

Comprendió entonces Pola qué era lo que había callado antes, cuando ella le había dicho si tenía algún negocio como para decirle de qué manera llevar el suyo.

—Pero luego estuvieron fuera, por cosas del trabajo de su padre, y dejó de venir tanto por aquí. ¿Tienes mucho trato con él?

El tono de Concha fue inquieto. Y aunque lo de indagar en las vidas ajenas era mal endémico del pueblo, Pola no iba a ser quien tirase la primera piedra.

—Solo lo he visto dos veces. Mi padre ha tratado el asunto del alquiler con él.

—Ah. —Cabeceó ligeramente—. ¿Quieres que te dé un consejo? No hables mucho con él.

No es que tuviera el mayor interés en ello, pero los motivos de Concha le picaron la curiosidad.

—¿Por qué?

—Porque es un hombre con muchas cargas, y esa clase de personas todo lo amargan.

10

La Pluma al fin abrió sus puertas, y fue la comidilla del barrio. Muchos alababan la valentía de Pola, otros la censuraban y unos pocos torcían el gesto diciendo: «En estos tiempos de hambre ¡abrir una librería! Si nadie lee». Pero, en realidad, la gente leía, porque de no ser así, no habría vendido tanto en los primeros días. Luego la cosa se asentó como una buena comida después de reposar. Es entonces cuando sabe más rica. Y a la recién estrenada librera le pareció que las horas tranquilas, en las que los clientes entraban espaciados, le gustaban más que aquellas en las que se amontonaban por cada rincón esperando ser atendidos. En ellas podía dedicar más tiempo a agasajar sus gustos, a debatir sobre tal novela, a apreciar el olor de los ejemplares recién llegados de imprenta. Los vendía como barquillos en la Paloma y sabían igual de ricos a sus lectores.

Opinaban todos que el local estaba hecho un dulce y que tenía una mezcla de moderno y antiguo muy acertada. Algunos destacaban las lámparas de cristal, otros, el papel crema de las paredes, las alfombras o el suelo de moda, de varios colores. En el escaparate, en el que los chiquillos con los mofletes llenos de churretes se paraban a curiosear los libros, aun sin saber juntar dos palabras, puso unas cortinas verdes recogidas con borlas doradas, como las de los grandes cafés de Madrid. Había jarrones con flores y bomboneras de cristal llenas de caramelos de sus dos bombonerías favoritas, La Pajarita y La Violeta. Cada vez que los ofrecía a algún cliente, su aroma impregnaba el aire.

—¿Sabe usted que cuentan que a los de La Pajarita les puso el nombre Unamuno? —solía relatar mientras alguien los saboreaba—. Si le gusta el autor, tengo su novela *Niebla*, o nivola, según él mismo, ¿la he leído?

Algunos negaban y otros asentían. Otros preguntaban qué era eso de nivola. Se lanzaba a contarles de qué trataba y se iban con ella. Y Pola se quedaba pensando qué otra cosa podría meter en las bomboneras para hilar tan fino como para acabar vendiendo novelas.

Una tarde, mientras rellenaba una con caramelos, pensando que nadie entraría a comprar por culpa de la tormenta que caía con ganas, le vino a la mente el asunto de las cajas. Seguían arrumbadas en la cocinilla, porque el trajín de la apertura y la llegada de su prima y su tía, no la habían dejado resolver si eran extraviados y apartado de su mente cualquier necesidad de seguir leyendo. El impulso de hacerlo entonces le latió fuerte en las venas.

A Lorea le había cogido el aguacero en plena calle Carretas. Buscaba una librería en la que hacer unos encargos y un vecino la había mandado hasta allí. Por eso, cuando vio La Pluma, soltó un suspiro de alivio y cruzó la puerta. El sonido de la campanilla tintineó anunciando su llegada y la envolvió un agradable olor a violetas. A unos pasos de ella vio a una chica alta, pelirroja, bien vestida, que se dio la vuelta en el centro de la librería. Lorea tuvo la impresión de que la había interrumpido en su camino hacia algún punto.

—Buenas tardes —dijo la estudiante, cerrando el paraguas—. Cómo cae hoy, ¿verdad?

La chica fue hacia ella, con paso presto.

—San Pedro ha abierto el grifo. Deme el paraguas si quiere, lo pondré en el paragüero.

Lorea se lo tendió al punto y la muchacha lo colocó en uno de cerámica, decorado con escenas de *El Quijote*, lo que le resultó un bonito detalle.

—¿En qué puedo ayudarla? —le preguntó la pelirroja, que sonrió ampliamente.

A la estudiante le gustó su sonrisa. Era como la de su querida abuela, con la graciosa expresión infantil que dan las paletas que se montan un poco sobre los dientes adyacentes.

—Vengo buscando unos libros de Medicina. He preguntado y me han enviado aquí.

—Ah, pues la han confundido. Los libros de Medicina los vende Moya, en esta misma calle. Pero quédese hasta que escampe, y acérquese a la estufa, vendrá helada. ¿Quiere tomar algo caliente?

—No, gracias, aunque a lo de la estufa no me negaré.

Se acercó a ella, situada junto a unas butacas, y se calentó las manos.

—Tiene usted una librería muy bonita y acogedora —dijo apreciando sus detalles.

—Gracias. Me ayudó a diseñarla un amigo arquitecto. Él me dijo cómo ponerlo todo, y hasta me regaló un cuadro bien bonito cuando inauguré. —Señaló una marina enmarcada en dorado—. Le dije que a ver qué hacía un cuadro con cosas del mar en una librería en el centro de Madrid, pero a él le gusta mucho el mar y cuadro que ve con un poco de agua cuadro que compra.

Lo pizpireto de la librera casi la hizo reír.

—Su amigo ha de quererla mucho para regalarle un cuadro tan magnífico.

—Y sí que me quiere sí. Como amigos nada más, ¿eh?

Lorea esbozó un gesto amable y soltó un suspiro al notar que entraba en calor.

—¿Puedo echar un vistazo a los libros?

—Está usted en su casa.

—Me llamo Lorea, por cierto —Se acercó y le tendió la mano—, háblame de tú, por favor.

—Pola Martínez. —La estrechó y se sonrieron entretanto.

A ella le pareció que había escuchado aquel nombre en alguna parte, pero no lo ubicaba.

—¿Eres del barrio? Nunca te había visto por aquí —dijo la librera.

—No. Soy de Vitoria. Pero me he mudado aquí cerca.

—Entonces necesitarás un libro para tu nuevo hogar. Mi abuela decía que en una casa que se estrena tienen que entrar tres cosas para que nunca falten: pan, aceite y sal. Y yo añado que un libro.

—Eso mismo dijo mi amiga Iris, que vive conmigo. Puso el pan encima de un mueble y ahí está, duro como una piedra, pero dice que no se puede comer ni aunque nos lleve el hambre, cosa que dudo, porque cada tanto me lleva a algún *restaurant* —contó con cariño—. También le gustan mucho los libros. Tengo que traerla un día.

—Estaré encantada de recibirla.

Lorea asintió y tomó uno de la estantería. Diez minutos después ya tenía tres bajo el brazo. Se sintió contenta, hasta que se topó con *El oscuro dominio*. Su cara de desagrado debió de ser notable, porque la librera dijo:

—¿No te gusta la prosa de don Antonio de Hoyos?

—No es eso. Ni siquiera lo he leído.

Pola se acercó despacio, como un gatillo curioso detrás de algo asombroso.

—Averiguar la relación de las personas con los libros es una de mis cosas favoritas, así que perdóname si te interrogo sobre el asunto como si fuera esto una novela de detectives.

Aun con el nudo que le estaba encogiendo el estómago, Lorea pudo reír.

—Puedes interrogarme.

—¿Alguien te habló de él?

—Me dijeron que nunca podría escribir cosas así, por ser mujer.

La carcajada de Pola retumbó entre las paredes de su establecimiento.

—Por san Agustín, qué tontería. Una mujer podría escribir sobre cualquier cosa. Supongo que te lo dijo por los temas que trata el autor. Hay quien dice que sus libros son inmorales y ya sabes que eso de la inmoralidad pretenden que nos quede lejos.

—¿Y tú qué opinas?

—Que si me ve mi padre leyéndolo me lava los ojos con ozonopino Ruy-Ram —dijo entre risas—, y que, como sucede con todos los libros, guardan mensajes ocultos que saltan a una conciencia u otra a razón de los pensamientos del lector. Llévatelo. —Se lo puso en la mano—. Te lo regalo. Así podrás juzgar por ti misma.

—No, no. Lo pagaré. Y estos otros también. —Fue a dejarlos al mostrador.

Pola se dispuso a envolvérselos y sacó una cajita. Lorea vio que en ella había lazos de todos los colores, cuerdas de cáñamo, flores secas y otras fruslerías para adornar los paquetes.

—Les pongo cosas bonitas. Me gusta que cuando la gente los lleve a sus casas, parezca que se han hecho un regalo. —Llegó de la calle un tronido que las llevó a mirar hacia allí. La lluvia caía a mantas—. Espero que no te corra prisa lo del otro libro, porque me da que va para largo.

—Es un libro para la universidad, puedo ir mañana.

—La universidad, claro. ¿A que estudias Medicina?

—Sí. ¿Cómo lo has sabido?

—Vivo rodeada de médicos, los huelo a leguas. Como los gatos del barrio cuando alguien saca un bocadillo de sardinas.

Lorea rio con ganas, y Pola siguió hablando.

—Es fantástico que estudies Medicina. Hacen falta más mujeres médicos. A mi padre le habría gustado que lo fuese, pero la medicina nunca ha despertado mi interés. No digo que no sea interesante, que lo es, y vital, es solo que mis aspiraciones son otras. Y me barrunto que conocerás a mi padre. Beltrán Martínez, cirujano, se retiró por unos dolores de cabeza infernales.

—Lo conozco, sí. Y lamento lo de sus dolores. He asistido a algunas de sus clases magistrales.

—Así es, las da por la nostalgia, igual que las consultas. Al final quien es médico lo es toda su vida. Como las cabras y el monte. Se puede sacar a la cabra del monte, pero siempre será una cabra.

Lorea aguantó una risotada, pues imaginó a sus profesores con barbas de chivo, y se fue a indagar en otra estantería. Estaba en ello cuando escuchó el sonido de la campanilla. Llevó la mirada hacia allí, y se llevó tal sorpresa cuando vio a Iván, que el libro casi se le cae de las manos.

—Ya decía que tardabas mucho, ¿me has conseguido un paraguas? —le dijo Pola al muchacho.

—Sí, uno bien grande —contestó él, de buen ánimo—. Que te tape bien las malas ideas.

Ella rio mientras él lo dejaba en el paragüero. Apenas se había quitado el sombrero, reparó en Lorea.

—Señorita Garmendia —dijo con la prenda contra el pecho, mirándola obnubilado.

—Señor Palacios —musitó ella.

—¿Ya os conocéis? —preguntó Pola, mirando a uno y otro.

—Claro, es la chica del tren —dijo él.

Lorea supo entonces de qué le sonaba el nombre de la librera.

—Me dijo cosas bonitas de ti, Lorea —soltó Pola.

Iván miró de reojo a su amiga y sacudió la cabeza, dejando el sombrero en el perchero.

—¿Ah, sí? —Lorea trató torpemente de guardar el libro; culpable por haber huido de Iván como si el diablo la persiguiese—. No sé qué iba a decir de mí.

—Que es de buena conversación y que le gusta el café solo y amargo. —Iván se acercó, y tomó el libro de sus manos. Aquel roce sonrojó a Lorea—. *El árbol de la ciencia*, ¿lo ha leído?

—Lo tengo pendiente, por eso de que el protagonista es estudiante de Medicina.

—Le encantará, ¿puedo regalárselo? Así, si lo lee, tomamos un café y conversamos sobre lo que le parece.

La mirada de Iván era tan dulce y sincera, que Lorea se debatió entre el deseo y la duda. Y ganó lo primero, a pesar de todo. Asintió, y él sonrió agradecido.

—Anda, Pola, envuélvelo —dijo yendo a dárselo.

—Le vendrá bien, con el frío que hace.

La campanilla anunció a otro cliente. Lorea, al ver a Héctor, palideció, y le dio la espalda a toda prisa. Había creído desterrar cualquier sentimiento por él, pero el corazón traicionero se hizo notar, acelerándose.

—Qué incordio de lluvia —farfulló Héctor—. Me está dejando el coche perdido.

—Hace falta que llueva —le dijo la librera, con desgana.

—Ya..., Iván, ¿nos vamos? Llegamos tarde a la comida con padre.

Lorea avanzó hacia las estanterías del fondo, tratando de pasar desapercibida.

—Pola, apúntame el libro a la cuenta —dijo Iván—. Y, señorita, espero que le guste y... que tomemos ese café. Avíseme, mi despacho está aquí al lado.

Ella se dio media vuelta sin más remedio. Aliviada, comprobó que Héctor ya había salido.

—Sí, lo haré.

Él, después de sonreírle, se marchó. Tras unos instantes de silencio, Pola le preguntó:

—¿Estás bien?
—Sí. —Esbozó una sonrisa—. Me he distraído con los libros.

Le sabía mal mentirle, pero era un asunto complicado, más si Héctor y ella se conocían. Aunque ¿en qué grado? Se dijo que su curiosidad no era malsana, y se lanzó a indagar.

—Parecéis muy buenos amigos, los tres.

—De Iván sí, pero ¿amiga yo de Héctor? Tanto como Paris y Menelao. Una tragedia, porque vamos a casarnos. Me comprometí con él a cambio de que mi padre abriera la librería.

A Lorea se le dieron la vuelta los pensamientos.

—Creía que ya estaba casado.

«Me abandonó por otra», quiso añadir.

—En absoluto. —Pola fue envolviendo el libro de Baroja—. Iba a casarse, pero su prometida murió. Una lástima. Había muchas esperanzas en esa boda después de un cortejo tan largo.

—¿Largo? —Héctor le había dicho que había sido repentino, fruto de las exigencias familiares.

—Sí, de más un año. Aunque se vieron poco. Ella estuvo algún tiempo en un preventorio, padecía de los pulmones. Él iba a verla. Estaba consumido por la idea de curarla.

Lorea entendió las ausencias de Héctor, sus viajes repentinos... La verdad de sus excusas se reveló como cartas que se ponen bocarriba.

—Para enero dijeron que se casaban y la boda se orquestó con prisa. —Pola bajó el tono, como si fuesen a escandalizarse los libros más moralistas y añadió—: Tanto que algunos pensaron que la muchacha iba encinta. Pero yo eso no lo sé.

La estudiante se apoyó en el mostrador, con una sensación tan insoportable en el vientre que temió por la vida de su hijo. Notó que la librera la cogía del brazo, con cuidado.

—Ven a sentarte.

Se dejó llevar hasta una de las butacas, y acomodada ya, trató de reponerse.

—No te preocupes por mí, solo es una bajada de tensión —se excusó.

—A mi padre los días de lluvia también le afectan la tensión. ¿Quieres que te prepare una infusión? Tengo manzanilla con anís, ¿puedes tomar azúcar?

Esa pregunta, dicha con tanto mimo, casi hace sonreír a Lorea. Había dicho «puedes» y no «quieres», porque lidiaba a diario con la diabetes de Iván. Aceptó, y la librera se fue a prepararla.

Cerró los ojos buscando calma. Pero la voz de Héctor le martilleaba las sienes y la noticia de su infidelidad se las molía con desprecio. Había estado un año engañándola. O al revés. Pero qué más daba. Las dos habían sido burladas. Enfadada, se dijo que no podía gobernar su vida como si aún tuviese el timón. Tenía que desecharlo como desechaba las medias con agujeros. Notó la presencia de Pola y abrió los ojos. Ella sonreía con una taza en las manos.

—Ten, te templará los ánimos. Y si necesitas ver a un médico, llamo a mi padre. Aunque tú sabes ya de medicina, claro.

—No es necesario, me tomaré esto y estaré mejor.

Bebió la manzanilla a sorbos mientras observaba a Pola atender en la librería a unos clientes que entraron. Le gustó su forma natural y alegre de moverse, de hablar de libros. Entró después una señora pintiparada, buscando una novela de Larra, y Pola se fue con ella hacia una de las estanterías.

—A Larra lo tengo al lado de Zorrilla, ignorando el orden de los demás, porque pienso que, cuando se hace de noche, le lee aquel poema que le leyó en su tumba, ¿sabe, doña Remedios? Igual con Quevedo y Góngora, que los tengo al ladito para que se burlen el uno del otro y no estén aburridos.

Tanto la señora como Lorea rieron, la primera con más escándalo que la segunda.

—Qué cosas tienes, Polita, eso solo se te ocurriría a ti.

Ella se encogió de hombros con gesto infantil y puso *El doncel de don Enrique* en sus manos. Fueron al mostrador, librera y clienta, y en tanto que Pola le envolvía el libro, la mujer se lanzó a hablar del lío con los tranvías en Sol y de las obras constantes.

—Cuando empiecen las obras del ferrocarril metropolitano, no sé qué vamos a hacer. Bueno, igual sí —esbozó una expresión pícara—, ir a verlas, y que los obreros guapos nos guiñen un ojo.

Pola rio, y la clienta, luego de una cariñosa despedida, se marchó.

—Doña Remedios es un terremoto —dijo la librera—, pero la quiero mucho. Se le murió un hijo hace poco, de escarlatina, y dice que leer le apaga los pensamientos de la realidad.

—Y tiene toda la razón del mundo.

—¿Ya estás mejor?

—Sí, mucho mejor. —No mentía—. Me gusta este rinconcito, es muy acogedor.

—Pues pensaba en organizar en él un club de lectura para damas. Me ha dicho mi prima que están de moda en Inglaterra, y me anima a que lo haga. Hasta me ha hecho un cartel para que lo cuelgue en la entrada para anunciarlo.

Quizá por las ganas de experimentar la vida con mayor ahínco, después del malestar, o porque la sonrisa de la librera le recordaba a la de su abuela, Lorea, con ánimo, dijo:

—Me apunto. Y le diré a mi amiga Iris que venga también.

La sonrisa de Pola fue tan amplia, que casi se le juntó con las orejas.

11

Violet llevaba horas llenando un cuaderno con las ideas que le inundaban los pensamientos desde que había llegado a España. Se había leído una decena de periódicos para ver qué se decía de los asuntos femeninos, y podía enumerar, sin temor a equivocarse, los nombres de todas las feministas relevantes del país.

—«Para unas, es un mero adorno, para otras, cuestión de vida o muerte. Unas llevan el feminismo hasta en el abanico, mientras que otras, aun consagradas feministas en su fuero interno, ni siquiera quieren llamarse a sí mismas aquello, por miedo a espantar con la polémica palabra al público en general, ya sean mujeres u hombres. Porque no hay que olvidar que en esto del feminismo, los hombres, nos guste o no, tienen mucho que ver». —Leyó en voz alta sus propias notas, y luego miró a su prima con una chispa de esperanza—. Y para ti, ¿Pola?

—Para mí sería no tener que casarme con nadie para tener mi librería.

—No sé si sucederá para ti —le sonrió comprensiva—, pero sí para las que llegarán. Es un siglo de cambios. Y lo que hoy sembramos brotará en un futuro.

—A mí me parece que, para ciertas cosas, el mundo no va a cambiar nunca. —Suspiró—. ¡Vamos! No quiero llegar tarde a la primera reunión con el club. Lorea me cayó simpática y tengo ganas de conocer a su amiga. Y ellas de conocerte a ti, seguro.

—Yo también. Una estudiante de Medicina, un ejemplo para otras. Tengo muchas preguntas que hacerle. —Dejó su cuaderno y se puso a arreglarse.

—No la atosigues, el otro día le dio una bajada de tensión, a ver si va a ser de cuerpo débil. —Al recordar aquello, le vino a la mente algo que mascaba desde entonces—. Hay algo de ella que me tiene escamada. Cuando le dije que Héctor iba a casarse conmigo, me dijo: «Creía que estaba ya casado», como si lo conociera, pero no dio muestras de conocerlo.

—Quizá Iván le habló de él en el tren. —Violet se acomodó el sombrero en menos de medio minuto. Aunque los llevaba en esa ocasión, había aprendido a ponérselo hasta sin alfileres, porque en algunos mítines no las dejaban ir con ellos—. No busques fantasmas donde no los hay. ¿Nos vamos?

Pola se enganchó de su brazo y dejaron la habitación.

La ciudad vivía el ritmo habitual de un sábado por la tarde, igual de frenético que siempre, porque Madrid era siempre un tablero de ajedrez donde peones, torres, reyes y reinas llenaban las calles, para ganar la partida o hacérsela perder a los demás. Después de comprar unos dulces, al pasar por delante de la librería de Moya, Pola le habló a su prima de las cajas que seguían en la cocinilla.

—Vine a ver si era un pedido que hubieran confundido de dirección, pero me dijeron que no esperaban recibir ni uno de esos títulos.

—¿Seguro que no son libros que pidieras y no te acuerdas?

—¿Y yo para qué iba a pedir compendios médicos? —La librera llenó de aire los pulmones y, de paso, los ofuscados pensamientos—. Y tampoco son de los obreros. O de Iván. Esto es un misterio digno de una casa encantada. A mi local le salen libros como champiñones.

Violet soltó tal carcajada que una señora con la que se cruzaron se la quedó mirando.

—Las señoritas se ríen con más comedimiento —bromeó su prima.

—Yo nunca dije que fuera una señorita.

Pola la apretó contra sí, con cariño, y rieron las dos.

—A lo mejor se las dejó el anterior dueño —dijo Violet—. ¿Le has preguntado?

—¿A ese? ¡Ja! Antes me aprieto la lengua con unas tenazas.

—*Jesus*... No es tan malo.

—Es el bicho que le picó al tren. Maleducado, soberbio y...

—¿Guapo? —Su prima la miró con media sonrisa guasona.

—La estupidez afea a la gente, y ese, de estúpido, es más feo que un susto.

La inglesa soltó otra risa escandalosa y le espachurró un beso a su prima en la mejilla.

—No recuerdo cómo se dice... Ah, sí, enfurruñar. No te enfurruñes.

Pola asintió, pero le rondaba la mente el diario. Aunque sabía que su prima iba a regañarla, se sentía mal guardando ese secreto.

—En las cajas había también un diario.

Andaba Violet con la mirada perdida en los balconcitos de los edificios, y la bajó de sopetón.

—¿Un diario? ¿De quién?

—No sé. Solo sé que le escribe a una tal Isabel.

—¡No se leen los diarios ajenos, prima! —Chasqueó la lengua—. Es como... una profanación. Déjalo donde estaba, y pregunta al dueño por las cajas, ¿de acuerdo?

Pola torció el gesto, sintiéndose culpable de su tropelía, y, mansamente, asintió.

Ya en La Pluma, Violet saludó al fin a la estudiante a quien, aún sin conocer, ya admiraba. Y a ella y a su prima las cautivó también la simpatía de Iris. Reunidas en el interior, al calor del café, surgieron las conversaciones. Pola había llevado el día anterior la máquina parlante de casa y el sonido del piano amenizó la reunión. Sabían, porque un poco habían vivido, que cada relación está sujeta a sus ritmos; pero pronto percibieron que la suya partía de una chispa mayor que otras, prendiendo con el fogonazo que desprenden las almas que aman los libros.

—¿Cuál es vuestro favorito? —preguntó Lorea.

—Creo que es imposible tener uno solo —dijo Pola—. Pienso que cada libro está hecho para un momento de nuestras vidas y que, a tenor de eso, se queda más o menos en nuestro corazón.

Asintieron todas, e Iris dijo:

—Teniéndolo en cuenta, si le pregunto a mi corazón cuál se ha quedado más, diría que Bécquer.

—Iris le da un beso a su libro de leyendas antes de irse a dormir —reveló Lorea, con cierta chispa divertida en la mirada.

—Ya querría dárselo a Bécquer en los mismísimos morros —soltó haciéndolas reír.

—A mí me encantan las novelas de detectives, igual que a mi prima —dijo Violet—. Pero ahora le he lanzado el reto de leer a los autores que estuvieron en Villa Diodati en 1816.

—No conozco esa historia —dijo Iris, tras dar un sorbo a su café.

—Byron, Polidori, Mary Shelley y su esposo se reunieron en una villa italiana, en medio de tormentas y lluvias, y se desafiaron a crear una historia. No tenían la menor idea del modo en que sacudirían la literatura.

—Me gusta mucho *Frankenstein* —anotó Lorea.

—¿Lo has leído? —Los ojos de Violet refulgieron.

—Sí, en una traducción argentina. Encuentro muy interesante el punto de vista del doctor, su transgresión de los límites. Su falta de responsabilidad, su culpa, sus miedos.

—A mí me gusta la visión del monstruo. Cómo descubre el mundo, cómo va forjándose su rabia a partir de los desprecios humanos por ser lo que es —le dijo Violet.

—Desde luego —dijo la estudiante—, pero no digamos más, por si ellas deciden leerla.

—Yo la he leído —anotó Pola—. Ahora estoy con Byron, pero quizá Iris no.

—No, supongo que la leeré algún día. Y a ese Byron lo conozco, tuvo una vida escandalosa. Un libertino con alergia al compromiso, mi espécimen favorito.

Se ganó un regaño por parte de Lorea, mientras las demás reían.

—Violet —dijo Iris después—, me sorprende lo bien que hablas español.

—Me enseñó mi madre y he practicado cada día. Ella conoció aquí al tío de Pola, se casaron y se fueron a Londres. No es mi padre, si os parece raro que lo llame «el tío de Pola». Ojalá lo hubiera sido, hablan tan bien de él... Pero murió y mi madre se volvió a casar. Y cuando mi padre falleció. No lo... eché de menos. —Violet notó el calor de la mano de su prima, y le dirigió una mirada agradecida—. Espero que me perdonéis, mi madre siempre dice que una dama no debe hablar de sus sentimientos, incomodando a los demás, pero soy rebelde con esas apreciaciones.

—Y te doy las gracias por ello —dijo Iris—. Me gusta la gente que habla de lo que siente. Si quieres contarnos algo más, te escucharemos.

La inglesa asintió, y aunque aquella tarde no se habló más de sentimientos, sí de muchos libros que, al fin y al cabo, formaban parte de lo que todas sentían.

12

El lunes, Pola abrió la librería de muy buen ánimo. Le había gustado conocer más a Iris y Lorea. Hasta regresaron a sus casas juntas, mientras la inglesa le preguntaba a Lorea cómo era su vida de estudiante de Medicina. Lo que Lorea le contestó estuvo en la mente de Pola largas horas.

«Es difícil, pero cuando las cosas se hacen con el corazón, el esfuerzo cuesta menos».

Eso podía extrapolarlo a su situación. Su vida con Héctor estaba abocada a ser un tormento, pero cada vez que miraba su librería, lo demás se hacía menos cuesta arriba. Lo demás, salvo la insoportable curiosidad que la llevó a husmear en el diario. Había estado pensando en lo que su prima le dijo, sobre preguntarle al dueño, pero no quería tener que oír su voz, le agriaba los pensamientos.

Lo sacó de la caja y pasó los dedos por la superficie dura y rugosa de las páginas. Allí estaba aún la historia del alacrán. Allí reposaba aún la memoria de alguien que no conocía, pero que empezaba a sentir cerca. Vio algunas páginas arrancadas. Quizá pensamientos desechados. Y leyó otra, que aunque completa, estaba desvirtuada por el barro, situada en el mismo mes y año.

—«Amada Isabel, podría el mundo detenerse que jamás lo haría mi amor por ti. Estar separados es una condena, pero saber que lo estamos por culpa de quienes quieren nuestro mal, es insoportable. ¿Cómo pueden hacernos tanto daño? ¿Cómo puede la vida seguir con sus pulsos si el tuyo y el mío se han detenido desde que nos separamos? Y cómo puedo yo, luz de mi vida, luchar en esta guerra y lidiar con la muerte cada día, sabiendo que tal vez nunca vuelva a verte».

A Pola, toda el agua de su cuerpo se le quedó suspendida en los ojos. No conocía a Isabel ni a quien le escribía, pero lloró por ellos como si fueran sus amigos. Y se sintió más intrusa que nunca, regañándose por romper esa intimidad inmortalizada en las páginas. Pero necesitaba leer más. Descubrir quiénes eran, o qué hacía ese diario olvidado entre libros de medicina. Las ganas y la culpa la inundaban, y tuvo que sacudírselas para dejar la cocinilla, porque la campanilla sonó, anunciando un cliente. Era un muchacho en busca de un libro para su padre, que tenía los mismos gustos que el suyo en la literatura: ninguno. Eso fue un desafío lo suficientemente arduo como para tenerla entretenida. Y después de ese cliente llegó otro, y otro, y el diario salió a ratos de su mente.

Cerca de mediodía, con el estómago pidiéndole a gritos un plato del cocido, la campanilla volvió a sonar, y Pola miró hacia la puerta.

—Vaya por Dios, usted.

Ya solo por eso sabían hasta en Sebastopol que el recién llegado era Diego de Ariza, con uno de sus impecables trajes, marrón oscuro, sombrero a juego y maletín en mano.

—Buenos días, doña vinagre —dijo quitándose el sombrero.

—Tardes ya, don simpático.

—Para quien haya comido. —Diego se paró al otro lado del mostrador, mirándola de frente—. ¿Come usted a la hora inglesa o a la española?

—Últimamente, cuando me deja el negocio, como todos los que tienen uno. ¿Más papeles que firmar? Ni que mi padre y usted fueran ministros.

—No, es que pasaba por aquí y quería invitarla a un café, por lo bien que me cae.

—Qué gracioso —farfulló.

—Esto estaba en el suelo. —Diego dejó un papel sucio sobre el mostrador—. Junto a la puerta, pisoteado, por si quiere recuperarlo.

—Gracias. Habrán sido los chiquillos. —Sacudió el cartel que Violet le había hecho para el club—. Ya hicimos la primera reunión, y me encontré tan a gusto que igual ni lo pongo. Quizá de momento está bien que seamos pocas.

Él asintió, y Pola aprovechó que estaba allí, para sacar algo bueno de tan molesta visita.

—Hay unas cajas en la cocinilla y me preguntaba si son suyas y las dejó aquí olvidadas.

—No recuerdo ningunas cajas —dijo él, pensativo—. ¿De qué son?

—De libros.

—Usted vende libros, no chorizos. Es normal que tenga cajas de ellos.

—No son el tipo que yo vendo —replicó con retintín—. ¿Quiere echar un vistazo?

—Tengo prisa. Voy a recoger unas pastas del convento para el que cose mi madre, antes de que cierren el torno, pero estaré en casa en unos minutos, y le preguntaré sobre las cajas.

—Me está dando más información de la que me interesa, pero ya que menciona a su madre, espero que esté mejor de salud.

—No sé quién le ha hablado de ese particular, ¿chismorrea por ahí sobre nosotros?

—Es inútil ser amable con usted, ¿eh? Y yo no chismorreo, solo oigo cosas. Aunque igual finjo sordera cada vez que venga, para no escucharlo.

Él rio, y no fue una risa burlona, lo que hizo a Pola fruncir el ceño.

—No sé de qué se ríe tanto.

—Me ha hecho gracia, eso es todo. Y mi madre está bien —añadió en un tono cordial—, con prescripción de quedarse en casa, pero bien. Gracias por preguntar.

—De nada, y ya puede irse si quiere, que tenía prisa.

Diego sacudió la cabeza. A punto estaba de irse cuando vio sobre el mostrador el libro de Byron, la lectura de Pola, abierto por una página que mostraba el inicio de *Manfredo*.

—He leído esa obra —dijo él.

—¿Tiene tiempo de leer entre lo mucho que viene a incordiarme?

—Luego se queja de que no puede ser amable conmigo, pero tiene la escopeta más cargada que un guardia civil. Y no he venido mucho, solo han sido dos veces.

—Mucho, teniendo en cuenta la molestia que es. —Pola iba a despacharlo de nuevo, pero ese latido que le pegaba fuerte en el corazón cada vez que alguien estaba dispuesto a hablar de libros, le hizo retenerlo—. ¿Y le gustó? *Manfredo*.

—Sí, encontré interesantes sus referencias a lo sobrenatural. Lo leí después de *El vampiro* de Polidori, ¿lo conoce? Cuando se publicó, se le atribuyó a Byron, de hecho. Aún hay quien lo considera un asunto controversial.

—Será lo siguiente que lea —dijo, y le habló del empeño de su prima.

—Si quiere, cuando lo haga, me cuenta qué le ha parecido. Indagaré sobre las cajas, he de marcharme, que tenga buena tarde.

Pola no sabía si eso había sido un intento de enterrar el hacha de guerra, pero lo que sí sabía era que le había gustado oírlo hablar de libros.

13

El sábado, día oficial para las reuniones del club, Iris y Lorea caminaban animadas hacia la librería, mientras sorteaban a los viandantes. La calle de Atocha bullía de gente que ultimaba sus recados antes del descanso dominical.

—Dice un amigo mío que me ande lejos del marqués —le contó Iris entretanto.

—¿Ese al que llamas todas las semanas?

—No, ese es mi primo Alfredo —soltó con la boca pequeña. Le costaba ocultarle cosas a Lorea. Empezaban a ser buenas amigas y la convivencia era estupenda; sin embargo, temía que su identidad le complicase la vida. Aunque hasta el momento, más allá de miradas curiosas, no había tenido percances—. Este es Antonio, un bodeguero de Sanlúcar.

—Lo que te ha dicho podría habértelo dicho yo. Con hombres prometidos no debe andar una.

—Lo sé, pero no lo ha dicho solo por eso. Sabe que el marqués anda con problemas en sus textiles, por las huelgas, y que tiene una vida complicada. El pobre de Antonio no se ha dado cuenta todavía de que a mí, lo complicado, se me apetece. Debería telefonearlo…

—Ni se te ocurra.

Iris suspiró, claudicando.

Cuando llegaron a La Pluma, Violet y Pola las esperaban con los cafés, los dulces, la máquina parlante y unos libros en la mesa. Tras unos saludos afectuosos, se pusieron al corriente de sus lecturas. Volvieron las conversaciones sobre *Frankenstein*, Bécquer y las novelas de detectives.

—He terminado con Byron —dijo Pola—. Y debería leer a Polidori, pero creo que no lo haré. Lo mencionó el dueño del local, y me resisto a darle en el gusto.

Tuvo que contarles a todas sus encontronazos, lo que hizo reír mucho a Iris.

—Esos hombres son la salsa de la vida —dijo.

—Sí, una salsa de ajos bien picantes —bufó Pola.

—Creo que le gustas. Hay caballeros que expresan así las ganas que le tienen a una —soltó Iris—. Me he encontrado con muchos, y son bien apasionados.

—¿Gustarle yo? —A Pola le entró una risa floja.

—No sería la primera vez que dos personas que empiezan con mal pie, acaban gustándose. Como Elizabeth y Darcy —dijo Violet.

—Son personajes de una novela, prima. En la vida real, si empiezas a gritos con alguien, terminas aún peor. Aunque si Diego fuera el dueño de Pemberley, igual me lo pensaría.

Volaron unas risas, y Lorea dijo:

—En la vida real también sucede. Conocí a un hombre que al principio me pareció insoportable y luego me gustó muchísimo.

Hubo en su voz tal nostalgia, que Iris le apretó el brazo.

—Conozco a uno insoportable, con el que debo casarme y que nunca me gustará. —La librera suspiró—. Pero el amor y la conveniencia batallan en distintos campos. Y tengo mis libros.

Iris ya sabía de aquel asunto por Lorea, y le dijo:

—¿Podrás continuar con el negocio cuando te cases?

—Es una de las condiciones para el matrimonio. Además, a Héctor solo le importa su carrera.

Lorea sintió angustia al oírlo mentar, así que corrió a decir algo que limpiase el espacio que ese nombre había ensuciado.

—Estarás bien, Pola —dijo tragándose lo suyo—. El amor siempre encuentra el camino.

—«Aunque sea a través de senderos por donde ni los lobos se atreverían a seguir a su presa» —citó Pola—. Es de Byron, de *El Giaour*, uno de sus poemas.

—Es una frase hermosa —dijo Violet, que se dirigió entonces a Lorea y le preguntó con sana curiosidad—: ¿Crees en el amor de verdad?

—Yo... —Lorea se forzó a sonreír—. Creía en él, pero ahora pienso que su existencia es menos probable que sobrevivir a una cuchillada en el corazón.

Aquella amargura revoloteó en la estancia. Pola, con ánimo, trató de soplarla lejos.

—Yo sí creo en el amor. Aunque no vaya a conocerlo.

—*My dear cousin...* —Su prima le dio un beso en la mejilla, y dijo—: El amor para mí no ha sido nunca fácil, pero creer en él hace menos insoportable la presencia del imperante odio que está haciendo que los hombres se maten.

—¿Lo dices por la guerra en la que está tu país? —le preguntó Lorea con tiento.

—Sí. Mi prometido está en el frente.

—Nuestros jóvenes también padecen en África —comentó Iris—, te comprendemos.

Violet asintió con un cabeceo, dándoles las gracias.

A Pola, las palabras del diario, le llegaron de golpe: «Cómo puedo luchar en esta guerra y ver la muerte cada día». Se le instaló una rabia en el pecho, porque quien lo escribía padecía por ese odio del que Violet había hablado.

—Si yo fuera gobernante, no habría una sola guerra —dijo con determinación.

—Es una idea muy soñadora, Pola. —Iris la miró con ternura—. Y me gusta, pero no puedo decir lo mismo. Me enciendo con poco.

—Yo también —dijo Violet.

—Entonces tendría por ministro a Lorea —señaló la librera—, parece bien paciente.

Lorea, que bebía café, posó su taza en el platillo.

—Tengo mis días. Aunque haría un par de cambios. De primeras, las mujeres no tendríamos que pedir permiso para hacer lo que quisiéramos y, de segundas, bajaría el precio de las medias, que están carísimas.

—Otra cosa que me parece muy de soñar —dijo Iris—. Con eso de las textiles en pie de guerra igual nos tenemos que vestir con trapillos de cocina.

—Qué exagerada eres —dijo Pola entre risas.

—Ya te acostumbrarás. —Lorea soltó un suspiro burlón que hizo a Iris mirarla con desaprobación.

Pero luego se sonrieron, y la sevillana pensó en lo mucho que le gustaba estar con ella, y lo que empezaba a gustarle estar con las demás. Hablaban como sentían, y eso era un bien preciado en un mundo lleno de imposturas, obligadas a callar o a decir solo discursos aprendidos. Y se preguntó, si en ese asunto de buscarse a una misma, estaba implícito encontrar su propia voz y elevarla sobre el silencio que los demás imponían. Aunque ella no fuera mucho de callar.

—¿Sabéis una cosa? —dijo animada—. Me gusta cuando hablamos de libros, pero todavía más cuando nos contamos las verdades que nos encogen el alma.

Emergió a los labios de todas una sonrisa de aprobación.

—Aunque el próximo día me traigo una botellita de jerez, porque si nos vamos a poner a hablar de cosas serias, al menos que las traguemos contentas.

Resonaban sus risas en la librería, cuando la campanilla de la puerta sonó al tiempo en que lo hacía una voz llena de miedo.

—Lo..., lo siento, te..., tenía que esconderme.

Junto a la puerta, una muchacha rubia, con el rostro lleno de moretones y la nariz sangrante, las miraba con el gesto descompuesto.

14

Pola saltó de su asiento junto a las demás, esgrimiendo su pañuelo para ponérselo en la nariz.

—¡Marga! ¡Por el amor de Dios! ¿Qué te ha pasado?

—Lo siento —dijo entre llanto, y miró hacia la puerta con los ojos preñados de un miedo que casi podía masticarse—. ¡Necesitaba esconderme!

—¿De qué? —le preguntó Lorea.

Iris se asomó, para ver si veía el mal del que huía. Vio a gente; el tráfico habitual; sin embargo, pronto sus ojos dieron con un tipo de andares rudos. Grandón, miraba a un lado y a otro con cara de perro rabioso, y voceaba preguntando por su mujer.

—Creo que ya sé de qué —masculló regresando dentro.

Las demás corrían con Marga hacia la cocinilla, y fue tras ellas. Lorea trató de frenar la hemorragia, pero aunque menguó la cantidad, siguió brotando.

—Tiene que verla un médico.

—Nada de médicos, por favor, si alguien se entera... —dijo Marga, desesperada—. Juan me mata. Me va a matar.

—Pero, mujer..., ¿cómo te va a matar? —Pola se llevó la mano al pecho.

—Él te ha hecho esto, ¿verdad? —dijo Violet.

Ella asintió con la mirada clavada en el suelo como si se hubiera abierto un agujero al que pudiera arrojarse y desaparecer.

—*Where is that... scoundrel?* —La inglesa apretó el mentón.

Marga no entendió una palabra, pero había en los ojos de Violet un idioma universal: habría matado a Juan de tenerlo delante.

—Violet, cálmate, por favor —regañó su prima, sabiendo de lo que era capaz.

—Tú sabes dónde está, ¿no, Iris?, lo has visto —logró decir la inglesa.

—No.

—*You are lying*. —Violet las miró a ambas muy seria.

Iris asintió, un poco de inglés sabía, ya que se había movido por teatros de todo el mundo.

—Pues mira, sí, estoy mintiendo, pero lo último que quiero es que la cosa acabe como el Rosario de la Aurora. Vamos a respirar una mijita y a pensar qué hacemos.

—Yo iré a la botica —dijo Lorea—. Por favor, que Marga no se mueva.

Cuando se marchó, Pola dijo:

—Hay que limpiar la sangre del suelo de la librería, porque como ese mastuerzo entre y se huela que Marga está aquí, se arma la de San Quintín. Marga, por favor, no te muevas de aquí, y no dejes de sujetarte la nariz. Violet, quédate con ella. Iris, conmigo.

Iris soltó un suspiro de angustia. Se sentía bloqueada, como si alguien hubiera puesto un muro entre ella y su capacidad de reaccionar. Pero sacó fuerzas de flaqueza y atendió a las órdenes de Pola.

—¿Quién es Marga? —le preguntó Iris ya fuera.

—Una vecina del barrio. Todo el mundo sabe que su marido es... severo con ella, pero esto..., esto es otro cantar. Voy a poner el cartel de cerrado.

Apenas lo hizo, la puerta se abrió y casi le pega en las narices. Juan estaba allí, con los ojos preñados de venas rojas y el rostro de grotesca crispación. Iris tapó las manchas con los zapatos y escondió el trapo tras la espalda.

—¡Dónde está mi mujer!

—Hombre, Juan. —Pola sonrió para disimular—. ¿Qué te trae por aquí?

—¿Dónde está Marga? —repitió pegándose tanto a Pola que ella tuvo que dar un paso atrás—. ¡Dicen que la han visto entrar!

—Pues te han informado mal, Juan, no la veo desde el otro día, en misa.

Se hizo un silencio corto, tan fúnebre como un tañido a muertos, en el que él las miró, con una mueca de desprecio y desconfianza, hasta que dijo:

—Si la ves, dile que la estoy buscando.

—Por supuesto, con Dios, Juan.

Él cerró tras de sí con un portazo que hizo retumbar los cristales.

—¡Que la está buscando! —clamó Iris—. ¿Para qué? ¿Para darle otra paliza?

Pola corrió a echar la llave.

—Menos mal que no estaba aquí mi prima... Le habría dado un puñetazo.

—Es grande como un armario.

—Eso a ella le da igual. Sabe *boxing*.

—Con to lo chica que es y resulta que está hecha un Hércules —dijo la sevillana.

La otra asintió, con el enfado quemándole la sangre, y se fueron a la cocinilla.

—Ha venido. Era él —dijo Marga temblando—. Me va a matar.

Violet se puso en pie, y su prima la obligó a sentarse, con una advertencia en la mirada.

—Ya se ha ido, Marga —informó—. No vamos a dejar que te haga nada. ¿Sigues sangrando?

Marga negó con la cabeza, y luego escondió la cara entre las manos.

—¿Qué voy a hacer? —musitó entre llantos—. Le quiero, pero es que…

A Iris se le cortó el aliento.

—¿Cómo le vas a querer después de lo que te ha hecho? —dijo.

—Y seguro que no es la primera vez.

Marga levantó la mirada hacia Violet. Relucían sus ojos de rabia, pero también de compasión.

—He soportado siempre sus golpes, pero hoy… o huía o acababa bajo tierra. No sé ni cómo me han respondido las piernas. Solo se me ha ocurrido meterme aquí. Perdóname por complicarte la vida, Pola.

—Marga, no me pidas perdón. Ojalá hubiera sabido antes lo que estabas pasando.

Un amargo suspiro escapó de los labios de todas.

—No pasa nada… Mañana se va al norte a trabajar. Estará unos meses fuera y cuando regrese todo se nos habrá olvidado.

—Volverá a pegarte. Siempre lo hacen —intervino Violet.

Marga no podía negar sus palabras, pero una parte de sí guardaba quimérica esperanza.

Oyeron el sonido de unos nudillos golpeando el cristal de la puerta, y dieron un respingo.

—¿Será Juan?

—Juan no llamaría así. Es Lorea.

Pola fue a abrir, y regresó con ella a la cocinilla. La muchacha dejó sobre la mesa avíos para curas y un lebrillo con hielo. Mientras le ponían al corriente de la visita de Juan, Lorea, habilidosa, atendió a Marga. La nariz no estaba rota, y tras unos remedios respiró mejor.

—Ay, qué alegría —dijo Iris—. Y qué bien lo has hecho, Marga, ni una mueca de dolor. Y tú también, Lorea, si mañana me da un tabardillo me pongo en tus manos sin pensarlo.

—Gracias, Iris —dijo Lorea, y luego se dirigió a Marga—: Ahora voy a ponerte hielo para la hinchazón, ¿tienes un trapo limpio, Pola?

La librera asintió, y puso uno en sus manos. Marga sintió alivio, pero más que los golpes, le dolía el alma, y eso no podía curárselo Lorea.

—¿Qué voy a hacer? —musitó.

Lorea la miró pensativa, soltó el aire de golpe por la nariz, y le dijo con tiento:

—Sé que no nos conocemos, y que no soy nadie para darte consejos, pero deberías pedir la separación.

—A una mujer de la parroquia le pasó esto mismo y cuando fue a denunciar le dijeron que algo habría hecho. —Marga negó tan fuerte con la cabeza que temieron que volviera a sangrar—. Me echarán la culpa. Dirán que me pega porque no he sabido darle lo que como hombre le pertenece.

—*For God's sake...* —El rostro de Violet se crispó.

—A los que dicen eso les arrancaba las gónadas con unas pinzas —dijo Iris.

En medio de su desolación, aquello hizo sonreír un poco a Marga.

—Si la maltrata, tiene motivos para separarse de él —expuso Lorea—. Habiendo conducta vejatoria consentirán que lo haga. Cuando estudio en la biblioteca hay un muchacho de leyes que las dice así en bajito para memorizarlas y se me han quedado algunas cosas.

—Hija, ¡qué cerebro más prodigioso! —exclamó Iris—. Te lo tendrían que estudiar.

—Gracias por los consejos, pero no voy a separarme de él. No puedo.

—Si te quedas a su lado, seguirá haciéndote daño. —Iris recordó aquella mirada henchida de sangre de Juan y sintió un escalofrío. Le pareció que sería capaz de cualquier cosa—. Te matará.

—Cuando lo conocí era un buen hombre —musitó Marga—, pero fue casarnos y cambió. Es como si una bestia hubiera estado dormida en su interior y yo la hubiera despertado.

Se miraron, horrorizadas. Violet se arrodilló a su lado y la cogió de las manos.

—No digas eso. No es tu culpa. Nada de lo que hayas hecho, hagas o vayas a hacer justifica que te maltrate. Él es un mal hombre, no tiene que ver contigo.

—Es un cobarde malnacido, eso es lo que es —gruñó Iris.

Marga las miró a ambas y asintió levemente, antes de quebrarse en llanto de nuevo.

A Violet le recordó demasiado a un pasado que quería enterrar para siempre. No pudo evitar abrazarla y llorar con ella. En brazos de Violet, Marga sintió la extrañeza de un gesto desconocido. Y fue como entrar en calor en medio de nieve asoladora.

—Tienes que dejarlo. —Violet le secó las lágrimas con las yemas de los dedos.

—¿Adónde voy a ir sin él? —Marga secó también las suyas—. ¿Cómo voy a mantenerme?

Soltaron todas un resoplido que les salió de lo más hondo.

—Encontraremos una solución —dijo Lorea.

—Para empezar, dices que se va mañana al norte, ¿no?, pues esta noche te quedas conmigo —dijo Pola—. A mi padre no le importará. Inventaremos una excusa.

—No dejará de buscarme, y no quiero complicaros la vida. Si no vuelvo a casa, me denunciará.

—Si tu marido se pone a enredar con las autoridades, no se podrá ir mañana —dijo Iris—, y me barrunto que ese trabajo suyo le habrá costado conseguirlo, ¿no?

—Sí, estaba ilusionado porque en la acería le pagarán mejor que aquí. Se instalará primero y luego iré yo, eso me dijo... —suspiró—. Es igual... No dormiré en casa, está bien, pero no me pidáis que lo denuncie. No quiero que me señalen. Bastante que lo hacen ya porque no le he dado hijos.

—Ay, siempre la misma canción. —Iris se frotó el cuello. Tenía la impresión de que la sangre se le había quedado allí parada con el susto y no le llegaba a la cabeza—. No hagas ni caso.

—Eso es. Y no dudes que cuidaremos de ti, Marga —le dijo Violet.

Sus ojos se encontraron con los de la inglesa, que la miraba con una sonrisa llena de calma. De esperanza. Le dio las gracias y apretó su mano.

15

Tomaban una infusión para templar los nervios, cuando tocaron de nuevo a la puerta. Se pusieron todas tiesas, hasta que Pola, tras asomarse, les dijo que era Iván.

—Seguro que Juan ha entrado a su despacho, y viene preocupado a ver si ha pasado por aquí.

—No le dirá que estoy aquí, ¿no? —preguntó Marga.

—Parece que no lo conozcas, Marga, lo que hará será cagarse en la madre que lo parió. Perdón. —Se tapó la boca.

—Na, hija —dijo Iris entre risas—, si con esta tensión no le salen a una más que malas palabras.

—Voy a abrirle, o se inquietará.

Asintieron todas, y a Pola le pareció que Lorea sonreía de un modo especial.

Cuando lo dejó entrar, la abrazó, nervioso como ellas.

—¡Juan estaba hecho una furia! —resolló el arquitecto—. Dicen que han visto a Marga sangrando, ¿crees que ha sido él?

Pola quiso actuar con normalidad, pero se le fueron los ojos hacia la cocinilla. Él, que notaba las cosas que Pola rumiaba como notan siempre los quejidos del alma los amigos de verdad, susurró:

—Está ahí, ¿no? Y es verdad que le ha pegado.

—Ha sido horrible, Iván. No sabes cómo sangraba.

—Sabíamos que bien no estaban, pero esto es de un salvajismo intolerable. Si me echo a la cara a Juan, le doy de guantazos.

—Ay, Iván. Por estas cosas te quiero. —Le dio un beso en cada mejilla—. Pero nada de violencia, por favor.

Resopló, disgustado.

—A Marga habrá que llevarla a ver a un médico, digo yo.

—La ha atendido Lorea.

Él sonrió como un bobo.

—Déjame entrar a saludarla.

—Ya veremos, primero atiéndeme a una cosa. De guantazos no le vas a dar, mal que me pese, pero sí que te lo llevarás de tabernas esta noche. Mañana se va al norte y Marga se quedará con nosotras. Si lo emborrachas, no se enterará de que no está en casa.

Él cogió aire, y miró a su amiga con mucha paciencia.

—No sé cómo fingiré que no tengo ganas de molerlo a palos, pero, en fin, veré si doy con él.

—Eres un bendito. —Le cogió la cara como la abuela que hace mucho no ve a su nieto.

—Anda, zalamera, anda. —Rio él—. ¿Me dejas ver a Lorea o no?

—Bueno, voy a llamarla, pero no la atosigues, ¿eh?, que el día está siendo para enmarcarlo.

Cuando Pola se lo dijo a Lorea, ella salió con un cosquilleo en el estómago. No había dejado de pensar en él, y cuantas más páginas pasaba de la novela que le había regalado, más se acordaba de él y más ganas tenía de verlo.

—¿Cómo se encuentra? —Le preguntó él tras un amable saludo—. He sabido lo ocurrido.

—Estoy bien. Preocupada por Marga, más que nada.

—La ayudaremos en lo que podamos. Pola me ha pedido que distraiga a Juan, voy a llevármelo a tomar unos vinos, y nada más, no frecuento según qué establecimientos.

—Es un hombre de bien entonces.

—Soy un hombre deseando tomar un café con la mujer que tiene delante, un día de estos. —Se rascó el cogote, apurado—. Perdón, ni es momento de decirlo, pero ya le conté que a menudo digo lo que pienso.

Ella se permitió reír un poco.

—No pasa nada. Puede… invitarme el domingo próximo, si quiere, aunque es el de Ramos, tendrá compromisos.

—Se anulan —dijo con una sonrisa brillante—. Usted y yo desayunamos, bendecimos una palma y damos un paseo.

A ella le encantó la idea, así que aceptó. Le dio señas de adónde buscarla y acordaron la hora.

—Tenga cuidado con Juan, por favor.

—No se preocupe por mí, no se librará de nuestra cita ni aunque Juan me mande al hospital.

Ella rio, e Iván se marchó con unos andares que hablaban de lo contento que estaba. Lorea sintió el deseo de que volviese a entrar. Pero no sucedió, lo que la puso extrañamente triste.

16

—Quiero pensar que Marga se separará de él —le dijo Lorea a Iris cuando regresaban las dos a casa.

Iban cogidas del brazo, rodeadas del bullicio de tranvías, carros, coches y gentes, bañadas por las sombras de los faroles recién encendidos.

—Se me antoja realmente complicao, y qué coraje me da, de verdad. Ese malnacido estará tomándose unos chatitos de vino, como si nada, y Marga... Una cosa así se te debe de meter en la mente como el gusano en la manzana y comerte los pensamientos.

—Sí, ha de ser como una enfermedad. —Calló un suspiro angustiado—. Las heridas del alma son las más difíciles de curar, y nadie nos enseña a suturar el agujero de los malos pensamientos. Solo se me ocurre estar junto a ella y vigilarla como vigilaría la evolución de una herida. Nunca debe sentirse sola. Si lo hace, será más difícil que se recupere.

—Pues sí, si ella quiere, hasta le buscaremos una ocupación. ¿Y sabes qué? Le voy a decir que se venga a vivir con nosotras, si te parece bien. Así no tiene que volver al sitio donde el otro le ha hecho la vida un calvario.

—No sé si querrá.

—Ya veremos, déjamelo a mí, que otra cosa no, pero poder de convicción tengo.

—Tú lo que tienes es un peligro que deberían advertirlo en un boletín real.

Iris rio con ganas.

—Anda, vamos a tomar algo al Café Suizo, a ver si se nos pasa el mal rato y si me inspiro un poco, que por allí anduvo mi Bécquer.

—No sé por qué te gusta tanto. Es como si lo llevases metido en el alma. Y por más que vayamos al Suizo, no se te va a presentar el fantasma para pedirte matrimonio, ¿lo sabes?

—Ya me estás aguando la fiesta.

Se miraron, algo serias, pero luego rieron. Y eso les alivió un poco los pesares.

Andaban por la plaza de Canalejas, cuando Iris se detuvo en la puerta de La Violeta.

—¿Vas a comprar caramelos? —le preguntó Lorea.

—Más caramelo que el que estoy mirando...

Lorea siguió su mirada y frunció el ceño.

—No sabía que te gustasen tanto los coches.

—No miro al Rolls Royce, sino al caballero que se acaba de apear. Es mi marqués.

Conversaba junto a otro de pelo cano, bien vestido. Al lado había dos hombres, grandes como un armario, con pinta de escoltas.

—¿Tu marqués? Te recuerdo lo del compromiso. Y si fueras su prometida no querrías que anduviera con otras.

—Si fuera su prometida, lo tendría en una habitación del Ritz como su madre lo trajo al mundo deshaciendo una cama con sábanas de hilo fino. Ay, Lorea, no he dejado de pensar en él.

—Ni yo en comerme tres bocadillos de calamares, pero eso no significa que sea bueno. —Tiró de ella—. ¡Vamos! No es para ti.

La sevillana soltó un suspiro, largo como un evangelio, y echó a andar con ella. Apenas habían dado dos pasos, chocaron con un tipo que casi las tira al suelo.

—¡Mire por dónde va! —le gritó la sevillana agarrándose del brazo de su amiga.

Lorea secundó su demanda y el tipejo ni les pidió perdón. Se apartó de ellas con paso apresurado, mirándolas por encima del hombro. Vieron algo en sus ojos que les dio un escalofrío, como un mal augurio que aullaran los lobos en una noche oscura. Comprobaron que nada les hubiera robado y se sintieron más tranquilas cuando cruzó la plaza y lo perdieron de vista.

—Me ha dado un repelús... —dijo Lorea, que tiró de Iris—. Vámonos, anda.

—¿No nos podemos quedar a mirar un ratito al marqués?

—Te recuerdo que estás en Madrid para escribir tu obra de teatro, y no para andar con hombres.

Como Iris ofreció resistencia, Lorea masculló lo mismo que su abuelo cuando se crispaba.

—*Arraio pola!*

A Iris le gustaba escucharla aquella lengua ancestral, pero como no la entendía ni papa siempre miraba a su amiga con extrañeza.

—Qué dices ahora de la librera, mujer...

—Refunfuñaba.

El camino al Café Suizo lo hizo Iris rezongando, salvo que algo en un escaparate le llamase la atención. Lorea nunca le había preguntado de dónde sacaba el dinero para su ropa, el alquiler o las cenas en los *restaurant*. Y su cerebro de novelista había inventado historias sobre ella. ¿Era la hija de un duque con tierras en el sur que había huido de un matrimonio de conveniencia llevándose las joyas de la familia? ¿La secreta amante de un hombre poderoso? ¿Una de las espías que andaba en Madrid con asuntos de la guerra? Aunque esa última se le desmontó pronto: Iris era poco callada y eso, siendo espía, sería un contratiempo mortal.

Sentadas al fin en el Salón Blanco del Café Suizo, reservado a las damas, Iris pidió chocolate; Lorea, agua.

—¿No querías comerte tres bocadillos? —le dijo la sevillana—. De eso no tienen, pero unos bollitos...

—El apetito me va y me viene, como el Guadiana. He leído que es normal con el embarazo. Que de pronto te dan ganas de comértelo todo, y de pronto lo aborreces.

—Me pasa igual con los hombres, la verdad.

—Qué cosas tienes...

Soltó un suspiro tan atribulado que llamó la atención de Iris.

—¿Qué se te arremolina en el pensamiento, Loreíta?

—No tenía que haber sido tan atrevida ni haberle dicho a Iván que sí, que me invitase al café. ¿Cómo voy a tener nada con él? —Se miró la barriga, y susurró—: Está este asunto.

Iris miró de reojo a las mesas adyacentes, pero las señoras estaban a lo suyo, y dijo:

—Ese asunto tendrá partida de bautismo, así que llámalo bendición. Nada que salga de ti puede ser menos que eso.

Lorea tuvo la sensación de que si la hubiera conocido antes, su vida habría sido más bonita.

—No sé qué voy a hacer. Lo de dejarlo en la inclusa me encoge el corazón.

—Y a mí, esas criaturitas sin amparo de unos padres...

—Los míos pondrán el grito en el cielo si se enteran.

—Cuando se vaya a notar más, les dices que tienes algo contagioso, y nos vamos a algún lado hasta que nazca. Y ya está.

—Eso sería un buen arreglo. Pero Iris, mis estudios... No sé cómo estaré cuando lleguen los finales, ¿y si no puedo presentarme? Perderé un curso entero.

—¡De eso nada! Te presentas. Aunque tenga que ponerme una peluca y hacerme pasar por ti.

—Iris... —Lorea la regañó con la mirada.

—¿Qué? En esta vida no hay que andarse con remilgos. De todas formas, igual si le hablas al padre de la criatura, te soluciona el percal. A lo mejor se deshace al saberlo, como los zapatos de una en pleno agosto paseando por Sevilla.

Lorea soltó sus manos y dejó caer la espalda en la silla, negando con la cabeza.

—No pienso decirle nada.

—Traes mucho misterio con el innombrable. Por más que te he querido sonsacar quién es nada me dices. ¿Es que es alguien famoso? ¿De mucho parné?

—Famoso no es, pero un poco de parné sí que tiene...

—Es un torero. —Una negativa como respuesta—. Pues artista. ¿Actor de teatro o de cinema? ¿Un marqués como el mío? Ay..., que está casado, por eso no quieres decirle na —dijo con suspicacia—. Y luego me vas regañando a mí. Loreíta, consejos vendo que pa mí no tengo.

—No es nada de eso —contestó riéndose.

Iris la evaluó con la mirada, por si en el rostro de ella saltase alguna pista.

—No me mires así —le dijo Lorea—, no lo llevo en la cara grabado.

Iba la sevillana a resoplar cuando sirvió el camarero el pedido.

En tanto que Lorea daba un sorbo al agua, Iris le dio un tiento al chocolate.

—Está riquísimo —dijo con gesto placentero—. ¿Seguro que no quieres?

—Tengo un poco de ardor.

—Eso es que el niño será melenudo. A ver si se me ocurre alguien con mucha mata de pelo...

—Iris... —dijo entre risas una vez más—. Es muy complicado. Y si te lo digo, conociéndote, se lo dirás a cierta persona.

—No diré nada, te lo juro por la Virgen del Carmen. Y creo mucho en ella, y en todas las vírgenes, son mujeres y entre mujeres nos entendemos.

—Está bien. —Soltó un suspiro y dio otro sorbo—. Pero esto podría destrozarle la vida a Pola.

—¿Quién está hablando de ella? Estamos hablando de ti y de ese niño.

De su cuerpo salieron, como si quisiera expulsarlas por exorcismo, las definitivas palabras:

—Es que el padre de la criatura es Héctor.

—Virgen Santa. —Iris soltó el chocolate y se persignó—. ¿El prometido de la librera? ¿El hermano del mozo que te ronda? Ay, por Cristo Bendito, menudo folletín.

—Visto así... —Se removió incómoda.

—Tienes que decírselo a Pola. Se va a casar con el hombre que te ha complicado la vida.

—Lo sé... Lo haré en cuanto encuentre fuerzas.

—Sí, y cuando tengas fuerzas, de paso, te casas con el arquitecto. El niño tiene padre, tú tienes marido y al Héctor que le den sopas con honda.

Lorea negó con la cabeza, ruborizada, y apretó el vaso de agua entre las manos.

—Menudos remedios me buscas. No le haría eso a Iván.

—A to le pones pegas, de verdad. Con lo buen arreglito que es.

—Iba a casarme con Héctor, ¿sabes? Acordamos no decir nada, porque yo quería terminar los estudios, y él, ascender. Muchos médicos tienen hijas casaderas y si lo creían soltero..., en fin. Yo era feliz, igualmente. —Sonrió con amargura—. Un día me dijo que no podía esperar más, que todo lo demás no importaba. Y a mí también me parecieron estúpidas nuestras excusas, así que organizó la boda para enero.

—¿Entonces tus padres llegaron a conocerlo? Pensé que no sabían de él.

—No, Iris —dijo muy arrepentida—, íbamos a hacerlo todo en secreto.

—¿Sin su consentimiento? —La sevillana abrió mucho los ojos—. ¿Siendo como eres?

—Lo sé, se me fue la claridad mental. Incluso sabiendo que podrían considerarlo nulo. Pero nunca me había ilusionado tanto ni perdido tanto la perspectiva. Me volví estúpida.

—Una no puede tenerse por estúpida en cosas del amor, nublan el entendimiento a la más pintada —le dijo Iris con cariño—. Y ya me barrunto que te dejó plantada el muy canalla.

—Plantadísima. Y no sabes cuánto lloré. —Clavó la mirada en el vaso de agua; se lo habría bebido entero de lo seca que tenía la garganta por la pena—. Sentí que la vida se acababa sin él. Y sus únicas explicaciones vinieron en una carta que me dejó en la biblioteca. Dijo que las exigencias paternas lo obligaban a casarse con otra, Iris.

Le contó lo que sabía de ella por Pola, e Iris meneó la cabeza, batiendo la pena que sintió.

—Pobrecita mía. Y ahora ha encontrado a otra que le provea de un ascenso.

—Su carrera siempre ha sido lo más importante para él. Su madre murió de una afección pulmonar, y Héctor se obsesionó con ser el mejor en su especialización, salvar vidas y resarcir de alguna manera su pérdida. Y esa mujer, Beatriz, sufría de igual enfermedad, y podía darle la posición necesaria para seguir investigando. Quizá también trataba de salvarla, pero… tampoco pudo.

—No me lo quieras vender, que no te lo compro. Eso no justifica que te dejase así.

—Lo sé. Y yo también lo hice mal. —Antes de que Iris pudiera replicarle, terció el asunto—. Anda, vámonos. Tengo que estudiar para una prueba, o voy a suspender.

—A decir tontunas a las Cortes, ¿cómo vas a suspender si te lo sabes todo?

Su amiga soltó otro largo suspiro y, después de pagar, dejaron el local.

Cuando llegaron al piso, se sentaron en el salón a conversar un poco antes de que Lorea se fuera a estudiar. Recortaba la luna los tejados, y se veía una bonita estampa desde la ventana, dada la altura de la vivienda.

—Te voy a contar una cosa, pero tiene que ser un secreto entre las dos —dijo Iris.

—Claro que sí, aunque... ¿no irás a tener tú también un rorro? —soltó algo asustada.

—Quita, quita. Seré la que consienta a tu niña, nada más, la llenaré de cariño y le compraré vestiditos con volantes. —Lorea sonrió, y ella cogió aire. Lo soltó de una, y dijo—: Mira, esto puede cambiar las cosas entre nosotras. Podrías enfadarte porque no te lo haya dicho antes, y no quiero perderte. Ya te aprecio mucho.

—Y yo a ti, Iris, y me estás asustando. Suéltalo de una vez.

—Muy bien. —Suspiró largamente, pensó en cómo decírselo, y al final lo hizo como con todo, con naturalidad y alegría—. Soy cupletista. Y cantante de zarzuela. Me llamo María Gómez, pero me conocen como la Bella Azucena.

Lorea la miró con asombro. Cuando logró salir de él, dijo:

—Con lo bien que cantas, seguro que eres muy famosa.

—Una mijita. ¿No te enfadas conmigo?

—No —le dijo con afecto—, entiendo que callases hasta conocernos mejor, yo tampoco te habría hablado de lo mío hasta más tarde, pero pasó lo que pasó.

—Aún te recuerdo tirada to lo larga que eres en el suelo del Inglés. ¡Qué angustia!

Lorea asintió soltando un suspiro.

—¿Y ya no vas a actuar más?

—Le dije a Alfredo, mi representante, el que te dije que era mi primo… —contó con una sonrisa inocente— que quería retirarme unos meses a escribir mi obra de teatro. Es una promesa que hice hace tiempo, Lorea, y si no la cumplo, perderé una parte importante de mí. —Se llevó la mano al pecho—. Una parte que siento aquí dentro. Como un latido más del corazón que suena tan fuerte como tu máquina de escribir. Así de fuerte.

—Y así de importante.

Iris asintió con gran decisión. Se abrazaron, sintiéndose más livianas después de haber hablado de los secretos que, por callarlos, más les molían el alma.

17

Cuando Pola, Marga y Violet llegaron a casa de los Martínez, Beltrán y Agatha estaban en el salón. Él leía el periódico; ella atendía a la costura. Dejaron de golpe sus entretenimientos, al ver a Marga.

—¿Qué te ha pasado? —preguntó Beltrán.

Se hizo un silencio que cortó el ambiente. Ella boqueó incapaz de dar la explicación.

—Se ha caído por las escaleras —intervino Violet—. Un accidente doméstico.

Beltrán pestañeó extrañado. Aquellas marcas no se le antojaban las de una caída.

Agatha también la miró desconcertada. Sin embargo, ninguno mentó palabra.

—Está bien. Le haré unas curas. —Soltó el periódico sobre una mesita y se puso en pie—. A estas horas, venís por eso, supongo.

—Sí, bueno, y... —balbuceó torpemente Pola—. ¿podría quedarse a dormir? En su casa hay un problema con... las chinches.

—Eso es horrible, ¡por supuesto que sí! —dijo Agatha—, ¿verdad, Beltrán?

—Sí, por supuesto. Y Juan también. Hay camas para los dos.

Violet fue rápida en la respuesta, ahorrándole a Marga el trago de las explicaciones.

—Juan se ha ido a trabajar al norte.

—Ah —dijo el médico, asintiendo—, pues te quedas tú, Marga. —Miró su reloj de bolsillo, y luego a su hija—. Y tú deberías estar paseando con Héctor, ¿no has quedado hoy con él?

—No. Tenía reunión con el club de lectura, que es mucho más entretenido que hablar con él.

—Una señorita debe de conversar de buena gana con quien será su esposo —intervino Agatha.

—*Mama*... —dijo Violet disgustada.

—Es que no me agrada. Y yo tampoco a él —refunfuñó Pola.

Beltrán resopló agotado.

—Me duele la cabeza, y no sé si será ya por tu predisposición natural a contrariarme. Tienes que hablar más con Héctor. El funcionamiento del matrimonio se basa en la comunicación. Y donde no hay comunicación no se pueden resolver los desacuerdos, que en un matrimonio son numerosos y constantes.

Pola no tenía ganas de discutir, y menos con su padre, así que le dio la razón. Miró el sillón que solía ocupar su madre, ahora vacío. No le costaba imaginársela allí sentada. Si hubiera estado viva, habría disuadido a su padre de casarla con Héctor. Pero no lo estaba. Ni para eso ni para otro sin fin de cosas en las que aún la necesitaba.

Beltrán llevó a Marga a la pequeña consulta de su casa, donde trataba a gente cercana, y le pidió que se sentara en la camilla. El lugar era sobrio, con muebles acristalados repletos de utensilios médicos, una estantería con libros médicos y una mesa. A pesar de tantas como eran las enfermedades y padecimientos que por allí habrían desfilado, Marga lo sintió acogedor. Y, además, Beltrán desprendía un airc de seguridad que disolvía sus miedos como azúcar en agua.

—Te han curado ya, ¿no? —le preguntó mientras aplicaba remedios.

—Sí, Lorea, una amiga de Pola que estaba en la librería. Estudia Medicina.

—Mi amigo Guzmán me ha hablado bien de ella, y te ha hecho buenas curas. Será destacable en la profesión. ¿Tienes más? En los brazos..., en las piernas.

Marga negó, y aquello incrementó la sospecha del médico.

—Marga, sabes que te aprecio. Y esto no ha sido una caída. Dime la verdad, por favor.

Ella agachó la mirada; y apretó el borde de la camilla, con el labio inferior temblándole.

—¿Has reñido con Juan? —indagó él—. Lo han visto buscándote hecho un basilisco.

—Sí —musitó, sin levantar la vista.

—Yo sé que regañáis por el asunto de los niños, pero... esto... ¿te lo ha hecho él? —preguntó con tiento.

Ella rompió a llorar de tal manera, que la pregunta se respondía sola. Beltrán, como si de su hija se tratase, la rodeó con los brazos y le apoyó la cabeza en su pecho.

—Vamos, hija, no llores. Todo tiene solución.

Aquel abrazo, como le sucedía con todos por la falta de costumbre, la hizo sentir extraña, pero luego se abandonó a él.

—Sí. Cuando vuelva nos arreglaremos. Me pedirá perdón.

A Beltrán se le heló la sangre. A pesar de que no era la primera vez que atendía a una mujer en sus circunstancias y escuchaba aquello. Sabía que, si no se tomaban medidas, ella aparecía muerta y a él se lo llevaban preso, o en féretro también por quitarse la vida tras el impulso mefistofélico que lo había dominado.

—Marga —le tomó la cara entre las manos—, tienes que separarte de él.

—No puedo. No es cristiano.

—Tampoco es cristiano ponerte la cara llena de cardenales, ¿no te parece?

Ella se perdió en la franca mirada de él. Se preguntó por qué Juan no era así de bueno. Por qué, de todos los hombres, había tenido que ir a parar con un monstruo.

—Si tiene razón...

—Has dicho que se ha ido al norte, ¿no? Pues tendrás tiempo de pensar qué hacer. Aquí puedes quedarte cuanto quieras y cuando vuelva iré a hablar con él y le diré...

—No, no —suplicó nerviosa—. No le diga usted nada.

Beltrán apretó contrariado los labios.

—Está bien, pero piensa en ti misma y no malgastes tu vida. Y ven a hablar conmigo si lo necesitas.

—Es usted tan bueno como su hija.

—Pero si mi hija es un tormento... —bromeó él.

Marga rio a medias mientras se llevaba una mano a la sien. Aquello le había levantado un dolor punzante en la cabeza. Beltrán, que se dio cuenta, le dijo:

—Te daré dos tabletas Bayer de aspirina. Son mano de santo, aunque a mí me hagan cosquillas —suspiró—. Eso y unos días de descanso y... pronto estarás mejor.

Quiso creer ella que así sería.

18

Habían pasado tres días desde el incidente de Juan, y de él no se habían tenido noticias. Se fue de parranda con Iván, a costa de una úlcera para el arquitecto, y luego cogió un tren al norte, aún borracho. Violet no había querido separarse de Marga, porque entendía más que nadie su sufrimiento, ese sentimiento injusto al pensar qué había hecho para merecer eso. La respuesta siempre era «nada», pero ese «nada» Marga aún estaba lejos de comprenderlo.

Acomodó dos sillas junto a la ventana del saloncito, al calor del sol, y cada tarde charlaba con ella hasta la cena. Trató de distraerla hablándole de Londres. Aunque al principio Marga participaba ausente, pronto se despertó su curiosidad.

—Ha debido de ser difícil dejarlo todo allí —le dijo.

—Sí, sobre todo a mi amiga Ivy —dijo nostálgica. Tenía dos espinas clavadas en el corazón: la de la distancia y la de haberse marchado sin decirle lo que callaba—. ¿Sabes? Tienes su mismo color de pelo.

—¿El mismo que una chica inglesa de alta sociedad?

Violet soltó una leve y cariñosa risa.

—Sí, el mismo. Y creo que te sentaría bien algo de rojo, igual que a ella.

—Me gusta el rojo. Aunque Juan... —Marga agachó la mirada.

No tuvo que decir más para que Violet supiese que aquel mal hombre le prohibía llevarlo. Los motivos, los que a él le dieran la gana, simplemente.

—El día que te sientas preparada, compramos un vestido *shamelessly red*.

Marga subió la vista poco a poco hasta clavarla en la de Violet.

—¿Eso es muy rojo?

—Muchísimo —afirmó con media sonrisa.

La otra asintió, sonriendo un poco.

—¿Es verdad que en Londres hay mucha niebla? Una de las monjas del orfanato en el que me crie leía a Dickens, y decía que la ciudad era blanca y gris como la sábana de un fantasma.

—¿Te criaste en un orfanato? —preguntó Violet, con ganas de saber su historia.

Marga asintió, pero no dijo más. Y la inglesa sabía que las cosas tenían que salirle solas.

—*Fog everywhere. Fog up the river* —musitó, citando al autor—. Sí, Londres es blanca y gris a veces, pero también verde y azul. Como la hierba de Hyde Park o el cielo en los días despejados.

—Me gusta oírte hablar inglés, a pesar de que no te entienda. Aunque las cosas que dijiste el otro día, creo que las entendí. —Se forjó en su garganta una delicada pregunta—. A ti también te pasó, ¿no? Lo mismo que a mí con Juan.

Violet apretó los labios, reteniendo la amargura de la hiel de los recuerdos.

—Sí. Pero el monstruo era mi padre.

Marga asintió, reconociéndose en su dolor, y apretó su mano con cariño. A pesar de su expresión, le parecía que Violet era como esos puentes de pilares firmes. Y le pareció que, si se sujetaba a ella, la abrigaría con su fortaleza.

—No pasa nada —dijo la inglesa—. Ya está muerto. Se hundió con el Titanic. Guardo los recortes de prensa para mirarlos y recordarme que no podrá salir de su tumba de hielo para atormentarnos más.

No dijeron palabra, no hacía falta. Las mayores verdades, a menudo, se dicen en los silencios.

Al poco, sin más, Marga reanudó la conversación anterior.

—Ojalá pudiera ir a Londres, aunque sea para ver la niebla. Siempre he soñado con hacer un viaje así. Pero Juan… —Su fantasma fue más denso y gris que esa bruma.

Alguien llamó a la puerta entreabierta, y miraron hacia allí. Iris y Pola asomaron la cabeza.

—¡Iris! —Violet se encontró con ella en el centro de la habitación—. ¡Qué sorpresa!

Marga se acercó despacio, y esperó a que terminasen sus afectuosos saludos.

—Iris, Iris —se quejó Pola—. Y a tu prima no le das ni un beso.

Violet le espachurró uno en la mejilla, y la otra quedó contenta.

—He venido a ver a Marga —dijo la sevillana—, y me he pasado antes por la librería a ver si podía secuestrar a Pola para tomar un cafelito. Lorea está estudiando, que se le va a poner cara de pupitre, y yo me aburría. —Tomó despacio de las manos a Marga—. ¿Tú cómo estás, alma mía?

La muchacha asintió, sin decir más, e Iris le recolocó un mechón tras la oreja, con cariño.

—Tengo una propuesta que hacerte —le dijo después—. Sería estupendo que vinieras a vivir con Lorea y conmigo, una temporada, hasta que te aclares. Tenemos una habitación preciosa para ti. —Le sonrió con dulzura—. Y también podrías echarle una mano a Pola en la librería. Tiene muchos libros por colocar, y no da abasto. Te pagaría unos cuartos y podrías ahorrar para lo que quisieras. ¿Verdad, Pola?

—Me encantaría, Marga —dijo la librera con verdadera disposición.

Marga las miró sintiendo infinitas contradicciones. Se soltó de la mano de Iris y fue a sentarse, cabizbaja. Pensaron las demás que nunca levantaría la cabeza, y se miraron preocupadas.

—Londres, Marga. Podrías ahorrar para ver la niebla con tus propios ojos —dijo entonces Violet. Aunque sabía que era un motivo insustancial, teniendo en cuenta el océano de angustia que ahogaba a Marga, a veces, hasta las cosas pequeñas son un remo para la barquita del alma.

Ella llevó la mirada a la inglesa, despacio. Y, lentamente, asintió.

19

La última vez que Marga había estado en La Pluma fue entre sangre y llanto, así que le costó entrar, pero se le fue un poco la angustia cuando Pola la recibió tan alegre.

—Marga, estás bellísima —dijo al verla.

—Gracias... —Ella pasó los dedos por la fina blonda del vestido—. Me lo ha dejado tu prima.

—Si te gusta, quédatelo. Tiene más de los que podrá ponerse nunca.

La muchacha asintió con timidez.

Y se hizo un silencio roto únicamente por el ruido de un tranvía y por un hondo suspiro que Marga soltó antes de hablar.

—He pensado que podía empezar ya a ayudarte. Si es que no molesto.

Pola dejó el mostrador, y allí la pila de libros con los que trajinaba, y se acercó a ella.

—Marga, querida, nunca molestarías. Me hace feliz que estés aquí. Lo pasaremos de maravilla, aunque hay mucha faena, te aviso.

—Así me mantengo ocupada y no pienso tanto —dijo, y se tocó el rostro, en el que unos polvos que Iris le había dado, ocultaban un poco los cardenales—. ¿Se darán cuenta? No quiero estar en murmuraciones.

—Si te preguntan, les decimos lo de las escaleras, y santas pascuas. Y si ves que alguno te atosiga, te metes a la cocinilla y ya está.

—Tengo miedo de que, si me preguntan por Juan, me rebane el pensamiento la idea de que, a pesar de todo, lo echo de menos.

—Marga, querida mía, eso es normal, apenas han pasado unos días. Date tiempo.

Ella asintió más tranquila, y contempló su alrededor con curiosidad.

—No me había fijado en lo bonita que es —musitó.

—¿Verdad que sí? —dijo Pola con orgullo.

Sin más preámbulos, la librera le dio indicaciones para que colocase unos libros en una estantería. A ella, libros en mano, la duda le frenó los pies, pero otra sonrisa de Pola le dio fuerzas. Aunque colocó los primeros torpemente, a medida que avanzaba el día, se habituó. E incluso se animó a aconsejar a Pola un cambio en el escaparate, para que fuera más llamativo. Apenas lo cambiaron, casi todos los que se quedaban mirándolo, entraban a comprar. Si alguno era vecino, preguntaba a Marga por Juan y por sus golpes. Ella los despachaba con lo acordado, y sin darles opción a más preguntas, se iba a colocar libros o a limpiar el polvo. Al poco soltó un resoplido de fastidio.

—¿Qué ocurre? —preguntó Pola yendo junto a ella.

—Este libro. No sé dónde meterlo, no hay espacio, por más vueltas que le doy.

—¿Sabes qué pienso cuando pasa eso? Que se quiere ir contigo.

—¿Ah, sí? —Miró el libro con mucha intriga.

—Sí, y es una gran lectura. Es una colección de algunos de los artículos de una periodista fascinante. Carmen de Burgos.

Es maestra, redactora, novelista, ¡y hasta corresponsal! Y también...

—¿Qué, Pola? —preguntó intrigada.

La librera tardó en hablar, y Marga se imaginó que venía algo farragoso.

—Que se separó del marido, porque le daba mala vida.

Marga sintió una punzada en el corazón, y estuvo a punto de darle el libro a Pola, pero una fuerza más poderosa que ella misma le hizo quedarse con él.

La librera se sentía contenta con Marga y, sobre todo, acompañada en los ratos en los que parecía que a todos los madrileños les hubiera dado por no comprar libros. Era ya sábado por la mañana, y Marga llevaba dos días allí, pero se desenvolvía bien. Como no había mucho que hacer, por no mandarla a casa, le dijo:

—Hoy es la reunión, ¿y si dejamos las tazas y los platitos bien brillantes para el café?

—Lo haré yo sola, tú quédate aquí, por si entra algún cliente.

Pola iba a negarse, pero entró uno en ese instante, demandando su atención. Luego llegaron unos cuantos más, y cuando se hacía el silencio tras despacharlos, oía cacharrear a Marga en la cocina.

—Debe de estar dejándola como los chorros del oro —dijo contenta, tirando de una escalerita de madera, que le servía para llegar a los estantes más altos.

Uno de los clientes le había hecho desbaratar el orden de un anaquel, y tenía que recomponerlo. Estaba de puntillas, a riesgo de caerse, con un libro en la mano, cuando escuchó la campanilla de la puerta. Al girar la cabeza se le fue el equilibrio, y habría caído de no ser porque unos brazos la recogieron. Se quedó en ellos, como una novia en la noche de bodas, y soltó un resoplido.

—Vaya por Dios, usted.

Diego rio, y ella notó el movimiento de su pecho, de tan pegados como estaban.

—Podría darme las gracias al menos, doña vinagre, la he salvado de partirse la crisma.

Nunca había escuchado su voz tan de cerca, ni lo había visto tan al detalle. Hasta podía percibir los puntos de la rasurada barba, que ya crecía, castaña como su cabello.

—Habría sido preferible eso a tener que estar en sus brazos como estoy.

—¿Nunca la habían cogido así? —dijo, y la apretó con mayor firmeza.

A ella se le secaron las entendederas tratando de comprender por qué, con lo mal que ese hombre le caía, se le habían puesto unas cosquillas dignas de llamarse terremoto.

—Eso a usted no le importa.

—Si lo hubieran hecho ya, no estaría tan nerviosa.

—No estoy nerviosa. —Pero lo estaba.

Él se humedeció un poco los labios, y esbozó una sonrisa.

—Ya. ¿Qué libro es ese que sostiene contra su pecho?

—¿Podría contárselo en tierra, por favor?

—Es que no sé si quiero soltarla —dijo él con gesto misterioso.

—¿Por qué no? ¿Me va a secuestrar? Sepa que no creo que mi padre pague ni una perra chica por mi rescate.

Diego volvió a reír.

—No, es que mientras la tenga así, no me tirará el libro a la cabeza, y he venido en son de paz. A por las cajas. Resulta que eran nuestras. Tuvimos humedades en casa y mi madre las mandó aquí.

—Otra vez me está dando información de más. ¿Puede bajarme de una vez?

—La bajo, pero no me muerda.

Ella gruñó, y él, con delicadeza, la puso en el suelo. Con la mano libre, Pola se estiró la falda y se recompuso el peinado, pero no pudo recomponerse los latidos del corazón, más rápidos que un ferrocarril. Dejó el libro en el mostrador y le pidió a Diego que la siguiera a la cocinilla. Llamó antes de entrar y, cuando Marga le dio paso, se quedó cuajada en el umbral. Había libros por doquier. En la mesa, en las sillas y hasta en el suelo.

—Marga, ¿qué es todo esto? —preguntó, sin aire de regaño.

—Pensé que había que darles con un trapo antes de colocarlos y los saqué de las cajas. Algunos olían a humedad —respondió con gesto inocente—. ¿He hecho mal?

—No, Marga, pero esos libros no son nuestros, son de este señor.

—Me llama señor, menos mal —dijo él con voz guasona—. Soy Diego de Ariza, el dueño del local, encantado.

Marga se presentó también, y se estrecharon las manos.

—Y no se preocupe, por favor, los volvemos a meter en las cajas y ya está —agregó él.

En un santiamén estaban guardados. Pola no dejó de mirar unos y otros, en busca del diario, pero debían de haberlo guardado sin que se diera cuenta. Mientras que el mozo de una frutería cercana, al que Diego dio una propina, cargaba con él las cajas en su carretilla, Pola las miró con pena. Nunca volvería a ver a su nuevo amigo, ni a saber quién era Isabel, ni qué guerra libraba él.

A punto estaba de irse ya Diego, cuando ella le dijo:

—*La sirena negra*, de Emilia Pardo Bazán. Ese era el libro que sostenía.

La sonrisa de él fue luz para los ojos de Pola que, como polillas, cayeron atrapados en ella. Y se abrieron, de sorpresa y gusto, cuando lo oyó citarlo.

—«En árida llanura amarilla, cercada por un anfiteatro de montañuelas calvas y telarañosas, iba atardeciendo muy despacio». Es una de mis descripciones favoritas de ese libro.

—¿Le gustan las novelas de doña Emilia?

—Es una de mis escritoras más admiradas, doña vinagre.

Diego se tocó el sombrero, y se fue junto al mozo. A Pola le azotó de improviso una idea.

¿Y si era él quien escribía a Isabel? ¿Y si ese soldado era Diego?

Instantes después, Marga le tocó en el hombro, y ella vio que sostenía el diario.

—Nos hemos dejado este, se había colado entre el marmolillo y la cocina de carbón.

Ya no había rastro de Diego, pero Pola pensó que, aunque lo hubiera, su curiosidad por saber más era mayor que la obligación de devolvérselo.

20

—Bienvenidas al club de lectura de la librería La Pluma —anunció Pola ante las demás, sentadas en el coqueto rincón, con sus cafés y tés recién servidos.

—Gracias por invitarme —dijo Marga, mirándolas con ilusión.

—No tienes por qué darlas, vecina, ya eres miembro oficial del club y de esta librería.

—Lo de llamarlo club me recuerda a uno de caballeros, con mucho humo de puro, así que sugiero que le pongamos algo más... femenino, más evocador —comentó Violet.

—Estoy de acuerdo. Merecemos un nombre digno de nosotras —dijo Iris.

Con tal empeño, soltaron ideas que volaron entre libros y gestos pensativos cual mariposas. Sin embargo, ninguna las convencía hasta que Lorea dijo:

—La Sociedad de la pluma y la rosa. Por el nombre de la librería y porque todas tenemos nombre de flor —explicó Lorea.

Les gustó tanto a todas que sonrieron con la sensación de que ningún otro nombre habría sido más adecuado ni dejaba un regusto más dulce. La felicitaron por su acierto, y Pola, llena de orgullo, dijo:

—Queda inaugurada la reunión de la Sociedad de la pluma y la rosa.

Rompieron a aplaudir con entusiasmo.

—Como orden del día —continuó la librera— propongo escoger una lectura conjunta. Y ya que somos una sociedad de damas, que sea por una pluma femenina.

—Y será, imagino, de doña Emilia —dijo su prima, conociéndola.

A Pola se le vino a la mente Diego, y se le pusieron las mejillas como el azafrán.

—Sí. —Carraspeó—. A Emilia le hago un lugar en la sociedad, y hasta le pongo un sillón honorífico. Me atrevo a asegurar que todas hemos leído algo de ella, ¿no?

—Yo leí *Los pazos de Ulloa* el año pasado —dijo Iris—. Y amé a las señoritas de la Lage.

—Mi favorita es *Memorias de un solterón* —comentó Lorea, que al punto, con los ojos muy abiertos, añadió—: ¡Ay!, que el protagonista es arquitecto.

Rieron todas con ganas, hasta ella.

—Ya ibas tú con la mente puesta en un arquitecto, ¿eh? —Rio Iris.

Otra se hubiera ruborizado, pero ella guardó la compostura.

—¿Y cuál es la tuya, Marga? —preguntó para desviar la atención.

—*La gota de sangre*. Aunque tuve que leerla a escondidas de Juan, porque…

Sabían todas cómo acababa esa frase, y Violet le apretó la mano.

—Si te gustan las historias detectivescas, podríamos leer juntas alguna, a mí me encantan.

Marga asintió, en tanto que Pola decía:

—Me encantó *La gota de sangre*. Emilia hizo algo asombroso. Como dijo un crítico, demostró que cuando hay talento y buen gusto, no hay empresa literaria peligrosa.

—¿Has oído, Lorea? —Iris le dio un codazo—. Olvídate ya del editor de marras y ponte a escribir. Talento tienes y buen gusto también, prueba de ello es que eres mi amiga.

Ella no supo si reír por lo último, como las demás, o reprenderla. Al final rio y las puso al corriente del motivo de esas palabras.

—Quizá lo que más me enfadó fue que dijera que la protagonista debía tener un final infeliz, dadas sus acciones —terminó.

—Estoy cansada de finales aleccionadores —se quejó Violet.

Marga asintió.

—Y yo. Lorea ha de prometernos que mantendrá un final feliz.

—Prometido.

—¿Y por qué empezaste a escribir? —le preguntó Pola—. Siempre he sentido curiosidad hacia las motivaciones de los escritores.

Lorea suspiró, y dio un largo trago. Eso le removía muchas cosas, la mayoría buenas, sí, pero con la sombra de la pérdida y la frustración revoloteando.

—Fue por mi *amona* —dijo al fin—. Mi abuela. Y por ella también estudio Medicina. No pudo hacerlo, por esos impedimentos que se nos ponen a las mujeres. Mi bisabuelo era un hombre estricto, la quería casada, señora de su casa y nada más. Ella, a escondidas, hacía curas y atendía partos —contó con una sonrisa—. Y tenía un libro lleno de remedios, donde apuntaba los buenos y los malos. Le gustaba contarme que antiguamente se frenaban las hemorragias con telarañas.

—Pues con lo poco que me gustan las patilargas, mejor me desangro —dijo Iris.

Rieron un poquito, lo que les vino bien; el relato de Lorea las había puesto nostálgicas.

—¿Le gustaba escribir entonces? —indagó Violet.

—No. Es que no le agradaban esos finales tristes tampoco, y cuando le leía un libro, porque ella tenía la vista cansada, siempre me pedía que los cambiase. Le cogí el gusto a inventar historias. Primero solo el final y, con el tiempo, todo, para hacerla feliz y leérselas todas.

Cruzaron miradas llenas de cariño.

—Tu abuelita estará orgullosa de ti —le dijo Pola—. Médico y escritora.

—No soy aún ninguna de las dos cosas —musitó Lorea.

—De eso nada —se quejó Iris, brazos en jarra—. Eres las dos. Porque lo llevas en el alma y en la sangre. Y pronto tendrás tu título y tu libro publicado. Aunque tenga que ir a metérselo por las ojos a todos los editores desde Cádiz a San Sebastián.

—Cualquiera le dice que no —dijo Pola.

Rieron a carcajadas y tomaron un poco de café. La librera dejó su taza, clavando la mirada en Iris.

—Chiquilla, no me mires así, tan misteriosamente —dijo Iris al darse cuenta—, que te me pareces al Sherlock Holmes buscando una pista.

—En todo caso querría ser Irene Adler —respondió Pola, riendo.

—La mujer —soltaron Lorea y Violet al unísono, sonriéndose después.

—Solo me preguntaba por qué escribías tú. Por qué una obra de teatro y no una novela.

—Bueno... —La sevillana apretó la taza de café entre las manos—. Es que se trata de una historia un poco triste, pero digamos que es por una promesa. —Esbozó una sonrisa afligida—. ¿Qué leemos entonces?

Con lo habladora que era, les extrañó que no quisiera contar más sobre aquello; sin embargo, respetaron su decisión, y, entre sorbos de café, decidieron que leerían *Insolación*. Cuando Pola lo llevó a la mesa, dijo:

—Es mi favorita. Asís y... —Le cambió el semblante—. ¡No!, mejor leemos otra. El protagonista se llama Diego, como don simpático.

—Pero si ha sido muy agradable —dijo Marga—. Y movía las cajas como si no pesaran.

—Así que el galán de Pola tiene brazos fuertes... —Iris sonrío pícara.

La librera se acordó de que había estado en ellos, y le subió un calor infernal a las mejillas.

—No es mi galán.

—*Don't be so grumpy.* —Su prima le dio un pellizco.

—No soy gruñona —replicó—. Y vamos a lo que nos atañe: *Insolación*.

Se miraron las demás, divertidas. Lorea ojeó el libro.

—«A José Lázaro Galdiano, en prenda de su amistad» —leyó—. Es un coleccionista de arte muy importante, ¿eran amigos?

—Uy, amigos... De los que te hacen cosquillas con el bigote en los labios —dijo Iris.

Entre carcajadas, Violet preguntó si eso era verdad.

—Emilia ha tenido sus amantes, sí, pero lo más importante no son sus amoríos, aunque a mí me encante saberlos —contó Pola—. Es su empeño literario, periodístico y hasta feminista. Y otro montón de cosas que no cabrían en cien vidas pero que ella ha llevado, y lleva, adelante en una sola.

—Pues... ¡decidido!¡Leemos a Emilia y su *Insolación*! —exclamó Marga.

Verla entusiasmada las ilusionó. Quizá irían sanando sus heridas con libros, café y unas risas.

Pola fue a por unas hojas para apuntar el orden de lectura, y al abrir el cajón del mostrador, vio el diario. Ahí estaba, con sus manchas, sus secretos y su voz llamándola. Lo tocó, y los dedos le quemaron. Tenerlo cerrado era incendio que no se apagaría hasta que no lo abriese. Se dividió su conciencia entre aquello y la fechoría de no haberlo devuelto.

La voz de Iris la sacó de su ensimismamiento.

—¿Qué te pasa, chiquilla? Que parece que has visto un fantasma.

Preocupadas, se arremolinaron todas en torno al mostrador.

—He hecho una cosa muy mala —dijo Pola—. He robado.

—¿El qué, Pola? —preguntó Lorea, que le tocó la cara, por si andaba febril.

—Por su cara, lo menos en el Banco de España —dijo Iris.

La librera puso el diario sobre el mostrador, de una, como quien suelta la carta que será su victoria o su derrota.

—¿Has robado un libro? —preguntó Marga, perpleja.

—Es un diario.

Fruncieron el ceño, y se miraron entre ellas.

—Mira, Pola, deja de soltarnos las cosas como si fueran grageas. Una en el desayuno, otra en la comida y otra en la cena —dijo Iris—. Di de una vez qué pasa.

La librera les contó la aventura. Pasado el asombro, llegaron la curiosidad y las dudas. Y surgieron opiniones dispares.

—Tienes que devolvérselo —dijo Lorea—. Inmediatamente.

—Ya te dije lo que pensaba, prima. No está bien leer diarios ajenos.

Marga asintió, pero la sevillana negó con la cabeza.

—Deberíamos leerlo, averiguar quién es Isabel y quién lo escribe.

—No lo sé, solo he leído un par de páginas, y no está su nombre.

—¿Y no te has puesto a buscarlo, página por página, hasta encontrarlo? —preguntó la actriz.

—No, ¡claro que no! Los libros se leen en orden, de la primera página hasta la última.

—Pues conozco a unos cuantos que echan un vistazo a la última página —comentó Lorea.

La miraron como si hablase de un crimen, y habrían debatido aquello largo rato, pero el asunto del diario era más apremiante. Iris fue a abrirlo, intrigada, y Lorea lo impidió.

—No vamos a leerlo. Está mal —dijo seria.

—¿Por qué no? —resopló su amiga—. Si tuviese uno no me importaría. Así alguien se entretendría con mis *padeceres*. Además, no conocemos a quien lo ha escrito.

—¿Y si es Diego? —soltó Pola—. ¿Y si Isabel es su amada?

—¿Pero está novio el polluelo? —quiso saber Iris—. O casado.

—He dado por hecho que no, pero... —Cogió la copia que guardaba del contrato de alquiler por si alguna autoridad se la reclamaba en el sitio, y buscó aprisa el dato—. Casado, al menos, no está. —Sintió un alivio al decirlo que ni comprendió.

Se enfrascaron en un debate, sobre la conveniencia o no de leerlo, hasta que Violet dijo:

—*We should vote*, y que gane la mayoría.

—Por fin vamos las mujeres a votar —dijo Marga.

Violet le regaló una sonrisa, y levantó la mano.

—Votos a favor de devolver el diario y no leerlo.

Se unieron a ella Marga y Lorea. Y a la pregunta contraria, Pola e Iris.

—Pues ya está —dijo Iris con pesar—. Sois tres y nosotras dos.

—Acepta tu derrota en democracia, Iris. —Lorea le palmeó el hombro.

—Ya me gusta menos eso de la democracia —dijo refunfuñando.

Pola lo guardó en el cajón, sintiendo que se despedía de nuevo de un amigo que partía en un tren sin regreso. Pero no sería justo faltar a la decisión conjunta.

—Prima. —Violet le apretó el hombro—. Solo es un diario.

—No, es la vida de alguien —dijo ella, para luego suspirar—. ¿Y si está muerto? ¿Y si lo han matado en esa guerra de la que habla?

—Pues si está muerto, consuélate con lo que sabes: ha conocido el amor —anotó Lorea.

—*Tis better to have loved and lost than never to have loved at all* —dijo Violet.

Aunque Marga no comprendió el significado le pareció que guardaba gran sentido para ella.

—¿Qué quieres decir?

—Que es mejor haber amado y haber perdido, que no haber amado —respondió la inglesa.

Marga pensó en sí misma. ¿Había amado de verdad? No, sus afectos no habían sido más que una vaga sombra en una niebla densa, como la del Támesis. Sus sentimientos y deseos más íntimos en nada se parecían a lo que Juan, como hombre, pudiera darle.

Violet notó su pena, y dijo con una sonrisa.

—¿Sabes qué? Podría enseñarte inglés. Así siempre me entenderías cuando olvido dónde estoy, y cuando vayas a ver la niebla, hablarás con ella. Porque la niebla de Londres habla inglés.

—Y muy cerrado, seguro —dijo Pola—. Creo que es una fantástica idea.

—Y podría traerte grandes oportunidades —dijo Iris—. Hasta colocarte en un hotel.

—O en una oficina, si sabes mecanografiar —anotó Lorea.

Marga las miró una a una, sintiendo su entusiasmo.

—Aprendí en el orfanato —les contó—. Pasaba a máquina los papeles importantes.

—¿En un orfanato? —preguntó Lorea, que por inercia se llevó la mano al vientre.

—Sí, pero no sintáis pena. Las monjas me trataban bien, y me sentía de utilidad. Ayudaba a otros niños con aritmética y geografía. Fui feliz, a pesar de todo, hasta que Juan me sacó de allí.

Cada vez que se lo mentaba, les daban ganas de echar agua bendita.

—Llegó buscando a alguien que lo ayudase en casa, porque tenía hermanos a su cargo. —Marga cogió aire, fuerzas para contar aquello—. Aunque a los chiquillos se los llevó la escarlatina en menos de un año, y nos quedamos solos. Iba a irme, pero me pidió matrimonio. Y pensé que me daría seguridad. —Apretó los labios con la misma fuerza con la que él le había apretado la soga—. Ahora sé que solo buscaba una criada de balde, y una mujer para...

Calló; sin embargo, todas sabían lo que seguía. En el espeso silencio que las rodeó, voló la angustia. Y les costó salir de ella, pero lo hicieron también en silencio: dándole a Marga un abrazo entre todas, que la hizo sentir consuelo.

21

El domingo, cuando Lorea vio a Iván, con su mejor traje y tan bien peinado, casi se le derriten las entendederas. Cosa fatal para ella, porque las necesitaba para estudiar. La materia que había repasado esa mañana, porque los estudios no entienden de domingos, quedó atrás en su mente. Solo podía pensar en lo guapo que estaba. Él le tendió el brazo, y dijo:

—Nunca he visto a una muchacha tan bonita ni con una sonrisa tan dulce.

Lorea sintió cosquillas y más miedo que al filo de un abismo, pero bajó del escaloncito de su portal, y se agarró de él.

—Ha visto pocas entonces.

—Ni una más quiero ver, teniéndola delante.

Ella sonrió sin más remedio, y caminaron calle abajo. El Madrid de los domingos tenía algo distinto, como si todos sus habitantes fueran más felices. Iban y venían las gentes, a desayunar o a misa. Y como era Domingo de Ramos, andaban los palmeros cargados de palmas a las puertas de las iglesias.

—¿Vamos a la chocolatería de San Ginés? —sugirió él—. Sirven unos churros magníficos.

Aceptó, pues nunca los había probado. Y en tanto que caminaban él le fue contando esto y aquello de Madrid. Ella lo escuchaba sin perder puntada, aprendiendo en su corto paseo más de la villa de lo que había aprendido en años, y reía sus bromas. Iván era un sol con el poder de dispersar las nubes de tormenta que tanto la acuciaban.

La chocolatería estaba a rebosar, impregnado el aire de olor a aceite, chocolate y gratos recuerdos. Los churros siempre alegraban el espíritu, aunque trajeran a veces densos ardores. Pronto estuvieron sentados, ya servidos. Iván conocía a los dueños, y le preparaban un chocolate especial, sin tanto azúcar.

—Hay algo que aún no me ha dicho y que le pregunté en el tren —dijo mojando un churro.

Ella tenía grabado con hilo de plata todo cuanto habían hablado y cuanto quedó pendiente.

—Me preguntó usted por qué estudiaba Medicina.

—Eso es.

Lorea le contó la historia de su *amona*, y a él se le vistió la sonrisa de dulzura.

—Qué haríamos sin las abuelas —dijo Iván—. Cuando la mía me cogía de la mano para llevarme a comprar caramelos, yo sentía que el mundo estaba hecho de cosas bonitas. Que mientras estuviera conmigo, sería capaz de todo. Y creo que en la vida todo se resume a buscar personas que nos hagan sentir eso mismo: que somos capaces de todo.

Lorea pensó en Iris, en lo mucho que la alentaba, y le vinieron a la mente las chicas de la Sociedad. Tenía una sensación así de bonita cuando estaba con ellas, aunque las conociera poco.

—¿Tiene usted a alguien así? —le preguntó Lorea.

—Pola. Ella me empuja cuando un obstáculo me parece insalvable. Y, si puedo decírselo, mirándola a usted también siento esa fuerza. Lleva las riendas de su vida, y consigue grandes cosas.

Lorea se sintió halagada, pero su falta de confianza la ahogó. Sin embargo, recordó las palabras de Iris, las buenas calificaciones. Lo mucho que añoraba leer su propia novela y darse cuenta de lo magnífica que era, así que, admirando los bonitos ojos de Iván, asintió.

—Y usted también. Ahora tiene que contarme por qué se hizo arquitecto. ¿Fue por su abuela?

—Ella quería que fuera médico, como todos los hombres de mi familia, pero yo soñaba con levantar edificios desde que le robaba las peinetas de la cómoda y las pegaba con miel para construir casas. Y, al final, mi abuela me compró un estuche de lápices y una libreta, para que le pintara los edificios y dejase de estropearle las peinetas.

Lorea rio enternecida. Y brindaron con el chocolate por sus abuelas, con más gana que si fuera champán. Mientras seguían desayunando, él le preguntó por *El árbol de la ciencia.*

—Preveo grandes infortunios para Andrés Hurtado —dijo ella—. No he visto más amargura existencial, pero teniendo en cuenta cómo son las cosas en la facultad, y en este país, hasta lo comprendo. Ahora, como no tenga final feliz, usted y yo vamos a tener una conversación.

—Qué entiende por final feliz, a ver —dijo nervioso.

—Pues que él consiga una vida plena, a pesar de sus tribulaciones. Que cumpla con sus sueños.

—Me temo que no podré complacerla en cuanto a la novela se refiere.

Su tono pícaro la hizo sonreír, pero luego torció el gesto y mordió el churro.

—Me rompe el corazón, Iván. ¿No podría haberme regalado otra?

—No sabía que fuera amante de los finales felices. Y no diga eso, que rompe el mío. Le prometo que el próximo libro que le regale cumplirá sus expectativas.

—Más le vale, recuerde que sé de anatomía y de cómo diseccionar un cuerpo.

La broma, que fue dicha fingiendo seriedad, lo hizo reír a carcajadas.

—Lo tendré en cuenta.

En aquel lugar ruidoso volvieron a sentirse como en el tren, solos en agradable compañía.

—¿Y cuáles son sus sueños?, si puedo preguntar —dijo él.

—Ninguno que reseñar.

—Eso lo dudo. —Iván le tendió un churro—. Cortaremos un pedazo cada uno y quien se quede con el último le cuenta al otro su sueño más grande.

Lorea vio un brillo tan espléndido en los ojos de él, que no pudo decirle que no. Casi al final, él cortó uno más pequeño.

—Ha hecho trampas —se quejó ella.

—Es que luego he pensado que no quiero que se sienta obligada a hablar de nada.

Lorea sonrió, aunque sintió una punzada al pensar en los primeros días con Héctor, cuando era tan cariñoso como Iván, aunque más serio. Suspiró, y habló al fin de su sueño.

—Quiero dirigir un hospital. Pero es una idea descabellada, ¿verdad? Alguien me dijo que era un sueño imposible para mí.

—Pues quien se lo dijera es más tonto que un zapato.

Lorea casi se ríe, porque había sido su hermano.

—La única diferencia entre una idea descabellada y una cumplida son los pasos intermedios una vez desdeñado el miedo —continuó él—. No sea su propia enemiga. Sueñe a lo grande. Quiere que Hurtado consiga sus sueños, si quiere eso para un personaje de novela, ¿por qué no para sí misma?

Ella sintió la fuerza de sus palabras. Casi le pareció que Iván la aupaba más cerca de su sueño.

—A cada segundo que paso con usted comprendo más que Pola lo tenga por su mejor amigo.

—Supongo que tiene suerte, sí —bromeó él, arrancándole una risa.

—¿Su sueño son esos edificios altos? O tiene alguno más.

—Mi sueño son esos edificios altos, y… algo más. Y como si me callo me sale úlcera, ya lo sabe, le diré que mi sueño, ahora, también es usted.

Si Lorea no estudiase Medicina, y estuviera al tanto de todas las cosas que pasaban en el cuerpo, habría jurado que el corazón se le había parado y que, aun así, se sentía más viva que nunca al oírlo decir aquello. Sonrió, cálidamente, y él le devolvió el gesto con ese brillo suyo en la mirada.

Muy cerquita, a la salida de la parroquia de San Ginés, también se hablaba de sueños. Pola, enganchada del brazo de su padre, tras oír misa y bendecir la palma, le contaba que había puesto una vela para que el último pedido de su librería llegase a tiempo.

—¿No crees que eso son cosas muy nimias como para pedirlas a los santos?

—Hay problemas con las imprentas, por la carestía en el papel. Como siga así, nos valdrá menos almorzar en el Ritz que comprar según qué obras. ¿Y si no se pueden imprimir nuevos libros?

—Pues como te los sabes de memoria cobras por recitarlos.

La librera rio y apoyó la sien en el confortable hombro de su padre. Tras ellos estaban Agatha e Iris y, más atrás, Violet y Marga. La librera las había invitado a pasar con ellas la jornada. A su prima y a su vecina las oía reír, o las veía apartarse del grupo, cogidas del brazo, para curiosear algo. Violet animaba mucho a Marga, y eso le gustó. Agatha e Iris conversaban, y Pola alcanzó a escuchar qué decían.

—Hago lo que me viene en gana y voy donde quiero —decía Iris, amablemente, pero con su habitual tono resuelto—. Sin perrito que me ladre.

—Encuentro asombroso que una mujer goce de tanta libertad. ¿Y no trabaja usted?

La oreja de Pola se puso grande como una ensaimada.

—Tengo rentas que administro bien —dijo Iris.

—Es estupendo que tenga independencia económica.

—Por culpa de no tenerla aguantan muchas a maridos canallas, y, por desgracia, las que trabajan ganan tan pocas perras que si quieren vivir dignamente acaban teniendo que casarse.

Pola temió que Agatha se hubiera molestado: su marido fue uno de esos canallas. Las miró por encima del hombro, con disimulo, y vio que Agatha asentía con determinación.

—Eso mismo piensa mi hija —dijo—. Van a ser ustedes grandes amigas.

La librera miró al frente, aliviada. Unos chiquillos revoloteaban en la calle con sus palmas, armando cierto escándalo, así que tuvo que afinar el oído.

—Ojalá yo hubiera tenido la libertad que tiene usted —continuó Agatha, la voz triste—. No por mi primer matrimonio, que fue maravilloso, pero con mi segundo no tuve tanto acierto.

A Pola le pareció un eufemismo. Su esposo, además de violento, se había gastado hasta el último penique de la fortuna de Agatha, preservando la suya, para tenerla atada. Beltrán les ofreció ayuda, pero la inglesa se negó a aceptarla. No pensó que diría más, porque no era de hablar de sus asuntos abiertamente, por inglesa y por su carácter; sin embargo, su tía añadió:

—Y fue un alivio para Violet y para mí que muriera en el Titanic.

—Pues que los peces se lo coman —soltó entonces Iris.

La librera escuchó reír a su tía como hacía tiempo que no.

Poco después paseaban por la calle del Arenal, elegante y bonita como pocas. Pola se distraía observando una fachada mientras se preguntaba cuántas cosas podría contarle Iván sobre su arquitectura, cuando notó que su padre se paraba. Al detener el paso y mirar al frente, sus ojos toparon con los de don simpático.

—Buenos días, señorita Martínez —saludó él, amablemente.

Ella respondió al saludo, rumiando el problemático pensamiento de que estaba guapísimo vestido de domingo. Del brazo de él iba una mujer, apoyada en un bastón, bien guapa también. Tendría cincuenta años, el cabello de ébano, los ojos castaños y elegancia en el vestir, aunque de luto. Pola no sabía si por su esposo, por la tía de la que Diego había heredado el local, o por otra pérdida, pero siempre que veía a alguien de luto, se le encogía el corazón, recordando el suyo.

Diego la presentó como su madre, doña Rosa Castro, y Beltrán introdujo a su grupo. La saludaron todos con educación. Pola notó que Rosa la miraba de un modo peculiar, y se preguntó si su hijo le habría hablado de sus desencuentros. Sintió una repentina vergüenza que le tiñó las mejillas. ¿Cómo podía haber empezado con tan mal pie con él? Ah, sí, la había llamado tonta. Se le fueron los ojos hacia Diego, de puro disgusto. Él la miraba muy fijamente.

—Si quiere aprenderse mi cara, le mando un retratito —le dijo ella por lo bajo, a su lado, mientras los demás conversaban.

Diego rio, y acercó con disimulo los labios al oído de ella.

—Podría ponerlo en una pared y lanzarle dardos.

La cercanía de su susurro la estremeció, y giró la cabeza para mirarlo.

—¿Envenenados?

—Por supuesto —respondió él, los ojos en los de ella.

Pola casi se pierde en las vetas de esos iris sin encontrar luego la manera de salir.

—No esperaba menos.

Él estiró la comisura de los labios.

—¿Ha empezado ya con Polidori?

—No pienso darle el gusto de leerlo.

—¿No? Podría prestarle mi ejemplar, es una traducción personal, con anotaciones.

—¡Vaya! Traduce libros, sabe de negocios, lee a doña Emilia... Es un hombre completo. —Se le fue la lengua sola en su propósito de saber sobre el diario—. Ya solo le queda haber estado en la guerra.

A Diego se le puso el semblante de cera.

—No hable usted tan a la ligera de ese asunto.

—¿Por qué?

Él abrió la boca para responder, pero su madre reclamó su atención para regresar a casa. Diego asintió y tras despedirse de todos, se llevó a Rosa del brazo. Pola admiró el modo en el que la cuidaba, adaptándose a sus pasos.

Era él. El del diario era él. Cada vez estaba más convencida.

La risa de Violet y Marga la sacó de sus pensamientos. No sabía de qué reían, pero le dio por reír también, quizá por los nervios.

22

A mediados de la siguiente semana, Violet recibió carta de Ivy. Estaba despidiendo a su prima en la puerta, cuando esta llegó.

—¿Quieres que me quede contigo a leerla? —le preguntó Pola, con el ceño fruncido de preocupación.

—No te preocupes por mí, y vete —dijo empujándola hacia la puerta—. Muchas mujeres matarían por tener un negocio propio.

—Si te sientes mal, me telefoneas.

—Sííí, lo haré. *Go! Now!*

Aunque la librera resopló, terminó marchándose.

Violet corrió a su dormitorio y se sentó junto a la ventana, tras apartar los periódicos que había dejado en la silla. Desplegó la carta, con tanta emoción como temor a las malas noticias.

> Mi querida Violet, te echo tanto de menos que siento un agujero en el corazón. Los días sin ti son tediosos, y hasta añoro oírte hablar de libros, aunque no sean de mi incumbencia. ¿Podrías venir a tomar el té conmigo y a contarme de esos misterios tan asombrosos que lees? Aún recuerdo cuando estuviste hablándome del terrorífico asunto del velo, en *Los misterios de Udolfo*, y me robaste también el sueño. Hasta eso

> lo echo de menos. Igual que tus exposiciones sobre el mundo, por exaltadas que sean, o tus artículos, que tanto hemos debatido. Confío en que sigas escribiendo. Espero que te lances a publicarlos, a deslumbrarlos con tu pasión e intelecto. Las cosas aquí están todo lo tranquilas que podría desearse, siendo nuestras circunstancias las que son. Mis padres están bien, y también nuestros amigos. Espero con ganas carta de Conrad, y también que le hayan llegado tus nuevas señas, para que recibas noticias de él pronto. Anoche soñé que regresabais los dos, que vivíamos en el campo, felices. Tú, él, un apuesto duque con el que me había casado y yo. ¿No te parezco una ilusa por soñar cosas así? Prométeme que el futuro será así de brillante. Tengo muchas cosas que contarte, mi queridísima amiga, se ha dado una fiesta en beneficio de nuestros soldados y ¡he estrenado vestido!

En ese punto, Violet apenas veía las palabras. Las lágrimas se le amontonaban impidiéndole tal propósito. Puso el papel contra su pecho, como si pudiera abrazar a su lejana amiga, pero no tuvo consuelo. Ivy estaba lejos. Y esa maldita guerra lo había torcido todo. Sollozaba, cuando Marga llegó. La esperaba para la clase de inglés, pero la carta la había despistado. Marga, al verla así, se quedó paralizada, frotándose las manos contra la falda. Pero al final la abrazó, y Violet se refugió en sus brazos como almohadones que amortiguasen la caída hacia el abismo de su pena.

—No llores —le dijo ella—. Lo que sea, pasará. Ni lo bueno ni lo malo duran para siempre.

Violet quiso decirle que a veces le parecía que el tiempo le daba una extensión infinita a los momentos malos y acortaba los buenos hasta dejarlos en nada. Pero eso… Marga lo sabía. Y quizá por eso lloró con ella. Cuando lograron calmarse, se secaron las lágrimas, como aquella vez, y Marga se percató de la carta.

—¿Es de tu prometido? —Le había hablado de él el domingo.

—No, es de Ivy. —La dejó a un lado, para seguir leyéndola cuando encontrase fuerzas.

—¿La chica del cabello como yo?

La inglesa sonrió, y atrapó un mechón de pelo de Marga entre los dedos, que recorrió despacio.

—De pequeñas nos hacíamos trenzas la una a la otra —musitó, perdida en sus recuerdos.

Marga recibió su gesto de buena gana; nadie había rozado su cabello con tanta delicadeza.

—A mí se me da bien hacerlas. Peinaba a las niñas del orfanato.

Una idea les llenó la mente. Cogieron un cepillo y unos cuantos lazos. Violet se acomodó en la silla; Marga se situó detrás. Comenzó a cepillarle el cabello, y la inglesa cerró los ojos, abandonándose a ese momento de calidez.

—¿Cómo se dice mi nombre en inglés, Violet? —le preguntó de golpe.

—Margaret. O Marge.

—Suena bonito.

—Entonces te llamaré así, porque cuando digo las cosas en mi idioma, las siento más cerca del corazón.

Marga se sintió feliz, y asintió. Se trenzaron el pelo, trenzando también al dolor hasta apretarlo tanto que, durante un rato, no las molestó.

Aunque Pola le hizo caso a su prima, no pudo quitársela de la cabeza. Las cartas de Ivy eran una certera bala en el corazón de sus recuerdos, para bien o para mal. No obstante, entre libros y clientes, se le fue pasando un poco el disgusto. Le habría venido de perlas la ayuda de Marga en aquella jornada tan ajetreada, pero era más importante que aprendiese inglés y, más relevante aún, que hiciese compañía a Violet. Quizá su presencia serviría para amortiguar el dolor que su prima sentiría.

Andaba en el trajín de catalogar el recién llegado pedido, agradeciéndole a los santos su intercesión, cuando Iris entró por la puerta.

—¡Qué alegría verte! —le dijo Pola—. ¿Adónde vas tan guapa? Llevas un vestido que ni en París.

—Pues a verte a ti, alma mía, nada más. Y a dar un paseo. Se me ha atascado mi obrilla en el papel, y he salido para airear los pensamientos y que me vengan buenas ideas.

—¿Y te ha funcionado?

—No sé, pero me he dejado unos cuartos en La Mallorquina. —Levantó una cajita atada con un cordel—. ¿Quieres merendar conmigo?

Pola asintió, y fue con Iris a preparar la mesita.

—No quiero pecar de curiosa, pero me ronda la cabeza mucho eso que dijiste, de que escribías por una promesa —comentó la librera, preparando las tazas para el café.

—No quieres pecar, pero pecas, Pola. —Iris se rio—. Es una historia muy triste, ¿seguro que quieres oírla?

—¿Pues no leo a los rusos?, más triste que eso... —Abrió mucho los ojos, frunciendo los labios.

—Eso es verdad. No he visto literatura más trágica que la de esa gente. ¿Será por el frío?

—Será. Pero no te desvíes. ¿A quién se lo prometiste?

Iris suspiró largamente, y rumió en silencio por dónde empezar, hasta que se sentaron a la mesita en el rincón. Quiso la fortuna que la librería quedase tranquila, y pudieron conversar a gusto.

—De un tiempo a esta parte, empezó a asaltarme la mente, noche sí noche también, un recuerdo de mi padre junto a la lumbre, leyéndonos a mi hermana Carmela y a mí, en la víspera de Todos los Santos, *El monte de las ánimas.*

—Qué historia tan espeluznante —dijo Pola.

—A nosotras nos ponía los pelos como capirote de nazareno, pero escuchábamos atentas —le contó de buen ánimo—. Y cuando nuestro padre guardaba las leyendas becquerianas en la estantería, las cogíamos a escondidas. Carmelita y yo encontrábamos en ellas siempre algo de verdad, de felicidad, de miseria y de tristeza. Y también de amor y dicha.

—Cada cual encuentra en las historias lo que necesita, lo vaya buscando o no —le dijo Pola.

—Eso mismo decía ella. Tenía solo doce años y hablaba como si tuviera cien. Creo que el dolor le hace a uno viejo antes de tiempo.

—¿El dolor?

—Carmelita sufría de una enfermedad, de la que nadie encontraba explicación ni origen, pero que iba consumiéndola lentamente. Algunos decían que era cosa de los huesos. Otros... —sacudió la cabeza— es igual.

La librera le apretó la mano para reconfortarla, e Iris fue capaz de esbozar una sonrisa antes de continuar:

—El caso es que, mientras leíamos juntas, a Carmela ese dolor se le diluía; igual que cuando íbamos a los teatros o cuando le cantaba alguna coplilla. Me..., me gusta cantar. —Carraspeó—. Así que un día, para hacerla reír, inventé un teatrillo. Ella hasta soñó con él, de lo feliz que fue. Pero la muerte no entiende de momentos felices, Pola, y se la llevó.

Pola asintió, tragándose las ganas de llorar. Tomaron ambas un sorbo de café, a ver si la azucarada bebida les endulzaba un poco el ánimo.

—Una de las últimas cosas que Carmela me dijo era que tenía que escribir una obra de teatro que alejase el dolor de los demás como había alejado el suyo —dijo Iris—. Y lo intenté con todas mis fuerzas, pero la pena me atrapó tanto, que no me salieron las palabras. La tinta se me volvió lágrimas y el papel un océano en el que fuera a ahogarme. Veía la carita de mi Carmela, sus rizos negros empapados en sudor, la mano de la muerte sobre ella. Y guardaba el papel, pensando que nada podría salirme de adentro que hiciera feliz a mi hermana, allá en el cielo. Y para sentirme más cerca de ella, volvía a Bécquer, y me imaginaba leyendo a escondidas a su lado.

—Por eso te gusta tanto el poeta.

—Por eso. Siempre ha estado conmigo, en mis buenos y en mis malos momentos.

—Como aquellas cosas que llevamos en el alma.

Iris asintió, con un gesto comprensivo, y tras soltar un suspiro, dijo:

—La promesa que le hice a Carmela se me ha estado manifestando con la fuerza de una tempestad. Tengo que escribir esa obra o la palabra incumplida se me quedará atascada en el gaznate.

—Pues has hecho bien en tomar la determinación de hacerlo. Te sentirás mucho mejor cuando lo cumplas. Pero, aunque no lo hicieras, Carmelita seguro que se siente orgullosa de ti.

—Eso lo sé. Y yo de ella. Me dio enormes lecciones aunque estuviéramos juntas tan poco tiempo. —Iris sacó de su bolso un retrato de la chiquilla, que llevaba siempre con ella—. Era guapa, ¿verdad?

—Más que un sol —dijo la librera al mirarla. Tenía el mismo pelo que Iris, su misma sonrisa picaruela y ese brillo en la mirada de las personas curiosas, lo que le hizo sentirse muy cerca de ella—. ¿Cómo es la obra que estás escribiendo?

—De amor, con mucha comedia.

Pola comprendió por qué. Iris sanaba sus más dolorosas heridas en el ejercicio de escribir. Y como era alegría viva, las revestía de risas. Y la admiró por ello.

—Me alegro de haberte conocido, Iris —le dijo de pronto.

—Qué bonita eres, librera. —Iris le plantó un beso en cada mejilla—. Yo también de haberte conocido a ti.

Hubo de nuevo ratos de trajín, pero en los ratos libres, Pola regresaba junto a Iris para charlar y comer dulces. Cuando ella volvía al trabajo, la sevillana se entretenía leyendo *Insolación*. Cerca del cierre, la campanilla avisó de la llegada de uno de esos rezagados clientes.

—Ay, señor... —Pola, tras el mostrador, suspiró con fastidio al ver a Diego, pero, por dentro, sonrió—. Le voy a poner una prohibición en la entrada, como esos carteles de búsqueda y captura de los bandidos.

Diego rio, como empezaba a ser costumbre, y mientras se quitaba el sombrero, saludó a Iris.

—¿Cómo se encuentra, señorita Pertierra?

—Tengo dulces y libros, esa pregunta se responde sola. —Sonrió—. Si gusta...

Él le dio las gracias y negó con la cabeza. A la de Pola saltó el diario, y ese semblante tenso de él cuando mencionó la guerra. Tuvo que sellarse los labios para no saltar con la cuestión.

—He venido a traerle *El vampiro*. —Diego dejó el sombrero sobre el mostrador.

—¿Le cabe a usted un chupasangres en el maletín? —dijo la librera.

Iris rio, y la librera la miró de reojo, aguantándose las ganas de imitarla. Él meneó la cabeza a la vez que sacaba un libro del maletín.

—Es el ejemplar del que le hablé.

Pola le echó un vistazo. Estaba mecanografiado, en español, y tenía anotaciones con bella letra en la parte inferior, así como recortes con imágenes de vampiros. Y aunque le asombró, no iba a claudicar con Diego.

—No está mal.

—Reconózcame el mérito, que no le cobran por ello.

—Eso será cuando lo lea. Igual todo esto solo son recetas de cocina, con mucho ajo.

Rio él a la par que Iris.

—Qué cosas tiene mi amiga —dijo la sevillana.

Pola sonrió al escucharla llamarla así, y guardó la novela en el cajón, sobre el diario, que la miró acusadoramente. Tenía que devolvérselo.

—¿Por qué lleva siempre un maletín? ¿Es... pasante?

—Soy profesor de Literatura en la universidad.

La librera casi se cae de espaldas.

—Parece que la he sorprendido —dijo él, con media sonrisa.

—Me ha sorprendido, sí, y... es una profesión admirable.

La sonrisa de él se volvió completa y le salió un hoyuelo que la librera miró atontada. Los hoyuelos eran su debilidad. Se le llenó el vientre de una sensación que prendió de golpe, como chispa de un fósforo.

—Yo venía buscando unos ejemplares —dijo él, carraspeando—. *Narraciones extraordinarias*, de Edgar Allan Poe, y *El sabueso de los Baskerville*, de Conan Doyle.

—Sí, claro. Podría encargarle dos ediciones estupendas. Calleja editó hace unos años las *Narraciones*, y Sopena, la de Holmes. ¿Le gusta Sherlock? A mí me cae simpático, a pesar de todo.

—¿Más que yo? —dijo él.

—Más que usted, desde luego, él es un afamado detective y usted solo un profesor.

Hubo entre ellos una mirada inusualmente divertida.

Pola anotó los encargos, y animada a seguir firmando la tregua, le dio palique.

—¿Sabe que a don Edgardo Poe solo le pagaron diez duros por *El cuervo*?

—No lo sabía.

—¡Con la de duros que le pagarían hoy! Miles. Las cartas de Poe valen hasta cinco veces más que las de otros poetas, y el pobre estuvo casi solito en sus funerales.

—La gente no siempre acierta con el valor de las cosas —comentó él—. Lo que un día parece que no vale nada al poco se compara con la fortuna de un maharajá. Y como le sucedió a Poe, le sucede a muchos, que no son alabados hasta su muerte.

—Supongo que a veces uno no tiene más que esperar a morirse para que se le encumbre.

—Usted, por si acaso, mire de no morirse.

—Anda —dijo Pola entre risas—, si así se libraría de mí.

—Yo no he dicho que quiera librarme de usted. ¿Para cuándo podrían estar aquí los ejemplares?

Ella pestañeó aprisa. ¿Había dicho lo que había dicho? Y, si era así, ¿cómo podía pasar de un tema a otro como si el primero no fuera enjundioso?

—No lo sé, pero trataré de hacérselos llegar cuanto antes.

—Telefonéeme cuando le lleguen —dijo él—. He de marcharme ya, que tengan buena tarde.

En cuanto se marchó, la sevillana corrió al mostrador.

—«Yo no he dicho que quiera librarme de usted» —imitó, con voz varonil.

—Calla —dijo Pola con las mejillas encendidas—. Diego solo estaba siendo amable.

—Tu Diego, a partir de ahora.

—¿Mi Diego? Déjate de zarandajas, que me voy a casar.

—Por hombres con peor planta se han roto compromisos y hasta imperios.

—Y tú conoces a unos cuantos, ¿no?

—Hace poco conocí a uno. Marqués ni más ni menos. Pero no desvíes la conversación.

Pola suspiró, y se dispuso a guardar la tarjeta en el cajón. ¡Ahí seguía el diario de marras!

—¿Qué tienes ahí que miras con tanto susto? —Iris se asomó—. ¡El diario! El otro día no dormí de tanto pensar en él, preguntándome qué habría en él.

—Sentimientos, Iris, eso hay. De un soldado a la mujer que ama. Y cuando mencioné a Diego la guerra, se puso blanco. Creo que es él quien lo ha escrito.

—Eso lo vamos a averiguar ahora mismo.

Pola no la detuvo en sus intenciones. Todo su ser bullía en deseos de saber más, aunque fuese a costa de saltarse a la torera la democracia. Sin embargo, cuando Iris lo cogió, le entraron los miedos.

—¿Y si las demás se enfadan?

—Solo echaremos un vistazo, Pola, luego se lo devuelves a Diego. Aunque podías haberlo hecho hoy, así que tienes tantas ganitas de leerlo como yo. Solo una página, ¿vale?

—Solo una —dijo la librera.

Iris lo abrió, y Pola buscó la siguiente a la última que leyó. Leyeron, juntas sus cabezas.

> Mi amada, a veces pienso que estas gentes están hechas de una sustancia distinta al resto, porque tienen una fiereza y una resistencia que no he visto jamás; pero luego, cuando trato a alguno, noto que son tan humanos como nosotros: el miedo les inunda las pupilas igual que a todos cuando ven la muerte de cerca. A veces quisiera ser como ellos, soportar tan bien la sed y el calor, y conocer estos vastos caminos para irme y no regresar. El amor por ti me mantiene aquí, para que nadie pueda decirte jamás que el hombre al que amas fue un cobarde, aunque los horrores que veo me empujen a la idea de serlo. Todos los días nos dicen que hemos de resistir. Pero vivimos muchas penurias, y estamos cansados. No sé si estas palabras llegarán a ti, por las cosas que cuento, pero al menos me desahogo escribiéndolas. He estado pensando en el día que nos conocimos. Cuando te solté ese piropo, y creí que ni me mirarías, ¿cómo iba un ser divino a fijarse alguien como yo? Pues bendito piropo, Isabel, el que hizo que me mirases. Te amo, más que a mi vida.

Ellas se miraron con lágrimas en los ojos y el peso del mundo en los hombros.

—Esto es muy triste —musitó Iris.

—Pero hermoso a la vez, ¿verdad?

La sevillana asintió, y pasaron a la siguiente. Y a la siguiente. Llenas de amor, de miserias en la guerra, de heridas curadas y hombres enterrados en la arena. Pero no había más nombre que el de Isabel, por más que leían, ni fecha alguna. Llegó desde fuera la campana del sereno y Pola despegó los ojos del papel, dando un respingo. Si no se marchaba ya, su padre se preocuparía.

—Tenemos que dejarlo, Iris.

—¡Necesitamos saber quiénes son! —se quejó la sevillana.

—Lo sé, pero hemos dicho una página, y leído más. Lo haremos con las demás, si quieren.

A su pesar, Iris asintió. Recogieron aprisa y, con igual velocidad, pusieron rumbo a sus domicilios. Al despedirse, Pola dijo:

—¿Y si es Diego quien estuvo en África?

—Pues si es él, sabremos dónde está Isabel. Necesito conocer a una mujer a la que un hombre amó de tal manera. Son pocas en este mundo.

23

Cuando, en la reunión de la Sociedad, Iris sacó a colación el diario y la fechoría cometida, se quedó más silencio que si fuera de madrugada.

—No deberíais haberlo hecho —regañó Lorea—. Estoy disgustada con las dos.

Agacharon ellas las miradas; Violet y Marga no supieron ni qué decir.

—Lo siento, nos pudo la curiosidad —dijo Pola.

—¿Y es más importante que las vidas ajenas? —Lorea negó con la cabeza—. Llama a Diego y dile que venga a recoger el diario.

Pola, con gesto derrotado, fue hacia el teléfono, que estaba sobre el mostrador.

—Espera —intervino Iris—. Loreíta, ¿no quieres leer un poco, antes de tomar decisiones drásticas?

—No son drásticas, son necesarias —respondió ella sin pensarlo.

—Me parece que él es médico —dijo entonces Pola—. Como tú.

Lorea negó con la cabeza.

—No me vas a convencer.

—¿Ni un poquito? —Iris la miró con cara de pena—. Igual dice cosas que te interesan. Es un médico… en la guerra. Solo queremos saber quién es.

—Tengo libros que hablan de eso. Y está claro que es Diego, o alguien de su familia. Aunque ahora sea profesor, pudo ser médico hace años. Las vidas cambian, y él pudo haber cambiado la suya.

—Es que no tiene pinta de médico. Me da en la nariz que no, y eso me escama. —Pola se dio unos toquecitos en la punta con un dedo.

Marga, tímidamente, dijo:

—Yo no quería que leyésemos nada, pero ahora siento curiosidad.

—Y a mí. Me gustan las novelas de detectives, y esto empieza a parecerme un misterio.

—¿Tú también has cambiado de opinión, Violet? —se quejó la estudiante.

—No he dicho eso, solo que es un misterio.

—Leeremos una página, Lorea, y si quieres que lo devolvamos, te haremos caso —le dijo Iris.

Lorea claudicó, y Pola llevó el diario para leerlo.

—Hay páginas arrancadas, y manchadas de barro, inservibles —dijo abriéndolo—, pero también muchos fragmentos, como este: «Aquella contienda fue difícil, los hombres avanzaron por senderos estrechos y expuestos al enemigo, pero había que asegurar las comunicaciones y muchas vidas han sido el precio. Aunque quizá morirte es lo mejor que te puede pasar cuando estás aquí». —Pola miró a su prima—. ¿Seguro que quieres que lea esto?

—Sí, léelo. Por más que Conrad endulce sus misivas, sé la verdad. Los hombres duermen con el cadáver de sus amigos, van de trinchera en trinchera bajo el fuego de artillería, comen mal… y las moscas se los comen a ellos. Sé que todo huele a muerte y tristeza. Que es aquello una carnicería sin sentido.

El aire se congeló. Aquellas palabras tenían el poder de helarlo todo tanto como de hacerlo hervir. Miraron a Violet, notando cuán profundos eran sus padecimientos. Y hubieran preferido, quizá por protegerse de aquellas palabras, que no supiera hablar tan bien español, o que las hubiera callado. Sin embargo, se prestaron a consolarla.

—*I'm fine*, ¿podemos seguir leyendo?

Sin embargo, pasaba, por más que quisiera tragárselo. Marga le puso la mano en el hombro.

—He entendido eso de *I'm fine*. «Estoy bien». Eso has dicho. Me lo enseñaste el otro día.

—*Very well, my dear.* —Violet sonrió.

Respiraron todas hondo, y Pola siguió leyendo.

—«He realizado amputaciones. Dios sabe lo terrible que me resulta eso. Más aún cuando, a pesar de ellas, la sepsis consume al cuerpo. Es tan voraz como el tifus, que también se lleva más vidas que la guerra. No le cuentes esto a madre, por favor, solo dile que mis años como estudiante han servido. No sé qué más contarte. Todo son desgracias. Que Dios nos ampare».

—Las amputaciones en los hospitales de campaña son más peligrosas si cabe, por la falta a veces de medidas higiénicas, aunque también salvan muchas vidas —comentó Lorea—. Y hay algo más que me ha llamado la atención: ¿por qué menciona a una madre? Antes se dirigía a su amada.

—Sí, siempre. —Pola pasó las páginas, hacia atrás, y señaló una—. «Amada Isabel», ¿ves?

—Pues o era su hermana, y esto no tiene perdón de Dios, o... —comenzó a decir Marga.

—Ay, Dios santo... —Iris se persignó.

—No, no puede ser eso. —Violet miró el diario temerosa.

Lorea lo pidió, y cuando lo tuvo, pasó páginas, deteniéndose solo cuando encontraba fragmentos u hojas arrancadas. Y aunque no se paró a leerlas, algunos datos le saltaron al ojo, que la hicieron fruncir el ceño.

—Menciona dos nombres que me son familiares.

—¿Qué nombres, Loreíta?

—El de un lugar de Marruecos y el de un médico que estuvo en África. En mi segundo año, si mal no recuerdo, acudió a la universidad a hablar de su experiencia en campaña, con el fin de que algunos estudiantes se animasen a ingresar en la academia militar. Quizá podría investigar un poco sobre eso.

—Eso sería fantástico —celebró Pola.

Lorea chasqueó levemente la lengua.

—O igual no, porque sería meternos más donde no nos llaman. Además, esto... son cartas, no es un diario. Dice: «Como te he referido en otras cartas». —Cerró el diario y se lo tendió a Pola—. Escribía las cosas que pensaba y algunas las enviaba.

—Entonces son muchas —anotó Marga—. Pero ¿por qué no envió estas?

—Por las cosas que decía, como cuando habló de que quería desertar —respondió Pola.

Asintieron todas, encontrándole sentido. La librera buscó la siguiente con algo escrito. En ella solo había una línea, entre manchas de barro.

—«Mi amada Isabel, eres la estrella que ilumina mis noches. Siempre tuyo...» —contuvo el aliento—. Dice el nombre de él.

—¿Y cómo se llama? —preguntó Iris con apremio.

—Nicolás. «Siempre tuyo, Nicolás».

Sintió alivio al confirmar que no era Diego, pero eso abría otras incógnitas: quién era y qué relación tenía con él. Aquel misterio les consumió el oxígeno, de tan profundo como lo sentían.

—Tienes que preguntarle a Diego quién es —pudo decir Iris.

—¿Y que sepa que he estado leyendo asuntos privados? Quizá no tengan relación, después de todo. Lo averiguaré, y si acaso luego, se lo contaré.

—¿Cómo no la van a tener?, estaba con sus libros —dijo Marga.

—Lo resolveremos el sábado que viene. Y os prohíbo leer hasta entonces —advirtió Lorea—. Deberíamos estar todas, y entre semana es más complicado reunirnos.

—No sé si podré esperar —suspiró Violet.

—Tómate un caldito de paciencia —le dijo la estudiante, con cariño.

24

A 10 de abril, cuatro días antes de la siguiente reunión, Pola no había dejado de pensar en el diario, pero no quería enfadar a Lorea leyéndolo por su cuenta. Ella ya le importaba mucho. Con el fin de no darle vueltas, prestó atención a su padre, que les leía el *ABC*, reunidos en el salón, tras la comida.

—Hay planes sobre una huelga general —informó Beltrán.

—¿Pues no hubo una en diciembre del año pasado? —preguntó ella.

—Cuantas más haya, mejor —dijo Violet—. La gente ha de luchar por sus derechos.

—Violet —Agatha la miró severa—, te prohíbo que te mezcles en eso. No te he traído para que vuelvas a verte envuelta en mítines ni en manifestaciones.

—Solo quiero que todos tengamos las mismas oportunidades, madre, hombres y mujeres; trabajadores y patronos.

—Pensé que habíais venido solo por la guerra —dijo Pola.

—Pues no. También para sacar a tu prima de esos ambientes tan perniciosos.

—No son perniciosos —masculló su hija.

—No repliques, Violet.

La muchacha masticó un pensamiento, bajo la mirada de los demás, y lo soltó de golpe:

—Desde que estoy en Madrid no hago más que comer y descansar mientras el mundo a mi alrededor cambia sin que sea partícipe. Tengo que hacer algo.

—Y puedes hacerlo —respondió pacientemente su madre—, pero de otra manera.

—Hay otra manera, madre, pero tampoco le parecería bien. Publicar mis artículos en algún periódico.

—¿Otra vez con eso, hija? Eres una señorita, no puedes estar publicando discursos incendiarios.

—Incendiarían conciencias, madre, y la gente se daría cuenta de sus errores. De su estrechez de miras.

Agatha apretó los labios y negó con la cabeza.

—Esta conversación termina aquí. Beltrán, por favor, léeme las noticias de la guerra.

Beltrán no dio espacio a más réplicas, y contó:

—Una batalla se extiende desde San Quintín frente a Lens, y las fuerzas inglesas han avanzado bastante, haciendo gran botín y número de prisioneros, y siendo sus pérdidas relativamente escasas. Aunque aún es pronto para calcular el precio de esa victoria.

—Quiera Dios que Conrad y nuestros amigos se encuentren bien —dijo Agatha—. La guerra se alimenta de las vidas más tempranas, como un fuego que solo devorase los brotes verdes.

Pola miró a su prima, preocupada por la mención a Conrad, pero la muchacha no dijo nada.

—En cuanto Conrad pueda regresar a casa, volveremos a Londres para que Violet y él se casen —continuó su madre—. O quizá querría venir a España, y hacer la boda aquí. ¿Qué te parece, hija?

—Que su familia no querrá dejar Londres. Sabe que no les gusta salir de Inglaterra.

—No quieren sentir que abandonan su país en su peor momento. Pero cuando la guerra acabe...

—Ojalá nunca acabe, así, ni yo tendría que casarme con él ni las mujeres tendrían que salir de las fábricas. —Violet se puso en pie y, sin decir más, salió corriendo.

—Prima... —dijo Pola, abrumada por su vehemencia.

Su madre la llamó, pero se oyó el portazo que indicaba que estaba lejos de escucharla. Agatha fue a ponerse en pie; sin embargo, Beltrán la retuvo con un gesto cariñoso.

—Deja que se le pase. No es que tu hija no quiera que la guerra acabe, es que no quiere casarse con ese joven, por si has perdido parte de su discurso por el enfado.

—Su compromiso lleva años fijado. Pero esta niña... Creo que sé lo que le pasa.

—¿Y qué es? —preguntó Beltrán.

—Nada —respondió Agatha, abriendo apenas los labios.

Aunque Pola lo sabía, no mencionó palabra. Necesitaba ir a ver a su prima, así que esgrimió una excusa.

—Voy a arreglarme, tengo que ir a abrir la librería.

Asintieron los dos, y los dejó inmersos en las noticias. Encontró a Violet en su dormitorio, rompiendo unos periódicos con rabia.

—Violet... —La cogió del brazo, deteniéndola—. ¿Por qué haces eso?

—¡Estoy furiosa! Y lamento lo que he dicho, ha hablado mi desesperación. —Clavó una mirada arrepentida en ella—. Conrad solo es víctima del egoísmo y las vilezas de un puñado de hombres que han arrojado a Europa a la oscuridad.

—Eso es cosa del ser humano, que vive por la violencia, sea hombre o mujer. Tú misma me contaste lo de esas mujeres que daban plumas blancas a los hombres que no querían ir a la guerra como voluntarios, al principio, para dejarlos en vergüenza.

—Eso es cierto... —Violet se mordió los labios—. ¿Qué hago, prima? Me siento desesperada. La guerra me impide abandonarlo, y a la vez me retiene a su lado. Si le digo que no quiero casarme con él, en el infierno que vive, le romperé el corazón. Pero si no lo abandono, me abandonaré a mí misma. No estoy hecha para casarme con él. Lo sabes. Conoces mi secreto.

—Lo sé, prima. —Pola tomó sus manos y las apretó—. Solo puedo decirte que todo irá bien.

—No sé cómo, pero…, de verdad, siento haber dicho eso de la guerra.

—Tendrás que pedirles disculpas a tu madre y a mi padre. Y tomar una decisión sobre Conrad y sobre las cosas que quieres publicar.

—Lo haré, pero ya has oído a mi madre.

—Tu vida tienes que vivirla tú, Violet, no ella. Y has de escoger una que te haga feliz. Eso fue lo que me dijo mi madre cuando le conté que me daba vergüenza llevar una novela al colegio porque se metían conmigo por leer. «No te cansas de los libros», me decían, «ya leemos en la escuela». Pero ella siempre me compraba uno nuevo diciéndome que los ignorase.

—*Dear cousin* —Violet la miró enternecida—, tu madre era una gran mujer.

—Lo sé. Pero… no llegué a salvarla a tiempo.

—No fue tu culpa. Y yo te noto mucho mejor —trató de animarla—. Has abierto la librería, después de todo. Y vuelves a tu refugio en los libros.

—Comprendí que ella me enseñó las cosas que amo, porque las amaba también, y que no le habría gustado que me apartase de ellas.

—Eso es, y ahora estará orgullosa de ti.

—Y de ti. —Pola le pellizcó la mejilla—. Admiraba a las mujeres periodistas. Y tú vas a ser una. Escribirás algo asombroso y lo enviaremos a los periódicos.

—Mi madre…

—Chitón. Ponte a escribir.

Violet rio y le espachurró un beso en la mejilla.

Pola seguía con Nicolás en la cabeza, así que antes de salir de casa, interrogó a su padre sobre los familiares de Diego, pero él no sabía mucho más que de Rosa. Luego pasó por la perfumería de Concha. Ella conocía lo que atañía al local antes de que el profesor lo heredase. Sin embargo, no había abierto aún. Y en la librería, los nervios le apretaban el estómago y gastó los suelos del local de tanto ir de arriba abajo. Estaba en ello cuando el teléfono sonó. Y la voz que escuchó la disgustó tanto como lo contrario.

—Hola, librera —saludó Diego.

—¿Ya no soy doña vinagre?

—No sabía que le gustaba tanto ese nombre.

—No me gusta, pero ya me había acostumbrado, y hasta le encontraba la gracia.

—Yo también empiezo a encontrársela usted.

Pola sonrió.

—¿Para qué me llama?

—Para invitarla a un café, y esta vez de verdad. Y así podemos hablar sobre la novela.

—Aún no la he leído, estamos con *Insolación*, y se me hace raro leer dos a la vez, ¿a usted no?

—Estoy acostumbrado a leer muchas cosas a la vez.

—Eso ha sonado un poco presumido.

—No era mi intención, solo… exponía un hecho. —Carraspeó—. Entonces ¿qué me dice?

—Me gustaría —se sorprendió al decirlo de tan buena gana—, pero…

—Me veo venir una excusa.

—No es una excusa. Iba a decirle que apenas tengo tiempo. Hasta mi padre me regaña porque ya no salimos tanto a pasear.

—Su padre es un hombre agradable, y me gustó conversar con él sobre asuntos de medicina. Era algo que echaba en falta.

Pola titubeó. Pero tenía que lanzar el órdago, sea cual fuere el resultado.

—¿A un profesor de Literatura le interesa también la medicina? ¿Por qué?

—Tenía familiares en la profesión.

—¿Su... padre?

—Sí. ¿Por qué me lo pregunta con tanto tiento? No es un secreto de Estado.

—No quiero pecar de curiosa y que me suelte alguna de las suyas.

—Es usted la que, cuando le cuento algo, siempre dice que le doy información de más.

—En eso no voy a quitarle la razón, pero no se acostumbre.

Lo oyó reír, y eso le despertó una sonrisa, porque pensó en sus hoyuelos.

—No voy a repetir mi invitación, así que deme una respuesta.

—Encima con exigencias. —Aunque resopló, dijo—: Podemos vernos el domingo.

—Acompaño a mi madre a misa y a ver a sus conocidos. Ya sabrá que no puede andar bien, y necesita de mi apoyo.

—Es muy amoroso que la cuide.

—Gracias, señorita. Nos tenemos el uno al otro.

—Puede llamarme Pola.

—Lo haré, y usted llámeme Diego, por favor. ¿Qué le parece que lleve el café a la librería y lo tomemos allí? Como hacía su amiga el otro día.

—Está bien, venga cuando quiera.

—De acuerdo, y ya debo colgar, he de dar una clase magistral sobre Baudelaire.

Pola sonrío de nuevo. Diego conocía a Baudelaire. Se despidieron, y tanto necesitaba hablar con alguien de lo averiguado que llamó a Iris. Ella soltó un bostezo cuando respondió.

—Anoche me quedé despierta, con la obrilla. Y ¿sabes qué? Lorea también escribió. Al fin.

—No sabes cuánto me alegro.

—Y yo —dijo contenta—. No me digas que has leído el diario y necesitas una cómplice.

—No, eso no. Diego me ha telefoneado, para invitarme a tomar un café.

—Ya me barruntaba que pasaría. Puse una vela a la Virgen, aunque en realidad le pedí que te besara apasionadamente apoyándote en una estantería, hasta que los libros temblasen.

A Pola le salieron las carcajadas por las orejas, al igual que el rubor.

—Pues le he dicho que sí, sin pensar que no me puedo citar con otro, que estoy prometida.

—Es profesor de Literatura, y te gustan los libros. No lo llames cita, llámalo intercambio académico.

—Es un buen remedio.

—Tengo una mente privilegiada, alma mía, pero la ocupo pensando en hombres, y así la tengo, estropeá.

—Ya será menos. No he leído el diario, pero sí tengo algo que contarte.

Cuando la puso al corriente, Iris dijo extrañada:

—¿Cómo va a ser su padre, si la carta es de 1914? ¿Puede estar uno a cierta edad en la guerra? Y otra cosa que me ronda los tegumentos, ¿Isabel era su amante?

—Espero que no... Aunque decía que no podían estar juntos, y eso tendría sentido. —Se cubrió la boca, espantada—. Si descubrimos la infidelidad, ¿cómo se lo diremos a Diego?

—Yo no se lo diría, pero si vas a hacerlo, le pones el café muy azucarado, que al menos algo le sepa dulce.

Pola miró hacia la cocinilla: no sabía si tenía bastante azúcar para un trago tan amargo.

25

Violet se retocó el peinado en el espejo del salón, mirándose con una sonrisa satisfecha.

—¿Adónde vas, hija? —le preguntó su madre, que enhebraba una aguja, sentada a la luz de la ventana. El día era soleado como si fuera mayo, y la inglesa adoraba el buen clima del país.

El buen tono de Agatha le hizo ver a Violet que la había perdonado por sus palabras. No sin disculpa de por medio, obviamente, que la muchacha dio de buena gana tanto a su madre como a Beltrán.

—Marga me ha invitado a dar la clase en su piso. Así podré conocerlo. —Se volvió para mirarla—. Y me vendrá bien dar un paseo.

—No será muy largo, vive cerca. —Pasó con maestría el hilo por el ojal—. ¿Os van bien las clases?

—Sí. Me ayudan a no pensar tanto en Londres. Lo echo muchísimo de menos. Y a Ivy también.

—Mi queridísima hija, seguro que ellos también nos echan de menos a nosotras. —Agatha suspiró y estiró el rostro para poner la mejilla—. Besa a tu madre, de un tiempo a esta parte lo haces poco.

Violet corrió a hacerlo, con sumo cariño, y luego le dedicó su mejor sonrisa.

—Pasadlo bien —le dijo la mujer—, ¡y no llegues tarde!

La muchacha negó con la cabeza, se despidió de ella y fue a casa de Marga. Aquella añoranza por Londres o por Ivy se hacía menor en su compañía. Se preguntaba si era por lo que las unía o porque intentaba llenar un vacío con ella. Sea como fuere, le gustaba estar con ella.

Cuando llegó, la recibió sonriente, a la par que lo hacía el olor a bizcocho recién horneado.

—He pensado que te gustaría. También he comprado té —agregó cuando iban hacia el salón—, aunque prefiero que lo hagas tú, ¿lo de los ingleses con el té no es muy importante?

—Lo es, sí. ¿Lo preparamos juntas?

—Me encantaría, ¿te enseño antes el pisito? Verás qué coqueto.

A medida que recorrían las estancias, Violet alabó el gusto con el que estaba decorado.

—Es un estilo muy inglés —comentó.

—Entonces te entenderás bien con él.

Rieron la pequeña broma, y Violet señaló la máquina de escribir de Lorea.

—Conrad tiene una igual. Me gusta el sonido que hacen.

—Me pasa lo mismo cuando Lorea escribe. Me siento allí. —Señaló uno de los balconcitos—. Y mientras contemplo el paisaje, o leo, la escucho.

Esa estampa le pareció hermosa a Violet.

—¿Te está gustando *Insolación*?

—Sí, y también leo otra cosa. —Marga fue hasta una cómoda y sacó un libro de un cajón para dárselo—. Son artículos de Carmen de Burgos, una periodista importante. Y sus pensamientos me parecen interesantes, aunque hay algo con lo que no comulgo: está a favor del divorcio. Creo que lo que Dios ha unido nada ha de separarlo.

—Dios separaría él mismo un matrimonio donde hay sufrimiento. Y castigaría a Juan por no haber cumplido con sus votos.

—Tenían que haberlo quemado con el fuego que Dios vierte en los mentirosos. Solo fueron mentiras.

Lo dijo con tanta rabia y decisión, que Violet casi se lanza a aplaudirla.

—Tienes que mandarlo…, ¿cómo dice mi prima?, sí, a hacer puñetas.

—Qué bien te has aprendido las sordideces del lenguaje español.

—Me sé más. Pero no se lo digas a mi madre, que se escandaliza.

Rieron como dos chiquillas haciendo una travesura.

—¿Has… pensado en lo de separarte? —preguntó Violet.

—He pensado en lo feliz que estoy sin él, si eso basta. No quiero pensar en nada más. Ha pasado poco tiempo y, aunque esta vida que llevo me gusta, mi cabeza añora momentos de la vieja.

—Eso pasará. Al cerebro le gusta confundirnos. No sé por qué, habrá que preguntarle a Lorea.

—Sí —suspiró—, es que… también temo el qué dirán.

—Tómate tu tiempo, Margaret, piensa que nos tienes a nosotras. Seguro que Iris y Lorea también te lo han dicho.

—Sí, casi cada día. Son un sol de mayo.

Se hizo un confortable silencio entre ellas, hasta que Marga dijo:

—Al leer los artículos de Carmen, he pensado en lo fascinante que sería leer publicados algún día los tuyos.

—He tenido una discusión horrible con mi madre por ese asunto —le contó.

—¿No quiere que escribas?

—Si escribiese de modas, le parecería bien, pero de asuntos de feminismo…

—¿Y por qué no escribes de feminismo, pero haciendo semejanzas con la moda?

Violet frunció el ceño, mientras dejaba el libro sobre la cómoda.

—Sí, por ejemplo —Marga fue guiándola hacia la cocina, mientras hablaban—, pongamos que hablas de la falda pantalón. Y cuando parezca que estás hablando de moda..., cuentas lo demás.

—Al final mi madre solo se quedaría con que estoy hablando de lo demás.

—Pero sería divertido, ¿no? —Marga posó la mano sobre su brazo, y lo acarició—. Ahora tengo el capricho de saber si has llevado pantalones alguna vez, con lo moderna que eres...

—No, pero cualquier día lo hago. ¿Lo harías conmigo?

—No. —Rio nerviosa—. Mejor pídeselo a Iris. Se los pondrá y hasta se irá contigo a los Carabancheles.

A Violet le brillaron los ojos ante tal aventura, y habló de lo fantástico que sería, mientras hervían agua para el té. Cuando empezó a burbujear, la inglesa dijo:

—Voy a decirte un refrán en inglés. Será difícil que ahora lo sepas, pero apréndetelo y te iré enseñando las palabras. *A watched pot never boils.*

Lo repitió Marga a su manera, y la inglesa le enseñó a pronunciarlo bien. Para cuando consiguió decirlo, el agua ya estaba lista. Mientras hacían un perfecto té inglés, Violet le enseñó el nombre de los ingredientes, y pasaron un rato agradable. Marga, avispada, se dio cuenta de algo. El agua hervía en una pequeña olla, porque ellas no tenían tetera.

—*Pot* estaba en el refrán, y me has dicho que es olla —dijo entonces.

Violet la felicitó, orgullosa.

Cuando lo tomaban, con un trozo de bizcocho, Marga levantó su taza finamente.

—*Hello, my name is Margaret, I'm from Madrid and I like tea very much.* —Dio un sorbo.

—Ya me parece que esté en Buckingham Palace hablando con Su Majestad —le dijo Violet, mirándola con dulzura.

A Marga casi se le sale el té por la nariz de la risa que le entró.

Lorea desayunó un trozo del bizcocho que Marga había preparado el día anterior, y aún le sabían los labios a él cuando salió de clase. En el pasillo de la facultad se encontró con un grupo de estudiantes. Bromeaban sobre disecciones, diciendo que en las calderas en las que se metían los pedazos sobrantes iba a aparecer un día un jamón, de tal mezcla como había. A Lorea le vinieron a la mente esos estudiantes que Andrés, en *El árbol de la ciencia*, vio en su primer día, igual de chillones y obtusos. Para cualquiera que no anduviese en aquel ambiente, aquello habría sido un chiste de mal gusto, pero ellos bromeaban para quitarle hierro a las cosas incómodas de la ciencia. A ella, la anatomía le despertaba gran interés, así que soportaba las cuestiones desagradables. No le pasaba lo mismo con otras asignaturas, que consideraba tediosas. Aunque últimamente, quizá por el embarazo, le costaba más leer o ver según qué cosas.

Habría querido irse a casa, le dolían las piernas; sin embargo, sus asignaturas no entendían de dolencias, menos aún si tenían que ver con una gestación que debía llevar en secreto. Fue a la biblioteca, para estudiar un poco más, y se alegró mucho de ver allí a su conocido, el leguleyo. Santiago le hizo un gesto, así como espacio a su lado, para que se sentara con él. Lorea tomó asiento de buena gana, dedicándole una sonrisa. Le resultaba curioso verlo allí, y no en la de Derecho, pero aunque habían hablado alguna vez, solían intercambiarse más información con las miradas, presos del silencio del lugar. Lorea trató de enfrascarse en sus estudios; sin embargo, ese asunto del diario, al que se sentía ya atada, le rondaba la mente. Quizá es que, como sus amigas habían sospechado, al saber médico al autor, se había acercado a él de una manera íntima.

Debía de tener cierta expresión ceñuda, porque Santiago le susurró:

—¿Se encuentra bien?

—Sí —contestó ella, al punto.

—Pues tiene cara de que no. ¿Se le está atragantando alguna asignatura?

Se llevaron los dos unas miradas recriminatorias, y bajaron aún más el tono.

—Es que hay algo que me ronda la mente, y por más que me digo que es mejor no meter las narices, menos ganas de hacerme caso a mí misma tengo.

Él sonrió, haciéndosele pequeños los ojos castaños, reseñablemente vistosos en su rostro de rasgos aún casi adolescentes.

—Me pasa igual, por eso estudio Derecho, por mis ganas de meter las narices en los asuntos de los demás. Y si encima me pagan...

Lorea casi rio a carcajadas, lo que habría sido muy inconveniente. Santiago le preguntó qué le rondaba la cabeza. Ella, de buena gana, y hablándole tan bajo como pudo, le dijo que necesitaba contrastar información sobre una vieja charla que habían dado en la facultad.

—Al menos en Derecho, cuando vienen a dar esas charlas, siempre hay alguien que compendia la información en algún librejo —dijo Santiago, y paseó la mirada por las estanterías adyacentes—. Quizá debería comprobar si la charla que dio ese médico está por aquí.

Una punzada que le nació en el corazón la impulsó a levantarse mientras asentía. Al fin y al cabo, investigar era algo muy de médicos. Tenía excusa. Le dio las gracias, y estaba a punto de dejar la mesa, cuando le preguntó por qué iba a esa biblioteca. El chico, con cara de pillo, le dijo:

—Una señorita de Letras viene aquí a ver a su hermano, y yo... pues paso a ver si la veo.

Lorea sonrió. Al final, las ganas de amar movían a los seres humanos. Para bien o para mal.

Al poco, y gracias a las señas del bibliotecario, estaba sentada leyendo el ejemplar buscado. Uno de los profesores había compendiado la información, incluyendo fotografías donadas a la universidad, en un libro llamado: *Memorias en Kudia Federico*, uno de los campamentos que España tenía en Marruecos. Se bebió las páginas en busca de datos para ubicar a Nicolás; sin embargo, solo encontraba asuntos de heridas allí tratadas. A punto de rendirse, leyó: «Tuve la estimada compañía y ayuda del capitán médico Ariza, sin el cual no habría sido posible salvaguardar tantas vidas».

Ariza. Ese era el apellido de Diego. Iris lo había mencionado al contarle que lo habían visto en la calle del Arenal. De igual modo, le había contado las averiguaciones que Pola había hecho en la llamada con él. Y le habría latido en las sienes con fuerza la idea de que Nicolás era su padre, si no se hubiera encontrado con algo más, que daba la vuelta a ese pensamiento.

26

La tarde del sábado era soleada, perfecta para pasear, pero las chicas de la Sociedad no habrían elegido estar en ningún otro lugar que en La Pluma. Menos aún cuando tenían un misterio que aguardaba, junto al café y los dulces, sobre la mesa. Antes de tocarlo, Iris y Violet hablaron de su idea de ponerse pantalones. La más sorprendida fue Lorea, que se quedó con la taza a medio camino de los labios.

—Los pantalones son cosa de hombres.

—Que digas tú eso… —Iris chasqueó la lengua—. Bien que estudias Medicina siendo una cosa «de hombres», como dicen los señorones, ¿por qué no íbamos a hacerlo?

—No lo decía por eso… Es que os dirán cosas horribles. Cuando entré en la facultad, más de uno me las dijo por ser mujer haciendo «algo de hombres». Sé lo mal que se pasa y no quiero que sufráis.

—Ay, mi niña. —Iris le apretó la mano—. Gracias por preocuparte, pero lo haremos, aunque levantemos ampollas.

—*Exactly!* —Violet aplaudió.

—Haced lo que os dé la gana. A mí me gusta la falda —dijo Pola—. No le veo gracia a llevar las piernas metidas en ningún lado. Bastante engorro son las medias.

Lorea miró las suyas, contenta porque eran nuevas, en tanto que la librera cogía el diario. Apenas lo había abierto, la estudiante soltó de golpe:

—Nicolás no es el padre de Diego.

Se quedaron asombradas, más aún cuando Lorea sacó de una carpeta que había traído consigo un ejemplar de tapas negras. Lo puso sobre la mesa y lo abrió por una página concreta. Ocupaba la hoja la fotografía de un grupo de soldados en un territorio agreste, en el que se advertía un conjunto de tiendas y barracas. Unos de pie, otros de rodillas; con armas o sin ellas. Había en sus semblantes, ennegrecidos por el sol y el polvo, una sonrisa que no conseguía ocultar las cosas terribles que habrían presenciado.

Pola reconoció un rostro que casi la deja muda.

—Es... ¿Es Diego? —Tenía su misma sonrisa, los mismos rizos, los brazos fuertes y la espalda ancha como él—. No, no es él, pero se le parece mucho.

Las demás observaron la fotografía con la mente llena de dudas, hasta que Lorea pasó la página y les mostró otra. En ella, el hombre de gran parecido con Diego estaba sentado en una piedra y escribía sobre una improvisada mesa, hecha con cajas con el emblema del Cuerpo Militar de Sanidad. La estudiante puso el dedo junto al membrete.

—El capitán médico Nicolás de Ariza y Castro, en Kudia Federico —leyó Pola, con la voz diluyéndosele en la sorpresa—. ¡Es su hermano! El que le regaló el sombrero.

—Por eso habla de «madre». Gracias a Dios, no hay cornamenta ni otras cosas pecaminosas —celebró Iris.

—¿Cómo has averiguado esto, Lorea? —preguntó Marga.

Ella les habló de sus pesquisas en la biblioteca.

—Pues un brindis por el de Leyes, y por tu mente prodigiosa... —Iris la miró con orgullo.

—Y eso que al principio no querías saber nada —comentó Violet.

—Tú tampoco —regañó Lorea—, pero quizá sea porque es médico, y me siento cerca de él.

—Pues yo me siento cerca de Isabel, tan bien amada como... ¿fue? ¿Es? —Las preguntas se agolparon en los labios de la sevillana—. ¿Nicolás está vivo? ¿Murió en la guerra? Necesitamos saber más. Pola, sigue leyendo.

Quedó la imagen de Nicolás en la mesa, atendiendo a sus palabras, como uno más.

—«Como te he referido en otras cartas, mi amada, el calor aquí es tan insoportable que hasta la mente se nubla. Sin embargo, me hace recordar el primer verano que pasé junto a ti, cuando nos veíamos en secreto en El Retiro, buscando la sombra, perdiéndonos en los recodos solitarios, para llenarnos de besos. Llevabas un vestido blanco, con esos lazos en los que enredaba los dedos. Son recuerdos que me mantienen vivo entre tanta muerte».

Sonrieron con nostalgia, perdiéndose en idear esa escena. Y aunque sabían cómo era Nicolás, no cómo era Isabel, la imaginaron cada una a su manera.

—¿Me dejas leer el siguiente? —preguntó Marga.

La librera se lo tendió, y Marga, con voz tranquila, leyó:

—«A las ocho de la mañana salió un convoy con tropas para abastecer de agua las posiciones limítrofes. Pero cuando llegaba a las proximidades del fuerte de Biutz, les tendieron una emboscada. Ha habido tantos heridos, que por más que me he lavado las manos, aún me huelen a sangre». —Tragó saliva, igual que las demás, y agregó—: Hay una fecha aquí abajo: «Junio de 1914».

—¿Serán todas las que hemos leído de ese año? —preguntó Pola.

—Al menos siguen ese orden, supongo que sí —dijo Iris—. Déjame leer la siguiente entrada.

Marga le tendió el diario, y a Iris se le nubló el rostro al leerlo.

—«Mi amada Isabel, a veces pienso en nuestra pérdida, en lo duro que ha sido para los dos».

—¿Qué pérdida? —preguntó Pola, casi ansiosa.

—No lo sé, luego habla de una fotografía, sin mencionar más. «Aún guardo la fotografía de aquella noche, y, al mirarla, pongo un beso en tus labios que espero que te llegue. Cuando la vida se nos arregle, viajaremos y te fotografiaré en todas partes». ¿Está la fotografía aquí? —Pasó las páginas aprisa, esperando encontrarla—. No...

—Quizá estaba en las cajas, con el resto de los libros. —Pola se encogió de hombros—. O quizá la tengan Diego o Isabel. O... lo enterrasen con ella.

—Pola, no seas pájaro de mal agüero —protestó Iris.

—No es eso, es que, en los primeros fragmentos que leí, Nicolás dijo que les habían hecho daño y los habían separado. Y no me pareció que fuera solo por la guerra. Pienso, que si él estuviera vivo, tendría el diario con él. ¿Os habríais desprendido vosotras de algo así? —expuso Pola.

—La vida da muchas vueltas —dijo Marga—, pueden haberle sucedido tantas cosas...

—Zanjemos el asunto aquí. Os veo muy nerviosas—dijo Lorea, prudentemente.

—No —intervino Violet—. Todas habéis leído un fragmento. He de leer el mío.

—Está bien —concedió Lorea—. Y luego lo guardamos. O, mejor aún, Pola se lo da a Diego.

Asintieron, y cogieron aire. Violet clavó los ojos en la única línea de tinta que emergía entre la suciedad de la página.

—«Marzo de 1915. Si muero sin volverte a ver, será culpa suya».

—¿De quién? —preguntaron las demás, al unísono.

—*There's nothing more.* Solo un montón de páginas arrancadas a continuación.

—¿Y el siguiente fragmento? —quiso saber Iris.

—Es en 1916 —dijo la inglesa.

—Guárdalo de una vez, Pola —exigió Lorea.

Ella asintió, a su pesar, y lo devolvió al cajón.

El viernes, Iris tuvo el capricho de invitarlas al salón Doré a ver *Mistinguet, detective.* Recién estrenada aquel año, estaba siendo un éxito. Todas sentían curiosidad por conocer las aventuras de aquella mujer agente secreto en un mundo de espías. En tanto que comenzaba, se contaron los padecimientos semanales. Y no debían de ser las únicas, porque llenaba la sala un murmullo general.

—Esta mañana me he sentado a escribir —les contó Iris—. No me salía una frase ingeniosa ni un diálogo que pudiera cautivar la atención del espectador, ¡o siquiera la mía! ¡La gente, aburrida, se levantaría del teatro para marcharse! Qué tragedia. Así que me he ido a pasear otra vez, y me he dado cuenta, observando a la gente por la calle, que el mundo es un gran teatro, y que todos interpretamos un papel. Que nos guste más o menos, es otra cosa.

Lorea y Pola asintieron, y les llegó el sonido de la risa de Marga. Violet le cuchicheaba algo al oído, sentadas a la derecha de Pola.

—Se pasan el rato riendo cuando están juntas —comentó Iris—. Me alegro de que Marga ría así.

Pola asintió, mirándolas brevemente. Aunque algo le rondó la cabeza que no pudo decir.

Comenzó la reproducción, amenizada por un sexteto de cuerda, y Pola prestó atención a las escenas, imaginándose que vivía tales aventuras, cuando Iris le dio un leve codazo.

—¿Has pensado en el diario? —le dijo en un susurro.

—Claro. Casi no puedo dormir —contestó de igual modo.

Lorea, al lado de Iris, las mandó callar con un «shhh», y se pusieron firmes.

—No sé por qué hay que estar callado, si no es como el teatro, no hay actores que hablen —dijo Iris al oído de Pola, al rato.

—Será por la música. ¿Quieres un caramelo?

Asintió, y la librera le dio uno, que ella se metió en la boca.

—¿Has podido hablar con Diego? —susurró Iris, impregnándose todo del olor a violetas.

—Lo llamé, y su madre me dijo que está en un simposio en Salamanca. Me dio vergüenza preguntarle cuándo volvía, por si me inquiría acerca de mi interés.

—Uy, ya estás en comunicación con tu futura suegra.

Pola le enterró el codo en las costillas; Iris soltó un quejido que llamó la atención de Lorea.

—¿Se puede saber qué hacéis?

—Hablábamos sobre el diario —respondió Pola.

—Os dije que no íbamos a leer más, que hay que dárselo a Diego —les recordó Lorea.

—Pero no nos vamos a quedar así —se quejó Iris—, ¿qué le aconteció en 1916?

—Lo que sea, ya no es asunto nuestro.

—Loreíta, habértelo pensado antes de ponerte a investigar y abrirnos una duda más grande.

—¿Más grande que la que teníamos? —Lorea se retrepó en el asiento—. Dadme un caramelo, por favor.

Pola se lo tendió y de paso se comió uno. Le ofreció a Violet y Marga, pero estaban distraídas riéndose. Su prima suspiró. Ese pensamiento no se le iba. Se quedó en silencio, igual que Lorea e Iris, viendo pasar una escena tras otra, sumidas en sus cavilaciones.

Ya en la salida, comentaban animadas lo visto, cuando una voz se coló en su conversación.

—Señorita Pertierra, qué alegría volverla a ver.

Ella la reconocería entre un millón. Era la de Bécquer. O así debía de haber sonado.

Miró a Adrián, embobada. Él la miraba con igual embeleso, y le tendió la mano. Cuando sus manos se tocaron, incluso llevando guantes, ella sintió su calidez. Tenía la impresión de que él era todo así, cálido, como una manta de lana castellana.

—Yo también me alegro de verlo, ¿cómo se encuentra?

—Mucho mejor ahora que la tengo enfrente.

Ella, sonrojada, le presentó a sus amigas, que lo miraron curiosas.

—La han tenido muy ocupada, supongo —dijo tras saludarlas cortésmente—. Le di mi tarjeta en Sevilla, ilusionado porque me contactase, y no he recibido seña de ella.

Iris miró de reojo a Lorea, la culpable de aquello, y esta levantó una ceja en señal de protesta.

—Es verdad que he estado ocupada.

—Es verdad —dijeron sus amigas, para apoyarla, fuera cierto o no.

—Pues si conviene que la liberen un poco, me gustaría tomar un café con ella algún día.

Iris dudó. Pola, Marga y Violet la animaron con la mirada a hacerlo; Lorea negó con la cabeza.

—¿Y por qué no se van ahora? —soltó Pola—. Hace una tarde espléndida.

La estudiante carraspeó. A Pola lo de hacer de alcahueta le iba en la sangre, al parecer.

—El señor marqués estará ocupado —dijo al punto.

—Si lo estoy, lo dejo todo a un lado. —Adrián le tendió el brazo a Iris—. No quisiera que se desvaneciese otra vez como si solo hubiera sido un espejismo.

La sevillana lanzó un perdón a Lorea con la mirada, pero su ser entero le pedía ir con él. Enganchada de él, se despidieron. A unos pasos, ella giró la cabeza y les dedicó un guiño.

—¿Por qué no querías que se fuera con él? —le preguntó Pola a Lorea—. Es guapo y galante.

—Y está prometido.

Marga se tapó la boca, escandalizada. Violet ahogó una risa divertida por su remilgo.

—No debe de querer mucho a su prometida —dijo la inglesa—. Ha mirado a Iris como si fuera una estrella a la que tuviera que pedirle un deseo.

—Eso da igual —dijo Lorea—. No está bien que se vean.

—Lorea —Pola la tomó de las manos—, no frenaremos un tren por más que nos pongamos delante. Si a Iris le gusta el marqués, nada podremos hacer por persuadirla.

—¿Y si le rompe el corazón? —A Lorea se le notó la angustia en la voz.

—Pues estaremos a su lado, para lo bueno o para lo malo. Eso es la amistad, ¿no? Y yo, aunque no nos conozcamos de toda la vida, ya os tengo por amigas.

A Lorea le pareció que eso era bonito y cierto, y también sentía que tenían un lugar especial en su corazón. Al final espiró mientras asentía.

—¿Me lleváis a comer tortilla de patatas? —dijo Violet animada.

Marga tiró de la mano de la inglesa, diciéndole que conocía el mejor sitio de Madrid. Las llevó a una taberna de mucha solera en la Puerta del Sol, donde un simpático asturiano servía el cafelito a quince céntimos y unas tortillas grandes como el sombrero de un picador. Apenas pusieron un pie en el local, a rebosar, Marga y Violet se acercaron a la barra, a contemplar con gana un plato de croquetas. Pola iba a ir con ellas, pero Lorea le tocó el hombro.

—¿Estás bien? —preguntó la librera al notarle el gesto descompuesto.

—Sí, he recordado que debo recoger un libro, donde Moya, y van a cerrar. Además, tengo que estudiar. Despídete de ellas por mí, os veo el sábado.

La librera asintió, y la observó marcharse. La vio echar una mirada furtiva al local, y cuando oteó alrededor, se llevó un chasco al ver a Héctor en una mesa con unos señores. Había estado con él hacía dos tardes, discutiendo, como siempre, y se dispuso a ignorarlo.

Ocupó junto a Marga y Violet una mesa apartada, y rezó por que no la viera.

Pidieron tortilla y unos vasitos de mosto, y comieron tranquilas mientras Violet le enseñaba a Marga a decir en inglés cuanto había en la mesa. Sin embargo, Héctor se acercó. Las saludó, más educadamente que de buen ánimo, y le lanzó a Pola un aguijonazo.

—¿Qué hacía la librería cerrada? He pasado hace unos minutos y no estabas.

—A ti tampoco te veo en el hospital atendiendo enfermos.

—Estoy en una reunión de trabajo con unos doctores extranjeros.

—¿Y los traes a la tabernilla? —Levantó las cejas—. Parecen gente importante.

—Querían probar las tortillas de aquí, se las han recomendado.

—Pues nosotras igual, queríamos comer tortilla. Y me he cogido un rato libre para ir al cinema.

—No puedes cerrar tu negocio un viernes por la tarde para ir con tus amigas de paseo.

Su tono fue tan hosco que Violet saltó.

—No le hables así a mi prima.

Marga le puso la mano en el brazo y le pidió calma con la mirada. Héctor ni le respondió.

—Uy, Héctor... —A Pola se le puso la expresión de un gato al que le pisan el rabo—. Hago lo que quiero con mi librería, y si te dan ardores por eso, agua de Borines, que va requetebién.

Se quedaron mirándose, a ver quién tenía más fuerza. Y debió de ganar Pola, porque él volvió a su mesa. Desde allí, dio un trago a su vino mientras la miraba.

—Pola... —le dijo Marga, con tiento—. Héctor y tú no vais a ser felices nunca.

—Ya lo sé, Marga —esbozó una sonrisa—, no te preocupes por mí. No dejemos que nos fastidie esta tarde tan bonita. ¿Pedimos unas croquetitas?

Ellas asintieron, aunque preocupadas. Y entre mosto, tortilla y un plato de croquetas, se les fue un poco el amargor de aquel encuentro.

27

Adrián sugirió ir al Ritz, en cuyos espléndidos salones se concentraba la *high life*, y a ella le pareció bien. Ocuparon los asientos traseros del Rolls Royce. Al volante, un chófer que llevaba mejor traje que muchos ministros, y a su lado, uno de esos grandones.

—¿Qué ha estado haciendo desde que nos vimos? —preguntó él cuando iniciaron la marcha.

—Con asuntos propios. He conocido a las buenas amigas que le he presentado en un club de lectura y he estado trabajando en una obra de teatro.

—¿Cómo actriz? Con lo bellísima que es tendrá a todos encandilados.

Ella se calló una risa traviesa, y negó con la cabeza.

—No, escribiéndola.

—Así que dramaturga —dijo él de buen ánimo—. Me fascinan las personas que escriben. Yo lo más que pongo sobre un papel son cartas, y habitualmente cortas.

—Pues es un ejercicio interesante, se lo recomiendo. Una de las amigas que le he presentado también escribe, pero novelas.

—La felicito. Espero que encuentre éxito, igual que usted. —Sonrió—. ¿Sobre qué escribe?

—Novelas de misterio, aunque rumia el escribir algo oscuro como posos de café. Hace poco, un editor de marras le dijo que las mujeres no debían escribir eso, y ha estado investigando en novelas del estilo.

—¿Y qué le han parecido?

—Pues leyó algo de un tal Hoyos, que la trastocó un poco. Tanta crueldad, horror, vicios y gente perdida en las sombras de la mala vida... Aunque dijo que era pulcro en su estilo y que tenía cabeza para inventar cosas.

—Lo conozco, es de grandes ideas, pero sus cosas, las de su vida y las de sus libros, levantan ampollas.

—¿Qué cosas de su vida, si pueden saberse?

—Lleva una vida bohemia —dijo con la boca pequeña.

—¿Bohemia de salir por las noches como los murciélagos o de esas que acaban con sífilis?

—Dios lo libre. Bohemia de todo un poco, y sobre todo de cosas que se tienen que callar.

—¿Pecadillos de los que se perdonan en confesión? Dígamelos.

El marqués se aproximó, y ella agradeció hallarse en tan flamante vehículo, porque habría perdido pie de estar andando.

—Digamos que no la miraría a usted de la misma manera que la miro yo.

—Entiendo. —Iris quiso tantearlo, saber si respetaría a Alfredo, o era de esos con estrecheces en las neuronas, que más que circular por la cabeza se atropellaban— ¿Y usted qué opina?

—Es libre de hacer con su vida lo que guste. ¿No le parece?

—Me parece. Aunque a ustedes los aristócratas todo se lo consienten. El dinero y los blasones los hacen inmunes a muchas cosas. No es que crea que lo de él esté mal, solo comento.

—Estamos igualmente expuestos a ser censurados.

—Eso les pasa a ustedes y a toda criaturita de Dios. Pero se secan las lágrimas con pañuelitos de oro, no con esparto como tantos pobres diablos.

—Es directa como una flecha bien tirada —dijo él—. Pero no me molesta. Su forma de expresarse solo enciende más la llama que prendió en mí cuando la conocí.

—Pues tenga cuidado y no se acerque al gasoleno —le contestó, con un guiño.

A él le dio por reír a carcajadas.

—Menuda es usted.

—Ya se irá acostumbrando —dijo con gesto coqueto—. Cuénteme, ¿cómo se las apaña un marquesito en estos tiempos tumultuosos que corren?

—Bastante bien. —Sonrió amable—. Tengo mis negocios. Emprendo en textiles, en fábricas de automóviles y en tantas empresas como considero rentables. El dinero ha de estar diversificado, he visto caer negocios de la noche a la mañana.

Iris no entendía de eso, pero extrapolándolo a la farándula, era fácil empatizar con esa fragilidad de las cosas. El mundo te encumbraba un día y al siguiente ponía a otra más talentosa, joven y atrevida.

—Me alegra saber que es emprendedor, y no se sienta a verlas venir aprovechándose de su posición y de los cuartos heredados.

—He recibido herencias, no se lo voy a negar, pero las he invertido bien.

—¿El marquesado...? —Una curva tomada de forma brusca la hizo callar de golpe.

En un pestañeo se vio en brazos del marqués, mientras el chófer pedía disculpas.

—Ha sido un peatón que ha salido de no sé dónde, señor. Si no llego a girar así...

—No pasa nada —dijo el marqués, que miró a Iris preocupado—. ¿Está bien?

—¿Yo? Estupendamente. Mejor que antes.

—Quédese cerca si quiere —le dijo él al oído—, por si hay otro giro brusco.

Aquel susurro le arrebató la respiración.

—Sí, será lo mejor.

—¿Qué iba a preguntarme?

—Que si el marquesado lo heredó usted —dijo ella tras hacer memoria.

—El título que me corresponde por herencia es el de mi padre, que es conde —respondió él—, el marquesado me lo otorgó el rey por mis logros en África.

—Ah, que ha sido soldado... Poco hay que haga más guapo a un hombre que un uniforme.

—¿Más que el traje de luces?

—Muchísimo más.

—Ya juego con ventaja.

Sonrió de tal manera que ella volvió a perder el aliento.

—Pero me parece muy joven como para que le hubiera dado tiempo a ganarse nada.

—Siempre he sido de aparentar menos edad —dijo coqueto.

—Yo también —anotó ella, con un guiño—. ¿Sirve aún en el ejército?

—Me licenciaron, problemas en la vista por culpa de unas fiebres que casi me llevan con ellas.

—Ahora entiendo por qué me dice tantas lisonjas. No ve tres en un burro.

Al marqués le dio la risa, y casi al chófer y al escolta también, pero los otros disimularon.

—Veo regular de lejos, eso es todo. Pero a usted la tengo cerca... Muy cerca, de hecho.

A Iris le nació en la nuca un profundo cosquilleo. Abrió la boca para decir algo, pero no fue capaz. Y eso de que a ella la dejasen sin palabras era cosa rara.

El vehículo se detuvo y el marqués le hizo un gesto al chófer, y salió él mismo a abrirle la puerta a Iris, dándole la mano para ayudarla a salir, cosa que ella agradeció. Ya fuera, Iris miró hacia el hotel, de imponente fachada y altura. Siempre le había parecido hermoso.

—¿Ha estado alguna vez aquí? —preguntó él.

—No he tenido ocasión —mintió.

—Verá qué bello es por dentro. Pero... —Adrián apretó los labios—, hay algo que debería de haberle dicho antes, aunque temo que, si se lo digo..., quiera darse media vuelta.

—Pruebe, quizá se sorprenda —dijo, sospechando lo que era.

Él suspiró dudoso, pero al final lo soltó.

—Estoy prometido.

—Gracias por su sinceridad, y... no sabe cuánto lo siento. Los hombres como usted nunca deberían casarse. Es egoísta que le pertenezcan a una sola mujer. Como esos cuadros que están en colecciones privadas que apenas nadie puede ver.

—Imagine que fuera usted mi prometida. ¿Querría compartirme?

—No. Sería solo de mi colección privada. —Le lanzó un guiño—. ¿Querría serlo?

—Yo querría ser de usted lo que usted quisiese —susurró, la mirada en la suya con dulzura.

—De momento, quien me va a invitar a champán.

Él volvió a reír, y le leyó Iris en los labios las ganas de un beso. Pero iba a hacerlo sufrir un poco. Se separó de él y entró al hotel. Al hacerlo experimentó cierto vértigo, por si alguien la reconocía. Ya del brazo de él, llevándose unas cuantas miradas, por lo bella pareja que hacían, fueron hasta el Jardín de Invierno. Alfombras de la Real Fábrica cubrían los suelos; mesas y sillas de junco esmaltado servían de asiento; apliques de luz traídos de París prestaban calidez, y, al fondo, Diana Cazadora sobre un pedestal rodeado de flores.

Un nutrido número de damas y caballeros, solos, en grupos o parejas, departían sus asuntos. A Iris le pareció ver a unos conocidos, así que giró la cabeza, fingiendo observar unas palmas crecidas, dispuestas en macetones.

Tomaron asiento, que él le colocó, galante como siempre. Fue a sentarse frente a ella, pero Iris, con un gesto que él supo interpretar, le pidió que lo hiciera a su lado. Él accedió, y sonrió al tiempo en que sonaban las deliciosas notas del *Tango* de Albéniz interpretadas por una orquesta. Los empleados, con sus blancos y largos mandiles y sus chaquetillas negras, iban entre las mesas y los expositores de dulces. Los dos querían tomar champán, y les hicieron llegar una botella en fresca hielera, sirviéndoles luego dos copas.

—¿Puedo confesarle algo, señorita Pertierra? —dijo él, ya a solas.

—Ya sabe que me gusta oír hablar de pecadillos.

Él rio suavemente.

—He estado buscándola, preguntando por usted allá donde iba, con muchas ganas de verla. Así que ahora brindo por habernos encontrado.

Iris se sintió halagada, pero se calló que lo había visto antes. No quería disgustarlo. Brindaron y bebieron mirándose con una chispa de deseo. Les trajeron delicias dulces y saladas, que degustaron sin prisa, mientras él le hablaba de todos los sitios en los que la había buscado.

—Estaba usted por poner un aviso a la Guardia Civil.

—Poco me faltó.

Iris rio y dio otro tiento al champán. El escolta de Adrián estaba apostado cerca, aunque sin molestar a los clientes con su presencia.

—¿Puedo saber por qué lleva escolta? ¿Tiene al rey escondido bajo la chaqueta?

—No, por Dios. ¿Recuerda el día en el que nos conocimos?

—Cómo podría olvidarlo.

—Usted me salvó la vida ese día. Ha de saberlo. Dos hombres esperaban para matarme a la salida del parque. Si no me hubiera entretenido con usted, habría salido a la hora prevista y me habrían disparado. A mí y a mi primo, seguramente, no sé si lo recordará. —Cuando ella asintió, él agregó—: Ahora estaríamos muertos, así que le debemos la vida.

—¿Quién iba a querer matarlos a ustedes? —preguntó pálida—. ¿Y por qué?

—Despedí a una cuadrilla a primeros de año. Los encontré fumando en la fábrica, aun sabiendo que está prohibido. Imagínese lo que haría una sola colilla mal apagada entre tantos hilos. Y la fábrica sería reemplazable, pero no las vidas que se perderían. Días antes, esos hombres habían pedido otra subida de sueldo y me negué. No supe diferenciar si sus intenciones eran las de hacer arder la fábrica o... si fumaban sin más. Uno juró que me mataría, y parece que iba en serio.

Iris dejó salir el aliento que había guardado mientras él relataba aquello.

—Gracias a Dios que lo han detenido... ¿Cree que los demás intentarán algo parecido?

—Espero que el destino de sus compañeros los disuada de ello. Ahora pienso que no debería haberle dicho nada, temo preocuparla innecesariamente.

—No, por favor. Quiero saber lo que le sucede, bueno o malo. Aunque espero más noticias buenas que malas, claro.

—Porque todas sean buenas entonces.

Brindaron de nuevo, acercándose.

—No me mire tan de cerca, que solo tengo un corazón y se me va a desarreglar —dijo él.

—Aplíquese el cuento, marqués, que cada vez que me mira con esos ojos suyos, se me va el corazón andando a Sevilla.

—Iré detrás de él entonces, porque lo quiero cerquita del mío.

Ella rio melosa y se acomodó más recta en el asiento.

—¿Puedo preguntarle la trama de esa obra de teatro suya? —preguntó Adrián después. La vio dudar, y dijo—: Anímese a contármelo, ya le he dicho que me gustan las personas que escriben. Soy asiduo lector de las novelas de la condesa de Pardo Bazán.

—¡Mi amiga Pola la adora! Es su autora más admirada.

—Podría presentársela algún día.

—Le encantará.

—Pues buscaré la ocasión, es una mujer muy ocupada.

La sevillana tomó un traguito de champán y se lanzó finalmente:

—Es una obra con mucha comedia y amor. De una muchacha que conoce a un joven del que la separan. Pero no sufra por ellos, acabarán juntos y felices. Si no, no sería una obra sobre el amor.

—Puede ser una obra sobre el amor sin un final feliz.

—De eso nada. —Iris negó con la cabeza acordándose de Lorea—. Si es de amor tienen que acabar juntos, porque si no, maldita la gracia.

—He leído historias de amor donde los amantes no tienen un final feliz.

—Como *Ana Karenina* —dijo la sevillana, porque fue la primera que se le vino a la cabeza.

—Era la novela favorita de mi madre.

Iris sonrió, pues la cara de él se iluminó al mencionarla, aunque, al poco, se volvió gris.

—Imagino que ya no estará con usted —se atrevió a decir.

—No, pero no hay día en que no la piense. Y debería callar, o terminaré diciendo algo que la abrumará. En lo que concierne a mi madre, siempre me sobrecoge un profundo sentimiento nostálgico.

—No, por favor, ya le he dicho que puede hablarme de todo. De lo bueno y lo malo.

Adrián tomó un sorbo de champán y, tras un silencio, dijo:

—Cuando le decía a mi madre que nunca seríamos tan felices como los demás, me respondía: «Somos una familia feliz a ojos de los demás, Adrián, y ellos serán infelices también a su manera».

—«Todas las familias felices se parecen unas a otras, pero cada familia infeliz lo es a su manera» —anotó Iris. Tenía grabado aquel inicio en la memoria.

—Así es. En el fondo, mi madre… —Dejó la frase en el aire, la voz atragantada, los ojos marchitos. Sacudió la cabeza y se recompuso—: Es igual, no importa.

Iris posó la mano sobre la suya, que estaba en el brazo de la butaca, y la apretó.

—Conmigo no tiene que aparentar nada, marqués. No juzgo la debilidad de los demás como flaqueza. No hay falta de fortaleza en la expresión de los sentimientos. Si necesita llorar, llore. Le daré mi pañuelo y hasta le secaré las lágrimas.

—Gracias. —Puso la mano sobre la de ella—. Por ser usted como es.

La sevillana sonrió, retiró la mano lentamente y se pusieron a hablar sobre *Ana Karenina.*

—Comprendo que Ana se fuera con Vronsky, su marido era un insulso —dijo ella.

El semblante de él se volvió enigmático.

—¿Cree que la culpa de que Ana se arrojase a los brazos de Vronsky la tiene Karenin?

—Si a un animalito no le dan de comer va a buscarse la comida en otra parte, y si a uno no le dan cariño…, pues lo mismo. Aunque sea un privilegio más masculino que femenino, buen ejemplo de ello da la novela. Usted, estando prometido, puede estar aquí conmigo, sin que nadie lo juzgue, o al menos no tanto, ¿podría su prometida hacer lo mismo? Desde luego que no.

—No puedo quitarle la razón. No obstante, ha de saber que no siento nada por ella.

—Eso lo sé de sobra, de lo contrario no estaría aquí. ¿Por qué se van a casar entonces?

—Es una componenda de mi padre. Uno tiene obligaciones con su apellido. Y más cuando se cumple cierta edad. Usted también las tendrá, aparte de escribir, me refiero.

—Sí, las tengo y a veces también las traiciono —confesó, y él la miró preocupado—. No me eche cuenta, son cosas mías. Si le soy sincera, me siento triste por usted y su prometida. Las personas atadas a matrimonios de conveniencia me inspiran una pena espantosa.

—A mí también.

Él sonrió y tomó un trago. Iris se quedó mirándole los labios, presos de aquella cárcel de vidrio y ambarino néctar que habría querido ser ella. Pero el beso, iba a esperar, así se lo había propuesto.

La orquesta tocó, con maestría, una pieza de Chopin. Quedaron embelesados de la melodía, en silencio, hasta que Adrián dijo:

—Hablemos de cosas más amables, por favor, ¿le ha gustado la proyección del cinema?

Ella le contó lo visto, apuraron esa copa y pidieron otra, hasta que se hizo de noche. Luego cenaron juntos, en otro rato agradable, conversando sobre cualquier cosa que les pasaba por la cabeza fuera de enjundia o no. Cerca de la medianoche, se dispusieron a marcharse. Apenas habían dejado la mesa, dos caballeros saludaron a Adrián desde la suya. Iris notó que él dudaba en aproximarse. Se preguntó si serían amigos de la prometida de él, y no quería que la vieran en su compañía. A ella, que iba de su brazo, no hacerlo le vendría bien. Así no se exponía a acercarse a nadie que pudiera reconocerla. Sin embargo, al final, el marqués le dijo de acercarse a saludarlos.

—Buenas noches, caballeros —dijo él al llegar—. Espero que estén disfrutando de la cena.

En la mesa quedaban dos copas de champán a medio beber y unos platos de postre. El de uno de los hombres estaba casi sin tocar.

—Demasiada comida, como siempre —contestó ese, casi enfurruñado.

Iris se fijó en él. Pelinegro y de expresión ausente, no le sonaba haberlo visto antes, lo que la alivió.

—Iris, le presento al señor Ortés y al señor Braum —introdujo el marqués—. Señores, la señorita Iris Pertierra.

El segundo, de bigote cano, la miró curioso. Tanto que a la sevillana se le atragantó la saliva. Pensó que saltaría a decirle que la había visto en algún teatro; sin embargo, no dijo nada.

Hechas las presentaciones y cruzados algunos comentarios más sobre la cena, se despidieron.

Ya en la calle, Iris notó a Adrián muy inquieto. Con el fin de distraerlo, dijo lo primero que pensó.

—Me gusta cómo se ven los faroles en estas noches tan oscuras, en las que no hay una sola estrella en el cielo.

—No están en el cielo, porque las estoy mirando —dijo él, clavando los ojos en los de ella.

La sevillana casi le planta un beso por aquello.

28

La reunión de la Sociedad tuvo que cancelarse. Beltrán se levantó el sábado con ganas de hacer una excursión familiar a Segovia, para que Agatha la conociese, y ni Violet ni Pola tuvieron escapatoria. Y a eso se sumó una llamada que Lorea recibió de Vitoria. Su madre estaba con fiebres altísimas.

—No irás sola, con el disgusto que tienes —le dijo Iris, viéndola meter trapitos en la maleta—. Me voy contigo.

—No tengo disgusto alguno, Iris, solo son unas fiebres. Es normal en esta época del año. Y… no puedes venir, tienes que escribir tu obra de teatro.

—Tú eres más importante que todas las obras del teatro del mundo.

Sonó el teléfono, y Lorea corrió hacia él pensando que era su familia, pero quien respondió al otro lado fue Iván. A pesar de la nube negra de sus pensamientos, sonrió al escucharlo.

—¿A qué hora te recojo hoy? —le preguntó él tras un saludo lleno de cariño.

—¡Se me había olvidado! —Lorea se puso la mano en la frente—. Iván, mi madre ha enfermado y voy a Vitoria a verla. Unas fiebres, nada grave, pero es una mujer delicada.

—Seguro que todo estará bien. ¿Vas sola? No puedes ir sola con semejante preocupación.

—Otro igual que Iris... —Ella chasqueó la lengua—. Estoy bien.

—No lo estás, pero te conozco un poquito como para saber que piensas apañártelas sola, para no molestar a nadie, como si molestases. Así que me voy contigo y te acompaño en el viaje. Me alojaré en un hotel mientras tú estás con tu familia.

—Iván...

—Quiero estar a tu lado —dijo él.

A ella se le abrió el cielo y las ganas de sonreír.

—Tengo constancia de que sale un tren en dos horas —indicó el muchacho—, te paso a recoger y tomamos ese.

Ella asintió y, cuando colgó, vio que Iris estaba a unos pasos, mirándola con gesto guasón.

—Nunca he hecho el amor en el compartimento de un tren —le dijo la sevillana—. Podrías hacerlo tú y contarme cómo es.

—¡Iris! —Lorea puso los ojos en blanco y fue aprisa hacia la habitación.

La sevillana la siguió, riéndose a carcajadas.

—Y al pasar por un túnel, puede confundirse una dónde toca, con eso de que está todo oscuro. —Puso voz aguda y teatral—: Ay, perdona, Iván, ¿eso tan duro no era un pasamanos?

—¡Calla! —Lorea apretó los labios, al borde de la risa.

—Y el traqueteo del tren empujará... la situación —anotó la otra—. Creo que me voy a escribir una coplilla.

—Sí, vete, porque de estas te tiro un cojín.

Su amiga estaba a punto de irse cuando Lorea, con voz pesarosa, le dijo:

—¿Y si mis padres se dan cuenta de que estoy embarazada?

—Pero si ni se te nota, además estarán más pendientes de tu madre. Todo irá bien, ya verás. Y el arquitecto se va contigo. No todos los hombres la acompañan a una en sus tribulaciones.

Lorea suspiró y soltó otra pregunta que le salió del corazón:

—¿Y si me enamoro de él?

—Pues una alegría para tu vida. Así te olvidas ya de Héctor, que ni mentarlo quiero. Te casas con Iván y asunto arreglado.

—No querrá casarse conmigo, llevando lo que llevo.

—Ni que llevases un boletín de guerra —dijo Iris riendo—. Mira, ya veremos qué pasa. Te ayudo a terminar el equipaje, que tienes que ponerte arrebatadora para cuando Iván venga a buscarte.

La estudiante asintió, y dos horas después, iba ya en un tren hacia Vitoria. En esta ocasión no estaba sola, y aunque volvían a ella los malos recuerdos de sus viajes en tren y la preocupación por su madre, cada vez que Iván le apretaba la mano, se permitía sonreír.

Viajaban en el mismo compartimento que una familia, pero se apearon a mitad de trayecto. Lorea sintió cosquillas al verse a solas con Iván, y lo miró con atención. El sol que se colaba por el ventanal hacía brillar las espigas de su cabello y le volvía los ojos del color de un cielo de mayo.

—¿Cómo estás? —le preguntó él.

—He tenido días mejores.

Iván llevó la mano a su mejilla, despacio, y la acarició.

—Todo irá bien —le dijo, igual que Iris.

Y, del mismo modo que entonces, Lorea sonrió. Se clavaron sus ojos, sin quererlo, en los labios de Iván. La necesidad de besarlos le restalló en las pupilas. Y él sonrió, dándose cuenta. Acercó el rostro a ella, sin apartar la mano, y posó los labios sobre los de Lorea. La sensación de calma y dulzura que la invadió le llenó el alma y el vientre. Con aquel gesto, Iván barrió los malos recuerdos que guardaba de aquel tren, dándole uno hermoso. Supo, que si él volvía a besarla así, terminaría enamorándose de él. Pero aquella vez no tuvo miedo, solo un deseo ferviente de experimentar de nuevo la ilusión de amar y ser amada.

29

El martes, en la última clase juntas, Violet le había dicho a Marga que le encantaba el arroz con leche, así que fue a comprar los ingredientes para hacérselo. El colmado, tranquilo a primera hora, era un lugar con estanterías de madera oscura con frascos, latas y botellas; sacos de legumbres, cajas y un amplio mostrador. Los precios estaban por las nubes y algunos productos escaseaban, pero aun así se encontraba bien surtido. La señora que tenía turno delante de ella se llevó cuatro kilos de lentejas.

—Son para un convento —le contó al dependiente—. Me dan penita esos niños que pasan tantas fatigas.

Marga se vio a sí misma, en el orfanato, comiendo lentejas en las que una lasca de patata diminuta flotaba en el caldo aguado. Había que conformarse con eso, y agradecer aun el tenerlo.

La atendieron pronto, y con todo en la talega, caminó calle arriba. Madrid se quitaba de encima, entre bostezos y sopas de pan en el café, los sueños imposibles que deja la noche.

Cerca de su casa se encontró con Beltrán, y la cara se le iluminó al verlo.

—Buenos días, Marga —saludó animado—, ¿adónde vas tan temprano?

—Comprando cosillas para hacerle arroz con leche a Violet.

—Ya que estás, si no es mucho pedir... —dijo con ojos brillantes—, guárdanos un poco a Agatha y a mí.

—Eso está hecho. Y con mucha canela, que sé que le gusta.

Él sonrió, y le preguntó cómo estaba.

—Ahí ando, haciendo lo que se puede.

—Pues lo estás haciendo bien. —Le palmeó el brazo.

—Gracias. Y usted, ¿dónde va?

—A dar una clase y a comer al Lhardy.

Ella nunca había estado. Juan decía que era gastar tontamente, pero soñaba con comerse uno de esos platos de postín.

—Van a tener que ponerle a usted una placa, de tanto como va.

Beltrán rio, e iba a responderle cuando una vecina de Marga se les acercó. El rostro se le descompuso; sabía que haría preguntas incómodas.

—Margarita, dichosos los ojos que te ven —dijo con retintín—. Nunca estás en casa. He llamado unas veinte veces. O te haces la sueca o andas todo el día a saber dónde. Desde que no está Juan, no se te cae la casa encima, no.

Cuando dejó su casa no pensó en las vecinas. Tampoco eran amigas; solo conversaban en el portal, todas con la canción de lo bueno que era Juan. Se preguntaba si no escuchaban los gritos, los golpes, y le dieron ganas de decirle muchas cosas. Pero calló; acostumbrada a tener los labios sellados. Sin embargo, Beltrán, con voz bien plantada, dijo:

—Señora, Marga trabaja en la librería de mi hija, y apenas para por su casa.

—Ah, señor Martínez, no estaba al tanto de que tuviera necesidad de trabajar, más aún cuando el bendito de Juan se ha ido al norte, y allí pagan bien. ¡Trabajar por gusto! —Se cruzó la toquilla en el pecho—. ¡Habrase visto! Teniendo marido...

La de cosas que sus amigas podrían responder a eso, pensó Marga.

—Igual que su hija —continuó diciendo la mujer—. ¿Cómo se lo ha consentido?

—Tiene aspiraciones y no soy quién para privarla de ellas.

—Pues ya veremos qué hace su marido cuando se casen. Siendo un médico respetado no la dejará jugar a las tiendecitas.

—No diga usted pamplinas —dijo él, agotada su paciencia—. Adiós, que tenga buena tarde.

Cogió a Marga del brazo y echó a andar. La muchacha casi se ríe tras sentir que no podría hacer más que temblar.

—Gracias, don Beltrán —le dijo, ya en la esquina.

—No hay por qué darlas, hija. Sigue a lo tuyo y no hagas caso de nadie.

—Igual tendría que ir a mi casa... a ventilar. Pero se me hace cuesta arriba.

—Si vas, no lo hagas sola. Me avisas, o que te acompañen las niñas.

Ella le prometió que lo haría, tras soltar un suspiro a punto de convertirse en llanto.

—Lo de Juan al final pasará... —La consoló con cariño—. Un día será solo un mal recuerdo. Y volverás a ilusionarte. A enamorarte incluso.

—No sé yo.

—Ya verás como sí. —Beltrán la besó en la frente—. Tengo que marcharme, Marga.

—Que disfrute de la comida.

Lo vio partir, sonriendo por tener su mano amiga.

De vuelta en casa, escuchó el cuchicheo de Lorea e Iris. Se alegró de que estuviera de regreso, y corrió a preguntarle qué tal el viaje de vuelta. Había telefoneado dos días antes para decirles que su madre se encontraba bien, y al menos por eso no estaban ya preocupadas.

—Y cuándo se lo vas a contar, ¿eh? —oyó decir a Iris—. Estamos a finales de abril. No se te nota, pero en unos meses..., y con lo que te traes con su hermano... Tiene que saberlo.

—¿De qué habláis? —preguntó Marga, parada en el umbral de la puerta.

—Eres silenciosa como un gato —dijo Iris—. Cosas de esta chiquilla, de la universidad.

A ella no se le escapó que era una excusa, más aún por la mirada huidiza de Lorea.

—Está bien si no me lo queréis contar, pero no me mintáis.

Lorea, después de coger aire profundamente, soltó:

—Estoy embarazada.

Si hubiera pasado un demonio en traje de faralaes no se habría quedado Marga tan pasmada.

—Lorea... —Iris se llevó la mano a la frente—. ¿Así, tan de golpe?

—No pasa nada, tenía que contárselo ya.

—¿Qué? —musitó Marga, los ojos en la barriga de ella. La había visto engordar un poco, eso era cierto, pero pensó que era por su constitución—. No tienes ni novio.

—Pero lo tenía y..., ya ves. —Suspiró con angustia—. Siento no habértelo dicho antes.

—Os he abierto mi corazón y os he contado mis verdades, ¿por qué me habéis ocultado algo así?

—Era un asunto delicado —respondió Iris, y Lorea asintió.

—¡Lo es! Y no está bien —renegó Marga—. No puedes acostarte con un hombre sin estar casada. Es... ¡pecado! —Sintió que aquellas palabras, dichas por el enfado, hasta le quemaban a ella. Las había oído, en otros labios, y sobre cosas que ella sentía como naturales.

—Pecado es matar. Hacer daño a inocentes —replicó Iris—. Pero encamarse con un hombre, matrimonio mediante o no, no lo es. O con una mujer, ya puestos.

Marga pestañeó aprisa, los ojos clavados en ella.

—¿Por qué dices eso? Lo de encamarse con una mujer.

—Porque lo pienso. —La sevillana se encogió de hombros.

—¿Y quién es el padre, Lorea? —quiso saber Marga.

Sus amigas se miraron, y apretaron los labios. Ella chasqueó la lengua.

—Lo conozco, por eso no lo queréis decir. Si hasta sospecho quién es. En el asturiano, te espantaste al ver al prometido de la librera. Hasta te llevaste la mano al vientre y te fuiste sin decir adiós. Te vi desde la barra. Pensé que era porque habías salido con Iván y él, y te había caído mal. Pero no. —Le señaló la barriga—. Es por eso.

—Qué avispada... —dijo Iris—. Menos mal que no estaba yo, o le pongo una tortilla por sombrero.

—Fue por eso, sí —confesó Lorea, sin más remedio—. Es el padre.

Marga se cruzó de brazos.

—¿Te has encamado con él estando prometido a Pola?

—No, en absoluto —dijo apurada—. No lo estaban en esa época. Ella ni siquiera sabe esto. Temo que, si se lo digo, rompa el compromiso y pierda la librería. Ese negocio es toda su vida.

—No creo que Beltrán se la cerrase —sopesó Marga—. Es comprensivo y quiere a su hija. Pero, aunque eso pasase, ¿cómo va a casarse con el padre de tu hijo? ¿Y qué pasa con Iván?

—Tampoco lo sabe.

Marga no quería disgustarse, pero aquello contravenía todo lo aprendido en el orfanato, lo que Juan había encajado entre golpes. Sintió el amargo deseo de no hablar más con ninguna de las dos. Sin embargo, la habían ayudado en su peor momento, sin importar lo demás.

—Marga, Lorea lo está haciendo lo mejor que puede —intervino Iris—. Igual que todas nosotras en esta vida de perros

—Pues no lo está haciendo bien, la verdad —dijo Marga—. No entiendo por qué no eres capaz de afrontar la situación y hablar con quienes atañe.

Lorea tenía los ojos vidriosos, y esas palabras le removieron más la pena.

—Porque trato de asimilar lo que supone para mí, antes de implicar a nadie —dijo—. Asimilar que tendré que dejar la universidad por un tiempo, que mis padres me repudiarán, que mi vida, tal y como la conozco, se irá para no volver. Que, por más que sea muy lista para los estudios, he sido muy tonta en lo demás.

Marga sintió su tristeza. Y aunque quiso aferrarse a su enfado, no pudo. Sus reticencias y prejuicios se derrumbaron, sintiendo propias esas palabras. Esa vida que ya no volvería.

—No eres tonta...

La abrazó, y se fundieron en aquel gesto.

—Ea. Si entre mujeres nos entendemos... —dijo Iris con una sonrisa.

Un rato más tarde comieron arroz con leche. El dulce se llevó lo amargo, la canela, el mal rato, y en la leche hundieron los disgustos.

30

El sábado por la mañana, tras recoger los pantalones en la modista, Iris pasó por la librería a buscar a la inglesa.

—Vais a formar una que ni la Vicalvarada —dijo Pola—. Pondré unas velas en virtud de que no acabéis detenidas.

Violet resopló.

—Me dirás que es ilegal llevar pantalones en este país.

—Ilegal no, pero he leído que hubo mucha agitación por esto mismo.

—Agitaciones las que me dan a mí cuando veo al marqués, las demás, plin.

Pola rio, y aguardó a que se cambiasen en la cocinilla. Cuando las vio con esos pantalones marcando lo prohibido supo que, si llegaban a Sol sin que ocurriese ningún altercado, sería de milagro.

No se equivocó. En un inicio todo fue estupor, exclamaciones y cuchicheos, pero luego hubo mucha agitación. En la insigne plaza tenían una turba siguiéndolas. Los que les aplaudían, los que clamaban detenerlas por su desacato a la masculinidad y los que las insultaban. Al principio les pareció divertido, porque revindicaban la libertad de la mujer en el vestir, y de camino en el pensar, pero pronto fue insoportable. Hasta el tráfico se paró, y los tranvías con sus jardineras no se movían. Agobiadas ya, Violet e Iris no sabían dónde meterse, pero seguían adelante.

—¡Esto en mis tiempos no se veía! —dijo un señor, tirando del brazo de su mujer no fuera que se contagiase—. ¡La juventud no tiene vergüenza!

Unos chiquillos, chupando caramelos o mocos, lo que se terciase, preguntaron si eran hombres con peluca, arrancando unas risas.

Estaban dejando Sol cuando dos mozos les soltaron lo que creían lisonjas, dichas con mal gusto. Tuvieron un cruce de dimes y diretes con ellos que casi acaba en disgusto. Pensaron que nunca saldrían de esa hasta que varios agentes de la autoridad llegaron en su auxilio y distrajeron a la multitud en tanto que ellas, en un despiste, se refugiaban en la perfumería de Concha. Pola se la había presentado una tarde, y pensaron que podía ayudarlas.

—Válgame el cielo…, ¿de qué vais vestidas? —dijo Concha, detrás del mostrador, pasmada.

Una clienta las miró de igual manera y salió de allí como si le hubiera picado una avispa.

—Ya me habéis espantado a la clientela. Pero ¿qué ha…? —La pregunta quedó en el aire, porque vio pasar un torrente de gente—. No podréis salir de aquí hasta que no os cambiéis, y ropa no vendo. ¿Podéis telefonear a alguien para que os ayude?

Iba Iris a decir que sí, cuando entró un guardia jovencito, de mirada vivaz.

—Ustedes y yo vamos a tener unas palabras bien serias, señoritas —regañó.

—¿Nos va a detener por ejercer el derecho a ponerse uno lo que le dé la real gana? —dijo Iris envalentonada.

—Si me escandalizan al público, desde luego. ¡Muchachas descerebradas! ¡Miren cómo está la calle! Hay más corrillos que en San Isidro. —Echó la vista hacia fuera y se puso tieso cual estaca—. Y mi inspector por aquí. De esta se me cae el pelo.

Violet y la sevillana se asomaron, y hallaron a un hombre alto, con bigote. La segunda lo miró con ganas, porque tenía muy buena planta.

—No hemos hecho nada malo —dijo ella—. Que la gente nos persiga no es culpa nuestra.

—Y deserebrado lo será usted —remató Violet.

—Qué me queda que pasar en este oficio... —El agente miró a Iris con atención—. ¿Usted no es la Bella Azucena?

—No —dijo la otra con la boca chica.

—Pues se le parece —dijo él.

—Y usted a ese actor de teatro tan guapo...

—¡Detenga sus adulaciones! —replicó digno, tocándose la pechera—. Que no salgan de aquí, perfumera, hasta que no se disperse la turba. ¿Estamos? Y cierre la puerta.

En cuanto salió, echó el llavín, puso el cartel de cerrado y corrió las cortinas de los escaparates.

—Vaya día —rezongó—, con las pocas ventas que he hecho, y ahora la perfumería cerrada.

—No te preocupes, Concha, que me llevo algo para compensarte —le dijo Iris.

Concha señaló el teléfono, en una repisa entre perfumes. Iris y Violet llamaron a sus amigas. Ninguna dio señales. Desesperadas, Iris telefoneó al marqués. Su ama de llaves le dijo que aguardase, y a ella la espera se le hizo larga como un destierro.

—Me va a dar un apechusque —dijo con un tembleque, hasta que él respondió—. Mi querido Adrián, ¡qué alegría oírle!

—Alegría la mía. Aunque la noto apurada, ¿ocurre algo?

—¿Que si ocurre? —Lo puso al tanto de lo sucedido—. Fíjese si ocurre.

—No sé si reír o llorar —dijo haciendo lo primero—. ¿Cómo se le pasa por la sesera algo así? Es usted de improvisar, lo sé, pero ponerse unos pantalones para ir a Sol me parece de juzgado de guardia.

—Ea. No me parió mi madre para no dejar huella por donde paso.

—Pero, mujer, intente no pasar por el cuartelillo.

—Venga a buscarme, necesito ayuda para salir de aquí. Y tráigase la billetera, por favor. He de hacerle gasto a la perfumera, y en este pantalón no cabe ni una chica.

Él le prometió que no tardaría, y la sevillana respiró más tranquila. Unos veinticinco minutos después, llegó el marqués en su Rolls Royce. Nada más cruzó él el umbral, cuando la tendera le abrió, se le fueron los ojos a las piernas de Iris, poniéndosele las orejas coloradas.

—No me extraña que las hayan seguido. —Carraspeó—. Buenas tardes, señoritas.

A Iris, verlo así, le dio la risa. Se lo presentó a Concha, y ella lo recibió con mayor gana aún cuando sacó él la billetera para pagar los perfumes.

Dejaron la perfumería y subieron al vehículo aprovechando que la gente se había dispersado.

—Gracias por la ayuda, Adrián, y se lo pagaré, no se preocupe —le dijo Iris, acomodada entre Violet y él, en el asiento trasero.

—No hace falta, sabe usted que le regalaría la luna si pudiera. ¿Dónde las llevo?

—A casa de Iris, por favor —pidió Violet—. Si aparezco así por casa, mi madre me mata.

Adrián dio órdenes al chófer, y emprendieron la marcha. En el breve camino, ellas le contaron la experiencia, y él, aunque preocupado, disfrutó de la historia. Ya en la puerta, Violet dejó primero el vehículo, y el marqués aprovechó para invitar a Iris a cenar.

—Se me ha despertado una jaqueca terrible, querido. Y le prometo que no es una excusa, ya sabe que con usted me iría al fin del mundo.

—Muy bien, telefonéeme más tarde, por favor, si se encuentra mejor. —Le rozó la pierna suavemente con los dedos—. Está bellísima con pantalones.

—Algún día dejaré que me los quite.

Lo dejó soportando el calor de sus palabras, y salió contoneándose del coche. El chófer cargó con las compras y las dejó en la entrada del piso a las órdenes de Iris. En cuanto Violet y ella entraron, Marga, Lorea y Pola salieron a recibirlas.

—¿Estáis bien? —preguntaron las tres entre aspavientos y abrazos.

—Sanas y salvas. Ha venido a buscarnos el marqués —explicó Iris—. Os he llamado, pero no habéis respondido.

—Han llegado los rumores a la librería, y he cerrado para buscaros. A medio camino me he encontrado con ellas, y hemos vuelto aquí a ver si estabais —explicó Pola.

—¡Con la que se ha formado! —dijo Marga.

—Acababa de dejar la biblioteca cuando vi a todo el mundo cuchichear en la calle —comentó Lorea—. Ya sabía que esto no iba a salir bien…

—Ha salido mejor que bien —dijo Iris, olvidada la parte amarga.

Violet sonrió asintiendo.

—*Such a remarcable day.*

Las pusieron al corriente, en tanto que tomaban unos refrigerios, rodeada de los perfumes que la sevillana iba regalándoles.

—A la pobre de Concha le viene de perlas tanta compra, no está en buena situación económica —dijo Pola, con uno de jazmines en la mano.

—¿Y eso? —preguntó Lorea—. Siempre que paso por delante veo su tienda llena.

—El marido desapareció sin dejar rastro de su persona, pero sí de un montón de deudas que Concha tiene que pagar con el sudor de su frente.

—Qué canalla —dijo Iris—. ¿Es que no quedan hombres buenos en este mundo? Aparte de mi marqués, claro.

—Tú ándate con mucho ojo, a ver si te va a salir rana —le dijo Marga.

—Si me sale rana, le doy un beso y lo convierto en príncipe.

Soltaron todas una carcajada tan grande, que en algún lugar, alguien se preguntaría de qué reían tanto. Y ellas podrían haberle contestado, que de pura felicidad.

31

—Unas muchachas tuvieron la ocurrencia de pasear por Sol en pantalones —dijo Beltrán, estirando el periódico.

Violet y Pola se miraron con gesto preocupado.

—Imagino que las reprendieron —comentó Agatha, sorprendida.

—Te leo, querida —Beltrán se aclaró la garganta—: Ayer, seis de la tarde, concurridísima la Puerta del Sol, aparecieron dos señoritas con pantalones escandalosamente claros y ceñidos.

—Qué atrevimiento. —Agatha sacudió la cabeza, y dio un sorbo al té.

Las muchachas habrían querido esconder la cabeza como las tortugas.

—La turbamulta las siguió —continuó Beltrán—, lanzándoles improperios o requiebros. Las señoritas tuvieron que refugiarse, no supo nadie dónde. Pero este periódico ha sabido que lo hicieron en una perfumería de Carretas, que gozará de la curiosidad de todos los viandantes, vinculada ya a este insigne y bochornoso momento. Unos guardias dispersaron a la muchedumbre, con acierto, y de las muchachas se supo que las vieron subirse a un flamante Rolls Royce. De ellas se saben dos cosas más, dadas por el acento: una ha de ser andaluza y la otra de las tierras de Shakespeare.

Con las amonestadoras miradas de ambos posadas ya sobre ellas, Pola y Violet tragaron saliva.

Beltrán cerró el periódico. Con las cejas muy levantadas dijo:

—Y ahora si queréis me decís que no eráis la sevillana y tú, Violet.

—Ay, padre... —Pola no sabía dónde meterse.

—*I'm very displeased, Violet!* —Agatha las miró con disgusto—. Y tú, querida Pola, seguro que sabías de sus intenciones, y nada nos dijiste. Sabes de los problemas que hemos tenido; de mi propósito de que se reforme. *Badly done!*

—*Mama...*, ella no tiene nada que ver...

—No fue con mala intención, tía.

—¡Podría haber acabado en desgracia! —regañó su padre—. ¿Cómo se os ocurre?

—Las mujeres deberíamos llevar la ropa que queramos, pero la gente es una obtusa —replicó Violet—. ¡Solo son unos malditos pantalones!

—¡Esas palabras! —Agatha apretó los puños, reposados sobre el mantel—. Se acabaron las salidas y las libertades, te quedarás en tu cuarto hasta que reconsideres tu actitud.

—*Mama!* No puedes hacerme eso.

—Oh, claro que puedo. Y no es la primera vez que lo hago, pero nunca aprendes.

Violet dijo algo de lo que sabía que se arrepentiría, pero estaba tan furiosa, que no pudo callar.

—En el fondo, eres como él.

Antes de que su madre pudiera decir nada, salió corriendo del comedor, entre lágrimas.

—No lo ha dicho en serio, tía —musitó Pola—. Cuando nos enfadamos, decimos cosas de las que nos arrepentimos. Y está muy enfadada.

—¿Solo ella? —dijo Agatha, saliendo de su estupor—. ¿Y tu padre y yo? Podría haberle pasado cualquier cosa. La reacción de la gente es imprevisible. Parece que mi hija no lo comprende.

—Lo comprende, tía, solo busca su lugar en el mundo, debería intentar entenderla más y regañarla menos.

—Pola, no le digas eso a tu tía —la reprendió Beltrán—, sabes lo mucho que ha hecho por Violet, las libertades que le ha dado.

—*Thank you, my dear...* —le dijo Agatha con gesto aliviado.

—¿Y de qué sirve que le haya dado esas libertades, si ahora no le deja ponerlas en práctica? Mi prima podría publicar en importantes periódicos, hablar en nombre de otras mujeres. Hacerlas abrir los ojos antes de que caigan en matrimonios horribles como en los que usted cayó, hacer por ellas lo que no pudo hacer por usted. Y usted no la deja.

Agatha tomó aire, con aquellas palabras clavadas en el corazón. Beltrán miró a su hija con ganas de regañarla y, a la par, orgulloso de ella. Luego le hizo un gesto, para que fuera a ver a su prima. Pola llegó a su dormitorio y la encontró hecha un ovillo en la cama. Se tumbó a su espalda y la abrazó con fuerza. Igual que habían hecho tantas veces en el pasado. Cuando Violet le hablaba de los abusos de su padre; cuando Pola lloraba en las noches tras la muerte de su madre.

Unos días más tarde, Iris, tendida en la cama, se quejaba entre toses del castigo que Agatha había impuesto a Violet.

—La pobre encerraíta, como la de Éboli en su torre. Al menos la dejan seguir dándote clases de inglés.

—Más por mí que por ella, o eso ha dicho Agatha. —Marga suspiró—. Y menos mal, no habría soportado estar sin verla. Ella y yo nos entendemos muy bien.

Iris la miró rumiándose una cosa que venía pensando desde el cinema, pero no dijo nada.

—¿Sabes si se ha arreglado al menos una mijita con su madre?

—Hicieron las paces, aunque el castigo no se lo va a quitar, dice, porque se lo merece.

—Otra vez nos hemos quedado sin reunión de la Sociedad. Entre lo de Violet y lo mío...

—Es que la tela de esos pantalones era finita... —le dijo Marga, sentada al filo de su cama—. Y en primavera se cogen muchos enfriamientos.

La sevillana estornudó, acordándose del santo del nombre de la modista, y miró las magníficas flores y las cajas de chocolates, detalle de Adrián.

—Y sin poder ver a mi marqués. Vamos de desgracia en desgracia.

—Qué trágica eres. —Marga rio—. No lo ves porque no quieres, ha venido a visitarte.

—Y que me vea con esta cara de espantajo y se desenamore de mí.

A Marga se le escapó otra risa, que se mezcló con el sonido de la puerta de la casa. Pronto oyeron a Lorea, que soltaba improperios como nunca.

—¿Qué te pasa, chiquilla, que vienes echando sapos y culebras? —le preguntó Iris en cuanto entró en la habitación.

—¡Héctor Palacios me pasa! —dijo cruzándose de brazos.

—¿Le has dicho algo de la criatura? —preguntó Marga.

—No. Pero merendando con Iván me he enterado de que lo tienen en mente para ocupar la plaza de director de un hospital, por mediación de Beltrán y de unos doctores extranjeros. ¡Él, que criticó mi idea de dirigir un hospital, ahora quiere lo mismo!

—No te criticó por tu idea, lo hizo porque eres mujer —le dijo Iris—. Una cosa es que le pareciera bien que fueras médico, y otra que mandases sobre hombres. Sarpullidos como claveles tendrían de ver algo así en España.

—Eso es verdad —dijo Marga, asintiendo.

—Lo es, pero me enfada.

—¿Quieres que le metamos chinches en el coche? —sugirió la sevillana.

—Deja de intentar solucionarlo todo así. —Lorea se tumbó a su lado y se metió un cojín bajo las corvas de las rodillas—. Las piernas me están matando.

—Cargar con una vida en el vientre debe de costar aunque tenga una patas fuertes como los elefantes —dijo Marga.

—¿Las tengo como elefantes? —Lorea pegó la barbilla al pecho.

—No he dicho eso…

Marga e Iris se miraron con cara de circunstancias.

—Es igual. —Resopló Lorea—. Al menos he visto a Iván y a Pola. He estado en la librería. ¿Y sabéis quién estaba allí? Diego, llevándole un café.

—El galán en persona —dijo Iris, con un gesto de picardía.

—¿Crees que le devolverá el diario? —preguntó Marga.

—Espero que sí —dijo Lorea.

—Pues yo espero que no —soltó Iris—. Quiero saber qué le ocurrió a Nicolás en 1916.

Pola colocaba las tazas sobre la mesa, en su rinconcito. Diego había traído un jarrillo con café y una caja de dulces. Cuando lo vio aparecer, con una sonrisa y sus hoyuelos, se sintió contentísima.

—¿No tenía ayudante en la librería? —le preguntó él, sentado en una butaca.

—Le he dado la tarde libre para que cuide de mi amiga Iris, que ha cogido un enfriamiento —dijo llenando una de las tazas.

—Son terribles. Mi hermano era propenso a ellos.

A Pola casi se le vuelca aquello, pero logró controlarse.

—El que le regaló el sombrero, ¿no? —Vertió el café en otra, y se la tendió a Diego.

Al hacerlo se rozaron sus dedos. Por la forma en que él la miró, Pola supo que había sentido el mismo cosquilleo. Cálido como una caricia de sol. Logró apartar la mirada, y él carraspeó.

—Sí, Nicolás.

Al escuchar ese nombre en los labios de quien lo había conocido, le pareció que se volvía más real. Como si hasta entonces solo fuese etéreo.

—Estaba nervioso ese día, y usted me estropeó ese sombrero. Era especial para mí. Y le debo una disculpa por cómo me comporté.

—No, discúlpeme usted, fue mi torpeza. Yo…

Pola recordó que pensaba en Héctor cuando chocó con él, y que estaban prometidos. Por qué no se lo había dicho a Diego era una cuestión que intentaba desentrañar. Solo eran dos conocidos en el intercambio académico del que habló Iris.

—No pasa nada, Pola. Hay personas que empiezan con mal pie, simplemente.

—Más que con mal pie, empezamos como Napoleón en la Rusia.

—¿Y quién es quién? —preguntó él tras reírse.

—Pues los dos un poco de todo. Usted cabezota como el francés y yo hostil como la Rusia.

—Y ahora somos Napoleón tras Waterloo, ¿no?, firmando una rendición.

—De momento.

La mirada de Diego se detuvo largamente en los ojos de ella. Pola dio un sorbo al café. Ese gesto le había secado los pensamientos.

—¿Ha comenzado a leer a Polidori? —preguntó él.

—Sí, terminé con *Insolación* y cogí el suyo con gusto. Es una traducción brillante, y sus anotaciones me han ayudado a profundizar en la historia. Tengo ganas de saber si Aubrey cumplirá su juramento.

—Siga leyendo —dijo él, con una sonrisa que le bailó hasta en los ojos.

Pola era tan feliz hablando de libros, que comentó con él cuantos había leído, yéndosele la noción del tiempo, agotando el café y los dulces. Entraron clientes, y a ella no se le escapó que él la seguía con la mirada. Le gustó saberse observada y que hubieran firmado esa rendición.

Acababa de irse un cliente cuando Diego se acercó al mostrador, donde ella anotaba la venta en su libro de cuentas. Allá, en el cajón, estaba el diario. Y Pola abrió la boca para hablarle de él, pero Diego dijo:

—¿Quiere que le coloque estos libros? —Cogió dos que estaban sobre el mostrador.

—No, están bien ahí. Es... una idea de Marga. Cada mañana colocamos dos libros aquí. Los elegidos del día, y se venden rápido, pero estos no han tenido suerte.

—Los elegidos. Como Odiseo o Aquiles. Envuélvamelos, me los llevaré yo.

Pola, contenta, así lo hizo, y él comentó:

—Nuestra vida se hace pequeña en comparación con la de esos héroes.

—Usted mantiene vivas las historias que otros dejaron aquí. Los hace inmortales.

—Y usted también. Al final, somos los dos parte de una misma rueda: el amor por los libros.

Se sonrieron. Pola pensó que, si no hablaba, se quedaría mirándolo para siempre, así que dijo algo rápidamente.

—Por cierto, ruego que me disculpe, aún no me han llegado los ejemplares que solicitó.

—No pasa nada, así tengo una excusa para volver a verla. —Dejó la mano sobre el mostrador, cerca de la de ella—. Me alegro de que alquilase usted el local, y de que fuera la que encontrase los libros de mi hermano. Otro quizá los habría tirado.

—Espero que a él le haya hecho feliz tenerlos de nuevo —dijo con la esperanza de que Nicolás y su Isabel estuvieran bien en alguna parte.

—Pola... —Diego agachó la mirada—. Mi hermano murió, en agosto del año pasado.

A ella la invadió la tristeza, frustradas sus esperanzas, y puso la mano sobre la de él.

—Lo siento. Comprendo su dolor.

—¿Qué le pasó? —Volvió a mirarla.

—Perdí a mi madre. Y... —El dolor la hizo callar.

—Si algún día quiere hablar de ello, sepa que puede hacerlo conmigo. Al dolor hay que darle palabras, porque el quebranto que no habla fuerte, le murmura al corazón y lo rompe.

—Eso es de *Macbeth*, profesor —dijo ella, pudiendo sonreír.

—Así es, doña vinagre.

Diego la acompañó hasta el cierre, distrayéndola con anécdotas de sus estudiantes, de tal manera que Pola se olvidó de todo. Fue ya cuando la dejó en la puerta de su casa, que ella le dijo:

—¿Su hermano estaba casado?

—No, ¿por qué lo pregunta?

Pola volvió a sentir la derrota. Nicolás nunca había llegado a estar con Isabel. Se preguntó en qué medida afectaría a Diego ver el diario. De nuevo o de primeras. Y no tuvo fuerzas de decírselo.

—Curiosidad. Diego.

—Usted es curiosa por naturaleza, ¿no?

—Tengo ese defecto.

Él sonrió, y tras un silencio en el que la miró atento, dijo:

—Debo marcharme ya. Me voy de viaje unos días, tengo compromisos académicos en varias ciudades, pero la veré a la vuelta. Si quiere.

—¿Otra vez se va?

—¿Acaso me va a echar de menos? —dijo sorprendido.

—No —Pola rio; su voz interior dijo que sí—, es que viaja más que el señor Fogg. Y… si quiere nos vemos, sí.

Él, amablemente, le deseó buenas noches y se marchó. Pola lo vio alejarse, con más ganas de volverlo a ver de las que ella misma esperaba.

32

En la mesa había una hoja llena de tiempos verbales de la lengua inglesa, y en los labios de Marga y Violet, una sonrisa enorme y sincera.

—Estoy contenta con cómo avanzas —le dijo la inglesa—. Eres una alumna aventajada.

—Quizá es que tú eres una buena maestra. ¿Has dado clase alguna vez?

—En un refugio para mujeres que pasaron media vida en los burdeles o en matrimonios horribles, como tú, y buscaban una nueva oportunidad.

—Es una labor encomiable. —Miró hacia el folio, perdiéndose entre palabras desconocidas.

—Cuando estés preparada, daremos los tiempos más difíciles.

—Siempre dices «cuando estés preparada», y a veces siento que nunca lo estaré.

—¿No eres consciente de lo mucho que estás haciendo ya? Algún día estarás preparada para todo, y me dirás: «I'm ready, Violet».

—*I'm ready...* —repitió Marga para sí, en voz baja.

—*That's it.*

Marga se quedó atrapada en su sonrisa. Guiada por un impulso irrefrenable, cogió su mano entre las suyas.

—*Your hands are beautiful,* Violet.

—Y tú eres bella, por completo. Todo en ti lo es, Margaret.

La inundó una cálida sensación, tan profunda, tan olvidada ya para ella, que la hizo soltar su mano de golpe. Carraspeó y señaló la cuartilla.

—¿Podemos seguir?

Violet soltó un suspiro, asintiendo. Y aunque dieron clase, sus mentes estaban lejos de allí.

Una hora más tarde, Pola asomó a la habitación.

—Tengo una buena noticia —dijo emocionada—. Tía Agatha ha dado permiso para que Violet venga a la Pradera de San Isidro mañana. ¡Ya no estás castigada!

Soltaron una exclamación de asombro, y acabaron junto a Pola dando saltos de alegría en el centro de la habitación.

Al día siguiente, las chicas de la Sociedad, junto con Agatha, Beltrán e Iván, fueron a San Isidro. Estaba la pradera con más gente que polvo, y eso era decir mucho. Casi no se cabía andando entre arbolitos, tenderetes, vendedores ambulantes y chiquillos pidiendo para comprarse una limonada. Agatha les dio a unos para el capricho, y luego de llamarla guapa, salieron corriendo. Hacía un día de esos en los que el abanico solo mueve aire caliente, y se sintieron tan insoladas como Asís Taboada, más por la calor que por ningún andaluz con mucha labia. Después de ver al santo, y de un paseo, Beltrán y Agatha se quedaron a la sombra de un merendero, dándole a las muchachas permiso para pasear un poco más.

A Iris se le derretían los ojos de cariño al ver cómo Iván llevaba a Lorea del brazo, pendiente a cuanto ella necesitaba. Y le pareció que, entre Marga y Violet, había igual estampa. Que dos mujeres tuviesen esa complicidad le resultaba natural, pero la una estaba prometida y la otra andaba en una encrucijada monumental.

—Igual solo me estoy equivocando… —murmuró para sí, batiendo el abanico.

—¿Con qué? —le preguntó Pola, agarrada de su brazo.

—Nada, librera, cosas de una, que ha visto mucho y ya lo ve en todas partes. —Suspiró—. Que me gustaría que estuviera aquí mi marqués.

—¿Y dónde está si puede saberse?

—Despachando con el rey asuntos de hombres importantes mientras matan a alguna criaturita voladora inocente. Luego almorzarán manjares carísimos con unas botellas de esos vinos impronunciables.

—La próxima vez nos vamos con ellos, que seguro que tienen quien les abanique.

Iris rio al tiempo que una muchacha de ojos negros, manteleta roja y una flor en el pelo se les acercaba.

—Guapetonas —dijo salerosa—, os via lee la buenaventura por media chica.

Pola receló, pero Iris, a quien le gustaban todas las cosas del destino, se prestó.

—Ya me siento más como Asís, que también le leyeron la buenaventura. —Le tendió la mano—. Anda, a ver qué me dices, prenda.

—Yo te voy a decir to bueno, Bella Azucena.

Iris se quedó pasmada, y quiso quitar la mano, pero la otra, que tenía en la suya más anillos de lata que pedruscos en el Manzanares, la cogió al punto.

—¿Esa no es una cupletista famosa? —preguntó Pola—. Le gustaba mucho a un tía mía.

—Ha debido confundirme. —A Iris le bajaba el sudor por la nuca.

La otra estudió la mano entrecerrando los ojos, y luego los clavó, bien abiertos, en los de Iris.

—Tú tienes un secreto, morena, uno mu grande, y que ocurtas por miedo a que te quite la vida.

—¿Quitarle la vida? Ay, señora, qué trágico —dijo Pola.

—Y aquí me dise que tú no ere quien dise ser.

—¿No ves que se lo está inventando to? —Iris le retiró la mano y le pagó de mala gana—. Y yo que pensaba que iba a decirme que me voy a casar con el marqués.

La muchachita la miró de medio lado, guardando la moneda en el mandil.

—De inventarme na, y con ese no te vas a casar, por antipática. —Se fue con andar garboso.

—Malas puñalás le den —farfulló Iris—. Ya me ha fastidiado el día.

Cuando volvió a mirar a Pola, ella tenía los brazos en jarra.

—Me dijo mi prima que el día de los pantalones te llamaron Bella Azucena, y ahora te lo llama esta mujer. ¿Hay algo que me tengas que contar?

Iris soltó un suspiro, cogió a Pola del brazo y buscó un lugar menos concurrido. Sus amigos estaban delante del puesto de limonada, y no iban a perderlos de vista.

—Sí que lo soy —soltó con decisión—. Ea, ya lo he dicho.

—Va mucho contigo ser artista —dijo Pola superada la sorpresa—, pero ¿por qué ocultarte?

—Necesitaba apartarme de todo para escribir mi obra. Si digo quién soy, no me dejarán tranquila. Se correrá la voz de que estoy en Madrid y llamarán a Alfredo a todas horas. «Ya que está aquí, que venga esta noche a cantar» —dijo con fastidio—. Me he pasado la vida entera posponiendo la promesa que le hice a mi hermanita. Ya no puedo posponerla más. Y cantar es muy sacrificado, Pola, te consume la vida. No podría hacer las dos cosas. Siento... no habértelo dicho.

—Iris, no te apures tanto. —Pola chasqueó la lengua—. No me enfado, solo quería entender por qué lo estabas haciendo.

—¿Y lo entiendes?

—Pues claro que sí.

Se sonrieron las dos, y Pola se agarró de su brazo.

—¿Y esos rumores sobre el torero? ¿Son verdad? Mi tía estaba muy intrigada con eso.

—Entre tú y yo… algo hubo —le dijo con gesto pícaro—, pero muy poquito, porque a mí la sangre y la violencia me quitan el apetito en todas sus formas.

La librera rio, y mientras Iris le daba algunos detalles de aquel *affaire*, regresaron junto a los demás. La limonada fría les quitó un poco el calor, y la buena compañía, cualquier mal pensamiento.

33

Violet llevó unos recortes de prensa a la esperada reunión de la Sociedad, que pudo al fin celebrarse. En uno había unas mujeres en pantalones, en una avioneta, lo que despertó exclamaciones de asombro.

—¿Mujeres pilotando avionetas? —dijo Marga.

—Señoritas de la reserva militar femenina en prácticas de aviación en Estados Unidos. —Violet sonrió como si fuera ella misma—. Hay muchas mujeres en la guerra. Operadoras, enfermeras, fabricantes de munición… y hasta conductoras.

Pola las observaba, con la cabeza en otra parte. Había callado lo que sabía de Nicolás, para no aguarles las fiestas, y evitar el regaño de Lorea, hasta que no pudo más.

—Al hermano de Diego le dieron la extremaunción —soltó de golpe.

La miraron como si hubieran visto al rey aparecer.

—¿Qué? —musitó Lorea.

—Diego me contó que Nicolás había muerto en agosto del año pasado.

La tristeza que sintieron les arrebató el calor de las mejillas.

—Ay, chiquilla, con el cariño que le habíamos cogido al muchacho… —Iris suspiró.

—Pola, quiero regañarte por indagar, y no puedo. —Lorea torció el gesto—. Aunque le darías el diario a Diego, imagino.

—No vi el momento, habíamos pasado buena tarde, y me dio pena. Y pienso que no puedo dárselo sin despedirme de Nicolás. Tengo que leer lo último que escribió, y ya decirle adiós.

—Yo también quiero saber qué le pasó en 1916 —dijo Marga.

Miraron a Lorea esperando su permiso. Ella negó y renegó, pero al final claudicó, y a Pola le faltó tiempo de cogerlo. Se apiñaron tras el mostrador a leerlo. El primer fragmento apareció entre el barro, y Pola leyó en voz alta:

—«Julio de 1916». Julio... Él murió en agosto.

—¿Quieres que lea yo? —Iris le frotó la espalda afectuosamente.

—No, tengo que hacerlo yo. —La librera cogió aire y continuó—: «Querido Diego, confío en que te encuentres bien. Gracias por las fotografías que me envías. Oxford es tan distinto a este lugar que me pregunto si uno estará en el cielo y otro en el infierno. Pero no sufras por mí, resisto mis padecimientos con voluntad y ayuda de Dios. ¿Cómo está madre? Bésala en la mejilla cuando la veas como si fueran tus labios los míos. Y si le hablas de mí, cuéntale que atendí al capitán de la herida de una bala que a todos nos pareció letal, pero que Dios mediante y esa gracia divina que muchos dicen le protege quizá salga adelante».

—Tu galán ha estado en Inglaterra —dijo Iris—, igual hasta se ha cruzado con Violet.

—Ni que aquello fuera un pueblo... —Pola rio suavemente, a la par que su prima.

—Sigue leyendo, por favor —pidió Marga.

La librera pasó las páginas. Encontró algunas arrancadas y fragmentos ilegibles, hasta que al fin halló uno que pudo leer.

—«2 de agosto de 1916. Madre amantísima, me embarcan para Málaga, a que me vean los doctores de allí. Pero sé que no llegaré. Que no volveré a ver su hermoso rostro. No he podido tener madre más buena, ni más amable y dulce con sus hijos. Espero que algún día entienda por qué hice esto. Que me perdone por no coger su mano una última vez. La quiere con toda el alma, su Nicolás».

—Qué triste... —musitó Lorea, rompiendo el silencio que aquella despedida había dejado.

Pola se enjugó las lágrimas. Si horrible era perder a una madre, más terrible era perder a un hijo. Y no podía alcanzar a imaginar el sufrimiento de Rosa. Lorea pensó en lo mismo, y tragó saliva.

—Yo no puedo leer más —dijo Pola.

—Lo haré yo.

Aunque miraron sorprendidas a Lorea, el diario acabó en sus manos y comenzó a leer:

—«2 de agosto de 1916. Mi adorada Isabel, el aliento me abandona. Dejaré este mundo sin volverte a ver, y sabiendo que solo nosotros somos conscientes de la grandeza de este amor. Que contábamos, el uno del otro, los latidos del corazón. La vida se empeña en separar las almas más fieles con las premisas más mundanas. Dinero, prestigio, posición... ¿Qué importa eso? Solo importa el amor. Y nos amábamos. Nos amamos aún. Vine a esta guerra a hacerme un nombre, a ser digno de ti. No ignoro las exigencias de este mundo cruel ni tampoco las de tu familia».

Lorea hizo una pausa; hasta en ella hacían mella las emociones. Pero sacó fuerzas y continuó:

—«Aunque la guerra y la muerte pongan distancia entre nuestros cuerpos, no lo harán entre nuestras almas. Aquello que pasó, queda perdonado. Sé por qué no quisiste volverme a ver. Sé que te obligaron a ello. Solo espero que las cadenas que te atan se rompan para que seas libre de conocer la verdad, porque te mintieron. Te mintieron vilmente. El niño no está muerto».

—¿El niño? —soltó Pola, boquiabierta—. ¿Nicolás e Isabel tenían un hijo?

Se armó un revuelo terrible, hasta que Lorea consiguió imponer la calma.

—Dejad que siga leyendo, a ver qué dice. «Te lo he referido en otras cartas, pero tu hermana me contó que rompían la mayoría antes de llegar a ti. He sabido de su muerte, y lo siento. Ella era tu única compañía. No sé qué te habrá dicho, qué habrás leído o si leerás esto. Solo me queda la esperanza de que Francisco Mendoza te diga la verdad para que te reúnas con nuestro hijo. Os veré juntos desde el cielo, si Dios me perdona mis faltas. Sé fuerte, y guarda siempre un bonito recuerdo de nosotros. Siempre tuyo, siempre amándote: Nicolás».

—No me encuentro bien… —Pola fue a sentarse, y al punto las demás también.

Volvieron el silencio, las dudas, los suspiros de angustia.

—Nicolas e Isabel tenían un hijo —musitó Iris, como si no se lo creyera.

—Y Diego me dijo que no estaba casado, así que…

—¿Y quién es Francisco Mendoza? —preguntó Violet.

Negaron conocerlo, y se hizo un silencio hondo, denso como la oscuridad.

—Diego tiene que saber del niño —dijo Lorea.

—Igual ya lo sabe —opinó Marga.

—Pero ¿y si no? —sopesó Iris—. ¿Y si ninguno lo sabe? Ni tampoco Isabel. Jamás se reparará esta injusticia. Tenemos que hablar con Diego, con su madre o con quien sea.

—No, con la madre no, por el amor de Dios —dijo la librera—. Esto tiene que saberlo su hijo antes, digerirlo un poco por ella.

—Telefoneas a Diego, le pides que venga y le das el diario —demandó Lorea, seriamente.

—No sé si está en Madrid.

—No importa, llámalo —insistió—. Si no está, lo dejamos en su casa con recado de que se lo den. Y cuando hables con él, le explicas que lo has leído sin querer, pensando que era un ejemplar de la librería.

La librera telefoneó nerviosa, más aún cuando quien contestó fue Diego.

—Pola —dijo él con alegría—, justo iba a telefonearla. Quería saber cómo estaba y conversar con usted unos minutos. Apenas he llegado a Madrid, me marcho en un rato a Barcelona.

Ella se dejó pálidas las manos de tanto apretar el auricular.

—Verá... —Sus amigas le hicieron señas, animándola a hablar. Ella prosiguió como pudo—: Tengo un libro que quedó perdido cuando vaciamos las cajas, y es urgente que se lo devuelva. Estoy haciendo inventario y temo que se extravíe.

—Si es tan urgente, venga usted a mi casa si quiere. Aún me queda una hora para salir. Mi madre y yo la recibiremos con gusto.

No sabía si él se enfadaría al saber que había husmeado en las páginas de su intimidad familiar, y se echaría a perder su tregua. Pero tenía que afrontarlo, y le dijo que sí.

—Vamos todas —propuso Lorea al saber su acuerdo—. No sea que allí te arrepientas.

—Ya me estoy arrepintiendo —suspiró Pola.

—Con más razón entonces. Vamos. —Iris fue a ponerse el sombrero.

—Me quedaré aquí —dijo Marga—. Así no tendrás que cerrar.

Violet se ofreció a quedarse con ella, así que la librera les dio las gracias, y metió el diario en una bolsita de tela, bien al fondo como si fuera de contrabando. Tras confirmar la dirección de Diego en los papeles, salió de allí con Lorea e Iris.

El edificio de Diego estaba a dos viviendas del Teatro Español, en aquella calle que tantos románticos vio pasar al amparo de su insigne café. Corría un aire que amenazaba tormenta, y agradecieron llegar al portal. El conserje las recibió amablemente y montaron apretujadas en el elevador, viendo pasar a través de sus hierros plantas bien cuidadas. El armatoste chirrió, pero llegó a su destino.

Una doncella las condujo por un corredor lleno de cuadros y bonitos apliques, impregnado todo de un aroma a limpio y a flores. El piso era un dulce, que se solía decir, todo con mucho gusto.

—Ese mueble me recuerda a uno de mi casa —dijo a Violet—. Es de estilo Chippendale.

—No sabía que los muebles tuvieran nombre —murmuró Lorea.

—Algunos, de hecho, tienen mejor conversación que muchos caballeros que he conocido.

El comentario de Iris las hizo reír, a pesar de los nervios.

Al llegar al salón, Pola clavó los ojos en Diego. Estaba de pie junto a la ventana, como si hubiera estado mirando hacia la calle, esperándolas. Y cuando se cruzaron sus ojos, le dedicó una bonita sonrisa. Su madre se encontraba en un sofá, con la pierna en alto en una butaquita, al lado de una canasta de labores. Las invitó a sentarse y se dieron los saludos y las preguntas de rigor sobre la salud.

—Me encuentro bien, gracias, la flebitis me da mucha guerra, pero me cuidan bien. —Rosa miró a su hijo con cariño, que había ocupado una butaca a su lado—. ¿Quieren tomar un café?

De mala educación sería negarse, así que aceptaron.

—Si no le es molestia, tomaré una infusión —dijo Lorea—, últimamente no tolero el café.

Rosa dio órdenes a la doncella. Pola contempló el salón, amplio y luminoso. Se fijó en el jarrón con claveles rojos sobre una mesa de caoba; en la cómoda con retratos en su superficie. Sin embargo, los ojos siempre volvían a Diego.

—Tiene usted una casa muy bonita, señora —le dijo la librera.

—Gracias, pero llámeme Rosa, por favor. —Tras una sonrisa, se le fue la mirada a Iris—. Desde que la vi, tengo la impresión de que la conozco.

Las chicas la miraron. Después de lo de San Isidro, hasta Violet y Marga lo sabían ya, y lo recibieron con sorpresa y comprensión.

—Tengo un rostro común —respondió.

—Y una belleza andaluza digna de retratar por Romero de Torres. ¿De dónde es?

—Sevilla, ¿la conoce?

—Sí, me gustó mucho cuando la visité. Mi padre era andaluz también. De la provincia de Jaén. Y cirujano, como lo será ella. —Puso la mirada en Lorea—. Andaba en la perfumería cuando pasó usted por la puerta y se comentó. No se apure, no se dijo nada malo. De haberse dicho les habría cantado las cuarenta. A la gente maledicente hay que callarla antes de que esparza el veneno.

Asintieron todas con decisión.

—Mi madre siempre dice lo que piensa —dijo Diego, con tono agradable.

—A mí me gusta la gente así —comentó Iris.

—¿Dónde ejerció su padre, Rosa? —le preguntó Lorea.

—Él estudió en Madrid, pero luego estuvo en Cuba muchos años. Regresó aquí, ya viudo y con un hijo. Conoció a mi madre, y fue médico de gente muy importante —dijo orgullosa—. Diego, tráeme su retrato, por favor.

Él, al punto, lo puso en sus manos.

Tras observarlo, con ojos vidriosos aunque alegres, Rosa se lo tendió a ellas. A las puertas de una hacienda en un lugar lejano había un hombre de gran parecido a Diego y Nicolás, con un traje de levita y un chiquillo de mirada triste de su mano.

—Es Manuel, mi hermano mayor —apuntó Rosa.

—Guapísimos los dos —dijeron unas y otras.

—Mi padre tenía los ojos azules, como mi Nicolás, y el pelo tan negro como él.

No es que pasase un ángel cuando dijo aquello, es que pasó toda la corte celestial. Las muchachas cruzaron miradas, y Diego puso la suya en su madre, preocupado al verla triste.

—Madre...

—No pasa nada —dijo la mujer, forzando una sonrisa.

Llegaron los cafés y regresó el retrato a su lugar. Dados los primeros sorbos, Rosa dijo:

—Señorita Martínez, mi Diego no deja de hablar de usted, de alabar su librería.

Él la regañó con una mirada, apretándose las manos, y Pola le vio dos torbellinos de rubor en las mejillas que la hicieron sonreír. Las demás aguantaron una risilla.

—Su hijo es muy amable.

Él miró su reloj de bolsillo y frunció los labios.

—He de marcharme ya. —Se puso en pie—. Deje el libro en manos de la doncella, antes de irse. Y... me ha gustado verla, Pola. A todas. —Con prisa, besó la frente de su madre—. Cuídese, por favor. La telefonearé en cuanto pueda.

Aquel gesto enterneció tanto a Pola que calló un suspiro mientras él dejaba la estancia.

—Nosotras deberíamos irnos ya, no queremos molestar —dijo.

—No, por favor, termínense el café. Así no me quedo tan sola. Mi hijo viaja mucho. Es una eminencia en lo suyo. Le encantan los libros. De pequeño iba siempre con uno a todos lados. Sus amigos se subían a los árboles y él se sentaba a leer. Se metían con él, claro está.

Pola se sintió más cerca de él.

—En fin, cosas de chiquillos —continuó Rosa—. Mi Nicolás era más zascandil. ¿Quieren ver su retrato? Era tan guapo como mi Diego.

Asintieron, y ella les pidió uno concreto. Nicolás, con uniforme, posaba en una botica, acompañado de otros militares. Tenía esa luz en el rostro que tienen las personas que son buenas.

—Estas fotografías las planeaba él, preparaba ese aparatejo suyo con maestría y alguien lo asistía. Siempre me contaba cosas buenas allí, pero sabía las malas que callaba. Las leía en la prensa. Y gasté los suelos de Santa Bárbara yendo a pedirle por él. —Sus palabras tenían un velo de llanto que, aunque callado, moraba profundo en su alma—. Me dijo que no estaría en línea de fuego, que no me preocupase, y cada vez estaba más cerca del peligro. Creo que lo buscaba. Que tenía algo que olvidar, no sé qué.

Pola se preguntó si era por su hijo o por Isabel. Pero no se atrevía a hacerle tal cuestión, sin embargo, ella habló tras frotarse inquieta las manos.

—Mi Diego no quiere que hable de esto. Dice que eran asuntos de su hermano, que no hemos de meternos, porque no tiene cómo defenderse de lo que decimos, sea bueno o malo. Pero algo le rondaba la cabeza cuando quiso ingresar en la Academia Militar. No me lo dijo, pero a las madres no hace falta que los hijos nos digan nada para que lo sepamos. —Se mordió las mejillas, como si estuviera mordiendo su rabia—. No sé si quería castigarse o demostrar algo a alguien. Pero mi hijo jamás tuvo inclinaciones al ejército. Por más que me diera la excusa de que allí aprendería más, que vería heridas de verdad. No lo creí.

Sonó a tal sentencia que hasta Dios descargó su mazo. Retumbaron los cristales tras un trueno abrumador. El cielo se puso negro. Dieron un repullo; las tazas se agitaron.

—Por santa Bárbara bendita. —Rosa se persignó—. Va a caer un diluvio, quédense hasta que escampe, y perdonen que les cuente estas cosas, apenas nos conocemos y les hablo de mi vida. Tengo ese defecto. Decía mi padre que en paz descanse que de niña hablaba hasta con las estatuas.

—No se preocupe. —Pola sonrió—. Cuéntenos lo que quiera. Nos gusta escuchar.

—Qué curioso. Los jóvenes de hoy en día no escuchan. Aunque yo tampoco escuchaba a nadie cuando era joven. Mi Diego sí me hacía más caso, pero… mi Nicolás. Andaba con él de regaño en regaño. Era muy enamoradizo, ¿saben?, pasional y entregado, como su hermano. De los que cumplen sus promesas.

Rosa quiso enseñarles algunos retratos más, que ellas miraron con cariño, descubriendo a los muchachos de jóvenes, a la familia reunida. Iris clavó la mirada en uno concreto, en los salones del Ritz. Al lado de Nicolás estaba una muchacha de rostro bonito, vestida a la moda. La cámara los captó sonriéndose, en medio de una miríada de gente disfrutando de la velada. Le dio un vuelco el corazón porque le pareció que sería Isabel, que en esa sonrisa brillaba el instante de un universo entre ellos.

—Isabel —murmuró con sorpresa.

Las demás llevaron la mirada hacia el retrato, y el corazón les dio un vuelco también. El de Lorea e Iris por la sorpresa; el de Rosa por la nostalgia.

—¿Conocéis a la muchacha?

—No, solo se parece a alguien que conocí —dijo Iris, callando su idea.

—Nicolás le tenía cariño a esa fotografía. Se la llevó a África. Nos la devolvieron con sus efectos personales. Y la coloqué con las demás, por sí él regresaba, que pudiera mirarla.

Se quedó otro silencio, más lágrimas bordeando los párpados, y Rosa les ofreció otro café. Como si nada hubiera dicho, como si el dolor se hubiera desvanecido, aunque no fuera así. Asintieron, querían quedarse y no solo por la lluvia. No podían dejarla sola con sus pensamientos.

En tanto que lo tomaban no hablaron de Nicolás, solo de asuntos triviales, y Rosa felicitó a Pola por la librería.

—Así mi Diego tiene donde gastarse lo que gana, que no es poco, no es hombre de otros caprichos. Más que los libros, los buenos trajes y su coche. Se compró uno muy vistoso para darme paseos por la sierra.

—¿Y se los ha dado? —preguntó Pola.

—Casi todos los domingos —anotó con una gran sonrisa.

Sonrieron las demás también, y el sonido del teléfono, ubicado en otra estancia, retumbó a la par que otro trueno. La doncella avisó de que la llamaba su hijo y se levantó a atender la llamada, preocupada. Ya a solas, se lanzaron a cuchichear.

—Rosa no sabe nada —dijo Pola—. ¿Qué vamos a hacer?

—Dejar que sea Diego quien lo decida —dijo Lorea.

—¿Y si no se lo cuenta a su madre? —sopesó Iris—. Dice que es mejor dejar las cosas de su hermano estar.

—Ya, pero no algo así... Es demasiado importante —rebatió la sevillana.

Pola miró la talega, a su lado en el sillón, con reparo. Se negaba a separarse de él, quería averiguar si en esas páginas embarradas había más pistas. Pensó que de alguna manera podrían recuperarse. Lorea estiró la mano para coger la talega, porque la doncella llegó para servir más café. La estudiante se la dio, sin que ninguna pudiera hacer nada.

—Es para Diego, ha dicho que se la demos a usted.

—La dejaré en su despacho, gracias —dijo la muchacha, que se marchó con ella.

Pola e Iris iban a quejarse, cuando Rosa entró diciéndoles que el tren de Diego se retrasaba por la lluvia.

—Dice que no me preocupe, pero una siempre tiene a sus hijos encima de su alma.

Pola soltó un suspiro, con las ganas de hablarle del diario quemándole los labios. Tras un rato de charla, amainada la lluvia, se despidieron con la promesa de volver. La doncella las acompañó a la salida y Pola advirtió desde el corredor el despacho de Diego. Tenía la puerta entreabierta, y vio el diario sobre un escritorio. Unas ganas de llevárselo más fuertes que ella le sobrecogieron las entrañas. Preguntó si podía usar el aseo y la doncella señaló una puerta más adelante.

—Te esperamos en el recibidor, Pola —le dijo Lorea.

Ella cabeceó y entró al aseo. Se miró al espejo, tratando de convencerse de que aquello estaba mal, pero sus palabras no ganaron el pulso a la razón. Rápidamente se coló en el despacho, guardó el diario en la talega y salió con una punzada en la nuca y el arrepentimiento en el pecho. Pero ya no podía dar la vuelta. La doncella había vuelto a buscarla.

En cuanto estuvieron calle abajo, Lorea se detuvo y miró a Pola muy seria.

—Has robado el diario.

Sus amigas se pararon también.

—¿Qué? —Iris la miró perpleja.

Pola oteó alrededor, pero los transeúntes, sorteando los charcos, iban a lo suyo.

—Solo lo he cogido prestado. Necesito saber si Nicolás dice algo más —suplicó Pola—. Saber dónde están Isabel y su hijo. Si es la mujer de la fotografía. Seguro que no soy la única que lo ha pensado.

—El diario está lleno de barro, Pola —le recordó la estudiante—. No hay más fragmentos que los que leímos.

—Hay restauradores que podrían arreglarlo.

—¿Y qué le dirás a Diego cuando vea que no está? —dijo Lorea—. La doncella pagará las consecuencias. ¿Has pensado en eso? No, tú solo piensas en esto como si fuera una novela en la que nadie saldrá mal parado, pero es algo serio. Ve y devuélveselo. —Señaló calle arriba.

—No puedo.

Lorea negó con la cabeza y echó a andar con paso presto. Iris y Pola la siguieron al punto.

—Si fueras Rosa —le dijo la librera—, ¿no querrías saber dónde está tu nieto?

—Eso es asunto de los Ariza. Y no quiero volver a saber nada del diario. ¡Nada! Y estoy tan enfadada contigo que hasta me parece que tampoco quiero saber más de ti.

Aquellas palabras detuvieron a Pola, instalándole una sensación de abatimiento profundo.

—Lorea... —llamó Iris, que se quedó en medio de las dos.

Pero ella apretó más el paso y se subió a un autotaxi apostado a unos metros. La librera sollozó al borde de las lágrimas.

—Chiquilla, no llores por esto —le dijo Iris abrazándola—. Se le pasará. Se toma muy en serio según qué cosas, y ya ha claudicado mucho con el asunto del diario.

—¿Y si no vuelve a hablarme?

—¿Cómo no te va a hablar más? Tampoco es un ogro, mujer. —Le recolocó con cariño un mechón de cabello—. Vamos a tomarnos un refrigerio, que falta nos hace. Hablaré con ella cuando llegue a casa.

Pola asintió y, al cobijo del brazo de Iris, fueron a templarse los nervios al Café Suizo.

34

Diez días después del incidente había seis cosas de las que Pola estaba segura. La primera: Héctor y ella iban a ser terriblemente infelices. La segunda: Lorea tardaría en volver a hablarle. Tercera: Diego se enfadaría mucho cuando supiera lo ocurrido. La cuarta tenía que ver con Iris y el marqués, enamorados irremediablemente. La quinta, con Marga y Violet. Las veía inseparables, y eran tan difíciles sus situaciones, que empezaban a pesarle en el alma. Y una sexta, aunque menos importante: las grageas para el sueño que su padre le había dado, con motivo de su nerviosismo, no eran efectivas. Cada noche soñaba con que el diario la llamaba desde el cajón. La librería se había convertido en un lúgubre castillo, como los de esos romances góticos. Ella la recorría, candelabro en mano, envuelta en un camisón con mucho encaje. Cuando estaba a punto de tocar el diario, unos dedos le agarraban la muñeca. Diego la miraba furioso. «No lo hagas —le decía—. No te entrometas». Y la atenazaban el miedo y la culpa. Empezaba a ser un sentimiento tan parecido al que le abrumó cuando murió su madre, que supo que debía ir a casa de los Ariza a devolverlo y zanjar la cuestión.

—Señorita, tiene usted el horario de los marqueses, ¿no? —Iván la sacó de sus pensamientos, con voz guasona, apareciendo a su izquierda—. Las seis de la tarde y la librería sin abrir.

Pola se había quedado con la llave en la cerradura, ausente del todo.

—Tampoco veo abierto tu despacho —soltó, feliz por verlo.

—¿Y si no abrimos nada y nos vamos a comer unos churros?

—Claro, y también nos vamos de romería. —Abrió al fin la puerta y entró junto a su amigo—. Anda, haragán, que seguro que tienes algún edificio al que ponerle un tejado.

El lugar estaba en penumbra, y giraron los llavines de la luz y descorrieron cortinas.

—Me han salido dos encargos esta semana. A este paso, para finales de año, habré ahorrado buenos cuartos.

—Tu padre te pondría un faetón de oro si se lo pidieras, y aún tienes de la herencia, no sé por qué vas a tener que ahorrar nada.

—Para casarme con Lorea. —Sonrió de oreja a oreja—. Me hace muy feliz su compañía y somos parecidos en las cosas que verdaderamente importan.

Pola se quedó pasmada, de pie en el centro de la librería.

—Pero ¿se lo has pedido ya?

—Si se lo hubiera pedido ya lo sabrías, ¿no? Es tu amiga.

Ella frunció los labios y se rascó el cogote.

—¿Qué pasa? —preguntó él, ceñudo.

—Nada —forzó una sonrisa—, ¿a qué esperas para pedírselo? La harás muy dichosa.

—Quiero que conozca a mi hermano y a mi padre más formalmente. Aunque lo trata en la universidad. Seguro que la querrán tanto como yo. Pero se lo pediré, ya te digo que lo haré.

—Me hará muy feliz verte casado con una mujer tan excepcional.

—¿Verdad? Pero… a ti te pasa algo. No me engañes.

No le gustaba verlo preocupado, menos aún con tan feliz noticia en el aire, así que se lo contó.

—Lorea no me habla desde hace diez días. Metí la pata hasta el corvejón, por culpa de mi maldita curiosidad. —Se derrumbó, y lo puso al tanto de todo entre aspavientos, sorbidos de lágrimas y suspiros—. Soy una ladrona por mi afán de desentrañar un misterio que no me pertenece. Y sé que Diego me odiará por ello. Y Lorea también. —Le contó aquella pesadilla, y agregó—: ¿Y si no quiere que lo lea porque él conoce el secreto y lo ha ocultado? ¿Y si él, en realidad, no es tan bueno como parece? Igual no quiere que la verdad salga a la luz. Por quedarse con la herencia de su hermano, se me ocurre, y el niño de estar vivo heredaría algo aunque fuese ilegítimo.

—Frena esos pensamientos, Pola —le dijo seriamente—. Una parte de ti se siente culpable y tu mente te ha jugado una mala pasada. Si ese hombre no quiere que leas el diario, será porque es personal, no porque él sea malo. Léelo si quieres y devuélvelo antes de que él regrese de su viaje.

—Yo sabría que lo he leído y sabría que le mentiría. No podría soportar que me juzgase mal.

—¿Y por qué te importa tanto lo que ese hombre piense de ti? —La miró con gesto perspicaz.

—No me mires así, Iván, que no es lo que estás pensando.

—¿Y qué estoy pensando, a ver?

Pola puso los ojos en blanco y se marchó a colocar unos libros, con Iván a la zaga.

—Que me hace tilín —respondió ella—. Si hace unos días ni aguantaba verlo, solo siento curiosidad por conocerlo, nada más. Me caso con tu hermano. No puedo andar con los pensamientos en otro hombre.

—En la vida vas a sentir nada por Héctor, es normal que te guste Diego. Es profesor de Literatura y lo tuyo con los libros es de lo más amoroso.

—¿Pero a ti qué te pasa? —Sacó dos de una balda y los puso contra el pecho de su amigo—. ¡Me voy a casar con tu hermano!

—Eso has dicho. Y te lo dirás todos los días, pero por más que uno diga una cosa no la convierte en verdad. Algo me dice que Héctor y tú no pasaréis por vicaría, por más que nuestros padres quieran.

Pola se rascó la frente soltando un suspiro. Él miró los libros que le había dado: *El sí de las niñas* y *Los baños de Argel.* El primero le pareció como invocado por arte de magia.

—Es como en esta obra. A Francisca la prometen con Diego, pero ella está enamorada de Carlos, ¿y sabes con quién acaba al final? Con Carlos. Yo puedo ser tu Rita, si quieres, y ayudarte a anular el compromiso.

—Déjate de líos, Iván, no quiero problemas con mi padre. Ni tú con el tuyo, ya puestos. Y pon esos libros en el mostrador, por favor.

—Me encoge el corazón verte así —dijo yendo a hacer lo pedido.

—No te preocupes más.

Pola recolocó un par de ejemplares más y luego volvió al mostrador, junto a su amigo.

—¿Dónde anda Marga? —preguntó él—. Ya me había acostumbrado a verla por aquí.

—Tiene la tarde libre. Necesitaba ir a su antigua casa para coger unos efectos personales.

—No irá sola, ¿no? Porque puedo acercarme en un momento.

—Tranquilo, Iván —le dijo con una sonrisa—. No estará sola.

Él asintió, conforme, y tras besar a su amiga en la mejilla, se marchó a su despacho. Pola sintió que la tarde se le iba a hacer eterna de tantas cosas insidiosas como le rondaban la cabeza.

Cuando Marga entró al portal, estrecho, igual que las escaleras, soltó un suspiro de angustia. Ese edificio nunca le había gustado, tampoco el piso, pero Juan quiso comprarlo y ella no tenía poder de decisión. Él le decía dónde vivir, qué comer, qué vestir. Cuándo y cómo respirar. Y ella callaba y asentía, como le habían enseñado a hacer.

Pasó por la casa de una vecina que tenía una llave de repuesto. Había salido de allí entre llanto y sangre, y con lo puesto. Por suerte, estaba ocupada con una visita como para hacerle preguntas. La mano le tembló ante la cerradura, y la llave cayó al suelo. Escuchó entonces unos pasos en las escaleras. Pensó que sería Juan, que tras no haber dado señales de vida, aparecería y la mataría. Sin embargo, sonrió aliviada al ver a Beltrán y Violet. Y se echó a los brazos de ella, casi llorando.

—*I'm here,* Margaret —le dijo Violet, estrechándola.

—No podíamos dejarte sola en esto, por más que te hayas empeñado —dijo Beltrán.

Aquellas palabras fueron timón para gobernar los mares de temblor y miedo. En compañía de ambos, Marga abrió la puerta. Arrastró un montón de cartas que habían colado por abajo. Una densa y pegajosa atmósfera los envolvió; un manto de malos olores y peores recuerdos. Ella recogió las cartas y las dejó sobre la cómoda del recibidor.

—Juan me prohibía tocarlas. Y se quedaban ahí, hasta que él llegase —musitó.

Beltrán le apretó el hombro, y ella cogió aire. Juntos, recorrieron el piso. Juan había dejado la cama sin hacer; ropa por el suelo; platos en la pica; comida pudriéndose.

—Tenemos que limpiar esto —dijo Violet.

—Pues lo limpiaremos mientras Marga busca sus efectos.

—¿Cómo va usted a limpiar nada? —Marga lo miró con sorpresa.

—No se me van a caer los anillos, hija, por quitar un poco de mugre. Si supieras la de cosas que he limpiado de los enfermos... Esto es gloria bendita comparado con eso.

—*Well.* —Violet se arremangó—. *Let's do it.*

En tanto que Beltrán y Violet quitaban la mugre, y la sangre de la nariz de Marga, aún en el suelo de la cocina, ella hizo una maleta. Aunque le hubieran prestado ropa, echaba de menos la suya. Y también viejas fotografías o pequeñas fruslerías. Aunque eran tantos los malos momentos vividos allí que a veces se mareaba; pero siguió adelante, más aún cuando Violet aparecía para hacerle un gesto de cariño; para recordarle que mientras ella estuviera allí, él no podría hacerle daño.

Estaban a punto de marcharse cuando Marga detuvo la mirada en las cartas, preguntándose si alguna sería de Juan. Beltrán y Violet aguardaban en el rellano, conversando. Las cogió, sintiendo a Juan juzgándola por ello, aunque no estuviese allí. Eran catálogos domésticos, cartas de viejos amigos dirigidas a ella que se sorprendió al ver. Tuvo la certeza de que no eran las primeras, que Juan se las había ocultado. Había también avisos de giro enviados desde el norte. De él, ni una sola disculpa, ni una nota para saber cómo estaba. Lo hacía por castigarla con su indiferencia, como tantas otras veces, y solo había enviado dinero para mantener las apariencias con los vecinos. Temblorosa, miró las dos últimas cartas. Y vio un nombre que le secó de golpe la garganta.

«Francisco Mendoza».

No sabía qué hacía ese nombre que Nicolás había mencionado en unas cartas que tenían la dirección de su casa, pero se dijo que era solo un error; que debía de haber alguien llamado así en el barrio. Prefería no saberlo. No quería seguir viendo cómo se abría una brecha entre la Sociedad, por culpa del maldito diario. Quería a Lorea, a Pola. Era feliz cuando estaban todas juntas. Esas cartas traerían problemas. Así que las guardó en un cajón, dispuesta a dejarlas allí para siempre.

35

Con todo el dolor de su corazón, Pola metió el diario en la talega y recorrió la distancia desde la librería a la calle del Príncipe haciéndosele fango las losas del suelo de tanto como le costaba andar. No quería separarse de Nicolás ni de Isabel. Abandonarlos a su suerte. Rosa, avisada ya de su visita, la recibió de buena gana. Pola le había dicho de tomar café, nada más, sin dar otro motivo. Así que se acomodaron en el salón, y la doncella sirvió la bebida. Por cómo miraba a Pola de reojo, fue consciente de que sabía de su fechoría. Pero aparentó normalidad, por educación o conveniencia.

—¿Cómo te va todo en la librería? —preguntó Rosa, animada, tuteándose ya a petición propia.

—Bien —dijo ella tras probar el exquisito café—, tengo clientes fieles, otros que van de paso, aunque también se llevan libros, que es lo importante.

—Me alegro mucho por ti —dijo con sincera sonrisa—, a mi Diego le gustaría que leyese más, pero siempre he encontrado mayor entretenimiento en la costura.

—Podría recomendarle un libro, seguro que la aficionaría. —Pola se fijó en su canasta de labores—. ¿Me enseña que está cosiendo?

La mujer sacó una colcha con un bordado de hilo muy fino, a medio terminar, y se la mostró.

—Coso y bordo para el convento del barrio. Me ayuda a no estar mano sobre mano, y no rumiar tanto mis malos pesares.

Aquellos puntos bien dados le recordaron a los de su madre, y a Pola se le saltaron las lágrimas.

—Querida niña, ¿qué te pasa? —Rosa puso la mano sobre la de ella.

—Cosas de la vida, Rosa, que hasta en lo más pequeño ve uno a los que ya no están.

—Ay —le acarició la mejilla—, de eso sé un poco. Por mi Nicolás, por mi padre, mi madre, mi esposo... Hay tantos que ya se han ido, y en cambio, mire donde mire, veo un trocito de ellos.

—Creo que es su forma de decirnos que siguen aquí.

—Eso espero.

Guardó la colcha, y mientras tomaban el café, hablaron de sus seres queridos. Aunque no refiriese nada que pudiera despejar el misterio del diario, a Pola le encantó oírla hablar. Y antes de marcharse, ya en la entrada, y con una disculpa en la mirada, puso el diario en manos de la doncella. No se puede decir que no le cayera una lágrima cuando abandonó la residencia. Por todo lo hablado y por decir adiós, para siempre, a Nicolás y su historia.

Sin embargo, tres días más tarde, estando a solas en la librería, la puerta se abrió como si la hubiera empujado un viento fuerte, y apareció por ella Diego.

—¿Por qué visita a mi madre para angustiarla con los recuerdos? —demandó bruscamente, frente a Pola, al pie de una estantería los dos.

La librera tragó saliva. Boqueó, pero las palabras no le salían.

—La muerte de mi hermano la sumió en una depresión nerviosa de la que todavía no ha salido. —Se quitó el sombrero y lo apretó entre las manos—. Y usted no hace más que inquirirle sobre él, removiéndole los malos recuerdos. Cuando se marcha, llora hasta quedarse sin lágrimas.

—No son malas mis intenciones, Diego, pero...

—No importa cuál sea su intención, esto no le hace bien a mi madre. —La dureza de su mirada pellizcó el estómago de la librera—. Usted no tiene idea de lo que ha padecido.

—Pero no puede hacer como si su hermano jamás hubiera existido. Ha de mantenerlo vivo en sus recuerdos. Hablar de él. Y aunque comprendo su enfado, le repito que no era perniciosa mi intención. Solo quería hacerle compañía a su madre, usted está muy ocupado y ella... muy sola.

—¿Me echa eso en cara? —preguntó entre molesto y sorprendido.

—No, no —se apresuró a decir—. Ha de cumplir con sus obligaciones, pero no puede obligarla a callar. Usted me dijo que había que hablar de lo que nos duele. Y al duelo no se sobrevive callando.

—Sé muy bien lo que dije. Y lo que es el duelo. Pero usted se entromete donde no le importa. El libro que dejó en mi casa, ¿lo ha leído?

Pola se consoló con que no hubiera sabido que volvió a llevárselo. O quizá sí, y no se lo decía por cortesía. Negó, sabiéndole a azogue su propia mentira.

—Por cómo me está mirando, no la creo.

—Está bien... Lo leí, sí, y hay cosas en él que debería saber.

—Mi hermano ya está enterrado. Nada de lo que pueda decir en ese diario cambiará ese hecho, y leerlo no me hará ningún bien ni a mi madre. Le suplico que no vuelva a mencionarlo, y lo que es más, le ruego que no vuelva a visitarla. Ni a dirigirse a mí. Usted se ha excedido en todos los términos posibles, y nuestra cordialidad se ha acabado.

Sus palabras eran cuchillos, y el corazón de Pola no era inmune a su filo.

—Por favor, no sea tan duro. Lo siento, de verdad. Por usted y por su madre, por Nicolás.

—Guárdese su compasión; solo la expresa por obligación y eso se me atraganta.

—Eso ha sido descortés —replicó Pola, que empezaba a enfadarse también.

—¿Y leer los asuntos de mi familia para luego esgrimir una disculpa? ¿A eso cómo lo llama? —Negó con la cabeza y se puso el sombrero—. Adiós, señorita Martínez.

Salió de allí con tanta rapidez como con la que había llegado. La librera miró la puerta con la sensación de que eso no había sucedido. De que habían llegado a un punto de entendimiento y podrían volver a tomar café, a hablar de libros. A visitar a Rosa y escucharla hablar de sus recuerdos. Pero Diego se había ido tan enfadado, que eso sería imposible. Ya no es que fueran Napoleón y la Rusia, es que eran Robespierre y la guillotina.

Sonó el teléfono, irrumpiendo en la maraña de sus pensamientos. Al otro lado escuchó la voz de Héctor.

—Te recogeré a las nueve para ir a la ópera. Voy a salir con Iván antes. Estate preparada.

—Héctor, tengo cosas que...

Él colgó dejándola con la palabra en la boca. Pola buscó con la mirada el libro más grueso de sus estanterías con el deseo de arrearle al Palacios con él. Y de paso a sí misma, por su estupidez.

36

Lorea llevaba tanto angustiada, que temió que su criatura pagase las consecuencias. Había tenido ese disgusto con Pola, tan hondo que le costaba la idea de volver a verla, se enfrentaba a exámenes muy duros y, para colmo, Iván insistía en tomar café con su hermano. Sabía que aquella tarde iban a verse los dos, encontrando un rato en sus vidas tan ocupadas que ni bajo el mismo techo coincidían. O ella hablaba antes con Héctor, o la situación se volvería insostenible. Así que, en cuanto salió de la facultad, se encaminó hacia el hospital donde él trabajaba. Sito en las inmediaciones del Retiro, era un edificio de ladrillo rojo, bonito y con grandes ventanales. Sabía dónde estaba su consulta, así que fue directamente y llamó con los nudillos. Cuando oyó que le daba paso, le pareció que el corazón había anudado sus arterias a las costillas, por la presión que sintió. Pero tomó aire y abrió la puerta.

Héctor estaba en su escritorio, en aquella estancia insípida, típica de los hospitales. Al verlo, la saliva se le volvió hiel; los pensamientos, un enredo de espinas. Igual que le había pasado en la librería o en el asturiano. E, igual que entonces, tuvo ganas de huir.

—Lorea —dijo sorprendido—. ¿Qué haces aquí?

Por alguna maldita razón, a la mente de ella llegaron momentos felices a su lado. Y lo odiaba, porque a pesar de su abrupto final, habían sido dichosos mientras estaban juntos.

—He de hablar contigo. Es importante.

—Toma asiento. —Él señaló la silla al otro lado del escritorio.

Lorea no esperaba que la recibiese tan amable; pero imaginó que no querría tener un desencuentro en su lugar de trabajo. Se sentó, y se miraron con gesto incómodo. Ella no supo ni cómo fue capaz de decir lo siguiente con tantos arrestos:

—Estoy embarazada, Héctor.

En el rostro de él hubo un gesto indiferente que se clavó como un puñal en el corazón de Lorea. Lo sintió tan hondo, que se preguntó si su hijo también lo habría notado. Esa indiferencia sobrevoló la estancia y se convirtió en palabras.

—Y a mí qué me importa.

—Es tuyo.

—¿Quién me garantiza eso? Hace meses que estamos separados. Si piensas cargarme el muerto, vas lista. Te pasas el día rodeada de estudiantes, nada me asegura que sea el padre.

—Héctor, me estás insultando. —El dolor dejaba paso a la rabia—. Es tuyo. No he estado con otro hombre.

—Lo mismo que te acostaste conmigo sin estar casados podrías haberlo hecho con otro.

—¡Me acosté contigo porque te quería! —dijo más alto de lo que pretendía, perdiendo los nervios—. ¡Porque íbamos a estar juntos para siempre!

—Cálmate, mujer, estás histérica —dijo con asco.

—¿Histérica? —Lorea resopló—. Eres un sinvergüenza. Ni siquiera tienes el coraje para afrontar tus acciones. ¿Tan grandes han sido tus mentiras que tampoco en esto estarás a mi lado? Me dijiste que me querías, Héctor. Por si lo has olvidado.

—Sí, te quería, pero si lo que quieres es que me case contigo, para hacerme cargo del niño, pinchas en hueso.

—Antes me echaría agua hirviendo en la cara.

—¿Entonces qué?

—No lo sé. Me he equivocado tanto contigo...

—Yo también. Al pensar que podía renunciar a todo por estar contigo. No..., no eras suficiente.

Ella ya sospechaba aquello, pero no hacía menos duro oírlo de sus labios.

—Fuiste un cobarde, ni siquiera me lo dijiste a la cara.

—¿Para qué perder el tiempo en largas explicaciones?

—Claro, tenías prisa por casarte con otra. Otra con la que me fuiste infiel durante meses.

Lo vio coger aire, y dibujársele una expresión dolida que no creyó que le vería.

—No lo entiendes, ¿verdad? Lo de Beatriz. Tenía que salvarla.

—Perfectamente. Y, si me lo hubieras dicho, te habría comprendido. Sé el dolor con el que cargas desde lo de tu madre. Dedicas tu vida a salvar a los demás, porque no pudiste salvarla a ella. Pero al final, Héctor, los muertos se mueren, y no podemos morirnos con ellos. Y tú vas a hacerlo si sigues así. Comportándote como te comportas. Cegándote con tu carrera sin pensar en nada más.

—Solo siento impotencia, Lorea. —Se frotó la frente con las manos—. Por no haber podido salvarlas. ¿No lo comprendes?

—Eso no justifica nada. Yo también la siento, impotencia y arrepentimiento. Pero esto no se trata de nosotros. Ni de tu carrera ni de tus motivos. Se trata de nuestro hijo. Y de Pola. Voy a decírselo.

—No te atreverás. —Héctor se levantó, los ojos fieros—. Me vas a joder la vida, Lorea.

—No, para eso te bastas solo. —Se puso en pie también—. Y te repito que no quiero casarme contigo, pero te juro, Héctor, que como no proveas al niño, le diré a todos en este hospital lo sinvergüenza que eres.

—No serás capaz.

—No me pongas a prueba.

Él, rodeó la mesa, la cogió de la muñeca y sin compasión la arrastró fuera. La echó con tanta fuerza, que ella dio contra la pared de enfrente. Lorea sintió un mareo casi cegador. Él dio dos grandes zancadas hacia ella y la acorraló.

—Si le dices algo a Pola, y me estropeas el compromiso, lo pagaréis tú y tu hijo.

Ella jamás lo había visto así, tan desencajado su rostro, tanta rabia en su expresión.

—No te tengo miedo.

Se desafiaron con la mirada, como dos animales salvajes.

—Pues deberías.

Él dio un golpe en la pared, al lado del rostro de ella, y regresó a la consulta. El portazo retumbó en el pasillo. Lorea apenas fue capaz de mantenerse en pie. Pero nadie había allí que pudiera ayudarla, así que respiró, tratando de recomponerse. Le había dicho a Héctor que no le tenía miedo, pero sabía que era capaz de cualquier cosa por su carrera. Sin embargo, no iba a echarse atrás, y puso rumbo a la librería. Aunque estuviera enfadada con Pola, tenía que hablar con ella.

37

El sol de media tarde dibujaba sombras en las hojas de los árboles del Retiro. Naranjas algunos por su naturaleza; otros, como diría Bazán, vestidos de tafetán verde. Iris paseaba del brazo de Adrián, admirando la belleza del parque. De cerca les seguían los escoltas, vigías silenciosos como de costumbre.

—Los árboles siempre me han parecido unos soñadores que quisieran tocar el cielo con sus ramas —comentó Iris, y se fijó entonces en un parterre de bellos rosales—. ¿Haría una cosa por mí?

—Yo por usted haría cualquier cosa.

Ella se sonrojó, con más ganas de besarlo que de respirar. Pero, por primera vez, un hombre no solo quería de ella su contacto físico. Quería más, y aguardaba al momento más especial para firmar con un beso el pacto de su entendimiento.

—Si lleva una navaja, que es muy de hombretones, córteme una rosa.

Él cortó para ella la más hermosa de todas. Se la prendió en un broche que Iris llevaba en el pecho del vestido, diciéndole:

—«¿Cómo vive esa rosa que has prendido junto a tu corazón? Nunca hasta ahora contemplé en el mundo junto al volcán la flor».

Iris dio gracias una vez más a la madre de Bécquer por haberlo parido y, de paso, a la de Adrián, aunque no la conociera.

Del brazo de nuevo, caminaron junto al estanque grande, ribeteado de vegetación, donde jugaban unos críos, escandalosos como alegres gorriones. Iris sintió añoranza de sus años de niñez, donde todo parecía posible. Notó que Adrián los miraba de igual modo, y le preguntó:

—¿Le gustan los niños?

—Sí, son como genios que mucho saben aunque nada hayan vivido. Un crío puede darle a uno lecciones sobre lo que es verdaderamente importante. Y alguno habré de tener, para que herede el marquesado.

Ella asintió. Eso era asunto de él y su prometida.

—Seguro que visitaba este parque siendo chiquillo. Y corría como ellos —comentó.

—A menudo. Con mi madre. Ella... —Agachó la mirada, triste como un nublado.

—No ponga usted esa carita, que quiero darle un abrazo de esos que lo dejan a uno sin aliento.

—¿Y qué la detiene?

—Nos miran. —Señaló de reojo a unas señoras.

—Eso da igual. —Adrián la tomó por la cintura y la atrajo hacia sí—. Abráceme, lo demás no importa.

Iris lo hizo, y sintió su calidez; su respiración acompasándose a la de ella. No quería dejar de abrazarlo, pero se oía con fuerza el murmullo de las mironas.

—Se va a meter en un lío, ¿no ve que lo conocerán por todos lados? —dijo separándose de él.

—Ya le he dicho que lo demás no importa.

La tomó de la mano y tiró de ella, echando a correr entre los árboles, como dos adolescentes enamoradizos. Iris rio a carcajadas, sintiéndose más libre que nunca.

—Está usted loco.

—Llámeme loco si quiere. ¡Pero verá qué lugar tan hermoso!

Corrieron entre senderos y arboledas. La gente con la que se cruzaban los miraba, pensándose quizá que quienes los seguían eran policías tras ellos, lo que hizo a Iris reír aún más. Al final, sin aliento, se detuvieron en un claro entre una docena de árboles. Él se colocó tras ella, y sobre su hombro señaló un hueco en la fronda. El sol se colaba en la cúpula de vidrio del palacio de cristal.

—Parece que el sol viva en el mismísimo palacio —musitó Iris, asombrada—. Es hermoso.

—Y usted de cosas bellas sabe tanto...

Iris sonrió, y giró el cuerpo para mirarlo. Adrián la miraba con una devoción que jamás había visto en nadie. Nada se comparó a esa mirada.

—Voy a hacerle un palacio, Iris. Para que sea usted el sol que lo haga brillar.

Ella se prestó a soñar.

—¿Y cómo será?

—Dígamelo usted, va a ser suyo.

—Entonces, como esos parisinos de tejado abuhardillado —dijo con entusiasmo—. Con muchos ventanales, una gran biblioteca, un comedor para las grandes cenas y un salón de baile enormísimo. Ah, y unos baños a lo romano. Con estatuas en paños menores. Y unas cocinas que ni las del Ritz. Y, por supuesto, diseñado por el amigo de Pola, que es un dulce en lo suyo.

—Tomo nota de todo. —Adrián cogió su rostro entre las manos, y su tacto le provocó a Iris un dulce cosquilleo—. Algún día entraremos usted y yo en ese palacio del brazo, igual que vamos a entrar en el teatro, cuando estrenen su obra.

—Eso son quimeras. Primero, porque no creo que se estrene, y segundo, de suceder, usted ya estará casado, y el brazo del que irá será el de su esposa. Igual que para entrar en el palacio.

Había querido decirlo de buena gana, convencida de que su historia con Adrián sería algo pasajero; pero sintió una punzada de dolor al sentir más real que nunca aquella perspectiva.

—No se ponga tan triste, ni diga esas cosas.

—La realidad es la que es, Adrián.

—La realidad es que quiero besarla como nunca he deseado besar a nadie. Y que voy a terminar enamorándome de usted, y eso no hay Dios que pueda pararlo.

Adrián pegó los labios a los de ella con pasional fuerza, y la aferró contra sí con igual gana. Ella sintió las formas de su cuerpo; la presión de sus manos, desesperadas por apretarla contra él, como si temiese que fuera a esfumarse. El beso se hizo más profundo, más cercano, gentil y a la par fogoso, como algo instintivo y racional a la vez. Iris lo disfrutó con el alma ardiéndole y la dulzura de aquella boca gobernando la suya. Separados los labios, volvieron a encontrarse las miradas.

—Iris, yo...

Ella puso el dedo en los labios de él.

—No me haga promesas que no puede cumplir.

—Ni siquiera sabe qué iba a decir.

—Lo sospecho. Y no lo haga. Solo dedíquese a mí hasta que se case. Sin más amantes, sin mayores aspiraciones. Es mi único capricho en esta inconveniente relación que mantenemos.

Él asintió, aunque notó ella cierto brillo triste en su mirada.

—No ponga esa cara y béseme otra vez. Porque besa de una manera que no es terrenal. Y tengo que comprobar si es cosa de los ángeles o de algún diablillo travieso.

—Usted siempre tiene el poder de hacerme sonreír —dijo él, en tal tesitura.

Y volvieron a besarse, bajo los naranjas del atardecer, hasta que uno de los escoltas se pronunció para avisar al marqués de que era hora de marcharse. Iris sabía que tenía otro compromiso, una cena de negocios, y aunque quiso resoplar fastidiada, lo entendía. Al poco, ya en el Rolls Royce, volvieron a besarse, importándoles poco la compañía de los asientos delanteros. Adrián dejó a Iris en la puerta de su casa, y se despidieron prometiendo verse pronto. Apenas había arrancado el vehículo, ella vio a Lorea salir del portal, a toda prisa.

—¿Adónde vas tan corriendo? —le preguntó Iris, yendo a alcanzarla.

—¡Iris! A la librería. He pasado a tomarme una tila, porque voy a contarle a Pola lo de Héctor y no podía con los nervios. Y luego hablaré con Iván. ¿Me acompañas, por favor?

Iris asintió, por descontado. De camino, Lorea le contó lo sucedido. La sevillana le deseó a Héctor un dolor miserere, un orzuelo de por vida y una cama llena de chinches. Y, a pesar de los nervios, su amiga soltó una carcajada.

38

Violet escuchó el teléfono, y pensó que se trataría de su madre. Había salido al teatro con Beltrán, y quizá avisaba de que cenaban fuera; sin embargo, la doncella le notificó que era su prima. Le dijo a Marga que repasase los adjetivos, y fue a hablar con ella. Nada más saludarla, supo que algo no andaba bien.

—Diego ha venido a reprenderme por hablar con su madre de Nicolás y, para colmo, Héctor quiere que vaya con él a la ópera. —Pola contuvo un sollozo—. No quiero salir más con él.

—Pola, *my dear*... —Violet suspiró—. Ven a casa.

—No puedo cerrar la librería otra vez. Por favor, pide que me preparen un vestido.

Su prima colgó, sin opción a réplica. En cuanto regresó con Marga, ella la miró extrañada.

—Vienes pálida, ¿qué sucede?

—Mi prima no está bien, ¿podemos ir a la librería?

Marga asintió, sin hacer preguntas, y pusieron rumbo a La Pluma. Cerca de ella, Violet atisbó a Héctor en la acera contraria. Caminaba con las manos en los bolsillos y pasos de gigante. Cruzaron miradas, y ella apartó la suya con gesto asqueado. Soltó un pensamiento que la atravesó con rabia:

—Estoy cansada de seres estúpidos haciéndole daño a las personas que me importan.

—Yo también he visto a Héctor —Marga miró por encima del hombro—, pero ya se ha alejado.

—Mi prima está angustiada por su culpa. —Suspiró, y la puso al corriente.

—El diario no nos trae más que disgustos. Y lo de Héctor... No será feliz con él.

—Ninguna lo seremos. Ni ella con Héctor ni yo con Conrad. Y si tú vuelves con Juan, tampoco. —Violet se dio cuenta demasiado tarde de lo abrupta que había sido—. *I'm sorry*, Margaret. No quería...

—No, si es verdad —respondió cabizbaja—. No puedo ser feliz con él. Pero ¿por qué no ibas a serlo con Conrad?

—Después de todos estos días juntas, ¿he de decirlo en voz alta? —Violet se detuvo en medio de la atestada calle y la tomó de las manos.

—Yo... —La muchacha miró a un lado y a otro—. No digas más, por favor.

—No puedo callar más. Dime que no sientes lo mismo.

—Violet... —Soltó sus manos, negando—. Es complicado.

—Lo sé, pero no puedo evitarlo. Haces que mi corazón sonría después de mucho tiempo.

—Yo no puedo darte lo que quieres. Y... será mejor que me marche.

Sin decir una palabra más, se dio la vuelta. Violet fue a ir tras ella, pero notó a alguien a su lado.

—Vaya, me habría gustado decirle que está muy guapa con esa falda.

—Pola —su prima se echó a sus brazos, angustiada—, *I'm so happy to see you.*

—Pues muy *happy* no pareces, Violet. —La apartó un poco para mirarla a los ojos, estaban llenos de lágrimas—. ¿Qué ha pasado?

—He metido la pata con Marga. Le he dicho lo que siento por ella. —Violet se frotó la frente, dándose cuenta de su mayor imprudencia—. Aquí, en medio de tanta gente.

Pola soltó todo el aire de golpe, tiró de ella y buscaron intimidad en el escalón de un portal.

—¿Cómo se te ocurre? Ni siquiera sabes si ella...

—Sí que lo sé, aunque nunca lo haya dicho. Eso se sabe. Más cuando has vivido a escondidas.

—No deberías haberle dicho nada. Marga está en el momento más complicado de su vida.

—Si yo fuera un hombre, me dirías: ve y hazla feliz. Arréglale el corazón que le han roto. Y no te atrevas a decir que no sería así.

—Violet, solo quiero protegerte. —Cogió sus manos—. Sabes que te apoyo y te respeto.

—No. Me escuchas y me aceptas; es distinto. —Violet, herida, se apartó de ella—. Por estas cosas nunca le dije nada a Ivy de mi secreto. Y ahora quizá nunca vuelva a verla ni pueda decirle la verdad. Y ¡estoy harta de vivir esta mentira! Todo este miedo. Esto tiene que cambiar.

—Violet... —Su prima la abrazó—. Siento haberte herido. No era mi intención. Sabes que te quiero, pero es tan complicado...

Violet se quedó inmóvil, reticente por culpa del dolor, pero al final cedió a su gesto.

—Es complicado, sí, pero lo es aún más si la gente a la que quiero no lucha conmigo.

—Yo lucharé contigo, Violet. Te lo juro.

Ella suspiró largamente.

—Necesito hablar con Margaret, arreglar esto.

—Deberías dejarla unos días, que digiera tus palabras, y encuentre el camino que sienta más necesario. Ya sea hacia ti o lejos de ti. Y decida lo que decida, estaré a tu lado. Te lo prometo.

—Las promesas se queman, igual que los puentes en tiempos de guerra.

—Esta no lo hará.

Lorea e Iris vieron a las primas en su camino hacia la librería, y se acercaron. Violet y la cupletista se dieron un abrazo, y las otras se profirieron un saludo parco. A Lorea le dolió en el alma, y por cómo la miró Pola, supo que también le dolía.

—Tengo que hablar contigo, Pola —le dijo.

Antes de que la librera pudiera contestar, Iris cogió a Violet de la mano y tiró de ella.

—Sí, idos a tomar unos churros, solitas, nosotras vamos a comprarnos un sombrero.

La inglesa frunció el ceño, pero se dejó llevar.

Ya a solas, la librera la vio tan pálida, que se lanzó a hablar la primera.

—¿Te notas baja de tensión?

Lorea agachó la vista. Su mal era una espina clavada en el corazón.

—No es eso, Pola.

—Vamos a tomar un cafelito, y me lo cuentas. —Pola la cogió del brazo. —Iremos a Maison Dorée. A Iván le encanta. Supongo que ya habrás estado con él.

Allí estaba, a su lado, hablando de ir a un café, como si lo malo pasado entre ellas, no importase. Y quizá es que ya no lo hacía, porque su amistad era más fuerte.

—Sí, y es precioso.

Pola la distrajo con mil asuntos por el camino, y ella se relajó un poco. Ya sentadas, pidieron sendos cafés. El establecimiento, elegante y de excelente fama, gozaba de un ambiente agradable en el que damas y caballeros de buena posición pasaban las tardes entre bebidas y charlas.

Lorea se calentó las manos en la taza y observó el negro líquido, pensando en cómo soltar su secreto. La escuchó entonces reírse y una voz masculina que preguntaba «¿Quién soy?». Al levantar la mirada, vio tras la librera a Iván, tapándole los ojos. El mundo se le vino encima al ver también a Héctor. Se miraron de mala gana, mientras Pola soltaba una exclamación alegre.

—¡El arquitecto más guapo de Madrid!

—Ese mismo —dijo él, bajando las manos.

Pola se giró entusiasmada, y lo saludó alegre. A Héctor le dijo un parco «hola».

—Esta noche vamos a la ópera, deberías estar arreglándote —respondió él.

—Todavía quedan un par de horas, no seas tan exigente. ¿Queréis sentaros con nosotras?

—Si no os importa... —dijo Iván, mirando a Lorea con ilusión.

Negarse habría sido maleducado, y levantaría sospechas, así que asintió.

Iván y Héctor se acomodaron, entre ellas, que estaban frente a frente. Y el arquitecto le cogió la mano. Ese gesto la hizo contener el aliento, pero no fue capaz de soltarse.

—Héctor, deja que te presente a....

—Ya nos conocemos —interrumpió su hermano bruscamente—. De la facultad. ¿De qué os conocéis vosotros, que le coges la mano con tanta confianza?

—Estamos saliendo. Es la chica de la que te hablé.

Héctor puso una mirada en ella, fría, casi aterradora. Se quedó un silencio que ni el ruido de las conversaciones ni el tam-tam de las campanas de los tranvías que llegaba de fuera consiguió penetrar. Lorea se frotó los brazos con ganas de salir corriendo.

—Esto sí que no me lo esperaba —dijo Héctor con media sonrisa lobuna.

Lorea temió que se conjurase el desastre, y se preparó para lo peor. Sin embargo, pensó, Héctor no era tan tonto como para mencionar según qué asuntos delante de su hermano o de Pola. No le convenía.

—¿Desde cuándo salís? —preguntó él.

—Desde febrero —contestó su hermano.

—¿Febrero? —Héctor levantó las cejas, clavando la mirada en Lorea—. Qué pronto.

La muchacha apretó los labios, y forzó una sonrisa.

—En febrero nos conocimos en el tren, no empezamos a salir.

—Yo tengo esa fecha grabada, porque me gustaste desde entonces. —Iván apretó su mano.

Ella, a pesar de todo, sonrió.

—Ay, Iván, qué enamorado que estás. —Pola suspiró.

Héctor ahogó una risa burlona. Llegaron a tomar nota de las bebidas, y los hermanos pidieron café. El médico no hizo más preguntas, aunque la situación no dejó de ser incómoda. Sus miradas, sus gestos a veces de desprecio; sus burlas veladas; su sequedad hacia ella. Lorea se sintió tan mal, que se excusó diciendo que debía marcharse a estudiar.

—Te acompaño. —Iván se puso en pie a la par que ella.

Lorea no podía negarse, así que se despidió de Pola y Héctor.

—Hablaremos mañana, ¿vale? —le dijo a su amiga.

La librera asintió, e Iván y ella dejaron el café.

Afuera, Lorea cogió aire. Tenía una presión terrible en el pecho.

Caminó con el arquitecto calle abajo, incapaz de decir palabra, hasta que él la hizo detenerse.

—No sé qué te pasa, ni qué le pasa a mi hermano contigo, pero ha sido incómodo.

—Iván... —Lorea lo miró a los ojos, dispuesta a darle una respuesta contundente. Una que cercenaría el problema o lo agravaría aún más—. Tu hermano y yo...

La campana del tranvía sonó frenética, callándola de golpe. Y un golpe seco retumbó en la calle. Luego, un grito de espanto al que le siguieron una docena más. Lorea giró la cabeza y vio a una mujer en el suelo, al lado de los raíles. Un charco de sangre manchaba su elegante abrigo. Se separó de Iván y corrió hacia ella para asistirla.

Entretanto, en el local, Pola le lanzó una pregunta a Héctor.

—¿Por qué has sido tan seco con Lorea?

—Sois íntimas, por lo que veo —masculló desabrido—. ¿Te ha hablado de mí?

—No. —Frunció el ceño y dejó la taza sobre el platillo.

—Da igual, no es una amistad conveniente para ti. Necesito estar bien relacionado.

—Es de buena familia, y será médico. Hasta mi padre y el tuyo la estiman. No sé dónde le ves inconveniente.

—Se dicen cosas de ella en la facultad, Pola. Es una mujer de muchas camas.

—¿Lleva anisete ese café tuyo? Lorea es la persona más recta que conozco.

—Querida, se gana las calificaciones a base de hacer favores.

—Esas no son palabras propias de un caballero. —Pola se puso en pie.

—Solo digo verdades. —Héctor miró a un lado y otro; todo el café los miraba—. Siéntate y deja de ponerme en evidencia.

—¿Yo? Tiene bemoles… —masculló ella—. ¡Retira lo que has dicho!

—No. Sepa Dios si no le habrán hecho una barriga. Y no volverás a quedar con ella, ¿me oyes?

—A quien no voy a volver a ver es a ti. Antes me hago a la parrilla como san Lorenzo que estar contigo.

Pola le tiró el café a la cara. Y salió a toda prisa, sin mirar atrás, mientras se levantaban murmuraciones a su alrededor, ensordecedoras como zumbidos de moscas gordas. Caminó calle abajo, notando un tumulto de gente cerca de los raíles del tranvía. Iba a pasar de largo, pero vio a Lorea e Iván. Cargaban a una mujer ensangrentada en un coche. Su amiga subió después, e Iván se llevó las manos a la frente, viéndolos partir. Pola corrió hacia él a toda prisa.

—¿Qué ha pasado? —le preguntó, ya a su lado.

—A una señora se la ha llevado el tranvía por delante —dijo casi sin resuello—. Aunque ha sido de refilón, quizá no salve la vida, y si lo hace será porque Lorea ha frenado la hemorragia.

—Por san Cayetano... —Pola suspiró angustiada.

—Lorea va al hospital con ella. Me ha dicho que me llamaría, así que vámonos de aquí... Te llevo a casa y voy a la mía.

Su amiga asintió, enganchándosele del brazo. Se le ponía la carne de gallina al ver aquella mancha de sangre en el suelo, y no miró atrás. Por el camino, iba a callar lo sucedido con Héctor, pero no pudo, y le puso al corriente.

—Aunque me pidiera perdón de rodillas, no lo perdonaría —sentenció Pola—. Me ha insultado a mí y ha insultado a mi amiga.

—Es horrible —dijo severamente disgustado—. No entiendo por qué ha dicho eso. Pondría la mano en el fuego por Lorea, ¿lo sabes, no? Si llego a estar allí...

—Le habrías tirado un café, como yo.

—Le habría dado un mamporro.

—No, por Dios, entre hermanos sería terrible.

—Me da igual, se lo merece. Sé que en la facultad no todos reciben de buena gana que haya una mujer y atacan su reputación, pero no esperaba que lo hiciera mi hermano. Él ha cambiado tanto... —El rostro se le preñó de tristeza—. Siento como si fuera arena entre los dedos que se me escapase. Me parece que he perdido su confianza para siempre. Quizá por lo que hice, por haberlo persuadido de dar un paso que consideré imprudente.

—¿Qué paso, Iván? —dijo ceñuda.

—No sé si debería contarte esto..., estáis prometidos.

—¿Crees que lo seguiremos estando después de haberle tirado un café? Dímelo, por favor.

Iván, tras un breve silencio, se aventuró a hablar.

—Héctor se relacionó con una joven de la que dijo estar perdidamente enamorado. Llegaron a prometerse en secreto. Pero mi padre puso a Beatriz en su camino y con ella la seguridad de un buen puesto, de fondos para sus investigaciones. Aunque en verdad creo que la quiso a su manera, desde que murió va a dejarle un ramo de rosas rojas en la tumba.

—Será por los remordimientos... Eligió su carrera antes que el amor, nada más. Igual que yo. —Suspiró con pesar—. ¿Y esa chica? ¿Por qué lo persuadiste?

—Porque, a pesar de todo, se habría casado con ella el pasado enero, renunciando a Beatriz y a lo demás. Y lo he visto luchar tanto, que pensé que no podía dejar escapar la oportunidad que la vida le ofrecía. Que, por una vez, conseguiría salvar a alguien. Y lo persuadí para abandonar su idea de ese matrimonio imprudente.

A Pola, al enfado que tenía con Héctor, se le unió el que le entró con Iván. Se paró de golpe, sin importarle el resto de los transeúntes que recorrían la Puerta del Sol, obligándolo a detenerse también. Algunos los miraron de reojo; otros ni les echaron cuentas.

—Eso estuvo mal —regañó ella—. ¡Muy mal!

Él encogió los hombros, asintiendo.

—Lo sé. Pero es mi hermano, solo quería su felicidad.

—Pues no te ha salido bien. No es solo que sea infeliz, es que vamos a serlo todos. Esa muchacha, tu hermano y yo de paso.

—Puede que Héctor fuese feliz en su matrimonio al principio, pero la frustración por no conseguir sus propósitos, acabaría con él.

—Eso no podemos saberlo. —Pola gruñó como si fuera un gato al que le estuvieran robando la comida.

—No me gruñas así —dijo tomándola de los hombros—, por favor.

—Y tú no me mires como un perrillo abandonado, que no te perdono.

—No quiero que me perdones, solo que me comprendas. Me he ganado tu enfado, y lo asumo. Pero hice lo que tenía que hacer. Tú habrías hecho lo mismo por tu hermano, de tenerlo.

—Eso tampoco podemos saberlo, Iván.

El chico asintió, mirándola comprensivo.

—Pola, ya no puedo hacer nada para cambiarlo. Aunque llegase a arrepentirme de ello algún día, nada arreglaría. Es la decisión que tomé, y he de cargar con ella.

—Pues sí, Iván. Esa es una verdad indiscutible. Has abierto una herida en tu hermano que ni todo el arrepentimiento del mundo podrá sanar. Y aunque no conozcamos a esa muchacha, sabemos que la de ella ha de ser igualmente profunda.

—Quizá algún día pueda pedirle perdón. —Iván la besó en la frente y le ofreció el brazo—. ¿Nos vamos, por favor? Quiero estar en casa por si Lorea me llama.

Su amiga, algo más tranquila, accedió. El resto del camino le llenó los pensamientos aquella historia, sintiéndose a ratos enfadada con él de nuevo, a ratos mal por alguien que ni siquiera conocía. Incluso se apiadó de Héctor y comprendió en cierto punto lo agrio de su carácter, mal que le pesase.

39

A la mañana siguiente, en el desayuno, Pola, más que beberse el café, quería ahogarse en él. Beltrán levantó la vista por encima del periódico y le lanzó una pregunta que la revolvió más.

—Anoche no fuiste a la ópera con Héctor, ¿por qué?

—Estaba indispuesta.

Era mejor decirle eso que la verdad, o soltarle que quería romper el compromiso. Beltrán se disgustaría, y más de tan buena mañana, le daría un dolor de cabeza terrible y el día se echaría a perder. Abrió la boca para contestar con un simple «Bien», cuando el sonido del teléfono retumbó en otra estancia. Avisaron de una llamada de Héctor para Beltrán. Pola se puso tan tensa que casi dobla la cucharilla. Más aún cuando él regresó diciéndole:

—Quiere que comáis hoy en Lhardy. Estas llamadas así imprevistas entre prometidos son muy amorosas, ¿no crees?

«Tanto como coger ortigas con las manos desnudas», pensó ella.

—Tengo faena en la librería.

—Bien, pues te divides entre tus dos amores. Los libros y Héctor.

—Debería de haberme consultado. —Cogió un pellizco de magdalena y lo comió para tragar la frustración.

—Mujeres, no hay quién os entienda. Queréis que los hombres hagan cosas amorosas y cuando las hacen no os sentís inclinadas a aceptarlas. Ponte un vestido bonito, cierra pronto y ve con él a comer —dijo él—. Me voy a ver a Guzmán, tenemos que departir de unos asuntos, y luego con Agatha al hipódromo, a ver si se me despejan las sienes un poco.

Ella calló un suspiro y, con normalidad, dijo:

—¿Cómo está don Guzmán?

—Contento por que vayáis a casaros. Igual que yo. Es lo mejor que nos ha pasado en mucho tiempo. No nos vendrían mal unos nietecitos mocosos que nos alegrasen la vida.

Ella quedó presa de su vacío, sintiéndose estúpida y culpable por callar. Pero él estaba tan ilusionado... Quizá debía tratar de hacerle entender a Héctor que no podían casarse, que fuera él quien rompiera el compromiso. Al menos no rompería ella el corazón de sus padres.

Ya en el negocio, se sintió tranquila al calor de sus libros, aunque Marga telefoneó diciendo que no se encontraba bien y que no podría ir. Sabía Pola que no iba porque andaba perdida en sus tribulaciones, pero no le dijo nada.

—¿Has hablado con Lorea? —le preguntó después.

—Sí, se ha ido a la facultad. Anoche pasó un mal trago, pero en el hospital han quedado impresionados por cómo la atendió, con tantísimo acierto, para salvarle la vida. Hasta le preguntaron si ya ejercía, interesados en tenerla con ellos.

—Una buena noticia entre tanta desgracia —dijo con alivio—, quizá cuando acabe los estudios, cuente con que la contraten allí. Dile que me llame cuando quiera. Y tú mejórate, ¿vale?

Se despidieron y Pola volvió a su refugio de papel y tinta. Al poco aparecieron Remedios y Concha, y pensó que, al menos le alegrarían la mañana. Sin embargo, luego de comprarle un par de libros, Remedios le lanzó algo que se sumó a los trajines mentales del día.

—Dinos la verdad, la sevillana con la que te juntas es la Bella Azucena, ¿no? Lo rumia todo el barrio, y a mí me parece que sí.

—No. Pero es tan guapa que podría pasar por actriz.

Ellas arrugaron la nariz con disgusto.

—Habíamos pensado que, ya que es vecina, podría cantarnos unos cuplés en la plaza y así animarnos el cuerpo con tantos problemas como llevamos encima —dijo Remedios.

—Pueden ir al teatro, que siempre hay zarzuela.

—No es lo mismo —dijo Concha.

—No, es mejor, así se ponen sus mejores galas, que bien guapas estarán con ellas, ¿no? —Esbozó su mejor sonrisa.

—Eso es verdad —dijeron contentas.

Salían del establecimiento cuando entró Iván. Él las saludó de buena gana, mientras Pola lo miraba pensando que, o traía alguna buena noticia, o lo echaba de allí. Pero cuando ellas se fueron y él se le acercó con esa sonrisa suya, se le pasaron un poco las penas.

—¡Qué guapa estás, Pola! Pareces salida de una revista de moda.

—Ay, calla, zalamero, entenderás tú de eso.

—Pues un poco sí, que vivo en este mundo. Esta tarde voy a ver a Lorea, ¿te has enterado de lo que le han dicho en el hospital?

—Sí, es una gran noticia. Aunque ya sabes cómo es, luego le entrarán las dudas sobre sí misma.

—No debe tenerlas, será la mejor en su profesión —dijo él con ahínco.

—¿Has hablado con tu hermano?

—No, parece que me esquive. Se olerá que voy a decirle un par de cosas. Pero no quiero hablar de él. Vengo a darte una buena noticia.

—Ay, menos mal. —Suspiró con alivio—. ¿Qué ha pasado?

—El marqués de Robles, por mi despacho. De parte de Iris. Ha mirado mis diseños y... ¡quiere encargarme el proyecto de su nuevo palacio!

—¡Iván! Pronto serás tan conocido que te contratará hasta el rey.

—Dios te oiga. Es un gran proyecto. Quiere una fachada de estilo parisino, y he propuesto uno de fin de siglo, que le ha encantado. Cuando estuve en Málaga, vi un edificio que me cautivó, obra de Julio O'Brien, y será mi inspiración.

—Suena a arquitecto de enjundia, ¡como tú! Estoy tan contenta por ti. Nadie lo merece más.

—Eres un solete. —Le pellizcó la mejilla—. Marcho ya, que cuando hay faena no se perdonan ni los sábados. ¿Quieres comer conmigo?

—Ojalá, pero tu hermano no tiene tantas ganas de esquivarme como a ti. Y ha sido astuto como para poner de intermediario a mi padre para que salga a comer con él.

—Si se comporta como ayer, me lo dices y le ajusto las cuentas.

—Ya se las ajusto yo, quédate tranquilo.

Él sonrió afectuoso y la besó en la frente para después despedirse.

A Pola le gustaba la carrera de San Jerónimo. Por Galdós y *La Fontana de Oro*, por los paseos con su madre para comprar turrones a Casa Mira, por el Lhardy, con su ambiente exquisito y sus buenas comidas, y por mil cosas más. Pero sus buenos recuerdos se fueron de golpe al ver a Héctor en la puerta del establecimiento.

Avanzó con la idea de convencerlo de acabar con aquello. Él la saludó fríamente, y no cruzaron palabra hasta que, acomodados ya en una mesa en el comedor principal, les fueron servidas las bebidas. Héctor, tras tomar un trago de vino, le dijo:

—No es propio de una mujer de tu categoría echarle el café encima a su prometido, ¿no crees?

Pola, a punto de beber de su agua con gas, se quedó con el vaso en los labios.

—No me pareció un discurso digno de mi prometido.

—Solo dije la verdad. Si te molestó, deberías haberte callado.

Ella dejó la bebida en la mesa. De tenerla más en la mano terminaría por tirársela también.

—¿Callarme? Insultaste a mi amiga. Ella no es así.

—Qué poco conoces a las de tu sexo. Las mujeres consiguen lo que quieren a base de manipular a los hombres, a ver si espabilas, Pola.

Ella apretó la servilleta, que se hallaba sobre sus piernas. Héctor dio otro trago al vino, pendiente de si alguien estaba atento a su conversación; sin embargo, andaban a sus asuntos.

—Seré tu marido, y una de mis tareas es enseñarte cómo funciona el mundo. Las mujeres no estáis preparadas, por más que penséis que sí.

—Los tiempos han cambiado, Héctor.

—Nunca cambian. Solo se disfrazan. Un día tienen apariencia de cordero y al otro son lobos, y todo depende de qué seas tú: presa o cazador; lobo o cordero. Y las tornas giran una y otra vez, sin que nadie las detenga. Por eso lo mejor, Pola, es sobrevivir. Ser lobo cuando el mundo es de lobos y ser cordero cuando el mundo es de corderos.

—Yo a eso lo llamo ser un borrego. Conformarse. Y eso nos convierte en sombras de nosotros mismos. Además, dices que hay que conformarse, pero no te conformas. Uno de los motivos de nuestro compromiso es que mi padre te favorezca y medrar.

—Sí que lo hago, Pola —dijo él—. Me conformo contigo para tener lo demás. ¿Crees que quiero una esposa como tú? Mediocre en su aspecto, insoportable de carácter.

—No me casaré contigo.

—Sí que lo harás.

—No puedes obligarme —espetó con firmeza—. Ni siquiera mi padre. Aunque me amenazara con desheredarme, me da igual. Prefiero pedir por un mendrugo que casarme contigo. Y, una cosa más, si vuelves a hablar así de mi amiga, le diré a tu padre lo que dices de ella.

Héctor soltó una risotada.

—No sé qué te hace tanta gracia —dijo Pola levantando una ceja—. Hablo en serio.

—Tu amiga ya no será una molestia, no te preocupes. Y...

Calló, el camarero llegaba con los platos. Pola miró el suyo, un exquisito pescado con cebolletas glaseadas. En otra ocasión lo habría devorado con hambre lobuna, pero tenía el estómago tan cerrado que hasta el olor se le antojaba difícil de aspirar.

Cuando el camarero se marchó y él probó su plato, solomillo al vino, dijo:

—Te casarás conmigo si no quieres que le cuente a tu padre lo de tu prima. —Un brillo maligno le dominó la mirada—. Guarda un secreto muy interesante.

En la cabeza de la librera sonó una voz de alarma. Como si estuviera apostada a las almenas de su fortaleza y alguien gritase el ataque de un enemigo.

—No sé de qué me hablas.

—Qué mal mientes. —Tomó un trozo de carne y lo masticó con fruición—. Claro que lo sabes. La oí declararse a esa que trabaja contigo en la librería.

A Pola se le pusieron blancos los nudillos de tanto apretar los cubiertos. Esa imprudencia iba a costarles un disgusto. Aun así, trató de disimular.

—Solo son amigas.

—Deja de mentir. Estás ridícula. —Miró a un lado y a otro y bajó la voz—. He visto a muchas desviadas, las distingo bien. Trabajé con un doctor que trataba a las hijas de los ricos de sus desviaciones, porque no tenían apetencia con el marido. Les gustaban otras cosas. Yo no creo que estén locas. Los manicomios se les quedan cortos, porque en los locos no hay responsabilidad alguna ni ensañamiento. Y en estas sí que hay de todo eso y más. Si rompes el compromiso, tu padre sabrá lo de Violet, te lo juro. Él tiene una reputación que mantener y nadie querría relacionarse con el tío de una viciosa. Seguramente la envíe donde puedan curarla de sus faltas. Y me encargaré de que lo sepa todo Madrid.

—No son desviadas. ¡Y mi padre no haría eso! Me voy, solo dices barbaridades. —Soltó la servilleta sobre la mesa y se levantó.

Todas las miradas se pusieron en ella y cesaron algunas conversaciones. Él la tomó de la muñeca, reteniéndola.

—Siéntate de una vez o el que se levantará soy yo y no será para irme a mi casa. Nuestros padres iban a comer juntos, sería la ocasión perfecta para hablarles de Violet.

Pola se zafó y volvió a sentarse. Casi ni veía de lo húmedos que tenía los ojos. No podía creer que no tuviera escapatoria. La gente siguió a sus cosas, pensando quizá que sería una riña de novios.

—Así me gusta —dijo él—. Y ahora come, se te va a enfriar el pescado.

Pola se sentía aturdida, como si la hubieran golpeado. Solo pudo desear que el tiempo pasase rápido. El resto de la comida, Héctor parloteó sobre cuestiones cotidianas. Ella se limitó a asentir, y solo el roce de un pequeño papel en su tobillo la sacó de su estado ausente. Se agachó para recogerlo, y vio el membrete de una clínica, una dirección y una hora. Debía de habérsele caído al médico al ir a pagar, pensó Pola. Algo extraño le retorció las entrañas de golpe, como si más que un papel estuviera viendo un fantasma. Y no entendía por qué, solo era una de las muchas tarjetas que llevaban encima los médicos.

—¿Un nuevo trabajo? —preguntó, más por educación que por interés.

—No es asunto tuyo. —Se lo quitó de las manos y lo guardó en la cartera—. Vámonos. Aunque tendrás que disculparme, no puedo acompañarte a casa, tengo que ir a...

—Me da igual.

Pola se puso en pie y abandonó el local tan aprisa como la educación permitía. Héctor la siguió, y en la puerta del restaurante, la miró con una advertencia.

—Si dices o haces algo inapropiado; si me hablas mal o me tiras otro café, todos sabrán de qué pie cojea tu prima.

Ella aguantó las ganas de darle una bofetada, y se dio la vuelta, echando a andar hacia Sol. Él no la siguió, cosa que Pola agradeció, mientras luchaba por tragarse las lágrimas. En la esquina de la Victoria no pudo más. Salieron a borbotones, el mundo se le desdibujó. Mareada, se apoyó en una pared y lloró desconsolada, ocultando el rostro.

—Pola, por Dios. —Escuchó—. ¿Qué le pasa?

Al levantar la mirada, vio a Diego a su lado.

—N-nada —balbuceó, a duras penas, esquivando su preocupada mirada.

Él posó la mano en la mejilla de ella, pidiéndole suavemente que lo mirase.

—¿Le han intentado robar o hecho daño?

—No. —Y sí, pero no podía decírselo.

—Demos un paseo, la ayudará a calmarse.

—Usted... —Pola lo miró entre lágrimas—, ¿por qué iba a dar un paseo conmigo?, está enfadado.

—Pola... —Diego se frotó la barbilla—. Da igual lo enfadado que esté, no puedo verla llorar. —Sacó su pañuelo y le secó las lágrimas.

Pola se abandonó al cariño de su gesto, pensando que la tela olía tan bien como él.

—Ya está. —El profesor lo guardó y le tendió el brazo—. Venga, camine conmigo. El mundo se ve distinto tras un paseo.

Ella se sentía tan perdida que se habría agarrado a un tranvía en marcha con tal de cambiar la perspectiva de las cosas. De sentir que el mundo seguía girando, aunque para ella se hubiese parado. Junto a él, caminó sin rumbo concreto, y le habría dado igual donde fueran.

—¿Puedo hacer algo por usted? —preguntó él al cabo de unos minutos.

Tantas cosas le pasaron por la cabeza, y era tal su angustia, que habló a bocajarro.

—Quiero que vuelva el tiempo atrás, a cuando aún no sentía que mi vida sería mi tumba.

Diego se detuvo, y la miró extrañado.

—¿Por qué dice eso?

—Porque voy a casarme con un hombre horrible.

Él frunció el ceño levemente.

—¿Cómo va a casarse con alguien que la hace llorar así?

—Es el trato que hice. Mi padre quería que me casase pronto y yo quería mi librería. Y ese fue nuestro acuerdo. Fui una estúpida, pensé que podría soportarlo.

—¿Cree que su padre querría esto? ¿Esta desesperación? Entenderá que rompa el compromiso.

—Diego, Héctor sabe algo que podría destruir a alguien a quien quiero. Si lo rompo, lo contará.

—¿Así se llama ese canalla?

—Héctor Palacios.

El profesor sacudió la cabeza, soltando aire de golpe por la nariz.

—El hermano de Iván. ¿Y a él qué le parece que la chantajee? Es su mejor amigo.

—Él no lo sabe. Y aunque lo supiera, no hay nada que pueda hacer. —Negó con la cabeza, atrapada en la ratonera—. He de casarme con él.

—No consentiré que la obligue a casarse con él con amenazas. No permitiré que la trate así —dijo furioso—. Voy a encararlo, a ver si conmigo es tan valiente.

Pola se sentía impresionada y temerosa a partes iguales. Si Diego se atrevía a plantarse ante Héctor, tal encuentro podría tener consecuencias inesperadas.

—No, por favor. —Lo cogió del brazo—. Solo empeorará las cosas.

La súplica de su rostro lo hizo calmarse.

—Está bien. Es que no soporto las injusticias.

—No debería de haberle contado nada, he perdido los nervios.

—Usted no tiene por qué disculparse —dijo con notable sinceridad—. Al contrario. Agradezco que sienta la confianza para hablarme de esto. Aunque no pueda contarme todo. Y quiero que sepa que estoy aquí para ayudarla con lo que necesite. Yo... quiero verla sonreír.

—No lo comprendo.

—¿El qué? —Diego se rascó el cogote.

—La última vez que hablamos, usted dijo que no quería volver a verme, y yo... me entrometí en asuntos que no me incumbían.

—Ya hablaremos de eso. Ahora paseemos un poco más. ¿Quiere ir al Retiro? Está precioso en esta época del año. —Se notaba que quería animarla con todas sus fuerzas—. Podríamos merendar allí. Y si quiere montamos en las barcas. Así se distraerá.

Pola asintió sin dudarlo.

Caminaron del brazo, mientras él le hablaba de cosas vanas, para evadirla de la realidad. A ratos, hasta lo consiguió. Ya en el parque, pasaron por un merendero de la confianza de Diego, donde los dueños parecían quererlo como a su hijo. Eso la hizo sonreír.

—Hacemos un pícnic, ¿quiere? —le dijo él.

—Es una gran idea.

Compraron refrescos de frutas, unos dulces, y les prestaron dos vasos. Con todo, buscaron un lugar tranquilo. Él se quitó la chaqueta para que ella se sentase sobre la hierba. Pola supo que de haber estado Iris, diría que era todo un galán. Le dio las gracias, en tanto que él se acomodaba a su lado.

—Cuando vivía en Oxford organizaba muchos pícnics en los días de sol. Le mandaba a Nicolás fotografías de esos lugares, describiéndole todos sus tonos de verde al detalle. Habrá leído lo que él decía, supongo.

—Sí, el cielo y el infierno.

Se hizo un silencio, que rompió el sonido del refresco al caer en el vaso. Diego se lo tendió a Pola, y llenó el suyo mientras hablaba.

—Él era cuidadoso con sus textos. Los practicaba mil veces hasta que quedaban como deseaba. Por eso arrancó tantas páginas. Eran los borradores de sus misivas o sus pensamientos.

—Ahora lo entiendo... ¿Qué ha leído, Diego? ¿Todo? —se atrevió a preguntar.

—Sí. Nicolás... —musitó él, dejando el vaso sobre la hierba—. Cuando supe lo de su hijo... —Se le atragantaron las palabras y rompió a llorar como nunca había pensado Pola que vería llorar a un hombre. Limpiándose las lágrimas a toda prisa con el pañuelo, dijo—: Perdóneme. Me siento avergonzado.

—Por Dios, puede llorar el Manzanares si quiere. El único inconveniente que he de hacerle es que siento mucha pena al verlo así, y me dan ganas de abrazarlo.

Él, a pesar de todo, rio.

—En estos momentos no le diría que no a un gesto de consuelo.

Pola se lanzó a abrazarlo; primero superficialmente, notando las manos de él en los costados, como si apenas quisiera rozarla. Sin embargo, pronto la estrechó. Y ella sintió la necesidad de él en ese gesto, y lo apretó más contra sí. Nunca pensó que estaría tan a gusto en brazos de nadie, que sentiría tanta calidez ni tanta paz. Ni que se ruborizaría tanto. Se apartaron, casi a la par, y vio que él también lo estaba. Tras un carraspeo, Diego dijo:

—Tiene que ayudarme a encontrar a mi sobrino. Y a Isabel. No sé quién es, y tampoco Francisco Mendoza. Por más que he releído el diario, por más que he buscado entre las cosas de mi hermano, no doy con nada.

—Yo le ayudaría, claro, pero... son asuntos familiares. Aunque no sabe el cariño que le he cogido a Nicolás. Y lo que he llorado por él. Es casi un hermano para mí.

—Usted le caería bien. Y le haría un montón de fotografías, porque es...

—¿Qué?

—Bien bonita.

Pola sonrió, y miró hacia la hierba. Unas hormigas amenazaban con robarles los dulces, así que le tendió uno a Diego y tomó otro para sí. Luego de degustarlos, se miraron más tranquilos.

—¿Cómo es posible que su hermano tuviera un amor así y usted no lo supiera?

—Era reservado con su vida privada, sobre todo en asuntos de mujeres. Tuvo una novia y la cosa salió mal. Mi madre sufrió por ello e imagino que no querría implicarla hasta no estar seguro de algo. Aunque se fue de cabeza a la guerra, en realidad era muy prudente.

Pola recordó las palabras de doña Rosa.

—¿Me perdona por ser una ladrona? ¿Por leer las cosas de su familia?

—¿Una ladrona?

—Bueno —carraspeó, sonrojada—, olvide esa parte. ¿Me perdona?

A él se le dibujó en los labios una sonrisa hecha de todas las cosas bonitas de la tierra.

—La perdono, sí. No crea que no me ha costado. Pero ha sacado a la luz algo que habría quedado oculto. Yo habría arrumbado esos libros, incapaz de hacer nada con ellos, y las cartas habrían quedado olvidadas. ¿Y sabe qué? Ahora sé que tengo un sobrino, y si está vivo, no cejaré hasta encontrarlo. Aunque no sé cómo.

—Quizá haya más cosas en el diario. Usted ha tratado con libros antiguos, seguro, y sabe de códices perdidos bajo el polvo y las humedades que se recuperan. Lo enviaremos a algún experto. Y si eso no funciona..., ya veremos, pero le prometo que haremos todo lo posible.

Él asintió, y le dio las gracias. El resto de la tarde montaron en las barcas, hablaron de literatura, de Oxford, de la librería y de Nicolás. Pola se sintió feliz. Ya no eran Napoleón y sus guerras, o los franceses y sus mortales inventos, ahora eran, simplemente, Diego y Pola. Y le pareció que podría haber entre ellos una bonita amistad, a pesar de sus desencuentros.

40

A Lorea, los atardeceres en El Retiro le recordaban a esos cuadros de paisajes ingleses que tanto gustaban a su padre. Habría sido un momento hermoso para contemplarlo, pero estaba terriblemente nerviosa. Iván le había regalado un libro con final feliz, y sabía Lorea que el suyo no lo sería. Pronto llegaría la revelación, el hachazo, la sentencia, el adiós. E Iván, que caminaba alegre a su lado, no querría saber nunca más de ella.

Sin embargo, afrontó el miedo, la culpa y la desilusión, y lo soltó sin ambages.

—Estoy embarazada, Iván.

Él se paró, y ceñudo miró hacia el vientre de Lorea, disimulado por el ancho de la prenda.

—¿Cómo has dicho?

Lorea le puso las manos allí, y los ojos de él se abrieron por la sorpresa.

—Qué hermoso, Lorea, pero... —sacudió la cabeza— ¿estás viéndote con alguien más?

—No. Fue antes de conocerte. No te haría algo así. Y tampoco te lo cuento porque pretenda que te hagas cargo de esto, es solo que...

Ella se tomó un instante para tomar aire, y aunque el alivio relajó el rostro de Iván, se le crispó cuando Lorea soltó la revelación.

—El padre es tu hermano.

El muchacho retiró la mano de golpe, como si le quemase.

—¿Héctor? Es imposible, él... —Se frotó la frente, la mirada puesta en la hierba.

—No es imposible. Tu hermano y yo estuvimos saliendo.

Sin mirarla, murmuró:

—Ahora entiendo vuestras reacciones. Eres la chica con la que iba a casarse.

Lorea asintió, tragando saliva y el mal recuerdo de aquello.

—Lo siento, Iván. Iba a decírtelo anoche, cuando sucedió el atropello. Y debí de habértelo dicho antes, pero no pensé que tú y yo... —Apretó los labios, compungida—. No pensé que llegaríamos tan lejos, y tenía que ser sincera antes de que esto fuera a más.

—Debiste haberlo dicho, sí. —La miró con dureza—. ¿Héctor lo sabe?

—Sí, y no va a hacerse cargo de él.

—Voy a tener un par de palabras con él. Ha de responsabilizarse.

—En realidad..., eso ya me parece lo de menos, podría sacarlo adelante sola. Lo que quiero es que deje a Pola, que no la haga infeliz.

—Mi hermano no claudicará con eso.

Iván tragó saliva, y en sus ojos hubo una culpa que Lorea no supo interpretar. Su duda se despejó pronto.

—Lorea, soy el culpable de tu desdicha con él.

Allí estaba el hachazo, cercenando la capacidad de pensamiento de ella.

—No te entiendo.

—Persuadí a mi hermano para que no se casase contigo. —En su expresión contrita había una honda disculpa—. Él estaba dispuesto a hacerlo.

—¿Por qué lo hiciste? —musitó ella, en la garganta un puñado de agujas.

—Lo he visto luchar por su carrera, sabía lo que conseguiría gracias a la familia de Beatriz, y tú..., Héctor dijo que no obtendría lo mismo. Pero eso dejó de importarle, y le recordé sus prioridades. No sabía que eras tú, lo siento, de haberte conocido...

—Arruinaste nuestra felicidad —dijo casi furiosa—. Tu hermano está amargado, consumido por sus ambiciones, y a mí me has condenado a la censura del mundo si tengo este hijo sin padre.

—Lorea, perdóname... —Iván fue a coger sus manos, y ella lo permitió.

Estaba enfadada con él, pero no como para negarle un gesto de cariño. Lo quería. Aunque le dolía lo que había hecho. No obstante, era consciente de lo que sucedería entre los hermanos si seguían juntos. De los estragos en su familia. No quería hacerlo pasar por eso.

—Podría perdonarte, y tú a mí por haber callado estos meses, pero es mejor que no sigamos viéndonos, Iván.

En el rostro de él se sembró la desolación ante la sentencia.

—No me mires así, por favor —la voz de Lorea tembló—. Nuestra relación dañará a todo el mundo. Te pelearás con tu hermano.

—Me da igual mi hermano. Yo... te quiero.

—El amor no te pareció suficiente como para dejar que él fuera feliz, ¿por qué ahora, con tanto como tendríamos que enfrentar, te lo parece?

—Porque tú serías siempre mi prioridad.

—Estoy embarazada de otro hombre.

—Eso me da igual. —Apretó las manos de ella.

—No puedo hacerte esto, Iván. Debí hacer caso a mis primeros pensamientos, esos que me decían que no estaba bien. Lo siento.

El adiós.

Lorea se alejó aprisa, y aunque Iván fue tras ella, lo miró tan seria que se quedó en el sitio. A ella se le agolpaban las lágrimas, casi no veía. En realidad, aunque le hubiera dicho aquello, deseaba aferrarse a él con imperante necesidad. Una vez más, el amor ahogaba a su espíritu más racional.

Cruzaba un sendero cuando vio a Pola y Diego caminando juntos, riendo, a pesar de sus desavenencias, que había sabido gracias a Iris. Apretó el paso, no estaba para hablar con nadie. Y menos con Pola, con tanto como tenía que decirle. Sin embargo, al poco sintió unos pasos, y la voz de ella a su espalda.

—Lorea, ¿estás bien?

Se detuvo y se giró, asintiendo.

—No lo pareces —musitó la librera—. ¿Sigues enfadada conmigo?

—No más de lo que estoy conmigo misma, Pola. He callado demasiado tiempo algo que habría colocado las cosas en su sitio. Y lo he estropeado todo acercándome a quien no debía.

—No te entiendo, Lorea.

—Pola… —Lorea tragó saliva, y conjuró las palabras definitivas. Iván se lo contaría si no lo hacía ella—. Perdóname por no habértelo dicho antes, pero has de saber que en enero iba a casarme con Héctor y él me abandonó. En febrero descubrí que llevaba un hijo suyo en el vientre.

Pola la miró perpleja, y tardó en hablar.

—No…, no sé qué decir…

—No hace falta que digas nada. Entendería que no quisieras volver a hablarme.

—De eso nada. Héctor no impondrá distancia entre nosotras, no se lo permitiré. Bastantes estragos causa en mi vida.

Ojalá hubieras hablado antes, sí, pero... es un asunto tan complicado. ¿Quieres contarme todo lo que pasó?

—¿No estabas con Diego? Aunque no sé qué hacías hablando con él como si nada. No lo digo como reproche —se apresuró a añadir—, solo siento curiosidad.

—He resuelto mis desavenencias con él. Está esperándome un poco más abajo. He salido corriendo a buscarte en cuanto te he visto.

—Está bien. Sentémonos, por favor. —Lorea se llevó la mano al vientre—. No tengo fuerzas para estar de pie.

Pola la cogió del brazo y ocuparon un banco cercano. Entre amagos de llanto, Lorea le habló de su historia. Su amiga apenas pudo salir de su asombro para decir:

—Iván me contó que lo persuadió, pero no sabía que eras tú... Es tan terrible.

—Sí, pero si los sentimientos de Héctor hubieran sido lo suficientemente profundos, nada lo habría separado de mí.

—En eso tienes razón. Aunque, ¿de verdad te separarás de Iván? Él te quiere.

—Es lo mejor para los dos. No quiero que peleen entre hermanos. No está bien. —Suspiró apretando los párpados—. ¿Y tú? ¿Qué vas a hacer con Héctor ahora que sabes esto?

—Encontraré la forma de salir del compromiso. No te preocupes por mí. —Le palmeó el muslo con cariño—. Si te encuentras mejor, Diego y yo te acompañaremos a casa, ¿quieres? Así vas con escolta, como el rey.

En medio de la tensión, Lorea sonrió.

—¿Te ha dicho algo de su hermano? Ahora mismo escucharía cualquier historia que no tenga que ver conmigo. Aunque sea esa.

Pola le tendió la mano, y ella la tomó.

—Te la cuento por el camino.

Fueron a buscar a Diego, que saludó amablemente a Lorea, y ella a él. Durante el trayecto, Pola le contó acerca de su arreglo con el profesor. Ella asentía y escuchaba. Nada más. Hasta que, cuando la dejaron en el portal de su casa, le preguntó a Diego:

—¿Está seguro de lo que va a hacer? Lo que encuentre cambiará su vida para siempre.

—Estoy seguro —dijo él con decisión.

—Entonces me parece bien que indaguen en ello.

Se despidió de ellos y subió a su casa. Necesitaba dormir hasta tarde. Poner la mente en negro. Borrar de ella cualquier atisbo de Iván o de Héctor. Aunque sabía que sería más fácil hacer que el sol dejase de brillar en toda la Tierra que conseguirlo.

Diego acompañó a Pola a su casa y, ante el portal, le dijo:

—Ha sido agradable estar con usted esta tarde.

La cálida sensación que había tenido al abrazarlo regresó a ella.

—Para mí también. Avíseme cuando sepa algo del diario, si lo lleva a restaurar.

—¿Podría telefonearla antes? Solo para conversar de cualquier cosa. —La esperanza de un sí le brilló en la mirada.

—Por supuesto.

Tras una sonrisa, se despidieron. Pola subió a su casa en una nube a ratos blanca a ratos negra, que se tornó definitivamente oscura cuando encontró a su prima llorando. Sentada en la cama, en penumbra, sostenía una carta entre las manos.

—¿Ivy? —preguntó ella acercándose con tiento.

—Conrad y sus mentiras. —La lanzó lejos—. ¿Por qué finge que está bien?

—Quiere protegerte, Violet.

—No necesito que lo haga, no me pasará nada si veo el mundo desde sus ojos.

—Tienes tus propias batallas, deja que él libre la suya. Que elija qué contarte. Quizá algún día encuentre el valor para hablarte del horror que vive.

La librera descorrió las cortinas. Cuando la luz penetró, vio en el suelo un montón de papeles arrugados. Al recogerlos, se dio cuenta de que eran borradores de su prima.

—No leas eso, solo son tonterías. —Violet fue a quitárselo de las manos.

—Violet. —La miró seria, escondió los papeles tras la espalda y añadió—: Me has fastidiado las cosas declarándote a Marga en plena calle, así que tengo derecho a leer lo que me dé la gana.

Su prima la miró boquiabierta, y luego compungida.

—*I was reckless…* —musitó volviendo a la cama.

—Muchísimo. Y ahora Héctor me chantajea con ello. Si no me caso con él, se lo dirá al tío. Sé que mi padre no es tan malo como para no entenderte, no es él quien me preocupa, ni tu madre, es la gente. Son mezquinos. Seguiré con el compromiso hasta encontrar la forma de librarme de él.

—Quizá deberíamos encontrar un secreto suyo, y…

—Conozco uno, Violet, pero es también el de alguien a quien queremos, y no pienso usarlo en su contra.

La inglesa la miró ceñuda, y Pola le habló de ello.

—Por favor, que esto no salga de aquí.

—No te preocupes. Pero ahora entiendo muchas cosas.

—Y yo —suspiró—. Y déjame leer, necesito distraerme con algo.

—Vale, pero no lo hagas en voz alta.

Su prima la ignoró.

—«La mujer, por la espantosa contienda que arrasa el mundo, demuestra lo necesario de su trabajo. En Inglaterra, los contrarios a ellas, incluso piensan concederles el sufragio conscientes de que sin la labor femenina la guerra no habría podido continuar. Pero ¿qué pasará cuando termine? Los hombres volverán a sus casas, a su rutina y a su posición. Y las mujeres, que han aprendido a vivir solas y saboreado la libertad, no querrán volver a lo que fueron. No les bastará con lo anterior. Si les damos a ellas y a sus hijas educación; si las dotamos de las mismas oportunidades que a los hombres, cambiarán sus vidas. O al menos solo las que lo quieran. Pues en eso reside esta lucha: en la libertad y en la capacidad de decidir». —Miró a su prima asombrada, y también seria—. Ve al despacho de mi padre a transcribir esto a máquina de inmediato, porque vamos a mandarlo a los periódicos. Estoy cansada de malas noticias, tengamos algo bueno por una vez.

—¿Y si sale mal?

—¿Y si sale bien?

Iris, ajena a los padecimientos de sus amigas, pasaba una tarde estupenda en el Ritz con el marqués. Habiéndose ido él al aseo, dos caballeros se le acercaron.

—Qué alegría, Azucena —dijo el más joven—. Me pesaba en el alma no volver a verla.

Se removió incómoda en el asiento. La idea de pasar desapercibida le salía cada vez peor. No podía decirles que estaban confundidos, habían estado en muchos de sus espectáculos.

—Oí que era por asuntos familiares —dijo el otro—, ¿se encuentra bien su familia?

—Sí, aunque son asuntos propios que no puedo decirles.

—¿Pero volverá a cantar?

—En septiembre, Dios mediante.

Aplaudieron los dos con tanto brío que llamaron la atención del salón.

—Caballeros... —dijo con una sonrisa incómoda—, que estoy de incógnito.

—Ah, como las espías de la Francia. —El joven se rio—. ¿Nos deja un autógrafo, por favor?

Le tendió una tarjeta y una pluma, y rubricó ella una dedicatoria. En ello estaba cuando apareció el marqués, que saludó a los caballeros. Ya a solas, él le preguntó:

—¿Por qué les firmabas un autógrafo?

Aquel beso había roto entre ellos la barrera del usted.

—Me han confundido con una artista, y no quería quitarles la ilusión.

Aunque el marqués la miró un tanto misterioso, luego rio con ganas.

—Qué cosas tienes... —Cogió el champán, sin llegar a beber, y soltó un suspiro que alertó a Iris.

—¿Te encuentras bien? Tienes mala cara. —Puso la mano sobre la suya.

—Me he cruzado con unos viejos amigos de mi madre. Y hablar de ella siempre me entristece. Hasta se me ha cortado el apetito, ¿podríamos dar un paseo, por favor?

No sabía qué era eso que Adrián callaba de su madre, qué lo que le dolía tanto, pero le cogería la mano siempre que notase aquella angustia en su mirada, y aguardaría hasta que él decidiese contárselo.

—Por supuesto que sí —dijo apretando la mano de él con cariño.

Dejaron el Ritz, y no se habló del asunto. Solo pasearon mientras ella lo distraía con cientos de conversaciones. Sin embargo, no consiguió devolverle la sonrisa.

41

Una semana después, la Sociedad volvería a reunirse y Pola no cabía en sí de la felicidad. Aguardaba junto a Marga aquel momento, cuando entró el último cliente del día, un jovencito de mirada vivaz.

—Vengo buscando *La Regenta*… —dijo paseando los ojos por la estancia— para una hermana mía, no es que lea yo esa clase de novelas.

—No, claro, usted solo leerá el periódico, como mi padre.

—Diariamente y sin faltar, como a misa.

Ella miró a Marga, y callaron una risa. A menudo pasaban hombretones como él, fingiendo que leer según qué novelas era asunto de mujeres. Pola le envolvió el libro con mimo, y él se marchó contento, repitiendo que era para su hermana.

Unas horas más tarde llegaron las demás. La librera abrazó a Lorea para recordarle que estaba a su lado, que ni Héctor ni cien como él romperían su amistad. Y la estudiante la miró con un cariño infinito, igual que Violet y Marga entre ellas. Su prima sabía, que aunque dieron clase, no hablaron de lo sucedido. Y aquel silencio debía dolerles, a cada una a su manera.

—¿Cómo van los exámenes, Lorea? —le preguntó Pola, ya acomodadas.

—Estupendamente, a pesar de todo.

—No sé cómo puedes concentrarte... —le dijo Iris.

—No hablemos de eso, por favor. Pola, ¿envió Diego el diario a restaurar?

Fruncieron los labios con tristeza, pero asintieron conformes.

—Sí —contestó la librera—. Le he pedido que conforme arreglasen páginas, me enviase una transcripción de lo hallado.

—¿Y tienes ya... algo? —preguntó la sevillana, expectante.

Cuando ella dijo que sí, se les pintó una sonrisa. Sacó del bolsillo una hoja doblada sobre sí misma. La desplegó y leyó en voz alta.

—«Junio de 1912. Los días de permiso que pasé junto a ti, Isabel, fueron los más felices en mucho tiempo. Me abriste la reja de los jardines, como una chiquilla traviesa. Nadie sabía que estábamos allí, y paseamos a escondidas, besándonos. Qué bello se reflejaba el sol del atardecer en tus cabellos, en tus labios, en tus ojos... Era imposible dejar de mirarte. Imposible dejar de adorarte. O de reír cuando me salpicaste el agua de aquella fuente, o cuando corrimos por el templete a Baco donde me contaste que se hacían maravillosas fiestas. Soñamos con ir un día a una de ellas, cogidos del brazo, como marido y mujer, y luego tallamos en el tronco del cedro más viejo de aquel parque nuestros nombre y apellidos para que Dios no se confundiera al ponernos juntos en la eternidad. Qué días más felices, amor mío».

Cesada la lectura, cruzaron una mirada llena de emoción.

—Vamos a saber el apellido de ella al fin —dijo Iris, esperanzada.

—¿Sabes la de jardines que hay aquí? —Marga torció el gesto—. Si es que habla de Madrid...

—Diego asevera que sí. Nicolás estuvo aquí en esas fechas.

—Además, sé de un lugar así en Madrid. El templete a Baco que menciona está en El Capricho. Iván me habló de él una tarde en la que conversamos sobre arquitectura paisajística. —Lorea clavó los ojos con nostalgia en el ventanal. Caía una lluvia primaveral que golpeaba los cristales—. Me pregunto si estará a resguardo, en su escritorio, ideando los planos del marqués, que tanta ilusión le hacían.

—Creo que está en su despacho —dijo Pola—, ¿quieres que le diga que venga a tomar café?

—No —contestó Lorea, apresurada—, es mejor que no.

Las abrigó un silencio triste, hasta que Violet dijo:

—Iremos a esos jardines y resolvemos el misterio.

—Es una residencia privada. Y quizá ese árbol ya ni exista —explicó Lorea—. ¿No se cayeron unos cuantos en las nevadas de hace unos años, por todo Madrid?

—Loreíta, no seas pájaro de mal agüero —se quejó Iris—. Seguro que está allí. Solo tendrían que invitarnos. Y como El Capricho estará en manos de una familia importante, y mi marqués conoce a todas las del país, será el héroe que nos abra las puertas. Me lo imagino con su uniforme… o sin él.

—Iris, que te pierdes —regañó Marga con cariño.

Se rieron con ganas.

—Y si no nos abre, nos colamos —dijo Violet.

—Tú quieres enfadar a tu madre y no sabes cómo, ¿no? —Pola alzó una ceja.

Violet se encogió de hombros.

—*A woman's gotta do what a woman's gotta do.*

—Estoy de acuerdo, una tiene que hacer lo que tiene que hacer. Hemos de averiguar su nombre, e indagar en ese otro, Francisco Mendoza.

Marga tosió, con la taza de café en la mano y el líquido casi saliéndole por la nariz.

—¡Margaret! —Violet corrió a limpiarla con su pañuelo.

—¿Qué te ha pasado? —preguntó Iris.

—Se me ha ido por el otro lado —dijo a duras penas. Soltó la taza en la mesa, un suspiro después, y lo que no podía callar más—: Es que... tengo que contaros una cosa, sobre Francisco Mendoza. Hay unas cartas dirigidas a él en mi casa.

A las otras les llegaron las cejas al techo, abiertos los ojos como platos.

Unos minutos más tarde estaban en el recibidor del piso de Marga, nerviosas a más no poder.

—No quise decir nada, el diario ya nos había causado muchos disgustos —Marga miró las cartas en sus temblorosas manos—, pero me ha rondado la mente, y no puedo seguir con la duda de si están aquí por equivocación o... por algo más.

—Es verdad que ese diario casi nos separa, pero ya estamos juntas de nuevo —le dijo Lorea.

Asintieron, y Marga puso las cartas en manos de Violet. Al rozarse sus dedos, notó aquel contacto cálido, añorado y deseado. La sonrisa de la inglesa hizo menores sus dudas.

—Léelas tú, por favor —le dijo—, yo no seré capaz.

Violet abrió la primera, todas arremolinadas a su alrededor. Solo contenía una cuartilla, escrita en letras alargadas y espaciadas, sin firma alguna.

—«Francisco, he extraviado tus señas del norte y no he podido contactar aún con él para que pueda dármelas. Supongo que leerás esto cuando vengas de descanso. Todo está bien, he recibido el pago. Espero que tu nuevo trabajo en la industrial te dure más que el resto. Eres un tarambana, pero que Dios te guarde».

Se miraron con el semblante tan confuso como descompuesto.

—Marga... —Iris tragó saliva—, ¿por qué parece que está hablando de Juan?

La muchacha no supo qué decir, y se mordió los labios. Violet, aprisa, leyó la segunda:

—«Francisco, la cosa está muy mal. Espero que me llegue el dinero de junio, porque si no vamos a tener unas palabras. He sabido lo que le has hecho a tu mujer. Sé que no es verdad lo que dicen de la caída. Siento pena por ella, y vergüenza por las vilezas que has cometido. Pero que Dios te guarde. A pesar de todo, no puedo evitar apreciarte».

—Es Juan —dijo Lorea, contundente.

Aquella vez Marga no tuvo más que asentir.

—¿Por qué mi marido tenía otro nombre? ¿Por qué Nicolás lo mencionó? No comprendo nada.

Violet temió que se derrumbase, y la llevó a sentarse en una silla.

—Desde luego no podemos preguntarle a él —dijo Iris—, tendremos que averiguar por otros medios de qué lo conocía. Registremos la casa.

—¡Iris! —regañó Lorea—, no podemos hacer eso.

—¿Por qué no? —La sevillana puso los brazos en jarra—. Él no está, y esta casa ya no significa para Marga más que tormento, pongámosla patas arriba.

—Estoy de acuerdo —dijo Pola—, si a Marga le parece bien.

Lorea y Violet insistieron en lo contrario, pero Marga levantó la mirada y dijo:

—Hagámoslo.

Sin embargo, por más que rebuscaron en armarios, cajones, sofás y alacenas, no había rastro de más papeles a nombre de Francisco Mendoza, o mentando a Nicolás. Y dejaron el piso con una profunda sensación de derrota.

El miércoles después de la reunión, volvió a llover. Pola, andaba como el día, triste, pero por aquel misterio sin resolver. Pensó que nadie aparecería por la librería, por lo que se sorprendió cuando entró una señora recia, de moño alto y encanecido y ojos expresivos. Al reconocerla, la miró boquiabierta.

—Buenas tardes, señorita —dijo la mujer dejando el paraguas en el paragüero—. Dígame que esto es La Pluma, y no me he equivocado de establecimiento. Tengo los garbanzos mareados de tantas vueltas como llevo dadas por este insigne barrio.

—Señora condesa —dijo torpemente—, no se ha equivocado, y si lo hubiera hecho, pondría una librería al instante solo por usted. ¿En qué puedo ayudarla?

—Qué riquiña. —Ella sonrió y los ojos se le hicieron más pequeños. A Pola le gustaba la gente que sonreía tanto como para achicar sus ojos, igual que le pasaba a Diego—. Pues en mucho. En primer lugar, dígame quién le ha decorado esto porque es coquetísimo, como un bizcochito de bocado. No puedo comer muchos, anda mi azúcar declarándome la guerra, como si fuera yo Inglaterra y ella los alemanes, pero un caprichito es bueno de tanto en cuando, ¿verdad?

—Sí, desde luego. Ha sido un buen amigo mío, Iván Palacios, tiene su despacho al lado. Ha trabajado en el Odeón y ahora en el palacio del marqués de Robles.

—Qué estupendas referencias. Conozco a ese marqués, ha sido él quien me ha hablado de su librería, y de que tenía ganas de conocerme, y como siempre estoy muy ocupada le dije que pasaría a verla en cuanto pudiera. Él es muy simpático. Todo lo simpático que puede ser un marqués.

La librera rio. Y sintió ganas de abrazar a Adrián, y, de paso, a Iris, porque ella habría mediado. Le dio la tarjeta de Iván, pues siempre tenía alguna a mano. Doña Emilia la guardó en su bolsito y admiró los libros, poniéndosele una gran sonrisa al reconocer los propios.

—Los vendo como rosquillas, señora condesa.

—Llámeme Emilia, que no me importa. Y nos tuteamos, si quieres.

—Eso haré entonces. Y tú llámame Pola, si gustas.

—Es un nombre bien bonito. Dime, ¿no tendrás uno de esos libros de detectives tan famosos? Busco un regalo para un buen amigo y se me ha echado el tiempo encima. Cumple mañana, y yo sin nada en prenda que darle.

Pola miró el libro de Conan Doyle para Diego, que al fin había llegado. Se sonrojó al pensar en el día que se lo pidió, cuando empezaron a llevarse mejor.

—Qué colores se te han puesto. ¿Te has acordado de un galán que lee novelas de detectives?

—Pues sí, no te voy a mentir.

—Pues a esos hombres que leen hay que quererlos.

—Tanto como quererlo…, es solo un amigo.

—Bueno, si os casarais, cosa que sospecho sucederá, por cómo te has sonrojado, no dejes tu librería por nada del mundo. Los hombres siempre andan remoendo con lo que las mujeres podemos hacer y lo que no. ¿Sabes qué me decía mi padre? «Los hombres somos egoístas, y si te dicen alguna vez que hay cosas que ellos pueden hacer y las mujeres no, di que es mentira porque no puede haber dos morales para dos sexos».

—Pues tenía más razón que un santo, la verdad.

—La tenía, sí. Dios lo tenga en su gloria. —Suspiró, y la miró con latente curiosidad—. Y ¿cómo se llama el malhechor que te tiene por amiga a pesar de lo que te sonrojas?

—Diego, como tu Diego Pacheco.

—Qué buenos momentos me dio. —Rio—. ¿Es guapo como él?

—Le salen dos hoyuelos muy bonitos cuando sonríe.

Emilia la miró con extrañeza.

—Yo conozco un Diego con una sonrisa de hoyuelos para enmarcarlos que es un sol, profesor de Literatura en la universidad. De trabajar allí nos hemos saludado y conversado a veces.

—Ay, Emilia, ¡es el mismo! —dijo con el corazón palpitándole fuerte.

—Pues ahora sí que vas a tener que invitarme a la boda.

Era verdad que su galán tenía la sonrisa más bonita del mundo, pero también que eran solo amigos, aunque aquel día de perros, lo hubiera estrechado como si fueran algo más.

—Eso sí que no —dijo Pola riendo.

Le envolvió el libro, pensando que a Diego no le importaría esperar por otro ejemplar. Más si era para Emilia.

—Eres mi más admirada escritora. —Lo puso en sus manos—. Y te doy las gracias por tan buenos momentos como he pasado leyéndote.

La condesa sonrió ampliamente y le firmó un ejemplar de *Insolación*. En tanto que lo hacía, algo le asaltó a Pola la mente que tuvo que preguntarle.

—Igual me excedo con esto, pero ¿no conocerás a alguien competente, que quiera leer unos escritos? Mi prima escribe artículos sobre el feminismo, y mi amiga novelas de misterio. Y nada me haría más feliz que vérselos publicados.

Pola la miró con tanta ilusión, que sacó de Emilia la mayor disposición a ayudarla.

—Te doy mis señas, y vemos dónde colocarlas. Lo de tu prima, depende del talante que sean sus escritos, ya sabes que en esto del feminismo no siempre nos ponemos de acuerdo. Aquí en España, y por desgracia, tiene una que andar con mucho tiento.

Luego se marchó prometiendo noticias pronto. Pola le dijo adiós con la mano, estrechando *Insolación* contra el pecho.

42

Iris y Adrián cenaban en el Ritz, más afines ya al lugar que las beatas a misa, cuando ella le saltó con la cuestión del Capricho.

—Querría ir un día, a ver sus jardines, con mis amigas.

—Conozco a la familia, sí, pero están de viaje. En cuanto regresen veré qué puedo hacer.

Ella fue a darle un beso en los labios, olvidándose de donde estaban. Suerte que se frenó a tiempo y, con un carraspeo, se acomodó de nuevo en el asiento.

—Me gustaría que estuviéramos a solas —dijo tras darle un sorbo al champán—. ¿No podemos echarlos a todos?

Él esbozó una sonrisa pícara.

—En una habitación nadie nos molestaría.

A Iris se le pintó otra de igual calado.

—¿Tienes ganas de hacerme el amor, marqués?

—Más que de ninguna otra cosa en el mundo, Iris —dijo, y se le notaron las ganas en la mirada—. Pero no tenemos por qué hacer nada, solo beber champán y conversar, a solas.

Ella se inclinó hacia él y susurró a su oído:

—Si voy a un cuartito contigo no será solo para eso. Tu llévame, y ya veremos qué pasa.

Adrián giró el rostro, encontrándose tan cerca sus labios, que el aliento se le cortó.

—Cuartito. —Rio—. Será la mejor suite del hotel, alma mía.

—Me gusta que seas tan espléndido.

—No iba a ser menos contigo.

Con un guiño, sellaron el acuerdo. Y subieron a la habitación devorándose ya con la mirada. Eso de «solo champán y conversar» se quedó en el pasillo, porque apenas entraron, Adrián la atrajo hacia él y la besó con la pasión que cabe en un mundo. Las ganas de amarse el cuerpo y el alma se volvieron irrefrenables. Las lenguas se rozaron, se entrelazaron; y las manos exploraron los cuerpos sobre la ropa hasta desnudarlos, con la prisa de dos amantes que se desean sin medida. Comiéndose a besos, llegaron hasta la cama. Y abrieron nuevas caricias los senderos del deseo, embriagados por su forma de tocarse, pausada a veces, desmedida otras. Apasionada siempre. Sus húmedos labios exploraron lugares prohibidos, sus bocas se hallaron en besos profundos, en gemidos. Y sus cuerpos fueron uno solo hasta que conocieron los dos el sentido del verdadero placer. Deshecha la cama, extasiados por el orgasmo, se tendieron en el lecho. Ella en brazos de él; él, acariciando su pelo.

—¿Qué sueños tienes, Iris? —preguntó Adrián, suavemente—. Quiero conocerlos todos.

—Mi sueño eres tú.

—No seas zalamera. —Negó mientras reía—. Cuéntamelos.

—Ya te lo he dicho, esa obrilla de teatro.

—¿Y qué hay que hacer para que puedas estrenarla cuando la acabes?

—Pues poner dineros, como con todo en este mundo. Aunque fuera mala como un demonio.

—Bueno, pues acábala, que yo pongo los cuartos, ¿te parece?

—Así, ¿sin más? Que son muchos, Adrián, para actores y vestuario y...

Él puso el dedo en sus labios.

—Solo te pediré una cosa a cambio. Que te cases conmigo.

A ella le dio la risa y se incorporó hasta estar sentada.

—Qué bellísima eres —dijo él admirando su desnudez.

—Eso ya lo sé, y no puedes casarte conmigo, estás prometido.

—Estar con ella después de todo lo que estoy viviendo contigo, sería como pasar del cielo al infierno. —Se incorporó también, y posó la mano sobre la rodilla de ella, delicadamente—. Quiero casarme contigo.

—Pero eres un marqués y yo...

—Eso no me importa.

—Sí que te va a importar cuando te cuente la verdad.

—Ya la conozco, ¿no ves que por donde pasamos murmuran? —soltó tan tranquilo—. Eres la Bella Azucena.

—¿Desde cuándo lo sabes? —dijo patitiesa.

—Desde que fui de caza con el rey. Nos vieron juntos y Su Majestad es un gran admirador tuyo, hasta sé que te ha mandado flores.

—Bueno, sí, pero todo inocente, no te vayas a pensar que él y yo...

—Será porque tú no hayas querido —le dijo con media sonrisa guasona.

—Eso es verdad. —Iris rio, mas luego se quedó seria—. ¿Y por qué no me dijiste que lo sabías?

—Esperaba que fueras tú quien lo hiciera. Al principio creí que lo ocultabas por quién era yo, y eso me disgustó, pero me di cuenta de que era por ti misma, por escribir la obra. Es imposible que uno se dedique a dos cosas en cuerpo y alma, ¿verdad?

—Desde luego. No podía estar a todo, y decidí dejar los escenarios. Hasta septiembre.

—¿Y habrás terminado la obra para entonces?

—Depende de lo mucho que me entretengas en la cama...

—Entonces me temo que no la vas a terminar nunca.

Él la atrajo hacia sí y la besó. Iris se entregó a él, hasta que la abrasó una preocupación.

—Que un marqués ande con una artista de amante es habitual, pero si fuéramos algo más...

—Los maledicentes no me dan de comer, y mis amigos de verdad estarían a mi lado. Ya seas Iris Pertierra, la Bella Azucena o..., ¿cuál es tu nombre en realidad?

—María Gómez Carmona.

—Pues seas quien seas, yo solo quiero estar contigo. En esta vida y en todas, alma mía.

43

Lorea escuchó el tono del teléfono en medio de un sueño espeso. No dormía bien últimamente, todo le sentaba mal al estómago y le dolía la cabeza. De sobra sabía que era cosa del embarazo y de las preocupaciones. Se levantó de la cama y fue hasta la cocina. El aire olía a ajonjolí, a azúcar y a naranja.

—Marga, buenos días, ¿para quién son esos rosquitos?

—Para Beltrán, le gustan mucho. Pero dejaré unos cuantos para vosotras, no te preocupes.

Lorea la besó en la mejilla y la observó preparar la masa en tanto que bebía un poco de agua.

—¿Dónde está Iris? —preguntó luego.

—En el Ritz, con el marqués. Ha llamado hará una hora. Mejor no la esperamos en semanas. Y también han telefoneado de la casa de los Palacios, Iván, que dice que vayas a verlo. Iba a avisarte ahora.

—¿Y por qué iba a pedirme que fuera a su casa? Le dije que no podíamos seguir con lo nuestro.

—No lo sé, he hablado con la doncella y no me ha dado más señas. Solo que quería verte a las once.

—No voy a ir, Marga.

Ella se enjuagó las manos pegajosas en un lebrillo, se las secó y tomó las de Lorea.

—Dale la oportunidad de decirte algo que pueda aliviarlo. Te ha perdido de golpe y estaba tan enamorado de ti... Y no me digas que no, porque lo quieres.

—Sí que lo quiero, Marga, pero...

—Me dan igual los peros. Estás muy mohína desde que andas sin él.

—Y tú también, Marga, no creas que no lo he notado. ¿Es por lo de Francisco?

Su amiga agachó la mirada y negó con la cabeza.

—Anda, vete, vas a llegar tarde. No sé si algo malo andará pasando, porque la doncella parecía preocupada. Deberías asomar por allí.

Inquieta, Lorea se vistió a toda prisa y fue a casa de los Palacios.

La doncella le abrió la puerta con una mirada huidiza. Un escalofrío, que no supo de dónde venía, le recorrió la espina dorsal a Lorea, y se hizo punzante cuando, en el salón, encontró a Héctor.

—Llegas tarde. —Su voz flotó amenazadora en un ambiente cargado de humo de puro.

—¿Qué haces fumando? Siempre dices que es malo para los pulmones.

—Tengo algo que celebrar.

Ella tosió, le molestaba muchísimo.

—¿Dónde está tu hermano?

—Ha tenido que salir. Nos servirán un café, y conversaremos mientras regresa. Siéntate. —Señaló el asiento frente a ella.

—No, esperaré de pie. No tengo nada que hablar contigo después de cómo me trataste.

—Yo creo que sí tenemos de qué hablar. Como, por ejemplo, que le hayas dicho a mi hermano lo del niño. Me lo ha reprendido entre gritos, y casi me estampa el puño en la cara. Estarás contenta de ver a dos hermanos pelear por ti, contenta hundiendo esta familia.

—Yo no estoy hundiendo nada, Héctor. Eres tú.

—Siéntate de una vez.

Lorea se sintió mareada, por la atmósfera cargada o por los nervios, y se sentó. La doncella sirvió el café, y cuando se marchó, Héctor dio varias caladas al puro.

—No me gusta el humo, y lo sabes —dijo ella entre toses.

—A mí tampoco me gusta que andes con mi hermano.

Lorea bebió para aclararse la garganta que el humo había resecado. El café le supo tan mal como de costumbre últimamente.

—Ya no andaré más con él, puedes estar tranquilo.

—¿No crees que sería injusto para mí ver a un niño mío por aquí sin poder llamarlo hijo?

—Dijiste que no querías saber nada de él. —Apretó con rabia la taza entre las manos; la vista se le nubló como si hubiera sido un gran esfuerzo.

Él dio otra calada y soltó una voluta de humo que la hizo toser más.

—Sé lo que dije. Pero no puedo tenerlo todo, ¿no lo entiendes? Si te elijo a ti, pierdo lo demás. Y no puedes robarme esa posibilidad ahora que estoy tan cerca. —La señaló con el puro entre los dedos—. Juraste amarme a mí, y solo a mí. Y ya has dado tu corazón a otro como si lo que tuvimos no te importase.

Lorea sentía espinas en la garganta y bebió otro sorbo antes de contestar.

—Héctor, yo te quise tanto..., pero tú me dejaste.

—¡Mi hermano me persuadió para que lo hiciera! Y ahora quiere hacer de caballero de brillante armadura salvándote de ser una apestada social con un bastardo. Y no consentiré que seáis felices, cuando él no me dejó ser feliz contigo.

—Puede que él te persuadiera, pero la última palabra sobre nosotros la tuviste tú.

—Y esta es mi última palabra: si yo no puedo teneros, nadie os tendrá a ti y a mi hijo.

—Has perdido la cabeza, Héctor.

Lorea fue a ponerse en pie, pero ya no se sentía dueña de sí misma. Un temblor rudo e insufrible le hizo soltar la taza. Cayó sobre la alfombra, derramándose los restos del líquido. Ella miró a Héctor, confusa, pero él solo la miraba con expresión ausente. Su imagen fue difusa, los sentidos la abandonaron, el suelo bajo sus pies se movió y cayó al suelo, perdiendo la consciencia.

Diego había prometido a Pola pasar por la librería, así que cuando sonó la campanilla a la hora acordada, miró hacia la puerta con ilusión. Sin embargo, era Iván, y tenía el rostro descompuesto.

—¿Qué sucede? —Lo tomó de los hombros—. Estás temblando.

—Mi hermano ha perdido la cabeza. Se ha llevado a Lorea. No sé dónde. La ha engañado para que vaya a mi casa. Ha obligado a la doncella a decirle que era yo quien la requería, y luego la ha drogado con mis opioides. Ella me lo ha contado entre lágrimas, por teléfono, muy arrepentida —dijo atropellado por la angustia—. Es más que capaz de hacerle daño. Anoche, cuando discutí con él, la amenazó.

—Iván, por Dios —murmuró trémula—, ¿qué podemos hacer?

—No lo sé, Pola. La doncella no sabe dónde han ido, pero se ha llevado el coche.

—Tenemos que avisar a la policía, tenemos que... —En medio de su desesperación, la imagen de una tarjeta apareció en su mente cual espectro surgido de su tumba—. ¿Hoy es jueves, Iván? —Cuando él asintió, ella miró el reloj—: La una menos diez.

—¿Y eso qué importa ahora?

—Importa. A tu hermano se le cayó una tarjeta al suelo, el otro día cuando comí con él en el Lhardy. —Apretó los dientes para no decirle que en esa misma comida la había chantajeado—. En esa tarjeta vi el membrete de una clínica, en el camino de Torrejón a Alcalá. Y una fecha y una hora. Y es hoy.

Él se llevó las manos a la cabeza, pálido cual nicho de cal.

—¿Qué pasa? —preguntó ella, la voz entrecortada.

—Nuestros padres tenían un amigo médico que vivía allí, Ortés, no sé si te acuerdas.

—Sí, pero... dejaron de hablar con él, no sé por qué.

—Yo sí, aunque no sé si decírtelo. Eres una mujer y son asuntos... complicados.

—Por la manera en la que me estás mirando, más que complicado es algo tremebundo.

Iván se apartó unos pasos, asintiendo.

—¿Qué asuntos, Iván? ¡O hablas o te atizo con un libro!

Él resopló varias veces antes de ser capaz de decir nada.

—Ortés practicaba abortos de mala manera, a niñas ricas, llevadas por sus padres en contra de su voluntad. Y pensé que le habían cerrado la clínica, pero ya veo que sigue en su empeño. Y si mi hermano tenía cita para hoy... La gestación de Lorea está avanzada y es muy peligroso. Se lo oí decir a mi padre una vez. Podría tener una hemorragia o perder la posibilidad de tener hijos. Podría... morir.

Pola sintió que estaba sola en el centro del universo con solo oscuridad a su alrededor. Ni estrellas. Ni planetas. Solo negra oquedad, densa como la brea. Igual que la sustancia que atravesaba su garganta. Saliva espesa. Casi bilis.

—¡Vamos a buscarla!, avisaré a mi padre para que nos lleve, pero antes llamaré a las autoridades.

Pola fue a coger el auricular, pero Iván la detuvo.

—¡Por favor, no! El aborto es un delito, le arruinaríamos la vida. Deja quc lo haga entrar en razón.

—No es justo. Debería ir preso.

—¿Quién debería ir preso? —preguntó Diego, cuya voz sonó a la vez que la campanilla.

—Ay, Diego. —Pola casi se había olvidado de él—. ¿Tienes tu coche? Dime que sí, porque debes llevarnos a un sitio urgentemente.

La miró desconcertado, y asintió aunque no comprendiera sus prisas.

Ella suspiró aliviada, más aún ya en el vehículo, en el asiento junto a Diego, con Iván detrás. Al darle las indicaciones, el profesor dijo:

—Vamos a tardar hasta que salgamos del nudo del centro.

—Pues intenta tardar poco —dijo la librera—. Tenemos muchísima prisa.

—Haré lo que pueda, Pola, pero este cacharro no vuela.

Y aunque no voló, pareció que fuera un caballo de carreras y que las calles fueran su hipódromo. Se saltó los límites de velocidad, las señales y hasta las indicaciones de un guardia. Dejaron al fin el nudo céntrico y los últimos núcleos de la ciudad y tomaron un camino que se abría entre lomas, casonas dispersas y huertas.

—¿Me vais a decir por qué tenemos tanta prisa? —inquirió Diego—. Os lo he preguntado una decena de veces, y no hacéis más que miraros entre vosotros y resoplar.

Se miraron de nuevo, pidiéndose permiso. Pola vio en sus ojos un asentimiento, y trató de armar una manera poco violenta de decírselo a Diego; sin embargo, no se le ocurría, y lo soltó tal cual:

—Héctor se ha llevado a mi amiga Lorea a hacerle un aborto en contra de su voluntad.

—¿Tu prometido? —preguntó empalideciendo. Al verla asentir, agregó—: ¿Por qué iba a hacer eso? ¿Qué tienen que ver?

Cuando Pola se lo dijo, tras coger aire varias veces, el rostro de él se crispó.

—Ese hombre es un canalla. —Apartó una mano del volante y buscó la de Pola para apretarla—. Llegaremos a tiempo de detener esta locura, te lo prometo.

—Te juro que nunca he querido que se cumpla una promesa tanto como esta —aseguró Pola.

Él aceleró más, forzando el motor, levantando otra densa nube de polvo. Corrió tanto que casi perdió el control en una pronunciada curva, pero recondujo a tiempo de evitar la desgracia. Pola soltó una exhalación al pensar que acabarían estrellados con un árbol que pronto dejaron atrás.

Llegaron por fin al camino de la clínica, entre Alcalá y Torrejón. Crecía todo desmedido, preñado de matojos y cipreses escuálidos. El sol plateaba las pendientes de los cerros, a lo lejos, y una bandada de pájaros negros surcó el cielo y se perdió en ellos. Llegaron a una casa solitaria sobre una loma. De tejado gris y pintura descascarillada en su fachada, enredaderas secas trepaban por ella. Dos columnas expoliadas de la vieja Complutum flanqueaban un porche con escaleras.

Diego detuvo el coche ante la entrada, bruscamente, junto a otro vehículo aparcado.

—Es el coche de mi hermano —señaló Iván, temblando al ver confirmadas sus sospechas.

Corrieron a la puerta y llamaron con insistencia hasta que les abrió un hombre como vestido para un entierro. Echó un vistazo a Pola, y luego a ellos.

—¿Tienen cita?

—¿Cita? —Diego frunció el ceño.

—Traerán a la pollita para quitarle el huevito, supongo.

Ella se agarró del brazo de Diego.

—Es usted un sinvergüenza —masculló él—. Déjenos pasar.

—No atendemos a nadie sin cita.

Fue a cerrar la puerta, pero Iván se lo impidió y lo empujó hacia atrás. El otro fue a darle un puñetazo, pero él se lo propinó antes, en la cara. Lo cogió de la pechera y lo puso contra la pared.

—Venimos buscando a Héctor Palacios y a la mujer que ha traído. ¡Dónde están!

—No pienso decirte nada, imbécil.

—¿No vas a decirme nada? Igual si te saco los dientes uno a uno te entran ganas de hablar.

—Iván... —Pola jamás lo había visto así—, cálmate, por favor, tu salud...

—Dos mil pesetas y te lo digo —dijo el guardián.

—Dos mil hostias como panes te voy a dar, pedazo de cabrón. ¿Dónde están? —Lo sacudió vehemente—. Dímelo o te mato.

—Otro imbécil que viene en busca de su noviecita para salvarla. Pues de aquí no va a salir viva, gilipollas, porque esto es un infierno y han pagado para que la hagan arder en él.

Iván levantó la mano, pero Diego lo detuvo.

—No te manches las manos. —Lo soltó y sacó unos billetes de la cartera—. Trescientas pesetas, no tengo más. ¿Dónde están?

Pola quiso preguntarle dónde iba con ese dineral encima, pero no era el momento. Mientras Iván resoplaba, el tipo evaluó el monto, y lo agarró con desdén.

—En el puto sótano. —Se limpió la sangre con la mano, apuntando con la cabeza tras de sí.

Echaron a correr los tres, y a unos pasos hallaron unas escaleras descendentes. El papel de las paredes se caía a trozos y la luz de las velas titilaba.

—Teníamos que haber dejado a Pola en el coche, ¿y si es una encerrona? —dijo Diego.

—No pienso quedarme sola. Vamos.

Bajaron las escaleras, aprisa, y hallaron una estancia desvencijada, en la que lúgubres telarañas creaban sus propios bosques. Había tres puertas a lo largo de una pared. Junto a la tercera, que tenía un óvalo de cristal opaco, estaba Héctor sentado en una silla. Los miró con sorpresa, levantándose.

—¡¿Dónde está Lorea?! —le gritó Iván.

—No te lo diré. Esa mujer no nos causará más problemas.

Diego y Pola trataron de abrir las puertas, pero fue imposible.

—¡Diles que abran! —gritó Iván.

Iván cogió la silla en la que antes estaba Héctor y la lanzó contra el cristal, quebrándolo. Dentro vio a un hombre pelinegro, junto a una camilla, instrumental en mano. Lorea estaba en ella, aparentemente inconsciente. Héctor trató de agarrar a Iván, pero su hermano le dio un codazo, apartándolo. Metió la mano en el hueco del cristal, sin importarle los filos, que le rajaron la piel. Héctor quiso apartarlo de nuevo; sin embargo, Diego se interpuso, y lo tiró al suelo de un puñetazo.

—¡Por Dios! —gritó Pola, angustiada.

Iván descorrió el cerrojo y entró. El médico huyó tras otra puerta, pero no iba a perder tiempo con él. Fue hasta Lorea, la llamó desesperado. No respondió, así que la cogió en brazos y salió de allí.

—¡Prefieres a una mujer antes que a tu hermano! —le gritó Héctor, incorporándose, con los dientes manchados de sangre.

—Tú no eres mi hermano. ¡Eres un monstruo! Padre sabrá de esto. ¡Lo perderás todo! —bramó—. No quiero volver a verte. Estás muerto para mí.

—Ahora no te das cuenta, Héctor —le dijo Pola—, pero te vas a arrepentir de esto. Y se acabó nuestro compromiso.

—Entonces contaré lo de tu prima —dijo el otro, frotándose la mandíbula.

—No me voy a arredrar. Si dices algo, diré lo que has hecho aquí. Veremos qué pasa.

—No te atreverás. —Héctor avanzó hacia ella.

Diego se puso en medio y lo miró desafiante.

—No te atrevas a tocarla.

Estaban a punto de lanzarse a la destrucción cuando Pola gritó:

—¡Basta! No quiero más violencia —dijo al borde del llanto—. Vámonos, Diego, por favor.

Él asintió, la cogió de la mano y abandonaron el sótano sin mirar atrás. Del de la puerta no había rastro, y montaron en el coche, con Iván atrás acomodando a Lorea en sus brazos.

—Ha de verla un médico de inmediato.

—Iremos a Alcalá de Henares, está cerca —dijo Diego.

—Y a ti también ha de verte uno, Iván, tienes sangre y pareces a punto de desmayarte.

—Todo irá bien, Pola —le dijo el muchacho.

Ella lo miró con esperanza, y luego clavó los ojos en Diego. Habían sido los dos muy valientes, y rezó para que no hubiera sido en vano.

44

A la puerta del hospital, Iván casi voló con Lorea en brazos. A ella se la llevaron prestas unas enfermeras, en pos de que fuera atendida por los médicos. A él lo acompañó otra, porque empezaba a desvanecerse. Pola y Diego quedaron en una pequeña sala, a la espera. Ella rompió a llorar angustiada, y cuando Diego la cobijó en su pecho para consolarla, sintió que el mundo era menos oscuro allí. Iván regresó al poco, en mejor estado de salud, lo que alivió el pesar de su amiga, que no su nerviosismo. Pasaron tres horas, y nada sabían. Y gastaron los suelos de aquella estancia de paredes blancas, hasta que Iván se detuvo, mirando a Pola con un interrogante.

—¿A qué se refería mi hermano con lo de tu prima? —le preguntó.

Ella se mordió los labios antes de contestar, y notó que se libraba de un peso enorme al hacerlo.

—Héctor sabe un secreto de Violet, y me amenazó con revelarlo si rompía el compromiso.

—Me avergüenza que sea mi hermano —declaró él con firmeza—. Pero no te preocupes, no nos hará más daño. Y no dejaré que Lorea vuelva a enfrentarse sola a nada, nunca más.

—Entiendo lo que quieres decir, pero no está sola, nos tiene...

Pola calló de golpe. Un médico había entrado a informarles del estado de su amiga. Era un chico joven; sin embargo, habló con el aplomo del que ha visto muchas cosas en su profesión.

—Ha recuperado la consciencia. Ahora debemos supervisar su evolución, está muy débil y debe expulsar cuanto le han suministrado. —Antes de que ninguno pudiera hacer más preguntas, agregó—: Con respecto a la criatura, hasta donde podemos afirmar, parece fuera de peligro. Y Dios procurará que así sea.

Pola, Diego e Iván se abrazaron con alegría. El médico aguardó paciente a que cesasen aquellas muestras de afecto, y luego inquirió:

—¿Cómo ha acabado la señorita Garmendia en este estado?

Cuando Iván se lo explicó, con el mayor tiento del que fue capaz, la cara de desaprobación del médico fue fulminante.

—Ortés... Un viejo diablo. Esta vez espero que caiga toda la justicia sobre él. Denunciaremos también desde aquí. Ahora, pasen a verla, pero en calma para no atosigarla —dijo.

Pola cogió de la mano a Iván, y juntos dieron el primer paso.

Lorea, con el sopor aún de los medicamentos y la angustia apretándole los sentidos, rompió a llorar nada más verlos entrar en aquella habitación fría y austera.

—Lorea de mi vida. —Pola corrió a abrazarla—. ¡Qué miedo habrás pasado! ¿Cómo estáis el rorro y tú?

—Bien, Pola, bien. No te preocupes. ¿Has llorado? —la regañó—. No llores.

—Siempre preocupándote por los demás... —le dijo su amiga—. ¡Hemos volado para rescatarte, Lorea! Iván te ha sacado de allí en brazos, como en las novelas.

Ella lo miró con una sonrisa agradecida, notando en los ojos de él un infinito cariño.

—No sé qué habría sido de mí sin vosotros. Héctor me hizo una encerrona y...

—No fue tu culpa —dijo Iván, que sonó más serio de lo que pretendía.

—No lo fue. Solo de él, pero ya no te hará más daño —dijo Pola.

—¿Y a ti, Pola? ¿Seguirá molestándote?

—No, ya verás como no.

Lorea asintió, deseando que así fuera.

—¿Cómo se encuentra? —le preguntó Diego.

—Dolorida, pero bien.

Pola la besó en la mejilla y, al oído, le dijo:

—Ahora quédate un rato con Iván. A ver si arregláis las cosas, y me dais una alegría.

Antes de que pudiera hablar, la librera había cogido de la mano a Diego y lo había sacado de allí. Iván y ella quedaron en silencio, mirándose, con tantas cosas por decir que ninguno sabía por dónde empezar.

—Si te hubiera perdido..., nada tendría sentido sin ti, Lorea —dijo él finalmente—. Podría seguir existiendo, pero la vida ya nada significaría, porque tú no estarías en ella.

—No digas tonterías, Iván —dijo, aunque estremecida—. El tiempo todo lo cura.

—No podría curar una herida tan grande como la que se abriría en mí al perderte. —La tomó de las manos y clavó la mirada en ella con una devota súplica—. Por favor, deja que me quede a tu lado y que resolvamos esto juntos. Deja que sea el padre del niño. Cásate conmigo.

Ella agachó la mirada, y negó con la cabeza.

—Sabes que es complicado.

—Mírame, Lorea.

Tragó saliva, sintiendo el corazón desbocado, por el dolor, el miedo..., pero también por las ganas de mirarlo y hallar en su azul un refugio en la tormenta. Cuando lo hizo, él dijo:

—Te quiero. Y sí, es complicado, pero lo haremos fácil. Como si levantásemos juntos uno de esos edificios que a ojos de los demás es imposible. Como si viéramos a una mujer convertirse en médico y dirigir un hospital. Son nuestros sueños. Y los cumpliremos. Hagamos de lo nuestro un sueño también que será cumplido.

Con tan bellas palabras, Lorea se rindió y abrazó el amor que sentía por él, por encima de todo. Asintió, despacio, y acarició la mejilla de él.

—Hagámoslo, Iván. Cumplamos otro sueño que parece imposible.

—Lo haremos. —Puso la mano sobre el vientre de ella—. Los tres.

Lorea lo besó entre lágrimas.

45

Diego se fue con Pola a pasear por la calle Mayor, pues la vio aún inquieta. El ambiente era agradable, con los alcalaínos de aquí para allá, en sus recados por los establecimientos de la zona, o parados en los soportales, conversando con sus vecinos. Ellos recorrieron sus ilustres lugares, mientras Pola le daba a Diego detalles de lo ocurrido. Estaban parados frente al palacio arzobispal, cuando él le dijo:

—Cuanto más me cuentas, más ganas tengo de darle otro puñetazo a Héctor.

—Me ha gustado verte defenderme, y darle su merecido a ese canalla, pero eres un profesor eminente, y no puedes entregarte a la violencia.

—Está bien, doña vinagre —dijo tras reír—, seré un caballero civilizado, pero tú no te has quedado corta, menudos arrestos le has echado diciéndole eso a Héctor.

—Y poco le he dicho para lo que tenía ganas de decirle.

—¿Ya no te vas a casar con él entonces?

—¿Casarme? Ya me has oído. Mi compromiso es polvo que ha soplado el viento y dispersado por la península y más allá.

—Entonces... estás soltera.

—Solterísima. ¿Por qué lo preguntas?

—Por avisar a los caballeros solteros de que se pongan a cubierto ya que vuelves al mercado matrimonial —le dijo con voz guasona.

—Tú quieres que te atice, ¿no? O que te espachurre otro sombrero.

Él rio a carcajadas.

—No, pero puedes invitarme a unas rosquillas y a un café.

—Pues no sé por qué iba a invitarte, después de lo que has dicho —bufó.

—Porque me he quedado sin una gorda, y tengo la garganta como el esparto.

—¡Es verdad! —dijo apurada—. ¿Adónde ibas con tanto caudal encima?

Él le ofreció el brazo, y ella se enganchó de él. Mientras caminaban, la puso al tanto.

—Iba a ingresarlo, pero quise pararme en la librería antes, para decirte que me retrasaría. Gano unas perras más con clases particulares y las guardo para mi madre. Quiere visitar Cuba, y no quiere gastar de la familia en el viaje. Los guarda para cuando me case.

Él la miró de reojo de una manera que le llamó la atención.

—¿Por qué me miras así?

—Tenías una hojita en el pelo. —Se lo tocó, y ella sintió cosquillas—. Ya está.

—¿Sabes que no se puede tocar a una dama sin su consentimiento?

—Cuando nos abrazamos no te quejas.

—Es distinto —dijo pizpireta—, pero da igual. Al hilo de lo del dinero, tu madre es un primor. Y tú otro, pero no te acostumbres a que te lo diga. Y no dudes de que te devolveré el dinero.

—No hace falta. Ya lo ganaré, no te preocupes.

—¿Desde cuándo te hago caso?

—Desde que leíste a Polidori cuando te lo dije.

—Ya iba a leerlo antes de conocerte, listo. —Le hizo un gesto de burla que lo hizo reír—. Y, por cierto, si no te es inconveniente, la próxima vez que tengas relación en la universidad con mi escritora favorita, dímelo.

—Lo pensé, pero me pareció que si te lo decía creerías que era por presumir.

—Pues pensaste bien.

Diego rio, una vez más, sacudiendo la cabeza. Ella le apretó el brazo, riendo también.

—Ha estado en La Pluma. Y se ha llevado uno de los libros que encargaste —agregó ella.

—Bueno, si es para doña Emilia, me parece bien.

Entraron a un café, y tomaron uno con unas rosquillas mientras charlaban sobre el encuentro de Pola con ella y sobre sus libros. Ya de regreso al hospital, Iván les dio dos buenas noticias. Lorea evolucionaba bien y estaba descansando. Y, a la postre, iban a casarse. Pola armó mayor fiesta que si fuera San Isidro, y Diego lo felicitó de muy buena gana.

—Me quedaré con ella —dijo el arquitecto—. Vosotros, deberíais iros, casi es de noche, y Pola no puede faltar tan tarde en su casa.

—Le dije a mi padre que comería en la librería, pero lo de la noche... es otro cantar.

—Tendrás que avisar a tus amigas, además —dijo Diego.

—He estado tan nerviosa que hasta me he olvidado de ellas. —Suspiró—. Cuida de Lorea, por favor, y llámanos en cuanto puedas.

—Y pasaré a buscaros en cuanto lo necesitéis —se ofreció el profesor.

Iván les dio las gracias y se despidieron. Después de todo, las cosas no habían salido tan mal, y eso les dejó una sensación de alivio.

Pola le pidió a Diego que la dejase en casa de sus amigas. Sabía que Violet estaría allí dando clases con Marga, y podría darles la noticia a todas. Se despidieron con la promesa de verse pronto y subió al piso a toda prisa, dudando de cuál sería la mejor manera de contarles tanto disgusto. Cuando Iris le abrió, extrañada de verla allí, Pola rompió a llorar, de golpe, por los nervios acumulados.

—Pero, chiquilla..., ¿qué ha pasado?

La librera sentía en la garganta una bola de cañón que le hacía imposible hablar, e Iris la llevó al salón para que se sentase. Violet y Marga se acomodaron junto a ella, preocupadas, mientras que Iris le preparaba una tisana. En cuanto Pola dio dos sorbos, halló el coraje de hablar:

—Maldito Héctor y maldito médico diabólico, casi matan a Lorea y a su hijo —comenzó, y siguió con todo lo demás, llenándose los rostros de sus amigas de un espanto reseñable.

—¡Pero qué canalla! —el grito de Iris se oyó hasta en Sebastopol.

—*Such a miserable man...* —bufó Violet.

—Qué susto más grande habréis pasado. —Marga apretó los labios pesarosa—. ¡Y nosotras aquí! Sin saber nada.

—Como no ibas a comer en casa, pensábamos que estabas en la librería, y que Lorea estaba con Iván, haciendo las paces... —Violet suspiró—. ¿Qué vas a hacer con Héctor, prima?

—Hablar con mi padre, zanjar el compromiso. Aunque no podemos denunciarlo, Iván no quiere que trascienda, por su bien y el de su familia.

—No es justo, debería ir preso —dijo Iris—. Él y ese médico del demonio.

—A ese le echarán el guante, ya lo veréis.

Un silencio ocupó el espacio a la par que la esperanza de que así fuera se mezclaba con la frustración que sentían.

—¿Por qué no has dejado a Héctor antes? —quiso saber entonces Marga.

Pola miró a Iris, no sabía qué podía decir delante de ella.

—Si es porque se ha enterado de que estas se gustan, puedes hablar, que se nota a la legua. Y yo soy mujer de mundo y mente abierta.

Marga se puso del color de las amapolas, y Violet carraspeó, al tiempo en que Pola decía:

—Escuchó a mi prima declararse a Marga en la calle y amenazó con decírselo a mi padre.

—Lo siento —dijo Violet.

—¿Sientes haberte declarado? —soltó Marga con voz tímida.

—Eso jamás. Solo que siento haberlo hecho en la calle, sin pensar, pero es que yo...

La otra negó con la cabeza, haciéndola callar.

—Yo también siento que por nuestra culpa no pudieras romperlo antes, Pola —le dijo—, pero lo importante es que podrás hacerlo, y que Lorea estará bien. Y rezaremos para que la criatura también.

—Eso, y además Pola ha podido ver a su galán dando mamporros para salvarlas.

—No es mi galán, Iris —regañó la librera—, pero se ha comportado como el mejor de los hombres. Aunque ahora le debo trescientas pesetas, por lo del matón de la puerta.

—Dios santo... —murmuró Marga—. Es un dineral.

—Yo te las daré —dijo la sevillana, de buen ánimo—. Y no tienes que devolvérmelas. Es mi parte por no haber podido ayudar a Lorea en esto. Es más, te daré trescientas diez, para que convides al galán a unos cafés. Es un mirlo blanco.

—He's got broad shoulders, then.

—Algo anchos sí que son —dijo Marga.

—Es una expresión —le dijo Violet con cariño—. Significa que es capaz de aceptar grandes responsabilidades.

—Ah... —Marga rompió a reír—. ¡Cuántas cosas me quedan por aprender!

—Aprenderemos todas las que quieras.

Marga asintió, mirándola con un brillo distinto en los ojos.

Un rato después, ya en su casa, Pola fue a ver a su padre. Lo encontró a punto de meterse en la cama, con su batín favorito, sus babuchas y su gorrito con borla, regalo muy querido de su difunta esposa.

—Hija, ¿no te ibas a dormir? —preguntó él, sentado al borde de la cama.

—Sí, padre —Pola se acomodó a su lado—, pero hay una cosa que quiero decirle.

—¿Que has vuelto a tener cerrada la librería? Ya lo sé. Ya me dirás qué te traes entre manos.

Ella no podía mentirle más, así que le contó la verdad. Por el rostro de Beltrán pasaron un sinfín de expresiones de estupor y enfado. Y tardó en decir nada, rumiando aquello.

—Qué tragedia habéis evitado —dijo poniendo la mano sobre la de ella—. Estoy tan decepcionado con Héctor. Y esa muchacha... no se merece eso. Aunque espero que te sirva como lección y recordatorio de que no debes yacer con nadie antes del matrimonio.

—No se preocupe, aunque espero que no me diga que deje de ser su amiga, porque me negaré en redondo.

—Amapola... —Le acarició la mejilla—. No, no te lo prohibiré. Además, ella se casará con Iván, como me has contado. Y sobre tu compromiso, mañana hablaré con Guzmán y lo romperé. Espero que lo castigue convenientemente. Y que le echen el lazo a Ortés. Ese demonio no se cansa de hacer daño con tal de ganar unas pesetas. Ojalá se lo hubiera llevado el tifus cuando estuvo en África, como a otros que lo merecían menos, o una bala certera.

Pola recordó a Nicolás, y se sintió angustiada.

—¿Ortés estuvo en la guerra?

—Se fue para limpiar su nombre, después de ya sabes qué, pero a saber qué tropelías hizo en esos lares. Igual siguió con sus carnicerías entre las pobres gentes de allí.

—Todos los médicos que hacen... abortos, ¿son así? —preguntó con temor.

—No, no todos, hija —dijo para su tranquilidad—. Pero ya sabes que es delito, lo hagan así o no. Y no es un asunto que quiera tratar contigo.

—Tengo muchas preguntas y usted es médico, podría contestármelas mejor que nadie. Siempre me ha hablado de las cosas mundanas y debería saber de esta también.

—Soy médico, sí, pero también soy tu padre —dijo con firmeza—. Y es complicado.

—¿Se enfadó con Ortés solo porque practicaba abortos o por la forma en la que lo hacía?

—Pola...

—Padre, por favor.

Él cogió aire y sacudió la cabeza.

—Todas las mujeres que pasaron por su clínica estaban allí en contra de su voluntad. Y todas quedaban con graves secuelas físicas y mentales. Algunas incluso no podían volver a gestar, por muy bien que las casasen. Así que no, Pola, yo no podía estar de acuerdo con que a una mujer le arrebatasen algo que ella deseaba con procedimientos dudosos, y casi la enviasen a la muerte.

—¿Y si no hubiera sido así? ¿Y si ellas lo hubieran querido?

—Es una pregunta complicada, hija mía. No sabría qué contestarte.

Pola apretó los labios, sospechando que, en realidad, sí lo sabía, pero no quería decirlo, bien porque iba en contra de sus principios, de los de su hija o de los demás. Se preguntó qué haría ella en la posición de esas mujeres. Y se dijo que solo en esa situación podría discernir sobre sus propias circunstancias.

No quiso presionar a su padre más con ese asunto y le dio un abrazo.

Retumbó entonces el sonido del teléfono en las estancias silenciosas. Siendo la hora que era, no se podían esperar buenas noticias, y se pusieron en pie de golpe. La doncella avisó a Beltrán de que el señor Palacios padre quería hablar con él. El médico fue a atender el teléfono y Pola lo siguió. Aguardaba fuera del despacho, cuando lo oyó decir muy consternado:

—Q-qué... ¿qué dices, Guzmán? Voy de inmediato.

Oyó que colgaba el auricular, y entró al punto. La angustiada expresión de Beltrán la hizo detenerse de golpe.

—¿Qué ha pasado, padre?

Él apretó los labios y tragó saliva antes de hablar.

—Héctor ha muerto, hija. En la carretera de Alcalá. Se ha estrellado contra un árbol.

46

Dos días más tarde acudieron todas al funeral de Héctor, incluso Lorea. No iba a dejar solo a Iván. Más aún cuando la culpa ennegrecía los pensamientos del muchacho, por haberle dicho a su hermano que para él había muerto. Ella no sabía cómo consolarlo, pero lo tomó de la mano en esos momentos difíciles, y él lo agradeció.

Lo enterraron en el cementerio de San Isidro con una cohorte fúnebre de familiares, amigos y compañeros de trabajo. Cuando metieron el féretro en uno de los nichos laterales del suntuoso panteón familiar, Lorea, que había callado el dolor, no pudo contener las lágrimas. Su historia con Héctor había sido apasionada y trágica, llena de risas y llantos; de momentos que quería olvidar y de otros que jamás podría. A pesar de la muerte, aún quedaba algo de él en la tierra. Una criatura que él mismo había querido asesinar. Alguien que jamás lo llamaría padre ni sabría que él lo concibió con amor, quiso pensar Lorea. Porque lo hubo, aunque fuera por un fugaz y anulado instante.

Los ojos, llorosos, se le fueron a Iván, que depositaba un ramo de lirios en el panteón. El hombre al que ahora amaba, dejaba flores en el féretro del que amó. O quizá aún lo quería, a pesar de todo. Porque el amor no muere como las personas, de un momento a otro. Aquellas flores eran las favoritas de su madre, le había contado Iván antes de llegar allí. Lorea se preguntó qué pensaría ella de lo que su hijo había hecho; de cómo la ambición, aunque tuviera buenos propósitos, lo había destruido y casi lo lleva a destruir a su propio hijo. Si lo juzgaría y en qué medida, o si, como esas madres indulgentes que nada reprochan a los hijos, lo comprendería. Pensó que ella jamás le perdonaría al suyo una cosa así. Aunque se dio cuenta de que quizá era pronto como para discernir sobre esas cuestiones, pues no estaba en esa piel aún.

A punto estuvo de tocarse la barriga bajo la negra y holgada camisola en un acto inconsciente; de acariciarla como hacía a menudo para sentir la reconfortante presencia de su hijo. La criatura parecía estar bien, e Iván iba a hacerse cargo, pero ¿cómo iban a casarse tan pronto estando él de luto? Aunque sabía que a los hombres no se les exigía tanto en tales asuntos, no podía hacerse de la noche a la mañana. Sin embargo, él insistió. Debían ir a Vitoria a ver a sus padres y casarse cuanto antes.

Un jirón de nube negra tapó el sol vespertino; otro nubló los pensamientos de Lorea. Su madre se daría cuenta al final. Aunque siempre podía decirle que el hijo era de Iván, y ahorrarle lo demás. Se frotó el cuello con una ráfaga de rabia calórica recorriéndole el cuerpo. Si el mundo fuese de otra manera, no tendría que tapar nada. Pero el mundo era severo con quienes rompían las normas. Hiciese lo que hiciese, y después de todo, Héctor saldría impune porque nadie sabría de sus asuntos. Murmuraban todos que ya sospechaban que algún día su gusto por la velocidad acabaría con él. Y la muerte barrería cualquier aspecto poco bondadoso de su vida, porque tenía el poder de dignificar hasta a los más perversos.

Tenía la mente plagada de tantas preocupaciones que sintió que le costaba respirar. Se apartó un instante, Iván estaba junto a su padre, orando por Héctor. Sus amigas la miraron interrogantes, pero Lorea negó con la cabeza: necesitaba estar sola. Se sentó en un banco de piedra cercano, apostado al pie de un sepulcro coronado por un ángel. A sus pies se tendían doce rosas rojas. Posó su mirada en aquella lápida, mientras le llegaba el sonido de los rezos y los llantos contenidos, y leyó el nombre que en ella se grababa: «Beatriz de Lara y Álvarez».

Pensó que era una broma del destino que, con poco juicio, quería gastarle. Pero distinguió entre la cinta dorada que pendía del ramo, una inscripción: «Perdóname por no poder salvarte, H. P.». Era la Beatriz de Héctor, sin duda. Angustiada, clavó los ojos en los pétreos del ángel. Y, extrañamente, le pareció que su mirada viraba hacia el mausoleo de Héctor. Lorea, de pensamiento racional, achacó aquello a los nervios y el agotamiento. Pero una recóndita e inesperada parte de sí pensó que quizá él podría salvar a Beatriz allá en el cielo; y ella, en cierto modo, salvarlo a él. Que encontrarían la paz. Rozó la superficie de una de las rosas con los dedos, se puso en pie y regresó junto a Iván. Volvió a coger su mano, dispuesta a no soltarla jamás. Y él le dedicó una sonrisa a pesar de las circunstancias.

47

—¿Has hablado con Lorea? —le preguntó Pola a Iris, reunida la Sociedad en su rincón favorito—. Espero que esté yendo todo bien en Vitoria.

—El arquitecto le ha caído en gracia a sus padres, y no han puesto impedimentos a la boda —respondió la sevillana removiendo el azúcar de su café—. Será en tres semanas, en aquellas tierras, y en la intimidad familiar. Vaya, que van a estar sus padres y el de Iván, y ningún alma más.

—¿Por qué? —preguntó Violet, ceñuda.

—La versión oficial: por el duelo de Iván. Lo que le dijo la madre a Lorea, a solas: «Es tan precipitado que no quiero murmuraciones». Y cuenta nuestra amiga que le miró el vientre. Así que ya ves tú...

—La madre lo sabe entonces —dijo Marga, tras suspirar de asombro.

—Si no lo sabe, se lo barrunta, que pa el caso es lo mismo. —Iris se encogió de hombros.

Se llenó la librería un rato de cucharillas removiendo cafés, traguitos y milhojas quebradas al corte del cuchillo. Durante la merendola, Pola les contó que esa mañana casi larga de allí a una chismosa.

—Me dijo que se me veía muy contenta, siendo que se ha muerto mi prometido. Que debería llevar luto y guardarme en casa un tiempo. Y le dije que sí, que también iba a cubrir todos los espejos y a llorar por las esquinas. Pues que no captó la mujer el sarcasmo, me miró con mucha aprobación y me dijo: «Eres una moza muy buena».

Sus amigas se rieron por lo bajo, a pesar del asunto.

—No pienso derramar una lágrima por Héctor, de verdad que no —rezongó ella.

—La gente no sabe lo que hizo, prima —dijo Violet—, es comprensible que esperen tu duelo.

—Mi duelo lo tengo por Iván y Guzmán, por sus padecimientos; pero Héctor... —chasqueó la lengua—, es igual, vamos a hablar de libros. Tenemos que escoger nueva lectura.

Violet se levantó y regresó con un ejemplar, que dejó sobre la mesa.

—*Los cuatro jinetes del apocalipsis* —leyó Pola—. ¿Seguro que quieres leer una novela sobre la guerra?

Ella asintió decidida, así que no se admitieron discusiones. Leyeron entre todas el primer capítulo, y estaban comentándolo cuando el teléfono sonó. Pola corrió a descolgarlo, pensando que sería Diego; sin embargo, era Concha. Esa mañana la había telefoneado para pedirle unos datos, y no había podido atenderla.

—Te he devuelto la llamada en cuanto he podido, Pola, ¿qué querías?

—He encontrado unos folletines de París, pero son por suscripción, tendrías que darme tus datos.

—¡Qué alegría! ¿Crees que llegarán antes del verano? Me voy a Toledo unos días, y allí tengo mucho tiempo de leer.

—No lo sé, pero referiré que es urgente. Tus apellidos eran Cortés Gallardo, ¿no, Concha?

—Cortés no. Ortés, sin la c.

La librera detuvo la pluma en seco. Aquel apellido restalló en su cabeza con la fuerza de un rayo. Era el mismo de ese médico. Y no quedaba de él más rastro que la señal de un ferroviario que lo vio subirse en un tren en dirección sur.

—Concha, ¿no serás familia de ese médico que andan buscando? —soltó, incapaz de callar.

—Un médico en mi familia. —Rio—. No, hija, somos gente sin estudios.

A pesar de su risa, a Pola le pareció que mentía, porque hubo en su voz un deje nervioso. Y estaba dispuesta a insistir, pero ella se despidió a toda prisa.

—Pola, ¿por qué estás tan pálida? —preguntó Marga cuando regresó con ellas. Habían estado conversando y no le habían echado cuentas.

—Porque Concha se apellida Ortés, como ese diablo que casi le quita la vida a Lorea.

—¿Ortés? —Iris pestañeó—. ¿Así se llama?

—Sí, Iris, ¿no os lo dije cuando lo conté?

—No. Dijiste «maldito médico» y «médico diabólico», cien veces, pero no ese nombre. Yo… —se cubrió la boca con una mano, los ojos muy abiertos— lo conocí en el Ritz, hace unos meses, por mediación de Adrián.

—¡¿Qué?! Averigua de él lo que puedas —pidió Pola, entre aspavientos—. Quizá podamos dar más señas a las autoridades, si el marqués sabe algo.

—Hablaré con él, no te preocupes. —Iris puso la mano sobre la de ella para calmarla.

—Que no me preocupe, dices… —resopló—. Espero que no se te olvide preguntarle entre tantos besos y tanto champán, porque te hago leer *El Quijote*, ¡pero en latín!

—Ay, librera, yo a Alonso Quijano lo encuentro de lo más arrebatador con esa locura suya. Me leería sus aventuras en latín y en lo que tú quisieras —le dijo con un guiño, haciéndolas reír—, pero no te preocupes, que no me olvidaré.

E Iris, para tranquilidad de Pola, cumplió su palabra. Dos horas más tarde, cuando Adrián la recogió para ir a cenar al Palace, por variar un poco, nada más subirse en el coche, le inquirió por él.

—¿A qué viene tu interés? Ese hombre no es santo de mi devoción.

Ella entendió por qué lo notó incómodo la noche en la que lo saludaron. Y luego le contó el porqué de su pregunta. Aunque él sabía de la muerte de Héctor, pues su accidente fue muy comentado e Iris canceló una cita para ir al funeral, no conocía la profundidad de lo acontecido.

—Es terrible —musitó, y cogió las manos de ella con mucho ímpetu—. Yo jamás te haría algo así. Si quedases encinta asumiría las consecuencias. De hecho, sería muy feliz si ocurriese.

Ella lo miró con extrañeza.

—Tenía la impresión de que solo pensabas tener un heredero por obligación.

—Las cosas cambian cuando conoces a alguien que te importa de verdad.

Iris sonrió, aunque turbada. La maternidad no era su aspiración, y ponía medios para que no ocurriese. Los había, por más que se hicieran de tapadillo.

—No me veo siendo madre, Adrián. Si tuviera un hijo, a su casa viene, pero si lo que quieres es tener una llena de chiquillos, no estás con la persona adecuada.

—Uno será suficiente. Por el marquesado, ya sabes. Y el condado.

—Y tus treinta y cinco apellidos —dijo con guasa, no quería agriar un momento juntos.

—Eso es. —Adrián sonrió—. Tengo una sorpresa para ti.

—¿Unos chocolatitos de Matías López?

—Mejor. Mi prometida viene a Madrid y...

—Pues vaya sorpresa —resopló, clavando la mirada en la bella fachada del Palace al tiempo que el vehículo se detenía.

—Déjame hablar… —pidió con cariño. Cuando lo miró, dijo—: Aprovecharé la ocasión para romper el compromiso. Quiero referírselo en persona, no son asuntos que puedan tratarse por carta o teléfono. La dejaré como te prometí, reina mía, no pongas esa carita. —La besó en la mejilla.

Iris claudicó a sus arrumacos, y estaban ya en el hall del hotel cuando le dijo:

—Al final no has respondido a mi pregunta sobre qué sabes de ese diablo.

Adrián suspiró, renegando, pero al final dijo:

—Coincidí con él en África. Allí se rumoreaba que seguía haciendo de las suyas. Con soldados que se propasaban con las muchachas de allí, o que se enredaban con ellas y las dejaban encinta. Los que no querían dejar hijos…, en fin, no hace falta que te cuente más.

—No, mejor que no, me estoy irritando muchísimo.

—¿Quieres que siga hablando?

—Por favor —dijo ella, suspirando.

—Tuve un amigo allí al que cogí mucho cariño que recelaba mucho de él. En aquellas circunstancias las amistades se forjan tan rápido como se desvanecen por culpa de la muerte. Conversábamos mucho, y de alguna me curó, me picó un alacrán. Era capitán médico, bueno en su profesión, y muy amable. Sospechaba de los asuntos de Ortés, pero no tenía pruebas.

Se unieron en la mente de Iris dos cuestiones, que la empujaron a preguntar:

—¿Qué capitán médico?

—Nicolás de Ariza.

A Iris se le paró el corazón, y luego se lanzó a latir a toda velocidad.

—¿Nicolás?

—Sí, cariño, Nicolás. ¿Por qué te has puesto pálida?

—Es que… era hermano del dueño del local de Pola.

—Ah, Diego —sonrió—, dale recuerdos si lo ves. La última vez que lo hice, fue en el funeral de Nicolás. Se me hizo tan extraña su muerte... De todas las personas que pensé que vería morir en África, él no era una de ellas. Y menos por el tifus. No me preguntes por qué, es un pálpito.

—Lo comprendo, yo tengo muchos de esos. Él... ¿alguna vez te habló de una mujer? —A toda prisa, agregó—: Me apasionan las historias de soldados enamorados en la guerra.

—Sí, mentaba mucho a Isabel, sin más apellido. Sobre todo cuando bebíamos de más para templar el cuerpo y los ánimos. Decía que se casaría con ella y maldecía al mundo y la sociedad por haberlos separado. Hasta hablaba de hijos con ella, pero nunca los tuvo, por lo que sé. —Suspiró—. En fin, vidas que ya no volverán. ¿Vamos? Seguro que tienes hambre.

Ella asintió, rondándole la mente mil cosas. Comieron manjares, bebieron los mejores vinos y bailaron el foxtrot juntos. Y probaron las camas del hotel, que en nada envidiaban a las del Ritz. O quizá daba igual dónde durmieran mientras lo hicieran juntos.

48

El lunes, en la clase de inglés, Violet encontró a Marga alterada, y la invitó a pasear para calmarse. Caminaron por la plaza Mayor y la calle del mismo nombre, hablando de cosas triviales, sin que dijera nada de sus tribulaciones. Al principio del puente de la calle Bailén, que salvaba el abismo de la de Segovia, ella suspiró y dijo al fin:

—Una vecina me ha hecho llegar carta de Juan. Se la dieron por equivocación, y él... actúa como si nada. Lo ha hecho tantas veces, y siempre he caído en sus excusas y sus promesas.

—Ya no caerás más, Margaret. Estaré a tu lado para que no olvides lo fuerte e importante que eres. Mereces más que eso.

—Tú te irás, Violet —dijo con hondo pesar, deteniéndose de golpe.

Al oírla, el amor que sentía por ella aplastó de nuevo las obligaciones de Violet.

—Quizá no me marche nunca a Londres. —La tomó de las manos—. Porque allí no estás tú.

Las mejillas de Marga se arrebolaron, y agachó la mirada.

—Nosotras..., es imposible.

—¿Lo es? —Sacudió la cabeza—. No diré más, no quiero turbarte con mis palabras.

—No me turban tus palabras, ya no, pero la situación sí. Me siento al borde de un abismo, y atisbo una luz brillante al fondo, y tengo miedo a saltar, ¿y si no es tan resplandeciente como parece?

—Lo es. Solo deja entonces que coja tu mano y saltemos juntas.

—¿Y tu compromiso?

—No amo a Conrad.

—Tu estabilidad depende de casarte con un hombre, como nos sucede a todas.

—No, ni la tuya tampoco, aunque te cueste verlo. Tienes un trabajo, podrías aspirar a otro incluso. Igual que esa mujer sobre la que lees. Y quizá algún día publiquen mis artículos y obtenga mi independencia también.

Marga suspiró hondamente, mientras asentía.

—Estaré a tu lado, pase lo que pase —le dijo.

—Y yo, Marga, aunque solo seamos amigas el resto de nuestras vidas, me bastaría. Solo quiero tu felicidad.

Se sonreían, cuando llegó hasta ellas un revuelo terrible desde el centro del puente.

—Dejadme, ¡por favor! —decía un hombre entre alaridos.

—¿Qué sucede? —preguntó Violet, tratando de atisbar entre una maraña de hombres.

—No sé, Violet, pero a este puente la gente viene a acabar con su vida, quizá estén evitando una desgracia.

—No lo parece. Ven. —La inglesa tiró de ella, y se acercaron unos pasos.

Dos hombres ponían a otro contra la barandilla del puente, amenazando con lanzarlo.

—¡Te vamos a tirar por desviado! —le decían.

—Soltadme, ¡por favor! —gritó el otro, con la cara llena de cardenales y un reguero de sangre desde la nariz hasta la pechera.

—¡Sinvergüenza! —gritó un tercero, que fumaba viendo aquello, entre risas.

La gente que pasaba por allí los miraba de reojo y seguía su camino. Salvo el que fumaba y el agredido, que iban elegantes, los otros tenían pinta de matones, e inspiraban temor.

La inglesa se arremangó, dispuesta a ayudarlo, y aunque Marga quiso retenerla, fue en vano.

—No te muevas de aquí. —Corrió ante ellos y les gritó—: ¡Parad!

—Pero, princesita, ¿qué nos vas a mandar tú? —dijo el del cigarro, riéndose los demás—. Tú y tu amiguita, idos a bordar un mantel y dejadnos.

—No soy ninguna princesita, *imbecile*.

—Violet, vámonos... —Marga la cogió del brazo.

—Mejor hazle caso —dijo otro crujiéndose los nudillos, enrojecidos ya por la paliza.

El muchacho abrió un poco de sus amoratados ojos para mirarlas.

—Marchaos de aquí, os harán daño.

—El daño se lo haré yo. ¡Vamos! Dejadlo en paz y largaos —ordenó ella, la voz firme y la mirada valiente.

—Mira, ya me tienes harto.

Uno de los matones fue a cogerla del brazo pero ella lo agarró antes. En rápidos movimientos, maldiciéndolo en inglés, se lo dobló, lo obligó a arrodillarse en el suelo y le golpeó en la nuca con el codo. Quedó tendido, al tiempo que llegaba el segundo. Al soltar al muchacho, él se escurrió agarrándose a la baranda del puente, soltando un quejido sin fuerzas, y Marga ahogó una exclamación de angustia porque casi cae hacia afuera. La inglesa empujó al matón hacia atrás de una patada en el vientre, y él perdió el pie. De milagro no volcó sobre la balaustrada, y la miró pasmado.

—Debería tirarte como ibais a hacer con él —dijo ella.

El que fumaba, solo los miraba, divirtiéndose. El otro matón contraatacó y logró darle una bofetada a Violet, pero ella respondió con una patada en la entrepierna, que lo dejó combándose de dolor, con las manos en sus partes pudendas, mientras la insultaba. Se oyó el sonido del silbato de la policía, y una pareja se personó al segundo. El del cigarro se esfumó puente abajo. Uno de los guardias fue tras él, dándole el alto.

—¿Qué ha pasado? —preguntó el otro.

—Esa —señaló el que se doblaba—, ¡nos ha pegado!

—No digan ustedes tonterías, es una señorita —dijo mirándola perplejo.

—¿Estás bien? —Marga corrió hacia ella.

—*I'm fine,* Margaret. Y les he pegado, sí, porque agredían a este hombre. —Se arrodilló a su lado—. ¿Puede levantarse, señor?

Él negó con la cabeza.

—Es un maricón, eso es lo que es —dijo el matón—. Se estaba liando con otro. Cumplíamos con nuestro deber ante semejante escándalo público.

—Ustedes no tienen que hacer nada, eso es cosa de la autoridad.

—Mi amiga no ha hecho más que defenderlo —dijo Marga.

—Cállese de una vez —mandó el policía, a la par que llegaba una pareja más—. ¡Están todos detenidos! Nos vamos a comisaría.

Violet sintió una rabia inmensa, mientras el guardia tiraba de ella.

—Marga, avisa a mi prima, por favor —le dijo con calma, a pesar de todo.

Ella asintió, tragándose las lágrimas de impotencia.

Los zapatos de tacón de Iris repiqueteaban en la calle Sevilla, después de dejar la sucursal bancaria de la que había sacado las pesetas que Pola necesitaba, y un poquito más. Quería comprarle a Adrián una cartera que había visto, aunque costase una pequeña fortuna. Hecha la compra, fue al Ritz, donde había quedado con él para comer. Sin embargo, al llegar, halló que no estaba aún allí, cosa extraña, él era muy puntual. De igual modo, se acomodó en la mesa y pidió un vino. Llevaba ya dos copas, y una hora de espera, soportando miradas curiosas, cuando llegó nota del marqués.

> Querida Iris, ha surgido un imprevisto y no podré acompañarte. Espero que me disculpes. Gasta cuanto quieras y anótalo en mi cuenta. Te telefonearé mañana sin falta. Tuyo,
>
> ADRIÁN

Aunque disgustada, comprendió que los imprevistos en un hombre de su categoría eran habituales. Sin embargo, ya no tenía apetito, y abandonó el Ritz para regresar a su casa dando un paseo. El día estaba soleado, y quería ojear los escaparates. En la calle de Atocha se entretuvo en admirar los modelos de la Villa de París, pensando en gastar para pasar el disgusto. Se acordó entonces de que llevaba un dineral encima, y que si algún ratero le echaba el guante, iba a empeorar su jornada, así que se giró, para continuar su camino. Ante sus ojos, apareció terrible estampa. De un portal distinguido salía Adrián con una mujer del brazo, que le plantó un beso en los labios. Él le sonrió en respuesta, y a Iris, ese órgano que se empeñaba en latir con fuerza entre las costillas, y que quiso arrancarse de cuajo, se le subió a las sienes.

Ese canalla le había mentido. El imprevisto tenía nombre de mujer de pelo castaño y con un collar de perlas que valía medio imperio. Si era ella la prometida en cuestión u otra amante, no lo sabía. La había besado, y punto. Y ella se lo tenía merecido, por creer en sus promesas.

Él caminó en su dirección, hablando con su acompañante, irremediablemente abocados a encontrarse si la sevillana no hacía nada. No sabía si encararlo o echar a correr. Ganas tenía de lo primero, pero también un nudo en la garganta que se traduciría en un balbuceo que la dejaría en ridículo. Optó por entrar en la Villa de París, tragándose las lágrimas, y tras saludar a la dependienta, cogió el primer sombrero que tuvo a mano sin pensar si era de su gusto o le sentaría como a un Cristo una morcilla de Burgos encastrada entre la corona de espinas, tremendo sacrilegio, en cualquier caso. Lo abonó, y esperó hasta que pasaron de largo. Fue a su casa maldiciendo al marqués desde las entrañas. Si todas las promesas que él había hecho se le volvieran culebras, le picarían hasta dejarle más agujeros que una viruela.

Lorea colocaba unos libros de Medicina en su escritorio. Iba a echar de menos aquel piso, y los ratos con sus amigas, pero tenía ganas de iniciar su vida con Iván. Su nuevo hogar. Tratado de Anatomía en mano, más pesado que tres multas, aguzó el oído al escuchar unas pisadas. No esperaba a sus amigas tan pronto, y se puso en guardia. Oyó un sollozo que la desconcertó, pero se dirigió hacia la entrada sin soltar el libro. Si le pegaba a alguien con él lo dejaría inconsciente. Los llantos venían de la habitación de Iris, y fue hacia ella. La encontró sentada en el tocador, quitándose con empeño esos inventos que le pintaban el rostro.

—Iris, ¿pero qué te pasa? —Vio sobre la cama su bolso y dos sombreros. Uno de ellos más feo que Picio—. Bueno, ya sé por qué. Yo también lloraría si hubiera comprado eso.

Iris lo miró, entre lágrimas y carcajadas.

—Es un espanto... —dijo, y posó los ojos en ella—. ¿Los niños vienen con un pan debajo del brazo y los médicos con un libro interminable?

—Creí que eras un ladrón.

—Y pensabas leerle eso y matarlo de aburrimiento.

—Es posible. —Dejó el libro sobre la cama y se acercó a ella—. Dime qué te ha pasado.

—Adrián es un villano y un mentiroso.

—Se ve contigo estando prometido con otra. Un poco de eso sí es.

—¡Un poco! —farfulló Iris, restregándose el rostro briosamente—. ¡Mira qué cara tengo! Parezco un mapache. Lo vi en un periódico de mi padre y tengo la misma cara.

—Tú nunca parecerás un mapache —dijo su amiga, y cogió un pañuelo para secarle las lágrimas—. Y el sombreado en los ojos te queda muy bonito.

—Y los collares de perlas mejor que a ella.

—Ya me huelo qué pasa. —Chasqueó la lengua—. ¿Lo has visto con otra?

—¡Con otra, sí! No sé si su otra amante o su prometida, porque iba a verla para romper el compromiso. Pero uno no anda besuqueando a quien va a dejar. Se han besado delante de esta cara. —Se señaló el rostro—. Un beso en to los morros. Muy amorosos los dos.

—Igual era un beso de despedida...

—Le voy a dar yo a ese una despedida. La alternativa en esta plaza, que ya no la torea más. Además, ¿qué importa? La ha besado.

Lorea suspiró.

—No suspires así, Loreíta, que te veo venir. Me vas a decir que exagero.

—Pues un poco sí, la verdad. ¿Por qué no has hablado con él?

—Me temblaban las piernas y me he metido en la Villa de París. He cogido ese sombrero horrendo. —Lo miró con disgusto—. El muy canalla me ha mandado una nota al Ritz diciéndome que tenía un imprevisto. ¡Un imprevisto con las piernas bien hermosas! Si es que me lo merezco.

—No digas eso. —Le frotó la espalda—. Te hizo una promesa y es normal que te tomes a mal verlo con otra. Deberías hablar con él, saber sus explicaciones. ¿Y si era una amiga?

—Lo besó en la boca, te he dicho. Mira que te planto un beso en el hocico a ver si así lo entiendes.

—No hace falta. —Lorea rio—. Solo quiero quitarte el disgusto.

—Pues me estás disgustando más.

El sonido del teléfono llenó las estancias, sobresaltándolas.

—Es Adrián. No contestes —dijo Iris.

—Quizá sean las chicas con algún recado.

—No, te digo que es él.

Lorea la miró sin saber qué hacer, hasta que el teléfono calló.

—No quiero volver a verlo —sentenció la sevillana—. Tenía que haberme dado un banquete a su costa, ¡haberlo arruinado! Al menos así se acordaría de mí una buena temporada.

—Se acordará de ti igualmente.

Un silencio se hizo entre ambas, pero no duró: el teléfono volvió a sonar.

—Meteré ese cacharro demoniaco en la bañera. —Iris fue pasillo arriba con Lorea a la zaga.

—¿Te has vuelto loca? Te costó buenos dineros.

—Compraré otro. Cambiaré la línea. Me mudaré. —El teléfono calló en cuanto Iris puso los dedos en él—. Ah, qué cobarde eres, ves tu muerte cerca y te callas.

—Iris —dijo su amiga entre risas—, estás perdiendo el juicio. Y tengo al chiquillo en la boca del estómago de tanto perseguirte.

—Perdón, pero si vuelve a sonar lo ahogo.

Y aunque sonó, Iris se alejó resoplando. Lorea contestó y le informaron de que la llamada venía de una comisaría cercana. En cuanto escuchó quién llamaba, palideció.

—Pola, ¿qué haces ahí?

—Han detenido a Violet. Se ha metido en un lío tremendo —dijo angustiada, con mucho ruido de voces de fondo—. Venid, por favor.

49

Pola aguardó con Marga en un frío corredor del vetusto edificio policial, atestado de policías, gente de mala vida y ciudadanos más sensatos arrastrados allí como ellas por las circunstancias. No hacían más que suspirar de angustia, y cuando sus amigas llegaron, las abrazaron entre lágrimas. Calmados los llantos, atropelladamente, entre una y otra, les narraron lo ocurrido.

—Yo les habría dado unos mamporros también —dijo Iris.

—¿Habéis avisado a su madre? —preguntó Lorea.

—Sí, pero ni ella ni mi padre están en casa. Se han ido a Cercedilla a pasar el día. Por estas cosas decidió alejarla de Londres durante un tiempo. Cuando se entere…

—Se enterará —dijo Marga—. Aún depende de su madre.

Pola y Lorea asintieron, viendo el cielo más negro si cabe.

—La sacaremos de aquí sin que nadie se percate —soltó Iris con tranquilidad.

Sus amigas la miraron atónitas.

—¿Cómo? —dijo Marga—, esto es una comisaría.

—Eso digo yo… —Pola suspiró, y se fijó en Iris—: ¿Estás bien? Tienes los ojos rojos.

—Estoy bien, alma mía, no te preocupes. —Miró hacia el mostrador de entrada y le dedicó una sonrisa coqueta al policía que andaba tras él, que sonrió bobamente al recibirla—. Podría entretenerlo mientras robáis las llaves de los calabozos. O le ofreceré un soborno.

Negaron las tres con brío, pero ella fue hacia el mostrador, contoneándose. Sus amigas rezaron para que no terminase en tragedia. Iris le pidió un vaso de agua a la autoridad, y él, diligente, fue a buscarla. Desapareció tras una puerta y ella escudriñó con la mirada la sala sin ver nada notable. Extendió la mano y rebuscó entre unos papeles, mas no halló nada útil.

El policía regresó y ella se envaró.

—¿Qué hace una mujer tan hermosa en un sitio como este? —preguntó tendiéndole el agua.

Tras dar un traguito, dijo con afectación:

—Una amiga, Violet, ha sido injustamente detenida. Usted... —sacó las pesetas del bolso, que ahí seguían gracias a Dios, y las deslizó con disimulo por el mostrador—, ¿no podría hacer nada?

—¿Sabe que el intento de soborno es un delito? —dijo una voz imperiosa a su derecha.

—Eso iba a decirle yo, inspector —soltó el policía, poniéndose firme.

Iris lo reconoció: estaba en la puerta de la perfumería el día de los pantalones.

—Yo no estaba sobornando a nadie —replicó.

—¿Y esto qué son? —Él sacó los billetes y los agitó ante su rostro—. ¿Caramelos de violeta?

—Eso no es mío.

—Mujer... —dijo el inspector casi riéndose—, que la he visto.

—Solo quería invitarlo a tomar un café, por lo simpático que es.

—¿Un café de trescientas pesetas? Ni en el Ritz. Usted se viene detenida. —Guardó los billetes en su chaqueta y tiró de Iris hacia un pasillo adyacente.

Sus amigas reclamaron que la soltase, pero una mirada del inspector las dejó en el sitio.

—¡Esto es un abuso! —gritó Iris, resistiéndose—. ¡Tengo derechos!

—A guardar silencio, para empezar, que me va a reventar un tímpano. Se nota que es amiga de la inglesa. Nunca había oído tanta potencia de voz en algo tan pequeño.

—¿Necesita usted algo, inspector? —preguntó un policía con el que se cruzaron.

—Una jaula para esta fiera. Pero puedo hacerme cargo solo, no te preocupes.

El agente se echó a reír y siguió con su camino.

—¿Una fiera? —Iris bufó—. ¿Dónde están sus modales?

—No los malgasto con delincuentes.

Ella gruñó, y enfilaron un pasillo gris, desangelado, burdo y viejo como todo lo demás. Llegaron a una sala llena de policías; de ruido de máquinas de escribir; de conversaciones y olor a cigarrillo. Los muchachos miraron a Iris de reojo, soltando alguno un silbido. El inspector los mandó callar y la condujo hasta otra estancia. Pequeña, tenía por mobiliario un par de estanterías y un escritorio con una silla a cada lado. En la pared tras él había un cuadro de Alfonso XIII, de gala, y una lámina de reconocimiento al servicio, enmarcada.

—Usted y el rey llevan el mismo bigote —dijo ella.

—Vamos al mismo barbero —contestó guasón, y señaló una de las sillas.

Ella ocupó el asiento, colocándose el bolso sobre los muslos. Él, acomodado al otro lado, rebuscó en un cajón. Iris, entretanto, curioseó la mesa. Una lámpara de cristal tintado, montañas de papeles bien colocados y un lapicero lleno de útiles. Era todo tan armónico como el rostro de él, bien dispuestas sus facciones. El negro de su pelo y sus ojos era idéntico al del bigote, perfectamente recortado. Ese inspectorcete, pensó Iris, era de lo más aparente.

—¿Cómo se llama? —preguntó él tras prender un cigarro.

—Iris Pertierra. ¿Usted es ese tal Gonzalo Núñez? —Señaló la lámina.

—Inspector Núñez, señora.

—Señorita —corrigió—. ¿No tiene crímenes importantes que resolver? No sé qué hago aquí.

—¿No? Intento de soborno y también de romperme los tímpanos con sus gritos.

—Si gritar fuera un delito, estaba preso la mitad de este país.

—En eso no puedo quitarle la razón. Déjeme ver su cédula, por favor.

Iris se la tendió rezongando.

—Veamos. —Con el cigarro entre los labios, leyó—: Sevilla. María Gómez Carmona. Soltera. Artista. Y la edad no la digo en voz alta, que a las damas les incomoda.

—Menos mal que en algo es usted amable.

Él rio levemente, dejó la cédula, dio una calada y procedió a escribir algo en un papel.

—¿Qué escribe ahí? —Se inclinó para mirarlo.

—La denuncia.

—No me irá a mandar a la cárcel —dijo asustada.

—No —volvió a mirarla con media sonrisa—, solo pasará por calabozo y pagará una multa.

—¿Cómo de grande?

—Trescientas pesetas. ¿Se puede saber dónde iba con ellas? Dispara usted con pólvora de rey.

Iris suspiró, sabiéndolas perdidas.

—Como quiero obrar de buena voluntad le diré que eran para una amiga en un apuro. Llevaba más, pero las he gastado en un regalo para un caballero. Mal que me pese. —Sacó la cartera—. Maldito marqués…

—¿Así se llama ese modelo? —preguntó él.

—No, así se llama un canalla. Tenga, se la regalo —la puso encima de la mesa—, no la quiero.

—¿Otro intento de soborno? Espere, que lo anoto en la denuncia.

—No lo estaba sobornando —resopló—, es que no la quiero ver más.

—Me la quedaré entonces, por las molestias. Es bien bonita. Y no resople más, solo estará un ratito en el calabozo. Me echarían del cuerpo si supieran que he enviado a la Bella Azucena a prisión.

Iris no tuvo arrestos de negar nada y suspiró mientras asentía.

—Siempre que viene a la capital voy a verla actuar —dijo él—. Llena el escenario con su sola presencia. La primera vez que la vi soñé con usted una semana.

—¿Y qué soñó? —preguntó divertida.

—Que se casaba conmigo.

—Déjese de guasas, inspectorcete.

Él volvió a reír, dio otra calada y soltando el humo le tendió la cédula.

—¿Qué está haciendo en Madrid? —preguntó entretanto—. Leí que estaba en un retiro espiritual, pero aquí no hay lugar para eso.

—Pues estoy bien a gusto —respondió guardándola—, es una ciudad con posibilidades. Ando... buscándome a mí misma.

—Pues que tenga suerte. Aquí solo hay ruido; gente que se mata por sobrevivir. —Aplastó el cigarro en el cenicero, y la última voluta de humo se extinguió mientras hablaba—. Veo miserias y riquezas; pero ninguna manera de hallarme a mí mismo.

—Quizá ya se ha encontrado y no lo sabe.

—¿Yo? ¿Por qué dice eso? —La miró con interés.

—Es usted inspector, por si le parece poco.

—Esto es solo trabajo, como lo suyo con el cuplé. Y me encantaría quedarme hablando con usted, pero tengo una reunión importante, y he de llevarla al calabozo. Aunque no es de mi agrado, debo cumplir.

—No se preocupe, lo entiendo. —Se levantó también.

Bajaron hasta un sótano, falto de ventilación y de luz, y tras un corredor, llegaron a una sala amplia. Sentado a un escritorio había un policía joven, de mirada vivaz, que saludó al inspector.

—Cuide de ella como si fuera mi hermana —le dijo Núñez—. Y mañana, a primera hora, que esté fuera y sin un rasguño.

—Sí, señor inspector.

—Pórtese bien, señorita. Nada de desacatos a la autoridad ni intentos de soborno. Y deje ahí sus pertenencias. —Señaló a una bandeja—. No sea que lleve una lima de uñas con la que inicie una rebelión.

—Eso sería más que probable, inspector.

Él se marchó riendo. Y cuando Iris miró hacia las celdas y vio a Violet, casi rompió a llorar.

Entretanto, Marga, Pola y Lorea se dejaron caer en el banco como soldados tras una batalla. Hubo revuelo de policías paseando detenidos, gente reclamando a la autoridad, pero luego quedó aquello más tranquilo. Quizá es que, por las horas, andaban maleantes y agentes echándose una siesta.

—¿Qué vamos a hacer ahora? —Suspiró Pola.

—Esperar a que hables con tu padre y que pague la multa, porque la habrá, supongo.

—Mil doscientas cincuenta pesetas —se quejó ella.

Lorea le frotó la espalda con una mano y pasó la otra por su vientre. Tenía al niño del revés con tantas malas emociones, y le dolían las piernas a rabiar.

—Esto es de una impertinencia increíble… —farfulló—. Son las dos unas inconscientes. Entiendo que Violet lo hiciera por defender al muchacho, pero Iris... ¡me va a oír cuando salga!

—Deberíamos llamar al marqués —dijo Pola, casi a la desesperada—. A ver si puede sacar a Iris del lío en el que se ha metido. O al menos pagarle la multa que le van a imponer.

—¿Llamarlo? El marquesito le ha hecho una trastada —cuchicheó Lorea, que se lanzó a contarles el asunto de la mujer y el beso.

—¿En la boca? —murmuraron las otras dos, sorprendidas.

—En to los morros, como diría Iris.

—Pues más razón para llamarlo. —Pola se puso en pie—. Así le paga la multa, en liquidación a su pecado. Voy a ver si el policía me deja usar el teléfono. —La librera se estiró la falda y echó a andar hacia el mostrador, más que decidida.

—Tú misma —dijo Lorea, dándose por vencida con tanto trajín.

Marga suspiró pidiéndole a todos los santos que conocía que aquello saliera bien. Y le funcionó, porque Pola regresó contenta.

—En su residencia me han dicho que telefonease a otro palacio de gente de bien, porque les he referido que era terriblemente urgente —les contó—. Asunto de vida o muerte. Y aunque no le he contado al marqués qué pasaba, y solo le he pedido que viniera, ha dicho que no tardará en llegar.

—Aquí pueden pasar dos cosas: que Iris se alegre mucho de verlo o que nos mande a todos a tomar viento —dijo Lorea.

Y Marga volvió a pedirle a los santos, aquella vez para lo primero.

Unos quince minutos más tarde, apareció Adrián tan elegantemente vestido que verlo en comisaría era como ver una obra de arte colgada de una pared ruinosa. Se pusieron las tres en pie para recibirlo, como si fuera a pasar revista.

—Señoritas, ¿qué ha sucedido? —preguntó yendo hacia ellas. De golpe se puso pálido—. ¿Le ha ocurrido algo a Iris?

Se miraron entre ellas, carraspeando, y Lorea le dijo:

—La han detenido. Por intento de soborno para sacar a Violet del calabozo.

—Esta mujer mía, no tiene medida… —Suspiró—: ¿Y por qué tienen aquí a la señorita Darcy?

Pola le contó, grosso modo, lo sucedido. Él la escuchó atento, de asentimiento en asentimiento.

—Yo me ocuparé —dijo Adrián con decisión—. Ustedes váyanse a casa. Aquí cogerán una pulmonía, o mayor disgusto si entra algún delincuente buscando jaleo. ¿La madre de la muchacha está al tanto?

—No, aún no… Y querría que no se enterase, porque… —Pola sacudió la cabeza— es una larga historia, pero si la policía contacta con ella, mi prima estará en serios problemas.

—Veré qué puedo hacer —dijo el marqués.

A ellas les costó dejar que él se encargase, sin embargo, era la mejor de las opciones. Mientras abandonaban la comisaría, lo oyeron hablar con el joven del mostrador.

—¿Sabe quién está a cargo del asunto de las señoritas Darcy y Pertierra?

—El inspector Núñez.

—Pues dígale que está aquí el marqués de Robles.

Al instante, el policía dijo un «Al punto» que sonaba a juramento. Aquel nombre debía de significar allí algo importante.

50

—¿Qué estás haciendo aquí, Iris? —preguntó Violet, patitiesa.

La sevillana iba a contestar cuando el sonido del cerrojo la hizo respingar.

—Ay, por Dios, eso debió de escuchar Montecristo en If. Qué espanto... —Se persignó.

—Solo va usted a estar unas horas aquí, no exagere —le dijo el guardia, que regresó a su mesa.

Suspiraron ambas, atrapadas en aquel cubículo a solas. Una de las paredes era de ladrillo, las demás, de firmes rejas. Colindaba su celda con otra, ocupada por tres hombres. Uno de ellos dormía apoyado en una esquina, hecho tal ovillo sobre sí mismo que ni se le veía la cara; los otros les soltaron unos comentarios soeces.

—Tranquilitos, ¿eh? —El policía sacó un libro de un cajón—. O cuando pidáis agua os la traigo de las letrinas.

Bufaron los dos, y siguieron a lo suyo. Violet tomó las manos de Iris entre las suyas.

—Las tienes heladas. Oiga, agente, denos una manta, mi amiga tiene frío.

—¿Y a mí qué? —contestó sin levantar la vista del libro.

—¿Recuerda lo que le ha dicho el inspector? —replicó Iris.

El tipo se levantó de mala gana. Al poco regresó con una que, aunque vieja, olía a limpio. Se la dio a las muchachas entre los barrotes, mientras los presos se quejaban.

—¿Y para nosotros? —espetó uno.

—Humo —dijo el policía, y volvió a su asiento, ignorando los abucheos.

Iris y Violet se sentaron en el banco, cubriéndose las piernas con la manta.

—He intentado sobornar al policía de la entrada —le contó la cupletista.

—*Really?* —Violet se echó a reír.

—Y tan *really*... —dijo con media sonrisa—. Pero no me arrepiento. Lo haría otra vez si supiera que acabo haciéndote compañía. Tu prima está arriba con Marga y Lorea. No podrán hacer mucho, pero ahí están. Me han multado y me tendrán aquí hasta mañana, ¿sabes qué harán contigo?

—Esto puede quedarse en arresto menor, una multa y como mucho treinta días de prisión. Pero si no sale bien... Son seis meses, al menos. Y podrían pedirme que abandonase el país.

—Chiquilla —Iris resopló ante tanta calamidad—, eso sería ponernos en lo peor, y tampoco es que hayas atentado contra el rey.

Uno de los presos soltó una risa socarrona:

—Si lo haces, avisa, que te aplaudo.

—¡Al rey ni mentarlo! —dijo otro.

Y se inició una pelea verbal entre ellos.

—¡Callarse todos! —voceó el policía—. Coño, que no le dejáis a uno ni leer. Me quedan diez páginas para el final y me lo vais a joder.

—Es *La Regenta* —cuchicheó Iris, advirtiendo las letras de la cubierta—. Y lo ha comprado donde tu prima, mira el marcapáginas de lazo. Señor —llamó—, yo sé dónde ha comprado ese libro. Si me trae una botellita de vino, para pasar el trago, le digo a la librera que le haga descuento.

—¿Qué le ha dicho el inspector del soborno, señorita? A callar.

Iris soltó un bufido, y él siguió leyendo tras negar con la cabeza.

—¿Sabes si han avisado a mi madre? —preguntó Violet.

—No. Está aún en Cercedilla con don Beltrán. Rezaremos para que no se enteren. —Iris sacó de debajo de su ropa la medalla de la virgen y la besó. Guardó su reliquia, y tras un silencio, dijo—: Ya sé que eres la reencarnación de Hércules, pero la violencia no soluciona nada. Has mandado a uno al hospital.

—¿Qué tendría que haber hecho? Iban a tirar a Alfredo por un puente. —Señaló con la cabeza al que dormía—. Antes de echarse a dormir un poco, hemos estado hablando. Es de Sevilla, como tú.

Iris corrió hacia los barrotes. Metió el rostro entre ellos, tratando de advertir sus rasgos.

—¿Alfredo? Por la Virgen del Carmen, dime que no eres tú. —Cuando él se movió un poco, y le vio la cara llena de heridas, sintió que le costaba respirar—. Alfredo, alma mía, no puede ser.

Él, a duras penas, se incorporó. A través de los barrotes se dieron un abrazo como pudieron, llorando los dos. El policía los reprobó con una fuerte voz.

—¡Calle, o le cuento el final de la novela! —bufó Iris.

—Señorita, por favor, no sea usted fastidiosa.

—Pues déjeme hablar con mi amigo.

El agente masculló y volvió a la lectura. Los presos amenazaron con amotinarse si había más preferencias; sin embargo, los ignoró.

—Voy a sacarte de aquí. —Iris besó su frente y le pidió que la mirara—. Lo sabes, ¿verdad?

—He telefoneado a un abogado.

—¿Y por qué no a mí?

—Lo he hecho, pero no respondías la llamada. Y no me dejaban más que dos intentos.

Iris odió más que antes a Adrián. La de su amigo debía de haberse colado entre una de las llamadas que había ignorado.

—Lo siento —se lamentó ella.

—Si es que no me puedes dejar solo, Azucena, veo una cara bonita y me pierdo.

—Ya, de ese color tengo yo un vestío. Mira, no te preocupes de nada. En dos días te he sacado de aquí, aunque tenga que vender la finca de Almonte.

—La de Almonte no. Vende la de Córdoba, que vamos menos.

—Lo que sea, pero tú no vas a ir preso a ningún lado.

Él asintió con pesar. Iris se desmadejó la blusa para secarle el rostro, sin importarle mostrar el vientre ni llevarse más de un comentario soez por ello.

—Que os calléis, gañanes —regañó.

Violet se acercó hasta ellos, e Iris les explicó la relación que los unía.

—Así que la muchacha que me ha salvado la vida es tu amiga —dijo él—. Tenías que haberla visto, Azucena. Mientras les daba una tunda maldecía en la lengua de Shakespeare. ¿Esas cosas tienen por costumbre enseñároslas a las damas inglesas?

—Fue cosa de mi prometido —dijo.

—Un soldado que está en el Frente Occidental —anotó Iris.

—Qué tragedia —lamentó Alfredo. Bajando el tono de voz, añadió—: Siempre he pensado que lo único bueno de las guerras son los uniformes. Hacen bien parecidos hasta a los más feos.

Violet se rio e Iris lo regañó.

—Tienes tú el cuerpo pa andar con uniformes ahora.

Se coló la voz del policía saludando al inspector. Iris dirigió la vista hacia él, preguntándose qué haría allí de nuevo. Y entonces vio al marqués a su lado. Sus ojos se encontraron, y él esbozó una cálida sonrisa, que, en medio del frío que sentía, le calentó el corazón. Él se aproximó, junto al policía y al inspector. El primero metió la llave en el cerrojo y abrió la enrejada puerta.

—Salgan, señoritas —dijo el inspector.

—¿Y él? —Iris señaló con la cabeza a Alfredo.

—Él es otro asunto. Venga, salgan antes de que me arrepienta —insistió Núñez.

—Si él no se va, yo tampoco. —Iris cogió la mano de Alfredo.

Violet asintió firmemente. El inspector chasqueó la lengua, al tiempo que Adrián decía:

—Iris, por favor, haz lo que te pide el inspector.

—Adrián, no insistas, además, ¿tú no tenías un imprevisto con el que pasear tan ricamente?

—Nos has visto —dijo él con una mueca de arrepentimiento.

—Besándoos en los morros. —Iris alzó el mentón.

El inspector se encendió un cigarro, y el chasquido de la cerilla fue lo único que se oyó en el silencio denso que se hizo, como si nadie se atreviera a intervenir por miedo a salir escaldado.

—Hablaremos en cuanto salgas, te lo prometo —dijo el marqués.

—No tengo nada que hablar contigo.

Adrián negó con gesto cansado y se dirigió al inspector.

—Sáquelo también, por favor.

Núñez dio una calada, y alzó las cejas.

—No hemos acordado nada de eso.

—Pero sí que las sacaría a ellas, y no se irán sin él. Además, necesita atención médica.

—Ya lo ha atendido un doctor.

—No muy bien, por lo que aprecio.

—No sabía que además de Grande de España fuera usted médico —replicó el inspector.

—He visto cosas en la guerra, ya lo sabe. Abonaré lo que sea necesario.

—Me va a buscar una ruina, señor Belmonte. —Núñez dio unas caladas mirando a unos y a otros. Al final, tras chasquear la lengua, dijo—: Está bien. Se hace cargo de su multa y santas pascuas. Venga mañana a resolver la cantidad de todas, marqués —apuntó con retintín.

—Gracias, inspector —dijo Adrián.

El otro resopló como respuesta. Liberados todos, Núñez los miró con una advertencia:

—Márchense ya, que bastante guerra me han dado por hoy.

Caminaron hacia la salida, a toda prisa, y Adrián se puso al paso de Iris.

—Sé que estás enfadada, pero deja que te lleve a casa.

—Puedo coger un autotaxi. O el tranvía. Me montaría en burro antes que ir contigo.

—Hija, qué seca eres —dijo Alfredo—. Deja que nos lleve. No estoy para andar por Madrid.

—Deberías de ir a un hospital —intervino Violet.

—¡Está bien! Le diré que nos lleve. Adrián —al mirarlo, él lo hacía con tanta dulzura que todo su valor amenazó con derrumbarse, pero resistió—, nos llevas, pero te guardas tus excusas, y cuando esté de buena gana, me las refieres. O igual no, igual no me da la gana de escucharte nunca.

Adrián suspiró largamente.

—Está bien, alma mía…

—Pues ea. Nos vamos.

Tras dejar a Violet en su casa, pasaron por el hospital. Adrián no dejó sola a Iris en su espera. Sus ojos imploraban perdón y sus labios, aunque sellados, llevaban grabado a fuego una disculpa; sin embargo, no la atosigó. Solo estuvo a su lado. A ella le costó no dedicarle una muestra de afecto o decirle algo. Pero detestaba las mentiras y él le había mentido. Y eso tardaría en pasársele. Cuando los dejó en casa de ella, con Alfredo en mejor estado, le dijo que ya hablarían. No dijo cuándo. Ya en el piso, se encontraron con Marga y Lorea, contentísimas de verlos allí.

—Es un milagro que hayáis salido tan pronto —dijo Marga.

—Un milagro de ojos verdes —comentó Alfredo—, y con título nobiliario. Voy a darme un baño, que lo necesito como el comer.

Mientras él se aseaba, ellas se pusieron al corriente de todo. Lorea, más aliviada, dijo:

—Mañana pensaremos cómo afrontar lo demás, ahora vamos a descansar, que el día ha sido largo. Y yo no puedo más.

Voló cada mochuelo a su olivo, excepto Iris, que tras darse un baño, se reunió con Alfredo en el salón. Abrió un champán y lo compartieron hablando bajito.

—Estás muy guapa con el pelito corto —le dijo él.

—Qué alivio que me digas eso, pensé que me ibas a regañar.

—No estoy para regañar a nadie... —Suspiró.

—Tenías que haberme avisado de que venías a Madrid, Alfredo.

—El viaje salió rápido y pensé en llamarte nada más llegar, pero... Ay, Azucena, me han perdido unos ojos verdes como menta y limón. Dios no tiene compasión y oculta lo más malo del mundo en las más bellas miradas —se lamentó—. Conocí a un muchacho en el tren, guapísimo. Me pidió fuego y se lo di. Y queriendo darle algo más estaba cuando el tren llegó a Madrid. Me dijo de pasear con él un rato. Y en aquel puente, de golpe, me besó en la boca con ganas y necesidad. Una componenda para robarme y burlarse de mí. Hasta el reloj de mi querido padre se han llevado. Estaban allí dos compinches y se liaron a palos conmigo. Creo que me habrían tirado por el puente de verdad, si Violet no llega a aparecer. Él se quedó mirando, como si nada, y luego huyó.

—Maldito sea él y toda su casta. Casi acabas muerto por su culpa —gruñó.

—Casi. Y estoy cansado de esconderme, de que me tengan por delincuente, o por enfermo, y no soy nada de eso. Tú lo sabes.

—Lo sé, cariño mío... —Le frotó la espalda dulcemente, y se dieron un abrazo—. Te echado de menos.

—Mucho. Como yo a ti. Ni te digo cuántas llamadas he recibido ya para que actúes en Madrid. —Hizo puñaditos con los dedos—. Voy a necesitar secretaria a este paso. —Chasqueó la lengua, y se llevó la mano a la cara—. Me duele horrores.

—Pero eso es de ser tan guapo, no por los golpes —bromeó ella, haciéndolo reír—. Dale un traguito al champán. Igual no te lo arregla, pero dormirás como un bendito.

Le puso la copa en la mano, y brindaron para luego beber.

—¿Qué te ha pasado con el marqués? Me dijiste que estabas bien con él.

—Estoy enfadaíta perdía. Me ha mentido el descarado —dijo, y le contó lo sucedido.

—En sus manos la joya más grande de España y anda con otra. Si es que los marqueses son cosa peligrosa. Pero me gustaría ser uno, de esos con cortijo, y encontrarme en mitad de los olivos a un muchacho bien parecío, faenando con el pecho nacarado de sudor. —Se mordió los labios.

—Cuando quieras te regalo un cortijo y te montas allí la función. —Iris rio.

—Si algo no podrán quitarnos, es la imaginación —dijo él—. Y hablando de eso, ¿me enseñas tu obrilla? Más vale que hayas escrito, porque si no me disgustaré.

—Estate tranquilo, que he escrito lo mío.

Sacó la obra del cajón y puso el fajo de hojas en las manos de Alfredo.

—Niña, pesa un quintal. ¿Todo esto lo has escrito tú? —Hojeó la obra, sonriendo a cada tanto—. Este chiste es muy bueno, pero todavía no me has contado sobre qué versa la historia.

Ella le puso al tanto, muy animada.

—¡Qué interesante! —dijo él—. ¿Es él guapo?

—Terriblemente. Y ella más que él. Al principio no se pueden ver, luego no pueden dejar de verse. Y se dan más besos que flores en el Alcázar.

—Ojalá todas las historias de amor fueran así. —Alfredo suspiró—. Un refugio para las penas.

—Pues sí, como el champán, pero con menos consecuencias.

—La leeré mañana, que estaré mejor, y te ayudo a copiarla —dijo él, tras reírse.

Iris asintió contenta, pero le cambió la cara al oír que tocaban a la puerta. Preocupados, por las horas, abrieron con tiento, y encontraron a un muchacho con un ramo de azucenas, preguntando por ella. Cuando lo puso en sus manos, la sevillana le dio una propina y él se fue silbando alegre.

—¿De quién es? —quiso saber Alfredo, casi metiendo la nariz en las flores.

Iris leyó la tarjeta, encastrada entre ellas.

—Es de Adrián, con una rima de Bécquer —dijo emocionada.

Alfredo la leyó con mucho teatro:

—«Asomaba a sus ojos una lágrima y a mis labios una frase de perdón; habló el orgullo y se enjugó su llanto y la frase en mis labios expiró. Yo voy por un camino, ella por otro; pero al pensar en nuestro mutuo amor, yo digo aún: "¿Por qué callé aquel día?". Y ella dirá: "Por qué no lloré yo"». Niña, lo tienes enamorao. Habla mañana con él, que me da penita.

—Parece mentira que no sepas ya que con los hombres hay que hacerse de rogar. Que dicen una cosa y hacen otra. Y que tiene una que ponerse en su sitio.

—Claramente, no he aprendido esa lección.

—Yo te quiero —lo besó con dulzura en la mejilla—, ¿lo sabes?

—Y yo a ti, reina mora. Y ese hombre debe quererte mucho también, después del dineral que va a dejarse. Entre mi multa y la de Violet se le irán más de tres mil pesetas.

A Iris casi se le cae el ramo de las manos.

51

—No sé qué hizo el marqués, pero ni mi padre ni mi tía saben nada aún —le dijo Pola a Marga, trajinando las dos en la librería, tres días más tarde de aquel tan agitado.

—Al parecer tiene mano en comisaría porque ha pagado unos cuantos arreglos y unos cuantos uniformes. No hablo de sobornos, claro. Solo de ayudas. Y de esta se habrá dejado otra buena fortuna allí, lo mismo que en flores para Iris.

—Pues a ver si lo perdona. Tenemos que entrar al Capricho, marqués mediante. ¿Dónde andan las dos hoy?

—En una modista, para encargar el traje de novia con Lorea. Y él, de viaje, así que se va a alargar.

—A ver cómo sujetamos a mi prima, que ya practica cómo escalar una verja.

—Casi puedo imaginármela... —Se quedó unos segundos mirando el libro que tenía entre las manos mientras algo le rondaba la cabeza—. Oye, Pola, ¿Violet... cómo está?

—Nerviosa, hemos enviado su artículo a doña Emilia, igual que la novela de Lorea, y esperamos respuesta.

—No me refería a eso. —Agachó la mirada.

—¿Te refieres a lo que está sucediendo entre vosotras?

—Siento cosas por ella, más profundas que nada que haya sentido antes, pero… no está bien.

—¿Por Juan?

—Juan… —Marga suspiró con tristeza—. A veces me parece que es solo un fantasma, y otras lo veo nítidamente, y creo que saldrá de algún rincón para hacerme daño. Pero no es solo por mi situación con él, Pola. La última vez que tuve el valor de amar a una mujer, me la arrebataron. Me castigaron en una habitación del orfanato; y a ella se la llevaron lejos. Nunca más pude verla. Nuestras ilusiones se desmoronaron, porque el mundo no comprende lo que sentimos.

—No tiene por qué pasar lo mismo —le dijo conmovida—. Mereces ser feliz, y sé que al lado de mi prima lo serías. Tendríais que superar obstáculos, lo sé, pero… ¿no merecería la pena?

Marga asintió, al tiempo en que sonaba la campanilla. Pola miró hacia allí, y vio al muchacho de *La Regenta*, vestido con uniforme de policía. Se envararon, por miedo a que fuera a pedir cuentas, pero solo buscaba otro libro.

—¿Tiene usted *Tristana*? Para mi hermana también.

—¿Le ha gustado *La Regenta*? —le preguntó amablemente.

—Muchísimo. Ando enamorado de Ana Ozores. —Carraspeó, aprisa—. Quiero decir, mi hermana, que la admira como personaje.

—Ya… —Pola se guardó una risa, y ella y Marga se miraron de reojo—. Verá cómo de Tristana también se enamora. Su hermana, claro.

Él asintió, y se llevó esa novela de Galdós y otra de Bazán, que se fueron juntitas, como si todavía fueran amantes. Tras otros clientes más, estaban a punto de cerrar, cuando Pola recibió llamada de Diego.

—¿Ha sucedido algo? —preguntó ella.

—¿Es que no podría llamarte solo por el placer de hablar contigo?

—Podrías —dijo con una sonrisa—. Anda, cuéntame.

—Ya está restaurado el diario por completo.

—¡Pero eso es una gran noticia!

—Lo es, sobre todo porque he sabido gracias a eso que Nicolás cuenta que escondía las cartas que Isabel le escribía en uno de los muebles de casa. Uno de estilo inglés que tenemos en el pasillo de entrada. Y antes de que me preguntes por qué ahí, pues es que ella, al parecer, tiene otro igual en su casa. Era una forma de estar conectados. Y si alguna carta no podía ser enviada, las colocaban también allí, como si el otro pudiera leerla aun en la distancia.

—Ay, eran tan primorosos... —Con mucha inquietud, preguntó—: ¿Has movido el mueble para buscarlas?

—Sí, no te pongas nerviosa, doña vinagre. Las cartas están ahí. Te las daré mañana mismo, antes de ir al Capricho, porque no pienso demorar esto más. ¿Vendrás conmigo?

—Espero que a tus alumnos no les hagas preguntas tan tontas en los exámenes.

Él se rio, y dijo:

—Avisa a tus amigas, por si quieren acompañarnos.

Al día siguiente, a las cuatro en punto, estaban todas esperando a Diego en la puerta de la librería.

—Las cartas de él estarán en casa de Isabel —comentaba Iris, retocándose en el reflejo del escaparate—. Y como alguna diga que no, me enfado. Aquí no somos amantes de los finales tristes.

Lorea iba a replicar, pero llenó el aire el sonido de una bocina. Diego la tocaba desde su coche, aproximándose a recogerlas. Corrieron hacia él, entusiasmadas. Pola se sentó junto a Diego, e Iris, a la derecha de ella. Ocuparon las demás el asiento de atrás, con Violet en medio de Marga y Lorea.

—¿Cómo está Alfredo? —preguntó Pola a Iris, en tanto que iniciaban la marcha.

—Le he dejado una tarta de chocolate, una botella de champán y mi obrilla. Me quedo un poco preocupada por él, sé que está triste.

—Se recuperará, ya lo verás —aseveró la librera.

Las demás asintieron, y Marga, curiosa, le preguntó:

—¿Sois amigos desde hace mucho?

—Pues... lo menos quince años.

—Qué bonito. Yo siempre he oído que un hombre y una mujer no pueden serlo —dijo Marga.

—Eso son tonterías —replicó Pola—. Yo soy amiga de Iván, y nada más.

—Por suerte para mí —dijo Lorea, riendo.

Iris se inclinó hacia Diego, echando el cuerpo sobre Pola.

—¿Tú qué opinas sobre que un hombre y una mujer puedan ser amigos, Diego?

Pola la miró boquiabierta. Se le veían las intenciones desde Cuba.

Él carraspeó, y hasta se aflojó un poco la corbata.

—Si existe atracción entre ellos, difícilmente podrían ser solo eso. Aunque a veces los sentimientos se callen y se sobrelleven.

—¿Lo dices por experiencia? —soltó Iris, llevándose un codazo por parte de Pola.

—Es posible —contestó él.

—Vaya con el profesor, que es un galán enamorado.

Él sacudió la cabeza y miró de reojo a Pola.

—Pero pueden tener una relación prolongada sin que haya atracción, ¿no? —le preguntó ella.

—Sí —dijo Iris—. Se llama matrimonio.

Las chicas rieron a carcajadas.

—¿Es muy difícil conducir? —le preguntó Lorea a Diego.

—No, pero hay que estar pendiente de muchas cosas —respondió.

—Algún día me sacaré el permiso, y tendré mi propio vehículo —dijo la estudiante.

—Hay muchas conductoras en Londres —contó Violet—. Hasta de ambulancias.

Hablando de mujeres al volante, se plantaron ante la reja de entrada que, como era de esperar, estaba cerrada.

—Vamos a colarnos. —Violet buscó un sitio desde dónde hacerlo.

—Yo solo he venido para tratar de disuadiros una vez más. —Lorea se cruzó de brazos—. No quiero que mi hijo tenga que visitar a sus tías nominales en la cárcel. Además, olvidamos algo importante: ¿Y si Isabel rehízo su vida? Le trastocaremos la existencia.

—Lorea tiene razón —dijo Marga—. Correrían a casarla, por si saltaba el escándalo.

—Tienes la última palabra, Diego —le dijo Pola.

—Quiero conocer a mi sobrino, si es que Isabel sabe de él. Y no he llegado hasta aquí para arrepentirme ahora. Venga. —Juntó ambas manos, las palmas hacia arriba, pegado a la verja—. ¿A quién ayudo primero?

—¿Te puedo decir una cosa, Diego? —soltó la librera.

—Claro.

—Estás bien guapetón cuando tomas decisiones.

A él se le subieron los colores a las orejas, y las chicas rieron por lo bajo.

—Anda, sube... —dijo él con cariño.

—No, nosotras primero. —Violet tiró de Marga—. Si no vienes de una vez, no vas a hacerlo.

Marga sonrió mientras asentía. Diego las ayudó a cruzar, buenamente como pudieron, por culpa de las faldas. Al otro lado, Violet tomó de la cintura a Marga para ayudarla a bajar, y quedaron sus rostros tan cerca, que se le arrebolaron las mejillas.

Al otro lado, Diego colocó las manos para ayudar a Pola. Ella, al mirar abajo, vio algo que la hizo sonrojarse.

—¿Me estás mirando las piernas, profesor?

—Ni que tuvieran algo de especial... —dijo él, aunque de sobra pillado.

Pola le dio un pellizco, que lo hizo quejarse y luego reír.

—Buenas tardes, ¿puedo preguntarles qué hacen? —sonó una voz varonil a sus espaldas.

Violet y Marga se agacharon tras el pretil. Los demás miraron al hombre que, vestido con ropas de faena, los observaba ceñudo.

—Buenas tardes. —Diego se tocó el sombrero como saludo y fue correspondido—. ¿Está familiarizado con la finca?

—Soy el guardés —declaró él—. ¿Por qué lo pregunta?

—Nos han hablado de la belleza de sus jardines y queríamos visitarla.

Sintieron todas admiración por su naturalidad.

—Me temo que no será posible. Los propietarios se encuentran en el interior, dando una fiesta. Vengan en otra ocasión y no tendré inconveniente de acompañarlos en una visita. Es algo frecuente, recibe muchas, siendo un lugar tan hermoso.

—Es que solo estoy en la ciudad unos días y no querría marcharme sin visitarla—intervino Iris.

El hombre la miró concienzudamente.

—¿Le han dicho alguna vez que se parece a la Bella Azucena?

—Como dos gotas de agua, porque somos la misma persona.

Él se lanzó a hablar de corrido, emocionado.

—¡No me diga eso! Soy un gran admirador. ¡Cuánto disfruté de su Mari Pepa!, en *La Revoltosa*. Y en *La corte de Faraón* sepa usted que estuvo brillante. ¿Tiene previsto su próximo papel? He oído rumores de que hará una zarzuela de los Romeo y Julieta de Chaquespeare.

—*Jesus* —dijo Violet. Marga le puso la mano en la boca, y casi rompen a reír.

El hombre miró hacia el interior del jardín, pero Iris volvió a captar su atención.

—Rumores son, desde luego, pero, si la hago, invitado está. A esa y a cualquier otra que guste.

—Quedaría muy agradecido, y... —miró hacia la finca— siendo quien es, por darle el capricho, podría dejarles ver el jardín hoy.

—Es usted un sol —dijo Iris.

Él, contentísimo, le ofreció el brazo. La sevillana se le enganchó, y Lorea, a su lado, le hizo señas a Marga y Violet de que las verían dentro.

Al poco, las tres amigas y Diego, junto al guardés, recorrían los senderos del parque, mientras él iba desgranándoles sus secretos. Que si la duquesa de Osuna, que si los conjuntos escultóricos, los excepcionales paisajes y los ejemplares de la vegetación...

—He oído que en estos jardines hay un cedro centenario. —Iris lanzó el órdago.

—Sí. Se encuentra en esa dirección —señaló a un sendero que se perdía a la derecha—, pero hay cosas más excepcionales que ver, sin duda.

Mientras él volvía a hablarles de mil maravillas más, la sevillana les hizo a sus amigos, con disimulo, un gesto para que se escabullesen. Lorea dudó, pero al final siguió a Diego y Pola. Iris pensó que el guardés, entretenido en hablar, no se daría cuenta; sin embargo, al poco preguntó por ellos.

—Se han quedado sentados un poco atrás —dijo Iris—. Le han avisado, pero estaba tan absorto...

—¿No planearán algo raro? Mire, que me juego el puesto.

—No tengo necesidad de hacerle trastadas a usted y manchar mi reputación. Venga —le dio un tirón cariñoso en el brazo—, cuénteme más de esa duquesa.

Aunque hubo una duda en sus ojos, al final habló:

—Fue un referente para las mujeres de la época, dio educación a los pobres... Muchas cosas hizo. Y tenía una biblioteca con sesenta mil libros.

—¿Sesenta mil? Dios Santo.

—Una barbaridad. ¿A usted le gusta leer? —Cuando Iris asintió, repuso—: Pues hay un rinconcito donde ella se sentaba a leer, se lo muestro.

Iris asintió, y siguió explorando con él, deseando que a sus amigos todo les saliera bien.

Marga y Violet perdieron la pista del grupo entre tanto árbol y sendero. Buscándolos, enfilaron una arbolada a la que llegaba el murmullo del gentío superponiéndose al canto de los pájaros.

—La fiesta —dijo Marga—. Seguro que van todos elegantísimos, bebiendo en copas de fino cristal. ¿Has estado alguna vez en una así, Violet?

—A menudo, en Londres, pero son más aburridas de lo que parece.

—Eso es porque estás acostumbrada a ellas. Yo querría bailar un vals, algún día.

Violet tiró de ella y comenzó a bailar un vals, siguiendo el que tocaban en la fiesta.

—¿Qué haces? —Marga rio, a duras penas podía seguirla—. Soy terriblemente torpe.

—No es verdad. Cierra los ojos, imagina que estás en un baile con un precioso vestido rojo.

La muchacha hizo lo que le pedía. Y por unos segundos todo fue una bella ensoñación. Cuando los abrió, halló los de la inglesa, dulces y hermosos. Supo que podría arañar a su corazón mil veces con la excusa de que no podían estar juntas, y que sería inútil.

—Tú siempre me recuerdas que hay cosas hermosas en esta vida —le dijo.

—No hay nada más hermoso que tú, Margaret.

Ella rio levemente.

—Violet, quizá tengas que enseñarme a querer, igual que me enseñas inglés.

—*My sweet love...* —Le acarició la mejilla—. A querer, como vamos a querernos, aprenderemos juntas.

El temor y las dudas de Marga fueron menos. Sin decir más, unieron sus labios en un beso que recordarían por siempre. Por inesperado, por hermoso, por deseado. Por cómplice de sus ganas de amarse y de seguir adelante, por más que el mundo no fuese a entenderlas. Se bastaban, en el fondo, con entenderse a sí mismas y con que, quienes las quisieran, lo hiciesen. No habían separado los labios cuando oyeron unos pasos. Marga temió que alguien malicioso las viera, pero descubrió que eran Pola y Lorea. Aunque Diego llegó al punto. Pensó que las reprendería; sin embargo, solo les preguntó si habían encontrado el árbol.

Violet negó con la cabeza.

—Sigamos el camino entonces —dijo él.

Dejaron que se adelantara unos pasos, y la inglesa se aproximó a su prima.

—¿Crees que nos ha visto? —le preguntó en un susurro.

—No lo sé, pero si dice algo feo de vosotras, lo ahogo en una de estas fuentes.

—Eso ha sido tan Iris... —dijo Lorea riéndose—. Vamos, no pasará nada.

Suspiraron las cuatro, y lo siguieron. Apenas a unos pasos, toparon con el ejemplar. Tan frondoso que tapaba la luz. Estaban junto a él cuando Pola se dio cuenta de que Diego se había quedado parado más atrás, mirando el árbol con dolorosa expresión.

—¿Qué sucede, Diego? —preguntó regresando junto a él.

—Esto podría cambiarlo todo —musitó a punto de derrumbarse.

—¿Te vas a poner triste para que te abrace? Mira que eres aprovechón.

—Pola... —Consiguió reír a pesar de todo—. ¿Cómo bromeas en un momento así?

—Porque no me gusta verte triste. Si quieres que nos vayamos, nos vamos, pero triste no te pongas, que se me rompe el corazón.

—¿Tanto te importo?

Ella miró a un lado y a otro, para luego encogerse de hombros.

—No finjas. Te importo. —Él tomó su mano suavemente—. Y tú me importas a mí. Y también las personas a las que quieres. Ya sabes por qué lo digo.

La librera miró por encima del hombro a sus amigas, que rebuscaban en el tronco.

—Menos mal, no tenía ganas de ahogarte y dejar aquí un cadáver. A ver cómo explicaba eso al inspector.

Diego soltó una risa con ganas.

—¡Lo tenemos! —oyeron gritar a las muchachas.

Al punto, corrieron hacia allí. Lorea señaló cerca de las raíces donde, aunque ennegrecidos y desdibujados, estaban grabados dos nombres.

«Isabel Braum y Borpurgo & Nicolás de Ariza y Castro».

52

Tanto caminaron distraídos Iris y el guardés, que acabaron cerca del murmullo de las risas y la música de la fiesta. Iba a preguntarle si se celebraba ocasión especial, cuando su ayudante llegó buscándolo.

—He de marcharme, pero explore por sí misma. Luego les abriré. Y así podrá darme un autógrafo —le dijo él.

—Eso por supuesto.

Él sonrió feliz y la dejó a solas. Iris, con la curiosidad bulléndole en las venas, se acercó siguiendo el tumulto. Contempló maravillada el templete griego, engalanado con guirnaldas y luces.

En él bailaban algunos invitados mientras una orquesta tocaba un vals. Cerca había mesas de blancos manteles, a rebosar de comida. Algunos disfrutaban de ella, otros, bebían. Y todos charlaban animadamente. Suspiró. Echaba de menos ese glamour, esa *joie de vivre.*

Curioseaba sin acercarse, cuando sus ojos dieron con Adrián. De elegante chaqué, conversaba con dos hombres, copa y puro en mano. De uno no tenía señas, pero el otro era el tal Braum que había conocido en el Ritz. Se enfadó al ver al marqués allí, sin que la hubiera avisado. Sin embargo, no iba a cantarle las cuarenta, poniendo en un compromiso al guardés, así que se dio la vuelta.

Pronto escuchó que él la llamaba. Soltando un resoplido, giró sobre sus talones.

—¿Qué haces aquí? —preguntó Adrián extrañado, ya frente a ella.

—Te dije que quería ver los jardines, y aquí estoy. ¿Ha ido todo bien en Barcelona?

—Todo bien, sí.

A Iris le pareció que callaba algo.

—¿Seguro?

—Segurísimo. Te he telefoneado nada más llegar a Madrid, pero nadie ha respondido —le dijo él—. Quería que vinieras conmigo a la fiesta.

—No tengo el ánimo para fiestas. —Se cruzó de brazos—. Y menos contigo.

—Iris... —Adrián frunció los labios—. Veo que sigues enfadada.

—Por supuesto que sigo enfadada.

—Ya no aguanto más estar separado de ti. —Le descruzó los brazos, y tomó sus manos con cariño—.Ven, hablemos de lo que tenemos pendiente.

La llevó hasta el palacete. Era un edificio cuadrangular rematado por dos torres, con un corredor en la planta baja y escalinatas laterales que ascendían a una terraza soportada por columnas.

—No te tenía por un mentiroso —le dijo ella, al pie de las escaleras—. ¿Era tu prometida? ¿O tienes un harén entre Atocha y Velázquez?

—Iris, por Dios... —suspiró—. Era mi prometida, sí, y solo tú ocupas mi cuerpo y mis pensamientos.

—Pues la besaste. En los labios.

—Me besó ella más bien.

—Y no la regañaste.

—Estábamos en plena calle. No iba a ser descortés.

Unos jóvenes algo afectados por el alcohol rieron escandalosos, aproximándose al palacete. Adrián tiró de ella y se colaron en la zona resguardada de la planta baja, tras las escalinatas.

—Haberme dicho la verdad en tu nota —retomó ella—. Una verdad a tiempo no me heriría como una mentira.

—Quería decírtelo en persona. Ella me avisó de su llegada, y fui a comer con sus padres y el mío, en casa de unas amistades. Luego paseamos. Eso es todo, aunque... —La verdad de sus ojos auguraba tormenta, e Iris no se equivocó—. No fui capaz de romper el compromiso. Mi padre no dejó de hablar de lo que suponía para nuestra familia. Y podría haber pasado por alto sus deseos, pero ella estaba tan feliz... Ya se han enviado las invitaciones. No pude, sentí lástima.

—Lástima es que estés con ella cuando no la amas. Cuando me dices que me amas a mí. O igual es mentira, igual no me amas.

—No, Iris, sí que te amo —dijo con ímpetu, tomándola por los hombros—. Estos días contigo han sido como vivir otra vida. Un sueño. Cuando estoy con ella no siento nada. Solo respiro porque mi cuerpo lo necesita, pero no me siento vivo. No como cuando estoy a tu lado.

—Adrián... —Iris tragó saliva, el picor de sus desbordadas emociones le rascaba la garganta—. Comprendí tu situación desde el principio, y lo sabes, pero me hiciste creer que eso cambiaría. No me digas que vas a dejarla cuando no es así.

—Mi corazón está contigo. Te prometo que pondré fin a mi compromiso.

—¿Y cómo sé que encontrarás el valor de hacerlo?

—He sido un cobarde, pero no volverá a pasar.

Ella quiso alejarse, y el marqués la retuvo, tomándola de la muñeca.

—No te vayas de mi lado, por favor, no soportaré una vida sin ti. —La voz se le quebró.

Iris esquivó su mirada implorante. Si caía en ella, el embrujo de sus ojos la atraparía de nuevo. Sin embargo, no pudo evitarlo. Igual que la luna cuando hace de las mareas lo que se le antoja.

—Júralo, por Bécquer —le dijo.

—Te lo juro. Por él y por cada palabra que escribió. Y por cada gota de sangre de mis venas.

Ella se lanzó a sus brazos, y unieron sus labios con ganas infinitas, en besos que eran altas llamas de una pasión desbordada. Por inercia acabó la espalda de ella contra una de las columnas, y el cuerpo de Adrián contra el suyo.

—Ahora soy presa de tus labios y de tu cuerpo. Y que me encierren aquí por siempre —susurró ella.

—Conociéndote, acabarías escapándote. —Rio él.

—No, esta vez no.

Sintieron un deseo que los consumiría de no ser liberado, que les hizo olvidar la prudencia, dónde se encontraban y cuáles eran sus enfados. La necesidad de tenerse era más fuerte que lo demás. Se deslavazaron las ropas, buscando los recodos de la piel, sin desnudarse del todo. Él la tomó de las nalgas y la alzó, aún en aquel encierro. Iris rodeó sus caderas con las piernas, susurrándole cuánto lo deseaba. Antes de entrar en ella, Adrián la miró a los ojos, y más que dos palabras, hizo otro juramento.

—Te amo.

Ella lo besó para callarlo, no quería pensar en nada. Ni en si su amor resistiría las imposiciones, o en si solo serían estrellas fugaces que deslumbran un instante. Contuvieron los gemidos, a duras penas, haciendo el amor en aquel recodo. Arrollados por el orgasmo, las caricias se hicieron reposadas, y también lo fueron los besos. Cuando recompusieron sus ropas, ayudándose mutuamente, Iris abrazó a Adrián y se dejó caer en su pecho.

—Teniéndote así, me siento capaz de derrotar a un ejército —dijo él.

—Siempre que lo tengas cerca, que no ves tres en un burro —respondió ella, haciéndolo reír.

—Iris... —musitó al tanto—. Lo que te he dicho antes, iba en serio.

—Lo sé, Adrián. Sé que me amas. Solo seamos felices mientras podamos.

—Mientras podamos va a ser toda la vida, y si hay más, también en esas. Ya te lo dije.

Alguien llamó a Adrián con insistencia y salieron a su encuentro. Iris reconoció a Carles, el muchacho del parque de María Luisa, y se alegró de verlo.

—Ah, qué sorpresa más agradable, señorita Pertierra. ¿Se acuerda de mí? —Tendió la mano hacia ella—. Carles Bosch, marqués de Canelles.

Iris la estrechó con ganas.

—Claro que le recuerdo. Dígame, ¿coleccionan marqueses en su familia?

Ellos rieron.

—Tenemos una vitrina donde exhibirlos —dijo Carles—. Adrián, perdona que haya venido a buscarte, parece que vivo para interrumpiros —rio nervioso—, y lo siento, pero Braum anda detrás de ti, para cerrar el negocio, y tiene prisa.

—Está bien, dame un minuto.

Carles se apartó unos pasos, prendió un cigarro y se distrajo haciendo aros con el humo.

—¿Quieres venir? —le preguntó el marqués a Iris—. Nadie se extrañará por una invitada más.

—No voy vestida apropiadamente. Y mejor regreso con mis amigas. Tú disfruta de la velada.

Él besó su mano con cariño, y se marchó con su primo. Ella los observó alejarse, soltando un suspiro. Los besos de Adrián le habían calado tan profundo que tendría que arrancarse la piel para sacárselos. Lo amaba más de lo que se atrevía a reconocer.

Dejó el lugar y, un rato después, encontró a sus amigos cerca de la entrada. Recibió la noticia del hallazgo, entusiasmada, pero cuando mencionaron los apellidos de Isabel, se quedó como si hubiera visto un fantasma.

—¿Braum? —Miró hacia la zona del templete, ya lejano tras la arboleda—. Está aquí, en la fiesta. Y Adrián está con él. Lo conocí en el Ritz, hablando con ese medicucho, el Ortés.

A todos se les dibujó la misma cara de espanto.

—Si esos dos se conocen, no auguro nada bueno —dijo Lorea.

—Tienes que hablar con él —pidió Pola.

—¿Y qué le digo? Oiga, ¿dónde está su hija? ¿Sabe del niño? No puedo asaltarlo con preguntas tan personales.

—No esperaba de tu cabecita loca que fueras tan consecuente —observó Marga—. Pensé que te lanzarías a ir a hablar con Braum de inmediato.

—Y yo —dijo Violet.

—Tampoco soy tan tarambana —se quejó Iris.

—Solo un poquito —le dijo Lorea con cariño—. ¿Sabéis a quién podemos preguntarle por la muchacha? Al guardés.

Todos estuvieron de acuerdo, y fueron a buscarlo. Después de que Iris le diera el autógrafo, le preguntaron si conocía a la señorita Braum.

—Han visto lo del cedro, ¿no? —dijo con una sonrisa misteriosa—. Es un secretillo del Capricho. No le digo a nadie que está, porque es romper la intimidad de quienes lo escribieron, pero el padre de la muchacha lo vio y la reprendió. El chico no era de la categoría que él esperaba, aunque era médico y eso es buena profesión. Murió en la guerra, por lo que oí. Una pena.

Saberlo no hacía más fácil escucharlo, así que Pola rozó la mano de Diego para hacerle saber que estaba a su lado, y él le sonrió.

—¿Eso cómo lo sabe? —preguntó el muchacho—. ¿Lo conoció?

—Lo encontré llorando a los pies del árbol un día. Me contó una cosa terrible. Pero es privada, no es menester que se la refiera.

Iris le suplicó con voz dulce. Pero él no transigía, hasta que Diego dijo:

—Soy el hermano de Nicolás, señor, y necesito saber lo que usted sepa de ellos, por pequeño que sea.

—Por eso han venido, ¿no? —Los miró de hito en hito.

—Sí, disculpe que hayamos fingido otra cosa —dijo el profesor.

—No, si lo entiendo... —Cabeceó—. Es un asunto complicado. Se lo refiero, pero prométanme que nada dirán, por favor. Yo tampoco diré que usted me preguntó cosa alguna, señor Ariza. —Cuando todos asintieron, repuso—: Algo así no lo carga uno fácilmente en el alma, pero Isabel se quedó embarazada, desapareció un tiempo y de ese niño nada más se supo.

—¿Está seguro? —preguntó Diego desesperado.

—Segurísimo. Los Braum lo callan. No les interesa que se sepa que tiene mácula, ya me entienden. —Frunció los labios—. Pero ese chiquillo estará en alguna parte y quizá tenga el mismo pelo rojo que ella. En un convento, en una casa... O igual murió ya. No lo sé, discúlpenme. —Se encogió de hombros—. En fin, en la vida son todo tragedias. Y nada más sé, se lo diría de lo contrario. Le cogí cariño a Nicolás y a Isabel.

Asintieron, consternados por su revelación. Diego le dio las gracias de corazón, y se despidieron de él. Ya en el vehículo, sacó del maletín las cartas del mueble de su casa.

—¿Las has leído? —le preguntó Pola.

—Todas, salvo estas. Aunque no he encontrado nada relevante, son cartas de amor, que hablan de sus ganas de verse, de sus encuentros. Así que nuestra esperanza está aquí.—Las miró en sus manos, el gesto triste, y las repartió—. Ojalá encontremos algo.

Se dispusieron a leer todas un pedacito del alma de Isabel hecha tinta y papel. Habían conocido a Nicolás a través de sus pensamientos, y ahora sabrían de ella, de sus anhelos, de su amor por él.

—«Mi querido Nicolás, dicen algunos que amar así es pecado» —leyó Lorea—. «Pero es tan hermoso lo que siento por ti, que es imposible que lo sea. ¿Cómo va a serlo amar a otro con mayor fuerza que a uno mismo?».

—No lo era, Isabel, no era pecado amar así —respondió Violet, y todas asintieron. Con un nudo en la garganta, leyó—: «No sé por qué Dios consiente las guerras, no se me ocurre sitio más espantoso en el que tener a alguien a quien una ama. Ya sea amigo, hermano o padre. Ya sea la mitad de mi corazón. Dime que te cuidarás, por favor, no soportaría perderte».

Su prima la consoló con un gesto, al igual que Marga.

Iris se sorbió las lágrimas, conmovida, y leyó un fragmento también:

—«Nunca olvides que te amo. Y que cuento los días por volverte a ver. Y por mirar esos ojos tuyos, pues en ellos tienes un pedazo de cielo en el que moran los ángeles».

—Y así era —dijo Diego—. Eran del azul más bonito que nadie haya tenido jamás.

Les costó no llorar. Incluso a Lorea, porque en una de las cartas, Isabel hablaba de sus primeros síntomas. Y lo hacía con ilusión, soñando con una vida junto a Nicolás y su hijo. Angustiada a la par por el miedo de decírselo a su familia, del que dirán. Y ella había pasado por eso, así que se sintió más cerca de ella si cabe.

Hubo un momento en el que todo eran sollozos y gestos de consuelo.

—Me siento como si estuviera leyendo los pedazos rotos de un sueño —dijo Diego.

Sus palabras se mezclaron con una exhalación de asombro de Marga, que hizo que la miraran.

—¿Qué sucede, Margaret? —preguntó Violet.

—Isabel menciona a Francisco. —Les mostró la carta, temblorosa—. Lo llama «mi amigo grandón» y dice: «Le ha gustado mucho la medalla de la Virgen de la Soledad que le regalé, por lo bueno que es conmigo». Y Juan..., Juan lleva esa medalla. No puede ser casualidad. Sabe algo —dijo Marga con rabia—. Registraremos la casa de nuevo. Tiene que haber algo en alguna parte. Moveremos muebles, tiraré paredes, lo que sea. —Apretó las manos en su regazo—. Que Diego nos ayude.

Las miradas fueron a parar a él. El profesor no se lo pensó dos veces antes de asentir.

Ya en casa de Marga, después de un trayecto lleno de suspiros y dudas, se dispusieron a mover mueble por mueble. Armaron tanto jaleo que una vecina llegó haciendo demandas. Marga le comentó que hacía limpieza profunda, y como pocas cosas más de admirar había entre vecinas, se fue satisfecha. Ella regresó al dormitorio, el lugar que más angustia le daba. Los demás corrían un armario enorme, y quiso ayudarlos, pero las fuerzas le flaquearon y se sentó al filo de la cama. Clavó la mirada en la estatuilla de la Virgen que había en la cómoda. Le rezaba cada noche, pidiéndole que los golpes cesasen y que Juan se desvaneciese. Una punzada la hizo mirar hacia la cama. Lo recordó, desnudo sobre ella, con esa cadena al cuello de la que pendía la medalla y una llave que le golpeaba en la barbilla cuando él la tomaba. Escuchó una exclamación por parte de los demás, y miró hacia donde Pola señalaba. En la pared, tras el mueble, había una caja fuerte encastrada.

—Marga, ¿qué es esto? —le preguntó la librera.

—No lo sé —musitó ella—. Pero Juan tiene la llave en el cuello.

—Y él y su cuello están en el norte —dijo Violet con rabia. Se quitó uno de los alfileres del sombrero y trató de forzar la cerradura.

—¿También has aprendido a robar? —Lorea resopló con fastidio.

—No te servirá de nada, Violet. Es una caja de seguridad moderna. No solo lleva la llave —dijo Diego—. Lleva una combinación de disco, y se abre con el movimiento conjunto de ambas cosas. He visto una así en los despachos de la universidad.

Violet chasqueó la lengua y cejó en su empeño, él tenía razón.

—¿Y si la sacamos de la pared y la tiramos desde el balcón? —sugirió Pola—. Igual se abre.

—Igual lo hace, pero tremendo escándalo formaríamos —dijo Marga—. Y ya habéis visto que tengo vecinos muy cotillas.

—Ya podrían haber estado tan atentos cuando Juan te violentaba —masculló Violet.

—La gente siempre mira a otro lado cuando algo no le interesa. —Iris torció los morros, pensativa—. Algo tendremos que hacer, igual está ahí dentro lo que buscamos.

—No os preocupéis. Investigaremos cómo abrirla —dijo él con decisión.

53

La Sociedad se reunió en la librería al día siguiente. Se pusieron al corriente con su lectura, tratando de disfrutar de una normalidad aparente; pero, de forma inevitable, regresó su conversación al gran misterio que dominaba sus vidas.

—El inspector ha telefoneado a Alfredo, porque tiene algo que contarle con respecto a su caso, pero mi amigo aún no se encuentra con ánimo para salir. Así que iré yo, y aprovecharé para preguntarle sobre Isabel, y sobre cajas fuertes, a ver si me suelta algo por esa boquita de piñón. Siendo inspector, algo sabrá de lo que se cuece en esta ciudad.

—Iris, ten cuidado con ese hombre, claramente le gustas —regañó Lorea.

—Loreíta, que estoy muy enamorada de mi marqués.

Su amiga suspiró, y Pola dijo:

—Sobre la caja, poco te va a decir que no sepamos.

—O igual sí —anotó Violet—. Pregunta. No pierdes nada. ¿Qué miras así, Lorea? —quiso saber al verla sonreír con la mirada en el escaparate.

—He visto a Iván.

Al punto, él tocó la puerta, y su prometida corrió a abrirle. Tras un beso, las saludó cariñoso.

—¿Cómo están mis bellas damas? ¿Orquestando alguna fechoría?

—Alguna —dijo Iris—, habrá que ponerle salsa a la vida. Y qué bonitos estáis juntos, no me puedo creer que nos perdamos la boda.

—Cosas de mi *amachu*, Iris, qué le voy a hacer.

—Ya celebraremos todos algo. Vengo a traeros una invitación. —Sacó del bolsillo de la chaqueta unas tarjetas, que repartió—. Para vosotras y para el acompañante que elijáis.

—El baile de la Sociedad Central de Arquitectos —leyó Lorea con gran alegría.

—*A ball! Next Saturday!* Al fin vas a ir a un baile, Margaret.

Ella la miró sonriente, y en sus ojos brilló el deseo de que bailasen de nuevo.

—Y en el palacio Xifré, que es como una Alhambra en miniatura, ¡y con etiqueta de vestimenta orientalista! —dijo Iris entusiasmada—. Iré con mi marqués, guapo como un rey moro.

—Yo iré solita. —Pola suspiró—. Por desgracia, los apuestos protagonistas de las novelas no se hacen de carne y hueso para llevarme.

Iris levantó las cejas, y le hizo un gesto a Iván.

—¿Qué hacéis? —preguntó la librera, extrañada.

—Nada. Que… tenía algo en el ojo. —La sevillana carraspeó.

La librera se encogió de hombros.

—Es una gran ocasión, pero no tengo nada apropiado que ponerme —comentó Lorea.

—Que nadie se preocupe, que Alfredo nos compone vestuario en un abrir y cerrar de ojos.

La idea de Iris las hizo a todas aplaudir, porque ya sabían de la buena maña de su representante.

Con la emoción del futuro evento, y disuelta la reunión, Iris fue a hablar con Gonzalo a comisaría. Él la recibió de muy buena gana, y la miró de arriba abajo con mucha atención.

—Señorita Pertierra, ¿viene a confesar algún delito? Aparte del de estar bellísima.

Ella sonrió, halagada.

—No se haga el despistado, que ya sabía que iba a venir.

—Sí, pero así la veo sonreír. —Le puso la mano en la espalda con un roce delicado—. Venga, pase a mi despacho y hablamos.

Una vez sentados, él se encendió un cigarro. Mientras expulsaba el humo, abrió el cajón y puso sobre la mesa un reloj que Iris reconoció al momento.

—Es de mi Alfredo. —Lo atesoró entre las manos—. ¿Cómo lo ha recuperado?

—Usted igual solo se pasea rompiendo corazones, pero soy un agente de la ley, y no se me escapan los criminales. A los matones que agredieron a su amigo les hemos echado el guante. Y al otro, al guapito, ese ha aparecido en la morgue después de un ajuste de cuentas.

—Válgame Dios, qué espanto. ¡Aunque me alegro de que esté muerto! Así no hará daño a nadie más.

—Ni tendremos que gastar suelas en perseguirlo —dijo él asintiendo—. No se me hacía que el reloj fuera de él, así que rebusqué en los expedientes que tenía de sus fechorías, que no son pocas, y vi que las iniciales grabadas coincidían con las de Alfredo.

—Es usted un sol, inspector. No sabe lo feliz que esto le va a hacer.

—Solo cumplo con mi deber, señorita. —Dio una larga calada, satisfecho.

—Quizá podría ayudarme con otra cosa. Tengo interés por saber de una persona.

—Espero que sea de la mía, le digo lo que quiera —soltó con media sonrisa picaruela.

—Ya le gustaría —respondió ella de igual forma—. No, es una vieja amiga con la que perdí contacto y no sé cómo localizarla.

Él la evaluó atentamente, y dijo al fin:

—No creo que sea por eso, pero le diré lo que quiera. A cambio, salga a cenar conmigo esta noche.

—¿No es el chantaje un delito también?

—Chantaje ninguno, porque usted quiere hacerlo.

Ella calló una risa, ese hombre no tenía remedio.

—Lo haré, inspector. Pero en agradecimiento por haber estado tan avispado con el reloj de Alfredo. Esto le levantará el ánimo.

Núñez sonrió, pensando en a saber qué, con la expresión de un pilluelo. Quedaron en verse a las siete, en el Inglés, y él le pidió el nombre para su búsqueda.

—Isabel Braum y Borpurgo.

—Es raro que no sepa de ella. Su familia es conocida en los círculos en los que usted se mueve, ya que sale con un marqués —apuntó con retintín.

—Sí que está enterado de mi vida privada.

—Le recuerdo que el caballero pagó buenas pesetas por sus amigos. Un hombre no hace eso por una mujer si no tiene algo con ella.

—¿Y sabiendo que estoy con otro caballero me invita a cenar?

—¿Y estando usted con otro caballero acepta?

Se miraron frunciendo los labios, a punto de reír.

—Solo es una cena entre amigos, nada más, y el marqués sabrá de ella.

—Desde luego que sí. —Sonrió, incorporándose, y fue a abrir la puerta—. La acompaño fuera, una comisaría no es lugar para una mujer como usted.

—Pues bien que me tuvo en un calabozo —dijo pasando a su lado con gesto altanero.

Lo oyó reír, a la par que algunos silbaban su belleza. El inspector los mandó callar, como de costumbre. Ya en la puerta de la comisaría, Iris le preguntó:

—Tengo una caja fuerte de esas modernas y he perdido la llave. ¿Sabe qué podría hacer?

—Ir al fabricante con los papeles de la compra y pedirle que la abra. O conseguir una llave maestra. ¿Por qué lo pregunta? ¿Esconde alguna en ese cuerpo de diosa? —La miró de arriba abajo.

—Si la escondo, usted no la va a ver. —Ella le soltó un guiño, y se alejó contoneándose.

En cuanto llegó a casa, le devolvió el reloj a Alfredo. El representante rompió a llorar como un chiquillo en brazos de su amiga.

Unas horas más tarde, Iris y el inspector se encontraron en el restaurante del Inglés, elegante y agradable, y ocuparon una buena mesa. Mientras se acomodaban, ella sonrió nostálgica al acordarse de cuando conoció a Lorea. Le parecía que hubiera pasado una eternidad, de tanto como habían vivido juntas. Entre exquisiteces y vinos, surgieron animadas conversaciones sobre todo tipo de asuntos: Madrid, el teatro, la policía, el cuplé... Él, de vez en cuando, soltaba una de sus lisonjas. Iris a veces le regañaba; otras, se dejaba agasajar. A la altura del segundo plato, ella descubrió que él estaba casado y tenía dos hijos.

—Y me anda haciendo requiebros —regañó—. ¿Qué le pasa a los hombres casados que se les olvida el concepto de fidelidad?

—Mi mujer y yo no nos queremos. Y cada uno busca dónde entretenerse.

—Pues no se entretendrá conmigo; estoy muy enamorada del marqués.

—Qué suerte tienen algunos. —Aplastó entre los dedos unas migajas de pan—. Pero ¿no se va a casar con una de Sevilla de mucho dinero?

—No, se casará conmigo, ya lo verá.

—No la tenía por tan inocente, señorita. Los hombres como él están sujetos a unas leyes. Si han decidido que se case con esa mujer, se casará y usted no podrá evitarlo, ni con toda su belleza, ni con toda su gracia sevillana. Y siento pena por él y por usted.

Iris bebió un poco y dejó la copa con desdén, como si tuviera la culpa.

—No conoce a Adrián como para saber lo que va a hacer o no.

—Bueno, conozco a los hombres en general.

Llegó el camarero con el postre, y aquella conversación quedó ahí, y viró hacia temas triviales. Abandonaban el restaurante cuando ella se detuvo a admirar un jarrón de iris, sobre una consola, lo que la hizo sonreír. Los ojos se le fueron más abajo, al montón de periódicos. En portada, una noticia la sacudió de golpe. Habían intentado atentar contra Adrián, en la estación de tren. El corazón se le paró con la idea de haberlo perdido entonces. Después de su tonto enfado. De una fría despedida. Y entendió qué callaba él en El Capricho, así como todas sus ansias por tener su perdón, por decirle que la amaba. No se enfadó, sabía que no se lo había dicho para no preocuparla. Ya en casa, lo telefoneó al momento, aunque fuera muy tarde.

—¿Ha sucedido algo, Iris? —preguntó él con voz somnolienta.

—No, solo que quería decirte que… te echo de menos.

—Y yo a ti, morena mía. ¿Lo has pasado bien en tu cena?

—Sí —dijo, y le contó sobre el reloj—. ¡Alfredo se ha puesto de contento!

—No sabes cuánto me alegro. Mañana tengo unos compromisos, pero pasado me gustaría invitaros a los dos a comer al Ritz, llevaré a mi primo, así podéis conoceros mejor. Y a tu querido amigo le vendrá bien salir y distraerse.

—Nos encantará, pero tendrá que ser para cenar. Voy a comprar modelitos con las chicas.

—Estupendo entonces. Acuérdate de que te quiero, y sueña con algo hermoso.

—Sí, con el palacio de los duques de Osuna.

Él soltó una risa ronca, llena de deseo.

—Algún día haremos el amor en otro palacio, y será el nuestro —le dijo él.

Con aquella sugerente idea, pudo dormir tranquila.

54

—La prima y yo nos vamos de *chopin*, padre.

Beltrán, que se acomodaba la corbata delante del espejo de pie en el que se había visto envejecer los últimos veinte años, miró descolocado a su hija en el reflejo.

—¿De *chopin*?

—La prima lo ha llamado así. Como el pianista. Compraremos los vestidos del baile de la Sociedad de Arquitectos.

—Ah... —dijo asintiendo—. Estupendo. Y a ver si con suerte conoces a un buen partido en el baile. Que Dios tenga en su gloria a Héctor, a pesar de todo, pero sigues necesitando marido.

Ella no pensaba mucho en él, y cuando lo hacía no era para pedirle a Dios que lo tuviera en tan buen lugar.

—¿Agatha y usted van a salir? —le preguntó acercándose.

—Sí —miró el reloj de bolsillo—, y ya vamos tarde. Tu tía me dijo el otro día que intentaba hacerse a todo lo español, aunque no fuera como su hija, que parecía que la hubiera parido el mismísimo Cervantes, y de momento a lo más español que se ha hecho es a llegar tarde.

Pola rio con ganas, y besó a su padre en la mejilla.

—No se acicale más, que va hecho un dandi.

Él sonrió presumido.

—Anda, vete ya, que al final llegarás tarde tú también.

—Pero yo tengo excusa, que sí soy española.

Su padre se echó a reír, y la despidió con otro beso.

Un ratito después, Pola aguardaba a sus amigas en la Puerta del Sol, junto a Violet. Estaban delante de la librería San Martín, donde había ido con su madre mil veces. Siempre le traía recuerdos que ahora le parecían de otra vida, como cuando andaba con ella en las cercanías y se escuchó un disparo. Su madre la cogió en brazos y corrieron a refugiarse a un café, temiendo una revuelta. Sin embargo, supieron luego que habían asesinado a Canalejas. Y a Pola aquello se le quedó marcado, porque él miraba los libros en el escaparate y fueron casi lo último que vio. Una parte de ella pensó que morirse mirando libros era una manera de morir muy romántica, y se asustó de sí misma, porque, mirando libros o no, era salvaje que a uno le dieran un tiro en una mañana cualquiera. Pensó que, ahora que tenía una librería, no querría que nadie se muriera a sus puertas, y ni mucho menos ella misma, por más romántico que esa muerte le pudiera parecer.

—Ayer recibí carta de Ivy —soltó Violet de repente, sacándola de sus pensamientos.

—¿Y está bien? —Escudriñó su gesto, hallándolo abatido—. Pareces triste.

—Dice que odia las alarmas y esos dirigibles insidiosos. Unos amigos les dieron la posibilidad de irse al campo con ellos, pero su madre insiste en que han de resistir igual que Conrad. Que es su obligación con el país.

—Me parece ponerse en peligro innecesariamente.

—Y a mí. —Levantó un poco los hombros, como si cargar con el peso de aquella preocupación no la dejase hacerlo más—. También me ha mandado unas fotografías de trabajadoras en las fábricas de munición y un artículo en el que hablan de que muchas de ellas son madres, y han de trabajar y cuidar de sus hijos a la par.

—¿Y cómo se las apañan? —Una pregunta más, de gran enjundia, le vino a la mente—. ¿Cómo hará Lorea cuando llegue el niño para seguir estudiando?

—Partiéndose en dos de alguna forma milagrosa. Su esfuerzo es doblemente duro, y apenas recompensado.

—Espero que tengan gente que las ayude. Nosotras ayudaremos a Lorea cuanto podamos.

Las muchachas sonreían ante tal perspectiva, cuando vieron llegar a las demás con Alfredo. Les pareció bonito ver a los cuatro del brazo, como un muestrario de belleza y alegría, puesto en línea. Tras los saludos y presentaciones, en el bullicioso punto neurálgico de la capital, Pola le preguntó a Iris si sabía del inspector.

—Algo sabe, que hasta un ramo de flores le ha mandado —les chivó Alfredo, cuyas magulladuras y heridas habían mejorado considerablemente—. Tenemos la casa que parece un velorio entre las flores de uno y otro.

Marga rio al tiempo en que Iris le daba un codazo a su amigo. Pola estaba al tanto por Violet, de que Alfredo y su vecina habían hecho buenas migas. Los dos sabían mucho del dolor de las heridas físicas y de las del alma, y aunque las dimensiones de su sufrimiento fueran universos distintos, los daños hablan en un lenguaje universal a veces.

—Me ha mandado jacintos, afectuosamente, la dirección de Isabel y una nota indicándome que se rumorea que ella tuvo un hijo ilegítimo que ocultaron por el qué dirán —informó Iris.

—Queda confirmado por activa y por pasiva. Hay que tratar de llegar a Isabel —dijo Pola.

—O a su casa, a buscar esas cartas.

Lorea miró con sorpresa al representante.

—No, Alfredo, tú también no, por favor.

—Loreíta —dijo él—, me ha contado Azucena vuestras aventuras y ahora que estoy aquí no iremos a un convento a rezar.

—Uy, si entrases a un convento te echaban con agua bendita —le dijo la sevillana.

Mientras reían, iniciaron la marcha. Pasaron la mañana de compras por Preciados, muy divertidos, siguiendo los consejos de moda de Alfredo. A algunos vestidos había que hacerles arreglos, pero había tiempo hasta el sábado para ello. Salían de una tienda cuando se toparon con la perfumera. Les pareció que quería evitarlas, sin embargo, no tuvo más remedio que saludarlas.

—Me llegarán los folletines en unos días —dijo Pola—, por si querías pasar a recogerlos.

—Sí, claro, lo haré en cuanto pueda. Adiós. —En un pestañeo había recorrido ya diez metros.

—Vaya prisas lleva... —dijo Alfredo, prendiéndose un cigarro—. Ni que fuerais el demonio.

—No, pero ella lleva el mismo apellido que uno —anotó Violet.

—Y sabe dónde está. —Iris la observó perderse entre la multitud con los ojos entrecerrados por la sospecha—. Y no soltará prenda, así que le hablaré al inspector de ella. Pero dejemos de hablar de esa esaboría, que se nos amarga la jornada, y vamos a la mercería a comprar unos adornitos.

El muestrario de Pontejos era algo exquisito, pero elegir entre tantas cosas bonitas, hasta a Iris se le hacía a veces cansado. Así que suspiró, apartando la vista de unos lazos, y la clavó en el exterior a través de los huecos que una selección de cintas de colores dejaba en el escaparate. Le gustaba mucho esa plazuela, por *Fortunata y Jacinta*, una de sus novelas favoritas.

Sin dejar de mirarla, se abstrajo en recordar cuando se la leyó a Carmela, mientras sus amigas debatían si era mejor un lazo de tafetán o uno de encaje. Entonces vio fuera un rostro familiar. Corrió hacia el escaparate sin pensarlo. Y al poco notó que sus amigos estaban al lado de ella, como mochuelos sobre una rama.

—Señoras, ¿van a querer estos lazos? —preguntó amablemente la dependienta.

—Sí, un momento —dijo Pola, que luego acercó la cabeza a la de Iris—. ¿Qué ocurre?

—Braum. En persona. —Señaló con disimulo al centro de la plaza.

Allí, junto a la fuente de la que vecinos y aguadores sacaban el líquido sustento, estaba el conde. Impolutamente vestido, con sombrero caro y bastón, tenía al brazo derecho a una dama elegante de mediana edad y cabello castaño; al izquierdo, una joven de pelo rojo. Tan hermosa como afligida su expresión. Y frente a ellos, una anciana de moño alto y abrigo, a pesar del calor.

—¿Será Isabel? —musitó Marga.

—Voy a acercarme —dijo Iris.

Lorea trató de retenerla, pero salió escopetada. Con disimulo, se mezcló con el ambiente de la plaza. Se sintió como una espía, lo que dio más emoción a su incursión. Estaba dispuesta a cruzar unas palabras con ellos, con el pretexto de un encontronazo sorpresa. Al fin y al cabo, había saludado a Braum en el Ritz. Nada de malo tenía volverlo a hacer. A medida que se acercaba, escuchó a la anciana decir:

—Otro año más que no podemos ir de vacaciones al extranjero. Las guerras nos privan de todos nuestros divertimentos.

En un escenario así, a Iris, eso le pareció muy frívolo.

—Desde luego que sí —concedió la supuesta señora Braum.

—Isabelita, querida —la anciana miró a la muchacha—, ¿cómo le van a Bernardito sus negocios?

—Bien, abuela.

¡Era ella!, resonó en la mente de Iris.

—A ver si fijáis ya la fecha de la boda. Con tu edad no puedes demorarte mucho, o quedarás para vestir santos.

—Será pronto. Bernardo es un gran partido —dijo Braum, cuya mirada fue a parar a Iris, que se había quedado pasmada al saberla prometida—. ¿Señorita Pertierra?

Tuvo que recordarse a sí misma que era actriz, para salir de aquella.

—Discúlpeme, señor Braum, me han puesto unas gotas en los ojos, se me secan mucho en esta época del año, y no alcanzaba a distinguir si era usted o no. No quería molestar.

Las mujeres la miraron curiosas, y él se apresuró a presentarlas. La anciana era su madre, de nombre Petra. La de mediana edad, su esposa Adelina, y la más joven, su hija Isabel. Se dio una conversación breve y cortés, lo habitual en esos encuentros. Iris no podía dejar de mirar los ojos tristes de Isabel, que habían visto a Nicolás; sus manos, que lo habían tocado. Sus labios, que lo besaron. Y su vientre, que un día guardó el secreto de su amor prohibido. Y tuvo que sacar arrestos para fingir que nada de eso sabía. Se despidió de ellos más pronto de lo que habría querido, pues era imposible alargar más el encuentro.

Estaba casi en la puerta de Pontejos, cuando sus amigos salieron cargados con sus compras y se arremolinaron a su alrededor. Iris miró hacia atrás, pero ya no había rastro de los Braum.

—Es Isabel —les dijo—. En carne y hueso. Y... está prometida con un tal Bernardo.

La noticia fue como una bala al corazón de todos.

—¿Prometida? —musitó Pola—. Pero ¿y Nicolás?

—Pues muerto, Pola —dijo Lorea, más seca de lo que pretendió—. Quiero decir... que él ya no está, ella debe rehacer su vida. Y nosotros dejar el asunto en paz si va a casarse.

—De eso nada. Ese niño está alejado de su familia, y eso es una injusticia —convino Iris—. Diego y su madre podrían hacerse cargo de él.

—¿Y si alguien lo ha adoptado ya? —comentó Alfredo.

—Pues que reclamen a la policía —intervino Violet.

—Eso es. —Marga asintió—. Algo se podrá hacer. Y seguiremos investigando.

—Sí, pero comamos algo antes, por favor, esto de hacer de espía me ha abierto el apetito. —Clavó la mirada con disimulo en el vientre de Lorea—. Y mi sobrinita también tiene que comer.

Lorea le sonrió con cariño, y luego asintió con firmeza.

No hubo más averiguaciones, solo una opípara comida en un buffet italiano de la carrera de San Jerónimo, y una visita al Museo de Arte Moderno a Recoletos. Pero al menos tuvieron ocasión de divertirse, en medio de tantas dudas.

Por la noche, aunque sin hambre, Iris hizo espacio para el exquisito Saumon Froid del Ritz. La cena estaba siendo animada, porque Alfredo pronto hizo migas con los dos, y a Iris, el primo de Adrián le pareció la mar de simpático.

—¿Has estado en Barcelona alguna vez? —les preguntó el catalán.

—En varias ocasiones, en una *tournée* de Azucena. Ya le habrá puesto al corriente su primo de que es una gran artista.

—Grandísima. La vi interpretar una obra en Eldorado, y su talento me cautivó.

—*Moltes gràcies* —dijo ella con un acento andaluz que tiraba para atrás.

—Qué encantadora suena hablando catalán —le dijo emocionado Carles.

—Iris es de hablar muchas lenguas —anotó su representante.

Adrián bebió un trago, mirándola con una picardía que ella supo interpretar. Alfredo y Carles se rieron, captándolo también.

—¿Y usted, Alfredo? —indagó el catalán después.

—A mí también se me dan bien las lenguas, por si le interesa.

Iris notó una chispa entre ellos, pero no podía estar segura de que tuvieran iguales intereses, y apretó los labios, mirando preocupada a su amigo.

—No lo mire así —le dijo Carles con tono amistoso—. Nada más vernos, ya hemos sabido de lo nuestro.

Ella sonrió, aliviada; y Alfredo le dedicó a Bosch un brindis. Bebieron todos, contentos. Y como estaban en una mesa apartada, lejos de oídos indiscretos, Carles dijo:

—Sospecho que es usted el amigo de Iris que mi primo sacó de comisaría.

—Sí, el mismo. —Alfredo asintió con pesar.

—Viví una experiencia similar, siendo muy joven, en un verano en Italia, en la villa de un viejo amigo.

—Si puede préstemelo, que también quiero ir a una villa a pasar el verano —le dijo Alfredo.

—Seguro que estará encantado de recibir allí a mis nuevos amigos.

Cruzaron otro brindis y dieron otro trago al champán que les supo a gloria. Mientras seguían disfrutando de la cena, Carles les contó lo sucedido.

—El champán y la juventud le hacen a uno olvidar la prudencia, y en medio de una fiesta, ese amigo y yo nos escabullimos a la biblioteca. Por esa época andábamos descubriéndonos en nuestros asuntos. Uno de los invitados nos encontró. Furioso, nos arrojó cuanto encontró a mano. Tuve un chichón aquí del tamaño de un tranvía. —Se señaló la frente.

—Qué disgusto debió de pasar —dijo Iris.

—Se nos fastidió el verano. —Carles suspiró—. A uno estas cosas le estropean las experiencias que a otro le son normales, bonitas incluso.

Alfredo asintió con aplomo.

—¿Usted y su amigo...?

No hizo falta que terminase la frase, para obtener la respuesta.

—Él se casó, como tantos otros que se ven obligados a ello. Y a ser infieles el resto de su vida, buscando lo que de verdad necesitan.

El sevillano y él se miraron profundamente. Ambos sabían de los estragos de aquello. Por ser los amigos de los casados, o por ser los amantes.

—No os pongáis tan tristes —dijo Iris—. ¡Venga, un traguito más de champán! Que se vayan las penas —rellenó las copas—. Además, en Barcelona, precisamente, asistimos Alfredo y yo a una tertulia en defensa del matrimonio entre hombres. No había muchas voces, y nos dispersaron pronto, pero fue emocionante, bonito. Así que, nunca se sabe. Quizá las cosas cambien.

—Eso es —dijo Adrián, mirándola con cariño.

—Por que las cosas cambien. —Alfredo levantó su copa—. ¿Cómo se dice «brindemos» en catalán?

—*Brindem.*

—Pues *brindem*, y to los días si se puede.

Entre risas, por aquella mezcla de acentos, brindaron.

—Ya me podría ir a Barcelona otra vez sabiendo brindar en catalán —dijo Alfredo después.

—Bueno, conozco a gente a la que no le gusta hablarlo.

—¿Cómo que no? Si es una lengua muy bonita —comentó Alfredo.

—Asuntos políticos. Que todo lo estropean. Y de eso no se habla en una mesa, ya lo saben.

Asintieron todos, y bebieron otro trago.

—¿Le gustó Barcelona entonces? —le preguntó Carles al representante.

—Sí, pero como ciudad me gusta más Madrid.

—Es *maca* Madrid, pero más *maca* es Barcelona. Tenemos cosas preciosas. —Le dijo un montón de ellas y concluyó—: El barrio gótico, la Sagrada Familia...

—Que está sin terminar...

—*Déu-n'hi-do!!!* ¡¡¡Una cosa así no se *fa* en dos días!!! ¿Sabe qué tenemos que no tienen en Madrid? Playa. Y nuestros clubs de *natació*.

—No soy mucho de playa —dijo Alfredo, renegando—, me da miedo que me salga un bacalao con más hambre que vergüenza y me dé un bocao donde la espalda pierde el nombre.

Soltaron los demás una carcajada tan sonora, que hasta hubo quien los miró.

—Además, que soy andaluz —agregó el representante—, y por encima de Madrid y de Barcelona está Sevilla.

—Solo he estado allí una *mica*. Tendría que verla mejor. Y de la mano de un sevillano experto, que me enseñe sitios que nadie más conoce.

Alfredo lo miró con picardía. Iris y Adrián, notándola, se miraron también.

—Sale un tren a las siete y veinte de Atocha, no sé cómo lo ve. Podríamos estar allí unos días.

—Menudo escándalo, acabándonos de conocer, irme a Sevilla con usted —bromeó Carles.

—Y sin escolta, porque nosotros no podemos acompañaros —anotó su primo.

Iris se aguantó la risa.

—Vais a tener que confesaros después, me temo —dijo.

—En la catedral de Sevilla mismo —concluyó Carles.

Aunque dicho entre bromas, había sido un acuerdo real, e hicieron planes para el viaje.

Tras la cena, pasearon para aligerar las viandas, escoltados como de costumbre. La noche estaba fría y el marqués cubrió los hombros de Iris con su chaqueta, gesto que ella agradeció.

—Adrián —le dijo, cogida de su brazo—, mi Alfredo es más bueno que un sol, espero que Carles se porte bien con él.

Ellos, unos pasos adelante, conversaban entre risas, acercando los cuerpos cada vez más.

—Él también es muy bueno. Además, nunca lo había visto mirar a nadie como a Alfredo.

Ella asintió, e iba a responder con algo bonito, pero vio a dos tipejos que los miraron de mala manera, y se le cortaron las ganas.

—No me gustan nada esos dos —dijo.

—Son solo unos rateros, no te preocupes. Se pasa hambre y la gente se lanza a arramplar con cualquier cosa, aunque sea del bolsillo ajeno.

Dijo aquello, pero lo vio hacer un gesto a los escoltas, que asintieron pendientes de ellos. Los rateros se alejaron calle del Prado abajo, y ella los observó con una angustiosa sensación que, por suerte, Adrián borró con un beso en los labios.

55

El palacio Xifré, en el paseo del Prado, era un guiño castizo a la Alhambra. Había quien se admiraba de su exterior, de sus blancas ajaracas, cenefas y ajimeces; de sus arcos, sus columnillas y tracerías arabescas. Y si los exteriores no dejaban indiferentes a nadie, los interiores ponían la sorpresa y la delicia en quienes lo mirasen. Llenos de bovedillas colgantes, de tracerías azules, rojas y oro; de herraduras angreladas y ajimeces calados que dejaban pasar la luz por alabastros y vidrios coloridos. El patio, con su fuente central, los artesonados, las cenefas..., todo era hermoso; sin embargo, a pesar de eso, había caído en el olvido largo tiempo, porque era incómodo como residencia. En los días de aquel juicio severo del abandono salió a subasta voluntaria y estaba en manos de unos duques, que entre que lo habitaban y que no, permitieron a la sociedad celebrar allí su fiesta, quizá por la amistad que unía a uno de los arquitectos con la ilustre familia.

A Pola se le abrieron los ojos admirando el lugar; embriagada por el olor a azahar, de la comida y los vinos, de la música de la orquesta que interpretaba valses con instrumentos árabes. Llevaba un vestido hermoso, acorde con el lugar, bien traído a base de adornos, de los bocetos de Alfredo y de la prisa de las modistas. Junto a ella y sus amigas, iban también Iván, el marqués, Agatha y Beltrán, todos vestidos con moruna elegancia. Hasta el servicio, con bandejas de plata bien provistas, lucía chalecos, fajines y pantalones a la turca.

Pola tomaba uno de los traguitos que servían, cuando alguien le susurró al oído:

—No sabía que ninguna sultana hubiera tenido el cabello del color del fuego.

Se giró, encontrándose con Diego, y lo miró pasmada. Estaba guapo a rabiar.

—Estás... bellísima, doña vinagre.

—Tú tampoco estás mal —respondió con una sonrisilla—. No sabía que venías a la fiesta.

—Iván me ha invitado.

Comprendió ella aquel gesto que Iris le hizo cuando mencionó que iría sola.

—Y he venido porque sabía que tú estarías —agregó él.

Casi se le escurre la copa de tan melosas como fueron sus palabras, y el corazón le bailó un poco. O un mucho. Y eso la hizo sentir tan extraña como agradada.

—¿De verdad? —dijo, por decir algo, porque hablar se le hacía difícil con ese trajín de latidos.

—De verdad. Y me gustaría bailar contigo, si tú quieres.

—Será un sacrificio titánico, pero lo haré.

Él rio con ganas, mientras ella posaba la copa sobre una mesa alta. Diego saludó al resto del grupo, todos contentos de verlo, y luego le pidió permiso a Beltrán para sacar a bailar a Pola.

—Claro que sí, siempre y cuando sepa que es probable que le pise. Mi hija no acostumbra a bailar.

—Padre... —regañó ella.

—Creo que me arriesgaré.

Sin decir más, la tomó de la mano y la condujo al espacio diáfano que ocupaban otras parejas.

—Es verdad que no sé bailar muy bien —dijo ella, adoptadas las posiciones.

Diego hizo un poco más de presión con la mano en su espalda, y aferró con firmeza la que sujetaba la de ella.

—Yo te enseño, librera.

Pola contuvo el aliento, y aunque al principio se sintió torpe, él supo llevarla.

—No sabía que un profesor supiera bailar tan bien el vals —le dijo con cosquillas en el vientre, sintiéndose ligera cual mariposa en aquellos giros—. ¿Practicas entre clases?

—Sí, con un libro. Me imagino que es una dama hermosa.

—Espero bailar mejor que tus acompañantes imaginarias.

—Mucho mejor —dijo él, y le soltó un guiño que casi la desarma.

Pola no pudo apartar la mirada de él, en tanto que acercaban los cuerpos, más de lo permitido en aquel baile. Y cuando acabó, quiso seguir bailando toda la noche, pero sería excederse. Así que, con una sonrisa, reservaron un baile para más tarde. Fueron junto a Violet e Iris, que apostadas al lado de unas grandes palmas, en una esquina del patio, tomaban unas copas. La librera sonrió al ver bailar a su padre con Agatha, a Lorea con Iván y, sobre todo, a Adrián con Marga. Él le había dicho que un vestido así había que lucirlo y la convenció para ello.

—Isabel está aquí —dijo Iris reclamando su atención.

Siguieron las indicaciones de ella, dadas con disimulo, y vieron a Braum, a su esposa y a su hija conversando con dos caballeros. Ella seguía con su expresión triste, asintiendo sin decir nada, hasta que una chica se les acercó, y ella e Isabel se dieron un abrazo. Al cabo de unos minutos se movieron en dirección al tocador.

—¿Vamos tras ella? Quizá tengamos ocasión de conversar —dijo Iris.

Como Lorea no estaba para regañarlas, y Diego en esos espacios no iba a meterse, allá que fueron las tres. Entraron en el aseo a la par que ellas, y se saludaron con la cortesía de los encuentros entre mujeres en espacios privados. El lugar gozaba de la misma decoración que el exterior, alegrado también por altas palmas en macetones. En una estancia principal estaban los lavamanos, con toallas y afeites, y tras unas portezuelas, los baños privados. Isabel y su amiga entraron en ellos, y las chicas quedaron frente al espejo fingiendo que se retocaban, bajo la atenta mirada de una doncella, encargada de custodiar el lugar y atender a las posibles necesidades.

En ello estaban, nerviosas, cuando oyeron a Isabel soltar un resoplido enfadado.

—Qué inconveniente más grande, Lola —dijo.

—¿Qué te pasa? —preguntó su amiga desde el otro baño.

—La dichosa menstruación, me ha llegado antes de tiempo.

Las chicas se miraron, compadeciéndose de ella. No era grato andar en una fiesta con aquello, que no traía más que incomodidades.

—Qué mala pata, ¿te has manchado el vestido? —le preguntó Lola.

—No, menos mal.

—Afuera hay paños, te busco uno.

Iris, rápida, escondió los que había tras una planta. Se quedó con uno, que metió en su ridículo, hecho un rulo. Y Violet, más rápida aún que ella, sacó a la doncella de allí casi a rastras, mientras la muchacha la miraba con sorpresa.

—Te doy una propina si no dices nada —fue lo último que oyeron a Violet.

Lola salió al tiempo en que la puerta se cerraba. Les dedicó una sonrisa y fue a coger un paño.

—¡Pues no hay ni uno! —dijo con disgusto—. ¿Dónde está la doncella? Iré a buscarla.

—No, qué vergüenza, que luego chismorrean —respondió su amiga.

—Pero mujer, ¡que es su trabajo! Y ni que fuera la peste —se quejó la otra.

—Parece mentira que digas eso. Lleva una este asunto en silencio porque la gente se incomoda, como para dejar que hable el servicio de que estuve toda la fiesta manchando paños. Desluciría una situación así. Déjalo. Me apañaré.

—Tenga —dijo Iris, dándole el robado—. Siempre llevo alguno conmigo, por si las moscas. Está sin estrenar.

La chica dudó, pero luego tiró de él y le dio las gracias. Se lo dio a su amiga por una rendija de la puerta y esta soltó un suspiro de alivio. Violet regresó entonces al aseo, sonriendo con disimulo.

Al poco, Isabel salió de su cubículo. Mientras se lavaba las manos, les dijo:

—Muchas gracias, menos mal que estabais aquí.

—Si no ha sido nada —dijo Iris—, tengo un montón. Los guardo en un cajoncito de un mueble que me trajo mi amiga Violet de Inglaterra, ¿cómo era ese estilo tan famoso, Violet?

—Chippendale —soltó la inglesa, siguiéndole el juego.

A Pola casi le da un soponcio, pero se le pasó pronto cuando Isabel dijo, con una sonrisa fugaz:

—Yo también tengo uno. En el saloncito donde tomo café.

—Isabel, vámonos, por favor, que va a tocar mi baile con José. —Lola la cogió de la mano.

Ella volvió a darles las gracias, y salieron juntas de allí.

—Habéis estado rapidísimas —dijo la librera, ya a solas.

—Lo de sobornar gente tiene su punto de emoción —dijo su prima—. Y qué asombrosamente has colado lo del mueble, Iris.

—Tantos años en la farándula tenían que servirme de algo. Vamos a contárselo a las demás.

Iris oteaba el salón junto a sus amigas, buscando a las demás. Pero el número de invitados había crecido, y el lugar estaba atestado. Se colaron entre el tumulto y toparon con uno de los escoltas de Adrián, que al igual que otros estaba allí para proteger a sus pagadores. Le preguntó por el marqués, y él indicó con somero gesto al centro del patio, junto a la fuente. Iris lo vio conversando allí con el resto del grupo, riendo. No sabía de qué, pero estaba guapísimo cuando reía, y quiso besarlo de inmediato. Iba hacia él, junto a sus amigas, cuando un empleado del servicio, bandeja en mano, pasó por delante. Juró haberlo visto antes. No sabía dónde, hasta que el recuerdo del paseo tras la cena en el Ritz, le llegó a la mente, y una punzada le agujereó el pecho. Una sensación que se volvió insoportable cuando lo vio mirar a Adrián como un lobo a su presa.

—Pola, no me gusta ese hombre.

Lo señaló, al tiempo en que él se llevaba la mano derecha al costado, y soltaba la bandeja sobre una mesa. Su chaleco se movió, e Iris pudo ver un arma.

—¡Lleva una pistola! —gritaron Pola y ella, tratando de advertir a todos.

Pero la orquesta sonaba demasiado alta y el bullicio de las conversaciones era ensordecedor. Iris soltó la mano de Pola y corrió hacia Adrián. Apenas llegó frente a él, lo tomó por lo hombros, reclamando su atención.

—¡Adrián! ¡Tienes que salir de aquí!

—¿Qué sucede, Iris? —preguntó él, ceñudo.

Un disparo retumbó por encima de sus palabras y la música. Iris sintió una quemazón en el hombro. Un frío extraño a la par. Y luego, el calor de la sangre. Los gritos de espanto y alerta lo llenaron todo. En un pestañeo, ella llevó la mirada hacia donde estaba el tipo. Violet y los escoltas se abalanzaban sobre él, pero sus intenciones eran disparar una segunda vez, a toda costa. Iris abrazó a Adrián, para cubrirlo con su cuerpo, y cerró los ojos. Aquel mordisco de metal se le hendió en el costado. Un zumbido le llenó los oídos; el cuerpo, una insoportable angustia. Adrián la cogió en brazos, pero se escurrió sin fuerzas en ellos, al filo de la fuente. Tiñó su sangre el agua pura y las bellas cenefas.

—¡Iris! —llamó él.

Solo pudo contestar con un trémulo balbuceo por la conmoción. Los ojos se le cerraban; oía voces, gritos, pisadas. Vio a sus amigas arremolinarse a su alrededor; notó la presión de las manos de Adrián en su hombro; las de Lorea en el costado.

—¡Papá! —Oyó gritar a Pola.

Y entonces tuvo los dedos del médico en su muñeca, midiéndole el pulso. Sonaban sus voces cada vez más lejanas; las luces más débiles. Los ojos se le cerraban, y el ruido cedía espacio al zumbido en sus oídos, cada vez más insoportable, como el dolor.

—Hay que llevarla al hospital, está perdiendo mucha sangre —dijo Beltrán.

Iris notó que la elevaban, y entornó los ojos. Velado por una neblina, vio el rostro de Adrián lleno de temor, de lágrimas. Vio la desesperación de su mirada. Y también quiso llorar, porque moriría y no volvería a verlo. Ni a besarlo ni a hacerle el amor. Ni a reír con sus lisonjas. Ni a pelear por tonterías. Tampoco vería más a sus amigas, ni escucharía sus risas ni las de Alfredo. Su querido amigo, en Sevilla, no llegaría a tiempo de verla más con vida. Ni vería ella más su amada ciudad ni a pisar un escenario. Ni acabar la obra para su hermana. Ni a estrenarla. Ni a leer una sola rima de Bécquer. Y sintió una angustia terrible. Porque no quería morir. Le quedaba mucho por hacer. Una vez había oído que uno se arrepiente más de lo que no ha hecho, que de lo que ha hecho. Y cuánta razón tenía.

—Iris, mírame. No dejes de mirarme. Te quiero. Quédate conmigo.

Ella trató de hacerle caso a Adrián, al borde del desmayo. Decirle que también lo quería, pero se sentía sin aliento, adormecida, arrollada por el frío. Se desvanecía ya, cuando volvió a oír su voz:

—«Dos rojas lenguas de fuego, que a un mismo tronco enlazadas se aproximan y al besarse forman una sola llama; dos notas que del laúd a un tiempo la mano arranca y en el espacio se encuentran y armoniosas se abrazan». Sigue tú, mi vida. Háblame. No te duermas. Déjame oír tu voz.

Iris sintió que volvía a ella la negrura y notó el tirón de inicio de la marcha de un coche, un dolor punzante en las heridas. Aquella agitación la mareó; sin embargo, halló fuerzas para hablar.

—«Dos olas que...». —Tragó saliva; la boca le sabía a hierro, y su voz era trémula como hoja que agita el viento—. «Dos olas que vienen juntas a morir sobre una playa y que al romper se coronan con un penacho de plata».

—«Dos jirones de vapor que del lago se levantan y al juntarse allí en el cielo forman una nube blanca» —continuó él, acariciándole el cabello, besándole la frente, llenándole de lágrimas el rostro.

—«Dos ideas que al par brotan, dos besos que a un tiempo estallan, dos ecos que se confunden. Esas...».

—«Esas son nuestras dos almas» —dijeron a la par.

Iris intentó sonreír, decirle un «te quiero», un «adiós», pero se le cerraron los labios y los ojos, y se le apagaron los pensamientos.

56

Quedaba en sus ropas sangre de Iris, jirón de una nube roja testigo de una noche de terrible tormenta, mientras aguardaban de los médicos alguna señal en el pasillo del hospital. Las horas pasaban como si no pasasen. Pareciera que al tiempo también le habían disparado y se hubiera detenido. Siete horas horribles de rezos y exhalaciones de angustia, en las que la policía acudió a tomar declaraciones. Se confirmó, pues así lo había confesado el reo, que era una venganza contra Adrián. Aquello hundió al marqués aún más en la desesperación y la culpa. Al filo del alba estaban tomándole declaración a Violet y a su madre, en una sala contigua al pasillo de espera, cuando apareció el inspector con expresión abatida.

—¿Cómo está Iris? —preguntó atropellado.

—No sabemos nada —le dijo Lorea—. Está en la sala de operaciones.

—Dios santo, ¿cómo ha podido pasar algo así? Ese cabrón... —Miró luego al marqués—. La culpa la tiene usted. Esto no habría pasado si usted no anduviese enredado con ella.

El marqués lo miró con los ojos vidriosos.

—Eso ya lo sé...

—Debería aprender la lección y dejarla tranquila para los restos, no es bueno para ella.

Pola observaba aquel cruce de palabras, y quizá tenía que haberse callado, pero los nervios le hicieron hablar.

—Inspector, si Iris está con él es porque le quiere y usted no es nadie para decir con quién debería estar ella o con quién no.

—Sé lo que me digo. —Y volvió la mula al trigo. O el inspector a sus acusaciones—. ¿Ha dejado ya a su prometida? Supongo que no.

Adrián se levantó de golpe y fue hacia él.

—Cállese, que usted está casado, y no deja de lisonjearla —dijo encarándolo.

—Solo somos amigos.

—Amigos... Ya sé lo que pretende.

—Por favor, no discutan. —Diego se coló entre ambos, y los separó.

Iván se acercó, por si le hiciera falta ayuda al profesor, porque había visto toros con miradas menos bravas, que las que tenían esos dos. Sin embargo, el inspector masculló algo y se apartó. Tras encenderse un cigarro, señaló a Adrián y le dijo con voz grave:

—Si Iris se muere, se las va a ver conmigo.

—Si Iris se muere, me voy a pegar un tiro, así que va a dar igual.

—¡Caballeros! —intervino Beltrán—. Basta ya, por favor. Hay señoritas delante.

Bufaron los dos, y el inspector se marchó a hablar con dos policías, pasillo abajo.

Pola le pasó la mano por la espalda al marqués.

—Adrián, ella le quiere, eso no lo dude.

—Pero es verdad que se ha puesto en riesgo por mi culpa.

—Ya. Pero usted sabe que Iris es de esas personas que se arrojarían al peligro por quienes ama. No se deje vencer por el desánimo. —Aquello se lo dijo también a sí misma—. La veremos salir de aquí cantando un cuplé y poniéndose carmín en los labios.

—Está muy guapa cuando lleva carmín. Siempre lo está. —Sonrió fugazmente—. Gracias por tratar de animarme. Haré algo útil, para no volverme loco. Telefonearé a Alfredo al hotel. Tiene que saber lo que ha pasado antes de enterarse por la prensa.

Las chicas asintieron e Iván lo acompañó, por echarle un ojo. El marqués parecía a punto de caerse en redondo de un momento a otro.

Dos horas más tarde apareció al fin un médico. Corrieron hasta a él, asaltándolo a preguntas. Les pidió calma con un gesto, y del mismo modo les dijo:

—La señorita Gómez ha perdido mucha sangre y se halla en una situación crítica, pero hemos extraído las balas sin que sufrieran daños sus órganos vitales y realizado transfusiones. Ahora cabe esperar que su organismo las acepte y recupere la normalidad.

—Entonces... ¿sobrevivirá? —El miedo encogió la voz de Adrián.

—No podemos aseverarlo aún, pero tengan fe. Váyanse a casa y recen por ella.

—No pienso marcharme hasta que no la vea —dijo el marqués, a lo que todos asintieron.

—Pueden pasar muchas horas hasta que eso suceda, señor. Cuidaremos de ella. Al menos descansen un poco, y vuelvan luego si quieren.

El médico se marchó, y a pesar de que habrían querido aferrarse a esos muros y no dejarlos hasta no verla, siguieron su consejo, aunque fuese para quitarse las ropas llenas de sangre, sudor y malos recuerdos. Caminaban pasillo abajo, cuando Diego se situó al lado de Pola, que, rezagada, miraba hacia las puertas por las que había salido el doctor.

—Pola —rozó la mano de ella con la suya—, todo irá bien.

—No lo sé, Diego... ¿Y si...?

—No pienses en eso. —Tomó su mano—. Iris saldrá de esto, riéndose, diciendo lo guapo que era el médico.

La librera esbozó una sonrisa, perdida entre lágrimas, que él secó con los pulgares.

—¿Puedo abrazarte, Pola? En realidad quería abrazarte siempre. —Dejó las manos en sus mejillas, mirándola a los ojos con calidez—. Porque hueles a jazmines y libros, y me gustan mucho esas cosas. Y... porque también me gustas tú. Más de lo que podrías imaginar.

A Pola se le arrebolaron los pensamientos, y miró de reojo a los demás. Estaban ya pasillo arriba, y su padre andaba distraído hablando con el marqués.

—Puedes abrazarme, pero no puedes decirme que te gusto. No ahora.

—¿Por qué no?

—Porque no puedo pensar en si tú me gustas, teniendo la cabeza en otras cosas.

—Sí, ya sé que no es el momento más adecuado, pero cuando esos hombres han disparado, solo podía pensar en ti, y en lo horrible que sería si algo te pasase.

—Te he oído llamarme desesperado entre los gritos —dijo Pola, recordando el amargo momento, con una punzada en el pecho—. Y también te he buscado. Pero, Diego, no quiero arriesgarme a querer a nadie más, y perderlo. Igual que Isabel perdió a Nicolás; igual que Adrián casi pierde a Iris. Igual que perdí a mi madre.

Él la miró comprensivo y le rozó con los pulgares el rostro suavemente.

—Es horrible amar algo que la muerte puede arrebatarte, pero peor es no haber amado nunca.

La muchacha asintió, y enterró el rostro en el pecho de él, buscando su cobijo. Diego la estrechó con todo su ser, hasta que no les quedó más remedio que marcharse.

Más tarde, ya en la casa de los Martínez, Pola iba a meterse en la cama cuando su padre asomó.

—¿Me dejas que te arrope, como cuando eras niña?

Ella asintió y coló las piernas bajo las sábanas.

—Tu madre siempre se reía cuando te hacía esto. —Beltrán la tapó y remetió las sábanas por debajo de su cuerpo—. Decía que parecías un bacaladito empanado.

Pola rio, y puso la mejilla para recibir un beso de él.

—¿Usted cree que Iris se pondrá bien?

—Claro que sí, hija —dijo tras besarla.

Ella sabía que se lo había dicho con el afán de un padre que no quiere ver preocupada a su hija, pero lo creyó, como si fuera la verdad más absoluta del universo.

57

Iris soñó que jugaba con Carmelita, en un campo de amapolas, niñas de nuevo. Reían, corrían, vociferaban de alegría. Su hermana le puso una flor en el cabello y le acarició la mejilla. «Tengo que irme —le dijo—, pero volveremos a vernos». Iris le preguntó si no se podía ir con ella y su hermana le contestó:

—Por mucho que te quiera, todavía no. Aún tienes que ser muy feliz donde estás.

Y entonces abrió los ojos, confusa, en una habitación desangelada, y los recuerdos de lo ocurrido le llegaron de golpe. Una caterva de enfermeras la rodeó, y luego otro montón de médicos. Tras confirmar que lo peor había pasado, la dejaron descansar. Nunca había pasado tanto miedo, ni el cuerpo le había dolido tanto. A pesar de eso, y aunque si se movía le tiraban los puntos de sutura, pensó que sería capaz de salir corriendo por la felicidad de estar viva. No estuvo sola mucho tiempo, pues llegó el inspector. Y aunque no era quien más esperaba, se alegró.

—¿Cómo estás, Iris? —preguntó él cogiéndole las manos con delicadeza.

—Mejor que en el Ritz.

—No pierde usted el humor. —Sonrió con cariño—. Nos ha dejado muy preocupados. En adelante todo es que se recupere y la veamos volver a cantar. Dígame, ¿necesita que le traiga algo?

—A mis amigas.

—Vendrán luego, antes he de hacerle unas preguntas.

—¿Y Adrián?

—Debería usted preocuparse por sí misma y por nadie más. Y menos aún por un hombre que ha sido el causante de esta desgracia.

Iris le soltó la mano, disgustada. Él recibió ceñudo aquel gesto brusco.

—Él no tiene la culpa de nada. Él no apretó el gatillo.

—Ya, pero ese hombre iba a matarlo a él.

—Eso me da igual. Me habría puesto delante de veinte balas si fuera preciso con tal de salvar su vida, ¿comprende? Y ahora hágame las preguntas que sea, que quiero ver a mis amigas.

Gonzalo asintió mientras chasqueaba la lengua. Acercó una silla a la cama, tomó asiento y le pidió detalles de lo sucedido. Al hablar de ello, Iris sintió angustia y confusión como entonces, y le llegó el dolor como si le hubieran disparado de nuevo. Temió que otra mano empuñase otra arma y acertase aquella vez al marqués. Se sacudió con un escalofrío, y hasta el inspector percibió su mueca.

—¿Quiere que avise a un médico?

—No se preocupe, estoy bien, lo que me turba no es mi salud. Temo por Adrián, las balas iban para él. Tiene que ver si ese hombre tenía cómplices, no sea que le pase algo, por favor, como se me muera… —Solo de pensarlo se le abrasaba el alma con el fuego de la pena más profunda.

—Haré lo que esté en mis manos, se lo juro. Él y sus cómplices, de haberlos, serán castigados por la justicia. A garrote, si es menester.

—¿Garrote? —Tragó saliva—. Ese hombre..., creo que solo estaba desesperado por su causa.

—Es usted demasiado buena, y ese criminal, un inepto por pensar que al matar al marqués se arreglarían sus problemas. La muerte de un patrón no soluciona nada. Otros, con igual y legítima causa, luchan por otros medios y consiguen más. La dejo que vea a sus amigas, pero estaré cerca por si me necesita.

La besó en la frente, más fraternalmente que otra cosa, y se marchó.

Apenas unos minutos después entraron todas en tropel.

—Ay, Iris. —Sollozaban—. Que creíamos que te perdíamos.

—No voy a dejaros solas, que no os apañáis sin mí.

Rieron entre lágrimas y la abrazaron una a una, dándole besos en las mejillas. Iris tuvo que decirles mil veces que estaba mejor para que se lo creyeran. Cuando le dejaron un poco de espacio, Diego e Iván se acercaron a preguntarle cómo estaba.

—A pedir de boca. Aguardando que me traigan una copita de champán y un...

Se quedó a medias, porque vio a Adrián en la puerta, mirándola con los ojos empañados. Corrió hacia ella, y rompió a llorar mientras la abrazaba. Los demás se hicieron gestos unos a otros y los dejaron a solas.

—No llores, alma mía, estoy bien —dijo ella.

—Creí que te perdía —dijo mirándola—. Lo siento tanto... Te han herido por mi culpa.

El profundo dolor en los ojos de él quebró a Iris en llanto también.

—La culpa es de ese hombre nada más, y yo moriría por ti, Adrián. Una y mil veces.

—¿Y qué sentido tendría el mundo si tú no estuvieras?

Se secaron las lágrimas mutuamente.

—Pues ninguno, para qué nos vamos a engañar, pero gastarías menos en el Ritz.

A él le dio una risa muy tonta, en medio de tanto llanto, que se le contagió a la sevillana.

—Me gasto un imperio en ti si hace falta. Y en cuanto estés mejor te llevo donde tú quieras. Para empezar, a la iglesia a casarnos.

—No estoy para que digas cosas que no vas a cumplir —regañó.

—Eso ya está cumplido, vida mía. He telefoneado a mi prometida y le he dicho que no podemos casarnos, que estoy enamorado de otra mujer. Mi padre me desheredará, probablemente, pero tengo mi propia fortuna y no te faltará nada.

—Se te olvida que gano buenos cuartos y no tengo que depender de ti —dijo cariñosa—. Así que, aunque fueras pobre, me casaría contigo, porque ganaría para los dos.

Él rio de nuevo y se dieron un beso largo. Iris, a pesar de haber estado cerca de la muerte, se sintió más viva que nunca, más llena de felicidad.

—Y te voy a decir una cosa, que quise decirte anoche, cuando me traías de vuelta al mundo con aquella rima de Bécquer.

—¿El qué?

—Que te quiero, alma de mi alma.

Iris jamás había visto los ojos de nadie brillar tanto.

En tan especial momento, Alfredo entró en la habitación como un capitán en batalla. Al marqués apenas le dio tiempo a echarse a un lado, cuando se lanzó a abrazarla.

—Azucena, prenda mía, ¡qué angustia más grande he pasado al pensarte muerta!

—Por el dineral que te ibas a gastar en flores para el entierro, ¿no?

Él la miró a los ojos con un regaño, pero al final rieron los dos.

—No me voy a separar de ti nunca más. Ni aunque me arrastren.

Ella le palmeó los mofletes.

—Qué bien te ha sentado Sevilla, si hasta hueles a azahar. —Miró entonces hacia la puerta, y vio a Carles apoyado en el marco, contemplándola con una sonrisa—. Carles, estás aquí.

—Claro que sí… ¿Cómo estás, *bonica*?

—Bien acompañada.

—Pues cuando salgas de aquí te vas a quedar patitiesa —le dijo Alfredo, sentándose al filo de la cama—, hay una cohorte de admiradores en la puerta con ramos de flores, preocupados. De esta no puede ser que esperemos a septiembre para que vuelvas a los escenarios.

—No me la atosigues, Alfredo —regañó el marqués.

—No pasa nada, Adrián.

Su amigo la besó en la frente con mucha alegría. Él le preguntó cómo había sucedido todo, pero ella negó con la cabeza.

—Ya te lo contaré, ahora háblame de Sevilla, no quiero oír más penas, ¿dónde habéis estado?

—En tos laos —miró con un guiño dulce a Carles, y el catalán se lo devolvió con cariño—, y llevé a Carles a la Venta de Eritaña a comer huevos fritos, que tanto te gustan. Tengo que contarte un montón de cosas de cuando estuvo el rey en Sevilla. Lo que te perdiste, alma mía.

58

Iris salió del hospital con prescripción de descanso, y Lorea, que había tenido que irse a Vitoria a celebrar su boda, regresó del norte ya como mujer casada. Pero ni la una ni la otra, ya fuera por los médicos o por una luna de miel sin salir de Madrid, faltarían a la reunión de la Sociedad, en su querido rinconcito. Ni aunque el mismísimo diablo tuviera empeño en lo contrario, habría podido evitarlo.

—Qué bien te sienta la vida de casada, Lorea —le dijo Iris con mucha guasa.

—Yo me veo igual que antes. —Lorea se encogió de hombros.

—Que no, tonta, que a una le da un color especial en la cara ser mujer casada.

—Sigues tomando los opioides para el dolor, ¿no? Por eso lo dices.

Ella rio con ganas.

—Qué alegría volvernos a reunir —dijo Violet.

—Sí —asintió Iris—. Aunque no nos vendría mal que soplase un poquito de aire, ¿abrimos la puerta, Pola? —Al verla mirar ensimismada al mostrador, le dio un codazo—. Por más que mires los chocolates que Diego te ha mandado, no va a aparecer entre ellos de sorpresa. Que digo yo, mandarte chocolates con estos calores. Será profesor, pero luces… tiene pocas.

Marga ahogó una risa.

—Son de las Vascongadas, mujer, como Lorea, y vienen con el frío integrado —le dijo Pola, tras sacarle la lengua.

La mencionada rio, sacudiendo la cabeza.

—Creía que los profesores no trabajaban en verano, prima.

—Son unos cursos de verano. Además, así saca a Rosa de Madrid, y la libra de estos calores infernales que no se van ni baldeando los suelos con hielo siberiano. —Pola abrió la puerta, pero no corrió ni un suspiro. Vio pasar a unos muchachos repartiendo panfletos con proclamas sobre la huelga que rondaba el horizonte—. Julio está como la política, encendido.

—¿Le has dado una respuesta a tu galán? —le preguntó Iris cuando regresó junto a ellas.

—No he andado tranquila para pensar en nada, pero… gustarme me gusta. A esa conclusión sí he llegado. Y lo cierto es que lo echo de menos.

Rondaron las bromas sobre ella y Diego un ratito, hasta que Marga preguntó:

—¿Hay noticias de los Braum?

—Le dije a mi marqués que tenía interés en tomar café con ellos, pero están de vacaciones. Y eso tendríamos que hacer nosotras. Irnos a la finca de Antonio, al fresquito de la vera del mar. Y nos quedamos hasta la boda. Mi padrino engalanará su capilla de flores, y me llevará del brazo al altar.

A Iris le relucieron los ojos, y soltaron sus amigas un suspiro a la par que ella.

—Y podríamos quedarnos hasta que nazca la criatura —agregó—. Allí estarías tranquila, Lorea, y te piensas cuándo regresar a Madrid.

—En cuanto nazca. Le pese a quien le pese. Ya lo he hablado con Iván.

—¿Crees que es prudente? —dijo Marga con tiento—. Sabrán que te casaste encinta.

—Bueno, pero pensarán que es de Iván, muy pocos saben cuándo nos conocimos, y me angustia la idea de poner mi vida en pausa, en dejar los estudios. No puedo aparcarlos, menos aún con las excelentes calificaciones de este año, he de aprovechar el contento de los profesores.

—Loreíta... —Iris puso la mano sobre su pierna—, nosotras estaremos contigo, pase lo que pase y digan lo que digan, pero ¿y tus padres?

—Les conté la verdad en la boda. No podía seguir mintiéndoles.

—Espero que no se enfadasen mucho —dijo Violet.

—Mi madre ya lo sospechaba, y mi padre no me habló en dos días. Pero Iván y él tuvieron una conversación, de esas entre hombres, y volvió a dirigirme la palabra. Me regañó, no obstante, diciéndome que había confiado en mí para dejar que estudiase Medicina, y en Madrid, y que le había fallado, pero bueno... —Suspiró—. Aunque será un año difícil, haré que mi hijo se sienta orgulloso de todo cuanto su madre consiguió.

—Hi-ja. ¡Será niña! —insistió Iris—. Y orgullosa estará, como todas nosotras de ti.

—Gracias, aunque no sé cómo voy a arreglármelas para estudiar, ser madre y... mujer casada.

—El arquitecto gana buenos cuartos, que pague ayuda en casa, y sus tías se llevarán a la niña de paseo cuando la mamá tenga que estudiar —compuso Pola.

—Le encargaré un sonajero de plata de la mejor joyería de Londres —dijo Violet.

—Y yo, un montón de vestiditos de París —dijo Iris—. Y mi Alfredo le pondrá lazos blancos a su cuna, como hizo con la de sus sobrinos cuando nacieron.

—Me la vais a consentir —regañó Lorea.

—Bueno, pero así tienes tiempo para escribir. Ahora que has acabado tu novela, tendrán que venir más. —Marga la miró con ilusión.

Ella asintió, con una sensación vibrante en las yemas de los dedos. Aún sentía el golpeteo de la nueva máquina de escribir que Iván le había regalado por sus nupcias. Una Yost modelo 20, de un negro brillante y teclas blancas.

—Mi Alfredo casi ni pudo dormir con uno de sus misterios —anotó Iris.

—Le comprendo, a mí me puso los vellos de punta —anotó Marga.

—¡Como escarpias! —dijo Pola, a lo que Violet asintió—. ¿Dónde anda ese tunante de Alfredo ahora, Iris?

—Con Carles, la mar de enamorao, en un palacete en la costa catalana. Me mandó una bella fotografía, y yo lo mandé a hacer puñetas, por darme envidia.

—Qué cosas tienes. —Marga rio con las demás—. Y tu obra, ¿cuándo estará acabada, Iris?

—Me falta na y menos. Tengo el pálpito de que lo haré en Sanlúcar —dijo contenta—. Veníos, así vigiláis que escriba y que no me distraiga con el marqués.

—A mí me va requetebién irme —dijo Pola—. He indagado en librerías vecinas, y en agosto apenas venden. Pocos andan con los dedos sudorosos pegados a un libro. Podemos cerrar unos días, Marga, y descansar un poco.

Ella negó con la cabeza.

—He recibido carta de Juan. Se ha enterado de que ya no vivo en casa, de que trabajo en la librería, y dice que tiene faena para poder venir, pero que si viniera y no me encontrase en casa, me mataría a mí y... a todas vosotras.

—Uy, qué mal se quiere ese pajarraco... —bufó Iris—. Que tengo quien me defienda.

—¿El marqués? —le preguntó Lorea.

—No, mujer, la inglesa y su *bosin*.

Violet fingió que le daba un puñetazo a alguien.

—Un poco más abajo, prima, más tirando a la hombría —animó Pola.

—Ay, cómo sois… —dijo Marga, riéndose con ellas.

—Marga, te vienes a Sanlúcar, no se hable más. Y tú también, Violet. Nos vamos todos.

—No sé si mi madre me consentirá, después de lo del artículo… —sopesó, castigada a tiempo parcial desde que, tres días atrás, Agatha lo descubrió en uno de los periódicos de Beltrán.

—Te dejará, prima, ya lo verás, sobre todo después de la carta que recibiste de Ivy y Conrad. Era tan triste… Necesitas unos días de asueto en un lugar bonito.

—¿Cómo están? —preguntó Lorea.

—A él le han diagnosticado impétigo y trasladado a otra zona del frente. Y Ivy…, consumida por el miedo. Me duele no poder abrazarla.

Marga la consoló con una caricia.

—Seguro que la maldita guerra acaba pronto, y podéis veros.

Todas tenían aquel deseo, pero la realidad era cruda, como para creerlo posible.

—No hablemos de cosas tristes, por favor.

—Entonces te daré una noticia, para alegrarte una mijita. A Antonio le ha impresionado mucho eso que has publicado, y quiere que escribas más, para enviarlos a sus conocidos en la prensa.

—*Jesus*… —Violet se tapó la boca, conteniendo un grito de emoción—. Eso sería fantástico.

—Pues sí, pero para eso hemos de ir a Sanlúcar, porque antes quiere conocerte. ¿Qué? —las miró una a una, con gesto avezado—, ¿preparamos el equipaje?

59

A Iris siempre le había parecido que el sol de Cádiz brillaba más que ninguno, o quizá es que, como le había dicho a Lorea, la vida de casada le daba a las cosas un color distinto, más alegre y lleno de esperanza. Siempre que fuera un matrimonio bien avenido. Y el suyo lo era. Adrián era todo lo que ella deseaba: guapo, rico, atento, amoroso y ardiente en la cama como aquel sol de agosto. Había sido bonito oírlo dar el «sí, quiero», pero más escucharlo decir su nombre en la noche de bodas, entre gemidos, embriagados de amor y pasión.

Soltó un suspiro, recordando aquello, cerró los ojos y levantó el rostro al cielo. Buscó, como los girasoles de los campos de su tierra, los rayitos que se colaban entre los huecos del sombrajo. Antonio lo había instalado cerca de la orilla, en el trocito de playa dentro de los límites de su finca.

—Ya les han dado garrote, Iris.

Abrió un ojo y miró a Lorea. Tendida a su lado en otra hamaca, leía el periódico.

—Que en paz descansen, a pesar de todo —respondió—, aunque a mí me cueste con tantas pesadillas y tantos dolores.

Lorea estiró la mano y la posó sobre la suya.

—Pasará, Iris. Con el tiempo las heridas sanarán, y los malos sueños lo serán cada vez menos.

—¿Eso me lo dice mi doctora particular?

—Eso te lo dice tu amiga. —Sonrió.

—Pues le haré caso. —Iris cogió, de la pequeña mesa de mimbre, a su lado, su copa de manzanilla. Dio un tiento, y soltó un suspiro de placer—. ¿Podríamos estar toda la vida así?

—Espero que no, que ya te has bebido media botella. ¿Me das un langostinito?

Iris le tendió el plato, riendo.

—Mi abuela decía que no se podía comer marisco en el embarazo, pero ya veo que tú te comes de estas hasta a un sireno que aparezca nadando.

A Lorea le dio por reír también.

—Eso son tonterías. Mientras que esté bien cocinado...

Iris asintió, dando un trago a la manzanilla. Un golpe de brisa le agitó el gran lazo blanco que adornaba su sombrero, y lo apartó para mirar hacia la orilla, donde, con estupendos trajes de baño, estaban los demás. Marga reía mientras Violet la cargaba a la espalda y, tras una carrera, se zambullían en el agua. Beltrán conversaba con el marqués, señalando algún barquito en el horizonte. Agatha recogía conchas con Pola, e Iván volaba junto a Carles y Alfredo una cometa con los niños del servicio de la finca, que andaba por la playa.

—Será un padre excepcional. —La sevillana llevó la mirada a Lorea, y la vio comerse los langostinos de dos en dos, con el plato sobre la abultada barriga. Soltó una carcajada, y dijo—: ¿Estás a gusto, hija?

A mofletes llenos, Lorea asintió.

—Es asombroso cómo te ha crecido la barriga en cuestión de un mes. Hace poco apenas se te notaba y ahora parece que lleves dentro un regimiento.

—A veces se mueve como si lo fuera.

Iris le acarició el brazo con cariño y se acomodó soltando un suspiro.

—¿Crees que es de tontos pensar en los sufrimientos de alguien que nada sabe de ti? —dijo.

—¿Por qué dices eso?

—Porque he pensado mucho en Isabel, en sus cartas. Las he releído todas. Y le habla a Nicolás de un verano como este, en el que paseaba por una playa de Málaga y dibujaba sus nombres en la arena. Al mar le decía que por más que los borrase con agua o viento jamás podría borrar el amor que se tenían. ¿Crees que el mar de su vida la ha obligado a borrar a Nicolás?

—No lo creo, Iris. Ni siquiera el mar del mío me ha hecho olvidar a Héctor. Aunque ame a Iván, y a pesar de lo que hizo, a veces pienso en él, en los ratos buenos. Isabel jamás olvidará a Nicolás.

—Y nosotras tampoco, a ninguno de los dos. En septiembre seguiremos haciendo averiguaciones, buscaremos a ese chiquillo.

—Lo sé, Iris, pero ahora mismo quédate en agosto, y disfruta del presente. Este verano nunca volverá. —Le tendió un langostino, ya pelado—. ¿Quieres?

Iris lo comió de sus dedos, y volvió a acomodarse.

—Claro que volverá —dijo—, pasaremos juntas todos los veranos del resto de nuestras vidas.

Escucharon las risas de sus amigas. Jugaban a salpicarse agua y a perseguirse por la orilla.

—Marga dijo ayer que en cuanto regresase a Madrid pediría la separación de Juan —comentó Lorea, mirándola con preocupación—. ¿Crees que lo hará?

—Lo hará. El amor de Violet le da fuerzas para ello. Y el nuestro un poquito también, todo sea dicho.

La estudiante miró a su amiga con una sonrisa, mientras asentía. Quedaron inmersas en sus pensamientos, y en una nube de felicidad que pensaron no podría ser mayor, hasta que quince días después llegó a sus vidas una nueva alegría. Antes de lo previsto, y tras ocho horas de parto y terribles dolores, pero llegó. Sana y robusta. Cuando vieron a aquella bendición, lloraron de alegría.

—Os dije que sería una niña —les recordó Iris—. ¿Cómo vais a llamarla?

—Azucena, como tú —le dijo su amiga.

La cupletista sonrió de oreja a oreja, no cabiéndole en el pecho más felicidad.

Con la madre recuperada, cenaban todos en el porche de la finca, sentados a una espléndida mesa, llena de viandas. Cantaba algún grillo en las cercanías y volaba algún mosquito molesto, pero la noche estaba tranquila, con la luna rielando en plata sobre el mar y la brisa marina espantando los rigores de agosto. Iris acunaba a la niña en brazos, dándole a su madre un descanso de tal tarea.

—Azucena, qué bien te queda la niña en brazos —dijo Antonio, echándose hacia atrás su flequillo blanco, y con sus ojos, del color del Guadalquivir, mirándola con cariño.

Iris sonrió a su padrino, y miró a la chiquilla. Aquella noche, ella llevaba jazmines en el pelo, y Azucenita abría los ojos un poquito y pensaba su madrina que se los quedaba mirando.

—Yo creo que le gustan mucho las flores, como a mí.

—¿Y va a ser cupletista también? —dijo Agatha.

—Por lo que llora, potencia de pulmones tiene, desde luego —soltó Alfredo.

Rieron todos con ganas.

—Ya estás tardando en traer un marquesito al mundo al que consentir —le dijo Antonio a Iris.

—Deja que disfrutemos de nuestra luna de miel —regañó Adrián.

—¿No vais de viaje a ningún lado? —preguntó Violet.

—Iris no quería marcharse hasta que no naciera Azucena, y ya casi es septiembre. Habrá que esperar.

—Y un tanto más, porque Azucena volverá a los escenarios.

Miraron todos a Alfredo, algunos con más sorpresa que otros.

—Sí, se lo prometí, y ya me andan reclamando en muchos teatros.

Iris miró a Adrián; él dio un trago a su copa, en silencio.

—Por que volvamos a ver cantar a nuestra Bella Azucena —dijo Antonio levantando la suya.

Brindaron todos con alegría, y al poco llegó otra nueva conversación y reinó el buen ambiente.

De madrugada, a solas en la habitación, mientras se preparaban para irse a la cama, Adrián le dijo a Iris:

—Lo de septiembre será tu despedida de los escenarios, imagino.

—¿Mi qué? —Sentada al tocador, se quedó con un algodón impregnado en agua de rosas a medio camino del rostro.

—Eres una mujer casada —dijo mientras se abotonaba el pijama—. Es lógico que te retires.

—Ay, alma mía —resopló dándose toques nerviosos con el algodón—, no me puedo creer que me salgas con esto ahora. De lógico nada, yo no puedo estar sin pisar un escenario el resto de mi vida.

—No podremos vernos tan a menudo.

—Me echarás de menos y me cogerás con más ganas.

—O te olvidarás de mí.

—Yo de ti no me olvidaría ni aunque me extirpasen el cerebro. —Molesta, dejó el algodón sobre el tocador—. Te dije que me había retirado de los escenarios hasta septiembre. No toda la vida.

—Sí, pero pensé que al estar casada...

—Pues pensaste mal.

—Iris, cariño... —Se acuclilló a su lado. Tomó sus manos y le dijo—: La gente hablará, y ya sabes lo mala que es. Dirán que deberías ser esposa y nada más.

—¿Desde cuándo me ha importado la gente?

—Desde punto y hora que eres marquesa de Robles. ¿Crees que la reina se sentará a la mesa con una actriz, por más marquesa que seas?

—La reina no sé, pero el rey se sentaría a mi lado, o en mis piernas, si yo lo pidiera.

—Mujer... —resopló—, no digas esas cosas.

—Digo lo que me da la gana. —Iris se puso en pie y se alejó unos pasos—. Tú no tendrás que dejar tus negocios porque te cases, ¿entiendes lo injusto que es? ¡¿Por qué a las mujeres se nos pide que renunciemos a todo para ser esposas y madres?! Tú siempre serás lo más importante de mi vida, pero lo otro también lo es. Y no voy a renunciar a eso, amor mío. He nacido para cantar.

—Me rompe el alma que discutamos así. Yo te quiero más que a mi vida. —Se acercó a ella y le acarició la mejilla, perdiéndose en su mirada—. Esto me costará muchos dolores de cabeza, pero que sea lo que Dios quiera. Soportaremos juntos lo que venga.

Ella sonrió, refugiándose en su cálido pecho. Él la besó en la frente, en el pelo, en las mejillas.

—Nunca has cantado para mí, ¿sabes? —le dijo después.

La cupletista arrancó a cantar, mirándolo a los ojos, con los labios pegados a los de él.

—«¡Todo el campo está florido! Mi pecho lleno de amores...y el tuyo lleno de olvidos».

—Eso no es verdad. —Rio—. No hay un solo olvido en mi pecho en lo referente a ti, lo tengo lleno de amores también. Cántame otra, esta no me ha gustado.

—«Confesé con un santo, y me dio por penitencia, que no te quisiera tanto».

—¿Y le hiciste caso?

—Ni mijita.

—Eso me hace feliz. Y qué voz tan hermosa tienes, podría morirme escuchándola.

Adrián la atrajo con vehemente autoridad y plantó un apasionado beso en esos labios que tanto amaba. E hicieron el amor, olvidando al mundo entero y sus imposiciones.

60

En septiembre, Madrid seguía tan bullicioso como siempre y el mundo se derrumbaba entre guerras, huelgas, carestías y penas. Pero las chicas de la Sociedad habían hallado lugares en los que mantenerse a salvo: un libro, una taza de café, la sonrisa de una buena amiga. Reunidas en su rincón favorito, retomaban su rutina, tras un verano de cosas bonitas.

—Anoche hubo lleno absoluto en el teatro. ¡Qué ilusión me hizo volver a cantar! —dijo Iris con los ojos brillantes.

—Fue un éxito. Nos dolían las manos de aplaudir —contó Pola con igual entusiasmo.

—Siento tanto habérmelo perdido... —suspiró Lorea—. Pero ya sabéis que con la niña... Menos mal que hoy se ha quedado Iván con ella un rato, apenas tiene tiempo, con tanto trabajo en el palacio del marqués. Parece un angelito, pero las noches se las pasa llorando, y nos tiene en vilo. Cuando empiecen las clases, me volveré loca.

—Chiquilla —Iris le frotó la espalda, y todas la miraron con preocupación—, sabemos que tienes faena. Te echamos de menos, pero lo entendemos, y recuerda que nos tienes a nosotras.

Lorea asintió, y al final sonrieron un poquito, pues hablaron de la actuación, de cosas más amables, de la maternidad y de libros. Así pasaron un rato, hasta que salió a colación el asunto que las tenía en vela desde meses atrás.

—Estuve con el inspector. Lo noté tristón, supongo que por saberme casada. —Iris tomó un sorbo de su café, y rezongó—: Esto de ser tan bella, no le trae a una más que dolores de cabeza.

En otra habría sonado presuntuoso, pero en ella era una verdad indiscutible.

—Me comunicó que Concha era familia de Ortés, efectivamente, sobrina para más señas, y que a ese diablo le habían perdido la pista en Toledo.

—Ella mentaba mucho Toledo, y ahora me hace sentido —dijo Pola—. Han de ser de por allí. ¿Ha dicho algo de su tío?

—La han interrogado, pero ni mu. Y también a Braum, porque le dije al inspector de su relación con Ortés, pero solo ha dicho que son conocidos, sin que nada más puedan sacarle —Al verlas disgustadas, agregó—: No os preocupéis, que estará ojo avizor sobre él. Yo buscaré la forma de ver a Isabel, y solucionaremos el asunto de la caja fuerte.

—Y de inmediato —dijo Marga—. No sé si Juan regresará en cuanto sepa de la separación, o si podré volver a esa casa cuando me la den. Debemos buscar más, probar combinaciones.

—¿Seguro que estás preparada? —le preguntó Violet.

—Lo estoy. —Se puso en pie con la mirada llena de determinación.

Esa casa seguía siendo un nido de sombras, helado y lúgubre. Como si todos los fantasmas del mundo morasen en ella, penando por asuntos pendientes. Se dividieron por habitaciones para buscar los papeles de la caja fuerte, si es que andaban allí. Lorea e Iris fueron al salón; Pola, al comedor, y Violet y Marga, al dormitorio. Al verse de nuevo en el escenario de sus pesadillas, casi no pudo respirar. Se sentó al filo de la cama, angustiada.

—Voy a traerte un vasito de agua, *my dear* —le dijo Violet, que salió de allí tras darle un beso.

Su novia asintió, tomó aire y cerró los ojos, buscando calma. Escuchó entonces la puerta de la calle y pensó que alguna había salido, aunque no se le ocurrió por qué. Mezclado con el barullo de mover muebles y abrir cajones que llegaban de una habitación y otra, escuchó unas pisadas. Fuertes. Aplastantes. El corazón se le subió a la boca porque eran las de Juan. Las habría reconocido entre un millón. Se quedó inmóvil. Quería correr, pero no podía. Como si tuviera una losa sobre ella.

Su dormitorio era la primera puerta junto a la entrada, y el primer lugar en el que Juan entró. Marga lo miró con los ojos desorbitados, aferrando la colcha sucia por el polvo entre los dedos engarrotados.

—Hija de la gran puta —dijo él, entre dientes, rezumando odio—. Con que quieres separarte de mí, desagradecida.

Marga quiso gritar, pero salió de sus labios un quejido ahogado. Él le propinó tal bofetada que la tumbó de espaldas sobre la cama, y se echó a horcajadas sobre ella con todo su peso. La golpeó otra vez en la cara, tan fuerte que perdió por segundos la noción de todo.

—¡Maldita! —Le apretó el cuello con saña, los ojos henchidos de infernal malicia—. Tú no te separas de mí. Yo a ti te mato antes.

No gritaba, lo decía todo entre dientes, triturando las palabras, escupiendo la saliva, en la lengua de los demonios. Marga sintió la presión, el dolor, la asfixia. Boqueó intentando respirar. Le clavó las uñas en los brazos hasta hacerle sangre, pataleó, pero él siguió apretando. Oyó entonces el crujido de un cristal quebrándose y el grito de Violet retumbar entre las paredes de esa grotesca morada que supo sería su tumba. La negrura la invadió de golpe, a la par que una profunda tristeza.

Violet había defendido a muchas mujeres de monstruos como aquel; pero nunca a una a la que amase y, por un momento, a causa del estupor, de la falta de conexión entre lo que veía y lo que su cerebro se resistía a creer, le costó reaccionar.

—¡Suéltala! —gritó, con la ira y el miedo entretejidos en la voz.

Pero Juan siguió sobre Marga, y si no hacía algo, la mataría.

Aquella posibilidad le golpeó haciéndola reaccionar. Y el miedo se diluyó en pos de la ira.

Apenas escuchó los pasos de Lorea, Pola e Iris, que corrieron alertadas por los gritos, los suyos pisaron los cristales en su carrera hacia la cama. Se lanzó sobre Juan para quitárselo de encima a Marga. Sin embargo, ese bestia, dominado por una furia perversa, se aferraba a su empeño por acabar con su mujer. Sus amigas profirieron el más horrorizado de los gritos al verlos. La inglesa estaba subida a su espalda, propinándole golpes que habrían acogotado a cualquier otro y que no tenían efecto sobre él. Nunca había sentido tanta impotencia. Ni gritado tanto el nombre de nadie.

—¡Juan! ¡Déjala!

—¡La vas a matar! —dijo Lorea.

—Esta puta no se merece otra cosa —contestó él, la voz salida del mismísimo infierno.

—¡Suéltala de una vez! —Violet cogió la estatuilla de la virgen que había sobre la cómoda. Le parecía lo suficientemente dura como para darle con ella en la cabeza si no atendía a razones.

—¡Juan, por el amor de Dios! ¡Es tu mujer! —gritó Pola.

—¡¿Mi mujer?! Es una maldita ramera. ¡La habéis arrastrado a la perversión y el vicio!

La inglesa le golpeó en la cabeza con la estatuilla; sin embargo, fue como si le diese con mantequilla. Más allá de mirarla con los ojos llenos de rabia, no se inmutó.

Tiraron todas con fuerza de él, intentando apartarlo, mientras la librera le recordaba las consecuencias que tendrían sus actos. Él se revolvió fieramente, como pez que da un coletazo, y mandó a las cuatro lejos. Las manos de él regresaron al cuello de su mujer. En el rostro de ella no había señal de vida. Sin embargo, parecía que eso a él no le importase. Quería gobernar sobre la mismísima muerte, dándola aun cuando ya no parecía necesario.

Violet notó los cristales en su espalda. Había caído sobre ellos. Algunos bordes estaban tan afilados que le atravesaron la tela del vestido y notó la humedad de la sangre. Supo entonces que solo haciéndosela derramar a Juan lo pararía. Miró a su derecha y vio una lasca de punta fina. La cogió, apretando los dientes, y fue hacia Juan. Él trató de apartarla de nuevo, de otro empujón, pero Violet lo esquivó. Sin pensárselo más, de una sola vez, clavó el improvisado estilete en el cuello de Juan. Lo hizo con tanta fuerza que la mano se le escurrió y se rajó la palma. Él soltó un alarido, se giró hacia la inglesa y dejó la cama, los ojos henchidos en sangre, al igual que el cuello.

Sus amigas se aplastaron contra la pared, con Violet delante, que juró protegerlas con su vida si fuera preciso. Temió tener que hacerlo; sin embargo, la sangre de Juan brotaba con tanta fuerza, que no pudo dar ni dos pasos. Se desplomó, con la Parca en el rostro. Y a su alrededor se expandió un charco de sangre que llegó a los pies de ellas prontamente, como si hubieran abierto un grifo.

Violet corrió hacia Marga, y la llamó, pero no respondía.

—*My love...* —musitó desesperada, y clavó los ojos en Lorea, que le tomaba el pulso—. Dime que no está muerta.

Lorea apretó los labios y agachó la mirada. No sentía el pulso, y temió que Juan le hubiera quebrado la garganta cuando le palpó el cuello magullado.

—No dejaré que Marga se nos vaya. Ayudadme. Tenemos que tenderla bocabajo.

—¿Cómo va a poder respirar así?

—Hazme caso, Pola. Solo ayudadme.

Y así lo hicieron. Lorea colocó una almohada bajo el vientre de Marga, y se acomodó sobre ella, las manos paralelas a la columna vertebral. Violet la vio realizar movimientos de compresión, pero Marga no reaccionaba. Escondió el rostro en el pecho de su prima. Todos los sueños que tenía con Marga, empezaron a morir delante de sus ojos, al tiempo en que brotaba el llanto. Pero uno de sus sollozos se confundió con una respiración tosca, que prorrumpió en toses. Abrió los ojos, y vio a Marga, tratando de coger aire.

—¡Ay, Virgencita! ¡Qué milagro! —dijo Iris, rompiendo a llorar.

—No ha sido un milagro, Iris, ha sido Lorea —musitó Pola, asombrada.

Violet corrió hacia ella, y ayudó a Lorea a sentarla en la cama.

—Margaret, *my love*.

Nunca se le olvidaría la forma en la que Marga la miró. Con los ojos llenos de pavor y la sombra de la muerte en ellos. Se llevó las manos en la garganta, tratando de respirar entre broncos intentos.

—Traed algo frío, tengo que reducir la inflamación del cuello —pidió Lorea, que procedió a tomarle de nuevo el pulso.

Pola e Iris salieron de allí volando.

—Por más que hacía, no podía quitárselo de encima —musitó Violet.

—A veces ocurre en situaciones así —explicó Lorea—. Nuestro cuerpo nos insufla una fuerza sobrehumana.

—A Juan se la ha insuflado algo diabólico —dijo la inglesa.

—No, Violet, no ha sido el diablo —contestó la estudiante, con cariño—. Es una cuestión científica.

Unos minutos después, con la asistencia de Lorea, Marga respiraba mejor. Y pudieron todas hacerlo algo más tranquilas, aunque fuera por unos segundos, porque otra realidad les vino encima de golpe: Juan se había desangrado en el suelo.

—De esta sí que no nos libramos por más amiga que sea del inspector —murmuró Iris.

—*I just killed a man...* —musitó Violet por lo bajo—. *My own hands...*

—Violet. —Su prima la tomó por los hombros—. Tenías que hacerlo. Iba a matar a Marga. Lo has hecho en tu defensa.

La inglesa levantó la mirada hacia ella, y le pareció que no sería capaz de pronunciar palabra alguna más en toda su vida, ni en inglés ni en español; sin embargo, consiguió decir:

—*I know...* Tenía que salvarla.

Su prima asintió y luego la abrazó.

—Será mejor que salgamos de esta habitación —dijo Iris.

Ninguna puso pegas; necesitaban dejar de sentir el frío hálito que la muerte había dejado allí.

Ayudaron a Marga a llegar al salón, para que se sentase. Violet se acomodó a su lado sin soltarle la mano.

—Me has salvado la vida, Lorea —musitó Marga, la voz constreñida por el dolor.

—Sí, pero puede haber mayores complicaciones que no se vean a simple vista. Tenemos que llevarte al hospital.

—Si me lleváis, harán preguntas y descubrirán que Violet ha matado a Juan, e irá a la cárcel.

—No, ha actuado en defensa de su persona —dijo la estudiante—. Le escuché un caso así a Santiago, el leguleyo de la biblioteca. Decía algo así como que... el que obra en defensa de su persona, o por miedo a un mal igual o mayor, estaba exento de responsabilidad. Y en Violet concurren ambas cosas. Además, todas tenemos alguna herida por culpa de los manotazos de ese Juan.

Iris se rascó el cogote, se había hecho un chichón, y asintió a la par que todas.

—¿Y si lo tiramos al Manzanares, y que los peces se lo coman? —dijo.

—No, Iris —regañó Lorea—. Vamos a llamar a Núñez, de inmediato.

—Iré a la librería a telefonear. Y avisaré también a mi padre —dijo Pola.

61

Beltrán atendió a Marga, mientras le contaban lo sucedido. No hubo regaños por su parte, solo comprensión y una frase que las dejó más heladas si cabe.

—A la policía vamos a decirle que fui yo.

—No puede hacer eso —dijo su hija con un hilo de voz—, usted ni siquiera estaba aquí.

—Eso lo decido yo, Pola.

Trataron de persuadirlo, pero se mantuvo firme.

Al poco tocaron a la puerta. Y dieron todas un respingo. Iris, valientemente, fue a abrir. Allí estaba el inspector, que sonrió nada más verla.

—Está usted bellísima, como siempre —dijo Gonzalo, tras dar una calada al cigarro que traía prendido—. Me alegro de verla.

—A ver si piensa lo mismo dentro de unos minutos. Pase, por favor.

Él la miró confuso; sin embargo, al pasar junto al dormitorio, casi se le cae el pitillo por la sorpresa.

—Un cadáver —dijo.

—Tieso como la mojama.

El inspector la miró levantando las cejas.

—¿Ha sido usted?

—Mejor vaya al salón, y le ponemos al corriente.

—Me va a buscar una ruina —resopló.

En el salón saludó al padre de Pola, presentándose amistosamente, y, brazos en jarra, miró al plantel de posibles delincuentes.

—Ustedes otra vez y un delito de por medio. Tendré que poner una placa en comisaría con sus nombres.

—¿Otra vez? —preguntó Beltrán, ceñudo.

—Nada, padre. Nada. —Pola le hizo un gesto a Núñez, con disimulo, para que no dijera más.

—Veamos. —El inspector carraspeó y apagó el cigarro, con permiso de Marga, en un jarrón vacío—. Díganme, ¿por qué hay un muerto?

—He sido yo —soltó Beltrán—. Estaba con las muchachas cuando ha llegado Juan, dispuesto a matar a Marga, y he tenido que defenderlas.

Gonzalo levantó una ceja, y después otra, y lo escudriñó con la mirada.

—Señor Martínez, no quisiera faltarle el respeto a un hombre como usted, que tan prudente y educado me parece, pero si va a decir otra mentira le crecerá la nariz, como el muñequito este..., el del cuento italiano... —Chasqueó los dedos.

—Pinocho —dijo Pola.

—Ese mismo. Ni rastro de sangre hay en sus ropas. —Los ojos se le clavaron en las manos de Violet y Marga, entrelazadas—. Enséñeme esa mano que tiene vendada, señorita Darcy.

Lorea se la había vendado, pero bajo la venda tenía un corte feísimo y delatador. Ella dudó, en tanto que Beltrán seguía cargándose el muerto. Sin embargo, el inspector insistió. Cuando la inglesa fue a hacerlo, Marga tiró de ella, con los ojos llorosos, y se echó la culpa.

—Otra Pinocho... —bufó el inspector—. Tiene cara de no ser capaz de matar una mosca. Vamos, señorita Darcy, esa mano.

Violet se la mostró. El inspector retiró la venda y asintió.

—Estas cosas pasan cuando uno apuñala a otro. Si lo hace con mucha fuerza, o con algo cortante en su totalidad, se hiere a sí mismo. Así que ha sido usted la que se ha cargado al mochuelo.

—¡Ha sido en defensa de nuestra persona! —dijo Iris a toda prisa.

—Eso ya me lo barruntaba, prenda. Llegó a mis oídos el otro día que la señorita Expósito y él no andaban bien, y que ella quería separarse de él, por su mala conducta.

—¿Mala conducta? Lo que él hacía era una abominación de una maldad absoluta —dijo Violet.

—Es una forma de hablar —se defendió él.

Iris se cruzó de brazos, mirándolo muy seria.

—Pues hable usted con propiedad, Gonzalo, que esto no es una nadería.

—No, claro que no, hay un cadáver al que han desangrado como un gorrino. Pena de muerte les va a caer. —dijo él, mientras ellas soltaban una exhalación de asombro—: Igual a la marquesa no, igual a ella solo la pongo en un calabocito al lado de mi despacho para que pueda verla todos los días y me cante un cuplé.

—¿Se burla de nosotras? —dijo Pola.

—Pues un poco sí, que tienen una cara de susto como no la he visto.

—Señor, sea serio —regañó Beltrán.

—Yo lo mato... —bufó la sevillana.

—Y yo me dejo matar por usted, pero no se preocupen más, voy a tomarles declaración, se examinará el cadáver y las lesiones de Marga, y abriremos una investigación para esclarecer los hechos. Las creo en eso de la defensa de su persona, y si todo concurre conforme a lo que pienso, no irán a la cárcel.

Unas y otras, suspiraron. Y Beltrán le dio las gracias. El inspector avisó a los compañeros pertinentes, y mientras hacían su trabajo en el dormitorio, le tomó declaración a las muchachas. En primer lugar a Marga y Lorea, que se fueron al punto con Beltrán al hospital, en compañía de dos agentes. Quedaron allí las demás, retenidas, pero aclaradas sus partes, las dejó marchar. Cruzaban el pasillo para irse cuando vieron sacar de la habitación el cadáver de Juan. Iba tapado por una sábana; sin embargo, hicieron un giro brusco con la camilla y se le descubrió hasta medio pecho. Su faz era grotesca, pero no miraron aquello. Tenían las tres los ojos en la llave.

—Ni nos hemos acordado de cogerla —susurró Violet.

Pola resopló.

—Estaba yo para acordarme de eso. Habrá que pedírsela al inspector.

—O colarnos en la morgue —sugirió Iris.

—¡Eso sí que no! —La librera se negó en redondo—. Pídesela al inspector, y punto.

—¿Qué me van a pedir, perlas? —dijo él acercándose por detrás.

—Una cosa del muerto. Sus pertenencias serán de la viuda, digo yo.

—Eso será si se la demuestra inocente, prenda mía. Aunque ya me dirán qué es eso que quieren.

—Una llave que tiene Juan, de un cofre que la madre de Marga le regaló —dijo Pola.

—La señorita Expósito es huérfana, se lo recuerdo.

—No valgo para intrigar, no... —La librera infló las mejillas.

—Desde luego que no. Y recuerdo que Iris me preguntó por cajas fuertes, ¿no será de una la llave?

Esquivaron todas su mirada inquisitiva.

—No se me escapa el galgo, por más que quiera correr, ¿eh? —Gonzalo rio—. Iban a abrir la caja fuerte del difunto aprovechando su ausencia, y las ha pillado aquí. En flagrante delito.

—No sé qué íbamos a abrir, sin llave alguna —dijo Iris.

—¿Está reconociendo que hay algo que abrir? —La miró con gesto perspicaz.

—Yo no he dicho eso —respondió la otra, los labios casi pegados.

—Entonces, si registro la casa, ¿no voy a encontrar ninguna caja fuerte?

—Ningunita, Gonzalo.

—Menos mal que no canta tan mal como miente.

—Me da usted esa llave o no lo dejo pisar ni un teatro en el que actúe en la vida.

—Eso es crueldad —se quejó él y dio un paso hacia ella—. Cene conmigo, y le doy la llave.

—Chantajista. Es el peor policía del mundo.

—Usted como delincuente tampoco es que sea un águila, encanto —le dijo burlón.

Pola y Violet se miraron, frunciendo los labios. Y ellos dos... pues como si fueran a reírse. Iris soltó un gruñido y luego pasó a su lado, contoneándose, en dirección a la salida.

Dos días después de lo sucedido, con dos noches llenas de pesadillas, Pola abrió la librería. Entraron algunos vecinos con intención de chismear, pero los despachó diciéndoles que era un asunto en manos de la autoridad. Otros lo hacían con más disimulo, y hasta compraban algún libro; sin embargo, terminaban por inquirirle. Andaba resoplando por una cosa u otra cuando entró doña Remedios.

—Pola, querida, ¿cómo estás? —preguntó con cariño—. Andamos consternados en el barrio.

—No se preocupe, estoy bien.

—¿Y Marga? Ese canalla casi le parte el cuello. ¡Y bien que hizo tu prima en clavarle ese cristal! Yo le habría clavado una vajilla entera. ¿Crees que la llevarán presa?

—No, el caso está en manos de abogados, todo a su favor. Quedará eximida de responsabilidad, todas lo haremos, ya lo verá. Aunque Marga pasará unos días en el hospital.

El murmullo de unas voces las hizo mirar hacia el escaparate. Cuatro señoronas miraban hacia adentro y hablaban entre ellas.

—Estoy cansada de la gente, Remedios.

—Hija, ten paciencia, ya sabes que hay mucha chismosa. —Sin mediar palabra, salió de la librería y las aventó a voces. Al regresar, le contó con disgusto—: Comentaban lo de tu otra amiga, Lorea, la de la chiquilla. Y no son nadie para hablar, que tienen cada una Sambenito que cargar, pero ya sabes cómo son las cosas en este país. Anda, búscame un libro bonito, así nos distraemos un rato.

Pola asintió, y se dispusieron a tal empeño. Andaban con *Nana* en una mano y con *La pastora del Guadiela*, en la otra, cuando la puerta se abrió. Temió Pola que fuera otra chismosa, y los ojos se le iluminaron al ver a Diego. Llevaba sin verlo tanto, que casi le pareció que no fuera verdad. Él tenía el cabello un poquito más largo, acentuándosele las sortijas, la piel algo tostada por el sol y una sonrisa con hoyuelos que la dejó obnubilada.

—Niña —Remedios agitó la mano delante de su cara—, que te me has quedado catatónica.

—Sí, perdón… —carraspeó.

—Buenos días, señora Remedios. Buenos días, Pola. —Se quitó el sombrero, cortésmente—. No las interrumpo. Me sentaré a esperar a que terminen.

—Este muchacho siempre es de un galante… —dijo Remedios, animada.

Pola trató de concentrarse, ayudando a la mujer a dirimir qué lectura llevarse, pero se le iban los ojos a él, que la miraba atento. Al final hubo empate, y se llevó la mujer los dos libros, despidiéndose muy contenta. A solas, él se puso en pie, y se encontraron en el centro de la librería, como dos estrellas en el centro de un firmamento compuesto de páginas.

—Pola, estás tan hermosa cuando hablas de libros, que aunque ese conjunto de hojas me pareciese lo más insulso de la tierra, te escucharía hasta el fin de mis días solo por el placer de ver tus ojos brillar —dijo él con voz dulce.

A ella le temblaron hasta las piernas, pero no se atrevió a decírselo.

—La gente normal saluda con un «cómo estás», no con cosas como sacadas de una novela.

Él sacudió la cabeza, riéndose.

—Está bien. ¿Cómo estás? He sabido por mi madre de lo sucedido, ¿estáis todas bien?

—Sí, dentro de lo que cabe. Disculpa que haya preocupado a tu madre, pero ayer me telefoneó para ver cómo estaba, y tenía aún el miedo en el cuerpo, y se lo conté.

—No pasa nada. Se habría enterado igualmente. No se habla de otra cosa de aquí a Vallecas. ¿Seguro que estás bien?

—Estoy bien. —Sonrió calmada—. ¿Y tú? ¿Has tenido buen viaje?

—Largo, pero ha sido una experiencia bonita. Aunque... te he echado de menos.

Pola bajó la cabeza, conteniendo un suspiro. Notó los dedos de Diego posados bajo su barbilla; él, con suavidad, le levantó el rostro.

—Pareces triste.

—No estoy triste, estoy contenta de verte.

—¿Entonces?

—Es que yo también te he echado de menos. Y han sido unas semanas raras sin verte ni escucharte llamarme doña vinagre. Hasta he añorado discutir contigo. Pero me ha gustado mucho que me mandases todas esas cartas y los chocolates.

Él sonrió, y posó la mano en la mejilla de ella.

—¿Has pensado en lo que te dije?

—Sí, pero… tengo miedo, Diego —musitó.

—¿A querer y a perder después? —Cuando ella asintió, repuso—: ¿Y eso por qué?

—Porque yo quería mucho a mi madre, y la perdí. Y fue por mi culpa.

—Estoy seguro de que no tuviste la culpa de nada.

—Sí la tuve. Podría haber hecho algo por ella, y no llegué a tiempo. —Quebrada por sus amargos recuerdos, rompió a llorar.

Diego la abrazó, sosteniendo el llanto. El de ella era tan angustioso que se contagiaba.

—A veces, cuando perdemos a alguien, nos pasamos los días con un «y si…» en los labios —le dijo él—. Y si no hubiera dejado que Nicolás se fuera a la guerra. Y si… Pero las personas se marchan, Pola. Es ley de vida.

—Ella era demasiado joven para marcharse. Igual que tu hermano.

Él le tomó el rostro entre las manos, perdiendo la mirada en los ojos llorosos de la muchacha.

—¿Qué pasó, Pola, para que te culpes así?

—Que siempre he sido una niña tonta perdida en ensoñaciones, en mis libros. Igual que me perdí en las cartas de tu hermano, y casi se abre un abismo entre nosotros —sollozó—. El día en que mi madre murió, yo debería de haber estado a su lado. Quizá podría haber alertado a mi padre, a otro médico… Pero cuando ella me llamó para cenar, yo estaba tan inmersa en las páginas de un libro que quise quedarme leyendo un rato más. Al llegar al comedor, rato después, la encontré en el suelo. Muerta, y sola. Murió de un infarto, estando yo a tres habitaciones de ella. Si no me hubiera empeñado en leer más, habría estado a su lado.

—Pero Pola... —Diego suspiró apenado y le secó las lágrimas con su pañuelo, delicadamente—. No puedes culparte por ello, ni atormentarte. Tal vez, aunque no te hubieras quedado leyendo, no habrías podido hacer nada.

—Gracias, Diego. Menudo desastre soy, vendrás con un montón de cosas que contarme y yo aquí, llorando de esta manera y angustiándote.

—Pola, por favor —le dijo serio aunque con gesto amable—, escucharía tus tribulaciones mil veces, y te abrazaría otras mil. Entiendo tu angustia, pero debes comprender que a veces la vida viene con cosas difíciles y la única manera de salir adelante es aprendiendo que no habríamos podido hacer nada para cambiarlas.

—Es que cuando pienso en ello, el mundo se me viene encima. Solo habría querido estar a su lado, sujetar su mano al menos.

Diego extendió la suya hacia ella, con la palma de la mano hacia arriba.

—Eso no puedo dártelo, pero te doy la mía, tanto como quieras. Ya te sientas sola o triste, ya sea para dar un paseo o para escalar una montaña. Te la doy, Pola, para siempre. Y déjame decirte, que cada vez que sientas que el mundo se te viene encima, me pondré entre él y tú, para que no llegue a tocarte. Te lo prometo.

Pola se perdió en su mirada amable. En el brillo comprensivo que destilaban sus ojos. Quizá jamás superase lo sucedido, pero sintió que Diego, verdaderamente, cumpliría aquella promesa. Y aquello la conmovió tanto, que las lágrimas de tristeza empezaron a convertirse en unas de felicidad.

—¿Por qué dices cosas tan bonitas?

—Me salen del alma cuando estoy contigo.

—Eso que has dicho antes, de cómo me brillan los ojos cuando hablo de libros, ha sido bonito también.

—Pues lo que en verdad querría, es que, algún día, los ojos te brillasen de igual modo cuando hablases de mí.

—Nunca me has visto hablarle a otros de ti, Diego, pero ya te digo que me brillan.

La librera tomó su mano con firme decisión. Y él sonrió, con los hoyuelos más notables y bonitos que Pola había visto jamás.

62

—¿Hice mal en no ir al entierro de Juan, Violet? —le preguntó Marga, mientras paseaban las dos por la carrera de San Jerónimo, con voz angustiada y algo ronca aún, por lo pasado.

Apenas quedaban unos días para octubre y el aire arrastraba aún el calor del verano. Vestían damas y caballeros sus trajes más livianos aún, y de aquí y de allá, llegaba aún el olor a horchata y los refrigerios. Marga, no obstante, llevaba un pañuelo alto para cubrir el mal recuerdo de los dedos de Juan.

Violet se detuvo, tirando de la mano de ella con suavidad para que lo hiciera también. Se apartaron del paso de la gente, pegadas a la fachada del teatro Reina Victoria.

—Margaret, *my dear*... Has hecho bien.

—Veinte días lleva enterrado, y veinte días que no dejo de pensar en eso.

—Pues deja de pensarlo, porque él no merecía que fueras a su entierro. Ni tú ni nadie, y suerte ha tenido de estar en suelo sagrado, después de lo que ha hecho.

—Lo sé... Ha faltado a tantas cosas que no está su lugar más que en el infierno, pero es que con Juan me vienen siempre unos remordimientos absurdos. Una parte de mí se siente liberada al saberlo muerto, la otra... —apretó los labios, agachando la mirada—, la otra no deja de pensar en que murió por mi culpa.

—No fue tu culpa. —Violet sonó casi crispada, y eso hizo a Marga mirarla de golpe—. No lo fue. Él intentó matarte. Solo actuamos en defensa propia. Y volvería a hacer lo que hice, si él saliera de su tumba y viniera a herirte.

—Te llaman asesina, Violet —dijo Marga, la voz temblorosa.

—Y yo a ellos desgraciaos.

Lo dijo como lo habría dicho Iris, y eso a Marga, a pesar de todo, la hizo reír.

—He de aprender a convivir con la idea de que he matado a un hombre, pero no me pesa, porque lo hice para salvarte, ¿de acuerdo?

Marga asintió y la besó en la mejilla, haciéndola sonreír.

—Ahora que todo se ha aclarado y que estamos libres de culpa, cogeremos las riendas de nuestra vida más que nunca —continuó Violet—. Ya gano dinero con los artículos y me han ofrecido colaborar semanalmente en una revista.

—Eso es fantástico. —Marga sonrió llena de felicidad—. ¿Sabes qué me gustaría de verdad?

Violet negó con la cabeza, escuchándola muy atenta.

—El piso se me hace demasiado grande y solitario. Sobre todo después de tantos días de abogados y hospitales... —dijo con voz tímida—. De tanto ruido. Y había pensado en lo bonito que sería que viviéramos juntas algún día. ¿Te...?, ¿te gustaría?

—¿Qué pregunta es esa? ¡Claro que me gustaría! —dijo con gran entusiasmo; no obstante, menguó al agregar—: Lo haré en cuanto consiga encontrar la forma de hablarle a mi madre de esto. Y en cuanto encuentre las fuerzas de romper el compromiso con Conrad. Lo siento, Marga, tengo miedo de romperle el corazón, y también a Ivy.

—Lo sé, Violet, tómate el tiempo que necesites.

Hubo comprensión en la mirada de ambas y no tuvieron que decir más.

—¿Y tú qué vas a hacer? ¿Querrás volver a la librería cuando estés mejor?

—Sí, pero... cuando estaba en el hospital, pensando en la suerte que tenía de estar viva, pensé que quería volver a dar clase a niños, como en el orfanato. Aprobar las oposiciones a maestra, igual que Carmen de Burgos. ¿Crees que seré capaz?

—Claro que lo serás —le dijo Violet con entusiasmo—. De eso y de mucho más. Tendrás que estudiar muchísimo, pero eres inteligentísima. ¿Y sabes qué? Buscaremos ahora mismo un centro en el que puedas matricularte para empezar a estudiar.

Marga negó, con ese miedo que dan las cosas nuevas, por más que una se proponga hacerlas, pero la firme mirada de Violet, llena de ese brillo que se convertía en manos capaces de auparla y empujarla a cumplir sus sueños, le borró un poco los temores. De la mano de la inglesa, y antes de darse cuenta, entraba en una Asociación para la Enseñanza de la Mujer, que se encontraba cerca.

Las recibió la secretaria, mujer de moño blanco, lentes sobre la nariz y ropas bien planchadas. Tras saludarlas amablemente, les enseñó el acondicionado edificio y les habló de los fines del centro, que eran «muchos y muy grandes».

—En resumen, proporcionamos todo lo que redunde en beneficio de la mujer. Salen capacitadas para ganarse la vida y hacer frente a cuestiones económicas con soltura. Este año rondamos las seiscientas alumnas. Dedicamos muchos cursos a temas domésticos, pero formamos también para que puedan buscar un futuro más allá del hogar. ¿En qué situación se encuentra usted?

—Recientemente viuda, y siempre he dependido de mi esposo. Trabajo algunas horas en una librería de Carretas, pero me gustaría prepararme para opositar a maestra.

—¿Tiene algunos estudios? —le preguntó.

—Lo básico, señora, pero sé mecanografiar, y Violet me ha enseñado inglés.

—Y muy bien, debo decir —confirmó ella.

—¿Es usted inglesa? —La miró con curiosidad.

—De Londres.

—Entonces le habrá enseñado bien —dijo con una sonrisa complacida—. Las clases comienzan el 3 de octubre, así que ha llegado a tiempo de incorporarse. Vénganse conmigo, hemos de rellenar algunos papeles.

Hecha la matrícula, a falta de algunos documentos que habría de llevar al día siguiente, dejaron el edificio. Soltaron un grito de júbilo tan grande que los viandantes las miraron extrañados. Ellas, ignorándolos, se besaron en la mejilla, con ganas. Para el resto solo era un beso entre amigas; para ellas siempre sería mucho más. Y como gotas de agua que vuelven al caudal de la ciudad, se fundieron en el bullicio retomando su caminata, mientras ideaban más planes de futuro.

El sonido de un silbato de policía, que gobernaba la plaza de Canalejas, se mezcló con las palabras de Violet.

—*Look at that*, Margaret —dijo deteniéndose frente al escaparate de una boutique. Junto a otras prendas, reinaba en él un precioso vestido rojo—. ¿Recuerdas cuando dijimos que algún día te comprarías uno?

Ella asintió, y vio en los ojos de su novia un brillo aventurero.

—*Well…, the day has come.*

—Ni hablar, valdrá una fortuna.

—Yo te lo regalaré. He cobrado bastante por mi último artículo.

—Ah, ese artículo. —Marga torció el gesto y la regañó con la mirada—. Ya sabes lo que opino del divorcio, y tú haces un artículo defendiéndolo.

—¿Lo has leído ya?

No he sido capaz.

—Te gustará, aunque ahora refunfuñes, porque he usado una prenda de ropa, como me dijiste. *Listen:* «El divorcio es tan necesario en los matrimonios mal avenidos, como los botines altos en un día de lluvia. Los zapatos bajos calan los tobillos y traen malestar y miasmas, y forzar a dos personas que no se aman a estar juntas, trae iguales malos efluvios, solo que esos se enquistan en el alma y son más perniciosos si cabe» —recitó con profundidad, como si estuviera citando a Shakespeare—. Eso de las miasmas me lo enseñó Lorea —agregó con una sonrisa—. ¿Qué te parece?

—Que eres demasiado valiente, o poco juiciosa, no sé qué pensar. ¿No te habría sido suficiente con defender la separación?

—No, Margaret, hay luchas que no entienden de medias tintas. Y la separación mantiene unidos a víctima y verdugo, aunque sea en lo simbólico. Él tiene que dejar de ser marido y ella, de ser esposa. Y ser otra cosa, lejos del otro. Si es que eso es posible, que hay algunos muy obtusos.

Marga suspiró. Y algo le vino de golpe a la cabeza.

—El agua no hierve si la miras. Eso quería decir tu refrán de la tetera.

—*Indeed*, pero no comprendo por qué lo dices ahora.

—Porque eres igual. Cuando dejo de vigilarte, hierves. Y escribes cosas así en los periódicos.

Violet soltó una carcajada y señaló con la cabeza el vestido.

—*Are you ready?*

Marga cogió aire, asintiendo.

—*I'm ready.*

El vestido parecía hecho para ella; sin embargo, de regreso a casa, con él metido en una bonita caja, le dijo a Violet que tardaría en ponérselo.

—No me siento preparada aún. Y si salgo a la calle con él, siendo que debo llevar luto, las vecinas del barrio van a formar de nuevo a la Inquisición solo para juzgarme.

La inglesa resopló, pero no la presionó. Al amor también debía gobernarlo la paciencia y la comprensión, y sabía que Violet comprendía que ella tenía sus tiempos, que caminaba con pies de plomo, y también que era algo que ella respetaría siempre. Quizá por eso, pensó, su novia iba a llevarse la mayor de las sorpresas con lo que le rondaba la mente. Tras dejar el vestido en el salón, la llevó al dormitorio con mucha premura. Allí, con las mejillas arreboladas, le dijo:

—Quiero celebrar las cosas buenas que nos están pasando. Quiero... hacer el amor contigo.

Tal y como esperaba, Violet la miró desconcertada.

—Margaret, yo te amo, con intimidad o sin ella, y tú, después de todo lo pasado, no...

Ella le puso el dedo en los labios, haciéndola callar.

—Solo quiero sentirme amada, de esa manera. Borrar todo lo demás.

—¿De verdad crees que estás preparada?

Marga leyó en su voz el miedo a que aquello despertase viejos fantasmas, a no hacerlo bien, a errar en un gesto o en una caricia.

—Me lo pide este, Violet —llevó la mano de ella sobre su pecho—, y al corazón no pueden hacérsele preguntas ni exigirle porqués. Solo habla de lo que uno necesita de verdad. Y yo te necesito de esa manera.

Sin decir más, posó sus labios sobre los de ella. Ese beso y los que le siguieron fueron dulces y pausados, igual que las caricias y las miradas. Marga se sentía querida, cuidada, y Violet no daba un paso sin que ella lo pidiera, ya fuera a viva voz o con gestos. Hubo besos sobre todos los rincones de su piel que iban quedando al descubierto, alejadas las ropas. Algunos eran tan suaves que a Marga le hicieron cosquillas.

—¿De qué te ríes? —preguntó Violet.

—Nunca me habían besado así. ¿Me besarás así siempre?

—Te besaré siempre, de la forma en que tú quieras.

Marga demandó un beso más apasionado, y la apretó con firmeza. El deseo llenó la habitación, apremiando a las caricias, y se tendieron en la cama. Se sentía bien, aunque a la par, una sensación amarga la invadió, al saberse con alguien que no quisiera dañarla, que no buscase solo su disfrute. Ella nunca había tocado a nadie así, ni sido tocada de tal manera. Y los malos recuerdos de aquella burda intimidad la sacudieron. Dio un retiemblo involuntario, que Violet notó.

—¿Estás bien? ¿Quieres que paremos?

—Yo...

Violet tiró de la sábana y las cubrió a las dos, tapando las cabezas. La luz se mitigó.

—Cuando era pequeña y algo me abrumaba hacía esto —le dijo—. Es un lugar seguro. Te lo presto si quieres.

Con aquella cosa tan tonta, Marga se sintió como si hubiera erigido una muralla que las protegiese. Sonrió apoyando la frente en la de su novia.

—Tú eres mi lugar seguro, Violet —le dijo.

—Margaret, *I'll love you. Come what may.*

Aquellas palabras dispersaron su malestar como gotas de aceite vertidas sobre agua. Deseaba estar con ella. Sentirse a salvo en la intimidad. Derrotar a todos sus demonios y fantasmas.

—Yo también te quiero, Violet —dijo—. *Come what may.*

De la misma y natural forma en la que sus almas habían hecho el pacto de estar juntas, lo hicieron también sus cuerpos. El orgasmo sorprendió a Marga, intenso y desconocido hasta entonces, haciéndola sentir que tenía derecho al placer y a la felicidad. Y que quería seguir experimentándolos en brazos de Violet.

Dos horas más tarde, gastadas en besos y caricias, Violet dejó la casa de Marga sintiéndose dichosa y amada, cerca de vivir la vida que anhelaba. No tenía ganas de separarse de ella, pero había quedado en recoger a su prima para ir a casa. De golpe, al cielo lo gobernaron nubes negras, extrañas en un día tan caluroso y soleado, y sopló un viento que arrastró un silbido lúgubre. Cayeron unas gotas dispersas, la gente corrió a refugiarse, pero ella siguió caminando: un poco de lluvia nunca había detenido los pasos de ninguna inglesa. Y menos los de alguien tan feliz. Apenas puso la mano en el pomo de la librería, rompió a llover con fuerza. Y, en cuanto abrió la puerta, sus ojos se toparon con los de su madre, que charlaba junto al mostrador con Pola. Se le hizo extraño verla allí, y notó en sus rostros la expresión de una mala noticia. Se quedó quieta, preguntándose si, de no dar un paso más, esa noticia nunca llegaría. Permanecería en la frontera a donde van todas las cosas que no se dicen. Sin embargo, su prima y su madre caminaron hacia ella, quitándole aquella posibilidad.

—*My dear Violet...* —Agatha la tomó de las manos, los ojos empañados—. *I'm sorry.*

La miró sin comprender, y luego a su prima.

—Ivy, hija mía, ha muerto —dijo al fin su madre.

A Violet le pareció que el mundo se detenía.

—¿Ivy? —dijo con un hilo de rota voz—. No es posible.

—Un ataque con dirigibles. Nada pudo hacerse por ella.

Su hija no fue capaz de sostenerse sobre las piernas, de tan grande como fue la impresión, y se derrumbó como hoja caída de un árbol, quebrándose en llanto sus ojos, su alma y su corazón.

63

Al día siguiente, Iris tenía una cena importante con el marqués, pero antes fue a ver a Violet. La encontró sentada junto a la ventana, mirando el cielo con los ojos tan nublados como las grises nubes que lo coronaban.

—Iris —la inglesa la miró con una ilusión que se vio extraña en un rostro tan triste—, *you look stunning*, ¿dónde vas?

—Gracias. A cenar con unos vizcondes, amigos de Adrián.

—A Ivy le gustaban esas cenas tan elegantes. Tenía un vestido favorito, y le compraba adornos para que se viera diferente en cada ocasión. Recorríamos medio Londres en busca de detalles.

—Entonces habríamos hecho muchas migas, ya sabes que el *chopin* me encanta.

La inglesa sonrió un poco.

—Seguro que sí.

Iris ocupó una silla a su lado, y la tomó de la mano.

—Si quieres me quedo contigo, y me cuentas más sobre ella.

—Gracias, pero debes disfrutar de tu noche. Mañana te contaré todas las cosas que quieras.

—Está bien. Y te traeré una tarta bien de crema chantillí, que te entone el ánimo.

Violet asintió, y soltó un suspiro.

—¿Qué voy a hacer, Iris? ¿Cómo romperé el compromiso ahora? Su hermana ha muerto, tendrá roto el corazón, ¿voy a terminar de aplastarlo?

—Violet, alma mía, espera un poco si quieres, pero no puedes quedarte sujeta a él para siempre, solo por miedo a herirlo.

—Él siempre fue bueno conmigo. Comprendía mis luchas, las apoyaba. Le debo mucho y le pagaré de la peor manera posible.

—Si él te quiere y te apoya tanto como dices, comprenderá que tu felicidad no esté con él. Solo date tiempo, encontrarás la fuerza y la manera de hacerlo, ¿vale?

—Vale... Vete, anda, serás la envidia de la cena.

Iris la besó en la frente, y con una punzada de preocupación en el pecho, se despidió de ella.

Cuando entraron en el palacete de los vizcondes, que en nada tenía que envidiar al Real, Iris soltó un suspiro que alertó a Adrián. Del brazo de ella, el marqués estaba guapo como para retratarlo, y ella ni siquiera le había dicho una sola de sus lisonjas.

—¿Qué te pasa, querida?

—Tengo encima de mi alma a Violet. Lo que le ha pasado es tan triste... No sé qué sería de mí si te perdiese así.

—No me vas a perder. —La besó en la mejilla, y entregó sus guantes, abrigo y sombrero a los criados que los recibieron—. Así que no pienses más en eso. Mañana enviaré unas flores para Violet, y conseguiré la dirección de los padres de Ivy, para enviarles otro a Londres.

Iris agradeció su gesto respondiéndole con otro beso. Aquello la animó un poco más, y fueron juntos hacia el salón. La sevillana no esperaba encontrarse allí a los Braum, junto a

Isabel y a otro caballero, lo que la hizo parpadear con sorpresa. Charlaban con otra pareja, que desconocía, y con los vizcondes, compartiendo unas copas de champán.

—No sabía que los Braum vendrían —le dijo a su esposo con disimulo.

—El vizconde me contó que declinaron la invitación hace unos días; por eso no te he dicho nada, pero han debido de cambiar de opinión. Son amigos de la familia desde hace años.

Dados los saludos y las presentaciones, Iris supo que esa otra pareja eran los señores De Bornos, dueños de una fábrica de armamento, en la que el otro caballero, a la postre el prometido de Isabel, invertía. Bernardo en persona. El hombre que debía suplir la ausencia de Nicolás, si es que eso era medianamente posible. Por la forma en la que Isabel la miró, fue consciente de que le guardaba cierto cariño por aquel apuro del que la había sacado en el aseo del Xifré. Le preguntaron todos por su salud, estuvieran presentes o no en la fiesta, lo sucedido había estado en boca de todos. Y entre copas de champán, fueron extendiéndose las conversaciones.

Ya en la mesa, repleta de exquisitos platos y del mejor vino, Iris no podía quitar ojo de Isabel Braum. De su languidez, de aquel brillo triste en sus ojos que no se le iba por más que el reflejo de las muchas velas fuese casi cegador. De los gestos de cariño que le hacía a Bernardo y que eran, sin lugar a duda, más forzados que otra cosa.

—Qué hermoso es ver a dos jóvenes enamorados —comentó la señora De Bornos.

—Estamos deseando que se casen —dijo la madre de Isabel, tras mojarse los labios con el vino—. La boda se celebrará pronto.

—¿Antes de final de año? —preguntó la otra.

—Es probable. Ya saben que Bernardo viaja mucho, y es difícil encontrar un momento en su apretado calendario.

—Desde luego —dijo él.

Iris lo encontraba un pan sin sal. De esa clase de hombres que aburrirían hasta a una mosca.

Todas las miradas se pusieron en Isabel, y ella se limitó a asentir. También ahogó su pena en un trago de vino, de eso se dio cuenta la sevillana. Le dirigió una sonrisa amable, que Isabel, aunque apagada, correspondió. Iris estuvo a punto de ir hacia ella y abrazarla. Decirle que sabía de su amor por Nicolás, que sabía...

—Marquesa —dijo la vizcondesa sacándola de sus pensamientos—, la vi actuar en la Zarzuela, hace unos años, y encuentro hermosísima su voz y su saber estar en el escenario. Usted no es como otras actrices, que desprenden vulgaridad por donde pasan. Podría llamarla, sin temor a equivocarme, la más elegante de todas.

Iris no supo si regañarla por ese desplante al resto de sus compañeras de profesión o darle las gracias por sus alabanzas. Como estaba en una mesa distinguida, optó por lo segundo. Y luego rondaron más alabanzas hacia ella. Incluso Isabel se animó a hacerle un cumplido.

A Adrián le brillaban los ojos cada vez que decían algo bonito de ella; sin embargo, los señores De Bornos torcían el morro a cada tanto. No era la primera vez que alguno de esos señoritingos la juzgaba mal, pero aquellos lo hacían con menor disimulo.

Terminada la cena, los caballeros se dispusieron a pasar a otro salón, a hablar de negocios entre humo de puro, y las damas, a otro donde conversar de sus asuntos. Iris aprovechó la pausa para ir al aseo. Regresaba ya cuando escuchó las voces de la pareja antipática. No sabía de dónde llegaban, pero estaban cerca.

—¡Cenando con una advenediza salida del arroyo! —se quejaba el señor De Bornos.

Iris quiso decirles que si acaso de la vera del Guadalquivir, que era uno de los ríos más importantes de España. Pero se quedó escondida. Si salía, la noche acabaría en tragedia.

—Yo tampoco me he sentido cómoda con esa actrizuela. ¡La más elegante de todas! Por Dios, casi me rio a carcajadas —dijo su mujer—. Está con el marqués por el dinero, no ha de tener donde caerse muerta, como todas las de su clase. A saber de qué familia de zarrapastrosos vendrá, y con qué hechizo lo habrá amarrado, porque no me explico que un hombre de su categoría esté con ella.

Lo demás podría pasarlo por alto, pero que llamase zarrapastrosos a sus padres...

Iba a encararlos, cuando notó una mano sobre la suya. Giró la cabeza y se encontró con una negativa en los ojos de Adrián.

—Ven —con suavidad, tiró de ella y la llevó hasta un saloncito. Una vez cerró la puerta, la abrazó con fuerza—. No has de hacerles el menor caso.

—Pero es lo que piensan todos, salvo unos pocos. Y me da igual que hablen mal de mí, pero de ti o de mis padres... Tú no lo piensas, ¿verdad? Que esté contigo por el dinero o que te haya amarrado con un hechizo.

—Por Dios, prenda mía. —Adrián rio—. Del dinero ya sabemos que no vas falta, y el único hechizo que me tiene amarrado es el de tu mirada. Es gente envidiosa, nada más. No soportan que otros sean felices. Y no voy a permitir que destruyan lo que tenemos con sus maledicencias. Yo...

A él se le turbó el rostro de golpe, y su esposa frunció el ceño.

—¿Qué, Adrián?

—Que ya perdí a alguien por culpa de las malas lenguas. Y no consentiré que nadie intente separarme de ti, ni que te haga daño con su veneno.

—A tu madre, ¿verdad?

Él asintió.

—Sabes que puedes contármelo, ¿no? Te escucharé. Sea lo que sea.

—Sí —musitó—. Pronto serán los Santos, e iré al cementerio a llevarle flores, ¿me acompañarás? Es algo que me cuesta hacer y estaré más tranquilo si vienes conmigo.

—Iré contigo. Claro que iré.

—Gracias, alma mía. —Esbozó una sonrisa—. Regresemos, o se pensarán que nos hemos perdido en una de estas habitaciones a ya sabes qué.

—Eso sería muy emocionante, desde luego.

Él rio, y la besó con ganas.

Ya de regreso con las damas, aunque Iris tenía ganas de tirarle un jarrón a la señora De Bornos a la cabeza, no mencionó el asunto. No era conveniente formar un escándalo.

Reunidas frente al fuego, tomando unas copas de jerez y batiendo a cada tanto sus abanicos, Iris se lanzó a preguntarle a la vizcondesa si tenían biblioteca privada.

—En estos hermosos palacios siempre hay una —anotó—. Con libros heredados de generación en generación, como miembros más de una familia.

—Sí, la hay. Más tarde se la enseñaré, si quiere —respondió la señora con una sonrisa—. ¿Le gusta leer?

—Muchísimo. Y no me faltan libros, tengo una amiga librera, regenta La Pluma, en Carretas.

—Nunca he estado, pero no dude de que iré. Paso a menudo por allí a comprar perfumes en el establecimiento de Concha Ortés, ¿lo conoce?

A Iris se le atragantó el jerez y hasta el asado de la cena le bailó en el estómago. Más aún cuando escuchó a Isabel murmurar:

—Ortés es un demonio.

No debió de ser la única en oírla, porque la mirada de su madre se puso en ella, censurándola. Isabel escondió un poco el rostro tras el abanico.

—¿Cómo dice, señorita Braum? —preguntó la vizcondesa.

—Nada, decía que a mí también me gustan los libros —respondió sonriente.

La vizcondesa asintió, e Iris se apresuró a echarle una mano a Isabel, centrando la atención en sí.

—Conozco la perfumería, desde luego, ¿cuáles son sus perfumes favoritos, señoras?

La conversación viró hacia aquello, y a pesar de que a Iris le habría gustado tener ocasión de hablar un poco con Isabel a solas; para averiguar qué sabía como para decir aquello, su madre no se separaba de ella. Lo único bueno que sacó en claro de aquella noche fue que el amor de Adrián siempre superaría todo lo demás, y que esa muchacha no podría amar a Bernardo en su vida, porque en sus ojos aún brillaba el recuerdo de Nicolás.

Unos días más tarde, para Todos los Santos, fueron a poner flores a la tumba de la difunta condesa al cementerio Sacramental de San Isidro. Una escarcha cubría nichos y panteones, y un sol mortecino luchaba por derretirla. El viento se colaba entre las tumbas y alguna tórtola extendía su ulular fantasmagórico por el camposanto. Pero Iris nunca había tenido miedo de los cementerios, para ella eran más algo triste que terrorífico. Siempre se preguntaba si quienes moraban allí habrían dejado asuntos pendientes; si se habían encontrado a sí mismos o hallado el amor. Nunca lo sabría, pero la idea de la finitud de la vida la hacía sentir con mayor apremio la necesidad de vivirla. Se agarró con más ganas al brazo de Adrián, y él le dedicó una sonrisa. Reconoció de lejos el panteón de los Palacios. No se le olvidaba aquel aciago día de su entierro. La cara de tristeza de Iván. La angustia en la de Lorea. Pero allí estaba su tumba. Llena de flores frescas. Como si pudieran hacérsele grandes homenajes al más terrible de los canallas. Suspiró, concentrándose en acompañar a Adrián. Él la necesitaba más que sus furiosos pensamientos.

Al llegar al panteón de los Robles, casi un palacio en miniatura, el marqués abrió la puerta de vidrios emplomados que guardaba el interior. Al cruzarla, la luz cambió, presa del brillo de unas velas ya prendidas. Había también flores. Supuso Iris que el padre del marqués ya habría estado allí. Ni siquiera lo había conocido. Había repudiado a su hijo, como si nada importase, al casarse con ella. Qué hombre tan imbécil, perder un hijo tan maravilloso por algo así, pensaba a menudo.

Un nombre saltó entonces a los ojos de Iris, tallado en uno de los nichos laterales.

—Adriana —musitó—. Qué hermoso. ¿Era tu madre?

—Sí —respondió él, dejando el ramo, una docena de claveles blancos, a los pies de este—. Si tuviéramos dos hijas, las llamaríamos Adriana y Carmela, como mi madre y tu hermana.

Eso hizo a Iris sonreír, a pesar de sus reticencias sobre la maternidad, pues imaginó a Adrián con dos niñas, una sentada en cada pierna, haciéndoles cariños.

—¿Cómo era, Adrián? Háblame de tu madre.

Él asintió, los ojos clavados en la lápida. Iris supo, mientras él hablaba, que todas las cualidades que lo ennoblecían y que tanto amaba de él, venían de su madre. Y le dio las gracias, en silencio, por haber criado a un hombre como él.

Aunque él también sonrió, de golpe, pareció que los ojos fueran a hacérsele agua infinita.

—Fuimos infinitamente infelices, Iris —dijo entonces—. Solo sentíamos cierta felicidad cuando mi padre permitía que dejase mis obligaciones, demasiadas para un niño, y podía estar con ella. Solo entonces sentía que la vida tenía sentido. A mi madre se la tragó la soledad, la falta de afecto, el fingimiento. Su mundo fue oscuro, hasta que alguien arrojó esa oscuridad lejos. Alguien que, como imaginarás, no era mi padre.

Iris comprendió muchísimas cosas de sus conversaciones pasadas. Le retiró una aislada lágrima con el pulgar, angustiada por verlo tan triste. Casi deseaba que no siguiera hablando, aunque la curiosidad tiraba de ella a preguntarle quién. No obstante, no tuvo que hacerlo.

—Se enamoró de un oficial de futuro prometedor. Dejó a mi padre y se fue con él. Pasó mucho antes de poder volver a verla; pero la vi feliz y eso me contentaba. Y lo fue, Iris, hasta que... —Subió y bajó su nuez con esfuerzo—. Él tenía parientes en la realeza, pero nada los libró de las murmuraciones. De ella decían muchas cosas, todas crueles. Le cerraban puertas. Pocas amistades quedaron a su lado. Con él eran todos un poco más laxos. Lo tenían por un joven enamoradizo engañado por una mujer de más edad, necesitada de cariño. Y las dudas empezaron a consumirla. Al final, los días de felicidad se acabaron. Aunque fueran iguales sus afectos, no fueron juzgados en la misma proporción: a ella le tocó la muerte, y a él, el dolor. Un día, mi madre no soportó todo aquello y... acabó con su propia vida. Nadie lo supo jamás, por eso pudimos enterrarla aquí, en suelo sagrado.

Iris ahogó una exclamación de asombro y angustia. Sabía que ella había fallecido, pero no que fuera aquel su final.

—Es terrible, Adrián, lo siento tanto.

—Lo fue, Iris, pero has de saber que siempre me he consolado con una cosa. Pasase lo que pasase, mi madre conoció el amor. Y eso, esposa mía, bien vale la muerte.

64

El sábado 10 de noviembre, con los ecos de la Revolución rusa, las huelgas y las guerras, volvieron ellas al refugio de la Sociedad. Lorea incluida, pues cuidaba de la niña Iván, y Diego también. Pola lo miraba preguntándose si es que hacía algo cada noche, porque cuando volvía a verlo, le parecía más guapo que el día anterior. Y aunque todas sabían ya que andaban de amores, él aún no había hablado con Beltrán. El día que iba a hacerlo sucedió lo de Ivy. No estaba la atmósfera para esos asuntos. Inauguraron la sesión con una buena noticia: Marga ya tenía la llave, y también con un enfado por parte de todos, cuando Iris contó lo que Isabel había murmurado en la cena.

—He intentado tomar café con los Braum estos días, a ver si sacaba algo más en claro acerca de esto antes de deciros nada, pero no ha sido posible —anotó.

—¡Esa mujer! —Pola se puso en pie—. Ahora mismo vamos a su perfumería y le sacamos lo que sepa, aunque sea metiéndole la lengua en agua hirviendo. A ver cómo explica eso y si tiene bemoles a seguir ocultando a Ortés. Ella sabe dónde está. ¡Seguro!

—*Let's go.* —Su prima se levantó también.

—Por favor, calmaos, pensad con claridad —pidió Lorea, como de costumbre—. Para empezar, Isabel dijo «Ortés», no sabemos si se estaba refiriendo a Concha o a su tío. Y la perfumera no nos dirá nada. Si la amedrentáis, avisará a la policía. Además, así solo pondremos en un compromiso a la señorita Braum. Hemos de averiguar algo más.

Claudicando en eso, pero decididos a seguir indagando, fueron a la antigua casa de Marga, que había heredado de su marido y que pondría en venta cuando resolviesen el asunto de la caja fuerte. Aunque sombría y solitaria, al menos estaba limpia. Había pagado a una señora para tal menester. Ella no era capaz de enfrentarse a la mancha de sangre del dormitorio.

Una vez apartaron el armario, Diego le dijo a Marga que probase combinaciones, hasta escuchar un clic muy marcado. Ella así lo hizo, pegada la oreja al frío metal. Probó con cuanto se le ocurrió, nada funcionaba. Casi desesperada, intentó con su aniversario de bodas, aunque sin esperanzas. No creía que Juan tuviera en cuenta tal fecha; sin embargo, notó el clic, y la alegría llenó la habitación por primera vez en su historia. Marga metió la llave en la cerradura, y tras varios giros, se abrió despacio. Descubrieron dentro fajos de billetes apostados junto a pilas de documentos.

—Me hacía pasar penurias cuando había todo esto aquí guardado —murmuró Marga, apretando los dientes—. Espero que se esté pudriendo ya.

—Pero bien podrío —dijo Iris, con mucha resolución—. O como una momia. Bien feo.

Marga la miró muy seria, luego soltó una leve risa y le dio un beso en la mejilla.

Sacaron todo y se distribuyeron la tarea. Violet e Iris contarían el dinero; Diego, Marga y Pola revisarían los documentos.

—Aquí por lo menos hay más de cien mil pesetas —dijo la sevillana.

—No sé de dónde habrá sacado Juan tantísimo dinero —resopló su viuda, agobiada—. En las apuestas perdía más que ganaba.

—Pero igual un día ganó, y no te lo dijo —sopesó la librera.

—Podría ser... —musitó ella, y se enfrascó en revisar los documentos.

Encontraron de casas de empeño, recibos, apuestas y facturas. Había en ellos diferentes nombres: Juan, Francisco y un sinfín más.

—¿Es que mi marido tenía muchas vidas? —preguntó Marga.

—Tienes que ver esto... —Pola le tendió uno de los documentos, con manos temblorosas.

Eran pagos a un convento cercano, sin faltar ni uno solo, hasta la fecha próxima a su partida al norte. En ellos se escribía, como motivo, un simple nombre: «Alfonsito».

—¿Alfonsito? —musitó la mujer sin reconocer nada parecido.

A Diego se le llenaron los ojos de lágrimas, tan de golpe que se arremolinaron en torno a él, para saber qué sucedía.

—Alfonsito era el segundo nombre de mi hermano, y el nombre de nuestro abuelo paterno.

Pola, mientras consolaba al profesor, dijo:

—O tu marido tenía un hijo ilegítimo, Marga, o es el hijo de Isabel y Nicolás.

—Ha de ser él. Nicolás le decía a Isabel que preguntase a mi marido por el niño. Y esas cartas a su nombre... Nos vamos al convento ahora mismo.

—¿Y con qué excusa nos presentamos? —preguntó Lorea—. No me parece prudente.

—Muy fácil: Marga es la viuda de Juan —resolvió Pola—. Que le diga a las monjas que se hará cargo de la estancia de la criatura, que la quiere conocer.

—¿Crees que no sospecharán de que sepa de ello, dada la relación que tenía con su marido?

—No lo sé, Loreíta, pero al menos ubicamos al niño y vemos qué podemos hacer para sacarlo de allí. Diego —Iris le dirigió una mirada interrogante—, es tu sobrino. Tienes la última palabra.

Él se puso en pie, dando por resuelta la cuestión.

El convento era un edificio austero, del siglo XVI, con fachada de ladrillo, dinteles de piedra y estatua coronando el portón con su advocación. Diego lo miró con una mezcla de tristeza y enfado.

—No me puedo creer que el niño haya estado siempre tan cerca y que no hayamos sido conscientes. Mi madre cose para este convento, viene a menudo, y yo también. Y ahora mismo me siento muy enfadado con Nicolás por no haberme hablado de este niño.

Pola no iba a preguntarle tontamente si su madre sabía algo, dada su relación con el lugar. Conocía a Rosa lo suficiente como para saber que no se callaría algo así.

—Averiguaremos lo que sea necesario, Diego, te lo prometo —le dijo a su novio.

Él asintió y pasó junto a Marga, mientras las demás esperaban fuera.

Las recibió una monja joven y simpática, sor Cristina, que al referirles su interés en los huérfanos, les dijo que era asunto de sor Francisca y que debían esperar en una sala a que los recibiese. Aguardaron unos veinte minutos eternos. Diego remiraba el reloj; Marga suspiraba. Al fin llegó la monja, lozana también, y se pusieron en pie. Tras presentarse, le contaron el motivo de su visita.

—¿Dicen que vienen de parte de Francisco Mendoza? —preguntó secamente.

—Sí. Era mi marido. Ha fallecido y me pidió que me hiciera cargo de Alfonsito. Traigo los papeles de sus pagos, por si quiere verlos.

—Eso es imposible. A su marido lo mató usted. ¿Cómo iba a decirle nada semejante?

Marga se quedó sin palabras, pero Diego intervino, no sin rabia en las suyas:

—Lo mató en su defensa por criminal y mal hombre. Y a la postre tenía un hijo ilegítimo aquí —tanteó—. Y a pesar de todo, ella quiere hacerse cargo.

—Este niño no es de su marido. Si han venido con idea de sacarlo de aquí, olvídense. Francisco solo hacía los pagos, esto no era cosa suya.

—¿Y de quién, sor Francisca? —Marga la miró ansiosa.

—Nadie que sea de su incumbencia. Váyanse, están metiéndome en problemas con su sola presencia.

Sin darles opción a más, señaló la puerta invitándolos a salir. Derrotados, abandonaron el convento, y con disgusto les contaron a sus amigas lo ocurrido.

—Solo es un crío y parece un secreto del Palacio Real. —Iris puso los brazos en jarra.

—*Something is rotten in the state of Denmark.*

—Y vamos a averiguar qué es.

—Pues no sé cómo, Marga, no querrás que nos colemos en el convento. —Pola resopló.

—Igual el hábito no nos sienta tan mal —dijo Iris en tono de broma.

—Ni se os ocurra —dijo Lorea—. ¿Os ha mencionado el nombre de esa persona, Diego?

—No, pero si a Isabel la engañaron diciéndole que el niño estaba muerto, ha de ser alguien de su familia. Y con mucho poder como para que la monja haya dicho algo así. ¿Dónde nos estamos metiendo? ¿Dónde se metió mi hermano? —dijo Diego, descorazonado, y suspiró profundamente—.

Vamos a pensar con calma. Sentados, en algún lugar tranquilo.

Asintieron todos a sus palabras, e Iris ofreció ir a su casa.

—Sí, Iris, y me gustaría pedirte un favor. ¿Podríamos dejar todo lo de la caja fuerte allí? —preguntó Marga—. Se me antoja el lugar más seguro en el que guardarlo, con eso de que tenéis escolta.

Ella asintió, de buen gusto.

El piso de los marqueses era espacioso, bien decorado y tenía unas espléndidas vistas al Retiro, pues era alto y hacía esquina con Alcalá. El marqués los saludó brevemente, debía marcharse a hacer unos negocios. Se acomodaron en un saloncito, y les sirvieron a demanda. Cafés, licores, pastas... Daban los primeros sorbos, cuando Pola inició la conversación sobre el asunto que les atañía.

—Empezaremos por el principio, ¿de acuerdo? Isabel y Nicolás se conocen, no sabemos cómo, pero quizá fuese en esa fiesta de la que vimos la fotografía.

—Se la hicieron en 1910, en la inauguración del Ritz —informó Diego—. Todas las fiestas le encantaban, era muy alegre, hasta que la guerra le cambió el carácter. —Suspiró—. Pola, continúa, por favor.

—Está bien. Con ayuda de alguien del entorno de la finca se cuelan allí para verse a solas.

—¿La hermana de Isabel, quizá? Nicolás la mencionó en el diario —dijo Lorea.

—Puede ser. —Pola asintió—. ¿Conocerían allí a Francisco/Juan? ¿O lo conocían de antes?

Miraron a Marga, como si tuviera la respuesta.

—Se os olvida que todo lo que creía saber de él era mentira.

—Pero ¿algún trabajo que tuviera y que pudiera relacionarlos? —indagó Violet.

Ella se frotó la barbilla, pensativa.

—Estuvo en una empresa de material médico. Quizá por eso conoció a Nicolás, no sé.

—Está bien, lo averiguaremos. Sea por lo que sea, se hacen amigos. Ella queda embarazada, los padres le prohíben ver a Nicolás, la recluyen hasta que tiene al niño, se lo quitan y lo mandan al convento. Y Nicolás se entera de que está muerto, pero no lo cree y en algún permiso viene a buscarlo. —Miró a Diego, esperando un asentimiento.

—Él estuvo de permiso, sí. Yo me encontraba en Oxford, así que no mantuve contacto con él por esas fechas, más que por carta o alguna Navidad.

—Bien, pues da con ella, e imagino que trata de llegar a Isabel, pero no lo consigue. Se lo dice a Juan con esperanza de que él lo haga. Y luego escribe esa carta con la intención de enviarla. La última que escribirá. Y quedan dos cuestiones más: no sabemos quién es esa persona de la que la monja nos ha advertido ni tampoco si Juan le dijo a Isabel dónde estaba el niño o si ella lo sabe por otra fuente.

—Creo que ella no lo sabe —dijo Diego—. Ni porque Juan se lo haya dicho ni porque se lo hayan dicho sus padres.

—No suelen decírselo para que resistan el impulso de buscarlo y sigan con su vida como si nada —anotó Lorea—. Como si eso fuera posible…

—Desde luego que no lo es —dijeron Marga y Violet, casi al unísono.

Se tomaron unos segundos para dar un trago que les relajara en algo el espíritu.

—Entonces, primera cuestión: ¿quién es esa persona? —preguntó Iris después.

Hubo un silencio de miradas dubitativas, hasta que Marga dijo:

—Isabel está prometida. Igual es cosa de él. Se habrá enterado de lo del niño y querrá mantenerlo oculto, por eso de la reputación.

—O la madre de ella —sopesó Lore—. O la abuela.

—O Braum —dijo Diego—. Juan tenía mucho dinero en esa caja, y él es un hombre de posibles. ¿Y si le pagó para que se encargase del niño y comprar su silencio? No sé, quizá me dejo llevar, pero igual Juan fue a decírselo a Isabel y Braum intervino antes.

—Y Juan era muy codicioso —anotó Marga—, por lo que sería posible que hubiera traicionado a su amigo con tal de llenarse la cartera, aunque solo fuera para gastarlo en apuestas. ¿Habéis visto algo en los papeles que lo relacione con esto? Alguna carta, no sé.

—No, pero íbamos buscando otra cosa, y quizá se nos ha escapado.

Tras sus palabras, Iris fue a por los documentos, y apartaron las bebidas para ponerlos sobre la mesa. Andaban ceñudos revisándolos cuando Lorea puso un papel sobre los demás.

—Juan trabajó como jardinero en 1909 —señaló.

—No tenía la menor idea. Entré en su casa a servir más tarde.

—¿Y si ese trabajo lo desempeñaba en El Capricho, y allí conoció a Nicolás y a Isabel?

La pregunta de Pola voló en el aire, aún sin respuesta.

—Mi amigo el guardés puede resolvernos la duda —dijo Iris—. Mañana iré a verlo. Y quizá Nicolás conociera en los jardines también a Braum. Lo vio con Juan y se acercó para engatusarlo.

—Sea como sea, que a nadie se le ocurra encararse con Braum —les advirtió Lorea—. No tenemos pruebas de que fuera quien pagase a Juan. Sea o no la persona, sacar esto a la luz traería consecuencias para su familia, y podría reaccionar mal.

—No queremos sacarlo a la luz, solo que Diego pueda llevarse a ese niño —anotó Pola.

Él asintió. Sin embargo, Lorea la rebatió:

—Pero pocos secretos quedan guardados para siempre, más aún si se remueven.

—Desde luego que no, y si ese hombre ha hecho la canallería de separar a una mujer de su hijo, tiene que pagar su culpa —dijo Iris.

—Estas cosas siempre se hacen así, por desgracia, por culpa de la sociedad que castiga a las mujeres que tienen hijos fuera del matrimonio —gruñó Lorea—. Ya sabéis las maledicencias que tengo que soportar.

Iris, a su lado, le apretó el hombro.

—Sí, reina mía, pero ¿y lo feliz que eres tú con tu niña?

—Pasaría lo que he pasado mil veces, siempre y cuando ella naciese —declaró con todo su ser. Con gesto más torcido, añadió—: aunque el otro día me vomitase en los apuntes de la universidad.

Aquello las hizo reír, a pesar de todo.

—Cuando vaya a casa de los Braum, no le diré nada a ese hombre, lo prometo, pero veré si me entero de qué sabe Isabel —comentó Iris—. Quizá sepa más de lo que creemos. Igual tiene las cartas allí aún, escondidas, como Nicolás.

Diego asintió.

—Ojalá tengas suerte.

—Llevaré los documentos a la librería —dijo Pola—, aunque el dinero se quede aquí, por si queremos volver a revisarlos en alguna reunión, ¿os parece? Los guardaré junto al diario.

Asintieron todos, esperanzados en seguir desenredando los hilos de aquella angustiosa madeja.

65

A la tarde del día siguiente, al fin, Iris se preparaba para ver a los Braum. Aquella mañana había estado en El Capricho, y el guardés le había confirmado que un tal Mendoza trabajó allí, pero más allá de eso no pudo darle señas. Rumiando aquello, le pidió a Adrián que le ayudase a cerrar los enganches de la espalda del vestido. Él empezó a besarle el cuello de tal modo, que casi acaban enredados.

—Déjame, truhan, que ya me he peinado.

—Pues te peinas otra vez. —Volvió a besarla y le bajó un tirante.

—Adrián, por favor. Que esta cita es muy importante. —Se apartó un poco, pero él la apresó en sus brazos—. No podemos faltar a casa de los Braum. He de averiguar unas cosas.

Él, con un quejido, se separó de ella, y tras darle otro beso cariñoso, la ayudó con el vestido.

—Refréscame la memoria, querida, ¿en qué clase de lío os estáis metiendo ahora? Espero que no me cueste otras tres mil pesetas.

Ella rio levemente, sintiendo el calor de los dedos de él en la espalda.

—He de hacerme amiga de Isabel Braum y escabullirme a buscar su saloncito de café para encontrar las cartas en un mueblecito, y ver si ella sabía lo del niño o no.

—Igual deberías esperar a hacerte amiga de ella y preguntárselo. —Abrochó el último cierre y la hizo girarse. Mirándola a los ojos, le dijo—: Por favor, no quiero enemistades con Braum, tenemos negocios entre manos y será difícil que los llevemos a cabo si cogen a la marquesa husmeando en cosas de la familia.

—No te preocupes, alma mía. Nadie se va a enterar.

Él no estaba tan seguro de eso, pero claudicó.

El palacete de los Braum, en Recoletos, presumía de una fachada clásica, con escalinata y columnas, precedida por un jardincillo. Y aunque era un edificio de más de dos siglos, se veía como nuevo. Sin embargo, en el interior, Iris acusó la ausencia de más poderío. Había objetos valiosos, pero tuvo la sensación de que algunas paredes estaban desangeladas, faltas de algún mueble o un cuadro. Y se preguntó si no estarían haciendo cambios. Las damas como la señora Braum siempre andaban en proyectos decorativos. Rezó cuanto supo, en silencio, por que no hubiera tocado «el Chippendale». Y se llevó un gran disgusto cuando solo los recibieron Augusto y su esposa Adelina, excusando a su hija pues estaba viendo unas amistades.

—Ya se había comprometido antes de nuestra cita —contó ella.

Iris se tragó un gruñido de fastidio. El saloncito donde pasaron a tomar el té era acogedor y estaba algo más provisto de mobiliario, pero de un mueble que se pareciera al estilo buscado, ni rastro. Tenía que sonsacarle algo a Adelina.

—Sabrá que mi esposo está haciendo un palacio, y aunque aún falta tiempo para que esté terminado, me encargo ya de buscar mobiliario. La decoración de una casa no es asunto baladí, como usted bien sabe, dado su buen gusto.

Los caballeros, sin mencionar palabra, las miraron tomando sus cafés. A Iris, Braum se le atragantaba. No le gustaba su forma de mirar. De estar. Incluso su bigote le resultaba feo.

—Gracias, marquesa, yo misma ando inmersa en cambios decorativos. —Miró a su esposo brevemente, pero Iris no fue capaz de captar qué clase de mirada había sido—. Es una de las tareas más complejas a las que como mujeres podemos enfrentarnos. Algunas dirán que más incluso que tener hijos. —Cogió su taza, y rio comedida—. ¿Qué clase de muebles está pensando en escoger?

—Depende de la estancia. Aunque hay algo de lo que tengo mucho capricho: un comedor estilo Chippendale.

A la mención del mueble, Adrián tuvo que beber de su taza para disimular su asombro.

—Nosotros tenemos un mueble de ese estilo, en el saloncito que usa mi hija. Le tiene gran cariño. Venga conmigo, marquesa, se lo enseñaré. Así dejamos a los caballeros departir de sus asuntos.

Ella incluso se sintió aliviada de perder de vista a Braum, cuando Adelina la guio hasta una salita que daba a un jardincito. El ambiente era cálido y acogedor. Iris se imaginó a Isabel allí sentada, en un pequeño escritorio que había, escribiendo cartas a su Nicolás.

—Ese es el mueble —señaló la señora—. Isabel se encaprichó por tenerlo hace unos años. Y me llevó por todo Madrid en busca de uno. No sé qué le dio, pero hasta ella misma le saca brillo.

Iris pensó que tal vez fue al conocer a Nicolás, y saber del que había en su casa, para participar ambos de aquel juego de cartas. De caoba, con finas molduras más claras, era alto y estrecho, con vitrina arriba, y cajones y puertas abajo.

—Es muy hermoso —dijo acercándose más.

Vio tras la vitrina una fotografía de Isabel, junto a una muchacha de pelo claro. La condesa debió de notar que la miraba, pues la sacó para mostrársela.

—Era mi hija mayor, Adelina, murió en junio del año pasado, de unas fiebres. En realidad iba a ser ella quien... —Apretó los labios y guardó la imagen en el mueble—. Es igual. Los muertos, muertos están. ¿Quiere dar un paseo por el jardín? Así sigue contándome sus planes para el palacio.

Iris se quedó descolocada, pero asintió.

—Por supuesto. Aunque... ¿podría ir un momento al tocador?

—Está al final del pasillo, la esperaré en el jardín.

Dejaron la estancia e Iris entró al tocador. En cuanto vio la oportunidad, se escabulló hacia el saloncito. Corrió hacia el mueble, y lo revisó por todas las partes de fácil acceso, mas no halló nada. Decidió colar la mano entre el mueble y la pared, por la parte más baja, tanteando. Cuando tocó algo con la punta de los dedos, trató de abarcarlo, soportando un tirón en el hombro que se quejaba de tanto estiramiento, pero no cejó hasta sacarlo. Cuando vio un puñado de cartas, cuidadosamente dobladas, envueltas en un lazo rojo, el corazón le dio un vuelco. Cogió una al azar y la abrió, lanzándose a leerla sin demora, en voz baja, para sí.

—«13 de marzo de 1917. Mi amado Nicolás. Hoy habría sido tu cumpleaños. No dejo de pensar en todos los planes que teníamos para días así. Celebrarlo en Málaga, junto al mar, en aquella playa donde dibujé nuestros nombres. Ir a Venecia en nuestra luna de miel. A París en nuestro aniversario de bodas. A Nueva York en mi cumpleaños. Ahora no son más que sueños rotos, porque tú ya no estás. ¿Por qué te sigo amando entonces con la misma fuerza? ¿Por qué el dolor no se va?».

Aquello le rompió el alma a Iris. Ella aún le escribía, aunque él ya no pudiera leer sus cartas. Escuchó un ruido en el pasillo, que la puso alerta, pero no tuvo tiempo de esconderlas.

—¿Qué hace usted aquí? —dijo desde la puerta una voz suave, y familiar para ella.

Iris miró a Isabel, sin saber dónde meterse.

—Disculpe, su madre me había enseñado este mueble, pero quería…

Cualquier excusa sería en vano: Isabel había visto las cartas. Con sorpresa, y vergüenza, corrió a cogerlas, pero Iris las escondió tras la espalda.

—¿Ha venido a mi casa para llevarse mis cosas como una vulgar ladrona? —regañó Isabel.

—En realidad he venido a tomar café con sus padres, y para hablar con usted.

—¿Y qué iba a tener que hablar con usted? —Furiosa, extendió la mano—. Deme mis cartas.

—No puedo. He leído las de Nicolás de Ariza.

A Isabel le cambió la expresión, y se curvó como impactada por una bala en el estómago.

—Nicolás… —murmuró, acariciándolo con la voz.

—Sí, Nicolás. Ustedes se enviaban cartas y las escondían en estos muebles.

—Es usted una entrometida. ¿Cómo se atreve a fisgonear así?

Le había prometido a Lorea prudencia, pero… no era su segundo nombre.

—Usted tuvo un hijo con Nicolás, y yo conozco a su hermano, que nada sabía de ese niño. ¿No cree que tiene derecho a saberlo?

—No sé de qué me está hablando. —Giró el cuerpo para no mirarla.

—Sí que lo sabe. —Iris apoyó la mano en su brazo.

Isabel se sacudió, y la encaró.

—No. Está usted equivocada. No hay ningún niño. No conozco de nada a Nicolás.

—No finja que no lo conoce cuando antes ha pronunciado su nombre como si fuera su bien más preciado. No lo haga porque conmigo no le valdrá. Y claro que ese niño existe.

—Deme mis cartas y váyase de aquí.

—No se las pienso dar. Porque si usted no quiere saber nada de ese hijo, yo sí, y seguro que aquí hay cosas escritas sobre él.

La muchacha soltó un suspiro angustiado, y fue a sentarse en una butaca. Se quedó mirando al jardincito y, a la par, a nada. En sus ojos había un lúgubre vacío, una penitencia. Y en su alma, unas cadenas que, aunque invisibles, Iris percibió. Dispuesta a intentar dialogar, se sentó frente a ella.

—Isabel, no pretendía decirle las cosas tan a bocajarro, perdóneme.

—¿Tengo también que perdonarla por robar mis cartas? —Clavó la mirada en ella, punzantemente.

En contra de su voluntad, la cupletista se las devolvió. Cuando Isabel las tuvo en las manos, se las llevó a los labios, suspirando al rozarlas, y luego fue a ponerlas en su sitio. Iris supo que había perdido la oportunidad de leerlas, para siempre.

—Hable conmigo y sea sincera, por favor —le dijo no obstante—. No puede engañarme, he visto las cartas de Nicolás y sé lo que ustedes tuvieron. Y he visto sus nombres en ese árbol.

Un gesto de nostalgia invadió el rostro de Isabel, en tanto que volvía a sentarse.

—No tendría por qué hablar con usted de nada. Apenas la conozco, aunque me ayudó en un momento de necesidad... Pero Nicolás me habló de su hermano Diego y lo quería muchísimo.

—Lo quería, pero de usted no le dijo ni mijita.

—Yo le pedí que no hablase con nadie de lo nuestro. Sabía que en cuanto alguien se enterase nos separarían. Como así fue. Mi padre lo supo... y todo se acabó.

—Diego no los habría separado, ni tampoco su madre, fue usted muy injusta con ellos. Y también Nicolás. Y no diga que todo se acabó, porque no lo hizo. Quedó ese niño entre ustedes.

—Está usted muy insistente con el niño —replicó molesta.

—Lo único que deseo es que Diego pueda hacerse cargo de ese chiquillo.

—Entonces tendrá que visitar la Almudena porque es allí donde está enterrado. En una tumbita con dos ángeles mirando al cielo y solo un nombre, sin apellidos: Alfonsito.

La sevillana echó el rostro hacia atrás, ceñuda.

—Isabel, eso no puede ser. Alfonsito está en un convento.

—Lo tuve muerto en mis brazos.

Iris se rascó detrás de la oreja; aquello le estaba fundiendo las entendederas.

—Que es imposible. Que sabemos que está allí.

—Pues están equivocados. Mi padre quería que lo abortase, con ayuda de ese amigo suyo tan cruel, Ortés...

Isabel calló y apretó los labios a la par que Iris. Comprendió la cupletista que eso de «demonio», lo había dicho por él.

—Me negué a comer y le dije que, si mataba a mi hijo, moriríamos los dos. Así que me consintió que lo tuviera —continuó la muchacha—. Y lo tuve, aun a sabiendas de que no me dejarían quedármelo. Pero no fue para mí ni para nadie. En el parto me desmayé, y al abrir los ojos, estaba muertecito en mis brazos. Él... —Volvió a callar, el pecho agitado y los ojos llorosos—. No me haga hablar más de esto, por favor. No lo soporto.

Iris quiso decirle algo que la consolase, angustiada también, pero apareció Adelina.

—Ah, está usted aquí. —Sonrió, y miró a su hija—. Isabel, querida, sí que has despachado pronto con tus amistades.

—Madre... —Isabel carraspeó, y se puso en pie a la par que Iris—. A Bernardo le ha surgido un imprevisto y no quería estar allí sola.

—Sabes que has de cumplir con las visitas, hija mía, por más imprevistos que le surjan a tu prometido, es tu deber desempeñar por los dos. ¿Por qué tienes esa carita tan triste? ¿Te has disgustado con Bernardo? Has de ser paciente con él, ya lo sabes, los hombres requieren de muchas atenciones y de todo nuestro mimo, y si dicen algo que nos molesta, hay que perdonarlos, ¿verdad, marquesa?

Si Iris contestaba iban a tener la tarde, así que solo asintió.

—No es por eso, madre, hablábamos la señora marquesa y yo de viajes por Europa y me emocioné al recordar los que hacíamos antes de la guerra.

Isabel miró a Iris con la súplica de que callase lo hablado.

—Sí, desde luego —dijo la sevillana—. Y discúlpeme también, me he entretenido con ella.

—No pasa nada, señora marquesa, los jardines no se han movido del lugar.

A instancias de la señora, dejaron la sala para dar un paseo. No pudo hablarse más del asunto, pero no dejó la cabeza de Iris en ningún momento.

66

La Almudena recibió a las chicas de la Sociedad con sus puertas y muros, sus hileras de arcos, construcciones monumentales en expansión, como todo el camposanto. Ni siquiera lo habían inaugurado oficialmente, y ya era lugar de reposo de infinidad de almas. En Madrid había mucha gente, y muchos serían sus muertos.

—Cómo va a estar Alfonsito muerto si está en el convento —dijo Pola, cruzando las puertas de la mano de Diego.

—Yo tampoco me lo creo —dijo Marga—, pero es lo que Iris dijo que Isabel le contó.

—Pero la tumba puede estar vacía, y abrirla no la vamos a abrir, ni a intentarlo, como Cadalso —respondió la librera.

—¿Quién es Cadalso? —preguntó Violet.

—Un poeta romántico. Deberíamos leer todas juntas sus *Noches lúgubres*.

—Sí, estoy yo para noches lúgubres. —Iris resopló—. ¡Más de las que me pesan!

Lorea, que caminaba junto a ella, del brazo de Iván, suspiró. Azucena estaba con su abuelo Guzmán y tenían un ratito libre.

—Le preguntaremos al enterrador. Él nos dirá si en esa tumba hay criatura o no —dijo ella—. Aunque está claro que le han mentido a Isabel. No tuvo a ese hijo muerto, solo se lo hicieron ver para que no pasara su vida pensando que estaba vivo en alguna parte.

—Esta chiquilla razona más que todas juntas —soltó Iris—. Menos mal que está aquí.

—Sí que razona, sí —dijo su esposo dedicándole un gesto de cariño.

Violet miró alrededor, sintiendo un escalofrío. Por más que estuvieran algunas tumbas preñadas de flores, el lugar le resultaba lúgubre, más aún siendo que en el cielo se conjuraba una tormenta que descargaría pronto, y si no apremiaban los cogería allí.

—Con este tiempo, y lo poco que me gustan los cementerios...

—Yo te cojo de la mano, para que no te dé tanto susto —le dijo Marga.

Ella sonrió, y la besó en la mejilla.

—¿Adónde vamos exactamente? —dijo después—. Esto es tan grande como nuestro dilema.

—Hay una zona donde se congregan las tumbas de niños. Quizá esté allí. A ver si por el camino vemos al enterrador —dijo Iván.

Lorea le notó algo en la voz, que iba más allá del peliagudo asunto que se traían entre manos, y metidos ya en aquel mar de tumbas, le preguntó:

—¿Estás bien?

—Es que tampoco me gustan los cementerios. Hasta me cuesta ir a ver a mi madre o a mi hermano. Mi padre sí va a menudo. A contarle sus cosas. El otro día me dijo que le habló de Azucena, y que hasta le pareció que Héctor le cogía las manos al oírlo.

Lorea tomó aire, incrédula con aquellas cosas. Pero si ese era el consuelo de un padre tras perder a un hijo, siendo algo tan terrible, bendito fuese.

—¿Crees que habrá ido al cielo, Lorea? —le preguntó él.

—Seguro que sí. Seguro que Dios lo ha perdonado.

—Quizá. Yo, desde luego, no lo he hecho —sentenció él.

Ella apretó la mano de su marido, en un gesto de consuelo.

Unos metros más adelante dieron con el enterrador, o con uno de ellos, porque un lugar tan grande necesitaba de muchas manos. Cargaba con una carretilla llena de flores secas y jarrones rotos, quizá por el viento, pero se paró gustoso a atenderlos. Luego de pensarlo, les indicó dónde estaba la tumba que buscaban, diciéndoles que allí reposaba un chiquillo, que estaba seguro, porque lo había enterrado él mismo.

Llegaron a un espacio de tumbas pequeñas bordeadas con cipreses apenas crecidos. Algunas de ladrillo, otras de piedra o mármol. Sencillas, sin más que una cruz de hierro, o con ángeles, dolientes u otras decoraciones fúnebres. Les dio mucha pena de ver tantos niñitos allí enterrados, que no habían tenido más vida que unos segundos o unos pocos años.

—Pobres niños... —musitó Marga, sobrecogida.

—Y pobres padres —dijo Lorea, pensando en el dolor inmenso que habrían debido de sentir.

Vivía con el miedo a que a su Azucena le ocurriese algo, pues sabía de sobra lo alta que era la mortandad infantil con tantas enfermedades que no superaban. Aquella parte del camposanto era, más que nunca, prueba de la fragilidad de la vida, y un recordatorio de lo necesario que era investigar en el campo médico para salvar vidas desde la infancia.

Iván la atrajo hacia él, y le dijo:

—Sé lo que estás pensando, y deja de hacerlo. Nuestra niña estará bien. Crecerá sana y fuerte. Y nos dará muchas alegrías, pero también muchos berrinches.

Lorea logró sonreír, y asintió. Pero se le fue de golpe cuando llegaron a una tumbita con dos ángeles mirando al cielo y solo un nombre, sin apellidos: Alfonsito.

—Es real. Está aquí —musitó Iris.

Diego se agachó y pasó la mano por la piedra, quitándole polvo y hojas secas.

—Está aquí tan solo... Hará mucho que nadie viene. Si mi hermano lo viera... —Las lágrimas cercenaron de golpe sus palabras.

—Diego... —musitó Pola, conmovida, y lo abrazó con todo su ser.

Aquellas lágrimas se contagiaron, y estaban tan metidos en su dolor que ni cuenta se dieron de que una señora se acercaba a una tumba cercana hasta que no estuvo casi a su lado.

—Lo de estos chiquillos es una pena —dijo la mujer, de unos sesenta años y luto estricto. Su voz se mezcló con una ráfaga de aire frío que agitó los árboles e hizo correr las hojas que ensuciaban las tumbas olvidadas—. Pero me alegra que por fin alguien más venga a ver al pobre Alfonsito.

Se recompusieron aprisa, secándose las lágrimas. Pola le dio el pésame por cualquiera que fuera su pérdida.

—Gracias, hermosa, he perdido ya a mi esposo y también a mi Ramoncín. —Señaló su tumba, coronada por un angelito—. Se me murió siendo yo joven, de cólera, fue de los primeros que enterraron aquí. Pero no lo olvido, y vengo a verlo todos los días.

Pola le puso la mano en el hombro para reconfortarla y ella la miró agradecida.

—No me digas que Alfonsito es tuyo —le dijo luego la señora.

—No, señora. No sabemos de quién es, pero tengo un sobrino que se llama igual.

Aunque fue para despistarla, Alfonsito lo era ya para ella.

El resto estaban a unos pasos, escuchándolas con atención.

—Lloré mucho cuando lo vi enterrar —repitió—. Como si fuera mío.

—¿Lo vio? ¿Al niño? —preguntó Diego, impaciente.

—Sí, envueltito en una mortaja. Cosa que no entiendo. Porque esa lápida cuesta buenos dineros, pero ni ataúd le pusieron. Estaba yo aquí con mi Ramoncín, cuando lo metieron en la tumbita. Vinieron solo tres personas con él, pobrecito mío. Tan solito. Una muchacha, el enterrador y el cura nada más.

—¿Su madre? —quiso saber Iris.

—No, su madre no. Otra señora. Ha venido alguna vez, pero no recuerdo su nombre. Eso sí, siempre huele muy bien. A perfume. Uno distinto cada vez, como si fuera rica.

A todos les pasó por la mente el mismo nombre: «Concha Ortés», y se miraron.

—El niño, por lo que supe, era de una chiquita muy joven a la que los padres no habían casado. —La mujer se persignó—. Dios tenga a estas criaturas en su gloria.

—¿Cómo diría que es esa mujer del perfume? —aprovechó a preguntar Marga.

—Pues delgadísima y de nariz afilada. Pero hace tiempo que no viene, por eso han visto la tumba tan sucia. Y ya les digo que no es la única que visita. Esas tres también. —Señaló unas cercanas, y luego otras más alejadas—. Y aquellas dos. No sé si trabajará en algún orfanato y estos niños se le mueren. No sé... —rumió encogiéndose de hombros—. Ustedes no dejen de visitar esta tumba, aunque no sean su familia, que da mucha penita verla, y si vienen, dejen unas flores también para mi Ramoncín. Alfonsito y él juegan cuando se sienten solos.

Aquello los enterneció y sonrieron, saliendo de sus sensaciones de espanto.

—Lo haremos, se lo prometo —dijo Iván, con un gesto amable.

La señora asintió y se puso a arreglar su tumba. No le dio tiempo a mucho, porque el cielo tronó y cayeron gotas gordas como magdalenas. Sorteando las tumbas a toda prisa, abandonaron los vivos el camposanto. Los muertos quedaron allí, en la inmensidad de sus soledades.

67

—Mi Diego anda tan nervioso con lo de pedirle la mano a tu padre, que casi se va a la universidad con la camisa del revés.

Pola miró a su futura suegra, esbozando una sonrisa. Tomaban café en el saloncito, acariciadas por un sol tan intenso que parecía mentira que hubiera estado tres días lloviendo.

—Esta tarde será, al fin —dijo emocionada—. Y sé que mi padre no dirá que no, por supuesto, su hijo es el mejor yerno que podría esperar.

—Lo he criado lo mejor posible, para que así sea. —Se le fueron los ojos hacia los retratos—. Y a mi Nicolás también. Habría sido un marido excelente, como lo fue su padre, y el mío. Los Ariza y los Castro pueden presumir de ser grandes hombres.

La librera asintió, y sacó de su bolsito un libro que había traído para ella.

—Tenga, para las tardes de invierno, que son larguísimas. A ver si se aficiona a leer.

—No tengo ya más remedio, con un hijo profesor y una nuera librera. —Lo observó entre sus manos—. *Doña Perfecta.* Así me llamaba mi madre cuando me ponía puntillosa. —Rio con cariño—. Gracias, ricura. Trataré de leerlo.

Lo dejó sobre su canasta de costura, y Pola miró aquellas finas puntillas, pensando que iban a parar al convento donde Alfonsito estaba. Sea quien fuere ese niño. Porque si el hijo de Isabel estaba muerto, y había un tumba con su nombre... ¿quién era el del orfanato? Diego había resuelto que su madre nada supiera hasta tenerlo aclarado, y aunque le dolía ocultárselo, era lo mejor.

—Si tu padre consiente, es menester que celebremos juntos una cena en Navidad.

—Me encantaría. Y asaremos un pavo, ¿usted lo hace? A mi madre le encantaba asar uno bien gordo, con mucho vino. Y dejarme la cama llena de regalos en Reyes.

Rosa se lanzó a hablar de tradiciones navideñas de las que disfrutaba, pero ya no la escuchaba. Había clavado los ojos en la fotografía de Nicolás e Isabel en el Ritz. Había tres personas sentadas a una mesa al fondo que capturaron su atención. Los conocía. La primera vez le pasaron inadvertidos, un fondo de decorado en el que resaltaban los protagonistas; sin embargo, ahora estaban ahí bien visibles, como iluminados por un gran candil.

—Pola, hija... —dijo Rosa, preocupada—, ¿qué te sucede? Te has puesto blanca.

—No me pasa nada, Rosa —dijo a toda prisa—. Solo estoy cansada.

—Trabajas mucho, ya se lo comento a mi Diego, pero dice que lo que haces te gusta y que sarna con gusto no pica. Pero mortifica, le digo yo. Y por más que seas feliz en tu librería, también tienes que descansar.

Ella asintió, y clavó de nuevo la mirada en la fotografía.

—¿Qué hay en ella que tanto te llama la atención? La primera vez que vinisteis, tu amiga Iris la miró bien atenta, y hasta mencionó un nombre.

—Usted no conoce a nadie de la fotografía, ¿no?

Rosa le pidió el retrato, y ya en sus manos señaló a Juan.

—Solo a este muchacho. Era amigo de mi Nicolás. Grandullón, lo llamaba, pero un día dejé de saber de él.

«Está muerto», pensó Pola.

—¿Desde cuándo se conocían?

—Pues... Creo que cuando mi Diego se marchó a estudiar fuera, porque él no tuvo nunca trato con él, y se me antoja, ahora que lo pienso, que mi Nicolás quiso llenar el vacío de su hermano con él, porque se hicieron amigos en poco tiempo. Nicolás...

Aquella pausa casi fulmina el corazón de Pola, de tanto como ansiaba saber más. Rosa se mordió los labios, como si quisiera morder las palabras que estaban por salir. Y pronto descubrió la librera por qué.

—Te lo cuento, porque vas a ser mi nuera, pero esto no lo sabe nadie. Casi ni me enteré yo, porque ya te dije que mi hijo era muy cerrado con sus cosas. Pero se lo saqué una noche que vino preocupado, casi ebrio, y como él no bebía, me inquieté.

—¿Qué sucedió? —A Pola le bullían las entrañas de la agitación.

—Me dijo que había bebido por acompañar al grandullón, que se sentía muy mal. —Pasó los dedos sobre el rostro de su hijo—: Su padre había muerto, y en esas descubrió un asunto familiar complicado. Su padre no era su padre. Era otro tipo, muy rico. No sé quién. Pero a partir de averiguarlo le cambió un poco la vida.

—Otro padre... —musitó Pola, y escudriñó a Juan en la foto.

Conchita a su derecha; Ortés, a su izquierda. Sabía que alguno era perpetrador de la desgracia de Nicolás; pero se preguntaba si no lo habrían sido todos. ¿Lo mató el tifus realmente o fue una de aquellas víboras con su mortal picadura hecha de odio y envidia?

—Averiguaré qué pasó —le dijo a ese Nicolás sonriente de la fotografía—. Haremos justicia.

—Pola, querida, ¿qué dices? De verdad que estás muy rara hoy.

—Lo siento, Rosa —dijo sacudiendo la cabeza—. Hoy no tengo un buen día, sí. ¿Le importa que me lleve la fotografía? Quiero hablar con un amigo para ver si puede arreglarla. Tiene rota la esquina, ¿lo ve? —se le ocurrió decir, aunque lo segundo fuera verdad.

—Sí, llévatela. Y vete a descansar. Que lo necesitas. Esta noche tendrás mucho que celebrar.

La librera la besó en la mejilla y dejó la casa, con el propósito de hacer de todo, salvo descansar.

Desde la librería, telefoneó a sus amigas, para requerir su presencia urgentemente. El tiempo hasta que aparecieron todas se le hizo eterno, y estaba tan nerviosa que apenas atinaba a hablar.

—Ten —Lorea le tendió una gragea—. Las tomo para los exámenes, cuando estoy nerviosa.

Pola se la metió en la boca, de una.

—¿Cómo te ha ido el último? —le pregunto Violet.

—Te dirá que mal, como siempre, y luego aprobará *cum laude* de esos. —Iris le hizo un gesto a Pola—. Venga, desembucha de una vez.

La librera lo soltó todo a bocajarro, y palidecieron igual que ella.

—¿El padre de Juan no era su padre? —dijo Marga, atónita.

—Por lo visto no. —Sacó la fotografía, y se la mostró—. Y mirad dónde están Juan, Concha y Ortés. Así que vamos a la perfumería. Y no me voy de allí sin saber qué pinta ella en todo esto.

Pola, Violet e Iris se dirigieron hacia la puerta, pero Lorea se puso delante de ellas.

—No vais a hablar con ella.

—Mira, Loreíta, en esto no vamos a transigir. —Iris apoyó las manos en las caderas—. Déjanos. Te prometemos que se hará todo en paz y armonía.

La estudiante levantó la mirada al techo, y suspiró.

—Está bien, porque si no os dejo ir, lo haréis cuando yo no esté, y prefiero acompañaros por si puedo libraros de cometer alguna locura.

—Eres un sol —dijo la sevillana, pellizcándole el moflete.

La otra resopló, y pusieron rumbo a la perfumería. No encontraron allí más que a Concha, cerrando ya, y cualquier rastro de sonrisa que hubiera en su rostro se desvaneció al verlas.

—¿Qué queréis? —preguntó ella—. Si vienes por los folletines, Pola, ya no los quiero.

—No finjas más, Concha —dijo la librera.

Fue hacia el mostrador, y las demás la siguieron, mientras Concha las miraba con recelo.

—Solo hemos venido a hablar contigo.

Lorea la miró con expresión calmada; sin embargo, Concha le devolvió una rabiosa.

—No tengo nada que hablar con vosotras. Ni con una actriz arribista, ni con una indecente que anda encamándose con uno y endilgándole el niño a su hermano, ni con esa asesina, ni con una inglesa revolucionaria de la que su madre debe sentir vergüenza.

—Parece que me he librado —dijo Pola, que no sabía si reír o llorar.

—No, para ti también tengo, prometida a uno y viéndote con otro. Qué bien te vino que el Palacios se muriera.

Violet fue hacia ella, apretando los dientes, pero Iris la detuvo.

—Me parece que tu buena voluntad va a caer en saco roto, Lorea —dijo Marga.

—Ya veo, ya. —La estudiante se hizo a un lado, para dejar que lo resolvieran a su manera. Porque ella, después de lo que había dicho, también quería darle un puñetazo.

—Mira, Conchita —Iris le clavó una acusadora mirada—, no estás en posición de ver la paja en el ojo ajeno, siendo una asesina de niños como eres, igual que tu tío.

—No sabes lo que dices.

—¿Te suena de algo esta fotografía? —Pola la puso delante de su cara.

Algo cambió en la faz de la perfumera, al verla. Les pareció que miraba más a Nicolás que a ningún otro.

—Lo conocías, ¿verdad? A Nicolás. Y no solo porque la tía de los Ariza tuviera su negocio donde está mi librería. También conocías a Isabel.

—Yo... —Miró hacia la puerta, como si esperase que alguien entrase para salvarla—. No tengo nada que deciros. ¡Y qué vais a hacer si no hablo! ¿Matarme igual que a Juan?

Violet golpeó con el puño en el mostrador, y la perfumera dio un respingo.

—A Juan lo maté porque estaba matando a Marga, cállate de una vez.

—Vamos a denunciarte, Concha, por lo que sea que te traigas en la Almudena. Y a saber en cuántos cementerios más. —Pola no tenía la certeza de lo que iba a decir, solo era su mente atando cabos, como en las novelas de detectives, así que lo dijo—: ¿No te remuerde la conciencia acabar con la vida de esas criaturas en contra de la voluntad de sus madres? ¿Por matar al hijo de Nicolás e Isabel?

Sus amigas la miraron boquiabiertas.

—¡Yo no maté a ese niño! —bramó Concha—. ¡Nació muerto!

—No te creo. Lo mataste —dijo la librera.

—No, murió. El cordón umbilical de su hermano lo estranguló.

Un silencio cayó como si fuera una plancha de plomo que Dios hubiera tirado desde el cielo.

—¿Qué has dicho? —musitó Lorea, perpleja como las demás.

—Nada.

—¿Eran dos? —inquirió la estudiante; la otra no contestó—. Concha, habla de una vez. Soy una persona pacífica, pero estás agotándome la paciencia. ¿Eran dos niños?

Ella, tras dudar, asintió cabizbaja. Hasta los perfumes se miraron estupefactos. Alfonsito era hijo de Nicolás e Isabel; y sintieron alivio por ello, aunque a la par su pena se hizo más profunda.

—¿Por qué lo hiciste, Concha? ¿Por qué has callado todo esto? —masculló Iris.

—Por las malditas deudas de mi marido. —Apretó los dientes, levantando la mirada—. Yo no podía perder mi negocio. Habría hecho lo que fuera por mantenerlo a salvo.

—Incluso matar a un niño —acusó Violet.

—No he matado a ningún niño. Tampoco al de Isabel. —Hizo una pausa, y luego lo soltó todo de golpe, como si estuviera vomitando una enfermedad—. Es verdad que mi tío quiso practicarle un aborto, pero ella amenazó con quitarse la vida si lo hacían. Él asistió el parto, comprado su silencio por el dinero de Braum. Pero el nacimiento se complicó, Isabel perdió mucha sangre, y se desmayó. Queriendo salvarla le sacaron a los niños por el vientre. Uno de ellos, estrangulado; el otro, vivo. Al vivo se lo llevaron, y el muerto me lo dieron después de darle a Isabel la noticia. —Un mar de culpa ahogó su mirada—. Me encargo de darles entierro, en tumbas con nombre o sin él. Los visito porque me siento arrepentida, pero..., con los acreedores en la puerta, no podía negarme al dinero que mi tío me ofrecía.

—Podías, pero no quisiste —dijo Violet—. Igual que podrías denunciarlo, decir dónde está.

—Si lo hago me matará. Él o Braum. Lo harán si saben que os he contado esto.

—Concha, tienes que hablar con la policía, y pedirles protección —dijo Lorea.

—Me juzgarán también, y no soportaría la cárcel. Así que no os diré dónde está mi tío. Lo siento mucho. Yo no... quería hacerles daño a Nicolás y a Isabel, no tuve más remedio.

Pola chasqueó la lengua, enfadada como las demás.

—No voy a perder el tiempo rebatiendo eso, solo dime, ¿qué tenían que ver Braum y Juan?

—No sé, Pola, para leer tantos libros pareces muy tonta —respondió la otra, con desdén—. Mira a Juan en esa fotografía, que no hay que ir a estudiar a Salamanca para darse cuenta.

La librera miró el retrato, a la par que las demás. Pero solo Iris se dio cuenta de lo que hablaba. Porque ella había visto a Braum más de cerca que ninguna.

—Dios mío —musitó, cubriéndose la boca—. Se parecen muchísimo. ¿Eran padre e hijo? —Su pregunta voló en el aire, y se posó sobre él un «sí» que Concha soltó entre los labios trémulos.

—Juan iba a ser otra víctima más de Braum, cuando nació, y acabó siéndolo de mayor. —La perfumera tragó saliva, densa por cómo se le constriñó el rostro—. Lo tuvo con una criada, y quiso hacerla abortar. Conoció a mi tío, y ahí empezó todo. Ella se escapó con el niño, y lo crio una familia de Carabanchel. Los Mendoza. Con otro montón de chiquillos. Pero su padre lo encontró, y lo usó para sus negocios sucios, igual que hace con todo el mundo. Juan fue uno de sus instrumentos. Por eso traicionó a Nicolás y jamás le contó la verdad a Isabel. —Señaló la puerta con el dedo índice, temblorosa—. Idos de una vez, por favor. Y si apreciáis vuestra vida, no hagáis más preguntas. Olvidaos de Alfonsito, de su hermano, de Isabel y Nicolás. Alejaos de Braum y de mi tío. O acabaréis muertas, como él.

La librera notó un sudor frío recorrerle el cuello; como si las palabras de Concha hubieran sido una sentencia de muerte y el filo del hacha del verdugo se le acercase a la piel. Como almas en pena regresaron a la intimidad de la librería. Pasaron unos minutos hasta que alguna fue capaz de decir nada, consternadas por tantas revelaciones.

—Concha lo ha llamado víctima, pero no puedo verlo así, lo siento. —Marga suspiró angustiada—. Juan era tan criminal como ellos. ¿Por qué iba su padre a ponerlo a cargo de sus asuntos? ¿No tenía miedo de que lo delatase?

—Margaret, *my love* —Violet, sentada a su lado, la tomó de la mano—, Braum le daba grandes sumas de dinero. Había cien mil pesetas en tu casa.

—Quizá es que lo chantajeaba.

—Sé que cuesta creer que alguien como Juan no haya estado haciendo esto por propia voluntad —intervino Pola—. Que se viera supeditado a los deseos de su padre, y que por eso traicionase a Nicolás, pero... ¿y si se fue al norte huyendo de él?

—Todo el barrio sabe que se fue. Aunque... no nos dio sus señas —dijo Marga, ceñuda.

—Quizá quisiera una nueva vida —sopesó Lorea—. Llamaré mañana a mi *aita*, y le daré señas de cómo era Juan, él conoce a los patronos de otras plantas, y tal vez sepamos si realmente fue allí.

Asintieron todas, y las rondó el silencio. Se oía el frotar de manos, los suspiros nerviosos. Hasta las dudas que les arrebataban los pensamientos tenían ruidos.

—No dejo de pensar en que mataron a Nicolás —soltó Iris.

—¿A Nicolás? —Marga arrugó la nariz, como las demás—. Murió de tifus.

—Mi marqués dijo que Ortés y él no se caían en gracia, que le habló de sus turbios asuntos. Y cuando Concha ha dicho: «Acabaréis todas muertas, como él». Ese «él»..., me ha gritado el corazón que es Nicolás.

—Iris, el corazón puede equivocarse —le dijo Violet.

—Lo sé, pero Nicolás les molestaba. Ya fuera porque podría contarlo todo, o porque su hija no lo olvidaba y no aceptaba casarse con nadie, ni por obligación, con la esperanza de estar con él algún día —apreció Iris—. Pero al morir, ella acabó aceptando su determinante ausencia, y la idea de cumplir con las expectativas de la familia. Isabel siempre tiene la mirada triste, no es feliz con su vida.

—Ni lo será nunca —dijo Pola—. Pero ¿vamos a denunciar?

—No hasta que no saquemos a Alfonsito de allí. No sea que tomen represalias —dijo Lorea—. Pero luego los meteremos a todos en la cárcel. Lo que le hacen a esas mujeres... No dejo de pensar en cómo casi matan a Azucena. Yo quería tenerla, y esos demonios quisieron llevársela.

68

Iris no podía quitarse del pensamiento la amenaza de Concha. No quería preocupar a Adrián, inmerso en negocios sumamente importantes, y con las obras del palacio consumiéndole la otra parte del tiempo. Pero empezaba a pensar en pedirle también escolta. Dejó su casa, con la intención de despejarse haciendo unas compras. Alfredo y Carles regresaban esa semana, y quería encargar unas sábanas nuevas para ellos y alguna chuchería que regalarles. Se paseó por el centro, de tienda en tienda. Iba por la calle Desengaño, esquivando las obras que cuajaban aquella zona, cuando vio al inspector departiendo con otros agentes. Un cigarro en los labios, el sol vespertino enrojeciéndole el cabello y una sonrisa de oreja a oreja cuando la vio. Dejó al punto a los demás, y se acercó a ella.

—¿Cómo usted por aquí? —preguntó él.

—Haciendo unas compras.

—Y paseándose así de bellísima. Yo manteniendo el orden y usted alterándolo. Le parecerá bonito. Dígame que se ha cansado ya del marqués.

Ella rio, y tomó la mano de él amistosamente.

—Gonzalo, es usted un hombre atractivo, y en otras circunstancias habría caído rendida a sus pies y ya nos habríamos desnudado en su despacho y hecho el amor delante del mismísimo Alfonso XIII, pero yo amo mucho a mi marido y no pretendo serle infiel, ni con usted ni con nadie. Así que deje de decirme esas cosas.

Él se aflojó la corbata, quizá imaginándose aquello del despacho, y asintió tras resoplar.

—Está bien, flores le voy a seguir mandando, en prenda de amistad.

—Regáleselas a su esposa, a ver si así se arreglan.

—Uy, lo mío con Virtudes es una cosa que no tiene ya remedio. Se encamó con el comisario y con un guardia recién aprobado.

—Y usted se habrá encamado con unas cuantas, esa mirada suya augura más de una diablura.

—Pues sí, no se lo voy a negar. Así que ya me dirá cómo vamos a hacer para arreglarnos, siendo que llevamos más cuernos que una corrida de doce espadas.

—¿Usted la quiere? —le preguntó ella entonces, aguantándose una carcajada.

—Hombre, pues... —Dio una calada a su cigarro y luego lo aplastó con el zapato—. No quiero hablar más del asunto, que me enreda en conversaciones que no vienen al caso. ¿Va todo bien?

—Pues mire, ha sido cosa de la Providencia verle, porque hay algo en lo que me puede ayudar.

Él puso cara pícara, e Iris lo regañó con la mirada.

—Vale, vale. —El inspector levantó las manos en son de paz—. A ver, pida por esa boquita.

—Es sobre Concha Ortés. Tiene usted que vigilarla.

—Otra vez con la Concha de marras... Nada sacamos, ni de ella ni de su tío.

—Pues saquen más, porque ella sabe dónde está. Esa mujer no es trigo limpio, no la pierda de vista, y si en algo me aprecia, hágame caso, o va a tener que llevarme flores, pero a la tumba.

—¡No diga usted eso...! —exclamó asustado—. Veré qué puedo hacer, pero no le garantizo nada. Solo soy el inspector, no el dueño y señor de Madrid.

—Pero va a ser dueño y señor de mis pensamientos si me hace caso.

—Señorita Pertierra... —musitó, las orejas rojas como ascuas.

—Señora de Belmonte —corrigió ella, y se alejó con su contoneo letal.

Pola recibió una llamada de Iris informándole de su conversación con el inspector. Y le dio las gracias, porque ella andaba con el mismo miedo. Ni la felicidad que sentía porque su padre hubiera dado su consentimiento para iniciar un cortejo formal con Diego, la libraba de la sensación de peligro.

—Diego, ¿y si a tu hermano lo asesinaron? —le dijo a su novio mientras paseaban del brazo por El Retiro, como esas parejas bien avenidas que Pola tantas veces había visto. Los ratos libres que tenían últimamente eran pocos, y arañaban horas para verse.

—Si a Nicolás lo asesinaron, voy a acabar en la cárcel —masculló con gravedad, serio—. Mataré a quien lo haya hecho con mis propias manos.

—Y yo te ayudaré.

—Y yo que iba a pedirte disculpas..., porque pensé que te habría asustado.

—Con la de novelas de venganza que he leído, no me asusto por esas cosas. Seremos el conde de Montecristo, si es que han sido tan canallas.

Él sonrió con cariño, y se perdieron por los senderos del parque. Los árboles se rendían al final del otoño, desnudos algunos ya; otros aún vestidos de naranja y verde. Y aunque el aire estaba frío, la vegetación lo suavizaba.

—Oye, Diego, cuando nos casemos, no querrás que deje mi librería, ¿verdad?

—Cómo voy a querer semejante cosa. Tendrás tu librería y veinte más si quieres. Y todo lo que desees. Qué más quieres, a ver, pide por esa boquita.

Pola acercó los labios a su oído y susurró:

—Eso no voy a decírtelo todavía. Que son cosas de marido y mujer.

Sonrojada por sus propias y atrevidas palabras, se echó a reír, al igual que él al poco. Se miraron felices, con las ganas de un beso ardiéndoles en los labios. Viendo que estaban solos, Pola acercó el rostro al de él, dándole a entender lo que quería. Diego la tomó por las mejillas con delicadeza y le dio un beso, tierno como un bizcocho bien horneado. El primero de muchos. Ella sintió esas mariposas de las que tanto había oído revoloteándole en el estómago. Y supo que los besos de Diego serían siempre una de sus cosas favoritas. Casi tanto como los libros.

Después de otros cuantos besos más, comieron unos barquillos y emprendieron el camino a Carretas. Diego ayudó a Pola a abrir la librería, mientras ella comentaba lo mucho que añoraba tener allí a Marga.

—Está tan liada con los estudios, que puede venir poquísimo.

—Cuando encuentres a alguien de confianza, la contratas —sugirió Diego.

—Sí, quizá más adelante. Con tantas cosas, algunos clientes ya no aparecen por aquí, como si estuvieran castigándome. Y no da para empleados.

—Ya verás como todo mejora. —Él la besó en la frente, atrayéndola hacia sí para abrazarla—. No quiero, pero tengo que marcharme.

Pola lo miró con un puchero.

—Mañana vendré a verte, doña vinagre, no me pongas esa cara.

—Está bien. —Suspiró, y lo ayudó a ponerse el abrigo—. Iris quiere que intentemos ir de nuevo al convento. Hacerse pasar por una pareja, con Alfredo, que vuelve de viaje con Carles el viernes. ¿Te parece bien?

—Me voy a una ponencia el jueves, no estaré aquí en una semana. Lo dejo en vuestras manos.

—Lo haremos lo mejor posible.

Diego la besó, con una pasión que la dejó sorprendida, y tras ponerse el sombrero, dejó la librería.

Ella se quedó suspirando hasta que entró un cliente unos minutos más tarde.

El sábado, Alfredo y Carles fueron uno más en la Sociedad. Sentados en el rinconcito, sacaron regalos para ellas que habían comprado en sus viajes: broches, sombreros, abanicos.

—Marga, *carinyet*, este es especial para ti —le dijo Carles poniendo uno rojo en sus manos—. Nos ha contado un pajarito inglés que te gusta mucho ese color, y que tienes un vestido así que ponerte.

La muchacha miró a su novia, sonriendo, y Violet la besó en la mejilla.

—No teníais por qué.

—Claro que sí, reina —dijo Alfredo—. Te lo mereces todo. Vamos a brindar, que hemos traído un vino del Penedès que quita el sentío.

Sirvió los vasos de ambarino líquido, y cuando le tocó a Lorea, ella puso la mano.

—Ya no estás preñá, puedes beber —dijo el representante—. Aunque te digo que conocí a una que se bebía el Guadalquivir.

—Estoy dando el pecho, Alfredo.

—Bueno, así la niña se pone contenta. Venga, un traguito.

—Uy, con esta has pinchao en hueso. Lo recta que es. Dame su trago, que me lo bebo yo. —Iris le acercó la copa, mientras todas reían.

Hicieron un brindis, por todo lo bueno.

Alfredo casi se ahoga cuando, dando un trago, Iris soltó:

—Alfredito, tienes que venir conmigo a un convento a hacerte pasar por mi marido, como que vamos a adoptar un niño.

—De todas las cosas que me has pedido en la vida, esta es la primera que me deja perplejo.

—De todas las que me has contado, a mí también —dijo Carles, riendo junto a las demás.

—Azucena, ¿qué te traes entre manos? Bueno, tú y todas, cómplices del delito, segurísimo.

Ellas bebieron esquivando su mirada.

—Un asunto de vida o muerte —contestó la cupletista.

—Ya me conozco tus asuntos de vida o muerte —renegó él—. ¿Tiene que ver con un hombre? ¡Con el inspector! Mira que estás casá, y está aquí el primo de tu marido. Y yo me callo tus líos, pero Carles...

—*Home*, yo se lo diría a mi primo, la verdad.

—¿Estáis tontos los dos? ¡Que inspector ni que ocho cuartos!

—A ver, Iris, es que te hace ojitos... —dijo Marga.

Asintieron todas con decisión.

—A callar todas —refunfuñó ella—. Alfredito, ¿me vas a echar un capote o no?

—Si no voy contigo vas a enredar a otro; prefiero que me enredes a mí.

—Pues nos vamos ahora mismo, no sea que cambies de opinión.

—Tendrás que contarme antes de qué va todo este enredo, ¿no?

Su amiga asintió, y entre todas le pusieron al corriente.

—¿Hasta aquí ha llegado el asunto ese del diario? —dijo Alfredo arrugando la nariz—. No os arriendo la ganancia. ¿Y qué quieres hacer cuando lleguemos al convento?

—¡Secuestrar al niño! No debería estar allí. Debería estar con su familia.

—¡Pero Iris! —dijeron sus amigas.

—*Mare de Déu...* —Carles sacudió la cabeza—. ¿Cómo vas a haces eso? *Prendrem mal.*

—*Prendrem mal*, sí. —Suspiró Alfredo—. No vas a secuestrar a nadie, olvídate.

Sus amigas apoyaron aquella sentencia; ella puso los brazos en jarra.

—Cuádrate lo que quieras, María Gómez, que no voy a cambiar de opinión —le dijo su amigo.

—Tú, inglesa —llamó Iris—, con lo que detestas las injusticias deberías estar de mi parte.

—Lo estoy, Iris, pero si sacas así al niño no podrá hacer vida normal. Habrá que ocultarlo.

—Exactamente —dijo Pola con ganas—. Diego no estaría de acuerdo, además.

—Está bien, no secuestro a nadie... —Iris chasqueó la lengua—. Aunque si preguntamos a sor Francisca no abrirá la boca y nos dirá, como a Marga y a Diego, que no nos metamos.

—Dile que quieres ver a los niños para quedarte con alguno —le dijo Carles—, así te los enseñan a todos, y si ves un pelirrojito como su madre, será Alfonsito.

—Lo de ver a tantos niños abandonaditos me costará un disgusto —suspiró la sevillana—. Me los querré llevar a todos. Ya sabéis que no soy muy de niños, pero desde que me he casado... Todo el mundo nos pregunta cuándo vamos a tener un rorro.

—Iris, un niño consume mucho tiempo, mírame a mí. —A Lorea se le notó en la voz el peso de las responsabilidades—. Y con la vida que tú llevas...

—El marqués contratará lo menos tres niñeras.

—No te vayas a quedar preñá, Azucena, que el año que viene tenemos la *tournée* por Méjico —soltó su representante—. No quiero disgustar a los mejicanos una segunda vez, nos tienen cariño y nosotros a ellos.

—Deja que haga lo que le apetezca, Alfredo —le regañó Carles—. Por lo menos no se ha retirado cuando se casó, dale las gracias.

—Eso, mu bien dicho —aplaudió ella.

Un rato más tarde, Alfredo e Iris seguían a sor Cristina por los pasillos del convento, haciendo el papel de marido y mujer, cogidos del brazo. Que si cariño esto; que si cariño lo otro; que si qué ilusión tener un rorro. Liberados ya del teatro, mientras esperaban a solas la llegada de sor Francisca, se sentaron en un banco.

—¿A ti no te da pena no tener hijos, Alfredo? —Iris apoyó la cabeza en el hombro de su amigo.

—Igual puedo llevarme uno ya que estoy aquí —contestó él, en broma.

Ella levantó la mirada hacia él.

—Pues sería realmente bonito si Carles y tú criaseis a un chiquillo.

—¿Cómo se va a criar un chiquillo con dos padres? Los niños son para las madres, ya lo sabes.

—Tan raro no será, habrá hombres que tengan que criarlos solos. Padres muy amorosos, que dan tanto o más cariño a sus criaturas que una madre.

—Sí, y tan pronto como pueden se casan. —Alfredo la miró con una sonrisa—. Sé que me ves capaz de todo, y no te digo que no sea un sueño bonito, pero lo veo difícil, siendo el mundo como es. Además, nunca podría llamarnos padre a los dos. Uno sería padre y el otro el tío. Quizá no sabría jamás la verdad de que su padre y su tío se quieren, porque no la comprendería o la rechazaría.

—Los niños son buenos en sus pensamientos y solo juzgan a los demás por lo que les enseñamos. Un hijo criado por ti lo entendería.

Su amigo se encogió de hombros, algo triste.

—Ay, Alfredo. Siento mucho haber sacado esta conversación, ahora te me has puesto mohíno.

—No pasa nada, reina mía. —Cogió su mano y la besó—. Además, para chiquillos ya tendré a los tuyos, pero cuando volvamos de Méjico, ¿eh?

—Sí, tendré uno, y por cumplir, que ser marquesa tiene unas obligaciones.

Apareció sor Francisca, que los advirtió con un carraspeo. Al punto, se pusieron en pie, presentándose.

—Me llamo Alfonso, y esta es mi esposa, María de las Mercedes —dijo Alfredo, casi haciendo reír a su amiga, porque ni siquiera habían acordado qué nombres dar—. Venimos a ver a los niños.

—Espero que tengan ustedes mejor destino que el rey y su esposa... —dijo con voz agría—. Y estas no son las horas previstas para ver a los niños, aunque podría hacer un esfuerzo si dejasen un donativo para que podamos comprar harina. Están las cosas muy caras —dijo.

—Sí, por supuesto. —Iris asintió—. No se preocupe, ¿los vemos entonces?

—Unas preguntas primero. Tengo que asegurarme de que los padres que vayan a prohijar tengan una estabilidad familiar. ¿Cuántos años llevan casados?

Contestaron el tiempo que llevaban siendo amigos.

—Ustedes no son de Madrid, se me antoja, ¿dónde viviría el niño?

—Somos de Sevilla, pero residimos aquí —explicó él.

Los miró de hito en hito, con atención.

—¿Y a qué se dedica usted, caballero?

—Ingeniero —se le ocurrió—. Trabajo en el Metropolitano.

—Ese cacharro está dejando las calles como un queso francés... El otro día casi me caigo en un boquete —refunfuñó—, pero es buena profesión, y de buen sueldo. —Lo miró con gesto de aprobación y se dirigió a Iris—: ¿Y usted?

—A mis labores.

—Me alegra saberlo. La maternidad es un sacrificio a tiempo completo. Acompáñenme.

La siguieron por largos pasillos, llenos de retratos de santos y obispos, con esa pátina de lo antiguo. Llegaba el olor a ropa almidonada, a las pastas del convento. Y pronto llegó el ruido de unas voces infantiles.

En cuanto entraron a la sala donde estaban, llena de pupitres, formaron todos en línea, como militares. Se hizo un silencio muy raro, poco natural habiendo tantos niños. Iris contó lo menos cuarenta, y se le encogió el corazón. Dieron sus ojos con un pelirrojito, de unos cinco años, y sintió tal emoción que estuvo al borde de gritar. Su amigo le apretó la mano; él también lo había visto. Los niños los miraron curiosos, algunos suplicantes, deseando salir de allí. Al menos, pensó Iris, estaban bien vestidos y cuidados, lo que la alegró.

—¿Qué buscan ustedes? Como ven, hay de todos los gustos y colores.

Le pareció a la sevillana que estuviera hablando de zapatos y la miró de reojo, al borde de decirle algo, pero no podía salirse del papel y dijo en cambio:

—Aquel pelirrojito, tenía mi padre su color de pelo y me lo recordaría.

La monja se puso tensa y apretó los puños, unidos a la altura del regazo.

—Ese niño no puede dejar el convento, busquen otro.

Iris se acercó a él, ignorando el regaño. Acuclillada, lo miró con una sonrisa. Tenía los ojos de Nicolás y el pelo de su madre, pero ensortijado como Diego.

—Qué bonito eres, ¿cómo te llamas?

El niño miró a la monja con miedo antes de responder.

—Alfonsito.

—Yo me llamo María de las Mercedes. —Le tendió la mano, enternecida por su vocecilla—. Como la de Alfonso XII.

—Yo conozco a ese señor. Hay un cuadro en los dormitorios. Y de Alfonso XIII también. —El niño le cogió la mano, los ojitos llenos de esperanza, y en un susurro agregó—: El bigote del rey me hace gracia.

Iris rio por lo bajo.

—¡Alfonsito!, no cuchichees —ordenó la monja.

Él le soltó la mano, y se irguió cual capitancito en miniatura.

—¿Por qué no se le puede sacar de aquí? —quiso saber Iris—. Si hasta se llama como mi marido.

—Hay otros cuarenta niños, señora, no se obceque. Mire este. —Cogió a uno por los hombros, de unos seis años—. Sabe sumar, restar y multiplicar como él solo. Y todos los ríos de España. Saluda a María de las Mercedes, Antoñito.

Él, obediente, lo hizo, con los ojitos pidiendo a voces cariño. A Iris aquella mirada se le clavó en el alma. Le inspiró tanta compasión que quiso llevárselo de allí.

—Me llevaría a los dos —dijo Alfredo—, ¿qué le parece?

—Ya les he dicho que Alfonsito no sale de aquí —contestó muy seca.

—Es una pena que una quiera llevarse a un niño y no pueda, y se quede aquí cuando podría tener un hogar. Y sin explicación ninguna.

—No tengo que darle explicación, son cosas del convento. Y, como ve, los niños están bien cuidados. ¡Y si sigue por ese camino no se lleva a ninguno!

Iba Iris a replicar, con un exabrupto, cuando Alfredo la disuadió con la mirada.

—Ya lo entendemos, ya, pues si le parece nos lo pensamos —dijo.

—Muy bien, los acompaño a la puerta.

Iris le dijo adiós a los niños. Todos le respondieron. Lo último que vio fue a Antonio y Alfonsito dándose la mano. Sor Francisca los llevó a la salida, y no fueron Alfredo e Iris precavidos de evitar el desastre. Porque afuera esperaba Marga, y cuando la monja la vio, estalló en cólera.

—¿Han querido engañarme? ¡Vienen de parte de ella! ¿Yo no le dije que no se entrometiera? ¿No hablo español claro y meridiano? Igual se lo tengo que decir en latín.

—Usted no lo entiende —dijo Iris.

—Váyanse. Ya pondré este asunto en manos de quien tenga que ponerlo.

—¿En manos del señor Braum? —se lanzó a decir Pola.

Por cómo se le descompuso el rostro, lo conocía de sobra.

—Pues le dice a ese hombre que ya puede juntar Roma con Santiago, que...

El brusco portazo que dio la monja cercenó las palabras de la librera.

—¡Habrase visto! —bufó Alfredo.

De golpe, la puerta se volvió a abrir y temieron que apareciera sor Francisca para reprenderlos, pero lo hizo sor Cristina. Muy bajo, de corrido, dijo:

—Se están metiendo ustedes en un problema. El señor Braum es el hermano de sor Francisca, y deja buenos dineros en el convento, ahora menos que antes, pero también cantidad, y tiene a ese chiquillo aquí encerrado como un preso. Nunca ha dejado que nadie se lo lleve, y no va a ser con ustedes diferente. Tengan por seguro que lo avisará y les pedirá cuentas.

—Es una injusticia —dijo Lorea. Hasta ella, con todo su temple, andaba nerviosa—. Ese niño tiene familia.

—Eso a él le da igual, no quiere que se sepa el secreto de su hija y hará lo que sea por mantenerlo oculto. Lo que sea, ¿me oyen? —Casi pareció asustada, como si hubiera presenciado maldades de ese hombre—. Más ahora que ella casará con un señor importante.

Sor Cristina había confirmado lo que ya sospechaban.

—Hermana, nosotros vamos a hacer justicia para ese niño, pase lo que pase —dijo Violet.

—Entonces igual los veo enterrar.

Cerró la puerta tan de golpe como la había abierto, y dieron todos un repullo.

—No creo que hablase en serio —musitó Marga.

—¿Cómo no? —Lorea se frotó la frente—. ¿No has visto lo asustada que estaba?

—Pues yo no voy a arredrarme ante nadie —dijo Pola, notándosele en la voz la fuerza de su propósito—. Ni a sufrir los tiros de la fortuna injusta, como diría Hamlet, voy a darles fin con atrevida resistencia. Si Braum quiere guerra, guerra tendrá.

—¡Eso! —dijo Violet, poniéndose a su lado.

—Os va a hacer falta tanta determinación, porque se pondrán las cosas peor. Pueden fingir que el niño se ha caído a un pozo y no lo veremos más —dijo Carles.

—No digas eso. —Marga se llevó la mano al pecho.

—Los hombres como él no se andan con menudencias, y si seguís tocándole los pies al lobo... —Carles se encogió de hombros— al final os va a morder.

—Pues más morderé yo. A mí ese no me va a comer el talento —replicó Iris—. No pararé hasta sacar a Alfonsito, y a Antoñito también, que de esa carita no me olvido. Si no le digo al marqués que lo saque mañana mismo es porque no quiero que Alfonsito se quede solo.

—Iris se ha encariñado con un chiquillo —aclaró Alfredo, viéndolos perdidos.

—Tenía la carita de un querubín —dijo la otra.

—¿Y cómo era Alfonsito? —preguntó Marga.

—Más bonito que un sol. ¿Os convido a comer y os lo cuento todo?

69

En una taberna de la calle de la Libertad servían buenas lentejas con chorizo, y como Violet era tan amiga de la cocina española, insistió en ir. El local, tan coqueto como castizo, y testigo de algunas comilonas del mismísimo Galdós, estaba concurrido, pero les dieron mesa. Pronto estuvieron degustando las lentejas, y unos vasos de vino. Entretanto, Iris los puso al corriente de lo sucedido en el convento.

—Voy a citarme con Isabel lo antes posible. Le contaré que su hijo está vivo —concluyó—. Y su padre tendrá una enemiga más que echarse a la cara.

—Le vas a complicar la vida —dijo Lorea, posando la cuchara sobre el plato.

—Si fueras ella, ¿preferirías no saber nada?

Ella asintió mientras se limpiaba la comisura de los labios con una servilleta.

—Preferiría quedarme con la noticia de que está muerto, porque ha de ser una agonía querer a un hijo y no poder tenerlo, ni cuidarlo ni criarlo. Isabel no podrá estar con él, y cargará con su silencio y su pena toda la vida.

Los vasos les parecieron una alberca en la que iban a ahogarse después de oír esas palabras.

—¿Qué hacemos entonces? —preguntó Pola.

Creo que tiene derecho a saberlo —dijo Violet—. A pesar de todo. Al menos tendrá el consuelo de que su hijo vive, y si es Diego quien se queda con él, podrá verlo de vez en cuando, aunque sea a escondidas, aunque tenga que llamarla tía y no madre.

A Iris le recordó a las palabras de Alfredo y se sintió muy triste, pero pensaba que merecía saber la verdad. Sin embargo, a Alfredo, a Carles y a Marga les pareció que era mejor no decir nada.

—Le preguntaré a Diego —dijo Pola—. Es su sobrino. Si él dice que sí, lo haremos.

La tarde en la que Iris se fue a hablar con Isabel, habiendo dado Diego su consentimiento, Pola estaba más nerviosa que si fuera a casarse, así que se puso a revisar, uno a uno, los libros de las estanterías. Estaba en ello cuando alguien empujó la puerta bruscamente. El señor Braum la miró desde el umbral con cara de perro rabioso. Apenas le dio tiempo a reaccionar, porque fue hacia ella a grandes zancadas, tirando libros a su paso y hasta una pequeña esculturita que tenía ella en un pedestal.

—Son unas entrometidas. —Le puso el índice a un centímetro de la cara—. Y ya se les ha advertido de que no se entrometan. ¿A qué juegan?

Ella, atrapada entre la estantería y él, echó el cuerpo hacia atrás tanto como pudo. El filo de las baldas, el lomo de los libros, se le clavó en la espalda.

—No sé de qué habla.

—¿Se creen que están en una novelilla para bobas de las que leen? —Arrojó otro libro al suelo, y Pola sintió cómo sus páginas se quejaban—. ¡Dejen de husmear!

Los ojos de Braum ardían con el fuego de la ira, pero ella le mantuvo la mirada.

—Le repito que no sé de qué me habla.

—¿Va a negarme que estuvieron en el cementerio y en el convento preguntando por un niño?

Pola rezó porque alguien apareciera, pero eso no sucedía, así que le echó agallas.

—Un niño al que usted ha secuestrado.

—¡Ese niño no es de tu incumbencia! —Golpeó la estantería, que tembló, al igual que Pola—. Si en algo estimas este lugar o las personas de tu vida, no te entrometas más. Ni tú ni tus amigas, u os arrepentiréis.

—¡No le consiento que nos amenace!

—¡Cállate! —bramó él, tirando otro libro—. Solo eres una muchacha boba y entrometida.

Soltó un gruñido y salió de la librería. Ella, con una ráfaga de ira subiéndole desde el estómago a la garganta, fue tras él. Lo maldijo, mientras lo veía alejarse calle abajo.

—¡No se saldrá con la suya! ¡Es usted un criminal!

—Pero, niña, ¿qué te pasa? —Remedios se paró al lado de Pola. Estaba tan enciscada insultando a Braum que ni la había visto llegar—. ¿Te ha robado o algo?

—Mucho peor. Me ha amenazado.

—¿Y eso por qué?

—Porque… —titubeó—. Porque no le ha gustado un libro.

—Por san Isidro, qué exagerada es la gente. —Suspiró la buena mujer—. Anda, voy a comprarte yo uno, a ver si te alegro el día.

—No hace falta, doña Remedios.

—Que sí, que sí. Que ya me he terminado *Nana*. Vaya historia… —le fue diciendo mientras entraban—. Tantos amantes, abandonándolos a todos luego. Pero no diré yo que… —Calló de golpe, llevándose las manos a la cabeza—. ¡¿Ha pasado por aquí un escuadrón de infantería?!

—Ha sido ese hombre, Remedios.

—Y todo porque no le ha gustado un libro... —Chasqueó la lengua, y se puso a recoger.

Pola agradeció tener ayuda, en tanto que ponían los magullados libros aparte porque así no podían venderse. Pensó que, después de todo, había sido muy valiente encarándolo, aunque no pudiera sacarse de la mente sus amenazas. Acabado el trabajo, Remedios le dijo:

—Pues ya está, tesoro. Si ese señor vuelve a molestarte, llamas a los guardias, que hagan algo útil, que no andan más que dando pitidos todo el día a la fresca. Y me llevo estos libros. —Puso sobre el mostrador uno de Zola y otro de Flaubert—. Me siento francesa.

—Y yo, me vendría bien una guillotina en estos momentos —murmuró envolviéndoselos.

—Quisiera yo una en mi casa, para cuando mi esposo se pone pesado. —Rio su propia travesura—. Tú no digas nada, ¿eh? Y anímate.

En cuanto se marchó, Pola llamó a Iris para advertirla de las amenazas de Braum. Sin embargo, le informó la doncella de que había salido.

Se sintió angustiada. ¿Y si Augusto iba hacia allí? ¿Y si la emprendía con ella? Cerró la librería y corrió hacia la residencia de los Braum, como si fuera una araña y en vez de dos piernas tuviera ocho.

—La boda de Isabel y Bernardo será el domingo, y el marqués y usted están invitados.

Cuando Adelina dijo aquello, a Iris casi se le cae la taza de las manos. Miró a Isabel que, lánguida, clavaba los ojos en la alfombra.

—Estamos contentos de que al fin se haya fijado la fecha —agregó la mujer—. Llevan comprometidos desde octubre del año pasado.

Solo dos meses después de la muerte de Nicolás, pensó Iris. ¿Cómo debió de sentirse Isabel al saberlo? Al verse obligada a prometerse a un hombre al que, probablemente, no amaba.

Adelina fue a decir algo más, pero una doncella la avisó de su cita con su consuegra. Adelina se disculpó diciendo que era un compromiso ineludible, y las dejó a solas.

Iris no perdió ocasión de hablarle a Isabel del niño.

—He de comunicarle una noticia. —Dejó la taza en la mesa—. Le aconsejo que deje la suya, por el bien de su vajilla, créame.

Extrañada, Isabel le hizo caso. Iris ocupó un lugar en el sofá, a su lado.

—Usted debe de tener una cicatriz en el vientre. Su parto no fue natural.

—Marquesa... —se le congestionó la voz—, no se equivoca, pero mi hijo murió.

—No tuvo un hijo. Tuvo dos.

Iris juró que nunca había visto a nadie palidecer tanto.

—¿Qué dice? —murmuró Isabel.

—Cuando se desmayó se los sacaron de dentro, por operación cesárea. Uno muerto, el que está en la Almudena. El otro está en un convento bajo la tutela de su padre.

—No puede ser... —Si quedaba un ápice de color en el rostro, se le fue de golpe.

—Pero es. Tiene su mismo color de pelo y se le parece mucho a usted y a Nicolás. Aunque tiene los rizos de su tío Diego. Se lo juro por mi hermana que en paz descanse. Su padre lo tiene allí encerrado. Y nos dijo una monja que no nos metiéramos en ese asunto, que saldríamos escaldados, pero nos da igual. Ha de hacerse justicia con esto.

Isabel se quedó con la mirada clavada en la nada, y pensó Iris que no diría nada jamás.

—Y esa mujer tiene razón —musitó al fin—. Mi padre es cruel. Les hará daño.

—No nos importa —dijo la cupletista con firmeza.

—¿Qué nombre le han puesto? —quiso saber, con los ojos vidriosos.

—Alfonsito.

Isabel rompió a llorar desconsolada y se echó en brazos de Iris. Ella la consoló largo rato, y al final acabó llorando también, al acordarse de esos pobres niños. Habrían estado así largas horas, pero escucharon ruido fuera, y tuvieron que recomponerse.

—Tengo que sacar a mi hijo de allí. —Isabel apretó las manos contra su vientre—. No puede estar encerrado como si nadie lo quisiera. Aunque yo no pueda hacerme cargo de él, ya sabe usted cómo son las cosas, pero si se va con Diego... Si él pudiera cuidarlo, yo lo vería de vez en cuando.

—Tal que así lo habíamos pensado —dijo Iris con ilusión.

—Mi padre...

Como invocado por las palabras de su hija, apareció Braum, que las miró furioso.

—¿Qué hace aquí? —bramó, la cólera en persona, yendo hacia ellas—. ¡Deje en paz a mi hija!

Se pusieron en pie e Isabel se colocó delante de Iris.

—Padre, no...

Él le dio tal bofetada que la tiró al suelo. Luego agarró a la sevillana del brazo, para arrastrarla fuera; sin embargo, ella se zafó y regresó con Isabel.

—¿No tiene vergüenza pegando a su hija? —dijo ayudándola a levantarse—. Es un animal.

—No deja de entrometerse, marquesa. ¿Acaso quiere perjudicar a su marido?

—Mi marido no querrá hablar más con usted cuando sepa lo que ha hecho.

—Debería, ¡porque está arruinado! —gritó Isabel—. Y solo quiere engañarlo.

—¿Arruinado? —repitió Iris.

—Cállate, Isabel —mascullό él rojo de rabia.

—¡Estoy cansada de callarme! Sí, arruinado, marquesa. Por eso quisieron obligar a mi hermana a casarse con Bernardo, y cuando ella murió, me pusieron en su lugar, ¡por el maldito dinero! Dígame, padre, ¿por qué me ha ocultado a mi hijo?

Asomó alguien del servicio al oír los gritos, y Braum le hizo un gesto para que se fuera.

—Ese niño no es hijo tuyo, ¡el que pariste está muerto!

—¡Deje de mentirme! —clamó fuera de sí—. O le juro que no me casaré. Y esta familia se hundirá en la miseria.

A Braum se le puso la cara del mismísimo diablo llamando a sus huestes para destruirlo todo.

—¿Ha visto lo que ha hecho? —le dijo a Iris—. ¿Está contenta?

—Solo le he dicho la verdad a su hija —respondió ella, impertérrita.

—Me separó de lo que más quería —dijo Isabel, entre el desconsuelo y la rabia—. ¡Saque a ese niño de ahí!

—¡A ese niño lo mato! ¿Me oyes? Mañana mismo estará muerto. Igual que me encargué de ese don nadie, me encargaré del crío si no te casas con Bernardo. —La zarandeó con brusquedad.

Iris se quedó pasmada ante su ligereza de hablar de dar muerte; ante lo impunemente que confesaba haber sido partícipe de la muerte de Nicolás.

—Es usted un monstruo —dijo su hija con la voz rota.

—¡Un criminal! —clamó Iris—. ¡Y me encargaré de que pague por esto!

—¡Váyase de aquí si no quiere que la eche de una patada! —masticó su amenaza—. No es más que una fulana venida a más, de cama en cama lo mismo que de teatro en teatro.

—Puede insultarme cuanto quiera, pero le juro que se lo haré pagar. No me iré de aquí hasta que...

La bofetada se la llevó ella entonces. Iris se tocó la cara mientras que Isabel soltaba una exhalación de asombro. La sevillana se maldijo por no saber hacer *boxing*, pero bofetadas sí que sabía dar, así que respondió con otra, fuerte y sonora. La cara de pasmo de Braum fue reseñable. Rojo como estaba, más rojo se puso. Con toda su fuerza cogió a Iris del brazo y aquella vez sí que consiguió arrastrarla fuera.

—¡Suélteme! —Iris se agitó, pero él era más fuerte.

Se cruzaron con unos criados que agacharon la mirada como si no estuvieran viendo nada.

—Le he dejado bien claro a su amiga que no se metieran en mis asuntos y se han metido. —Braum abrió la puerta de la calle, y la echó fuera—. Tendrán noticias de mí, téngalo por seguro.

Iris no dio de bruces contra las escaleras de milagro.

—¡No se saldrá con la suya! —gritó alguien detrás de ella.

Al tiempo en que él cerraba de un portazo, Iris se giró.

—Pola..., ¿qué haces aquí?

—Venir a avisarte de sus amenazas, pero he llegado tarde. Y... —Le miró la cara, y se cubrió la boca con una mano—. ¿Te ha pegado?

—Un bofetón como la Giralda de grande, maldita sea su estampa.

En casa de la marquesa, Pola e Iris se bebieron a sorbos una tisana, mientras aguardaban la llegada de Adrián. Le había dicho esa mañana que llegaría sobre las ocho, y cerca de esa hora, entró al saloncito. Cuando vio a su mujer, con el labio hinchado y la cara levantada, corrió hacia ella.

—Iris, ¿qué demonios ha pasado? —dijo arrodillándose a su lado.

Ella le contó lo ocurrido con Isabel, la discusión con Braum, y concluyó:

—Braum me ha arreado un bofetón.

—Ese canalla… —Se puso en pie, y caminó arriba y abajo, crujiéndose los puños—. Se las va a ver conmigo. Lo mato, ¡te lo juro! Nadie te pone una mano encima sin consecuencias. No voy a consentir tal afrenta. Tal bellaquería. Y que intente engañarme con los negocios… —bufó.

—Ay, por Dios —suspiró Iris consumida por los nervios y el disgusto.

—Adrián, entra en razón —dijo Pola, más calmada, yendo hacia él—. Esto hay que solucionarlo de otra manera, llamar a las autoridades.

—Iris estaba en su casa, Pola —frenó para hablar con ella—, podría inventar cualquier excusa. Y es un hombre con cierta reputación en ciertos círculos. Por ese camino no podemos ir.

—No sé qué decirte. Si el inspector lo coge por banda, se hace una pitillera con sus huesos.

—No necesito a ningún inspector para defender a mi esposa —dijo Adrián con insano orgullo—. Iré a enfrentarlo de inmediato. Y si no tiene bemoles de encararme, lo reto a un duelo delante de medio Madrid, así no tendrá escapatoria.

—Sí, en la Dehesa de Carabanchel, no le fastidia —dijo Pola, brazos en jarra—. Por todos los santos, marqués, piense con la mollera y menos con el orgullo. Lo de los duelos se lo toman las autoridades muy en serio.

—Ay, si lo sé no te digo nada. Me quedo con la cara colorá y la vergüenza, pero no viuda.

—¿Y por qué asumes que me va a matar? —replicó molesto—. Sé usar un arma.

—Porque a ese hombre lo asiste el demonio y tú eres un ángel.

La ternura con la que Iris lo miró, los ojos al borde de las lágrimas, lo hizo reflexionar. Fue a abrazarla, y ella se cobijó en su pecho como un pajarillo en su nido.

—Está bien, Iris, no haré tal cosa, pero le pediré explicaciones, por la bofetada, las amenazas y porque haya querido engañarme en los negocios. Sin duelos mediante. —La besó en la frente—. No penes por mí, reina mora, nada va a pasarme. Y voy a contratar escolta para todas vosotras.

—Yo no quiero pasarme el día con uno de esos hombretones pegado a la espalda como si fuera un tití —se quejó Pola.

—No admito discusiones, librera.

Sin decir más, las dejó a solas. Ellas se tomaron dos tisanas más, entre suspiros y lamentos. Pusieron telefónicamente al corriente a las demás, para advertirlas, y se quedaron todas con el mismo mal cuerpo. Se les hizo muy tarde, y Pola se marchó a su casa. Lo único que Iris quería era echarse un rato en la cama. La cabeza le dolía horrores.

Dos horas después, Adrián llegó tan hecho una furia como se había ido.

—Braum no ha tenido la decencia de hablar conmigo. Pero le he dejado una nota informándole de que nuestros acuerdos quedan anulados, que le cortaré la mano si te pega de nuevo y que no vuelva a amenazaros. Aunque no se va a quedar en la nota, no…, ese me va a ver la cara.

Iris, tumbada en la cama, le pidió a Dios que, con aquellas advertencias, las dejase en paz; sin embargo, a la mañana siguiente recibieron una nota urgente de Braum cuando aún estaban en el lecho.

—«Guárdese sus amenazas, marqués, porque de nada sirven. Pero tenga por seguro que yo cumpliré las mías» —leyó Adrián, y apretó la nota hasta reducirla a un gurruño, y salió de la cama.

Al verlo revolver los cajones de la cómoda, Iris dijo temblorosa:

—No tendrás ahí unas pistolas.

Él no contestó, sacó una libreta y rebuscó algo en sus páginas.

Luego tomó el auricular del teléfono, y solicitó hablar con la comisaría de Núñez.

—¿Qué haces llamando al inspector? —Iris corrió a su lado—. ¿Pues no dijiste que no íbamos a avisarlo? Temo por su hija y por Alfonsito. Ha confesado que mató a Nicolás, ¿qué no podría hacer con ellos? Es un monstruo. Un ser demoniaco. Cuelga, por favor.

—No, Pola tenía razón. Hay que poner esto en manos de las autoridades. Ellos se harán cargo del niño.

Iris fue a replicar, pero le pusieron en comunicación.

—Dígale a Núñez que venga a casa del marqués de Robles, de inmediato. —Y colgó.

—Adrián, estoy muy enfadada contigo —le dijo, más seria que en toda su vida.

—Prefiero que estés enfadada conmigo a que estés muerta. Núñez debe saber que te ha amenazado. Y no se hable más. Y mañana mismo tendréis escolta, como he prometido.

Ella resopló, canalizando su frustración. Porque era eso o pelearse con su marido, y de aquello tenía poquísimas ganas. No obstante, cuando Núñez llegó, la sevillana lo recibió con disgusto.

—Ándese con tiento, inspector, que ese Braum es un mal bicho.

—Confíe un poco en las autoridades, mujer…

—Qué remedio —suspiró—. Dejo que despachéis. Pero no seáis fuguillas, que no acabe en duelo. Es lo único que os pido. Las pistolas guardás. ¿Estamos?

Ellos asintieron, y los dejó a solas. Ya en la cama, se tomó dos aspirinas y cerró los ojos para tratar de quitarse aquella punzada en las sienes que no la dejaba vivir.

No supo cuánto tiempo había pasado desde que se durmió, pero aquel pinchazo insidioso seguía agujereándole las sienes. Salió de la cama y descorrió las cortinas: el día estaba tan gris como ella. Una bandada de pájaros negros recortó el cielo plomizo; las ruedas de un carro hicieron surcos sobre los charcos. Regresaba a la cama, cuando advirtió sobre la mesita un pliego de papel doblado en una bandeja. Pensó que sería una nota del marqués, pero se equivocaba.

> Marquesa, aunque fue breve nuestra amistad, conoció mis secretos y angustias. Dio paz a mi alma atormentada por la pérdida de mi hijo, y le debo estas palabras. Al saber que tenía otro hijo fui feliz por unos instantes, pero el monstruo de mi padre me ha arrebatado esa felicidad de golpe y para siempre. Cuando la echó, me reiteré en mi posición de no casarme y él se reiteró en la suya. Era mi posición legítima; la suya, una vileza. Y grises son hoy los cielos, como grises mis pensamientos, pues ha cumplido sus amenazas. Ha matado a mi hijo. Al único que me quedaba.

Iris se detuvo ahí; los labios helados; las manos temblándole. A los ojos se le vinieron las lágrimas; al corazón, un puñal, y al alma, más frío que si se hubiera metido en nieve. Cuando logró recomponerse un poco, se armó de valor para seguir leyendo.

> Nada queda en este mundo para mí más que sufrimiento, sometimiento y desolación. No puedo casarme con un hombre al que no amo. Mi corazón es de Nicolás y siempre será de él. Tuve la esperanza de ver a ese niño y tener un pedazo de él. Pero ya no podrá ser, y pondré fin a mi vida en cuanto escriba esta carta.

Iris se puso en pie de golpe, y se vistió con premura. Dejó su casa corriendo, por si podía evitar aquella tragedia, y dio orden al chófer de que fuera al domicilio de Isabel. Mientras las calles de Madrid se le hacían más largas que nunca, siguió leyendo, por si al final hubiera esperanza.

Sepa que las palabras que oyó son ciertas: mi padre fue el responsable de la muerte de mi amor. Pagó a Ortés para que lo envenenara y para que falsificara cualquier documento sobre su muerte. Nunca he tenido el valor de decirlo. No quería que esta verdad arrastrara a mi familia. Mi padre es terrible, pero mi madre y mi abuela son buenas personas. Me siento culpable de haberlo callado, aunque ahora me reuniré con Nicolás, y no habrá más dolor. Le doy las gracias por el valor de hacer frente a mi padre. Es luciferino. Vil. Solo me queda una única cosa que pedirle, que nadie más me concederá. Hagan lo posible por enterrarme con mis hijos, para tenerlos a mi lado, aunque sea así. Regreso con mi Nicolás, pues no hay poder humano que consiga separar a dos almas que se aman, y la muerte, ya sea en la tumba, en el cielo o en el infierno, volverá a unirnos. No sufra por mí, seré feliz. Adiós, querida amiga. Con afecto,

Isabel Braum y Borpurgo

Cayó la carta de sus manos a la par que una lágrima. El vehículo se detuvo ante la casa de los Braum. Iris oyó un grito sobrecogedor llegar de dentro, y llevó la mirada hacia la planta superior. A través del cristal de una ventana, vio una soga sujeta en una viga, meciéndose. Y supo que de ella colgaba Isabel. La culpabilidad le atravesó el corazón. Si no se hubiera metido, pensó, Isabel y su hijo seguirían vivos.

70

—Vengo de parte del marqués de Robles, señorita Martínez, me llamo Ignacio Sarriá, y me encargaré de protegerla.

Pola, tras el mostrador de la librería, miró a ese Aquiles de dos metros, que acababa de entrar por la puerta, vestido con traje de chaqueta negro.

—Voy a tener que ampliar los marcos, porque casi no le pasa la cabeza.

Él miró arriba, y rio. Tenía el cuerpo de una montaña, pero la risa de un chiquillo. Caminó hacia ella, curioseando el lugar.

—Cuántos libros...

—¿Le gusta leer?

—¿Leer? —dijo arrugando la nariz—, no, los libros me aburren.

—Será porque no ha dado con el adecuado. —Pola dejó el mostrador, decidida a enfrentarse a un nuevo reto—. ¿Qué cosas le gustan a usted?

—Pues... los misterios. Las cosas de fantasmas.

La librera fue hasta las estanterías del fondo, donde tenía las novelas de esa temática, incluidas algunas ediciones en inglés, alemán y francés. Saludó a los autores que allí moraban y que habían nutrido las pesadillas de muchos, en tanto que buscaba algo que ofrecerle al señor armario. Sacó un ejemplar y lo colocó luego en su sitio, pues no terminó de convencerle. La historia era demasiado enrevesada para alguien que no tenía costumbre de leer.

Ignacio le fue a la zaga, curioseando de cerca todos aquellos libros, y le dijo:

—Me sé todas las leyendas de fantasmas de la ciudad. Como se ha muerto mucha gente, hay muchas. Casi todo Madrid está sobre viejos cementerios. No hay obra en la que no saquen huesos.

—«El cementerio está dentro de Madrid. Madrid es el cementerio. Pero vasto cementerio donde cada casa es el nicho de una familia, cada calle el sepulcro de un acontecimiento, cada corazón la urna cineraria de una esperanza o de un deseo».

—Pues es bien cierto, y bonito, eso que ha dicho —dijo él luego de asentir.

—No lo digo yo, lo dijo Larra.

—Ah, el que se pegó un tiro.

—Hizo muchas más cosas que pegarse un tiro, la verdad.

—No se enfade, que yo solo lo digo porque me lo han contado.

—¿A usted le gustaría que lo recordasen solo por cómo murió, siendo un genio literario?

—Pues no.

—Pues ya está —zanjó ella, que volvió su atención hacia los libros—. ¿Además de los asuntos de fantasmas, le gustan las cosas de sangre y oscuridad?

—Uy, mucho. Todo lo que sea luctuoso y macabro…

—Pues tenga. —Le puso un volumen en las manos—. A mí me gustan estos cuentecillos, aunque algunos son previsibles. Decía Larra de él que le faltaba espíritu revolucionario.

—¿Espíritu revolucionario? ¿Era militar?

—En el escribir, se refiere. —Pola rio suavemente.

—Ah. —Ignacio observó aquel libro—. *Galería fúnebre de espectros y sombras ensangrentadas*. Esto me va a gustar mucho. Además es ligero. No se me cansarán los brazos.

Los tenía grandes como troncos y a Pola se le antojó difícil que nada los cansase.

—Pues cuando se lea ese le dejo el siguiente.

—Ah, ¿que hay más? —Pestañeó sorprendido.

—Doce, señor.

—Pues sí que tenía tiempo para escribir el tal Agustín este. —Resopló.

Pola reía cuando la campanilla de la puerta sonó. Giró la cabeza y vio allí a Conchita. Había en su mirada un brillo de culpabilidad, que hizo a la librera pensar que venía a disculparse; sin embargo, su esperanza se diluyó cuando echó sobre las cortinas el líquido de un frasco. El aroma a alcohol inundó la estancia.

—¿Qué hace, Conchita? —le dijo Pola.

Ignacio puso el libro en manos de Pola y caminó hacia ella, echándola de allí.

—Perdóname, Pola —dijo ella, y sacó aprisa una caja de fósforos. En un pestañeo, prendió uno y lo arrojó hacia las cortinas.

A Pola se le cayó el libro de las manos, abierto de par en par. Ignacio, en un rápido reflejo, se lanzó sobre Concha a tiempo de evitar que prendiera un segundo. Pero el primero cayó sobre la tela, y las cortinas prendieron en viva llama.

—¡Te dije que no te entrometieras! —gritó Concha—. ¡Habéis matado a su hija y os lo hará pagar!

Pola trató de apagar las cortinas, atizándolas con su abrigo, pero solo consiguió que las llamas se contagiasen y se formase aún más densa humareda. La certeza de que su librería iba a quemarse sin que nada pudiera hacer le apretó el corazón y se lo estrujó hasta reventarlo y verter su sangre sin compasión. Escuchaba a los libros pedir ayuda. No querían morir abrasados.

Ignacio empujó a la calle a Concha y volvió a por Pola, que, entre toses, con el humo pegándosele ya en los pulmones, trataba de apagar las llamas con los jirones del abrigo hasta que el fuego le dio en las manos. Consumía ya en altas columnas el rinconcito, y se contagiaba a las estanterías. Pola soltó un alarido al ver sus libros arder, mientras Ignacio la sacaba de allí a la fuerza.

Afuera se armó gran revuelo, que Conchita aprovechó para huir. El escolta la vio, y no pensaba dejarla escapar, pero tampoco quería dejar a Pola sola. Vio el cielo abierto cuando unos policías se acercaron y les pidió que la siguieran. Un coro de voces llamó a los bomberos. Vecinos, transeúntes, dueños y empleados de negocios cercanos trataron de prestar su ayuda llevando cubos de agua.

Pola miraba aquello como si fuera un mal sueño, incapaz de reaccionar. Notó entonces que alguien le tomaba el rostro entre las manos.

—Pola, por Dios, ¿estás bien?

—Iván... —No fue capaz de decir más.

Las llamas y el humo emergían de las rendijas de la puerta de la librería, cuyos cristales pronto estallaron por el flamante calor. Ignacio los protegió con su cuerpo a tiempo de evitar que impactasen sobre ellos, recibiendo él las esquirlas. La gente se echó al suelo, cubriéndose las cabezas.

Al ver los cristales clavados en el hombro del escolta, Pola se mareó.

—¡Ignacio!, ¡estás herido! —gritó angustiada.

—No es nada —dijo él—. ¡Vamos, tenemos que alejarnos!

Pero ella no quería moverse de allí. Era como el capitán de un barco que se hundía. Si las aguas se lo tragaban, se sumergiría con el último resto de su navío.

—No... —musitó, rompiendo a llorar.

Ignacio tiró de los dos, y consiguió que se movieran. La gente se apartó, temiendo mayor peligro, y el sonido de la campana del coche de bomberos retumbó en la calle. A Pola le pareció que tocaban a muertos. Y es que sus sueños eran cadáveres entre las cenizas.

—Hija —suspiró Beltrán, curándole las manos en casa. Tenía las palmas llenas de ampollas; pero estaba viva, y eso le consolaba—. No entiendo por qué la perfumera te ha quemado la librería. Nadie en el barrio puede creérselo.

Agatha, que lo ayudaba con las vendas, dijo:

—Beltrán, querido, quizá tu hija no esté ahora con ánimos para hablar.

Pola la miró agradecida; sin embargo, la vorágine de los acontecimientos había alcanzado tal magnitud que era imposible ocultarlos más. Lo sabrían, por la policía o por los rumores, así que se sinceró. Quedaron perplejos ante sus palabras, e iba su padre a decir algo, cuando la doncella anunció la llegada de Diego. Supo Pola que caería un regaño sobre los dos, pero en cuanto lo vio, corrió a abrazarlo. Se derrumbó, sollozando.

—Se han perdido todos los libros... y el diario de tu hermano. Y los papeles que Marga me dio. Y el cuadro que Iván me regaló...

—Eso no importa ahora. Lo único que importa es que estás viva. Todo lo demás me da igual.

—Pero Diego... —El llanto fue descontrolado y no pudo decir nada más.

Él trató de calmarla; la besó en las mejillas, en la frente, en los labios; le acarició el cabello. Le dio igual quien mirase. Su padre y su tía, aunque disgustados, apreciaron el denotado amor de Diego por la muchacha. Cuando ella se calmó, él les pidió disculpas.

—Lo siento..., delante de ustedes...

—No es por eso por lo que tienes que disculparte, Diego —dijo Beltrán, severo—. He sabido toda esa historia de tu hermano, ¿cómo has podido permitir que mi hija se implique en un asunto así?

—No le regañe, padre. Si tiene que castigarme, hágalo, pero lo he hecho porque lo sentía y porque quería ayudar a Nicolás. Y Diego no habría podido evitarlo.

—No me lo creo. Y no sé qué clase de esposo vas a ser para ella, Diego, si no puedes protegerla de según qué cosas.

—Lo siento, señor Martínez, no esperaba que pasase esto.

—No la emprendas con el muchacho, Beltrán —regañó Agatha—, si hubieras sido ella, o él, habrías hecho lo mismo. Si de alguien ha heredado Pola el sentido de la justicia es de ti.

Beltrán fue a negar aquello, pero no encontró la manera.

—¿Y qué hay de tu hija? —le dijo—. ¿No piensas regañarla?

—Me pregunto si uno solo de mis regaños ha servido de algo. No podré cambiar el carácter de Violet por más que me enfade. Y enfadarme con ella solo hará que nos distanciemos, más ahora que puede hacer su vida sin depender de mí.

—Está bien, pero ¡yo sí estoy enfadado! —dijo volviendo a mirar a su hija y al profesor—. ¡Con los dos! ¡Y con todas vuestras amigas!

—Beltrán, querido, vamos a tomarnos una copa de vino, que nos hace falta a los dos. Y dejamos solos a los muchachos un rato. Que se van a casar, no lo olvides.

Él suspiró, mientras Diego y Pola lo miraban con miedo a que hubiera cambiado de idea.

—Sí, se van a casar —dijo él, a pesar de todo.

La librera lo abrazó con todas sus ganas.

Un rato más tarde, el salón se llenó de gente. Sus amigas, Iván, Adrián, Alfredo, Carles y Núñez aparecieron poco a poco. Y tomaron unos refrigerios junto a Beltrán y Agatha, tras consolar a Pola.

—Madrid bulle en murmuraciones. No se habla más que del incendio de La Pluma y del suicidio de Isabel —informó el inspector, sacando la pitillera—. ¿Puedo fumar, señor Martínez? —Al verlo asentir, ofreció un cigarro a los caballeros. Alfredo aceptó, y volaba ya el humo cuando dijo—: Han sabido todos que fue un suicidio. Una doncella ha cantado hasta la traviata. Lo del hijo muerto, el ilegítimo, lo del romance con Nicolás... Lo sabe todo Madrid, Diego, hable con su madre.

—Tengo que encontrar una forma amable de hacerlo, inspector, pero procuraré que lo sepa por mí.

—Muy bien, si necesita ayuda, puede contar conmigo. Sé comunicar asuntos delicados.

Diego le dio las gracias, y la sevillana resopló.

—¿Y Concha y Braum, inspector? —preguntó.

—A esa le han echado el guante. Aunque corrió por despistar a los agentes, se cayó en un socavón de las obras del Metropolitano, casi se deja los sesos. De ahí la sacaron, directa a comisaría. Pero Braum... Cuando su esposo y yo departimos, fuimos a buscarlo, pero ya estaba desaparecido. Y en esas sigue. Y de Alfonsito, ni rastro. La monja hasta niega su existencia.

—Mire, inspector, Isabel menciona a Alfonsito en su carta, no podrán negarlo —dijo Iris.

—Es la carta de una mujer desesperada que se quitó la vida. Ya sabe lo que podrían opinar de eso. Que ha atentado contra sí misma y contra las leyes de Dios, bien podría no estar en sus cabales.

—¡Y será verdad! —Iris estaba a punto de quebrarse las uñas de tanto apretar los puños—. ¿Nada vale su palabra después de todo?

—Sé que es injusto, cariño —le dijo Adrián, tratando de calmarla—, pero la gente juzga duramente a quienes se suicidan. Lo sé por experiencia.

Ella asintió comprensiva, dispuesta a calmarse.

—Hable con Antoñito —soltó Marga—. Él le dirá que Alfonsito existió de verdad.

—Iré a verlo, si les consuela, pero puede que no diga ni mu.

—Haga lo que tenga que hacer, hasta meterle un tiro a Braum si quiere —masculló la sevillana.

—Eso quería hacer yo, y no me dejaste —la regañó Adrián.

—Mal hecho, Iris —gruñó Violet.

—Hay un pozo bien profundo en mi finca de Canelles donde podríamos tirarlo —dijo Carles.

Alfredo los miró ceñudo.

—Digan ustedes que sí, reconociendo sus intenciones delictivas delante del inspector.

Núñez se encogió de hombros, mientras Agatha bebía de su té, con afectación.

—Nada de tiros a nadie ni de pozos —advirtió Lorea—. Dejemos que el inspector haga su trabajo.

—Gracias, señorita —le dijo él—. Y usted, señorita Martínez, cuando esté más tranquila, tiene que prestar declaración. Solo falta usted por hacerlo, pero no quería molestarla tan afectada como estaba.

—Le diré lo que necesite saber, señor agente —dijo ella—, ahora mismo.

Aquella noche, ya a solas, Pola no pudo dormir. Por más tisanas que le dieran, tenía la imagen de sus libros ardiendo como la tea. Le pareció que fueran sus propios hijos arrojados a una hoguera. El dolor que sentía no se iría ni en mil años. La oscuridad de la habitación era como noche cerrada y no consentía, como dijo doña Emilia en *Los pazos de Ulloa*, distinguir más que las proporciones de la habitación, «escondiéndose las líneas y detalles en la negrura del ambiente». Una oscuridad igual anidaba en sus pensamientos. Todo aquello por la maldad de un hombre y la falta de conciencia de una mujer que solo servía a sus propósitos. Por la mañana, todo seguía igual en su cabeza. Era la primera además, después de meses, en la que no tenía su querida librería. Que seguiría con los cristales rotos, con chorros de negrura después de que los bomberos sofocasen el incendio. Había querido la suerte que no se propagase ni al despacho de Iván ni a la planta superior, por esos milagros de la vida. Porque si aquello hubiera pasado, hubieran sido mayores los estragos. Y ella no habría sido capaz de respirar, cosa que ya le costaba. Aun así, sacando fuerzas de flaqueza, se aseó y se vistió. Debía ir con su padre a hablar con la aseguradora, a comisaría a declarar de nuevo y a solucionar otro sinfín de papeles. Estaba poniéndose los zapatos cuando su prima llegó a verla.

—*Dear cousin*, ¿cómo estás?

—Bien, prima.

—Eso no es verdad. —Le tomó el rostro entre las manos y la miró a los ojos.

Pola posó sus manos vendadas sobre las de ella.

—Es verdad que me duele el alma, el corazón y la vida misma me es un puñal; querría cerrar los ojos y despertar de este mal sueño. Si no saco arrestos de lo más hondo me derrumbo, pero no permitiré que Braum se salga con la suya. Si destruye cien veces mi librería cien veces la levantaré, y si pretende destruir todo lo que amo arrasaré con él con el fuego de los infiernos antes de que lo haga —dijo con infinita y firme decisión, seria como nunca—. Y esto te lo juro sobre la tumba de mi madre. No ganará esta batalla, lo aplastaré. Y me aferraré a esa esperanza, pase lo que pase.

—Pola... —La fuerza de sus palabras se le contagió, y dijo con ímpetu—: *When you choose hope, anything's posible.*

—*Anything.*

71

Dos días después, en otra mañana gris, enterraron a Isabel en el cementerio civil. La tumba de ella estaba lejos de lo que era el suntuoso panteón familiar, y lejos también de la de su hijo. Iris ya sabía que sería imposible juntarlos. Como desaconsejable era que fueran a verla enterrar, pero lo hicieron. A pesar del regaño de novios, padres y maridos, que no querían que se acercasen a esa familia. Se lo debían a Isabel. Y como las acompañaron Ignacio, Carles y Alfredo, se calmaron los ánimos. Todas de negro, permanecieron a unos metros del sepelio. A veces se clavaban los ojos de Adelina en ellas, con un reproche. De Braum no había rastro. Solo un padre que no había sido más que instigador de la desgracia y muerte de su hija, faltaría a su entierro. Sí estaba allí Bernardo, con el gesto de rabia más que de dolor y la mirada clavada en la tumba abierta. Y algún otro familiar, con igual expresión. Metieron el ataúd en el agujero y su madre lanzó dos rosas blancas. A golpe de pala y tierra, todas las ilusiones de Isabel murieron con ella, para ser pronto nada más que un recuerdo entre polvo y hueso.

Cuando se marcharon, Adelina se acercó a ellas, mirándolas con una ira que se entretejía en el río de lágrimas que eran sus ojos.

—Vosotras la habéis matado.

El sonido de la acusación retumbó en los espacios del fúnebre lugar, repitiéndose como una letanía. Le recordó a Pola las palabras de Conchita, antes de destruir su mundo de papel y tinta. No las comprendió entonces, pero ahora sí. Quiso Iris decirle algo, y Pola puso una mano en su brazo, mirándola con un «no» en las pupilas. Esa mujer, en su dolor, no atendería a explicaciones. Quizá, algún día, lo haría. El prometido de Isabel, dedicándoles idéntica mirada, la alejó de ellas.

A solas, se acercaron a la tumba. El olor de la tierra se les metió en la nariz, como si los hubieran enterrado también.

—¿Y si la hemos matado nosotras? —musitó Marga.

—Margaret, no podemos achacarnos esta culpa —dijo Violet.

—Tampoco fingir que no somos partícipes —anotó Lorea—. Si nunca hubiéramos leído el diario, Isabel seguiría viva.

—¿Viva? —Iris negó con la cabeza—. No lo estuvo desde que le quitaron a Nicolás, desde que supo que no habría justicia para el amor de su vida. Debió de morir en ese instante. Y ahora que tenía un poco de esperanza, su padre hace con el niño lo que con Nicolás: asesinarlo vilmente.

—Entonces también somos responsables de la muerte de Alfonsito —dijo Marga.

—¡No! —Iris la miró muy seria—. El único culpable aquí es Braum. Él le arrebató a Isabel todo lo que quería e iba a arrojarla a una existencia miserable con un hombre al que no amaba.

—Ninguna de vosotras asesinó a Nicolás o al niño; ni obligó a Isabel a hacer lo que hizo —intervino Carles—. Fueron su padre y esta sociedad que no entiende de nada, que es cruel, mezquina y opresora.

Se hizo un silencio, en el que meditaron la situación, sintiendo mayor o menor culpa.

—No os preocupéis más —pidió Lorea—. Nada puede hacerse para cambiar el pasado, pero tened por seguro que el futuro será más halagüeño. La policía dará con Braum y se hará justicia. Tenemos que pensar eso. Núñez lo atrapará.

—Se hará justicia —aseveró Ignacio—, ya lo verán. Y... perdonen que me entrometa. Pero he visto muchas cosas así en mi vida, y al final todo el mundo tiene su merecido.

—Gracias, Ignacio —le dijo Pola, con una leve sonrisa.

Unas gotas golpearon la tierra de la tumba. Las nubes la conjuraban en el cielo con sus mantos negros como brujas pintadas por Goya. Debían marcharse o se calarían.

—Si nos vamos, se quedará sola... —Marga se tragó las lágrimas.

—No estará sola nunca más. Está con Nicolás y con sus hijos, en el cielo —dijo Alfredo, y tiró de ella suavemente.

—Ojalá, y exista. Para todos —zanjó Lorea, echando a andar.

A medida que avanzaban hacia la salida, una ráfaga de aire frío arremolinó las hojas de los árboles, que corrieron colándose entre las lápidas. Se agitaron las luminarias, pequeñas polillas de fuego. Y hubo un quejido del aire entre las rendijas de las tumbas, al que siguió un brusco sonido. Les pareció que fuera el golpe de un muerto que quisiera empujar su lápida y salir de su sepulcro con aquella tétrica llamada del viento.

—¿Se ha caído un muro? —dijo Iris.

—Ha sido un disparo —dijo Alfredo. Y sonó otra vez—. Dos.

—¿Disparos?, ¿aquí?

—Igual hay en la Almudena un entierro militar donde tiran salvas al aire —sopesó Carles—. O un campo de tiro cerca.

Ignacio se situó delante de todos ellos, llevándose una mano a la pistola. A Iris aquel gesto le recordó tanto al que le había visto hacer al de la fiesta que la saliva se le heló por los malos recuerdos. Apretó la mano de Alfredo, buscando consuelo, y él le echó el brazo por encima del hombro.

—No pasa nada, reina mora, en un ratito estamos comiendo en el Ritz.

Ella levantó la mirada hacia él, los ojos de su amigo estaban en los suyos, con cariño.

—Y luego merendamos unos churros con chocolate.

Dos detonaciones y el grito de sus amigas, los hicieron mirar hacia adelante. Seis embozados aparecieron de entre una hilera de nichos. La pistola de uno aún humeaba cuando Ignacio cayó desplomado. Pero él había matado a otro antes de hacerlo. Quisieron correr, pero el miedo a un disparo los dejó en el sitio. Ignacio se revolvió, dolorido, y fue a dar un segundo tiro; no le dio tiempo antes de que otro le disparase a él, y quedó tendido, sin muestras de vida. Pola ahogó un grito.

—Si alguien se mueve, será el siguiente —dijo uno, la voz amortiguada por el embozo.

—Señores —Alfredo levantó las manos en señal de paz—, si quieren dinero...

—Cállate. Y siéntate ahí. —Señaló la superficie de la lápida que cubría una sepultura de cámara bajo rasante—. Y tú también —le dijo a Carles.

—Haced lo que os dicen —pidió Lorea. Solo podía pensar en salir de aquella, y volver junto a Iván y su hija, y sabía que si se resistían, sería peor—: ¿Qué queréis de nosotros?

—Hablarás cuando yo te lo diga, ¿estamos? —masculló el asaltante.

Violet fue a dar un paso hacia él, pero su prima la retuvo.

—Estate quieta o te pegarán un tiro —dijo entre dientes.

—Sí, por favor, Violet —musitó Marga.

La inglesa chasqueó los dientes, impotente.

Alfredo y Carles ocuparon la lápida, el uno al lado del otro, y en el estrecho espacio que había entre sus muslos, se buscaron las manos. Uno de los embozados se colocó frente a ellos, apuntándolos. Iris los miró por el rabillo del ojo y rezó una plegaria a la Virgen.

—Vosotras. Andando. —Señaló otro con la pistola hacia la salida—. Y no quiero tumultos.

—¿Y ellos? —preguntó Iris.

—A esos dos los vamos a dejar aquí, para que los entierren.

Iris no tuvo tiempo de decir más. Se escucharon dos disparos, muy seguidos. Y cuando giró la cabeza, vio a Carles y Alfredo desplomándose sobre la tumba.

Las nubes de tormenta descargaron con furia a la par que los ojos de Iris se quebraban en llanto y un grito desgarrador le salía de la garganta, confundiéndose con la furia de un relámpago atronador. Violet se revolvió contra uno, pero el hombre le puso la pistola en la frente. Los dedos sucios, en el gatillo, le olían a mugre y vicio. Las súplicas de Marga la disuadieron de intentar nada más, ya tenía también una pistola en la sien. Las llevaron hacia la salida, y ellas pidieron auxilio, pero nadie respondió. Los muertos no tenían voz para hacerlo. Se oyeron otros dos disparos, y supieron que, si sus amigos no estaban muertos, los habían rematado. La lluvia cayó con más inquina, como si odiase a la tierra y quisiera agujerearla, en tanto que las guiaban hacia una diligencia, apostada en la entrada. A unos metros estaban los vehículos que las habían llevado hasta allí, el de Carles y el de Iris. En sus asientos, los chóferes tenían en el rostro la efigie congelada de una muerte violenta. Comprendieron que aquellos habían sido los disparos que habían oído al principio.

Violet fue consciente de que aquel transporte las llevaría a desaparecer, de que quizá no las habían matado porque pensaban hacer cosas terribles con ellas, y de que nunca las encontrarían. Los demás sabían de su visita al cementerio, y cuando las buscasen allí, y viesen los cadáveres de Alfredo, Carles e Ignacio, sabrían que algo había sucedido. Pero debía darles más pistas. Había aprendido, leyendo las novelas de Holmes, de la importancia de una buena pista. Se fijó en que Iris llevaba un broche en la solapa y le hizo un gesto para que lo tirase al suelo, junto a las profundas marcas de las ruedas del transporte. Iris la miró confusa, pero al final lo hizo. Pola, que lo había visto, rompió el hilo de uno de sus botones, y lo arrojó al suelo, antes de que la obligasen a subir al transporte. Allí, las apretujaron en una fila de asientos, mientras cuatro de esos tipos las apuntaban, sentados frente a ellas. El carruaje inició la marcha, con un fuerte empellón. Quien conducía no parecía tener holgada experiencia. La inglesa sabía que tampoco podía perder detalle del trayecto. Sonidos, olores... cualquier cosa. Por si hubiera de hacer un camino de vuelta o dar pistas al inspector; para que pudiera seguirlas igual que Holmes en las novelas. Se preguntó, no obstante, el porqué de aquello, si era una venganza con el marqués o... No tuvo que preguntarse más. Vio por el rabillo del ojo una figura, apostada en una esquina. Braum, un cuervo bajo la tormenta, observaba aquello con una sonrisa. El enfado de Violet era llamas altas de una hoguera virulenta, alimentada por agua y aceite. Se removió, pero sintió la punta de la pistola en el vientre y la mirada de su portador clavada en ella, en tanto que corría los cortinajes. Fue más real, si cabe, que estaba firmada su sentencia de muerte y la de sus amigas. Ese criminal les haría pagar por su entrometimiento. Lo que no sabía era ni dónde ni cuándo. Pero las mataría.

Corrió aquel siniestro carruaje de malhechores, pistolas y cinco mujeres asustadas largo tiempo. Pola, con la mente en las mismas indagaciones detectivescas que su prima, se había dado cuenta de que hacía horas que habían dejado Madrid, y de que por la forma en la que el sol, que emergió tímido entre las nubes, dibujaba sus sombras, iban hacia el sur. Cambiaba el terreno de tanto en tanto, así como los olores. Industrias, huertas, trigales, vaquerías... La leña y los hornos de pan de los pueblos dispersos. El sonido de unas campanas. Notó que ascendían, entrando en zona empinada y más abrupta, y supuso que iban hacia el monte. Grabó mentalmente todo aquello, y siguió rezando en silencio. Las habían amenazado con cosas innombrables si hablaban, e iban calladas, en aquel cubículo opresivo. Ellos hacía rato que se habían quitado los embozos. Una prueba más de que pensaban matarlas. Fumaban, bebían vino a morro, esgrimiendo sus pistolas o sus navajas a cada tanto, con el espesor de la maldad en las pupilas. El camino se hizo más angosto, perdido en la serranía. Y aunque Pola no podía verlo, supo que se volvió tan estrecho que las ruedas daban con el borde de un precipicio. Oía los peñascos que, al levantarse, rodaban ladera abajo. Las tirarían a una quebrada como esa, donde solo llegaban las alimañas.

—Dónde nos lleváis —preguntó Iris—. Si pensáis matarnos, por qué no nos habéis matado ya.

Pola la advirtió con la mirada, pero su amiga no parecía dispuesta a callar más.

—Porque si Isabel no tuvo una tumba decente vosotras tampoco la tendréis —dijo él.

Si alguna no había pensado ya en Braum como perpetrador del secuestro, lo hizo entonces.

—Nadie os va a encontrar nunca. Os pudriréis en una cañada. Te comerán los ratoncitos de campo esos ojitos tan bonitos que tienes, sevillana. —Le acarició la mejilla con la punta de la pistola.

—Eres un desgraciao —espetó ella—. Un cobarde que se aprovecha de tener un arma.

—Y tú una deslenguada. —Le puso el cañón contra la frente; Iris no se movió—. Ya podría matarte y tirarte al monte, pero como me gusta ver el miedo en tus ojos, te dejaré viva un poco más.

—Aparta la pistola de ella —saltó la inglesa.

—¿Qué dices, puta? —Viró la pistola hacia Violet, en tanto que los demás se reían.

—*Silly man…* —bufó—. Puede que nos matéis, pero os encontrarán.

—¡Cállate! Si vuelves a hablar voy a divertirme un rato contigo.

Violet abrió la boca, pero Marga le apretó el muslo, con angustia en la mirada.

El sol se ocultó de nuevo entre nubes y un aguacero descargó, repiqueteando en el techo de la diligencia. El carruaje se detuvo de forma brusca y el sonido de la lluvia se mezcló con el de la voz autoritaria de alguien que le daba el alto. Se miraron con algo de esperanza y quisieron alertar de su presencia, pero las apuntaron de nuevo. Un movimiento en falso y les pegarían un tiro.

Uno de ellos se asomó brevemente por una rendija del cortinaje.

—Es la Guardia Civil —susurró—. Andan buscando cosas de contrabando.

—Hijos de puta —mascculló el cabecilla—. ¿No dijo Braum que este camino era seguro?

—Pues se habrá equivocado. A ver cómo salimos de esta.

«Muertos —quiso decirles Pola—. Muertos y desangrados».

—Buenas tardes —oyeron decir al guardia civil—. ¿Dónde van por estos caminos?

—Llevamos viajeros para una finca de los montes —contestó el cochero, tranquilamente.

—Pues tenemos que inspeccionar la diligencia. Bájese, y que se baje todo el mundo —aquello vino de otra voz distinta; otro agente.

La puerta del carruaje se abrió, y apareció un guardia civil, arma en mano. Nada más verlo, las chicas gritaron, sin importarles si las herían o no. Uno de los bandidos asomó el cuerpo y le pegó un tiro, que le dio en el hombro. Pero quizá lo tenía de hierro, porque no se arredró, y respondió con su arma, haciendo caer al malhechor, que se desplomó sobre los demás. Salieron dos bandidos del carruaje y la emprendieron a tiros con la benemérita, pero los otros estaban preparados. Ellas se pegaron a los asientos, rezando por salir indemnes.

—Arre —oyeron gritar al cochero, y el estallido de un látigo.

El sonido de dos disparos retumbó en la serranía; los caballos relincharon, y el transporte dio un arreón e inició un rodaje frenético. Las puertas se abrían y se cerraban; la cabina daba bandazos.

—¡Agarraos! —gritó Lorea—. Creo que el cochero está muerto. ¡Nos vamos a despeñar!

El malhechor que quedaba dentro, las apuntó con la pistola.

—Sois unas putas, ¡esto es vuestra culpa!

A Pola le pareció que el tiempo se detenía cuando acercó el dedo al gatillo. Pero el carruaje saltó, y el tiro salió disparado hacia el techo. El arma se le escurrió, y Violet se abalanzó sobre él, dispuesta a impedir que la cogiera. Forcejeaban cuando, en una curva pronunciada a la vera de un risco, golpearon las ruedas unas rocas. El carruaje volcó, arrastrándolos a todos ladera abajo. El bandido se escurrió por la puerta abierta, y lo vieron desaparecer entre matas. Marga agarró a Violet a tiempo de que le ocurriese lo mismo. Pero pronto perdieron la noción del descenso. Golpeaban sus cuerpos contra el interior, a medida que saltaban astillas, se quebraban las ruedas, relinchaban los caballos. A Pola la boca le supo a sangre, y un golpe en la sien la dejó aturdida. Lo último que vio antes de que se le cerraran los ojos fue a Marga, sangrando por una brecha en la frente. Y después de aquella vorágine de madera quebrada, relinchos angustiosos, gritos amortiguados, quejidos y sangre, todo fue silencio.

72

Lorea abrió los ojos, tendida sobre la hierba helada y húmeda. Vio un paisaje tan desolador que quiso haberse muerto. Los cuerpos de los dos bandidos que quedaban en el carruaje, el cochero y otro, estaban en la ladera. Muertos. Era imposible que nadie estuviera vivo después de que una rama le atravesase el corazón. Los caballos no habían corrido mejor suerte. Buscó a sus amigas con la mirada. Violet e Iris estaban entre dos ruedas que se habían desprendido del carro. Pola y Marga, entre los restos de la cabina. Todas ensangrentadas, en una postura forzada. Parecían muertas.

El corazón le retumbó en las sienes; la angustia casi la doblega. Sentía pinchazos por todas partes. Pero no podía quedarse tirada en la hierba hasta morir, o hasta que la Guardia Civil las encontrase, si es que seguían su rastro. Pensó en Azucena. En Iván. En sus padres. En su título de doctora. En el hospital que algún día dirigiría. Pensó en todo por lo que había peleado. En el amor que su hija necesitaba de ella para crecer feliz. En el amor que le quedaba para Iván. Y para sus amigas.

Trató de incorporarse, pero no pudo soportar el vértigo ni un dolor agudo en la espalda que la hizo gritar. Retumbó su voz en aquella quebrada, colándose entre rocas y árboles. Apretó los dientes y se arrastró por la hierba hasta Violet e Iris, que estaban más cerca. Comprobó que ambas seguían con vida, y suspiró aliviada. Iris tenía muchos rasguños, y probablemente una conmoción, pero Violet presentaba una rotura de tibia, y el hueso atravesaba la carne. Perdía sangre a toda velocidad, y se rajó sus propias ropas para hacer presión con ellas. Trató de despertarla, era vital que lo hiciera. Y cuando Violet abrió los ojos, se quejó. Sabía Lorea que todo el dolor le había venido de golpe.

—*Where is Margaret, where is she?*

—Allí, pero no te muevas, Violet.

—*I must...*

—No puedes. Quédate aquí —zanjó la otra—. Y presiona la herida. He de ayudar a las demás.

La estudiante se arrastró hasta Marga, que emitía un quejido lastimero.

—¿Dónde está Violet?, ¿cómo está? —le castañeteaban los dientes, por el frío o la impresión.

Lorea tiró de la cortina del carruaje, que apenas pendía del ventanuco, y la cubrió con ella.

—Está bien. Tengo que vendarte la herida, Marga.

Ella asintió, forzándose a mantener los ojos abiertos. Vendada su herida con otro jirón de cortina, fue a sacar a Pola de donde estaba, revuelta entre maderas rotas. Sin embargo, no pudo tirar de ella. El vestido se le había enganchado bajo los asientos. Trató de despertarla, no hubo forma. Necesitaba ayuda. Brazos fuertes, equipo médico. Y miró hacia arriba.

La pendiente era abrupta, pero si no la subía, si no salía al camino, no las encontrarían. En su estado no llegaría lejos. Tenía que llamar la atención de la Guardia Civil de alguna manera. Gritó, hasta que vio una pistola entre los asientos del carruaje. La cogió aprisa. El estruendo de los tiros alertaría a los guardias. Sin embargo, no había disparado en su vida.

Y miró desesperada aquella cosa fría entre sus manos, hasta que oyó la voz de Violet.

—*Put your finger on the trigger, aim at the sky and shoot.*

—No sé qué es el *trigger*, Violet.

—*Come.*

Se acercó a ella, y la inglesa le dio señas. Lorea contó hasta tres. Y el disparo retumbó en la quebrada. Voló una bandada de pájaros que cubrió el cielo como un pendón negro. El olor a pólvora lo impregnó todo, hasta la boca de ella, que le supo salada. Le dolía el hombro y los ojos le lloraban. Violet le dio indicaciones para que pudiera disparar una vez más. Y Lorea no dudó en hacerle caso. Y disparó otra vez. Y otra. Al tercer disparo oyó los gritos de un hombre. Cuando distinguió su uniforme de guardia civil entre los árboles, Lorea, pensando en que pronto estaría con Iván y su niña, se dejó caer en la hierba, conteniendo las lágrimas.

Cuando Iris abrió los ojos y se vio en un hospital de nuevo, el mundo se le vino encima. Pero entonces vio a Adrián, y sintió un poco de esperanza. El marqués se lanzó a darle más besos que estrellas había en el cielo, llorando.

—Si te llegas a morir, Iris, me quito la vida.

—Ay, Adrián, no digas eso. Y mis amigas, ¿dónde están?

El segundo que pasó entre la pregunta y la respuesta de Adrián se le hizo infinito.

—Bien, no sufras.

—¿Están todas bien? —Qué asombroso le parecía aquello, después de lo pasado.

—A Marga y a Violet las han tenido que operar, pero no ha habido complicaciones. Pola tendrá que apañárselas sin la mano izquierda durante un tiempo, y Lorea es de hierro, porque más allá de unos vértigos, ya anda por su propio pie. Se ha ido a Madrid, con la niña y con Iván.

—¿A Madrid? Pero ¿dónde demonios estamos? —Iris llevó la mirada hacia la ventana. Solo veía un patio enclaustrado.

—En Toledo.

—¡En Toledo! —gruñó—. Cosa de ese cómplice de Braum, inequívocamente. Pensaban dejarnos muertas en alguna quebrada para que nadie nos encontrase.

—Eso ha contado Lorea, y Núñez ya está al tanto. Van a buscarlos, aunque más vale que uno de los secuestradores que ha sobrevivido se inculpe, porque si no va a ser su palabra contra la vuestra, a pesar de que podamos demostrar lo demás. Ha dicho Violet que lo vio allí mismo, pero acababa de ser el entierro de su hija, y eso lo explicaría.

—Malas puñalás le den. ¡Estaba allí para ver cómo nos secuestraban!

—Lo sé —Adrián la besó en la frente—, pero cálmate, necesitas reposar. Aunque no tienes heridas graves, tampoco estás bien del todo.

—No voy a descansar hasta que esto se arregle. ¡Que hagan cantar a Concha, aunque sea por bulerías! —Ella frunció el ceño—. ¿Por qué me miras de golpe con esa cara de amargura?

—Conchita se ha ahorcado en el calabozo con su blusa. Y... nada han podido sacarle.

—Se me ha quebrao hasta la color —dijo Iris tocándose las mejillas—. No vamos a ganar para muertos, de verdad. Y no van a encontrar a ese rufián en la vida.

—Esto ha caído también en manos de la Guardia Civil y a esos no se los puede tomar en broma. Núñez va a colaborar con ellos.

—Suerte que la benemérita estaba allí, no sé qué habría sido de nosotras. De estas le pongo un altarcito a su patrona. —Suspiró, con la mente llena de malos recuerdos—. Adrián, lo siento mucho. Nos han matao a Alfredo y a Carles —dijo, y se le desató un llanto incontrolable.

—María del alma mía, mi primo no está muerto. Ha estado más cerca del otro mundo que de este, pero no está muerto.

—Pero..., pero le dispararon —dijo atónita—. A él, a Ignacio y a Alfredo. Y oímos dos tiros más, dos tiros de gracia.

—Los dos tiros que escuchasteis fueron de Carles. Cayó casi muerto, pero en un arrebato de fuerza sobrehumana, saltó sobre el otro antes de que los rematase. Le quitó la pistola, y le descerrajó dos tiros —explicó su marido—. Logró pedir ayuda, y avisarnos de lo que pasaba. Y entre su testimonio y las muchas pistas, casi llegamos a vosotras antes que la guardia civil.

—¿Y están bien los tres?

—En el hospital en Madrid, pero vivos.

—¡Vivos! —El llanto de Iris fue mayor, aunque de felicidad—. ¡Vivos!

73

La librería parecía un crematorio donde hubieran ido a incinerarse cadáveres de papel. Llegaba el hollín al techo; los muebles estaban calcinados; los apliques, ennegrecidos; las bomboneras, hechas añicos por el calor del fuego; las estanterías eran carbones. Y en el aire, hicieran lo que hicieran, y limpiasen cuanto limpiasen, siempre olía a humo y tristeza, mezclándose con los olores de la Navidad, que impregnaban ya las calles. El de las castañeras, los mazapanes y los turrones. Pola pensaba poner en su mostrador una bandeja con anisete y polvorones, y no iba a poder ser. Suspiró, con la cara ennegrecida, y se agachó para recoger un libro solitario entre las cenizas. El fuego había dejado de devorarlo, abruptamente, y entre los bordes negros de la página, quedaba un fragmento.

> Ningún poder humano, se escribían ellos con firmeza y resolución, puede separarnos; y la muerte misma no haría más que reunirnos en el sepulcro.

Reconoció aquel libro. Había caído de sus manos cuando Concha entró. Y esa frase tan premonitoria le encogió el corazón. Isabel y Nicolás ya estaban reunidos. Pero no se había hecho justicia. Aunque uno de los malhechores confesó quién había ordenado el secuestro, Braum y Ortés seguían en busca y captura. La perfumera, muerta sin juicio ni escarnio, sus secretos con ella. La monja sin decir palabra. Y Alfonsito, si había sido asesinado, estaba sin enterrar.

—Pola, niña, ¿qué hago con esto?

La voz de Remedios la sacó de sus pensamientos. Se puso en pie, y le miró las manos. Sujetaba una de las bomboneras que, de algún modo milagroso, estaba entera.

—Deje que lo lave, para que lo vuelva a colocar.

—Ya lo hago yo, querida, que me gusta mucho el fregoteo.

La librera sonrió, y la vio perderse entre la multitud con la bombonera. Ella no era la única vecina que se había volcado en ayudarla. Tenderos, oficinistas, amigos o desconocidos, le prestaban su mano. Iván daba órdenes a una cuadrilla que había mandado el carbonero. De brazos fuertes y espaldas anchas, ayudaban a sacar los restos de los anaqueles. Diego, arremangado, recogía cristales con unos muchachos que había enviado el seguro.

—Hasta lleno de hollín está guapo el condenado —se dijo mirándolo.

—Ya te dije yo que era bien aparente, *riquiña*.

Pola miró a su derecha, y vio a su escritora favorita, con una pañoleta cubriéndole el cabello. Llevaba un jerselón arremangado, y las ganas de ayudar pintadas en la cara.

—Doña Emilia. —Pola casi se echa a llorar.

—No pongas cara de pena, bonita, que he traído al séptimo de caballería de las letras para ayudarte. Mira, los escritores andamos peleando a veces, pero cuando se trata de una buena causa, siempre nos juntamos con mucho agrado.

La librera vio en la puerta un montón de caras conocidas. Muchos habían escrito las páginas que ahora eran cenizas. Y estaban ahí para ayudarla.

—Es demasiado —musitó.

—De eso nada. Y hemos hecho colecta, para ayudarte a abrir esto otra vez. Venga —le dio un empujoncito cariñoso—, ve a darles algo que hacer. Que escribir saben, pero igual coger un escobón no. Y más siendo hombres.

Pola asintió, casi riéndose, y se había alejado apenas dos pasos cuando Emilia le dijo:

—Por cierto, ¿tu amiga la escritora anda por aquí? No la de los artículos, la de las novelas.

—¿Lorea? —preguntó girándose hacia ella.

—Hacía tiempo que no leía yo algo tan atrapante como su historia. ¡Y qué final! Qué alegría ver un final tan feliz. Le dices que me telefonee, que un editor amigo mío la quiere publicar.

Y, en ese entonces, todas las lágrimas que Pola se había tragado salieron de golpe.

—Ay, *curuxiña*... —Emilia fue hacia ella, y la abrazó.

Aquello de que su escritora favorita la cobijase, más que cortarle el llanto, se lo hizo brotar más. Al final, la gallega se la llevó a tomarse un chocolate, por el disgusto y la felicidad.

A la mañana siguiente, Pola se citó con Rosa y Diego en su casa para ponerla al corriente de todo. Sentados en el saloncito, le narraron los hechos, con tiento y cariño, pero con pelos y señales. La viuda se quedó con el semblante inexpresivo, y la temieron sumida en un trance pernicioso, sin embargo, enfocó entonces la vista en ellos y dijo:

—Un nieto... —murmuró—. Un hijo de mi Nicolás. ¿Y decís que estaba en el convento?

—Sí, madre —dijo Diego.

Rosa tomó de su canasta el mantel que bordaba. Los ojos se le velaron de pena y rabia.

—Llevo años bordando para esas monjas. Y mi nietecito allí todo este tiempo. Sor Francisca sabía que lo era, y jamás me dijo nada. Si me lo hubiera dicho, lo habría sacado de allí. —Apretó la tela entre las manos crispadas—. Me ha usado como pañuelo para sus lágrimas y lo ha sido de las mías. He llorado en su hombro la pérdida de Nicolás. Pero qué sabía yo que, en tanto que me consolaba, clavaba un puñal en mi espalda.

Pola la tomó de las manos y trató de que las relajase, porque agarraban la tela con mucha fuerza. Su hijo le posó una en el hombro, a su lado.

—Rosa, ella sirve con la mano derecha a Dios y con la izquierda al Diablo —le dijo Pola—. Jamás se habría compadecido de ti.

—Qué crueldad. —La miró rumiando algo—. Es pecado contar los secretos ajenos, pero más saber que un crimen se ha cometido y no decir nada. Estaba yo al tanto de que tenía un hermano, pero no sabía que era Braum. Y él sabe un secreto de ella y la chantajea, por eso calla. —Rosa se persignó y lo soltó de golpe—: Ese niño, Antoñito, es hijo de ella.

La cara de asombro de los otros dos no fue asunto baladí.

—Se enamoró de un muchacho que iba a ver a una hermana suya, una novicia. Francisca se escapó con él, pero solo la quería para un rato. La usó, y ella regresó al convento, desolada, y con un hijo en el vientre —narró aprisa, urgiéndole la necesidad—. Se lo contó a su hermano, creyendo que la ayudaría, pero él lo usó para chantajearla. Y ahora sé para qué. El niño y sus tejemanejes. Me dijo ella que le había dicho a su familia que estaba muerta, y hasta robó dinero del convento para su hermano. Pensé en denunciarla, pero la echarían de allí, y no tiene adónde ir. Qué tonta fui.

—No, usted no fue tonta, madre, solo se apiadó de ella.

—Y ella me ocultó a mi propio nieto. Que Dios me juzgue por revelar un secreto así.

—Dios sabe que lo has hecho por un bien mayor —le dijo la librera—. Pero si Antoñito es su hijo, ¿por qué le diría a Iris que se lo llevase?

—Lo quiere con toda su alma, pero el niño estaría mejor en una casa de bien que allí y, además, eso lo pondría fuera de las garras de su hermano.

—Entonces me parece que tenemos la solución —declaró Pola—. Hablaré con sor Francisca y le diré que nos llevamos a Antoñito si accede a decir dónde está Braum.

—Pues si vas a hacer eso, iré contigo; quiero espetarle todo el daño que me ha hecho.

Diego miró preocupado a su madre, temía que pasase un disgusto si la veía. Pero ella era firme en su propósito. Y, una vez allí, golpeó la aldaba con fuerza.

—¡Abre! —dijo la viuda—. ¡Francisca, no te escondas y da la cara!

Solo obtuvo el silencio como respuesta.

74

Dos días antes de Navidad, una capa de nieve cubría ya Madrid, e iba Iris con unos botines nuevos y un abrigo de pieles que Adrián le había regalado, cargando con el manuscrito de su obra de teatro, hacia la casa de Pola. Quería que la librera lo leyese y diese su opinión final antes de mandarlo a Antonio Pertierra. Le había dicho su padrino que movería cielo y tierra para que algún director de teatro se interesase por él. Al llegar a la casa de los Martínez, sintió el reconfortante calor de un hogar, y luego el del abrazo de su amiga.

—Iris, qué guapa estás —le dijo admirándola—. Ven, vamos a sentarnos. Casi te cruzas con mi prima y con Marga, se han ido a dar un paseo. Con esta nieve, y con muletas, ¿te lo puedes creer? Es borrica como ella sola. Y mi padre y Agatha andan viendo un vodevil.

—Lo de tu prima no me sorprende, pero lo de tu padre... ¿Un vodevil? Qué modernos. ¿La inglesa no se escandaliza?

—Supongo que sí, pero a él le hace gracia verla sonrojada. ¿Sabes qué me dijo anoche? Que se iban a casar.

—Si es que el roce hace el cariño —dijo ocupando un lugar en el sofá, cerca de la estufa—. Y te dije yo que no iba a haber dos bodas sin tres. Y ahora van a ser cuatro.

La librera sonrió, sentándose a su lado.

—A mí me parece bien que se casen. Así mi padre no estará solo, y mi prima no tendrá que irse de Madrid.

—No creo que se fuese, ni aunque Agatha lo hiciera. Su vida ya está aquí, con Marga.

—Bueno, aún está ese asunto de Conrad.

—¿Es que no le ha dicho nada?

—Creo que está esperando a que acabe la guerra.

—Quiera Dios que lo haga pronto. —Iris suspiró—. Bueno, te traigo lo mío. Pero me tienes que dar tu opinión sincera. Nada de adornos.

—Nada de adornos, te lo prometo.

La sevillana le tendió el manuscrito de una. Con otra persona habría tenido vértigo o vergüenza, pero era su amiga querida, y sabía que si le señalaba algo, sería con respeto o cariño. Pola miró el manuscrito con ojitos felices.

—Estoy convencida de que va a ser maravilloso. No te preocupes. Lo leeré esta noche mismo.

Iris asintió, y después de pedir unos cafés a la doncella, charlaron un ratito de los planes de Navidad. Pensaban cenar todos juntos en Nochevieja en casa del marqués y tomar luego las uvas en Sol. Sin embargo, e inevitablemente, terminaron hablando del asunto de Braum.

—Núñez ha sabido que Braum pidió un préstamo a unos amigos banqueros, ajenos a los acontecimientos, y que fue esa la cantidad que dio a los malhechores, así como a la empresa de alquiler de carruajes de la que salió la diligencia. Y su esposa, al parecer, ha contado todo lo que hasta ahora había callado. Así que si lo encuentran, no tendrá escapatoria.

—Es una gran noticia. —A Pola se le iluminó el semblante—. Quizá antes de Año Nuevo den con él.

—Eso no lo sé, amiga mía, pero será nuestro deseo en esa noche mágica.

Se miraron decididas, con ese propósito en las pupilas. Llegó la doncella con los cafés, a los que dieron un tiento, e Iris dijo:

—Mañana voy a repartir comida a los pobres, con otro puñado de marquesas, que parece que las regalan, y con la reina. ¿Quieres venir?

—Me encantaría ayudar. Y así, si veo a esa que te faltó el respeto en la casa de la vizcondesa, le tiro un plato a la cabeza, aunque esté delante Su Majestad.

—Eso me gustaría verlo, pero esa tipeja ya no es un problema. Adrián habló con los vizcondes, y no les gustó aquello. Así que los echaron de su círculo. Y en su círculo resulta que está también la reina. Y como sabe que a su marido le caigo en gracia, ahora vela por mí. Así que si alguien más dice maledicencias sobre mí, se las verá con la realeza.

—Me pregunto si hay algo de lo que tú y el marqués no seáis capaces.

—De ponernos de acuerdo con el color de las cortinas de uno de los catorce salones del palacio.

A su amiga le dio la risa, y acabaron riendo las dos.

—¿Cómo va la librería? —le preguntó Iris después.

—Ya están los pintores enluciendo los muros. He encargado nuevos cristales y estanterías. Y voy anotando los libros que quiero, para llenarlas todas. Ah, y Carles me ha regalado un mostrador hermosísimo, de caoba. Al parecer su familia tiene negocios en la madera.

—Su familia tiene negocios en todas partes. Dispone de más reales que su primo, que ya es decir.

—No le durarán mucho con Alfredo, y todos sus viajes de amor.

A carcajadas, barrieron un poco más los problemas. Y al sonido de sus risas se sumó el del teléfono. Cuando la librera respondió, escuchó la cálida voz de Lorea.

—¿Cómo está Azucena? —preguntó la librera, sin saludarla siquiera.

—La niña bien, y yo también, gracias por preguntar —respondió la otra riéndose.

—Ay, perdona, es que esa chiquilla me tiene robado el corazón. ¿Lo pasáis bien en Vitoria?

—Muy bien, Pola. Mis padres están encantados con la niña, e Iván está muy contento. Llamo para contarte una cosa. He telefoneado a Iris, pero no he dado con ella.

—Está aquí conmigo. Tomamos un café mientras nos ponemos al día.

—Pues dile que se pegue al auricular, que esto tiene que oírlo.

La librera le hizo señas a Iris, que se acercó al momento. Cuando se saludaron, su amiga les transmitió la noticia.

—Es verdad que Francisco estaba en el norte, en una acería, y que era otro su nombre. Sé que es una minucia, pero aunque solo sirva para confirmar que huía de Braum... y consolarnos entre tanta duda.

—Pues sí, de algo nos sirve —dijo Pola.

—¡Bien muerto que está! —exclamó Iris.

—Oye —regañó Pola—, que estamos en Navidad, no se dicen esas cosas.

La sevillana resopló, y pegó los labios al teléfono.

—Loreíta, ¡tráeme un regalito vasco!

—Al Olentzero en persona.

—¿Y ese quién es? —preguntó la sevillana.

—Pues uno de las Vascongadas, ¿no ves el nombre tan raro que tiene? —dijo Pola.

Se notó que Lorea se aguantaba la risa, aunque les dijera seriamente:

—No puedo con vosotras, de verdad que no.

—Pero nos quieres —voceó Iris.

—¿Y nos seguirás queriendo el año que viene? —preguntó la librera.

—El año que viene, bobas, os querré más todavía.

Iris y Pola se miraron con una gran sonrisa. Ellas también lo harían.

La primera mañana de 1918 olía diferente, como todos los inicios de algo. Pola desayunaba al lado de su padre. Una mano en la taza de café, la otra pasando las páginas de *Marianela* de Galdós. La Sociedad había elegido empezar el año con aquella lectura, y aunque ella ya la había leído, siempre era grato leer a Galdós. Beltrán leía el *ABC*, como de costumbre, perdido en las palabras de Su Santidad, que quería, como él, que llegase la paz. No sabía si eso sería posible, porque el resto de las páginas las llenaban la guerra y las penurias. Suspiró, con un incipiente dolor de cabeza, y miró el libro de su hija.

—*Marianela* —leyó en la cubierta—, tuve yo una novia a la que llamaba así. Era bien bonita. —Sonrió, rememorando su juventud, lejana ya, pero atesorada como el más bello de los sueños.

Pola dejó de prestar atención a Galdós, y miró a su padre.

—¿Y si prueba a leerla? —La escurrió por el mantel hasta dejarla junto a la mano de él.

Beltrán entrecerró los ojos, desconfiado.

—Venga, padre, es 1918. Podría ser un propósito de año nuevo.

—¿Leer novelas?

—Leer menos malas noticias. Y si las lee, al menos que sean ficticias. —Empujó el libro un poco más—. Su futura consuegra ha descubierto que le gusta mucho Galdós, así tendrían de qué hablar, aparte de política, que se encienden pronto los dos.

—No sé qué haremos cuando conozca a Guzmán. Acabarán los dos tarifando.

—O igual se arrejuntan, como usted y Agatha.

—No me seas alcahueta. —Cogió el libro, y buscó el inicio de la novela. Leyó para sí, y de repente dijo sorprendido—: ¡Pero si el protagonista se parece a mí!

—Y es médico también —anotó su hija.

A él se le pintó una sonrisa en la cara. Y ya no se le fue en todas las horas que estuvo leyendo la novela.

75

El día después de Reyes, con los restos del roscón reposando en la cocina de los Martínez, llegó carta de Conrad. Pero no venía del frente, sino de Londres. Sabiéndolo en casa, Violet lloró de felicidad mientras la leía a solas, sentada en la cama.

Querida Violet:

Espero que a la llegada de esta carta te encuentres bien. Sé que quedaste muy triste tras la muerte de mi adorada hermana y que nos acompañas en el sentimiento. Deseo que lo sobrelleves de la mejor manera posible, y te envío mis más sinceras felicitaciones por tus artículos. Leí el que me enviaste traducido, y lo he encontrado brillante. Aunque no podía esperarse menos de ti. Te preguntarás qué hago en Londres. Voy a darte primero las buenas noticias. Me hice cargo del batallón después de que mi coronel fuera herido y obré con tal acierto que me han otorgado la Cruz Victoria. Espero que esto te alegre, para mí ha sido el mayor de los honores y una recompensa después de tantos años en el frente. Sin embargo, y en contra, recibí una herida en la pierna. Tuvieron que amputarla. Fue lo mejor que se pudo hacer en pos de mi recuperación y de la preservación de mi vida. Eres fuerte, lo comprenderás y soportarás con entereza.

Violet, recibió aquello sintiendo cómo le golpeaba con fuerza en el pecho, como si alguien le hubiera dado una patada, y hasta se quedó sin aliento por unos segundos.

No te preocupes por mí. Si esto es lo que Dios ha querido para mí, lo acepto. Aunque a ti no puedo engañarte. Sé que en realidad nunca lo he hecho, que suavizaba siempre las cosas, pero tú sabías la verdad. Cargo con una pena en el alma que tardaré años en dejar atrás, si es que lo consigo. Londres se me antoja la misma tumba que Francia, sin Ivy, sin tantos amigos como hemos perdido. Nada será igual, Violet, pero sé que contigo a mi lado podré recomponer los pedazos rotos; que me ayudarás a seguir adelante; a sonreír. A recordar los bonitos momentos y a crear nuevos. Por eso quiero pedirte que regreses a Londres para que podamos casarnos. Sabes que conmigo nada te faltará, en ninguno de los aspectos, que siempre he respetado tus ideas y tu libertad. Que puedes seguir publicando si ese es tu deseo. ¿Vendrás pronto? Apenas puedo esperar a que estemos casados. Haremos muy feliz a Ivy allá en el cielo.

Con afecto,

CONRAD

La carta fue piedra entre sus manos, imposible de soportar, y la dejó caer. La cabeza le daba vueltas, el corazón casi se le paró. Una voz le gritó lo egoísta que había sido, haciendo planes para su futura vida con Marga como si la guerra fuera a ser eterna. Pero, aunque la guerra no había terminado, él había regresado a casa y la reclamaba para que cumpliera un papel para el que no se sentía destinada.

Habían cambiado muchas cosas en su vida y su corazón pertenecía por entero a Marga, ¿cómo iba a dejarla? Y ¿cómo iba a hacerle daño a Conrad después de lo que había sufrido? Insoportablemente angustiada, lloró con tanto desconsuelo que su madre, que la oyó, fue a verla.

—Violet, ¿qué te cuenta esa carta para que estés así? —Se sentó a su lado en la cama.

—He sido una cobarde, madre. La peor y más traicionera.

—Hija, me estás asustando, ¿por qué dices eso?

—Conrad me ha escrito.

A Agatha la expresión le cambió, inundada de alegría.

—¡Pero eso es una gran noticia!

—No lo es, porque ya está en Londres y me ha pedido que vaya para casarnos.

—Hija... —musitó, abrumada por la angustia con la que aquello fue revelado.

Le secó las lágrimas con su pañuelo, mientras Violet sollozaba.

—No quiero casarme con él —logró decir.

—Lo sé.

—No se enfade, por favor —dijo Violet, mirándose las manos, recogidas sobre la falda.

—Querida niña, tengo la virtud de las madres, buena o mala, de saber lo que ronda la cabeza de los hijos. Más allá de aquel enfado tuyo, sé que no quieres casarte con él. Más aún, conozco el motivo. —Los ojos se le fueron hacia el cielo al tiempo en que una bandada de pajarillos lo cruzaba—. Siempre que veo a los pájaros en pleno invierno, me pregunto si no tendrán frío; cómo podrán volar aun cuando el aire está helado. Y creo que solo hay una respuesta: han nacido para ello. Es intrínseco a su condición, a su alma. Del mismo que no llevar una vida corriente es intrínseco a ti.

Las palabras de su madre la hicieron mirarla con curiosidad. Y los ojos de Agatha se clavaron en los suyos, comprensivos y cariñosos. Como tantas veces que juntas pasaban las penas más amargas.

—Por más que quiera, no está en tu naturaleza desear un matrimonio. Y quizá yo tenga la culpa por lo que pasaste con tu padre. Nuestro matrimonio fue terriblemente infeliz y ese fue tu ejemplo.

—Usted no tiene la culpa de nada. Él fue quien lo hizo todo mal, no usted.

La decisión con la que dijo aquello enterneció a su madre.

—Mi querida Violet. —La tomó de las manos con ternura—. Lo que pasamos no vamos a olvidarlo. Y quizá, por eso, tenemos que procurar ser todo lo felices que podamos, y si tú crees que tu felicidad no está con Conrad, entonces, mi dulce tesoro, no soy nadie para obligarte a escogerlo.

—Oh, madre. —Lloró de nuevo, lanzándose a sus brazos—. Es usted una bendición. Gracias.

Agatha la estrechó con fuerza, y soltó un suspiro.

—Intuyo, desde hace mucho, que no serías capaz de amar a ningún hombre, de hecho. No como amas a una mujer.

A Violet se le abrieron mucho los ojos y boqueó queriendo decir algo, porque temía un regaño; sin embargo, su madre dijo:

—No voy a regañarte, Violet. He visto cómo os miráis Marga y tú, por más que queráis disimular. Cuando el amor llena las miradas, no hay máscara que lo oculte. Y pensé que era un acto de rebeldía más por tu parte, quizá por consolarme, porque eso solo añadiría más problemas a nuestra situación, pero no es así. Y ahora temo que puedan herirte por ello.

—Prefiero que me hieran mil veces, a perder la oportunidad de ser feliz con quien amo.

—¿Tan fuerte es tu amor por ella? Sabes a lo que os exponéis.

—Más que los mismísimos pilares de la tierra.

Su madre asintió lentamente.

—No puedo poner ningún impedimento a un amor así. Pero debo pedirte que seas discreta y no comprometas a la familia. Por más que te cueste. El mundo no está preparado para entender vuestro afecto y solo os harán daño, y yo no quiero que sufras.

—Lo sé. Cuidaré de que nada nos pase. ¿Cree que Beltrán se enfadará conmigo?

—Si Beltrán se enfada contigo por esto, es que no es el hombre del que me he enamorado. Y, querida niña, después de lo de tu padre, sé lo que me traigo entre manos. A él también le gusta ver a esos pájaros volar, aunque haga frío.

A Violet se le estiró la sonrisa, hasta subirle las mejillas.

—*He's a good man.*

—*A good man, indeed.*

76

Escoltada por Ignacio, Pola fue a la oficina de correos a entregar la carta que Violet había escrito la tarde anterior para Conrad. En ella iba un mensaje que podría romperle el corazón, y su prima, aunque halló el valor para escribirla, no lo encontró para enviarla. Así que pasó el trago por ella. La misiva abandonó sus manos, y la suerte fue echada.

—Vigile por dónde pisa, señorita Martínez, que está la nieve resbaladiza —le dijo el muchacho cuando abandonaron la oficina.

—Pues no te he dicho que me llames Pola.

—Es la costumbre, ¿vamos a encargar libros?

—Ya quieres que te encargue uno, ¿eh, truhan? —le dijo divertida—. Sabía que al final te atrapaba eso de leer.

—Es por las historias de fantasmas, ya lo sabe.

—Sí, sí. Vamos, que llego tarde a mi cita con Iris.

Iba a acompañarla a buscar decoraciones para la librería, y tenía ganas de pasar con ella la mañana. Al verla en la Puerta del Sol, con su abrigo blanco y un gorro de pieles, casi le pareció salida de la Rusia. Aún recordaba su rostro de felicidad cuando le dijo lo maravillosa que era su obra, que de tantas canciones como había incluido en ella, era casi una zarzuela.

Sabía que esperaba respuesta de algún director, por eso, cuando la sevillana corrió hacia ella dando saltos, aun a riesgo de descalabrarse, supo que había buenas noticias.

—¡Pola, alma mía! —dijo abrazándola—. ¡Que han dicho que sí!

—Ay, enhorabuena. —Le plantó dos besos en las mejillas—. Ya sabía yo que tú tenías mucho talento.

—Enhorabuena, señora marquesa.

—Que me llames Iris, Ignacio —reclamó ella, y él se encogió de hombros—. ¡Agarraos, que no es la única noticia! ¡Se estrena en dos meses! ¡En el mismísimo teatro de la Zarzuela!

—¡Tan pronto! ¡¿Pero da tiempo a prepararla?! —dijo Pola.

—Pues no, pero se han emperejilao en ello, porque tienen un huequito, y es aprovecharlo, o ya no podríamos estrenarla ahí hasta a saber cuándo. Y es el teatro de la Zarzuela, Pola.

—Ni más ni menos —dijo Ignacio.

—Poder verte en ese teatro va a ser una maravilla.

—Os reservaré a todos el mejor palco. ¡Vais a verlo tan bien que hasta podréis distinguirme los pelillos de la nariz!

Pola rio y se enganchó de su brazo.

—Yo quiero ver de cerca al protagonista, seguro que será guapo a rabiar.

—Tengo uno en mente, de mi compañía en Sevilla, que es todo un mozo —dijo con sonrisa picarona—. Pero una está casada, no me hagas tener pensamientos pecaminosos con él. Vamos dando un paseo y te pongo al corriente de cuál será el plantel.

Apenas habían dado dos pasos, se toparon con sor Cristina. Quiso esquivarlas, pero ellas no iban a dejarla huir, con tantas cosas que querían decirle. Le cortaron el paso; y cuando trató de darse la vuelta, se encontró con el escolta. Ignacio, de brazos cruzados, esbozó una sonrisa de advertencia.

—Son insistentes, por lo que veo —se quejó volviéndose hacia las muchachas.

—¿A usted no le da vergüenza, sabiendo lo que sabe, de encubrir a una criminal? —le dijo Iris, muy compuesta.

—No sé de qué me hablan.

—De sor Francisca, que tiene muchos pecados que confesar, ¡y muy graves! —clamó Pola.

—Señoras... —dijo paciente, mezclándose su voz con la campana de un tranvía cercano—. Entiendo que estén enfadadas, pero no puedo hacer nada.

—Braum casi nos mata, y usted nos advirtió de él, nos dijo que íbamos a acabar muertas, ahora no se haga la que nada sabe. No proteja a sor Francisca, porque a la par protege a ese hombre. Deje que hablemos con ella. Ha de hacerse justicia. Por nosotras y por Isabel.

—Esa pobre muchacha, que Dios la tenga en su gloria a pesar de lo que hizo. —Elevó los ojos al cielo y murmuró una oración—: Si les digo algo es por ella, a ver si así su alma encuentra descanso. Hace unos cinco días, sor Francisca recibió carta de Braum. Y han de saber algo más. Alfonsito no está muerto. O al menos no salió muerto de aquí. Se lo llevó con él.

Si ellas hubieran tenido algo en las manos, se les habría caído de la impresión.

—Está vivo... —musitó Pola a la par que Iris—. Alfonsito está vivo.

La sevillana cogió del brazo a sor Cristina, que la miró con sorpresa.

—Vamos al convento con usted, que sor Francisca y yo tendremos unas palabras, quiera o no. Y le juro que si no me abre las puertas, le quito los hábitos y me ingreso yo misma. Pero por mi santa madre que está en el cielo que ni usted ni esa monja esaboría van a apartarme hoy de mi propósito.

Ya en el convento, sor Cristina les dijo dónde solía encontrar a la otra y se escabulló entre las sombras de un largo pasillo, pretendiendo fingir que nunca las había visto. Encontraron a la monja en un despacho, sentada a una mesa mientras ordenaba papeles. En cuanto las vio, se puso en pie, arrastrando la silla hacia atrás con tanta fuerza que la volcó.

—¡Ustedes! —dijo asustada.

—No nos mire como el Tenorio al espectro del comendador, que no hemos venido a llevarla al infierno, por más que se lo merezca —dijo Pola—. Solo hemos venido a hablar.

—Debería hacer que las echasen de aquí como a perros. ¿Quién es ese hombre?

—Ignacio, seguro que se sabe alguna leyenda de este convento que puede contarle —dijo Pola.

—Buenos días, señora —saludó él, guardando la puerta.

—¿Han traído a un matón a amedrentarme?

—No, Francisca, los matones son más bien cosa de su familia, a este hombre lo necesitamos para que nos proteja, no para amedrentar ni para hacer daño a nadie. Se cree el ladrón que todos son de su condición. —Iris dio unos pasos hacia ella, le colocó la silla y la señaló—. Siéntese. Hablemos como personas civilizadas, por favor.

La monja las evaluó con la mirada; arrugando la nariz disconforme, pero luego tomó asiento.

—¿No les dije yo que no querría volver a verlas por aquí?

Pola e Iris ocuparon dos sillas que colocaron frente a la mesa.

—Hemos venido a hacer un trato —dijo la librera.

—¿Un trato? —preguntó contrariada—. No tengo yo nada que tratar con ustedes.

—Sí que lo tiene. Sabemos que su hermano le hace chantaje con Antoñito. Que la fuerza a robar para satisfacer sus necesidades económicas. Que le dijo a toda su familia que usted ya estaba muerta. —Pola fue soltando aquello con mucha determinación—. Y sabrá que él casi nos mata, pero igual ignora que mató al padre de Alfonsito y que sus malas artes condujeron a su hija al suicidio. Le dijo que había matado al niño. Pero está vivo, ¿verdad?, él se lo llevó.

—Eso que ustedes dicen es todo una invención. —Trató de disimular, pero se le veía la verdad en los ojos.

—¿Sabe que mentir es pecado? Y robar también. Y ocultar a un criminal —dijo Iris—. Puede que viva usted al amparo de Dios toda su vida, pero si no enmienda sus acciones, irá al infierno.

—Le temo más a mi hermano que al infierno.

La cupletista negó con la cabeza.

—Si está entre rejas no podrá hacerle daño. Si no quiere hacerlo por nosotras, o por Isabel, hágalo por su hijo. Si nos ayuda, me lo llevaré y nada le faltará. Y podrá verlo siempre que quiera, se lo prometo.

Aquello hizo a la monja mirarla con el semblante cambiado, como si tales palabras hubieran despertado algo en ella. Una parte que estaba deseosa de ver la luz. El labio inferior le tembló, los ojos se le nublaron.

—Ustedes no saben lo que me ha hecho pasar. He sufrido lo indecible. He sido una mártir de su causa. He engañado, he mentido, he robado. He hecho cosas terribles. Porque he tenido miedo. No quiero verme en la calle, mendigando, y si él contaba mi secreto... Mi hijo y yo iríamos a la calle, a penar, a pasar frío y hambre. Y solo por eso he callado y lo he soportado.

Iris estiró la mano y apretó la suya.

—Silencie a su hermano para siempre. Póngalo en manos de la justicia como el criminal que es. Dios así lo querría, y también la justicia de los hombres.

—Lo haré —dijo estremecida—. Hablaré con las autoridades y les diré dónde está mi hermano, pero saquen primero a mi Antoñito de aquí. No sea que ese canalla venga a buscarlo.

—Lo sacaré, delo por hecho —dijo Iris—. ¿Y Alfonsito? ¿Dónde está?

—En una finca en los montes de Toledo, igual que Ortés.

—Con lo que me gusta a mí Toledo, y al final le cojo manía… —murmuró Pola.

La monja clavó la mirada en ella.

—Usted se va a casar con el hijo de Rosa Castro, ¿verdad? —Cuando ella asintió, dijo—: Dígale por favor que me perdone. Que siempre me arrepentiré de no haberle contado la verdad.

—Eso tendrá que decírselo usted misma, mirándola a la cara. Porque es lo que Rosa merece. Aunque no sé si le dará su perdón, porque eso…, eso sí que es verdad que usted no lo merece.

Pola se puso en pie, le hizo un gesto a Ignacio y este abrió la puerta. La librera caminó hacia la salida sintiendo los pies más ligeros que cuando había entrado; y también el alma.

—Volveré a por el niño con mi esposo y con todos los documentos pertinentes —le prometió Iris a sor Francisca—. Y un donativo, como es costumbre.

77

Había tres palmos de escarcha en los montes de Toledo en los que se emplazaba la casona donde Francisca había dicho que estaba su hermano, y, sin embargo, al inspector le caían unos chorros de sudor que ni en pleno agosto. Tenía los ojos puestos en Alfonsito, que jugaba en la linde del bosque, a unos veinte metros de Braum y Ortés.

El conde limpiaba una escopeta; el medicucho bebía a morro de una botella. Ambos sentados en el porche de la casona.

—¡Alfonsito! —llamó Braum—. Ven aquí o te meto un tiro, niño del demonio, ¡me tienes harto! No sé en qué hora decidí quedarme contigo.

—Porque en el fondo eres un sentimental y ese chiquillo lleva tu sangre —masculló Ortés.

—Y la sangre de un hijo de puta que engatusó a mi hija, de un medicucho, como tú. Suerte que mi barco sale en unos días y te perderé de vista.

—Igual lo que pierdes de vista es la libertad, cabrón de mierda —dijo Núñez para sus adentros, agazapado tras unos matorrales, al igual que media decena de guardias civiles.

—Ten, toma un trago, a ver si se te pasan los malos humos. Vamos a salir de esta, como hemos salido de todas —le dijo Ortés, tendiéndole la botella.

Braum atrapó la escopeta bajo el brazo, y la cogió. Viéndolos distraídos, Núñez no se lo pensó. Salió de su escondite y le hizo un gesto al niño para que se acercase. El crio miró a los otros dos, y luego a él. Se le acercó despacio, desconfiado.

—Voy a llevarte con Antoñito —le susurró Núñez.

—¿Antoñito está aquí? —preguntó él en voz baja.

Gonzalo se llevó el dedo a los labios, y asintió.

—Los hombres malos se enfadarán.

—Los hombres malos ya no podrán hacerte daño.

Los miró brevemente por encima del hombro, y después afirmó con la cabeza.

—Tiene usted el mismo bigote que el rey, ¿sabe? —dijo tendiéndole la mano.

Núñez sonrió, la tomó y se perdió con él tras unos matorrales.

—¡Me cago en la puta! —Oyó gritar a Braum—. ¡Dónde está el niño!

El inspector lo puso en brazos de un guardia, que se alejó por la espesura, al tiempo que se escuchaba la escopeta del conde. Regresó corriendo a la casona, mientras oía un cruce de voces.

—¡Alto a la Guardia Civil!

—¡Baje el arma y entréguese!

—¡Los cojones! Antes os mato a todos —respondió Ortés.

Núñez lo vio sacar una pistola. Voló de ella un disparo, que impactó en uno de los agentes. Cayó al suelo, y Braum disparó también. Y también los demás. Ortés cayó el primero. Braum, aprovechando el último disparo de su compinche antes de la muerte, intentó huir. Núñez fue tras él y lo alcanzó en un claro.

—Suelta el arma —le dijo, apuntándole con la suya.

Braum se giró, manos en alto.

Una gota de sudor cruzó el ojo derecho del inspector, y soportó el escozor. No podía perderlo de vista.

—Suelta la maldita escopeta —masculló.

—Puedo darte dinero, déjame escapar.

—En esta vida no todo se compra con dinero. Por más que tú hayas querido comprar la vida y la muerte de los demás.

—Eres imbécil, podría...

—¡Que bajes la puta escopeta! —bramó el inspector.

El conde se inclinó para dejarla en el suelo; sin embargo, en un movimiento sorpresivo, sacó una pistola bajo su abrigo, con la otra mano. El inspector supo que era su vida o la de él. Y eligió la suya. Disparó, impactando a Braum en el pecho, allá donde su corazón podrido latía. Quedó muerto sobre la faz de la hierba helada; la sangre tiñó de escarlata la blancura. Y quedaron allí, muertas también, todas sus culpas y miserias.

La muerte de Ortés y Braum dejó a todos un regusto amargo. Querrían haberlos visto en manos de la justicia, sufriendo el escarnio público. Y aunque los criticaron, no estuvieron para sentir sus lenguas de fuego e ira. No obstante, a pesar de todo, sus muertes les daban la seguridad de que no dañarían a nadie más, y ese fue su consuelo.

Unos días después, Pola, Rosa, Diego, Adrián e Iris fueron a por los pequeños. Núñez había sacado a Antoñito de allí, antes que nadie, y lo había llevado con él para buscar a Alfonsito, como le dijo al niño. Luego volvieron ambos al convento. Era mejor que permaneciesen en un lugar conocido hasta que todo quedase asentado. Y estaban allí, firmes los dos como soldaditos.

La cupletista se acuclilló frente a Antoñito.

—Soy María, ¿te acuerdas de mí?

—Sí, señora.

—Puedes llamarme mamá si quieres, porque eso voy a ser, tu mamá.

—¿Mi mamá? —El niño la miró con sorpresa—. Yo nunca he tenido mamá.

—Pues ahora tienes una. Y un papá. —Miró al marqués y el niño también lo hizo.

—Vale... —respondió la criatura—. ¿Y me van a llevar con ustedes?

—Sí, Antoñito, pero vendremos a ver a sor Francisca, porque sé que la quieres mucho.

—Mucho —dijo él, mirándola, pues estaba a unos pasos.

La monja se tragó las lágrimas mientras sonreía. Iris se puso en pie y le dio la mano al niño. Él fue a cogerla, pero miró a su amigo Alfonsito y dijo:

—Sin él no quiero irme.

—Él también se viene —le dijo Iris tras soltar un suspiro enternecido—. Con ellos.

Diego, dc la mano de Pola, le hizo un gesto a su madre. Rosa aguantó las lágrimas que querían salir, y dio un paso hacia el niño.

—Hola, Alfonsito, soy la madre de tu papá.

—Yo no he conocido a mi papá —dijo escudriñándola con atención.

—Te contaré un montón de historias sobre él, ¿quieres? —Rosa le tendió la mano—. Y compraremos unos chocolates.

—Me gusta mucho el chocolate. ¿Puede venir Antoñito? A él también le gusta.

—Claro que sí, podéis venir los dos.

El niño asintió, y la cogió de la mano. Rosa sintió que no le cabía más felicidad en el pecho, porque fue como volver a coger la mano de Nicolás.

Antoñito y su amigo se miraron con una mezcla de felicidad y nerviosismo.

—No pasa nada —le dijo Alfonsito, el más valiente—. Seguro que vamos a un sitio bonito.

Antoñito asintió y se dejó llevar. A punto estaban de abandonar ya el convento, cuando Pola le dio las gracias a sor Francisca.

—Gracias a ustedes por darme descanso al fin. —Se agachó y besó en la frente a ambos niños—. Portaos bien, haced lo que os digan vuestros padres y rezad todas las noches, ¿de acuerdo?

—Sí, sor Francisca —respondieron al unísono.

Suspiró ella, con mucha pena, pero también alegría, y luego los vio marchar.

Una tarde de marzo, Rosa, Pola y Diego llevaron a Alfonsito a ver la tumba de sus padres y de su hermano. Al marqués le había costado mover hilos hasta en el infierno, y una fortuna en donativos, pero consiguió que los enterrasen juntos. Encargó una doliente a un escultor, bella como Isabel, que sujetaba unas cartas en su mano y un vestido con bordados que eran hojas de cedro. Antoñito estaba con ellos, y ayudó a su amigo a colocar sobre la tumba unas rosas blancas. Y aunque las marchitaría el tiempo, jamás marchitaría el amor que Alfonsito, aún sin conocerlos, sintió.

—¿Aquí están mis papás entonces? —le preguntó a Diego, agitándosele los rizos rojos cuando levantó la barbilla hacia él. A veces se le antojaba que su tío era un gigante, de tan alto como lo veía, pero, al fin y al cabo, eso le pasaba con todos los adultos. Ya crecería, pensó, hasta verles las cabezas desde arriba, como en el cuento ese de las habichuelas mágicas que le contaba su tía Pola.

—En realidad están en el cielo, con tu hermanito —le dijo Diego.

—¿Y por qué no vamos al cielo a dejar las flores?

La ternura de aquellas palabras les humedeció a todos la mirada.

—Porque al cielo no podemos ir todavía y a ellos les gustan mucho las flores, así que las ponemos aquí, para que vengan a cogerlas —explicó Rosa.

—¿Y si las pongo en otro sitio vendrían? —preguntó el niño, que miró de reojo a su amigo, para ver qué pensaba él, antes que nadie.

—Yo creo que sí, Alfonsito —le dijo muy convencido.

—Entonces pondré una todas las noches al lado de mi cama, para que nunca les falten.

Pola, que sostenía su mano, la apretó.

—Claro que sí, mi vida —le dijo.

El niño pasó los dedos por los nombres de sus padres y su hermano. Algo le hizo cosquillas en la mejilla, y levantó la mirada. Sus ojos se encontraron con los de aquella mujer de mármol. A Alfonsito le pareció que sonreía, y la miró muy curioso.

—Vamos, Alfonsito, tenemos que irnos. Los mayores llegan tarde al teatro, y no se pueden perder a la tía Iris cantando —le dijo su abuela.

—¡Mi mamá canta como los ángeles! —Antoñito dio saltos de alegría.

Él asintió, los ojos aún clavados en la doliente.

—Adiós, mamá, tengo que irme —le dijo, devolviéndole la sonrisa.

Aquella noche no cupo un alfiler en la Zarzuela, y no cupieron tampoco más ovaciones ni aplausos. La obra de Iris fue un éxito, y oírla cantar, una delicia. Mientras saludaba al público con sus compañeros de escena, guapo protagonista incluido, lanzó un guiño a sus seres queridos. Sus amigas, el marqués, que la miraba con los ojos del amor más profundo, su representante y el resto de sus allegados se quebraron las manos de tanto aplaudir, de pie en el palco.

—¡Qué buen papel ha hecho! —exclamó Lorea.

—¡Y qué voz la suya! —dijo Diego.

Los ojos del marqués brillaban de admiración.

—¡Si es que tengo una mujer que vale un imperio!

—¡Y qué guapa está! —dijo Marga.

—Sí, y tú también —le susurró Violet, viéndola radiante con ese vestido rojo que al fin había estrenado, llevándose una mirada llena de cariño de su novia.

Todos se deshicieron en alabanzas. Las flores caían sobre el escenario a montones; las gentes sonreían felices después de tan divertida y bonita obra. No se hablaría de otra cosa en Madrid durante mucho tiempo.

Fueron al camerino y le llevaron inmensos ramos de flores, siendo el más grande, por supuesto, el de su esposo. Iris lloró emocionada al verlos.

Más tarde, ya en casa, después de muchos brindis con champán y muchas emociones, se sentó al filo de la cama y tomó la fotografía de su hermana.

—Ea, Carmelita, ya está cumplida mi promesa. Y, ¿sabes qué?, creo que ya sé dónde encontrarme. En la sonrisa de la gente cuando me oye cantar, en los besos de mi marqués y en el cariño de mis amigos. En los abrazos de mi Antoñito, y en todas las obras que pienso escribir de ahora en adelante. ¿Qué te parece?

A Iris se le antojó que la dulce sonrisa de su niña Carmela se estiraba, que los ojos le brillaban. Puso el retrato contra su pecho y suspiró. Sintió entonces una caricia de Adrián en la mejilla. Dejó la fotografía en la mesita y lo miró. Allí estaban esos ojos tan hermosos, entre el bosque y la tierra.

—Sabes eso de «¿qué es poesía?», Adrián.

—Sí, poesía eres tú.

—No, poesía es cuando me haces el amor.

—¿Y quieres escuchar poesía esta noche? ¿No estás cansada?

—Yo para eso siempre tengo ganas.

Él rio, meloso, y la atrajo hacia sí con todas sus ganas, como de costumbre.

Epílogo

Diciembre de 1918

La guerra había terminado, aunque sus estragos perduraban. Al mundo entero lo había asolado un microbio que en España, con mucha guasa, llamaron por el nombre de una canción de zarzuela, antes de que les diera en la nariz. Había pasado la Sociedad por momentos difíciles, temiendo por sus vidas, pero aunque el microbio aún no se había marchado, superaron el paso de la enfermedad. En Madrid no se hablaba de otra cosa que no fuera aquel bicho, del fin de la guerra y mil cuestiones políticas. Pola, en la librería, atendiendo con la mascarita de tela y a poquito, pues no se podía reunir mucha gente, departía con todos sobre aquello en tanto que las nevadas, decían, mataban al soldado de Nápoles de frío y, de paso, a los madrileños.

—A mí dame libros felices, Pola, que ya me he cansado de tragedias —le dijo Remedios—. Uno que me haga soñar, bien bonito.

—Pues el de mi amiga Lorea, que tiene de todo. —Se lo puso ante los ojos, con su preciosa cubierta de tapas rojas y letras doradas—. Aventuras, asuntos amorosos, intriga, pasiones encendidas, un galán de esos que quitan el sentío, como dice Iris, y una muchacha como protagonista que querrá adoptarla como hija suya, de tan encantadora y lista como es.

—Ah, el libro de la doctora. Pues me cae muy bien, malo no será. *Leonora y el misterio de lo oscuro.* —Leyó en voz alta aquel título tan sugerente—. Pues pide a gritos ser leído, tiene algo... misterioso.

Pola rio con cariño, por la obviedad.

—Me alegro de que le guste. Procure no leerlo si tiene cosas que hacer, porque las dejará todas a medias. Se queda una atrapada en las páginas.

—No será para tanto, nunca me he quedado sin dormir por leer una novela.

La librera no dijo nada, porque sabía, exactamente, que era lo que sucedería. Y solo dos días después regresó hablando maravillas.

—¡He tenido los ojos como los búhos, Pola! ¡Qué portento de historia! ¡Qué ganas de leer el siguiente! Dile a la escritora, que ya es una de mis favoritas. Más que todos los franceses incluso.

Pola sonrió contentísima, con ganas de decirle aquello a Lorea. Así que el sábado, en la reunión de la Sociedad, aguardó su llegada. Dispuso el café y los dulces, la música en la máquina parlante y ahuecó los cojines de los asientos con esmero. Corría la lluvia por el escaparate como caballos a la carrera, y el olor entraba por las rendijas de la puerta. Lluvia y libros, qué maravillosa combinación, pensó Pola al tiempo en que la campanilla de la puerta anunciaba una esperada visita.

—¡Lorea! —Pola corrió a saludarla.

—Como siga lloviendo así, tendrán que cambiar los coches por barcas —dijo su amiga dejando el paraguas en su lugar—. O por trineos, porque cuajará. ¿Cómo estáis?

Pola se acarició la incipiente barriga. Solo estaba de cuatro meses, pero a diferencia de Lorea, a ella sí se le notaba mucho.

—Recuerdo cuando te quejabas de que te dolían las piernas. Y ahora lo entiendo todo.

—Bueno, pero merece la pena, ya lo verás. Ser madre es algo hermoso.

Lorea se acercó a la estufa para calentarse las piernas. Tenía un agujerito en la media, aunque con el tiempo, eso había dejado de importarle. Había otras cosas que ocupaban sus pensamientos. Su familia, su puesto en el hospital. Su felicidad.

—¿Cómo va el trabajo? —le preguntó su amiga.

—Bien. Manejando los estragos del maldito microbio como buenamente podemos.

—Poco a poco saldremos de esto. —Pola suspiró—. Tienes que firmarme otro libro. Para la prima de Remedios, de la que eres ya su autora favorita, por cierto.

—Firmando libros como si fuera yo la Bazán.

—Pues acostúmbrate, que firmarás más. No sabes lo que presumo de que seas escritora, ¡y doctora! Y hemos quedado con la condesa para comer la semana que viene, no te olvides.

Estaba diciendo aquello cuando llegó Iris, arreglada como de costumbre. El pelo ya lo llevaba largo, recogido en una hermosa trenza, adornada con un lazo esmeralda.

—¡Chiquillas!, está Madrid de un imposible... Perdonad la tardanza, me he entretenido en el Ritz con Alfredo, Carles e Ignacio, que le dan a la sin hueso cosa mala.

—Como si tú fueses calladita —le dijo Lorea, con gesto divertido.

—Loreíta, no te metas conmigo. —Le sonrió, quitándose el abrigo—. Carles y Alfredo se van a Cuba a pasar unos meses. Ya me tiene apalabrados los contratos del año. Se va con el trabajo hecho, así que me parece bien. Que tomen el sol y hagan el amor debajo de un cocotero, que será una cosa de lo más exótica. —La sevillana les guiñó un ojo, viéndolas reír, mientras colgaba el abrigo—. ¡Y os he traído un montón de regalos de Méjico! Luego vendrá Ignacio con ellos, me los he dejado en casa.

Tras hacerle unos cariños a la futura mamá, en tanto que les hablaba de sus aventuras en la *tournée*, llegaron Marga y Violet. La inglesa le espachurró un beso en la mejilla a todas, y luego le acarició la barriga a Pola.

—¿Cómo está mi primita? —le preguntó.

Marga también le hizo un mimo en el vientre y a la librera le llenó la cara una gran sonrisa. Recibía aquellos gestos de buena gana, tratándose de ellas.

—Mis primitas —corrigió Iris— serán dos flores para la Sociedad. Y yo no me equivoco.

—Eso creen los médicos y mi padre. Dicen que estas cosas se heredan, y por lo que he sabido en la familia de Diego es normal tener gemelos. Como le pasó a Nicolás.

Suspiraron todas, como cada vez que se mencionaba a ese viejo y querido amigo. Pola se preguntó si alguno de sus hijos se parecería a su tío. Y esperó que así fuera. Que tuvieran en la mirada también un pedazo de cielo en el que moraban los ángeles.

—Que vengan bien, y punto. Es lo que importa —suspiró—. ¿Cómo van los arreglos en el piso, chicas?

Marga había vendido su casa y junto a Violet había comprado una nueva vivienda en la que erigir su hogar. La inglesa vendía artículos como churros. El último, sobre el voto femenino, había llenado portadas de varios periódicos.

—Las obras son un engorro, *dear cousin*, todo el mundo lo sabe. Pero en cuanto terminemos, Marga habrá aprobado la oposición, y si este microbio nos deja tranquilos, haremos nuestro deseado viaje a Londres.

Su novia la miró con cariño, asintiendo.

—Veré al fin la niebla del Támesis.

—¿Y qué le dirás? —le preguntó Violet con ilusión.

—*Hi, dear foggy.*

Sus amigas sonrieron al verlas tan felices. Se sentaron a tomar café y hablaron de los pequeños de la familia. Los niños se encontraban bien, sanos y amados. Luego conversaron sobre sus lecturas, sobre la novela que Lorea escribía, sobre la próxima obra de Iris. Sobre sus maridos, padres y amigos, que las amaban con fiel devoción. Y también sobre los momentos vividos. Buenos o malos.

—Somos afortunadas por habernos encontrado —dijo Lorea.

—Lo somos. —Violet sonrió, mirándolas una a una—. Con vosotras siento que tengo alguien que me comprende, tal y como soy. Y eso me hace muy feliz.

—Creo que esa es la llave de la felicidad, prima. Saber que alguien nos entiende como somos.

—Yo doy gracias a Dios porque llegaseis a mi vida. Sin vosotras no habría hallado las fuerzas para cambiarla —dijo Margaret—. Sois lo mejor que me ha pasado.

—Oh, Margaret... —Violet suspiró conmovida y la besó.

—Mira que sois malajes —se quejó Iris entre lágrimas—, estreno una cosa nueva francesa para las pestañas y pareceré otra vez un mapache.

—No parecerás para nada un mapache. Si acaso un gato siamés —le dijo Lorea.

Barrieron a la pena entre carcajadas, y se abrazaron, sintiéndose parte de algo único. Mágico. Eterno. Rodeadas de libros, con sonrisas incandescentes, pasaron juntas un día más. Qué mejor compañía que esa como testigo de una amistad tan grande. Porque eran los libros sus almas. Y sus almas, páginas de una historia llena de amor, amistad, lucha, resiliencia y felicidad. Sobre todo, felicidad. Y también algún que otro embrollo, porque si no, no serían ellas.

Agradecimientos

Queridos lectores, gracias por haberos adentrado en estas páginas y haber formado parte de La Sociedad de la pluma y la rosa. Espero que esta historia y sus protagonistas os hayan hecho soñar, reír, emocionaros, enamoraros y evadiros de la realidad. Que podáis refugiaros en mis libros es una de mis mayores motivaciones para seguir creando. Gracias, de corazón, por estar ahí y por todo vuestro cariño.

A mi marido, que siempre creyó en mí, que me ama incondicionalmente, que escucha durante horas el sonido del teclado y sonríe siempre, en las buenas y en las malas. Gracias por tanto. Eres mi inspiración. Mi lugar seguro.

A mi familia, por su apoyo incondicional, sus ánimos y ayuda.

A mis amigos, que han gritado de alegría conmigo tantas veces y aguantado tantas otras los momentos difíciles. Sois un rayo de sol en la tormenta que es la vida.

A todas las personas que se emocionaron tanto como yo por este gran paso. Que se alegran, genuinamente, de todo lo bueno que me pasa.

A mi agente, Isabel Martí, y al equipo de IMC Agencia Literaria, por creer en esta historia, por creer en mí. Gracias infinitas por vuestro trabajo y vuestra profesionalidad. Jordi, gracias por aquel tuit que me abrió las puertas a tanto. Isabel, gracias por tantas cosas bonitas. He tenido la suerte de contar con tus consejos e inestimable ayuda, sin los cuales muchas cosas no habrían sido posibles. Espero que este camino que ha comenzado nos lleve muy lejos.

A mi editora, Ana Lozano, y a todo el equipo de Suma. Por abrirme las puertas de esta gran casa y hacer que *La Sociedad de la pluma y la rosa* llegue a los lectores y sea tan especial. Ana, es un honor poder trabajar y aprender contigo. Sin ti esta historia no brillaría como lo hace. Gracias, mil veces.

A mis lectores cero, que ya creyeron en esta historia cuando era solo un borrador.

Gracias también a las fuentes de documentación sin las cuales el trabajo de investigación habría sido más arduo. Como habitualmente, y como apasionada de la historia que soy, he seguido un proceso de documentación para situar a los lectores en la época y que el mundo que rodea a los personajes sea lo más fidedigno posible al momento que vivieron; no obstante, he podido tomarme alguna licencia narrativa. Gracias a la Hemeroteca digital de la Biblioteca Nacional de España, Hemeroteca de *ABC*, Biblioteca Virtual de Prensa Histórica, Antiguos Cafés de Madrid, Gato por Madrid, Memoria de Madrid, El Punto sobre la Historia, British Newspaper Archive, Dialnet, Cervantes Virtual, Patrimonio Cultural de Defensa, *El País Cultura*, Chatarrera Nórdica, El Cementerio de Fausto, Google Books, Historia Urbana de Madrid, UCM, UMA, Jardines con Historia, archivo fotográfico del capitán médico Jorge Bosch y a las webs del Cementerio Sacramental de San Isidro, Lhardy, La Violeta, La Pajarita y Almacén de Pontejos.

Y gracias a ti, mamá. Siempre. Por haberme enseñado tantas cosas. Por cuidarme. Sigues estando aunque no estés, porque te llevo en el corazón y en el alma. Y eso ni la muerte puede cambiarlo. Te quiero.

«Para viajar lejos no hay mejor nave que un libro».

Emily Dickinson

Gracias por tu lectura de este libro.

En **penguinlibros.club** encontrarás las mejores recomendaciones de lectura.

Únete a nuestra comunidad y viaja con nosotros.

penguinlibros.club

Penguin Random House Grupo Editorial